Un jardín entre viñedos

CARMEN SANTOS

Un jardín entre viñedos

Grijalbo

El papel utilizado para la impresión de este libro ha sido fabricado a partir de madera procedente de bosques y plantaciones gestionadas con los más altos estándares ambientales, garantizando una explotación de los recursos sostenible con el medio ambiente y beneficiosa para las personas. Por este motivo, Greenpeace acredita que este libro cumple los requisitos ambientales y sociales necesarios para ser considerado un libro «amigo de los bosques». El proyecto «Libros amigos de los bosques» promueve la conservación y el uso sostenible de los bosques, en especial de los Bosques Primarios, los últimos bosques vírgenes del planeta.

Papel certificado por el Forest Stewardship Council®

Primera edición: abril, 2016

© 2016, Carmen Santos
Publicado por acuerdo con Pontas Literary & Film Agency
© 2016, Penguin Random House Grupo Editorial, S. A. U.
Travessera de Gràcia, 47-49. 08021 Barcelona

Printed in Spain – Impreso en España

ISBN: 978-84-253-5387-1
Depósito legal: B-2.127-2016

Compuesto en La Nueva Edimac, S. L.

Impreso en Liberdúplex
Sant Llorenç d'Hortons (Barcelona)

GR53871

Penguin
Random House
Grupo Editorial

A Avelino y Daniel,
mis chicos de oro
y lo mejor de mi vida

Índice

Cariñena, 1927

El vino es la cosa más civilizada del mundo.

ERNEST HEMINGWAY

1

La vida se vuelve ceñuda cuando uno visita por primera vez la tumba de su padre.

Rodolfo se subió el cuello del abrigo, dio una última calada al cigarrillo francés, sacó de la boquilla lo que quedaba, abrió la ventanilla y lo arrojó al exterior. Las viñas bordeaban el camino; un batallón de esqueletos retorcidos, que asomaban de la tierra nevada alzando al cielo sus brazos descarnados, le miraron a través de la niebla que envolvía el automóvil en su gélida humedad. Recordó entonces la última imagen de su padre cuando le despidió en la estación de ferrocarril de Cariñena: plantado en el andén con la solidez de las cepas que cultivaba la familia desde hacía generaciones; algo enjuto por la edad, con el cabello crespo entreverado de canas y el rostro surcado de arrugas, pero todavía fuerte y lleno de vida. Cómo iba a imaginar que el insensato saldría de casa un atardecer invernal y lo encontrarían a la mañana siguiente en su viña preferida, con la cabeza abierta como una sandía madura y la ropa endurecida por la sangre helada. ¿Qué diablos le empujaría a ausentarse a una hora a la que la gente juiciosa se recogía en invierno? ¿Por qué no le retuvo Dionisio? Claro que cuando el viejo se obstinaba, no atendía a razones. Rodolfo resopló. Introdujo las manos en los bolsillos del abrigo. Se le habían quedado heladas pese a sus refinados guantes parisinos. Se sentía culpable por no haber llegado a tiempo para asistir al funeral, pues había tenido que demorarse dos días en París antes de poder emprender el viaje a casa, aunque se dijo que había una buena razón para ello. Esperaba que su padre, dondequiera que se hallara, no le tuviera en cuenta ese retraso.

Se echó atrás en el asiento tapizado en cuero negro del Hispano-Suiza H6B que el viejo se empeñó en comprar cinco años atrás. «No basta con que uno sea rico, también hay que aparentarlo», recordaba que sentenció cuando bajó ufano del automóvil que había recogido el día anterior en Zaragoza, mientras Onofre, recién ascendido de capataz a chófer (se entendía bien con las máquinas, igual cambiaba la rueda de un carro que arreglaba el motor del camión Ford) mantenía abierta la puerta trasera con la marcialidad de un general en su nuevo uniforme, que le había hecho rozaduras en el cuello durante el viaje desde la ciudad.

Rodolfo volvió la cabeza hacia Solange, sentada a su derecha. Sonrió al percatarse del aire desvalido de la joven bajo el sombrero *cloché* que ocultaba su cabello dorado y le ensombrecía la mirada de aguamarina. Sacó la mano derecha del bolsillo y le apretó el antebrazo. Ella le miró, frunció los labios en una mueca voluntariosa y alzó la barbilla puntiaguda que él tantas veces había besado con labios guiados por el deseo. Habían transcurrido seis meses desde que la descubrió en el lujoso salón de Linda y Cole Porter y, al contemplarla, pensó en la luna llena que bañaba en plata las viñas entre las que se había criado. Y en las hadas de los cuentos que a su padre no le gustaba que leyese por si anidaban en su cabeza pensamientos de muchacha. Seres etéreos que asomaban a sus sueños infantiles, con la piel de resplandeciente nieve y los cabellos de oro puro, y le hacían imaginar que su madre no estaba muerta, sino que ahora era un hada y le visitaba por las noches para que no temiera la oscuridad. Había parpadeado embelesado, sin poder apartar la vista de la *flapper* que sacudía brazos y piernas al ritmo de ese frenético baile que llamaban charlestón, como si pretendiera arrojar lejos sus extremidades pero siempre decidiera recuperarlas en el último instante. Se fijó en su cabello, liso y muy rubio, cortado *à la garçonne*, alrededor de la frente una cinta dorada a juego con el vestido, cuya tela, tan ligera que semejaba un velo, destellaba bajo las luces del salón y no sólo mostraba sus esbeltas pantorrillas, sino también las rodillas más hermosas que Rodolfo había visto nunca. Tragó saliva varias veces y acabó boqueando como un pez moribundo colgado del anzuelo. Esa joven se le antojó un sueño que de un momento a otro se desvanecería ante sus ojos, difuminándose poco a poco en una neblina dorada. Tuvo que contenerse para no correr hacia ella y arrebatársela al elefante sudoroso que se retorcía a su lado y, a todas luces, era su acompañante. Esa chica era diferente a todas las mujeres que había conocido a lo largo de su vida. Comparada con las campesinas que ayudaban a los hombres a vendimiar en las tierras de su padre, mujeronas prematuramente envejecidas, de gordos mofletes y piel agrietada por la intemperie, era una diosa recién bajada del Olimpo. Hacía sombra incluso a la madre joven y bella que llevaba años protegiéndole desde lo alto de la chimenea del comedor, prisionera para toda la eternidad en una fotografía que se desvanecía con los años. Y también a Mariana, que le contaba cuentos de hadas cuando de niño se escondía con ella entre las tupidas hojas de las viñas estivales, y que una tarde de calor le permitió depositarle un huidizo beso en la boca. La rubia del vestido brillante y las piernas saltarinas era una estrella recién caída del cielo nocturno para cegar a los hombres con su fulgor. Y cual estrella fugaz se desvaneció aquella noche en la mansión de los Porter, de la mano de su gordo acompañante. Tuvieron que pasar muchos días hasta que volvió a encontrarla donde menos lo habría esperado.

El caserón de los Montero fue perfilándose entre la niebla y devolvió a Rodolfo a la realidad. Sus archiconocidos contornos le inspiraron respeto y, al instante, un miedo helador: a dejar de ser hijo; a verse obligado a administrar el patrimonio heredado y a cuidar de un hermano mayor aplastado por el alcohol y los malos recuerdos; y a que Solange, la chispeante y dorada Solange, se preguntara cualquier mañana por qué le había seguido desde la perpetua fiesta que había sido París hasta ese árido lugar rodeado de viñas y azotado por el viento.

El sueño del difunto Fausto Montero emergió de la bruma. Una casona de ladrillo rojo edificada en lo alto de una colina, a medio camino entre Cariñena y Aguarón, desde la que se divisaba al este la llanura de Cariñena y al oeste la cumbre de la sierra de Algairén. Los grandes ventanales de la planta baja daban a la terraza, ahora tapizada de nieve. Apliques de azulejos policromos adornaban la fachada. Siguiendo uno de sus característicos impulsos, el viejo encargó la construcción a un arquitecto de Zaragoza después de haber visto los planos de la villa que proyectaba su amigo y rival Juan Solans enfrente de la fábrica de harina de su propiedad emplazada en Zaragoza, en la margen izquierda del río Ebro, sobre un vasto terreno sin urbanizar donde se mezclaban factorías y huertas envueltas en un perpetuo olor a estiércol y acequia, y adonde se llegaba cruzando el viejo Puente de Piedra, del que se decía que tenía al menos cinco siglos.

Los viticultores con los que Fausto Montero había jugado al dominó, primero en Cariñena y, desde 1912, en el recién inaugurado casino de Aguarón, el pueblo en la falda de la sierra de Algairén donde nació y en cuyo cementerio moraba ahora, habían intentado sacarle de la cabeza el capricho de los ventanales. Hasta el viejo Juancho, que nació con el cordón umbilical apretado alrededor del cuello y era lerdo, sabía que en esa tierra las ventanas grandes sólo servían para que se colara el cierzo en invierno y la inmisericorde solana en verano. Pero cuando una idea se atrincheraba en la cabeza de Fausto Montero, nada ni nadie podía ahuyentarla. Su tozudez le había creado enemigos encarnizados entre sus vecinos, pero también le había servido para enriquecerse explotando las viñas y la bodega de la familia, una fábrica de harina que abastecía a toda la comarca y otra de alcoholes, anisados y licores de la que, según los entendidos, salía el mejor orujo de la región. Cobraba, además, sus buenos alquileres de valiosos inmuebles que había ido adquiriendo en Zaragoza a lo largo de los años y disfrutaba de los beneficios de afortunadas inversiones en acciones. Había logrado conservar a los clientes franceses con los que su padre estableció lazos comerciales cuando, hacia 1870, la filoxera arrasó los viñedos en Francia y los bodegueros galos pusieron los ojos en el campo de Cariñena, cuyo vino compraron durante años a buen precio para realizar sus *coupages*; algunas empresas francesas llegaron incluso a establecer delegaciones en Cariñena y Aguarón. Aquel esplendor se acabó al comienzo de los años noventa, cuando Francia recuperó sus viñas y redujo drásticamente la importación de vino español, abocando a los cosecheros de la zona a una profunda crisis. Sólo Fausto Montero salió indemne de aquel descalabro debido a sus previsoras inversiones y porque los galos, conocedores de la calidad de su garnacha y la solidez de su palabra, siguieron comprándole buena parte de la cosecha incluso durante la Gran Guerra que devastó Europa. El trato con los comisionistas que llegaban cada año desde Francia para negociar había desarrollado en Montero un profundo amor hacia el país vecino, adonde no había viajado jamás, pero cuyo idioma quiso que aprendieran sus dos hijos varones a través de un preceptor oriundo de París, algo añoso y desastrado, que había aparecido en el pueblo huyendo de quien sabe qué fantasmas; les enseñó a hablar con corrección y buen acento, hasta que Montero los envió a estudiar bachillerato a un internado de Zaragoza regentado por jesuitas.

Ahora, Fausto Montero estaba muerto y otros ocupaban su adorado Hispano-Suiza, que Onofre detuvo ante la puerta principal de la mansión. Rodolfo se quitó el guante de la mano derecha y acarició la mejilla de Solange. Esta vez no la tocó por amor, ni por la lujuria que despertaba en él su pequeño ángel rubio, ni siquiera motivado por un impulso de cariño. Lo hizo para cerciorarse de que los últimos meses en París no habían sido sólo un hermoso sueño.

2

La mujer que salió de la casona en cuanto el coche se detuvo ante la entrada era pequeña y regordeta, de mejillas sonrosadas como la manzana de Blancanieves. Llevaba el cabello, abundante y canoso, recogido en un abultado moño. El viejo Montero la había sacado de Aguarón más de treinta años atrás, siendo casi una niña, para que fuera criada de la bella joven de Zaragoza con la que acababa de casarse y que, aunque hija de un comerciante de paños arruinado, había llegado a conocer los buenos tiempos de la familia y estaba ansiosa por volver a disfrutar de los privilegios que proporciona el dinero. La criada había servido a su ama con obsesiva abnegación. Cuando tuvieron que arreglárselas sin la señora tras el difícil parto de su tercer retoño, Pepita se encargó de buscar una nodriza para el diminuto Rodolfo y después siguió criándole con leche de vaca, mientras Dionisio se acurrucaba entre sus faldas en busca de calor y Amalia, la mayor y la más adusta, lloriqueaba abrazada a su muñeca de trapo. Ahora Pepita frisaba la cincuentena y su cometido era organizar las tareas domésticas y mandar a la cocinera y a las dos muchachas de servicio. Las únicas personas a las que había amado en su vida eran su desaparecida señora y los pequeños que quedaron a su cuidado. Seca de amor y de horizontes, Pepita no reconocía más familia que la de los Montero y ya no añoraba otra vida distinta a la suya. Era dichosa llevando la casa con mano de hierro. Sólo enturbiaban la paz de su madurez el imparable descarrío de Dionisio y, ahora, la trágica muerte de don Fausto, por cuya alma rezaba cada noche en la oscuridad de su alcoba.

—¡Rodolfico! —exclamó en cuanto vio a Rodolfo descender del coche. Enseguida se dio cuenta de su error y añadió bajando la vista—: Perdone, don Rodolfo.

Rodolfo rodeó el vehículo y tendió la mano a Solange para ayudarle a salir mientras Onofre mantenía abierta la portezuela. Después corrió hacia la sirvienta, con cuidado de no resbalar en los restos de nieve helada que cubrían la tierra, y la cercó en un efusivo abrazo, amenizado por los ladridos de los perros que alborotaban detrás de la casa.

—Tranquila, Pepita. Eres la única mujer en el mundo a la que le permito llamarme Rodolfico. Y te tengo dicho que te ahorres el señor.

Las mejillas de Pepita se tornaron aún más rojas.

—¿Está Dionisio? —preguntó Rodolfo. Albergaba un atisbo de esperanza de que su hermano se hubiera rehecho mientras él estaba en París, aunque en el fondo temía que esa noche también lo trajera alguien en un carro de mulas, medio inconsciente y apestando a vino de taberna.

—¡Ay, Rodolfo! —respondió Pepita en voz baja y estudiando de reojo a Solange, que la miraba con apatía—. Tu hermano se marchó a Cariñena nada más comer…

—¿A caballo? —la interrumpió él, sin molestarse en disimular la ansiedad ante Solange.

—Caminando —susurró Pepita.

Rodolfo respiró, aliviado.

—Bueno, al menos así no hay peligro de que se escurra de la silla de montar y se nos mate —bromeó, por quitar hierro al asunto. Se dirigió a Onofre—: Irás a buscarle antes de que anochezca. ¿Sigue frecuentando la misma taberna malsana?

Cohibido, el robusto chófer asintió mientras sacaba del automóvil el equipaje que los señores habían traído de Francia. Sabía que faltaban dos baúles con la ropa de esa joven silenciosa; habían sido enviados directamente desde París y él iría a recogerlos a Zaragoza pasados unos días. Se preguntó si la francesa tenía voz. No la había oído decir esta boca es mía durante todo el trayecto desde la ciudad. Onofre pensó que se avecinaban malos tiempos. El viejo muerto en extrañas circunstancias, el hermano mayor borracho de sol a sol, y el benjamín casado por sorpresa con una francesa refina y muda. Eso suponiendo que don Rodolfo hubiera dicho la verdad y esa joven no fuera su entretenida, lo que, por otra parte, ahorraría a la familia muchos quebraderos de cabeza.

Rodolfo ofreció el brazo a Solange y la condujo hacia el interior de la casa.

En el vestíbulo, Pepita se hizo cargo de los abrigos y los sombreros. Antes de entregárselos a Trini, una de las criadas, pasó con disimulo los dedos sobre el sombrerito de su nueva patrona. Qué fieltro tan suave… Y qué hermoso era el detalle de las flores en el lateral…

El familiar aroma a chimenea encendida y el calor de la casa barrieron por un instante la melancolía que embargaba a Rodolfo desde que la llamada de Rémy, el amigo francés de su padre que vivía en Aguarón, le había obligado a zanjar su alegre vida parisina y regresar a casa. La puerta que daba al despacho del viejo estaba abierta. Por allí salió de pronto Evaristo, el administrador. Rodolfo nunca había hecho mucho caso a ese hombre con traza de ciprés; había sido compañero de juegos de su padre y llevaba trabajando para él desde antes de que nacieran sus hijos, a los que un buen día se les ocurrió ponerle el mote de «el viejo cuervo». Sabía que Evaristo tenía estudios, era sumamente astuto con los números y se las arreglaba de maravilla con los documentos más engorrosos. Fausto Montero, por el contrario, solía sentirse desbordado leyendo un simple contrato. Su irrupción le recordó a Rodolfo lo poco que sabía de los asuntos de su padre y le llenó de desazón.

Evaristo atravesó el vestíbulo, se detuvo frente a Rodolfo, a quien sacaba una cabeza, inclinó el escuálido torso como muestra de respeto y dijo, muy enérgico:

—Sean bienvenidos a casa, Rodolfo. Permítame expresarle mi más sentido pésame.

Hizo otra inclinación dedicada a la esposa del nuevo patrón, cuya nívea belleza le había acelerado el corazón como si aún fuera un jovenzuelo.

La alusión al deceso de su padre puso en boca de Rodolfo un sabor áspero, como cuando Pepita le amargaba la infancia obligándole a tomar aceite de ricino.

—Gracias, Evaristo. Te necesitaré en los próximos días para que me pongas al corriente en los asuntos de la finca. Si estás libre, me gustaría verte mañana a las ocho en su despacho.

Evaristo asintió con la cabeza.

—Por supuesto, Rodolfo. Precisamente he estado ordenando los papeles de su señor padre, que en paz descanse. Que pasen buena noche…, señores.

Amagó una reverencia y se apresuró a salir en busca de su pequeño Ford de arranque eléctrico, con el que acudía a departir con su jefe desde Cariñena y que solía dejar detrás de la casa. Mientras caminaba hacia el vehículo, recordó aquel día de hacía veinticuatro años en que Pepita le mostró por primera vez a ese zagal con la delicadeza que se emplea para manejar los objetos muy frágiles. El neonato, que era muy pequeño y le hizo pensar en una pasa extraviada dentro de aquella mantilla de ganchillo manchada de sangre, berreaba con una insolencia que le puso la piel de gallina. La inesperada desaparición de la señora de la casa, apenas un mes después, no sólo dejó hundido a don Fausto, también acabó con las esperanzas que había albergado Evaristo con respecto a Pepita, que se consagró a la crianza de los tres pequeños y se marchitó como una manzana reineta olvidada en un desván; a sus ya numerosos quehaceres domésticos se sumaron un sinfín de platos de papilla, pañales sucios, narices goteantes y rodillas despellejadas. La timidez impidió a Evaristo rondar a otra mujer, y también a él se le pasó el arroz mientras acallaba el apremio de la carne una vez al mes en los lupanares finos de la ciudad. Cuando se sentó ante el volante del Ford, su posesión más preciada y la envidia de todo el pueblo, se preguntó si el benjamín de los Montero tendría agallas para explotar los viñedos que acababa de heredar.

Para cenar, Pepita había mandado preparar uno de los platos favoritos de Rodolfo: migas con trozos de longaniza y uva. Sobre la mantelería bordada de los domingos, que cubría la maciza mesa de caoba del comedor, las dos criadas habían repartido salchichón, chorizo, una fuente con lomo sacado de la orza y otra con morcillas de arroz, todo recién frito y todavía caliente.

Desde que la francesa había bajado del coche, Pepita se hacía la misma pregunta que Onofre. Le daba un poco de pena esa joven tan pálida y delgada. ¿Acaso en Francia no daban de comer a las mozuelas? Los hombres del país vecino que habían acudido alguna vez a la casona para negociar con don Fausto y trasegar coñac junto a la chimenea eran recios, de mediana edad, no seres traslúcidos y con demasiada pintura en la cara, como su nueva señora. Una lengua de miedo le lamió la boca del estómago y borró la alegría del reencuentro. El zagal también estaba más delgado, y transmitía un aire de refinamiento que antes no tenía. Se preguntó si sería capaz de imponerse a los astutos bodegueros locales que habían rivalizado con su padre. Era tan inocente cuando el amo le envió a Francia… Un joven alegre y juerguista al que jamás había preocupado de dónde salía el dinero que le había permitido estudiar leyes en Madrid y, después, pasar varios meses en París, desde donde escribía a su padre largas cartas; don Fausto leía a Pepita párrafos donde su hijo describía grandiosos edificios y cafés en los que la gente, holgazana sin duda, perdía el tiempo hablando de naderías. Pepita no concebía que se pudiera estar ocioso un solo segundo. A ella le habían enseñado que por la pereza entraban los vicios, y no estaba dispuesta a abrirles la puerta.

El estómago de Rodolfo se revolvió cuando entró con Solange en el comedor y vio la cena. En París se había acostumbrado a las comidas frugales que él mismo cocinaba en el hornillo de su modesto estudio alquilado, y también a los refinados platos que se servían en las mansiones de la alta sociedad parisina en las que le introdujo Marcel. El bueno de Marcel, que nunca debió de ser consciente, y quizá no lo iba a ser ya, de hasta qué punto su amistad amplió los horizontes de Rodolfo. Apartó una silla para que se sentara Solange. Cuando estuvo acomodada, se colocó a su espalda, se inclinó sobre su coronilla perfumada y la sembró de besos tenues, como sabía que a ella le gustaba.

—¿Te encuentras mal, *chérie?* —le susurró al oído.

—Me duele la cabeza y... estoy muy cansada —respondió Solange. Su acento francés, que había hechizado a Rodolfo la primera vez que habló con ella en español, le pareció esa noche más intenso que nunca.

Le apretó los hombros en un gesto que quiso ser alentador, y se sentó a su lado. No le extrañaba que la pobre apenas hubiera hablado desde que salieron de París. El viaje en tren hasta Zaragoza, haciendo transbordo en Madrid, había sido extenuante. El contenido del testamento de don Fausto, una sorpresa para todos los que estuvieron presentes durante su lectura. Y los dos días en casa de la beata Amalia, soportando su parloteo ñoño y las peroratas políticas del Manco, como él y Dionisio llamaban a su cuñado desde que regresó de Marruecos con un brazo menos y un flamante ascenso a coronel, le habían agotado incluso a él. De pronto, Rodolfo fue consciente de cuánto le había transformado París. La casa familiar ahora le parecía sombría; los muebles, toscos, y la comida, basta. Tal vez debería sugerir a Pepita que les sirviera cenas más ligeras. Aunque eso, en adelante, iba a ser tarea de Solange. La miró de reojo. Lejos de los salones en los que la joven había bailado charlestón y *black bottom* hasta el agotamiento, enfundada en sus refulgentes vestidos que dejaban las rodillas al aire, entre invitados sofisticados y camareros que portaban bandejas con champán y cócteles de nombres complicados, se le antojó una hormiguita desvalida y asustada.

Cenaron rápido y en silencio. Ninguno de los dos tenía hambre. Menos aún, ganas de hablar. Solange se sirvió un cucharón de migas y escarbó en ellas durante un rato sin decidirse a probarlas. Acabó comiéndose las uvas y el trozo de lomo que Rodolfo se había apresurado a ponerle en el plato. Por primera vez desde su impulsiva y apresurada boda, de la que sólo hacía una semana, entrevió cuál iba a ser su nueva vida. Un escalofrío le trepó por la columna vertebral.

Rodolfo engulló un puñado de migas por no disgustar a Pepita, a la que quería como a una madre, y tomó un vaso del vino granate elaborado con la garnacha de los viñedos familiares. Tampoco le agradó su sabor. Tras haber probado los caldos que obtenía la familia de Solange en su finca del Médoc, éste se le antojó tan espeso como si estuviera bebiendo puré de patatas. Se sentía vacío. Abatido por la ausencia de su padre, que se percibía en el aire gélido de la casona. Y muerto de miedo ante el futuro.

Solange había dejado su cubierto cuidadosamente alineado en el plato casi lleno y a duras penas mantenía los ojos abiertos. A Rodolfo se le encogió el corazón. Echó la silla hacia atrás y se puso en pie.

—¡Pepita!

La mujer acudió enseguida, con las mejillas de manzana encendidas en puro carmesí.

—Vamos a acostarnos —dijo Rodolfo antes de que Pepita pudiera abrir la boca—. Estos últimos días han sido agotadores. Manda a Lali que nos prepare una alcoba.

—Ya tienen lista la grande, señor —respondió ella con repentina indecisión. Cuando los hijos de don Fausto se convirtieron en adultos, se propuso dirigirse a ellos anteponiendo al nombre el tratamiento de «don», como hacía con el padre, pero le había sido imposible. Tanto les hablaba de usted, añadiendo con sumo esfuerzo la palabra «señor», como les trataba igual que si fueran todavía niños.

—¿La de mi padre?

—Es la que tiene cama de matrimonio. No ha habido tiempo de acondicionar una alcoba para usted y...

Las mejillas de Pepita enrojecieron un grado más cuando miró a su nueva ama, tan callada y encogida en la silla como un ratoncito. A su recuerdo acudió la imagen de la bella y remilgada esposa que don Fausto se trajo de la ciudad y a la que ella sirvió con abnegada admiración. El ama de llaves tuvo un mal pálpito. ¿Por qué los hombres Montero eran tan torpes para los asuntos del amor?

Cuando Rodolfo se disponía a retirar la silla de Solange para ayudarle a levantarse, un violento portazo sacudió la estancia. Se oyó el ruido de pasos irregulares y pesados, como de alguien que avanzara a trompicones. Pepita no pudo disimular el sobresalto. Su mirada se cruzó con la de Rodolfo. Ambos sabían quién había llegado.

Pese al cansancio y el sueño, Solange percibió la súbita tensión que se había adueñado de la estancia y miró hacia la puerta. Un hombre joven entró en el comedor, seguido por un perro grande de color canela con manchas blancas en el pecho y entre las orejas. Se tambaleaba tanto que parecía que de un momento a otro se caería de bruces en el suelo de baldosas multicolores colocadas en mosaico. Estaba ebrio. Como una cuba. Solange observó que guardaba un gran parecido con Rodolfo, aunque todo en él resultaba más contundente. La estatura, los ojos enturbiados por el alcohol, incluso el cuerpo, algo más fornido. No cabía duda: era el hermano por el que su marido había preguntado nada más llegar. El misterioso Dionisio del que Rodolfo apenas le había hablado. Ahora comprendía por qué. Dionisio iba despeinado y no debía de haberse afeitado en muchos días. Cuando se quitó la desastrada pelliza y la arrojó sobre una silla, dejó al descubierto una camisola arrugada, arremangada hasta los codos y sembrada de manchas rojizas que parecían de vino. La llevaba remetida de cualquier manera dentro de un pantalón anchuroso y sujeto por un cinturón de cuero agrietado. Pero lo que más horrorizó a Solange fueron sus pies. ¿Cómo podía andar por ahí con esas botas viejas y llenas de barro? De haberlo visto en cualquier otro lugar, lo habría tomado por un mendigo, o incluso por un maleante.

Dionisio torció una mueca con traza de sonrisa y avanzó

hacia Rodolfo. Éste sintió cómo se expandía por todo su cuerpo la tristeza que llevaba encajada en el estómago desde que le comunicaron la muerte de su padre. Cada vez le costaba más reconocer en ese hombre sometido por el alcohol al Dionisio al que tanto había admirado de niño y que jamás regresó de la trampa en la que sucumbieron las tropas españolas en Annual. Ahora que su padre ya no podía vigilarle, ¿cómo se las arreglaría él para controlar sus tremendas borracheras?

—¡Hermano! —farfulló Dionisio.

Quiso abrazar a Rodolfo, pero éste, abrumado por tan lamentable estampa, retrocedió, topó con la mesa y estuvo a punto de caer de espaldas sobre los platos de la cena.

—¡Cielo santo, Dionisio! —se le escapó cuando recuperó el equilibrio—. Vas hecho una pena. ¿Cuánto hace que no te lavas?

El perro interpretó la actitud de Rodolfo como una amenaza y le ladró en defensa de su amo. Asustada, Solange saltó de la silla como empujada por un resorte.

—Siéntate, Sandokán —farfulló Dionisio.

El can obedeció, cambiando los ladridos por un gruñido no menos amenazante.

Por muy borracho que estuviera Dionisio, conservaba la suficiente lucidez para sentirse abochornado por las palabras de reproche de Rodolfo, cuyo regreso había aguardado con ansia. La muerte del padre le atormentaba tanto que ni siquiera el alcohol adormecía los demonios que le torturaban desde que su vida se oscureció en las montañas del Rif. Se pasó el dorso de la mano por los labios resecos. Necesitaba un trago. Iba a acercarse a la mesa para servírselo cuando reparó en Solange y los pies se negaron a obedecerle. Sabía que su hermano llegaría con la francesa con la que se había casado, pero no había contado con que su inesperada cuñada le hiciera sentirse de pronto tan lúcido como si no hubiera pasado la tarde ahogando su angustia en vino. Se quedó mirándola fijamente, sin parpadear siquiera.

La mano de Rodolfo sobre su hombro lo arrancó del repentino hechizo.

—No puedes andar por ahí con esa facha, Dionisio —le reprendió con suavidad—. Y apuesto a que hoy ni siquiera has comido en condiciones.

El otro se encogió de hombros sin apartar la vista de Solange.

—Voy a acompañar a mi esposa a la alcoba —prosiguió Rodolfo—. Está agotada del viaje. Tú siéntate y cena algo. Enseguida bajo y hablamos con calma.

Tomó a Solange de un brazo y la condujo hacia la puerta. La joven, deseosa de descansar y de alejarse de ese hombre ebrio y sucio, se dejó arrastrar con la pasividad de un corderito. Dionisio siguió a la francesa con la mirada hasta que abandonaron la estancia. Entonces se dejó caer en una de las sillas, partió con manos temblonas un trozo de lomo y se lo arrojó al perro, que lo atrapó al vuelo. Alzó el vaso de su hermano. Lo llenó de vino y se lo bebió a tragos ansiosos.

Pepita recuperó al fin la capacidad de moverse. Entre suspiros comenzó a recoger los platos que habían usado Rodolfo y su esposa. Debía vigilar que Dionisio cenara algo consistente. No podía vivir sólo de vino de taberna. Bastantes problemas se avecinaban ya. Había confiado en que el regreso de Rodolfo devolviera a la familia la cabeza segada por la muerte del patrón, pero el muchacho había vuelto cambiado. Más adulto, sí, pero alardeaba de unos refinamientos que le distanciaban de su hermano y de todo lo que había en esa casa.

La mujer se encogió de hombros y volvió a suspirar. Si cuando ella decía que los hombres Montero eran torpes para los asuntos del vivir…

3

La alcoba de don Fausto era enorme. La más grande de la casa. Y la más parca en muebles. Una cama de matrimonio y su pesado cabezal de madera oscura, dos mesitas con encimera de mármol veteado en gris, una cómoda con cubierta también de mármol, la silla en la que el patriarca solía dejar la ropa que se quitaba antes de acostarse, y un armario en cuyo espejo se reflejaba la gruesa colcha de lana tejida por Pepita años atrás y que el viejo Montero sólo toleraba en invierno.

La luz del cuarto estaba encendida. Delante de la cómoda, que tenía el cajón superior abierto, Trini y Lali sostenían por los extremos una combinación de seda de color marfil, bordada y ribeteada de delicados encajes. La tela destellaba con suavidad, iluminada por las escasas bombillas insertadas en la araña de lágrimas de cristal que la desaparecida señora se empeñó en comprar en una tienda de Zaragoza muchos años atrás y nunca vio encendida. La electricidad no llegó a esa casa hasta 1924, cuando don Fausto pagó un dineral por que le tendieran una línea de luz hasta allí. Las criadas contemplaban la prenda tan embelesadas que no oyeron entrar a sus amos.

—¿Qué estáis haciendo? —La voz de Rodolfo las arrancó del hechizo.

Trini enrojeció como un pimiento morrón y soltó la tela.

—Pepita nos ha mandado deshacer el equipaje mientras ustedes cenaban, don Rodolfo... —respondió Lali, que siempre había sido la más pizpireta de las dos.

—¡Dejadlo para mañana!

El tono brusco y al mismo tiempo abatido de su patrón asustó aún más a Trini y desconcertó a la resuelta Lali. La joven dobló la enagua con pesar, la metió en el cajón y cerró deprisa. Para ella, el universo se condensaba en su pueblo natal y en esa casona, donde llevaba dos años sirviendo por recomendación de Pepita, su tía. Jamás había tenido en la mano una prenda cuya tela se deslizaba entre las yemas de los dedos con la suavidad del aceite y cuya belleza acariciaba los sentidos y aceleraba el corazón. Cuando salieron de la habitación, tras haber deseado buenas noches a los señores, Lali supo que en cuanto se acostara en el cuartito que compartía con Trini, la visitaría la añoranza de un mundo lleno de objetos y vestidos hermosos al que ella no tenía acceso pero cuya existencia intuía desde que dejó atrás la niñez.

Solange se sentó en la cama. Le había disgustado ver a esas sirvientas tan bastas manoseando su ropa interior. Y el tacto de esa colcha espantosa que debía de pesar un quintal le resultó desagradable. Su vista se fue posando en cada mueble de la desangelada alcoba. Se acordó de la habitación que *tante* Mathilde disponía para ella cuando pasaba largas temporadas en su *hôtel particulier* de París. Y de su luminoso cuarto en el *château* familiar en el Médoc, con las paredes de un suave color crema, el alto techo con una enrevesada cenefa de escayola y las cortinas de florecitas en tonos pastel que ella misma había elegido cuando cumplió dieciocho años. ¿Cómo iba a adaptarse a ese lugar tan inhóspito, atendido por una servidumbre primitiva que estudiaba una simple enagua con ademanes simiescos?

Rodolfo adivinó lo que estaba pensando y se sintió pueblerino, zafio e ignorante. ¿Cómo había osado traer a una mujer como Solange a esa casona? Se sentó a su lado, le tomó las manos que ella apoyaba en el regazo y las encerró entre las suyas.

—Compraremos muebles nuevos, Solange —murmuró. Miró hacia la ventana, tapada por un cortinón de terciopelo grueso—. Y cortinas bonitas. Mandaré que pinten la casa con colores alegres para que quede a tu gusto. Lo cambiaremos todo de arriba abajo. Ya lo verás…

Ella esbozó una sonrisa voluntariosa y apoyó la cabeza en el hombro de Rodolfo. Aspiró su olor fresco y varonil. Sintió cómo el calor que emanaba de él la llenaba de energía. Igual que la tarde en la que le besó por primera vez… y todas las tardes después de ésa.

—Estamos agotados —continuó él—. Cuando hayas dormido, te sentirás mucho mejor.

Solange se mantuvo en silencio.

—Te prometo que serás feliz a mi lado. —Rodolfo le soltó las manos y le acarició una mejilla—. Con el tiempo llegarás a amar esta tierra. Ya lo verás…

Se levantó y fue hacia la cómoda. Abrió los cajones uno a uno y revolvió las prendas que habían colocado Trini y Lali, con la esperanza de hallar algún camisón que fuera más gordo que el papel de fumar. Recordó pesaroso que después de retozar juntos en su estudio de París, Solange siempre dormía desnuda, acurrucada contra su cuerpo bajo varias capas de mantas, piel contra piel, el sudor de los dos mezclándose en una fragancia que le fascinaba más que el mejor de los perfumes. Sacó una prenda azul que le pareció un camisón. Al mirarla, fue consciente del frío que hacía en ese cuarto. Rumió que habría que esperar hasta el verano para poder retozar desnudos. Y que Solange se iba a helar con esa ropa.

Se plantó junto a la cama, hizo a un lado la colcha y metió la mano entre las sábanas. Las criadas ya habían colocado los calientacamas, pero eso no bastaría para que Solange pasara una noche cómoda. Rodolfo dejó el camisón sobre la almohada y rebuscó de nuevo en la cómoda. Las chicas habían sido rápidas ordenando el equipaje. Enseguida dio con un pijama de seda que Solange había comprado en el *atelier* de esa modista llamada Coco Chanel que tenía embelesadas a todas las mujeres ricas de Francia con sus extravagancias. Entre las amigas de Solange, poseer una prenda masculina adaptada al cuerpo femenino era el último grito en modernidad, ya fuera una chaqueta de punto o un pijama. Él había fingido admiración cuando Solange se ponía el pijama en su estudio parisino y se pavoneaba delante de él haciendo posturas varoniles, pero enseguida hallaba la manera de quitárselo y acababa olvidado en el suelo.

—Creo que necesitaremos más mantas —dijo cuando dejó caer el pijama sobre el regazo de Solange—. Será mejor que te pongas esto para dormir. De momento, aquí no te servirán tus camisones de París. —Rió entre dientes ante lo absurdo de la situación—. Voy a buscar a Pepita y a pedirle que nos suban más ropa de abrigo. Vuelvo enseguida, *chérie*.

Estaba a punto de salir al pasillo cuando le retuvo la voz de Solange:

—Tu hermano... ha bebido mucho, ¿verdad?

Rodolfo se volvió y caminó hacia ella, aunque se quedó parado en medio de la alcoba.

—Mi hermano es un alcohólico —respondió arrastrando las palabras y enfatizando la palabra «alcohólico»—. Bebe sin medida desde que regresó de Marruecos, hace cinco años.

—¿Marruecos?

Solange no comprendía nada. Un tío suyo, ya fallecido, había viajado por ese país antes de casarse con la hija de un acaudalado fabricante de máquinas de coser y jamás lo vio ebrio, ni siquiera achispado.

—Dionisio luchó en Marruecos, Solange. En una contienda absurda para mantener colonizada una tierra que no nos pertenece y en la que no se les había perdido nada ni a España ni a él...

No aguardó a que Solange dijera algo. Dio media vuelta y abandonó la habitación.

Encontró a Pepita en la cocina. La mujer daba instrucciones a Ramonica, la cocinera, sobre las comidas del día siguiente. Sentadas a la mesa de madera, las dos criadas jóvenes sorbían sendos tazones de chocolate, el único capricho que Pepita les permitía de vez en cuando si consideraba que habían realizado bien sus faenas. Las chicas se levantaron sobresaltadas al ver al patrón. También Pepita se asustó. No era frecuente que los Montero entraran en la cocina. Al oír la petición de Rodolfo, miró enseguida a su sobrina. Lali se apresuró a obedecer. Temerosa de que le echaran en cara el parentesco que las unía, Pepita solía ser especialmente dura con ella y no le perdonaba el más leve error.

El ama de llaves y Rodolfo salieron de la cocina. Le dio pena verle tan cansado, con esa mirada de perro apaleado. Claro que el pobre muchacho acababa de perder a su padre y de la noche a la mañana se había convertido en el cabeza de familia, porque con Dionisio, pese a ser el mayor, no se podía contar para esa encomienda. Había subido a trompicones a su alcoba para dormir la borrachera, sin acordarse siquiera de esperar a que bajara su hermano. Pepita posó la mano derecha sobre el antebrazo de Rodolfo. Ella le había cambiado los pañales, le había dado las primeras papillas y le había puesto compresas frías en la frente para bajarle la calentura cuando enfermaba. Era su zagal y se consideraba autorizada a hablarle con libertad. Al menos, en los asuntos importantes.

—Tu esposa parece tan delicada… —susurró—. Y esta tierra es dura, Rodolfo. Tal vez si vivierais en Zaragoza…

—Sabes que mi sitio está aquí —respondió él con aspereza, aunque sin mucha convicción—. Ahora soy el dueño de estas viñas… Y tendré que arreglármelas solo, porque Dionisio no creo que me sirva de ayuda. A saber si seré capaz de administrarlas…

—Claro que sí. Tú sí sabrás.

Rodolfo se encogió de hombros. No se sentía preparado para nada. De buena gana tomaría a Solange de la mano y regresaría con ella a París, o se la llevaría a cualquier lugar donde no le alcanzara esa losa de obligaciones y responsabilidades que nunca había deseado.

—Debo dirigir la casa Montero por el bien de todos. ¿Está encendida la chimenea en el despacho de mi padre?

—Acabo de reavivar el fuego. Aún queda leña para un buen rato.

—Pues sírveme un coñac y echa algún madero más. Cuando haya acomodado a mi esposa, bajaré para hablar con Dionisio, y en el despacho estaremos más cómodos. —Rodolfo reflexionó unos segundos—. Mejor olvida lo del coñac. No voy a ponerme a beber delante de sus narices.

—Tu hermano acaba de subir a su cuarto —apuntó Pepita.

—Vaya por Dios —murmuró Rodolfo—. Entonces sí tomaré esa copa.

Se alejó con intención de regresar a la alcoba donde le aguardaba Solange, pero de pronto se detuvo y dio media vuelta.

—¡Pepita!

Ella se sobresaltó ante el tono imperioso de su voz.

—¿Sabes adónde iba mi padre la tarde en que… la tarde de la desgracia?

—Nadie lo sabe —susurró ella.

—¿Qué buscaría en la Viña de Baco a esas horas y con este frío?

—Él sólo dijo que regresaría para la cena… Se puso su abrigo, ese de las pieles, y la gorra… y se marchó.

—¡Y no volvió para cenar!

Pepita negó con la cabeza.

—Mandé a las mozas a acostarse y le esperé en la cocina, con la mesa puesta en el comedor… Cuando el reloj del comedor acababa de dar las doce, oí que un carro paraba delante de la puerta… Pero era Lucio, el de la casa Oliván, que traía a Dionisio de…

—Borracho, claro —la interrumpió Rodolfo.

Ella bajó la mirada hacia sus manos gordezuelas y suspiró.

—Tuvimos que subirlo a su alcoba entre Lucio y yo. Aquella noche… —Pepita se encogió de hombros como pidiendo disculpas— me parece que le faltaba muy poco para desmayarse. Conté a Lucio que tu padre no había regresado… y a él también le pareció raro. Me prometió que vendría al punto de la mañana y, si el señor no había llegado, reuniría a unos cuantos hombres y saldrían a buscarlo…

—¿Por qué no salieron esa misma noche?

—Rodolfico… —La mujer se había puesto tan nerviosa que ni era consciente de cómo se dirigía a su patrón—. Sabes tan bien como yo que es peligroso salir a oscuras por esos caminos… y más en invierno.

—Tienes razón —admitió él—. Mira lo que le ha ocurrido a mi padre. —A sus ojos acudió un tropel de lágrimas que se apresuró a enjugarse con disimulo—. Él era… como el roble que da sombra en verano y sirve para guarecerse de la lluvia. Ahora nos hemos quedado a la intemperie.

4

Arrebujado en la gruesa chaqueta de lana que se ponía su padre cuando hacía cuentas en su despacho, y con una manta vieja cubriéndole las piernas, Rodolfo ocupaba el viejo sillón orejero delante de la chimenea. Allí se sentaba don Fausto cada noche para fumarse un cigarro puro y saborear un coñac antes de subir a acostarse. Ahora era uno de sus hijos quien contemplaba absorto el desordenado bailoteo de las llamas mientras sujetaba en la mano izquierda la copa de coñac que le había preparado Pepita y en la derecha pinzaba un cigarrillo a medio consumir. Pensó, apenado, que le quedaban muy pocas cajetillas de Gauloises, la marca francesa a la que se aficionó en París. Había fumado mucho desde que le comunicaron la muerte de su padre y se vio obligado a disponer su regreso a casa. Ya entonces había comprendido que todo iba a cambiar para él, pero era ahora cuando se daba plena cuenta de que se había cerrado un ciclo: el de su apasionante vida parisina. Tras haber saboreado la libertad, volvía a ser cautivo de los viñedos familiares, atrapado como una mosca en una tela de araña. Era cuestión de tiempo que acabara engulléndole la vida de la que se había creído a salvo en París. Su sino le acechaba desde el día en que Dionisio fue repatriado tras el Desastre de Annual, casi repuesto de sus heridas físicas pero convertido en la triste sombra del hermano al que tanto admiraba.

Dio una última calada a su cigarrillo y lo arrojó al fuego,

donde la colilla se consumió al instante. Se dijo que la vida de verdad, la que acelera el corazón, prende fuego a las entrañas y devora la monotonía con su brillo, arrancó para él la noche en la que vio a Solange bailando charlestón en la fiesta de los Porter. Aunque, pensándolo bien, tal vez empezó antes, cuando conoció a Marcel. Sonrió con melancolía sin apartar la vista de las llamas. Tomó un sorbo de coñac, dejó la copa sobre la mesita de caoba y encendió otro cigarrillo. No, se dijo tras la primera calada, la vida con mayúsculas arrancó con anterioridad a eso. En la misma estancia donde en ese momento se compadecía de sí mismo. Justo siete meses atrás. Cuando su padre le hizo la proposición más extraña de su vida. Aunque «proposición» quizá no fuera la palabra adecuada. Don Fausto no proponía. Disponía y daba órdenes. Y a los demás les correspondía obedecerle.

Recordó con nitidez aquel atardecer de agosto en que Pepita le abordó en el recibidor, nada más llegar de Zaragoza, donde había pasado varios días. Recién concluidos sus estudios de leyes en Madrid, Rodolfo se aburría en la casona familiar, le desasosegaban las continuas borracheras de su hermano, aborrecía el autoritarismo paterno y huía de todo lo relacionado con los viñedos que cercaban la absurda mansión que su padre había mandado erigir en lo alto de una loma. A veces fantaseaba con emigrar a algún país lejano como Cuba o Argentina, pero sabía que don Fausto se lo impediría a toda costa y que tampoco él se atrevería a dar ese paso, así que se conformaba con escapar a la ciudad siempre que podía. La tacañería del padre, que se negaba a cederle uno de los pisos del patrimonio familiar o a costearle un cuarto en una buena pensión, le obligaba a alojarse donde su hermana Amalia y el pesado de su cuñado, aunque eso no suponía un problema grave. Resultaba fácil esquivar al Manco, pasaba más tiempo departiendo con sus correligionarios políticos en el café Ambos Mundos que en el hogar junto a su esposa. Y el propio Rodolfo sólo acudía al piso, en pleno paseo de la Independencia, a dos portales del famoso café, para dormir tras haber empinado el codo con sus amigos del internado de los jesuitas donde estudió el bachillerato: Pepín, que había acabado la carrera de medicina, y Bartolomé, apodado el Flaco o el Cuatro Ojos según soplaba el cierzo, recién licenciado en leyes, como Rodolfo, pero por la Universidad de Zaragoza. A pesar de que se emborrachaba muchas veces, la embriaguez de Rodolfo siempre era leve. La decadencia de Dionisio le había enseñado a no beber más allá de cierto límite.

—Rodolfico… —Pepita se mordió el labio inferior mientras se teñía de color grana—. Ay, perdón, señor, su padre lo espera en su despacho. Quiere verlo enseguida.

—¿Ahora mismo?

Pepita asintió con la cabeza. La orden de su patrón le daba muy mala espina. Hacía poco que Lucio había traído en su carro a Dionisio y a su perro. El muchacho estaba tan ebrio que se había quedado dormido sobre la manta que el rubicundo campesino usaba para tapar a las caballerías, lo que no había contribuido a mejorar su desastroso aspecto. Don Fausto había estallado en un monumental ataque de cólera al ver a su primogénito tan bebido y hediondo, y Pepita se olía que parte de esa ira iba a caer ahora sobre Rodolfo.

—Tenga cuidado —susurró Pepita, vigilando con el rabillo del ojo por si aparecía el patrón—. Su padre ha discutido hace un rato con su hermano y ha sido talmente como una tormenta de granizo…

El joven le entregó el sombrero, reprimió un suspiro de fastidio y se encogió de hombros. Atravesó el recibidor camino del despacho deseando que Evaristo ya se hubiera marchado. Si el viejo se ensañaba con él, al menos que no fuera en presencia de testigos.

Halló al patriarca solo, sentado en su sillón favorito delante de la ventana abierta, como correspondía a esa época del año, pues en invierno lo mandaba colocar frente a la chimenea para calentarse con el fuego y contemplar el chisporroteo de las llamas. No parecía enfadado. Incluso le sonrió amigablemente por encima de las gafas de montura negra cuando alzó la vista del periódico que reposaba sobre sus rodillas. A Don Fausto le gustaba leer hasta los anuncios del *Heraldo de Aragón*, que encargaba a todo el que iba a Zaragoza; no le importaba hojearlo con muchos días de retraso. Al reparar en el periódico, Rodolfo tuvo ganas de abofetearse a sí mismo por estúpido. ¿Cómo no se le había ocurrido traerle unos cuantos ejemplares de Zaragoza para tenerle contento?

Don Fausto se quitó las gafas y cerró el *Heraldo* cuidadosamente; aún tenía que durarle unos días más.

—¿Qué tal en la ciudad, hijo?

Rodolfo se colocó cerca de la ventana en busca de la suave brisa del atardecer. Había pasado mucho calor durante el viaje en el tren de vía estrecha que unía Cariñena con la ciudad.

—Bien, padre.

—Me alegro. Divertirse es propio de jóvenes.

El hijo guardó un precavido silencio por si las moscas.

—Aquí dice que Raquel Meller pasó unas horas en Zaragoza, camino de Barcelona, para ver a la Pilarica —dijo don Fausto, señalando el *Heraldo*—. Llevaba tres perros en el coche; tres nada menos. Supongo que no los entraría en la basílica.

Rodolfo siguió callado, a la espera del chaparrón.

—La vi actuar en Barcelona, hace años —exclamó el patriarca con una sonrisa picarona. Rodolfo le había oído contar muchas veces aquel viaje a Barcelona y se temió lo peor—. ¡Una real hembra, sí señor! Y cantó como los ángeles…, aunque la música fue lo de menos. —El viejo emitió un suspiro que sonó como el maullido de un gato en celo—. Dice el periódico que la Meller querría haber llegado a Zaragoza al comienzo de la tarde pero que la retrasó la niebla. ¡Dichoso puré de patatas, cuánto mal da!

—Me parece que ese periódico es muy viejo, padre —se le escapó a Rodolfo—. Ahora, lo que da mal es el calor.

—Un poco viejo sí que es —admitió su progenitor—. Pero dejemos a la Meller. ¡Gran mujer, vive Dios! —Se pasó la lengua por los labios como relamiéndose y miró a su hijo a los ojos—: ¡Quiero hablar contigo de otra cosa!

«Ahora estallará la tempestad», se previno a sí mismo Rodolfo. Pero, para su asombro, don Fausto permaneció tranquilo. Se atusó el anticuado bigote y al poco, casi risueño, arrancó:

—Hijo… ha llegado la hora de que hablemos en serio tú y yo…

—Padre… —dijo Rodolfo, temeroso. ¿Y si habían llegado a oídos del viejo sus francachelas con las chicas del Cabaret Aragonés de la calle Cuatro de Agosto?

—No me interrumpas. —Don Fausto dejó el periódico y las gafas sobre la mesita de caoba, junto al sillón—. Eres joven, bien parecido y te paso una buena asignación al mes. Sé que jaraneas lo tuyo cuando vas a Zaragoza… y que tampoco te aburrías en Madrid.

Rodolfo tragó saliva. ¿Pagaría su padre a esbirros para que vigilaran sus pasos?

—Has sido aplicado en tus estudios y has sabido divertirte —continuó el padre—. Eso está bien. Un hombre como Dios manda debe desfogarse antes de sentar cabeza. Pero ha llegado la hora de la sensatez. No soy tan rico como para mantener a un borracho y a un zángano. Al menos uno de mis hijos debe ganarse lo que come.

Rodolfo sintió un escalofrío recorriéndole el espinazo. Quiso alegar algo en su defensa, pero el viejo le ordenó silencio con un escueto movimiento de la mano derecha.

—Quiero enviarte unos meses a Francia.

—¿A… Francia? —fue lo único que logró balbucear.

—Las cosas están mal en España para el negocio del vino. Las cosechas son tan abundantes que los precios caen en picado. Si te interesaras por los asuntos de la vid, sabrías que llevan años bajando. Si ahora puedes seguir viviendo como vives, es gracias a la harinera, los alquileres de los pisos de Zaragoza, mis inversiones en acciones y el vino que nos compran los franceses. ¿Me sigues?

Rodolfo se limitó a asentir con la cabeza. Sabía que ciertas preguntas de su padre no pedían respuesta.

—Pero las cosas van a peor y quiero ampliar mis negocios con Francia. Y eso lo vas a hacer tú.

El hijo volvió a tragar saliva de puro desconcierto. ¿Adónde pretendía llegar su padre?

—Quiero que perfecciones tu francés —añadió el viejo—. Me costó mis buenos duros que tu hermano y tú aprendierais a hablarlo con ese gabacho tan raro que apareció por aquí. Sólo Dios sabe de qué huiría ese adefesio. Espero que aquel gasto sirviera para algo.

Rodolfo sintió en el esófago el cosquilleo del pánico.

—Quiero que aprendas cómo hacen negocios los franceses. Eso lo conseguirás trabajando con un comerciante de vinos. Es hermano de mi amigo Rémy, el de los Arnaud. Harás todo lo que te manden, tanto si te toca hacer recados como si te piden que barras el suelo. Obedecerás sin rechistar. Y pobre de ti si me llega alguna queja.

Rodolfo conocía vagamente al tal Rémy. Era un hombre gordo y paticorto, de rostro coloradote y espeso mostacho entrecano, que trabajaba en Arnaud Frères, una empresa comisionista francesa establecida en Aguarón desde los años de las grandes exportaciones a Francia, y con el que su padre jugaba al dominó en el casino del pueblo o simplemente departía ante una copa de coñac. ¿Sería el hermano de Rémy igual de redondo y rubicundo? La idea de pasarse meses trabajando para un tipo estrafalario en algún pueblo perdido de Francia despertó en Rodolfo un asomo de hilaridad, que se cuidó mucho de no exteriorizar.

Don Fausto estaba tan entusiasmado exponiendo sus planes, que no vio que Rodolfo se mordía con ahínco el labio inferior. Continuó, impertérrito:

—Y quiero que presentes tus respetos a algunos viticultores importantes que tienen delegación en París. Tú verás cómo te las arreglas para que te abran sus puertas. Es hora de que aguces el ingenio, hijo mío.

Rodolfo se acercó más a la ventana. De pronto, se abrasaba de calor. ¿Había dicho su padre realmente «París» o se lo había imaginado? Metió las manos en los bolsillos del pantalón para disimular el súbito nerviosismo.

—Saldrás dentro de dos semanas. Evaristo irá mañana a Zaragoza a comprarte los billetes del tren y Rémy ya te ha buscado pensión en París.

Su hijo le veía mover los labios, entendía lo que decía, pero las sílabas le llegaban cansadas como si hubieran viajado hasta él desde la mismísima capital de Francia. Iba a salir del mar de viñedos que le asfixiaba desde niño. Iba a conocer la ciudad más excitante del mundo. El lugar con el que soñaban él y sus amigos desde antes de ponerse los primeros pantalones largos. ¿Qué importaba que tuviera que hacer de recadero del hermano de Rémy?

—Dispondrás de una asignación para tus gastos. Con eso y con lo que te pague el hermano de Rémy tendrás que arreglártelas. Administra bien el dinero. Dicen que la vida es cara en París; si te quedas sin un real, yo no te ayudaré. ¿Comprendido?

Rodolfo asintió con la cabeza. El corazón le latía como si llevara dentro toda una cofradía de Semana Santa tocando los tambores.

—Tú serás mi sucesor, hijo. Tendría que haber sido Dionisio, como le corresponde por ser el mayor. A ti te había destinado a las leyes, pero… —Don Fausto se calló de repente, dejó escapar un suspiro y murmuró—: No me falles tú también.

París, 1926

Si tienes la suerte de vivir en París de joven, luego París te acompañará, vayas a donde vayas, el resto de tu vida, ya que París es una fiesta que nos sigue.

ERNEST HEMINGWAY
en una carta a un amigo

1

E ra un tórrido domingo de verano. Uno de esos días en los que la canícula convertía París en un horno y sus habitantes, poco habituados a esos rigores, se mostraban irritables y evitaban las orillas del Sena por no convertirse en pasto de moscas y mosquitos. Los ricos apuraban el estío en sus villas de veraneo en Biarritz o Deauville; los que buscaban más tranquilidad se relajaban en Dinard o Arcachon.

En todo el mundo las mujeres —y no pocos hombres— lloraban la muerte del astro del cinematógrafo Rodolfo Valentino, que había expirado el 23 de agosto en plena flor de sus treinta y un años. Las crónicas hablaban de miles de personas, casi todas mujeres, apretujadas en filas para entrar en la capilla de la empresa de pompas fúnebres Campbell de Nueva York, donde el cuerpo del hombre más bello del mundo, maquillado y acicalado como si fuera a bailar el tango en una de sus películas, seguía provocando desmayos entre las féminas. Ante la funeraria llegó a aglomerarse tanta gente que policías a caballo cargaron contra la multitud para dispersarla. Hubo que lamentar incluso suicidios de admiradoras a las que debían de faltarles razones para vivir y algún tornillo que otro.

En el instante en que bajó del taxi, Rodolfo supo que siempre recordaría el aroma a pan y a bollería recién horneada que brotaba de una *boulangerie* cercana y que le envolvió al pisar la acera. Tuvo la certeza de que ese recuerdo olfativo se impondría incluso al cielo azul que le recibió al salir de la estación, al frenético devenir de automóviles y tranvías en las avenidas por las que le había conducido el taxista, al esqueleto de la Torre Eiffel que vislumbró varias veces por encima de los tejados, a las voces de los vendedores de periódicos que anunciaban por doquier la muerte de *Rudy il bello*, al apresuramiento de los peatones que brotaban como hormigas de las bocas del metropolitano, y al sugerente caminar de las francesas.

Tras recorrer arriba y abajo, cargado con sus dos maletas, el boulevard de Montparnasse en infructuosa búsqueda, un viandante le explicó que la entrada de la pensión que buscaba no estaba en la avenida, como había creído, sino en una bocacalle angosta. Allí no llegaba el aroma de la *boulangerie*, sino un denso tufo a coliflor y pis de gato. Con el corazón encogido como un guisante, contuvo la respiración, maldijo para sus adentros al estúpido de Rémy y los planes trazados por su padre, y entró en el callejón. Sólo había dos patios, y la casa de huéspedes estaba en el primero. Al menos, eso ponía en una placa oxidada, o tal vez sólo estaba sucia: PENSION DE MADAME FLORE, PREMIER ÉTAGE.

Le abrió la puerta la dueña en persona, una mujer gorda, despeinada y de mirada torva que a Rodolfo se le antojó tan vieja como la madre tierra. Con el tiempo descubriría que según la actitud de madame Flore al dirigirse a un huésped se podía saber si éste pagaba su alojamiento con puntualidad o si no le quedaba un mísero *sou* en el bolsillo. También descubriría que madame Flore era prima lejana de Rémy. Y que el moño aupado a su coronilla era un ser rebelde, dotado de vida propia, que repelía las horquillas y siempre se liberaba de esa tiranía antes de media mañana. El día de la llegada de Rodolfo, las guedejas de la señora indicaban que las horquillas estaban a punto de tomar las de Villadiego.

El cuarto al que le condujo madame Flore daba al bulevar. Por la ventana abierta se filtraba el calor mezclado con el ruido de los automóviles, los timbrazos de los tranvías y algún retazo de música lejana. A Rodolfo la perspectiva de dormirse escuchando los sonidos de esa majestuosa ciudad le agradó. El desportillado mobiliario, en cambio, no le hizo tanta gracia. Y menos aún la cama, cuyo somier chirrió cuando se sentó para tantear su consistencia ante la mirada ceñuda de la dueña. Ésta le indicó a qué hora se servía *le petit déjeuner* en la salita y recalcó que ella no daba comidas, aunque monsieur podía acudir al *bistro* de su hermano, Chez Jean-Pierre, a tan sólo cinco minutos de allí. Añadió que el precio del alojamiento incluía un baño a la semana, pero *monsieur* podría bañarse siempre que lo deseara. Por supuesto, el capricho de malgastar agua supondría un sobreprecio. Dicho eso, madame Flore hizo un movimiento de cabeza que la acabó de desgreñar y dejó a Rodolfo a solas con sus dos maletas y una mezcla de nostalgia de su casa y de excitación por todo lo que iba a descubrir.

Exhausto como estaba del largo viaje, Rodolfo se quitó la americana, se tumbó sobre la cama gimiente y se quedó dormido enseguida. Despertó al cabo de dos horas, con la camisa y el pantalón arrugados y una sensación de vacío en el estómago. Se lavó la cara en el desportillado lavamanos, se peinó, se arregló la ropa hasta darle un aspecto presentable y se puso la chaqueta. Salió del callejón al boulevard de Montparnasse. Había refrescado un poco. El entusiasmo de estar en París hizo que se olvidara del hambre que le roía el estómago. Durante un buen rato deambuló por la acera sin rumbo fijo, observando el acelerado caminar de los peatones y las abarrotadas terrazas de los cafés, con sus mesas y sillas alineadas en varias filas de cara a la calle, de modo que quien se sentaba a tomar algo podía diseccionar a los viandantes a conciencia.

Cuando se cansó de dar vueltas, el hambre volvió a hacerse notar. Se detuvo ante un local llamado Le Dôme. Era un establecimiento grande cuya terraza, abarrotada de gente sentada a la sombra del toldo, ocupaba buena parte de la acera. Vio una mesa libre y se apresuró a instalarse allí antes de que alguien se le adelantara. Pronto se plantó ante él un camarero vestido con chaleco negro sobre camisa blanca y largo delantal del mismo color.

Tras haberle escuchado recitar las sugerencias del día, Rodolfo decidió concederse el capricho de pedir un vino de Burdeos para acompañar un plato de salchichas de Toulouse con puré de patatas. Era el dispendio máximo que podía permitirse. Pronto tendría que empezar a buscar algún lugar barato donde comer a diario. Sabía que su padre no amenazaba en vano. Si le había dicho que no pensaba enviarle dinero en el caso de que se quedara sin blanca, lo cumpliría a rajatabla. Pero ése era su primer día en París. Era dueño de su vida y de su tiempo hasta la mañana siguiente, cuando tendría que presentarse ante monsieur Bouillon, el hermano de Rémy. Le quedaban varias horas para sentir palpitar esa maravillosa ciudad. Y pensaba disfrutar de cada segundo.

Dejó vagar la vista sobre los hombres, ataviados con traje de verano y sombrero, muchos de ellos con canotier, que ocupaban las mesas contiguas. Las mujeres que les acompañaban, delgadas y etéreas como cisnes, se sentaban indolentes, una pierna cruzada sobre la otra, dejando a la vista las rodillas enfundadas en medias de brillo sedoso. Fumaban, con una distinción que Rodolfo no había visto jamás en las españolas, cigarrillos encajados en boquillas de marfil tan interminables como sus piernas. Se sintió muy cosmopolita entre el murmullo de voces que conversaban en francés, aunque también distinguió unos sonidos que le recordaron a un inglés que había conocido en Madrid. De pronto, advirtió que nadie almorzaba ya a esa hora; bebían café, coñac y cócteles de aspecto vistoso. Recordó entonces que el profesor de francés que contrató su padre cuando eran niños les había dicho que en la Europa civilizada no se comía tan tarde como en España. Avergonzado, estuvo a punto de levantarse para anular la comanda, pero el hambre se impuso. Cuando llegó el del delantal con su plato de salchichas, una copa de vino y *une carafe d'eau*, se lanzó a comer con tal ansia que no advirtió que un hombre alto y rubio le observaba desde una de las mesas vecinas con una sonrisa enlazándole las orejas.

A la mañana siguiente, cuando Rodolfo encontró Bouillon

et Fils, tuvo que aguardar un buen rato ante la puerta de entrada hasta que recuperó el resuello. El negocio de monsieur Bouillon se hallaba en el corazón de Montmartre, en lo alto de una calleja empinada y pavimentada con adoquines. En su empeño por no llegar tarde el primer día, había recorrido ese barrio enclavado en una colina a toda prisa, fijándose sólo en las indicaciones que le había anotado Rémy y en el chapucero mapa que las acompañaba. Ni siquiera había reparado en los cuadros que exponía un pintor barbudo en plena calle, alineados contra un muro de ladrillo. Mientras tomaba aire, fumó apresuradamente un cigarrillo hasta la mitad, lo tiró a la acera, se limpió el sudor de la frente y entró con cautela.

En una destartalada sala compartían espacio dos hombres con visera negra y manguitos, parapetados tras dos viejos escritorios, un muchacho con aspecto de galopín que en ese instante descansaba sentado sobre un barril, al lado de una estufa inerte, y un ejército de barricas y botellas llenas de líquido granate. El aroma a madera vieja y a vino que inundaba el lugar no desagradó a Rodolfo. Uno de los escribanos alzó la vista con desgana, le escrutó de arriba abajo y preguntó qué deseaba. Tras explicarle el joven Montero el propósito de su presencia reuniendo el vocabulario francés que creyó más exquisito, el hombre se levantó y se aproximó a una puerta de madera tallada. Llamó con los nudillos y entró sin aguardar respuesta. Salió antes de que Rodolfo llegara a impacientarse o inquietarse y señaló con el pulgar hacia la puerta.

—*Entrez...*

Aristide Bouillon, que aguardaba a Rodolfo junto a la puerta, le tendió una mano grande con el dorso sembrado de vello. Se parecía a Rémy en lo recio y paticorto y en el mostacho que surcaba su rostro coloradote. Sin embargo, a diferencia de su hermano, agraciado con una espesa mata de pelo que le había granjeado en Aguarón el apodo de Pelorrucio, el comerciante en vinos lucía una calva refulgente. Aristide abrió una sonrisa afable y lo condujo hacia las viejas sillas alineadas ante el escritorio. Rodolfo se frotó con disimulo los dedos doloridos tras el enérgico saludo de Aristide.

—Siéntese, monsieur Monteró —exclamó el comerciante, haciendo vibrar la «erre» del apellido en la garganta y acentuando la «o». También en el timbre de voz se parecía a su hermano.

Rodolfo obedeció, algo cohibido. ¿A las órdenes de ese cabestro iba a pasar la mayor parte del día durante los próximos meses?

Aristide se dejó caer en su gastado sillón de cuero, cruzó los brazos encima de la barriga y pasó revista al español cuya formación le había encomendado su hermano. Tuvo la impresión de que a ese joven, guapo y atildado con un traje de buena hechura, debía de interesarle más la vida frívola que el negocio del vino. Ss preguntó si no se lo habrían enviado para apartarle de alguna senda poco recomendable. Fuera como fuese, él, Aristide Bouillon, lo devolvería a España con callos en los dedos y convertido en un hombre de provecho. El proyecto le arrancó otra sonrisa de buey afable.

—Rémy me ha hablado siempre maravillas de su buen amigo, monsieur Monteró… y también de sus hijos, naturalmente…

Rodolfo dudó mucho de que Rémy hubiera hablado maravillas del pobre Dionisio, cuyas borracheras eran conocidas en toda la comarca, pero se limitó a dibujar una sonrisa cortés.

—Los amigos de mi hermano también son mis amigos —continuó Aristide—. Por eso, cuando Rémy me contó en su última visita a París que monsieur Monteró deseaba que su hijo conociera el negocio del vino en Francia, le dije: «Naturalmente lo emplearé en Bouillon et Fils y le enseñaré cuanto sé»…

El comerciante hizo una pausa y Rodolfo creyó llegado el momento de expresar su agradecimiento a monsieur Bouillon por su gran generosidad.

Aristide movió en el aire su manaza para restar importancia al asunto. Se echó hacia atrás en el asiento, suspiró y empezó a hablar en un tono melancólico que contrastaba con su extrovertido recibimiento. Dijo que su empresa, asentada en Montmartre desde que los viñedos aún tapizaban la colina y sus vinos eran apreciados en toda Francia, había pasado de padres a hijos durante siglos. Pero la Gran Guerra había hecho mucho daño al negocio del vino y, para empeorar las cosas, ahora que el país parecía estar recuperándose y la gente volvía a gastarse los francos, resultaba que se había aficionado a esas porquerías que llamaban cócteles y no disfrutaba como antes de los exquisitos caldos franceses. En sus buenos tiempos, Bouillon et Fils tenía empleados a cinco oficinistas, seis mozos de almacén y dos muchachos de los recados. Ahora, dos hombres repartían su tiempo entre la oficina y el almacén, y el chico de los recados pasaba más rato ocioso que recorriendo las calles de París.

La Gran Guerra había sido terrible para los franceses, enfatizó Aristide. Diezmó a una generación entera de hombres jóvenes que habrían sido muy valiosos para el país. A él le arrebató a su único hijo, al que ya había empezado a instruir en los pormenores del negocio. Echaba tanto de menos a su pequeño Orèste que aún no se sentía con ánimo de cambiar el nombre de Bouillon et Fils por otro más acorde con la situación. Por eso se alegraba de volver a contar en la empresa con un mozo dispuesto a aprender y a trabajar. Él se encargaría de que el joven monsieur Monteró regresara a España convertido en un hombre de provecho.

Rodolfo no supo calibrar en ese instante si lo de convertirse en hombre de provecho le reportaría algo bueno o supondría un castigo para su cuerpo y alma. En cualquier caso, obsequió a monsieur Bouillon con otra sonrisa de respeto y agradecimiento.

Aristide se levantó tan de repente que Rodolfo tardó en reaccionar. Cuando lo hizo, saltó de su silla como si le hubieran pinchado en el trasero con una aguja.

—Bien, mi querido Rodolphe, el tiempo es oro también en los asuntos del vino. Trabajará de ayudante de monsieur Saint-Michel, mi hombre de confianza. Él conoce este negocio como la palma de su mano. Venga… acompáñeme…

Jean-Claude Saint-Michel resultó ser el individuo taciturno al que se había dirigido Rodolfo nada más entrar. Cuando Aristide Bouillon le encomendó al nuevo, su rostro cuadrado delató el poco entusiasmo que despertaba en él instruir a ese pisaverde extranjero, cuyas manos parecían de mujer de tan finas, pero se plegó a las órdenes del dueño sin rechistar, como llevaba treinta y cinco años haciéndolo.

Con el paso de las semanas, Rodolfo iría descubriendo que bajo el aspecto avinagrado de Saint-Michel se ocultaba un hombre leal que sabía de vinos más que nadie. Pero hasta que le alcanzó esa tranquilizadora revelación, entraba a trabajar por las mañanas atenazado por el miedo, como un colegial. Saint-Michel no le concedía ni un solo momento de asueto. Le encargaba las tareas de almacén más duras y le enviaba a hacer recados a la ciudad incluso cuando Honoré, el muchacho, estaba matando el tiempo sentado sobre su barril. En cuanto Saint-Michel descubrió que Rodolfo tenía una letra elegante y se expresaba en francés con corrección, le puso a escribir cartas y facturas, y a pasar a limpio los contratos. En Bouillon et Fils los documentos se redactaban a mano, pues Aristide se negaba a invertir un solo franco en una de esas diabólicas máquinas que usaban en muchas oficinas y que, para más inri, solían manejar mujeres que lucían la falda, las ideas y el cabello demasiado cortos.

A mediodía, Saint-Michel y el otro oficinista —vivían todos en Montmartre, muy cerca de Bouillon et Fils— aprovechaban el breve descanso para comer en sus casas. Rodolfo, en cambio, no tenía tiempo de regresar a su pensión, pero tampoco añoraba el desangelado cuarto que daba al boulevard de Montparnasse. Le pesaba demasiado el cansancio para gastar energía sin necesidad. Nunca en toda su vida había trabajado así. Su padre había deseado hacer de sus hijos unos señores y los había mantenido lejos de las labores que se llevaban a cabo en las viñas y en la bodega. Ahora, cuando Rodolfo se sentaba, agotado, en un *bistro* cercano, frecuentado por artistas bohemios y obreros del barrio, para dar cuenta del menú a *prix fixe*, tenía la sensación de haber sido arrojado al purgatorio para expiar las jaranas de sus tiempos estudiantiles.

Los planes que había hecho Rodolfo para explorar las calles y los monumentos de París quedaron postergados. Cuando salía de Bouillon et Fils, al final de la tarde, y bajaba la colina hasta donde paraba el tranvía que le devolvía al boulevard de Montparnasse, estaba tan exhausto que a veces se quedaba traspuesto en cuanto encontraba sitio donde sentarse. El primer domingo se le fue en dormir y holgazanear. Como la paga semanal de *monsieur* Bouillon era exigua y no quería malgastar la asignación de su padre, compraba para cenar una *baguette* en la *boulangerie* de la planta baja y la rellenaba con queso de una tienda de ultramarinos cercana. Guardaba los restos en un cajón de la cómoda y rezaba por que el olfato de madame Flore fuera igual que su apariencia física.

Alguna tarde, si no estaba demasiado cansado, se permitía el capricho de sentarse en la terraza del Dôme. Allí estiraba cuanto podía una taza de café mientras contemplaba el ir y venir de la gente por el bulevar. Pronto supo detectar entre los viandantes quiénes eran aristócratas rusos huidos de la revolución bolchevique. Pese a que los hombres salían adelante en París trabajando como taxistas, camareros o mayordomos y las mujeres se empleaban en talleres de costura o servían en las casas ricas, su porte distinguido y orgulloso les delataba. A Rodolfo seguían maravillándole las piernas de las parisinas y su modo de menear el trasero al andar, tan diferente del recato que se inculcaba a las españolas desde bien niñas. Empezó a conocer a los clientes fijos y aprendió a distinguir a los norteamericanos por el aspecto y la manera de hablar. Se le antojaban como una plaga que había invadido Montparnasse y Montmartre. A juzgar por cómo se gastaban los francos en cócteles y whisky, dedujo que no debían de padecer estrecheces económicas. Aunque también frecuentaba el Dôme un estadounidense moreno y fornido que pasaba horas y horas llenando cuartillas y dando brevísimos sorbos al mismo café; Rodolfo había oído que uno de los camareros se dirigía a él llamándole llamándole monsieur Hemingway.

Entre los asiduos a la terraza del Dôme se topaba a menudo

con un hombre alto, acicalado con llamativa elegancia, de cabello muy rubio peinado hacia atrás con gomina, que aparentaba tener la misma edad que él y siempre le saludaba con una sonrisa y una inclinación cortés. Una tarde, Rodolfo, decidido a escribir a su padre la carta que llevaba aplazando demasiados días, se llevó al Dôme su estilográfica y unas cuartillas recién compradas. No había llenado ni media hoja cuando una sombra se proyectó sobre el papel. Rodolfo alzó la vista. El rubio elegante le miraba desde arriba, con su inconfundible sonrisa y el canotier en la mano derecha. La línea de un fino bigote, recortado con primor, resaltaba el trazado de su boca confiriéndole una sensualidad casi femenina. Los ojos eran de un azul tan transparente como el berilo.

—Buenas tardes, caballero —dijo el rubio en un español correcto con un fuerte acento francés—. ¿Me permite sentarme con usted?

Rodolfo puso la capucha a la estilográfica y murmuró:

—Naturalmente…

Le habría gustado reaccionar como un hombre de mundo, pero estaba demasiado sorprendido. El otro apartó una de las sillas y se deslizó sobre ella con elegancia felina. Dejó caer el sombrero a un lado de la mesa y le tendió la mano derecha.

—Marcel de Montaignac.

Rodolfo le estrechó la mano, y el francés se la apretó con fuerza.

—Rodolfo Montero… —dijo, y se sintió terriblemente plebeyo.

—Rodolfo…, como el pobre Rodolfo Valentino… —bromeó el francés con su acento gutural.

—Así es… —Forzó una sonrisa. Siempre le había molestado que la gente sacara a colación a ese actor afeminado en cuanto decía su nombre. Carraspeó y añadió—: Dígame, monsieur de Montaignac, ¿cómo ha sabido que soy español?

—Muy sencillo. Le vi almorzar aquí… hace ya algunos días. No se ofenda, monsieur Monteró, pero… sólo el estómago de un español es capaz de ingerir comida contundente pasadas las cuatro de la tarde.

Marcel emitió una suave risa que Rodolfo secundó por cortesía pero con escaso entusiasmo.

—*À propos* —continuó Marcel—: hablarse de usted es terriblemente antiguo. Nosotros somos jóvenes y alegres. Estoy convencido de que también seremos buenos amigos. Tratémonos de tú. Por nuestra amistad naciente.

Rodolfo asintió con la cabeza. Le había impactado demasiado la irrupción de ese hombre para que se le ocurriera una réplica mundana.

—¿Me permites invitarte a un gin fizz?

—¿Por… por la tarde? —tartamudeó Rodolfo, mirando de reojo su taza de café, casi llena aún porque se había propuesto que le durara un buen rato.

—Un cóctel es bienvenido a cualquier hora.

Marcel alzó la mano derecha para llamar al camarero, que trajinaba cerca de su mesa. Sus dedos, largos y de uñas perfectamente recortadas, se movían como las alas de los pájaros. Mientras esperaban a que se acercara, sacó una pitillera de oro del bolsillo, la abrió y se la aproximó a Rodolfo. Éste extrajo con timidez un cigarrillo. Marcel tomó otro, cerró la cigarrera y la guardó. Entre sus dedos apareció una boquilla negra en la que encajó su pitillo; reprimió una fugaz mueca de asombro al ver que Rodolfo se disponía a fumar a pelo, y se apresuró a prender los dos cigarrillos con un encendedor que, para sorpresa del joven Montero, también parecía de oro.

Fue en ese instante cuando Rodolfo supo que su vida acababa de dar un nuevo y excitante giro.

2

Cuando se encendieron las luces del Folies Bergère y fue bajando el telón, Rodolfo llevaba tanto rato conteniendo la respiración que empezaba a sentir ahogo. Ocupaba una butaca de platea junto a Marcel de Montaignac, tan cerca del escenario que había tenido la sensación de que le bastaría con alargar los brazos para tocar la piel negra y sedosa de Josephine Baker. Había entrado en el templo del music-hall parisino combatiendo el cansancio de todo el día, pero un pellizco de su nuevo amigo en los riñones y el baile de la Baker le despejaron por completo.

La jornada había sido agotadora. Por la mañana se había despertado media hora más tarde de lo habitual y había tenido que saltarse el desayuno de la pensión. No había contado con que, mientras daba mordiscos a una punta de baguette del día anterior, se toparía en la puerta con madame Flore y su moño díscolo, que a esa hora aún se situaba en la cima de la cabeza. Como Rodolfo nunca se retrasaba en pagar el alquiler, la dueña le saludó con una untuosa sonrisa de dientes amarillos y dispuesta a darle palique. Tras habérsela quitado de encima, Rodolfo tuvo que correr para no perder el tranvía y después subió a toda prisa las callejas de la Butte, como llamaban al barrio de Montmartre los bohemios del *bistro* donde solía comer a mediodía. Aun así, llegó tarde y se ganó una buena reprimenda de Aristide Bouillon, que odiaba la impuntualidad casi tanto como la pereza.

Por la tarde se durmió en el tranvía y estuvo a punto de pasarse de parada. Tampoco fue puntual en el Dôme, donde se había citado el día anterior con el desconcertante Marcel de Montaignac. Éste, vestido con un traje oscuro de impecable caída, le esperaba sentado en la terraza. Pese a la tardanza de Rodolfo, fumaba con su calma habitual, sin exteriorizar el menor asomo de impaciencia. En la mesita delante de él había un cóctel a medio consumir y su canotier, que Marcel se apresuró a retirar cuando Rodolfo se sentó a su lado.

—¿Un gin-fizz?

—Gracias, Marcel, pero lo que necesito ahora es un café.

Mientras Rodolfo sorbía su bebida como si fuera un reconstituyente, Marcel quiso saber qué lugares de la ciudad conocía. Diplomático, no dejó traslucir ni un ápice de extrañeza cuando Rodolfo le respondió que desde su llegada, hacía una semana, el intenso trabajo con monsieur Bouillon no le había dejado tiempo para explorar París como había planeado. Marcel se encogió de hombros y dijo:

—*Bah, la Tour Eiffel, le Louvre, l'Arc de Triomphe, la Bastille...*, todo eso es terriblemente aburrido. —Intercaló un suspiro de suficiencia—. Hoy, *mon ami*, vas a ver algo fabuloso que recordarás hasta el día de tu muerte. Conmigo vas a conocer el verdadero París, donde late la vida y por cuyas venas fluye la diversión. —Se interrumpió y escrutó a Rodolfo de arriba abajo—. ¿Tienes traje de etiqueta?

—¿Cómo?

—Un frac.

—No, yo... —La voz de Rodolfo se apagó. Una ola de calor le abrasó la cara. Se sentía muy pueblerino.

—No importa —zanjó Marcel—. Pasaremos antes por mi casa. Creo que te sentará bien mi ropa. Somos de la misma estatura...

Se levantó con agilidad felina. Rodolfo le imitó, desconcertado hasta el tuétano. De pie se dio cuenta de que a la mesa de al lado se sentaba el americano al que el camarero llamaba monsieur Hemingway. Tenía la mesa cubierta de papeles y llenaba con ahínco una cuartilla. Apenas levantó la cabeza para esbozar una rápida sonrisa cuando Marcel le dijo adiós.

—Ése era Ernest… —explicó Marcel cuando se hubieron alejado del Dôme—. Vino de Estados Unidos para escribir novelas. —Sacó su cigarrillo consumido de la boquilla, lo tiró al suelo y lo pisó—. París está lleno de escritores americanos…, y no sólo escritores…

Rodolfo estuvo a punto de exclamar que ya se había dado cuenta de eso, pero prefirió no interrumpir a su cicerone.

—Estados Unidos salió enriquecido de la Gran Guerra y ahora el cambio de divisas es muy favorable al dólar. Por eso viven tantos *américains* en París… —Marcel se rió entre dientes—. Y porque aquí no tenemos la Ley Seca y pueden beber todo el alcohol que quieran, claro…

Se detuvo ante un estilizado automóvil descapotable de color verde oscuro. Subió por la derecha, donde estaba el volante, e indicó a Rodolfo que se acomodara en el otro lado.

—*Et voici!* —exclamó, una vez sentado y tras haberle pasado el canotier para que se lo guardara—. Te presento a mi querido Bentley 3-Litre, una máquina magnífica.

—Debe de correr mucho —susurró Rodolfo, admirado ante el aspecto elegante y sinuoso de ese coche, que contrastaba con la anchura y las líneas cuadradas del Hispano-Suiza de su padre.

—Amo la velocidad y me siento feliz cuando conduzco. —Marcel rió entusiasmado mientras arrancaba el Bentley—. Me gustaría participar algún día en las 24 horas de Le Mans, pero antes tendría que sacar dinero a mi padre para cambiar este automóvil por uno más rápido. —Tomó aire y exclamó en tono teatral—: Y ahora, *mon ami*, es posible que pases algo de frío. Te recomiendo que no te pongas el sombrero, lo perderías enseguida. Una máquina como ésta sólo puede disfrutarse con la capota bajada.

Marcel guió el Bentley a una velocidad endiablada a través del tráfico crepuscular de París hasta que llegaron, con el pelo revuelto y algo destemplados por el frescor de la noche incipiente, a un barrio elegante y tranquilo desde donde se veía, muy cerca, la parte de arriba de la Torre Eiffel. El vestíbulo de la finca donde vivía Marcel, con su suelo de mármol blanco abrillantado sobre el que resonaban las pisadas, se le antojó a Rodolfo el lugar más lujoso que había visto jamás. El ascensor dormía tras una reja de forja labrada; la vidriera de la puerta inundaba el cubículo con una mezcolanza de colores que variaban conforme iban ascendiendo hasta el tercer piso. En el rellano había tres puertas de madera maciza lacada en blanco. Marcel se paró ante la del centro y llamó.

Un hombre de unos cuarenta y tantos años, de movimientos tan elegantes como pausados, abrió, saludó respetuosamente a Marcel y se apartó para dejarles entrar. Por su vestimenta, Rodolfo dedujo que debía de tratarse de un criado.

—Henri, dos cócteles de champán —se limitó a decir Marcel mientras le entregaba el sombrero.

El sirviente se hizo cargo también del de Rodolfo. Marcel puso una mano sobre el hombro de su amigo y dijo:

—Vamos a mi vestidor. Yo mismo te elegiré la ropa adecuada.

No salieron más criados. Rodolfo pensó que si Henri se encargaba él solo de mantener el orden en ese apartamento, lo hacía a conciencia. El suelo de mármol blanco brillaba tanto que caminaba con miedo a resbalar. Los muebles del enorme salón que atravesaron eran de madera clara y líneas redondeadas. Las tapicerías de los espaciosos sofás y sillones, repartidos por toda la estancia, eran casi tan blancas como el papel pintado que cubría las paredes. Eso contrastaba con los remates cromados de algunos armarios y con los cuadros de gran tamaño, que no representaban paisajes ni eran retratos de personas, sino que se componían de líneas geométricas y colores vivos.

Rodolfo se había criado en una casa con posibles bajo las ínfulas de grandeza de su padre. Jamás había tenido más problemas económicos que los causados por los recurrentes ataques de tacañería de don Fausto. Mientras estudió en Madrid, había vivido con la holgura que le permitía su generosa asignación mensual, pero el apartamento de Marcel lo había dejado anonadado: hasta el jarrón más modesto hablaba de riqueza, de esa fortuna con mayúsculas que sonreía a muy pocas personas en el mundo y de la que no había estado tan cerca en toda su vida.

Marcel no dio muestras de percatarse de la mudez de su invitado. Una vez en el vestidor, se tomó su tiempo para elegir cada prenda que pensaba prestarle. Las colocó con cuidado sobre una butaca de cuero marrón claro y se sentó en otra que quedaba libre.

—*Voici* tu atuendo para esta noche. Cámbiate de ropa deprisa o llegaremos tarde.

—¿Aquí?

Rodolfo no concebía desnudarse delante de otro hombre que encima era casi un desconocido. Pero Marcel no parecía dispuesto a retirarse.

—*Naturellement.*

Henry entró llevando una bandeja con los cócteles. Los depositó sobre una mesita auxiliar y se alejó sin hacer ruido. Marcel levantó una de las copas y se la llevó a los labios. Tomó un trago generoso, volvió a dejarla sobre la mesita y se encendió un cigarrillo, mientras Rodolfo permanecía petrificado ante el espejo de cuerpo entero de ese vestidor, que debía de ser tres veces más grande que su cuarto en la pensión. Le daba vergüenza exhibir su ropa interior. Madame Flore le hacía la colada cobrándole sus buenos *sous* suplementarios, pero el resultado no estaba a la altura del precio. Marcel suspiró con impaciencia.

—No seas *petit-bourgeois*, querido. No voy a ver nada que no conozca.

Rodolfo tragó saliva y se quitó la americana. ¿Qué diablos hacía desvistiéndose en ese lujoso apartamento delante de un figurín que no le quitaba la vista de encima? ¿Y si era un pervertido? Escrutó a Marcel de reojo. Era un hombre apuesto, de gustos refinados y ademanes suaves… pero eso no le convertía en afeminado. ¿O tal vez sí? Lejos de tranquilizarse, Rodolfo concluyó que no debería haber aceptado su invitación tan a la ligera.

Marcel consultó su elegante reloj de pulsera Cartier Santos, por el que Rodolfo le envidiaba con toda su alma desde que había reparado en él, y meneó la cabeza.

—¡Apresúrate! Nos queda poco tiempo. Yo también tengo que cambiarme, pero antes quiero comprobar que tu aspecto es impecable. ¿Sabes que eres aún más guapo que Rodolfo Valentino?

A Rodolfo le dio un vuelco el corazón y se ruborizó hasta las orejas. ¿Y si se había metido en la guarida de un bujarrón?

Marcel abrió una sonrisa mordaz, como si le hubiera leído el pensamiento.

—Ah, los españoles sois tan pudorosos… —Dio una profunda calada a su Gauloises que pareció subrayar su ironía—. Todos menos mi madre. Ella nació en San Sebastián, pero es más francesa que Colette.

Rodolfo frunció los labios y se resignó a lo inevitable. No tenía escapatoria. Se quitó los pantalones, los dobló con cuidado y los dejó sobre la butaca, junto a la ropa de etiqueta.

Marcel se rió y meneó la cabeza.

—Eres igual que un niño vergonzoso, Rodolphe. Espero que no te asuste lo que vas a descubrir en el Folies Bergère.

3

Rodolfo sólo había visto gente de piel oscura en las ilustraciones de algún libro infantil, donde los negros eran representados como seres primitivos de gruesos labios y grandes ojos en perpetuo asombro. Los latidos de su corazón se desbocaron cuando sobre el escenario del Folies Bergère apareció una mujer cuya piel color azabache destellaba mientras su frenética danza agitaba, como falos alborozados, los plátanos de fieltro que llevaba prendidos a su minúscula falda. Ese felino misterioso, que surgía de una selva de cartón piedra bañada por la luz de una puesta de sol artificial, se retorcía en un baile primigenio y salvaje ante un explorador blanco dormido. Al fondo, negros semidesnudos tocaban los tambores y cantaban muy bajito para no molestar a la diosa. Rodolfo había frecuentado en Madrid todos los cabarés y espectáculos de variedades que le había permitido su asignación mensual. Había alimentado su lujuria juvenil jaleando a cupletistas que buscaban pulgas imaginarias entre la ropa a la par que se quitaban prendas y cantaban con aire picarón: «Hay una pulga maligna que a mí me está molestando, porque me pica y se esconde, y no la puedo echar mano». Pero lo que estaba viviendo en ese teatro de París era un hechizo colectivo que atrapaba por igual a los caballeros de frac instalados en las mejores localidades, a sus acompañantes ataviadas con vestidos confeccionados por los mejores modistos parisinos, collares de perlas y relucientes tiaras, y a los que se sentaban en el gallinero, acicalados con sus bastos trajes de domingo y el cabello díscolo domado con gomina por una noche. Los corazones de todos parecían latir al mismo ritmo: el que marcaba la Baker como la llamaba Marcel con la suficiencia de quien lleva tiempo iniciado en un excitante secreto. Esa mujer negra que bailaba, regalaba risas al público, trazaba muecas juguetonas, abría y cerraba las rodillas dibujando con ellas un abanico, había sometido a la ciudad más orgullosa del mundo, que se postraba fascinada a sus desnudos pies.

Aún no había recuperado el aliento ni el habla cuando, en el vestíbulo, Marcel le puso delante su pitillera de oro y le ofreció un cigarrillo. A Rodolfo, que seguía paralizado por la impresión, le costó extraer uno. Les envolvía, como el zumbido de una colmena, una multitud de voces que se deshacían en elogios. Algunos alababan los impresionantes decorados, los lujosos trajes de los artistas y la belleza del espectáculo, característicos del nuevo aire que Paul Derval había sabido imprimir al Folies Bergère desde que se hizo cargo de él en 1919. Otros sólo tenían palabras para la osada danza de la Baker, que superaba en atrevimiento y sensualidad cualquier espectáculo representado antes sobre un escenario parisino.

—*Magnifique, n'est-ce pas?*

La voz de Marcel arrancó a Rodolfo de su ensoñación. Asintió con la cabeza a falta de palabras.

Marcel sacó del bolsillo una larga boquilla de color azabache y se la puso delante de los ojos.

—Un pequeño presente. —Sonrió mostrando su perfecta dentadura—. No pienses que la he usado. Es nueva.

Rodolfo se ruborizó hasta convertirse en una amapola con cuerpo de hombre.

—Marcel, te lo agradezco, pero no puedo aceptar tantos regalos. Ya me has invitado al espectáculo…

El otro movió una mano para barrer sus objeciones.

—*Mon ami*, no es más que un detalle para que luzcas mejor esta noche. Acéptalo, por favor…

Tanto le rogó con la mirada, que Rodolfo se encogió de hombros, tomó la boquilla, murmuró unas palabras de agradecimiento y encajó dentro el cigarrillo que había estado girando entre los dedos. Marcel le dio fuego y prendió otro Gauloises para él.

—Este tabaco sabe mucho mejor así —sentenció—. Sin un buen filtro resulta muy basto.

—Entonces, ¿por qué fumas Gauloises? —se atrevió a preguntar Rodolfo.

—Es muy apreciado por los artistas, y a mí me gusta sentirme bohemio —fue la desconcertante respuesta. Mientras expulsaba el humo de la primera calada, Marcel fue empujando a su amigo hacia la salida—. Marchémonos de aquí. Te voy a llevar a una pequeña fiesta donde conocerás a la flor y nata de París.

Rodolfo se debatió unos segundos entre la tentación de dejarse llevar y el sentido común.

—Debe de ser muy tarde ya… Mañana tengo que trabajar.

—Olvida ahora a ese comerciante de vinos que te explota. Seguro que es gordo y vulgar.

Rodolfo sonrió al pensar en monsieur Bouillon y comparar su imagen con la de los refinados caballeros junto a los que había disfrutado de la actuación en el patio de butacas. Su encogimiento de hombros confirmó a Marcel que estaba a punto de claudicar.

—Hoy tienes que conocer a *les Coleporteurs*.

—¿A quien?

—A Cole y a Linda Porter. Todo el mundo en París los llama *les Coleporteurs*.

Rodolfo pensó que si esos dos formaban parte del círculo de amistades de Marcel, lo de «todo el mundo» era, sin duda, una exageración.

—Son americanos… y la pareja más asombrosa que conozco. Él escribe canciones divinas; ella es hermosa, elegante e inmensamente rica. —Marcel se detuvo, posó una mano en el hombro de Rodolfo y le miró de pronto con expresión muy seria—. Mi querido Rodolphe, si quieres triunfar en la vida, debes casarte con una mujer acaudalada. Yo ya estoy buscando a la mía.

Reanudó la marcha y Rodolfo, resignado a pasar sueño al día siguiente, le siguió. No era capaz de sustraerse a la atracción que ejercían sobre él Marcel y su sofisticado mundo.

De nuevo en el Bentley, el francés volvió a conducir a toda prisa por las calles parisinas, iluminadas ahora por las farolas, las luces de cafés y restaurantes y los faros de los coches. Rodolfo se subió con disimulo el cuello de la levita. Después del acaloramiento que le había provocado la explosiva actuación de Josephine Baker, el aire de esa noche de septiembre le parecía demasiado frío. Miró de reojo a su amigo: no parecía afectado por el cambio de temperatura; su rostro irradiaba felicidad mientras conducía ese automóvil con el que parecía fundirse en cuanto se sentaba al volante. Rodolfo aún seguía rumiando la cuestión de la esposa rica.

—Pero tú… tú debes de tener mucho dinero —balbuceó—. Tu piso…, este coche…

Enseguida se arrepintió de haber dicho eso. Sólo a un paleto se le ocurriría hablarle así a un hombre como Marcel.

El otro ni se inmutó.

—Nunca se es lo bastante rico, amigo Rodolphe. Vivir sin fortuna es muy difícil…, y en París, además de difícil, es aburridísimo. Hazme caso: búscate una esposa con mucho dinero. Cuanto mayor sea su fortuna, mejor…, da lo mismo que sea fea y esté gorda como un elefante. —Marcel engarzó varias carcajadas despreocupadas y añadió—: Tal vez la encuentres hoy en la casita de *les Coleporteurs*…

La casita del matrimonio Porter resultó ser un coqueto *hôtel particulier* situado en el refinado barrio de Invalides, cerca de la Torre Eiffel. La pequeña fiesta a la que había aludido Marcel era un pandemónium de hombres vestidos de etiqueta y mujeres etéreas que sostenían con indolencia cigarrillos pinzados en boquillas infinitas. Nada más entrar en el vestíbulo les asaltaron los acordes de un charlestón, el baile cuyos pasos había intentado aprender Rodolfo con verdadero afán, perdiéndose siempre al pretender coordinar los movimientos de los brazos con los de las piernas. Recordó la de veces que había dado saltos al ritmo de esa misma pieza en los bailes-taxis de Madrid y Zaragoza, incluso había coreado al alcanzar el punto álgido de la borrachera: «Mamá, cómprame unas botas que las tengo rotas de tanto bailar...». En esa fastuosa mansión, y cantada en inglés, le pareció que la letra sonaba mucho mejor.

Un sirviente saludó a Marcel como si le conociera bien y les recogió los sombreros de copa. Mientras serpenteaban entre los invitados que fumaban en el vestíbulo circular llenándolo de volutas de humo, Rodolfo se fijó en el suelo de mármol que combinaba baldosas blancas y negras, en la profusión de columnas jaspeadas que semejaban troncos de piedra, y en la escalera de mármol blanco que ascendía al primer piso. Por doquier había jarrones atiborrados de exóticas flores frescas que espesaban el aire con su dulce aroma. El ambiente era aún más lujoso que el del apartamento de Marcel, y cuando entraron en el salón estaba tan impresionado que las palabras se le anudaron en la garganta cortándole el habla.

La estancia poseía unas dimensiones más que generosas. Los invitados charlaban en grupitos, se atiborraban de champán, fumaban o se retorcían al son de la música en un espacio de donde habían sido retirados los muebles y las alfombras. Tapices de tafetán en color crema rompían el riguroso blanco de las paredes y por todo el salón se diseminaba un sinfín de mesitas chinas lacadas. Las tapicerías de sofás y sillones eran de suave terciopelo en tonos marrones, y mullidas alfombras persas amortiguaban las pisadas. Una colección de estatuas y, de nuevo, multitud de jarrones con flores, colocados en lugares estratégicos, daban el toque de elegancia y colorido. Rodolfo no creía haber visto jamás tantos adornos florales juntos en una misma habitación, salvo en las floristerías o en algún entierro. Un piano de cola Steinway destacaba entre el resto del mobiliario como si fuera su rey. Junto al piano, el resto de la orquesta: ocho hombres vestidos de etiqueta, la mitad de ellos de piel oscura.

Marcel barrió el salón con la vista en un santiamén.

—Espero que pase pronto un camarero. El champán de *les Coleporteurs* es de primera, y ver a la Baker siempre me da mucha sed. —Chasqueó la lengua—. ¿Sabes bailar charlestón?

Rodolfo dio un respingo. Aún no se había habituado a la brusquedad con la que Marcel saltaba de un tema a otro.

—No muy bien —confesó, encogiéndose de hombros. Volvió a sentirse tan paleto que le venció el impulso de pavonearse un poco para compensar—. Pero las mujeres dicen que soy un gran bailarín de tango.

De pronto, la orquesta cambió de tercio y arrancó los primeros acordes de un tango. Marcel dio varias palmadas con alborozo juguetón. Antes de que su amigo pudiera reaccionar siquiera, le rodeó con los brazos sin soltar el cigarrillo y empezó a arrastrarle dando pasos de baile.

—Permíteme que hoy sea yo quien te guíe —dijo por encima de la música.

A Rodolfo se le incendiaron las orejas.

—¿Te has vuelto loco? Van a pensar que somos unos invertidos. Nos echarán de aquí.

—Ah, *mon petit espagnol*, no creo que a nuestro anfitrión le moleste este inocente juego. —Marcel le estrechó con más fuerza y le remolcó por todo el salón. Algunas de las parejas que ya habían empezado a entrelazarse al son de la música se pararon en seco para mirarlos—. Le gustan mucho los jóvenes apuestos y viriles… como tú.

Rodolfo siguió forcejeando para desasirse de su amigo, que le guiaba con delicadeza y habilidad entre el gentío. Cada vez eran más los que se detenían para ver las cabriolas de los dos jóvenes. Algunos aplaudieron con entusiasmo. Él deseó que le tragara la tierra, pero no tuvo esa suerte.

—¿No sabes que al principio de los tiempos el tango lo bailaban hombres con hombres? —explicó Marcel, esbozando una sonrisita que a Rodolfo se le antojó muy desvergonzada.

—¡Suéltame, por Dios! ¡Ya está bien!

Marcel obedeció tan de repente que Rodolfo estuvo a punto de caerse. Recuperó el equilibrio como pudo, enderezó la pajarita y tiró de la levita del frac para colocarla bien. Entonces reparó en la mujer que se acercaba a ellos. Tendría cuarenta y tantos años. Le llamó la atención su cabello cortado *à la garçonne*, el vestido de seda azul oscuro sin mangas, los guantes por encima del codo y el collar de perlas gigantes que cubría su generoso escote. La desconocida no le mereció el calificativo de bella. Su barbilla era demasiado puntiaguda, el cutis se veía algo ajado pese al maquillaje y tenía profundas ojeras. Pero, al igual que Marcel, su porte era el de una persona criada en contacto con la riqueza absoluta.

La dama saludó efusivamente a Marcel, que le tomó la mano derecha con delicadeza, se la acercó a los labios y depositó sobre ella un beso volátil derrochando todo su *charme*. Tras haber intercambiado con la señora las cortesías de rigor, gorjeó como un palomo:

—Linda, permítame presentarle a mi buen amigo Rodolfo. Es hijo de un conde español.

Por segunda vez en esa noche, el rostro de Rodolfo se tiñó del color de la sangre. Se sentía exhibido como si fuera un perro faldero lleno de lazos. ¿Y a qué venía eso de fingir que era hijo de un noble? Si Marcel se avergonzaba de él, ¿por qué le arrastraba a casa de sus amigos ricos? Imitó el besamanos del otro y se sacó de la manga una frase florida, esmerándose más que nunca con la pronunciación, aunque sabía que era buena. La dama recibió encantada sus lisonjas y les dejó para atender a otros invitados.

—Era nuestra anfitriona, Linda Porter —susurró Marcel—. Una mujer maravillosa. Es una lástima que Cole le dé tantos disgustos. Él disfruta exhibiéndose como un papagayo alborotador. No sabe ser discreto. Ya me entiendes.

Rodolfo no entendía nada.

—¿Por qué has dicho esa tontería de que soy hijo de un conde? —repuso, molesto—. No tengo por qué fingir lo que no soy…

—A Linda le ha hecho feliz —le cortó Marcel—, y a ti esa pequeña mentira te abrirá muchas puertas. Cuando nos conocimos, me contaste que tu viejo te exige que te introduzcas en el negocio del vino francés. Pues bien, yo te presentaré a viticultores de peso, entre ellos a mi padre, pero debes hacer caso a mis consejos.

—¿Tu padre…?

Su amigo no le dejó terminar la frase.

—En realidad es banquero, aunque lo que más le gusta es ejercer de mecenas de los artistas que suelo elegir yo. Por eso los bohemios me adoran. Una recomendación mía a *mon père* y se acaban sus penurias económicas —explicó, con un asomo de impaciencia y una buena dosis de sarcasmo—. Desde hace algunos años también es barón de Girondine. Un buen día compró unos viñedos en el Médoc, un *château* ruinoso con bodega y título nobiliario. Reformó todo de arriba abajo y ahora se ha empeñado en producir buen vino, igual que ya hace mi amigo Philippe de Rothschild, cuyo Château Mouton está muy cerca del nuestro, por cierto. Algún día lo heredaré todo y tendré que hacerle la competencia a Philippe. —Marcel se encogió de hombros—. El mundo del vino me atrae más que la banca, lo confieso, pero no tengo ninguna prisa por ponerme a trabajar. Lo malo es que mi padre ve esta cuestión de otra manera.

—De modo que…

—Hablaremos de esto en otro momento. Ahora escuchemos a Cole. Le gusta cantar para sus invitados.

La orquesta había enmudecido. Al piano se sentaba ahora un hombrecito delgado, de ojos saltones, nariz respingona y boca desmesurada. Sus ademanes nerviosos le daban un aire entre desvalido y afeminado. Llevaba el cabello, oscuro y fino, peinado hacia atrás y pegado a la cabeza con fijador. A Rodolfo le pareció muy poca cosa cuando tocó unos acordes al piano y empezó a cantar con una vocecita tan aguda como la de una rana croando en una charca. Sin embargo, enseguida empezó a sentir los pies ligeros y el corazón saltarín. La música de Cole Porter y el modo en que vocalizaba con su magra voz le hicieron sentir deseos de reír, de ponerse a bailar, de gozar de cada segundo de la vida. Miró a su alrededor con disimulo. Todos los demás también parecían haber sucumbido al hechizo del hombrecillo de los ojos saltones. La voz de Marcel le cantaba muy bajito al oído:

> *Why am I just as happy as a child*
> *Why am I like a racehorse running wild*
> *Why am I in a state of ecstasy*
> *The reason is 'cause something's happened to me*
> *I'm in love again, and the spring is comin'...*

Rodolfo no hablaba nada de ingles, pero el énfasis con el que Marcel canturreaba para él despertó su curiosidad.

—Tradúceme la letra, por favor —susurró.

Marcel hundió su mirada azul en la de Rodolfo y recitó, con voz muy queda:

—«¿Por qué soy tan feliz como un niño? ¿Por qué parezco un caballo de carreras enloquecido? ¿Por qué estoy en estado de éxtasis? Porque algo me ha ocurrido... —Hizo una pausa efectista—. Vuelvo a estar enamorado y se acerca la primavera...». ¿Un cigarrillo?

Confundido, Rodolfo se sirvió de la pitillera que su amigo le había puesto delante. Fumaron escuchando el resto de la canción en el respetuoso silencio que guardaban los demás invitados. Cuando Cole Porter cesó de cantar, se levantó de un brinco e improvisó una reverencia. La pasión contenida estalló en fervorosos aplausos.

Marcel reanudó su disimulado escrutinio en busca de rostros conocidos.

—¡Vaya! —exclamó de pronto—. Ahí está el encantador Boris Kochno. No sabía que se encontraba en París. —Acercó su boca a la oreja de Rodolfo y éste supo que seguiría un sabroso cotilleo—. Boris es secretario de Serguéi Diáguilev, el de los Ballets Rusos.

Rodolfo nunca había oído hablar de los Ballets Rusos, pero se cuidó mucho de delatar su ignorancia.

—Se rumorea que él y Cole son amantes —prosiguió Marcel; era evidente que disfrutaba comadreando—. O lo han sido. No sé si continuarán juntos. Voy a saludarle. Hace semanas que quiero quedar con él para hablar de una aportación económica que pretende hacer mi padre a la compañía de Diáguilev. Volveré enseguida, Rodolphe. Si pasa un camarero con champán, coge dos copas, por favor. Me muero de sed.

Marcel corrió hacia un hombre muy joven, de porte elegante y grandes entradas que contrastaban con sus pobladas cejas negras. Pero antes de que llegara a donde estaba el objetivo de su cotilleo, Rodolfo le vio detenerse, con gesto de sorpresa primero y con una sonrisa de oreja a oreja después, para abrazar y besar a una muchacha tan rubia como él, con la que intercambió algunas palabras antes de reanudar el asalto a Kochno. El ruso le recibió sonriente y le dio unas amistosas palmaditas en la espalda.

La orquesta empezó a tocar a ritmo de charlestón la misma canción que acababa de cantar Cole Porter. Eso reavivó la algarabía en el salón. La improvisada pista en el centro se llenó de parejas que se retorcían siguiendo los pasos del baile que tanto se le resistía a Rodolfo. Brillo de lentejuelas, pedrería y *strass*; revuelo de plumas; piernas de mujer acariciadas por destellos de seda; cabezas masculinas resplandecientes de brillantina y sudor; pajaritas níveas aleteando alrededor de cuellos blancos ya desabotonados; burbujas de champán saltando dentro de las copas talladas... Y en medio de ese asombroso caleidoscopio distinguió de repente un vestido dorado. Su tela parecía flotar, vaporosa como una neblina mañanera, alrededor de dos piernas ágiles enfundadas en medias sedosas. Buscó el rostro de esa diosa. Era la muchacha rubia a la que había visto hablando con Marcel. Un hombre grandote y robusto la conducía de la mano en frenético movimiento. Aunque en realidad era ella quien llevaba a ese elefante de rostro colorado y brillante de sudor. Rodolfo observó a la joven con más atención y los latidos de su corazón se enmarañaron hasta cortarle la respiración.

Jamás había visto a una mujer tan hermosa. Era de estatura mediana, de una delgadez etérea, como de niño imaginaba a las hadas. Su pelo de oro, cortado a la moda *garçonne*, ensombrecía el brillo de la cinta de lentejuelas doradas que le ceñía la frente y hacía conjunto con el vestido, tan ligero y vaporoso que Rodolfo hasta creyó vislumbrar la enagua a través de la tela. Cada vez que la chica sacudía las piernas siguiendo la música, asomaban unas rodillas que a su embelesado observador se le antojaron perfectas. Por un instante le pareció que la rubia le dedicaba una sonrisa. ¡A él! Los labios de Rodolfo se dispararon hacia las orejas. Tomó aire para no ahogarse y se quedó muy quieto. Incluso tuvo miedo de pestañear, no fuera a ser que cuando alzara los párpados se hubiera desvanecido el hechizo. Y así ocurrió. El hada del pelo áureo desapareció de su vista en un instante, como si jamás hubiera bailado en el salón de los Porter. En vano la buscaron los ojos de Rodolfo entre la multitud. La chica se había esfumado y con ella la magia que lo había fascinado. Se sintió vacío, derrotado y muy sediento. Miró a su alrededor por si pasaba algún camarero con champán.

De pronto, vio a Marcel acercándose con su habitual parsimonia a la par que esquivaba hábilmente a los bailarines y balanceaba una copa en cada mano. Al reparar en quién le acompañaba, su corazón dio tal vuelco que creyó que acabaría deteniéndose.

—¡Por fin he conseguido champán! —exclamó Marcel—. Toma. Está delicioso y bien frío.

Le alargó una copa. Rodolfo la cogió con dedos tan temblorosos que estuvo a punto de caérsele… porque la joven que se había parado delante de él no era otra que la hermosa rubia del vestido dorado. Se bebió la copa de un trago.

—Veo que tú también tienes sed —se burló Marcel—. *Chez les Coleporteurs tout est possible.* —Meneó la cabeza y encadenó una sonrisa mordaz—. Te presento a mi hermana. Era la niña más encantadora del mundo, pero le ha dado por jugar a ser *flapper* y se ha vuelto insoportable. ¿Qué otra cosa se puede decir de una jovencita que no quiere saber nada de llevar corsé, sale por las noches a bailar y beber sin freno, fuma como una chimenea y quiere aprender a conducir?

Marcel cortó la jocosa retahíla y miró a su hermana con una benevolencia que dejaba traslucir lo orgulloso que se sentía de ella.

—Solange, éste es mi amigo español, Rodolfo… —Soltó una risita burlona y añadió—: como Rodolfo Valentino pero mucho más guapo.

Rodolfo le oyó hablar, vio cómo se movían sus labios, pero las palabras no llegaron a su cerebro. La nueva alusión a Rodolfo Valentino no le irritó. Se había extraviado en el iris azul de la muchacha, dejándose mecer por su oleaje como la única vez que se bañó en el mar durante un viaje a Barcelona con Bartolomé y Pepín. Ella le sonreía en silencioso embeleso, con las mejillas coloreadas de un súbito barniz rosado, entreabiertos los labios pintados de intenso carmesí. Estando tan cerca, Rodolfo pudo apreciar lo joven que era… y el gran parecido físico con su hermano. Al cabo de unos segundos de mutismo por ambas partes que empezó a irritar a Marcel, consiguió reaccionar. Inclinó el torso, alzó la mano derecha de la chica, enguantada en raso dorado, le depositó un tímido beso en el dorso y balbuceó:

—*Enchanté, mademoiselle.*

—Me alegro de conocerle, monsieur —respondió ella en español. Hablaba con un acento francés aún más marcado que el de Marcel. Su voz acarició los oídos de Rodolfo con la suavidad del terciopelo y le provocó un escalofrío.

—¿Adónde vais ahora, querida? —preguntó su hermano. Empezaba a arrepentirse de haber accedido al ruego de esa pequeña bruja de que le presentara a Rodolfo. Siempre se las arreglaba para conseguir de él lo que se le antojaba.

Ella abrió la boca para responder, pero antes de que pudiera pronunciar la primera sílaba, apareció el hombre grandote que había bailado con ella. Saludó a Marcel, ignoró a Rodolfo por completo y apremió a Solange a darse prisa, pues sus amigos ya se marchaban.

Rodolfo le odió al instante.

La chica sonrió y dejó a la vista unos dientes blancos y pequeños como los de una muñequita. Susurró «*Au revoir, Rodolphe!*», se colgó del brazo del paquidermo y se dejó arrastrar por él hasta que se desvanecieron entre el gentío.

Marcel posó una mano sobre el hombro de su amigo.

—Despierta.

Rodolfo hizo un esfuerzo por sonreír. Desaparecida la chica del cabello dorado, la fiesta de los Porter había perdido para él toda su fascinación.

—¿No te habrá apabullado la belleza de Solange…? Mi hermanita causa un efecto devastador en los hombres, y la muy coqueta disfruta seduciendo a sus víctimas. —Marcel se rió con aire pícaro y apuró su copa. De pronto, exclamó—: *Oh là là!* Allí está la viperina Elsa Maxwell. —Se aproximó a su amigo y le susurró al oído—: Mira con mucho disimulo, *s'il te plaît*. Es esa mujer gorda y ordinaria que parece una criada. Allí, cerca del piano.

Éste obedeció, pero seguía tan impresionado por la chica rubia que apenas podía respirar.

—Es norteamericana. Escribe sobre la alta sociedad y los artistas —continuó Marcel. Rodolfo pensó que en ese instante el tono de su voz no difería del de cualquier comadre cotilla—. Una mujer malévola y chismosa. Puede destruir la reputación de quien le plazca con una sola frase en su columna. Hasta los más poderosos le tienen miedo. Por eso recurren a ella para que les organice sus fiestas. Saben que nadie se atreve a rechazar una invitación enviada por la Maxwell. —Meneó la cabeza y tomó a Rodolfo de un brazo—. Debo ir a saludarla. Esa arpía ya me habrá visto y no me perdonaría un desaire. Acompáñame, Rodolphe, seguro que Elsie estará encantada de conocer al hijo de un conde español. —Sonrió con aire burlón—. Verás como esa mujer te hace volver a la cruda realidad.

4

Habían transcurrido tres semanas desde que Rodolfo conoció a Marcel. Cada tarde que pasaban juntos —y eran muchas— le deparaba sorpresas. Marcel se movía por París como pez en el agua. Había llevado a Rodolfo a varias fiestas elegantes, entre ellas una en la mansión de uno de los muchos miembros de los Rothschild, la familia a la que pertenecía su amigo Philippe. Habían asistido al espectáculo de la famosa vedette Mistinguett en el Moulin Rouge, una explosión de tocados llenos de lentejuelas y recargados con torres de plumas que Marcel calificó de decadente, aunque muy instructivo para un neófito en la vida nocturna de París. En esos veintitantos días, éste le había presentado a varios amigos, tan ricos y refinados como él, con los que muchas noches salían a recorrer un club nocturno tras otro. El favorito del grupo era el Grand Duc, aunque todo el mundo lo llamaba Bricktop's por el apodo «Cabeza de Ladrillo» que daba la gente a su máxima estrella, una cantante negra de cabello rojo que, según Marcel, era amiga de Josephine Baker desde antes de que ésta se hiciera famosa. El club se hallaba en la intersección de las calles Pigalle y Fontaine, no demasiado lejos de Bouillon et Fils, aunque Rodolfo estaba seguro de que sin la tutela de Marcel y sus camaradas de juergas jamás lo habría descubierto. Se había resignado a dormir poco cuando salía con su nuevo amigo, y a combatir con café el sueño que le acechaba al día siguiente. Las tardes en las que no quedaba con él, las pasaba sentado tranquilamente en la terraza del Dôme. Allí, estirando al máximo su consumición, escribía cartas a su padre y a Bartolomé, o anotaba en un cuaderno lo que había aprendido ese día en Bouillon et Fils para enseñárselo a su progenitor cuando regresara. Así, éste quedaría contento de cómo había aprovechado su paso por París.

Entre tantos descubrimientos excitantes, a Rodolfo no se le iba de la cabeza la hermana de Marcel. Su imagen luminosa se colaba en sus sueños, le asaltaba a lo largo del día en medio de sus muchas tareas y le enredaba los latidos del corazón. Constantemente se sentía tentado de interrogar a Marcel sobre ella; le intrigaba saber ante todo si estaba comprometida con ese grandullón arrogante que la acompañaba en casa de los Porter, o quizá con algún otro cachorro de la alta sociedad parisina. Pero al final siempre le faltaba valor y se tragaba las preguntas antes de haber llegado a formularlas. ¿Y si a el francés le molestaba que se sintiera atraído por su hermana?

Un atardecer de finales de septiembre, tras la habitual ronda de cócteles en el Dôme, Marcel acompañó a su amigo a la pensión a cambiarse de ropa. Con la almohada colocada de manera que podía apoyar la espalda contra el cabezal sin que su inmaculada camisa tocara la madera carcomida, fumaba Gauloises recostado con indolencia sobre la cama de Rodolfo. Después del tercer cigarrillo, empezó a agobiarle ese desangelado cuarto. Pensó que habría sido preferible esperarle en el café. Nada más entrar los dos en el vestíbulo, madame Flore había aparecido como un espectro surgido entre las brumas de un cementerio. Al ver a un caballero tan distinguido, enfundado en un elegante traje azul marino con chaleco, pajarita de rayas azules y rojas, y sombrero canotier cuya banda era del mismo color que el traje, la dueña había intentado darle el palique que reservaba para los hombres con posibles, pero Marcel se la había quitado de encima con asombrosa maestría.

—¿Cómo puedes dormir en esta cama tan incómoda sabiendo que esa Gorgo Medusa despeinada tiene llave de tu habitación? ¿Qué harías si entrara a medianoche?

—¡Me moriría del susto!

Rodolfo se rió a carcajadas para disimular lo violento que le hacía sentirse la presencia de Marcel. Estando él allí, la pensión de madame Flore le parecía inhóspita y cochambrosa. No podía evitar compararla con el sofisticado apartamento de su amigo o con las mansiones en las que vivían esos jóvenes de la alta sociedad que le había ido presentando. Se dio prisa en hacerse el nudo de la corbata, que había comprado en una tienda elegante adonde le había llevado Marcel. Estaba deseando salir de allí.

Ante el minúsculo espejo del cuarto dio el último retoque a la corbata. Cuando le pareció que había quedado tan elegante como si se la hubiera colocado el mismísimo Marcel, se volvió. Su amigo le pasaba revista desde su observatorio en la cama. En su mirada bailaba una desconcertante chispa que hizo ruborizarse a Rodolfo. Se puso la americana y farfulló:

—Estoy listo.

—¡Por fin!

Marcel no perdió el tiempo. Apagó el cigarrillo, saltó de la cama y se enfundó en su bien cortada chaqueta. Salieron al pasillo con sigilo. Aunque no se habían puesto de acuerdo, los dos bajaron la escalera callados y procurando no hacer ruido. No querían coincidir otra vez con madame Flore. Tuvieron suerte. La dueña no se dejó ver.

—¿Adónde vamos? —preguntó Rodolfo en cuanto estuvieron en el bulevar.

—Al Dingo Bar. Te presentaré a unos amigos que aún no conoces y que podrán abrirte muchas puertas. Luego nos iremos con ellos a Pigalle. Será divertido.

Rodolfo había oído hablar del Dingo, un local de Montparnasse en el que solían reunirse americanos e ingleses, pero nunca había sentido curiosidad por entrar. De la mano de Marcel había conocido ya el Select, regentado por una señora que llevaba mitones y sólo se apartaba de la caja para visitar el excusado. Lo mejor del Select era el pan tostado con queso galés y el hecho de que no cerraba en toda la noche. También habían estado en La Closerie des Lilas; a Marcel le gustaba sentarse a las mesas que estaban a la sombra de los árboles. En La Rotonde, enfrente del Dôme, solía celebrarse una tertulia de españoles alrededor del escritor exiliado Miguel de Unamuno. Rodolfo se llevó la gran sorpresa de encontrar allí a un hombre grandón, de ojos oscuros, algo saltones, bajo unas cejas pobladas y negras, que voceaba con acento aragonés. Resultó ser un antiguo condiscípulo de cuando había estudiado con los jesuitas de Zaragoza, aunque Luis Buñuel, como se llamaba el grandullón oriundo de Calanda, había asistido al colegio El Salvador en régimen de mediopensionista, no interno como él, e iba un curso por delante. En aquel tiempo, Rodolfo le esquivaba por su bravuconería y la contundencia de sus puños y vivió como una liberación el cambio de Luis al instituto. Años después, volvió a encontrarle en la Residencia de Estudiantes de Madrid. Rodolfo no se alojaba allí, sino en una casa de huéspedes. Don Fausto había recabado información sobre la residencia antes de enviar a Dionisio a estudiar a la capital y había concluido que ese lugar era un semillero de futuros vagos, anarquistas y subversivos, lo que para él venía a ser todo lo mismo. Sus dos hijos quedaron excluidos de un centro que ejercía un gran poder de atracción sobre los estudiantes, aunque los hermanos se las ingeniaron para hacerse amigos de algunos residentes y éstos les invitaban a los actos culturales que se celebraban allí. Al salir de una conferencia, Rodolfo chocó con Luis. El calandino le saludó con su ruidosa campechanía y le presentó a dos amigos: Salvador, un chico de Figueras, guapo, delgado y muy tímido, que estudiaba bellas artes y hablaba con marcado acento catalán; y Federico, un granadino de enormes ojos oscuros y espesa cabellera negra al que Luis definió como el mejor poeta del mundo. Tampoco ese nuevo encuentro derivó en amistad. A Rodolfo le seguía disgustando su talante mandón. Él nunca había tenido madera de líder, pero era demasiado independiente para someterse a la voluntad de nadie. Y ahora había coincidido con el calandino en un café de París, donde éste había monopolizado enseguida la conversación hablando de sus esfuerzos por dedicarse a la cinematografía como profesión. Rodolfo se dijo que el mundo a veces era un pañuelo.

La voz de Marcel le sacó de su reflexión.

—Tengo que decirte una cosa importante, no sea que luego me emborrache y se me olvide. Para mañana he arreglado una cena con mis padres. Quiero que te conozcan. Ya sabes, el negocio del vino que tanto interesa a tu viejo.

Los ojos de Rodolfo se abrieron hasta casi el tamaño de las ruedas de los automóviles que circulaban por la avenida. Marcel sacó la pitillera del bolsillo, la abrió y le ofreció a Rodolfo, que rehusó. La noticia le había impresionado. El francés encajó un cigarrillo en la boquilla y lo encendió con parsimonia. Su amigo empezó a impacientarse. ¡Qué irritantemente tranquilo era Marcel a veces!

—Las vides de Château Gironde no dan suficiente uva para todo el vino que pretende producir mi padre —continuó, tras haber expulsado el humo de la primera calada—. Es un hombre impaciente y no quiere esperar a que hayan madurado las que plantó recientemente. Esta mañana le hablé de la garnacha de tu tierra como posibilidad para hacer *coupage*. En Francia es muy conocida desde la plaga de filoxera del siglo pasado. También le comenté que tu familia lleva muchos años haciendo negocios con bodegueros franceses… y que tú estás en París y hablas nuestro idioma como un parisino.

Rodolfo tragó saliva. Si salía bien ese asunto, don Fausto quedaría muy satisfecho y tal vez le permitiría prorrogar su estancia en París.

—En los negocios mi padre es un hueso duro de roer —le advirtió Marcel—. Sólo se permite ser humano cuando se trata de algo relacionado con el arte, que es su debilidad. No obstante, a quien debes complacer en primer lugar es a mi madre. Si le gustas a ella, todo irá sobre ruedas. *Mon père* come de su mano como un perrito faldero. No lo olvides.

Marcel dio dos caladas más, tiró el cigarrillo al suelo y lo pisó.

—Te recogeré a las siete en el Dôme. Ponte el frac que te regalé. Iremos a un sitio elegante.

Rodolfo asintió con la cabeza. Empezaba a ponerse nervioso. De pronto, una idea surcó su cerebro a la velocidad de un rayo. ¿Y si la hermana de Marcel acudía también a esa cena? La posibilidad, aunque lejana, de volver a ver a la belleza rubia en la que no lograba dejar de pensar le aceleró aún más el corazón y le cortó la respiración. Intentó sonreír para disimular la agitación que le sacudía.

Marcel guardó la boquilla en el bolsillo superior de su americana, le cogió del brazo para empujarle hacia la cercana rue Delambre, donde estaba el Dingo, y dijo:

—Vamos a divertirnos de una vez.

5

Cuando Rodolfo se acercó al Dôme al día siguiente, la terraza estaba abarrotada, al igual que las de los demás cafés del boulevard de Montparnasse. El tiempo aún acompañaba, y eso había sacado de sus casas a todos los parisinos. Jóvenes y viejos, hombres y mujeres, pobres y ricos, perros y gatos: ninguno quería perderse ese espléndido día de otoño antes de que irrumpiera el frío de verdad. Rodolfo advirtió que los vestidos todavía asomaban vaporosos bajo los abrigos ligeros, las medias brillaban en tonos claros, e incluso los sombreritos *cloché* aún eran tan volátiles como el diente de león. Ilusionado, y ante la idea de que tal vez volvería a ver a Solange en la cena que había organizado Marcel, se había dado un buen remojo en la bañera comunitaria de la pensión. Había empleado más fijador del habitual para peinarse igual que el fránces: con el pelo bien pegado al cráneo, pero sin que pareciera que le había lamido la cabeza una vaca gigante. Se había puesto el frac que Marcel le regaló después de la fiesta en la casa de los Porter, y antes de salir de su cuarto había dedicado un buen rato a atarse la pajarita tal como su amigo le había enseñado. Convencido de que iba hecho un dandi, se sentó junto a Marcel henchido de optimismo.

Éste le escrutó de arriba abajo mientras daba una profunda calada al inevitable cigarrillo. Una sonrisa de aprobación se dibujó en su cara cuando expulsó el humo muy despacio. Rodolfo pensó que jamás había visto a nadie fumar con la calmosa elegancia de Marcel.

—Estás muy guapo, Rodolphe. Por fin te has peinado como es debido.

—Estoy cansadísimo —suspiró Rodolfo y añadió, medio en broma—: La vida de crápula que me impones resulta extenuante.

—Debemos aprovechar el tiempo antes de que nuestros viejos nos conviertan en un calco de ellos mismos —replicó Marcel, en un tono que no le salió tan ligero como había pretendido. Se encogió de hombros—. Ahora vivimos una época buena. La Gran Guerra quedó atrás y la economía ha mejorado; al menos en París. Sin embargo, algo me dice que nuestra generación vivirá otro conflicto. Ese tal Hitler, el que quiso dar un golpe de Estado en Alemania hace tres años, de momento está silenciado, pero estoy seguro de que resurgirá. Es un fanático rodeado de fanáticos… y esa gente nunca se da por vencida. En Italia se ha hecho fuerte ese fascista de Benito Mussolini, y sus camisas negras siembran el miedo por doquier. Aunque ahora disfrutemos de un período de paz, Europa sigue siendo un polvorín, *mon ami*. —Dio un sorbo a su gin-fizz—. *À propos* de aprovechar el tiempo: quiero comentarte varias cosas importantes antes de que nos marchemos de aquí. ¿Te apetece un cóctel?

Rodolfo no tenía ganas de tomar nada. La cercanía de esa cena y la esperanza de que también asistiera Solange le cerraba el estómago. Pero su amigo ni siquiera le permitió responder. Pidió la consumición con una seña al camarero, dio un generoso trago a su copa y arrancó:

—Creo que ya te dije que mi padre compró el título de barón hace años…

Rodolfo se limitó a afirmar con la cabeza.

—Le gusta que la gente se dirija a él llamándole «barón». Y a mi madre debes decirle «baronesa». —Marcel se encogió de hombros—. A ella todo esto le es indiferente, pero para mi padre es muy importante. No lo olvides, Rodolphe.

El aludido volvió a asentir sin palabras. Sabía que a Marcel no le hacía gracia que le interrumpieran cuando decía algo que consideraba de especial trascendencia. Y de todos modos no se le ocurría nada que decir.

—Y otra cosa: *maman* es muy coqueta. No estaría de más que alabaras su belleza. No te resultará difícil. Todavía es una mujer muy hermosa. —Marcel emitió una risilla pícara—. Algún día te contaré cómo conquistó a mi padre en San Sebastián... y eso que era casi una niña.

Rodolfo se inquietó. ¿Lisonjear a una mujer madura? Le pareció que era como hacerle cumplidos a la rancia de su hermana. La mera idea le ponía los pelos de punta.

—Sujétale la silla en el momento de sentarse y muéstrate atento con ella hasta en los más pequeños detalles. Recuerda que será mi madre quien te dará el visto bueno... o no...

Mientras Marcel hablaba se había acercado el camarero. Saludó muy ceremonioso a Rodolfo y le colocó delante un gin-fizz. Éste alzó la copa. Tomó un trago largo para matar la desazón que amenazaba con desbordarle.

—Me estás empezando a asustar.

—Sé que lo harás muy bien, Rodolphe. Eres un hombre guapo y sabes ser elegante cuando conviene —le tranquilizó Marcel. Apuró su cóctel, emitió uno de sus afectados suspiros y exclamó—: Bien, hasta aquí las instrucciones para esta noche. Ahora, quiero hablarte de otro asunto...

Rodolfo volvió a dar un sorbo a su bebida. Marcel dejó su copa vacía sobre la mesa y dijo:

—Un amigo mío tiene un pequeño estudio a pocos minutos de aquí, en el mismo bulevar. Está en un último piso y la luz es magnífica, por eso vivía allí un pintor americano que acaba de regresar a su país. ¿Me sigues?

Rodolfo negó con la cabeza.

—La verdad es que no...

Marcel no mostró ninguna prisa por sacarle de su ignorancia. Buscó en sus bolsillos el encendedor y la pitillera. La abrió y le ofreció a Rodolfo. Éste se sirvió y aguardó a que Marcel prendiera los Gauloises de los dos.

—Es ciertamente un apartamento pequeño —continuó por fin Marcel—, pero para un hombre joven que vive en la pensión de una gorgona despeinada sería un cambio muy ventajoso, ¿no crees?

Al fin comprendió Rodolfo. La idea de mudarse le resultó sumamente atractiva, pero su entusiasmo se extinguió enseguida. Si el apartamento pertenecía a un amigo de Marcel, seguro que sería demasiado caro para él.

—No sé si podré permitírmelo. Mi padre me envía muy poco dinero, y lo que me paga monsieur Bouillon…

—Eso no será un problema —le interrumpió el francés, a quien solían impacientar las objeciones—. Mi amigo nos hará un buen precio, te lo aseguro. ¿No te seduce perder de vista a esa espantosa mujer?

—Claro que sí.

—Entonces, está decidido. Mañana iremos a ver el estudio. Y ahora debemos marcharnos deprisa a Ciro's. A mi padre no le gusta que le hagan esperar.

Marcel dejó un billete sobre la mesa y se levantaron. El Bentley estaba aparcado a pocos pasos del Dôme. Como aún hacía buen tiempo, éste no se tomó la molestia de sacar los guardapolvos. Condujo hasta la rue Daunou con una prudencia poco habitual en él. Durante el trayecto confesó a Rodolfo que no quería despeinarse para no arriesgarse a recibir una reprimenda de su madre, que era muy quisquillosa en cuestiones de etiqueta.

El restaurante estaba en la planta baja del hotel Daunou. Era un lugar decorado en tonos níveos; los frisos dorados rompían la blancura de las paredes. La elegancia que transmitían hasta los objetos más insignificantes apabulló a Rodolfo nada más entrar. ¿O era tal vez la fragancia que dejaban los ricos que desfilaban por allí? Un maître cuyos ademanes parecían pensados para intimidar a cualquier intruso de medio pelo salió a su encuentro. Saludó a Marcel haciendo una respetuosa reverencia. Rodolfo dedujo que la familia de su amigo debía de ser bien conocida en el lugar.

—Sus padres les esperan en el bar del salón, monsieur de Montaignac.

—Gracias, Albert. ¿Llevan allí mucho rato?

—Llegaron hace cinco minutos, monsieur —respondió el maître. No había dicho ni una palabra de más, ni una de menos.

Sin suavizar su expresión pétrea les guió hacia un salón donde un decorador habilidoso había logrado encajar una treintena de mesas y una barra de bar en un extremo sin que la estrechez resultara agobiante. En el centro había incluso una diminuta pista de baile en la que dos parejas se esforzaban por seguir el tango que tocaba una banda de cuatro músicos situada junto al bar. La mayoría de las mesas ya estaban ocupadas por hombres en frac y señoras con brillantes vestidos de noche, joyas deslumbrantes y cintas en el pelo con adornos de pedrería, *strass* o plumas.

La esperanza de Rodolfo de ver a la hermana de Marcel se derrumbó cuando atisbó ante la barra a una elegante pareja de mediana edad pero no vio ni rastro de la bella Solange. El hombre estaba de pie, mientras que la mujer, que parecía bastante más joven que él, ocupaba un taburete tapizado de terciopelo y tomaba un cóctel de champán con la estudiada indiferencia de los muy ricos. Rodolfo tragó saliva para deshacer el pedrusco que se le había atravesado en la boca del estómago. Sus ganas de salir por piernas de allí se intensificaron. Marcel advirtió el pánico de su amigo y le puso una mano en el hombro.

—Tranquilo, Rodolphe —susurró—. Lo harás muy bien.

Rodolfo se sintió como si Marcel le estuviera conduciendo a la guillotina ante un populacho ávido de sangre. Los escasos segundos que tardaron en llegar hasta los barones fueron como mil horas llenas de angustia. Le anegó una ola de calor. La pajarita parecía haberse convertido en una culebra dispuesta a estrangularle. ¿Y si rompía a sudar cuando estrechara la mano del padre de Marcel? ¿Le dejarían los nervios vocalizar correctamente en francés?

Como envuelto en una bruma, vio que Marcel saludaba a sus padres y se volvía hacia él. Las palabras con las que hizo las presentaciones atravesaron a duras penas el zumbido de sus oídos. Como en trance, besó la mano enguantada que le tendió la dama y se oyó decir a sí mismo en impecable francés:

—Baronesa… Marcel me había hablado de lo bella que es su madre, pero veo que se quedó corto. La realidad supera con creces su descripción.

La sonrisa de la dama disipó la niebla que envolvía a Rodolfo e iluminó su cerebro embotado por los nervios. Pensó que Marcel no había exagerado ni un ápice. Pese a que ya no era joven, su madre irradiaba la energía de una muchacha, y su belleza, serena como la de una rosa que apura sus últimos días de esplendor, en otro tiempo debió de ser arrebatadora. La dama vestía como cualquier *flapper* de las que Rodolfo había visto desde que estaba en París: un vestido de seda rojo oscuro, de talle bajo y adornado con encajes y pedrería; zapatos de tacón y medias refulgentes que hacían de sus pantorrillas dos estilizadas columnas, y una tiara en la que destellaban gemas rojizas que sólo podían ser rubíes auténticos… Incluso llevaba el cabello, de un rubio oscuro que no parecía teñido, cortado a la moda y plegado en elaboradas ondas. A Rodolfo le pasó por la cabeza que esa mujer tenía edad para ser la madre de su hermana Amalia pero podría pasar sin problemas por su hija.

—Oh, ya sólo soy una madre vieja —respondió la dama, intentando ocultar bajo su falsa modestia lo halagada que se sentía. Hablaba francés sin el menor acento; de no haber sabido Rodolfo por Marcel que era española, jamás lo habría adivinado.

—Le aseguro que es usted la viva imagen de la juventud y la hermosura, baronesa. —Rodolfo no podía creerse que eso lo hubiera dicho él. Y menos aún que la dama y su esposo parecieran tan complacidos por sus torpes lisonjas. Vio que Marcel le guiñaba un ojo con mucho disimulo e insinuaba una sonrisa alentadora.

El barón le tendió una mano rechoncha, que Rodolfo se

apresuró a estrechar con respeto. El padre de Marcel era un hombre alto y entrado en carnes, asentadas sobre todo en la barriga y en la abultada papada. Su escaso pelo rubio veteado de canas, pegado al cráneo con gomina, y el iris intensamente azul de sus ojos hicieron pensar a Rodolfo que de joven debía de haber sido igual que Marcel. La vista se le escapó hacia su amigo y leyó en su mirada que sabía lo mucho que se parecía a su progenitor y que le aterrorizaba convertirse con los años en un duplicado de éste. El barón sacó un reloj de oro del bolsillo de su chaleco níveo. Lo abrió y balanceó la cabeza con aquiescencia.

—Habéis llegado a la hora. Eso me complace —sentenció, vocalizando en su aristocrático francés de caballero de la alta sociedad.

La baronesa y Marcel intercambiaron una mirada irónica y sonrieron a la vez.

—Mi esposo es un fanático de la puntualidad —se burló ella, guiñando un ojo con picardía.

El orondo barón no se dio por aludido. Volvió a guardar el reloj e hizo una seña al maître, que había estado esperando a una distancia prudente y se acercó cimbreándose.

—Nuestra mesa, Albert.

El maître hizo una de sus artísticas reverencias y respondió:

—Barón… si son tan amables de acompañarme.

Condujo al grupo hacia una mesa redonda situada muy cerca de la pista de baile, donde ahora se mecían tres parejas en un reposado foxtrot. La suave luz de las lámparas arrancaba estrellitas a las copas de delicadísimo cristal. Los cubiertos de plata brillaban alineados con precisión militar sobre el mantel blanco. Rodolfo se fijó en que la mesa había sido preparada para cinco personas. ¿Y si esperaban a Solange? La esperanza de verla resurgió cual ave Fénix de sus cenizas.

A la hora de sentarse, recordó la advertencia de Marcel y se adelantó a Albert para sujetar la silla de la baronesa. Vio con el rabillo del ojo que el maître torcía el gesto. No así la dama, que le dedicó una calurosa sonrisa y un meloso *«merci beaucoup»*. Sin lograr disimular del todo su contrariedad, Albert se onduló en busca de las cartas.

—No sé qué le veis todos a este sitio —refunfuñó el barón—. Es absurdo que un restaurante tenga pista de baile. Cuando se come, se paladea la comida, no se bailotea.

—No seas gruñón, Gérard. —Su esposa le acarició el rechoncho antebrazo—. A Ciro's viene ahora lo mejorcito de París. Sé que lo frecuenta hasta Coco Chanel. Y una noche tu hijo vio a la mismísima Josephine Baker. ¿Verdad que sí, Marcel?

—Sí, *maman*. Vino aquí después de su actuación en el Folies Bergère. Incluso charlamos con ella, la pequeña y yo… La Baker habla muy poco francés y lo mezcla con palabras inglesas, pero eso la hace aún más interesante.

—Ay, la niña —se quejó su madre—. Ya llega tarde, como de costumbre.

El corazón de Rodolfo se desbocó como un caballo.

—A mí no me gusta Josephine Baker —refunfuñó el barón—. ¿Qué mérito tiene bailar medio desnuda como una salvaje? Donde esté la elegancia de Mistinguett…

—Eres un anticuado, padre —le provocó Marcel—. Mistinguett ya es historia… La Baker, en cambio, representa los tiempos en los que vivimos… ¡Ella es la musa de la modernidad!

La presencia del maître, que apareció con las cartas y preguntó si los señores deseaban consultarlas, evitó la respuesta airada que el barón, defensor acérrimo de los valores genuinamente franceses, pensaba dar a su hijo. En lugar de eso, el venerable caballero extrajo de alguna parte un monóculo sujeto a una cadenilla de oro, lo encajó ante el ojo izquierdo con un guiño que a Rodolfo le resultó cómico, y se sumergió en el estudio de las especialidades gastronómicas de Ciro's. Los demás le imitaron, aunque todos eran conscientes de que debían ceder al barón el privilegio de elegir la cena en nombre de todos. Al cabo de un rato, el barón emitió un suspiro que pareció brotarle de la mismísima papada y pasó a estudiar la carta de vinos.

—Tomaremos un Château Lafite mientras esperamos a la niña,

Albert —dijo, y pasó a recitar al envarado maître los platos que había elegido.

El maître debía de poseer una memoria prodigiosa, porque no tomó notas. Asintió, muy serio, cogió las cartas que le tendían y se retiró.

—Quiero que nuestro joven amigo disfrute hoy de un buen vino de Burdeos —afirmó el padre de Marcel—. Tengo la esperanza de que Château Gironde alcance ese nivel con el tiempo—. Se quitó el monóculo y lo guardó en un bolsillo del frac. Sacó de nuevo su reloj, lo abrió y el semblante se le agrió al instante—. Esta chica… siempre tarde.

De pronto, Marcel y su madre miraron al mismo tiempo hacia la puerta. El barón y Rodolfo les imitaron en un acto reflejo. Con expresión de admiración perruna, Albert acompañaba hasta la mesa a una chica muy joven. Llevaba un escotado vestido negro sin mangas que contrastaba con la blancura de su piel y con el cabello, cortado *à la garçonne*, tan rubio que parecía de oro. Un largo collar de perlas al que había hecho un nudo bailaba ante sus senos con cada paso. La cara del barón se fue dulcificando hasta parecerse a la del maître.

—Por fin —murmuró—. Esta niña es incorregible.

Marcel y su madre abrieron al mismo tiempo una sonrisa de alivio. La velada estaba salvada.

Rodolfo se había quedado petrificado, como si un sortilegio le hubiera convertido en una estatua. Se le había vuelto a formar el bolo en el pecho y apenas le entraba aire en los pulmones. Aún no podía creerse que estuviera acercándose a la mesa la diosa dorada que le deslumbró en la mansión de los Porter. La que se colaba en sus sueños y se había apoderado hasta de sus pensamientos.

—¡Hola a todos! —exclamó la chica en cuanto estuvo delante de la mesa.

El cerebro aturdido de Rodolfo discurrió que oírla hablar en su melodioso francés era como escuchar cantar a un ángel. Solange se acercó al patriarca y le dio un beso en la despejada frente.

—Papaíto, ¿verdad que perdonas mi tardanza? Di que sí...

—Um... —gruñó su padre, derretido a esas alturas como un muñeco de mantequilla junto a una estufa.

—Deberías ser más puntual, querida —la regañó la baronesa, aunque con escasa convicción—. Yo no te enseñé a llegar con retraso a todas partes.

Marcel se puso en pie. Su amigo le imitó por puro reflejo; ni siquiera sabía lo que hacía.

—Rodolphe, ya tuviste la oportunidad de conocer a mi rebelde y enloquecida hermanita. No ha querido perderse esta cena.

Rodolfo se arrastró cual gusano moribundo hasta la joven, logró hacer un torpe besamanos y farfulló:

—*Je me réjouis de vous rencontrer, mademoiselle.*

Ella se ruborizó, pero enseguida recuperó el dominio de sí misma. Sin duda había sido bien instruida en el arte de desenvolverse en sociedad. Regaló a Rodolfo una sonrisa, que dejó al pobre las extremidades tan flojas como si le consumiera la fiebre, y le dedicó unas frases de cortesía moduladas con su voz de terciopelo. A esas alturas, éste ya había quedado incapacitado para mover un solo músculo. Fue Marcel quien salvó la situación.

—Siéntate entre padre y *maman* —dispuso en tono mandón al tiempo que apartaba la silla destinada a su hermana con ademán enérgico. No pensaba permitir que esa presumida acaparara así a su amigo.

Solange le dedicó una mirada burlona y obedeció. Cada vez que se movía, las pequeñas plumas negras que adornaban su vestido flotaban en el aire y las lentejuelas brillaban con mayor intensidad. El barón se esponjó por momentos al lado de su hija. Pese a la turbación que tenía aniquilado su cerebro, a Rodolfo no se le escapó que la muchacha era el ojito derecho de su padre y obtenía de él cuanto se le antojaba. Marcel, en cambio, parecía mucho más compenetrado con la madre.

En cuanto estuvieron acomodados otra vez, se presentó el *sommelier* con la botella de Château Lafite. La abrió desplegando el ritual que merecía un vino de esa categoría y vertió un poco en la copa del barón. Éste dio un sorbo y asintió con la cabeza. El *sommelier* sirvió a todos, dejó la botella sobre una mesita auxiliar y se retiró.

Gérard de Montaignac, barón de Girondine, alzó su copa y proclamó en tono solemne:

—Antes de que nos traigan la cena, quiero que brindemos en memoria de nuestro querido Laurent, que hoy habría cumplido treinta años. Hace más de ocho que nos lo arrebataron los alemanes, pero nadie podrá robarnos jamás su recuerdo.

El brindis del barón cayó sobre su esposa como un jarro de agua helada. La mano de la dama temblaba cuando lo secundó con evidente tristeza. Rodolfo lanzó una mirada furtiva a Solange, que se sentaba enfrente de él. La joven no parecía afectada por el triste recordatorio. Le regaló una brillante sonrisa que aniquiló la parte de su cerebro que aún seguía viva. Casi no oyó lo que Marcel le susurraba en voz apenas audible:

—Laurent era nuestro hermano mayor. Los alemanes le abatieron dos días antes del armisticio. Era aviador.

Después de la sonrisa de Solange, Rodolfo pasó el resto de la velada como si se hubiera quedado atrapado en uno de esos sueños que le impiden a uno moverse y hablar. Le costó lo indecible responder con coherencia a las preguntas que le hizo el barón sin darle tregua. Marcel tuvo que sacarle de apuros más de una vez cuando el padre quiso saber las características de la tierra de Cariñena, cómo eran los viñedos de la familia, la cantidad de litros de vino que podrían venderles para *coupage* y el posible precio. Mientras intentaba mantener el tipo y procuraba no equivocarse eligiendo el cubierto correcto entre la profusión de tenedores, cuchillos y cucharillas que llenaban la mesa, Rodolfo se tragó como si fueran píldoras las delicadas ostras de Cancale que el barón había pedido de entrantes, comió el segundo plato sin llegar a apreciar si se trataba de carne o pescado, y a los postres vació el cuenco de mousse sin distinguir ni de qué era. Cada vez que su mirada se cruzaba con la de Solange, o se deslizaba sobre su cabello dorado, retirado de la cara a la altura de las sienes con pasadores de gemas negras, o quedaba atrapada en el tentador abismo del escote, el lamentable estado de su cabeza se agravaba un poco más.

Ni siquiera volvió a ser persona cuando el barón dio por concluido el interrogatorio y la conversación cambió a un plano más frívolo, lo que permitió a la baronesa aportar varias anécdotas de la alta sociedad y algún chismorreo inofensivo. Hacia las diez de la noche, tras haber tomado los cafés y los *petit fours*, el cabeza de familia abrió su reloj de modo que todos pudieran ver lo que hacía. Marcel miró a Rodolfo de soslayo y le guiñó un ojo con disimulo. De sobra conocía el ritual de su progenitor. También la baronesa y Solange intercambiaron una mirada de complicidad. La sentencia de Gérard de Montaignac no se hizo esperar.

—Bien, creo que es hora de que mi querida Mercedes y yo nos marchemos a casa. No quiero fatigar a mi delicada esposa. Enseguida acudirá nuestro chófer a recogernos. —Miró a su hija con severidad—: Solange, tú vienes con nosotros.

La delicada Mercedes, que evitaba mirar a su hija y se mordía los labios para no echarse a reír, parecía todo menos cansada. Sin embargo, siguió el juego a su marido con la solvencia de un actor veterano que ha participado en la misma función durante años. El barón se puso en pie. Marcel le imitó y Rodolfo consumió sus últimos reflejos en retirar la silla de la baronesa mientras ésta se levantaba. Marcel rodeó la mesa e hizo lo mismo con la de su hermana.

Se despidieron en la calle, ante la puerta del restaurante. Junto a la acera aguardaba un reluciente Renault negro y cuadradote de cuatro puertas. Al volante se sentaba un hombre uniformado; su postura revelaba que estaba alerta para salir en cuanto su patrón le hiciera una seña. Había bajado la temperatura y las señoras se arrebujaron en sus abrigos de entretiempo subiéndose las solapas forradas de visón. El barón se anudó bien el fular blanco de seda. Rodolfo se despidió primero de él y después de la baronesa, cuya mano besó con delicadeza. La dama afirmó que se había sentido muy a gusto en su compañía y que debía visitarla algún día para charlar en español. En casa recibían los jueves.

A la hora de despedirse de Solange, Rodolfo advirtió que le volvían a fallar las piernas. Rezó por que los demás no se dieran cuenta de cuánto le turbaba esa chica. Inclinó un poco el torso para aproximar su mano a la que ella le tendía. La sostuvo mientras dejaba caer sobre su guante negro un beso tan fugaz como apresurado. Cuando retiró la mano se percató de que ella había deslizado entre sus dedos algo cuyo tacto le hizo pensar en un papel doblado muchas veces hasta convertirlo en un cuadradito diminuto. Desconcertado, buscó una explicación en sus ojos. Ella dibujó una leve sonrisa de gata, desvió la mirada y se enganchó al brazo de su madre. Por fin, el barón hizo la señal que el chófer esperaba. Éste se puso la gorra de plato y saltó del coche. Corrió a abrir la puerta trasera y ayudó a subir a sus señores.

En un santiamén, Marcel y Rodolfo se vieron solos en la acera.

—Bien, ya conoces a toda mi familia —resumió Marcel en español, el idioma en el que le gustaba hablar con Rodolfo desde el primer día—. Esta noche la pobre Solange va a aburrirse mucho. Cuando mis padres están en Château Gironde, ella se queda con nuestra *tante* Mathilde, que la deja salir a donde se le antoja y hasta la hora que quiere. Pero hoy creo que se acostará pronto. —Marcel meneó la cabeza con una sonrisa sarcástica; parecía alegrarle la reclusión de su hermana—. Has estado muy raro durante la cena. ¿No te encontrabas bien?

Rodolfo sintió cómo le subía una ola de calor al rostro. Se alegró de que fuera de noche. Así cabía la esperanza de que Marcel no lo advirtiera. Sacudió la cabeza.

—Sólo un poco agobiado. El interrogatorio de tu padre ha sido tremendo.

El papelito de Solange parecía abrasarle la piel de la mano. Marcel le palmeó el hombro.

—Seguro que te repondrás si vamos a oír cantar a Bricktop.

93

—Te lo agradezco, Marcel, pero creo que necesito dormir. Tu padre me ha dejado para el arrastre.

—Ah, mi viejo... Ya te dije que en los negocios es un hueso duro de roer. Pero sé que a mi madre le has gustado, así que puedes contar con que nuestro pequeño plan saldrá bien.

Por primera vez desde que había conocido a Marcel, Rodolfo no veía el momento de deshacerse de él. Ansiaba ver qué le había entregado Solange. Su amigo captó que tenía prisa por marcharse, pero lo atribuyó al cansancio. A él también le agotaban las manías de su padre.

—Está bien... te llevo a tu pensión. No quiero que te caigas de sueño por el camino. Mañana quedamos en el Dôme a la hora de siempre para ver tu estudio, *d'accord?*

A Rodolfo, el recorrido por las calles nocturnas de París, ahora a toda velocidad porque a Marcel ya no le importaba que el aire le revolviera el cabello, se le hizo eterno. Cuando el Bentley se detuvo a la altura de la calleja donde estaba la pensión, Rodolfo se despidió apresuradamente. Corrió hacia la puerta de entrada y luego voló escaleras arriba. A solas en el lúgubre recibidor de la pensión, ya no pudo esperar más: abrió el puño. Tras haber llevado el papelito de Solange encerrado allí durante tanto tiempo, estaba caliente y algo húmedo. Lo pinzó entre el pulgar y el índice de la otra mano, lo desplegó con mucho cuidado bajo la luz mortecina de la única bombilla, y leyó las dos frases escritas en francés, con tinta azul y letra de colegiala:

> Le espero mañana, a las siete y media de la tarde, en la terraza del hotel Ritz. No diga nada a Marcel.

Rodolfo se arrastró por el pasillo hasta la puerta de su cuarto. Estaba tan nervioso que le costó abrir. Cuando pudo dejarse caer en la cama, que le dio la bienvenida con un agudo chirrido, una sonrisa boba se expandió por su rostro. Tenía una cita con la muchacha del cabello dorado.

6

Cuando Rodolfo saltó del tranvía tras su jornada en Bouillon et Fils, se sentía exhausto. La noche anterior había dormido poco y muy mal. En cuanto cerraba los ojos, se perfilaba en el interior de sus párpados la imagen de esa resuelta joven que no parecía de carne y hueso, sino una estatua modelada en alabastro con incrustaciones de oro. Rememoraba cada palabra que ella había dicho durante la cena en Ciro's, sus sonrisas insinuantes, las miradas de aguamarina, que podían parecer llenas de picardía y al instante teñirse con la ingenuidad de una niña. Había imaginado qué le diría cuando se viera ante ella en la terraza del Ritz, el lujoso hotel, en la place Vendôme, donde jamás había entrado pero del que había oído hablar incluso antes de que su padre le enviara a París. Se había estrujado la sesera en busca de una mentira convincente que le permitiera deshacerse de Marcel sin ofenderle. Al final de tanta elucubración estéril, sólo se le había ocurrido la manida fórmula de fingirse indispuesto, hacer como que se retiraba a su cuarto y buscar en otro punto del boulevard de Montparnasse un taxi para que le condujera al Ritz cuanto antes.

Engañar a Marcel ya le había parecido difícil mientras forzaba su cerebro en busca de excusas coherentes. Conforme se acercaba a la terraza del Dôme, además de perfilarse como una empresa ardua, mentir al hombre que tanto le estaba ayudando se le antojaba muy ruin. Se sintió enfermo de verdad cuando divisó a Marcel sentado a la mesa de costumbre. Siempre se preguntaba cómo se las arreglaba para conquistar el mismo sitio en un lugar abarrotado. Como era habitual, tenía delante un cóctel y fumaba haciendo gala de sus refinados ademanes. Alzó la mano que no sujetaba el cigarrillo y exhibió una de esas sonrisas con las que su bigote rubio se ondulaba con donaire y resaltaba la graciosa curva del labio superior. Rodolfo pensó que las mujeres debían de encontrar a Marcel irresistible. Y éste, en cambio, prefería pasar cada vez más tiempo con él, mostrándole las entrañas de ese París excitante, mundano y, sobre todo, carísimo, que Rodolfo, por su cuenta, jamás habría podido explorar. Le invadió una ola de agradecimiento y se sintió como un escarabajo repugnante y embustero.

Al llegar a donde le esperaba Marcel, se dejó caer en una silla, suspiró haciendo mucho ruido y se pasó la mano por la cara. No le fue difícil fingirse enfermo; entre la falta de sueño, los nervios y su mala conciencia, se encontraba realmente para el arrastre. La sonrisa de Marcel se tornó solícita.

—¿Qué te ocurre, Rodolphe? Estás pálido y tienes unas ojeras espantosas.

Rodolfo vio el cielo abierto. Si de verdad ofrecía ese aspecto, su actuación resultaría más convincente.

—Me encuentro muy mal —musitó; ni siquiera tuvo que bajar el tono de voz, que le salió de natural tan débil como la de un agonizante—. Creo que estoy enfermo. Me duele la cabeza, tengo el estómago revuelto y me mareo. Hoy no puedo salir. Mejor me meto en la cama…

—*Oh là là* —le interrumpió el otro, preocupado de verdad—. En ese cuarto de madame La Gorgone no te vas a recuperar jamás. La mejor medicina será un buen whisky escocés…

Marcel alzó su cuidada mano para llamar al camarero. El cerebro de Rodolfo se puso a buscar febrilmente el mejor modo de escabullirse. Si se entretenía tomando algo, llegaría tarde a su cita secreta con Solange. Y ningún hombre en sus cabales haría esperar a una chica tan especial como ella.

—Mejor no, Marcel. Si tomo algo… lo vomitaré…

—No hay malestar que no cure un whisky de doce años —insistió Marcel—. Además, el plan que he preparado para hoy hará que te pongas bien enseguida. Ya lo verás…

—Marcel…

Su voz brotó tan moribunda que hasta él empezó a creerse su propia mentira. Pero ya tenían delante a Pierre, el camarero que les atendía siempre. Saludó a Rodolfo con la cortesía ceremoniosa de todos los días. El hecho de verle cada tarde en compañía del rico y elegante Marcel de Montaignac había logrado que le admitiera en el olimpo de los clientes muy distinguidos. Su amigo pidió la bebida que debía devolverle la salud a Rodolfo. Éste bajó la mirada y se resignó a lo inevitable. Si se la tomaba deprisa, tal vez aún llegaría a tiempo al Ritz.

—Hoy quiero que veas tu nuevo estudio —anunció Marcel en cuanto Pierre se hubo marchado.

—¿Cómo?

—Ah, *mon ami*, realmente debes de estar muy enfermo… —se burló el francés—. ¿Ya no te acuerdas? El pequeño estudio de mi amigo. Nos lo reserva por unos días para que puedas verlo y tomar tu decisión, pero está muy solicitado y no podemos demorarnos.

—Ah, claro, eso…

—Estoy seguro de que te gustará… y así podrás alejarte de madame La Gorgone. Esa pensión es un lugar espantoso. No sé cómo no has enfermado de melancolía durmiendo ahí…

Rodolfo tragó saliva. Por su estómago empezó a extenderse un vacío helador. Ahora sí que le entraron ganas de vomitar. Si lo acompañaba a ver ese apartamento, era imposible que llegase a su cita con Solange. Y estaba claro que no iba a poder zafarse así como así de su amigo. ¡Qué estúpido había sido! Debería haber ido directamente al Ritz y haber pedido disculpas a Marcel la tarde siguiente. ¿Qué podría discurrir ahora para hacerse el encontradizo con Solange otro día y pedirle perdón?

El estudio al que le llevó Marcel tras haberle hecho apurar hasta la última gota de whisky, un escocés excelente que habría merecido que lo saboreara con más calma, era una pequeña buhardilla desde la que se divisaba el caleidoscopio de tejados de las fincas vecinas, oblicuos y de un color entre grisáceo y azulado. Embelesado por la vista, Rodolfo pensó que hasta las techumbres de esa ciudad eran diferentes a las de cualquier otro lugar. El baño estaba en el descansillo, entre ese piso y el de abajo, y lo compartían varias viviendas, aunque estaba razonablemente limpio y tenía bañera. El plato fuerte de la buhardilla eran sus grandes ventanales inclinados que la inundaban de luz y alegría. Marcel le explicó que por eso se la disputaban los pintores, sobre todo norteamericanos con los bolsillos repletos de dólares que no regateaban el precio del alquiler; ninguno regresaba a su tierra sin haber pintado la vista tan parisina de los tejados. El mobiliario no era nuevo, pero se hallaba en muy buen estado. Comparado con el del cuarto de madame Flore, a Rodolfo se le antojó hasta lujoso. El salón casi lo llenaba un sofá rojo que debía de ser de antes de la guerra, y en un rincón había incluso una sencilla cocina: una corta bancada de granito en la que se alojaba un fregadero y un pequeño hornillo de gas. A Rodolfo le pareció un lujo poder prepararse algo de comer en su propia casa en lugar de peregrinar de un *bistro* a otro buscando el mejor precio y de cenar *baguette* con queso. Sin embargo, lo que más le complació fue el diminuto dormitorio, donde apenas cabían el lecho y una mesilla de noche sobre la que se derramaba la abundante luz que atravesaba el ventanal. Cuando se sentó en la cama para probarla, estaba tan acostumbrado a los gemidos del somier de la pensión que le sorprendió no oír chirridos ni verse engullido por el colchón. Se imaginó retozando con Solange en ese tálamo, desvistiéndola prenda a prenda hasta dejar al descubierto su blanca piel y el vello púbico que, de eso estaba bien seguro, sería sedoso al tacto y brillaría con destellos de oro.

Notó cómo se ruborizaba y miró de reojo a Marcel, que le observaba desde la puerta sonriendo como un adulto cuando ve a un niño desempaquetando ilusionado su regalo. ¡Si supiera que en ese instante se imaginaba a su hermana pequeña desnuda entre sus brazos! Seguro que ahí se acabaría la amistad. Aunque después del plantón que acababa de darle a Solange, lo que sí había perdido era cualquier posibilidad de volver a citarse con ella. Una espesa desdicha lo invadió. Se tumbó de espaldas sobre la cama, cruzó los brazos bajo la nuca y contempló el techo, limpio y sin grietas.

De pronto sintió moverse el colchón y se volvió. Marcel se había sentado a su lado. Aún no había recogido la sonrisa. Rodolfo se incorporó a medias y apoyó la espalda contra el cabezal de madera. La mano de su amigo rodeó su antebrazo con sorprendente indecisión. El bigote rubio se onduló en un mohín cálido que aún dejaba entrever una brizna de preocupación.

—¿Verdad que ya te encuentras mejor?

Rodolfo intentó sonreír. Si Marcel supiera que había fantaseado con Solange desnuda y lo infeliz que le hacía no haber acudido a encontrarse con ella en el Ritz, le retiraría el saludo por tener pensamientos tan obscenos y por haberle dado plantón a su hermana.

—¿Qué te parece tu nueva casa? —quiso saber su amigo.

—Aún no es mi casa —matizó Rodolfo con voz sombría—. Primero debo saber si podré pagarla.

—¡Eso no será un problema! Ya te dije ayer que mi amigo te haría un buen precio. —Marcel introdujo la mano en el bolsillo interior de su americana y sacó una petaca forrada de cuero negro—. Bebamos por tu mudanza. Si nos damos prisa en recoger tus cosas, esta noche ya podrás dormir aquí… Aunque antes tendrás que celebrar tu afortunado cambio de residencia. Podríamos ir a Bricktop's. ¿Te he contado que nuestra Bricktop enseñó a Cole y a Linda a bailar el charlestón? Ha dado clases a medio París.

Rodolfo negó con la cabeza. ¿Qué podían importarle una negra pelirroja y un músico afeminado de voz aguda, cuando acababa de echar a perder su cita con la muchacha más excitante que había conocido jamás? Debería haberle dicho a Marcel sin ambages que había quedado con una chica. ¿Cómo había podido hacerlo tan mal?

—A ti tampoco te vendrían mal unas clases, Rodolphe —se burló Marcel—. Cuando intentas bailar el charlestón me recuerdas a un ganso.

Marcel emitió un ronco graznido y aleteó con los brazos de una manera tan cómica que, pese a su gran desazón, Rodolfo se deshizo en carcajadas. Algunas noches atrás, se había animado en Bricktop's a participar en ese ridículo baile y se había perdido en el punto de siempre: al pretender armonizar los movimientos de los brazos con los de las piernas. Su amigo cesó de revolotear, abrió la licorera con parsimonia y se la tendió.

—¿Qué es? —murmuró Rodolfo.

—Ginebra…

—Esta tarde vas a conseguir que me emborrache.

—Nos emborracharemos juntos y después iremos a por tus cosas. El alcohol nos protegerá de convertirnos en piedra ante la visión de madame La Gorgone. *D'accord?*

Entre risas, entreveradas ahora de resignación, Rodolfo tomó un generoso trago de ginebra. Le pareció excelente, como no podía ser de otro modo. Marcel jamás se habría conformado con alcohol barato. El líquido se le escurrió garganta abajo y fue mitigando su congoja. Su amigo volvió a apretarle el antebrazo y deslizó sobre él una fugaz caricia que perturbó a Rodolfo sin saber por qué.

—Ah, Rodolphe, estoy convencido de que vas a ser muy feliz en este lugar.

La mudanza de Rodolfo a la buhardilla fue rápida. Tras haber visto el estudio, los dos fueron caminando por el boulevard de Montparnasse hasta la pensión de madame Flore. Cuando empujaron la puerta y entraron en el mal iluminado vestíbulo, se toparon con la dueña, surgida de repente de quién sabe dónde, y cuyas guedejas, despeinadas sin remedio a esas horas, flotaban alrededor de su cabeza tan lánguidas como si acabara de ahogarse en un arroyo. Al verlos, madame Flore abrió una desmesurada sonrisa que puso los pelos de punta a Marcel. Monsieur Rodolphe era uno de sus huéspedes favoritos, y encima tenía como amigo a ese caballero guapo, rubio y refinado por el que ella sentía una inexplicable debilidad. Sin embargo, su felicidad duró lo que la vida de una mosca. Rodolfo no deseaba perder tiempo y allí mismo le espetó que dejaba la pensión esa tarde.

Para la dueña perder a un huésped que pagaba puntualmente suponía un duro revés, pero reaccionó como creía que se comportaría una dama: deseó a monsieur Rodolphe mucha suerte y se retiró muy digna al cuchitril que le servía de dormitorio, sala de estar, cocina y despacho.

Rodolfo y Marcel distribuyeron la ropa entre las dos maletas, recogieron los enseres de aseo y la comida que el joven Montero guardaba en el cajón de la cómoda, y abandonaron ese lugar en menos de una hora. Cuando recorrieron de nuevo el bulevar, cargado cada uno con una maleta, Marcel imitó el modo de caminar de Charlot, el personaje que triunfaba en el cinematógrafo vestido de vagabundo, con una chaqueta demasiado estrecha, bombín y un bastón de bambú, y al que el hambre empujaba a comerse una bota en *La quimera del oro*, una película de gran éxito que Rodolfo había visto en Madrid. Se rieron a carcajadas tan estruendosas que algunos viandantes se detuvieron para verles las caras a esos dos jaraneros. Las risas incluso hicieron olvidar a Rodolfo su cita frustrada con Solange, aunque sólo por un instante. El mal de amores le había atacado con saña.

Una vez en la buhardilla, éste distribuyó sus cosas en el armario y entonces cayó en la cuenta de que no tenía sábanas ni toallas, y a esa hora los comercios estaban ya cerrados. Se dijo que se las arreglaría como fuera y que la tarde siguiente, cuando saliera de Bouillon et Fils, iría de compras. Pero Marcel parecía poseer la facultad de leerle el pensamiento. Mientras Rodolfo examinaba a conciencia el colchón para comprobar si estaba lo bastante limpio para dormir directamente sobre él, su amigo fue hacia una pequeña cómoda del salón y sacó un juego de sábanas, mucho más nuevas y aseadas que las que solía poner madame Flore.

—Vienen con el alquiler —aclaró—. También hay dos toallas. Y me han dicho que una mujer en el vecindario te puede lavar la ropa por unos cuantos *sous*. Como ves, has hecho un cambio muy ventajoso, Rodolphe.

Entre los dos hicieron la cama, una tarea sencilla en la que ninguno era precisamente ducho. Cuando por fin acabaron, Rodolfo colocó en la pequeña cocina los pocos víveres que guardaba en la cómoda de la pensión y deslizó las valijas vacías debajo de la cama. Concluida la faena de acondicionamiento de su nueva morada, volvió a aplastarle la desazón y se dejó caer sin fuerzas en una esquina del sofá. Marcel, que le había observado mientras trajinaba, se sentó a su lado. Empezaba a preocuparle la palidez de su amigo y ese decaimiento que transmitía. Le puso la mano en la frente. No parecía tener fiebre.

Rodolfo se sintió muy incómodo, pero no se movió. Cuando

los dedos de su amigo le acariciaron una mejilla, viajaron hacia la barbilla y acabaron rozando su boca con ternura, Rodolfo vivió la terrible incongruencia de sentir su cabeza y su organismo separados, como si no pertenecieran a la misma persona. El cerebro deseaba alejarse de ese cuerpo intruso, pero la carne permanecía atrapada en la telaraña de sensaciones desconocidas que la envolvía. Notó de pronto los labios de Marcel sobre los suyos, una mano aprisionándole la nunca y su sofisticado bigote dándole pinchacitos bajo la nariz. Sus ojos estaban ahora tan cerca que creyó ahogarse en una charca azul como el cielo. Le azotó el impulso de hundir los puños en el abdomen de su amigo para alejarle de él, pero su cuerpo desobedeció una vez más, paralizado por ese hormigueo obsceno. Perdió la noción del tiempo hasta que notó su lengua, blanda y húmeda, bajo el paladar y el extraño hechizo se desvaneció. Quedó sólo repugnancia. ¿Cómo se atrevía ese pervertido?

Empujó a Marcel con fuerza y se puso en pie de un salto.

—¿Pero qué haces? ¿Te has vuelto loco?

El francés se pasó la mano por los labios con una sonrisa compungida.

—No te enfades, Rodolphe. Llevo mucho tiempo deseándote y no he podido resistirme.

Rodolfo dio una patada al sofá para desahogar la rabia por lo que consideraba un ultraje.

—¡Maldita sea, Marcel! ¡Creía que te gustaban las mujeres!

La sonrisa de éste adquirió un tinte pícaro.

—Y me gustan, te lo aseguro. —Intercaló un pequeño suspiro—. Adoro a las mujeres…, pero el cuerpo masculino es mucho más excitante. Un hombre como tú me hace olvidar que la vida es monótona, fea, sucia… que sobre ella planea siempre la sombra de la muerte. Cuando te vi por primera vez en el Dôme, te deseé al instante.

—Dios mío, eres un maricón —susurró Rodolfo—. Todas tus atenciones, todos los favores que me has hecho, sólo eran para…

Una sombra cayó sobre el rostro de Marcel.

—*Ah, mon petit espagnol* —le interrumpió—. Eres tan pudoroso… ¡Tan estrecho de miras! ¿Crees que necesito comprar los favores de un hombre o de una mujer? Tal vez cuando sea viejo y gordo como mi padre, pero ahora… —Dejó la frase inconclusa y meneó la cabeza—. Te he ayudado porque disfruto de tu compañía y me considero tu amigo. Lo de hoy ha sido un impulso tan irresistible como estúpido. Debería haberme controlado. Ahora me tienes miedo, *n'est-ce pas?* Puedes estar tranquilo, Rodolphe. No volverá a ocurrir. Te lo prometo… y te pido disculpas.

Rodolfo bajó la mirada. Sabía que le había ofendido y se sentía como un palurdo por el modo en que había reaccionado. Siempre había despreciado a los hombres que amaban a los de su propio sexo. Le habían educado en la creencia de que la homosexualidad era un vicio siniestro, algo que iba contra la propia naturaleza, y descubrir que Marcel era de ésos le había aterrado. Sin embargo, también había visto que no era un diablo con cuernos de sátiro, sino un hombre como él, y eso le había asustado todavía más. ¿Acaso no había experimentado un placentero cosquilleo al sentir los labios de Marcel sobre los suyos? ¿Le convertía eso también en un bujarrón? Tal vez estaba dando demasiada importancia a una pequeña debilidad. Además, Marcel había llegado a ser una parte importante de su vida; la mera idea de perder su amistad por una tontería le dolía más de lo que jamás habría sospechado.

—No pretendía ser… grosero. Es que… es que no me lo esperaba…

El otro no le dejó acabar.

—Marcel de Montaignac sabe reconocer cuándo se ha portado como un imbécil —dijo con una mueca conciliadora—. No permitamos que un desliz tonto empañe una buena amistad como la nuestra. Te prometo que no volveré a tocarte.

Rodolfo seguía sintiéndose muy miserable.

—Escucha, no he querido ofenderte. Es que me he llevado un susto de muerte.

Marcel se levantó y le tendió la mano.

—¿Amigos para siempre?

Rodolfo sintió un leve escalofrío cuando se acercó y se la estrechó.

—Amigos.

Marcel se puso la americana, que se había quitado para ayudarle a hacer la cama.

—Vamos a divertirnos.

Acabaron oyendo cantar a Bricktop en el Grand Duc. La desazón de Rodolfo por haber dejado escapar su cita con Solange y por el embarazoso incidente con su amigo era tan grande que, olvidando su habitual prudencia con el alcohol, se emborrachó hasta las orejas. Ya de madrugada, Marcel tuvo que ayudarle a subir los cinco pisos hasta su buhardilla.

Al día siguiente, llegó al trabajo tarde y en un estado tan lamentable que se ganó una severa reprimenda de monsieur Bouillon y otra aún peor de Saint-Michel. Cuando se hubo recuperado de la terrible resaca, que le duró dos días con sus noches, escribió a su padre para darle la nueva dirección y contarle cómo era su pequeño estudio.

Empezó a disfrutar de su independencia, de poder prepararse para cenar algo que no fuera pan con queso o salchichón, y de poder bañarse sin oír a madame Flore rezongar y amenazarle con el sobreprecio que le costaría cada baño. Por la noche, Marcel le llevaba en el Bentley a Montmartre o Pigalle, donde hacían una ronda por los clubes nocturnos hasta que recalaban en el local de Bricktop. Si alguno de sus amigos ricos celebraba una fiesta en su mansión, Marcel instaba a Rodolfo a vestirse de frac y le introducía en salones donde fluía champán de burbujas doradas, whisky de malta que acariciaba la lengua y los cócteles más extravagantes de la ciudad. Su relación con el francés se había vuelto ambivalente. Si éste se acercaba a él en un local atestado para hablarle al oído por encima del vocerío, recordaba el incidente en la buhardilla y se ponía en guardia por instinto, aunque enseguida se arrepentía de su reacción, deseando que el otro no la hubiera advertido. Su presencia se había vuelto tan importante en su vida que no lograba imaginar cómo sería París si no contara con él.

En el transcurso de aquellas semanas posteriores a su mudanza, Rodolfo habría podido ser dichoso si hubiera logrado olvidar a la hermosa muchacha rubia que le citó en el Ritz y a la que dio plantón. Le atormentaba tanto el recuerdo de la única vez que rozó sus dedos enguantados cuando se despidieron delante de Ciro's, que infinidad de veces estuvo a punto de pedir a Marcel que le dijera cómo localizar a Solange para pedirle perdón, pero el ruego de ella de que no dijera a su hermano que lo había citado en el Ritz y lo ocurrido en la buhardilla le habían dejado claro que Marcel jamás le ayudaría a volver a ver a Solange. Allá donde entraba con su amigo, buscaba el rostro de la chica entre la gente que se apretujaba ante la barra o bailaba frenética al son del charlestón y el black bottom. Pero la excitante Solange había desaparecido de su vida... y la culpa era solo suya.

Llegó a sentirse tan apesadumbrado que una tarde decidió ir al Ritz. Cuando se vio en la place Vendôme, la mera visión de la fachada del imponente edificio dispuesto en ángulo recto, con sus tejados oscuros, en los que sobresalían ventanas rematadas por un gracioso tejadillo, le cortó la respiración y le tuvo parado ante la entrada durante un cuarto de hora, fumando tan tembloroso que el cigarrillo parecía haber cobrado vida entre sus dedos. La entrada en el vestíbulo no fue menos impactante. Intimidado por las columnas de mármol rematadas con capiteles de revestimiento dorado, el suelo brillante en el que las lujosas alfombras parecían islas, y las flores frescas, que le recordaron los ornamentos florales de la mansión de Cole y Linda Porter, apenas reunió un hilo de voz para preguntar a un botones por la terraza. La encontró sin contratiempos, aunque con el corazón acelerado ante la esperanza de que la chica de sus desvelos estuviera allí. Mientras dejaba vagar la vista por la zona ajardinada en la que damas de aspecto sofisticado tomaban café, té o cócteles, se le ocurrió que Solange podría estar acompañada. ¿Qué haría entonces? ¿Sería correcto acercarse a presentarle sus respetos después del plantón que le había dado? Sin embargo, no se vio obligado a tomar una decisión al respecto porque no la vio. Abatido por la decepción y el apocamiento que sentía en ese lugar, reunió las últimas fuerzas para preguntar a un camarero si mademoiselle Solange de Montaignac frecuentaba la terraza. Tras pasarle revista de arriba abajo con glacial corrección, el empleado rehusó responder a esa pregunta, pero, ablandado por la desesperación que vio en la mirada del joven extranjero, accedió a hacer llegar a mademoiselle la carta que éste le entregó.

En la misiva que había redactado en su estudio, Rodolfo pedía disculpas a Solange por no haber acudido a la cita y le daba su dirección por si ella tenía a bien escribirle, pero fueron pasando los días sin que recibiera respuesta ni osara entrar de nuevo en el Ritz.

A Marcel parecía haberle atrapado un inexplicable hechizo por el Grand Duc. Durante todo el mes de octubre llevó a Rodolfo casi cada noche al local de Bricktop. La cantante, oriunda de Estados Unidos y llamada en realidad Ada Smith, se jactaba de conocer el nombre de pila de sus clientes asiduos y empezó a llamarle Rodolphe y a sentarse en su regazo mientras cantaba canciones de Cole Porter y le revolvía el cabello. Aunque de raza negra, Bricktop tenía la tez bastante clara y el cabello rojo. A Rodolfo incluso le pareció descubrir un ramillete de pecas bajo el maquillaje que cubría su rostro, lo que le intrigaba y fascinaba a la vez. En el local de Bricktop oyeron tocar una noche a un músico negro de Nueva Orleans llamado Sidney Bechet, un mago del clarinete capaz de enredar las notas en el aire trazando espirales lánguidas para de pronto enderezarlas, clavarlas como puñales en el corazón de quienes le escuchaban y arrancarles lágrimas de emoción.

Una noche de finales de octubre, Rodolfo bajó del Bentley ante el portal de su estudio. Llevaban tres noches seguidas recorriendo los bares de Montparnasse para acabar en el local de Bricktop, de donde salían ya de madrugada. Estaba agotado y pensaba proponerle que dejaran de verse durante unos días. Necesitaba descansar de tanto alcohol, de clubes nocturnos y de los amigos ricos y sofisticados de Marcel, a cuyas alegres francachelas acababan uniéndose muchas veces. De todos modos, las noches de París habían perdido para él gran parte de su aliciente desde que dio plantón a Solange. Pero antes de haber podido abrir la boca, oyó decir a Marcel desde el asiento del conductor:

—Mañana iremos a The Jockey. Es imperdonable que aún no te haya llevado a ver actuar a Kiki de Montparnasse. Ella es el alma de este barrio. ¿Recuerdas que un día te enseñé la foto que le tomó su amante, el fotógrafo americano Man Ray? Desnuda, sentada de espaldas, inspirada en un cuadro de Jean-Auguste-Dominique Ingres... Ah, Rodolphe, esa fotografía no deja de maravillarme. El cuerpo femenino retratado como si fuera un violín... Es lo más original que he visto jamás. Incluso le pintó en la espalda los agujeros en forma de efe del instrumento. ¡No me dirás que no es impresionante!

Rodolfo se subió las solapas del abrigo para protegerse del frío otoñal y sonrió sin entusiasmo. ¿Por qué no era capaz de sustraerse a la voluntad de ese hombre?

—*Mais je suis bête!* —exclamó Marcel de pronto, dándose una palmada en la frente con la mano abierta—. Hemos bebido tanto que casi se me olvida darte una buena noticia: mi padre ha decidido comprarle vino al tuyo..., ya sabes, nuestro pequeño proyecto del *coupage*. ¿No es maravilloso? ¿Y si tomamos una última copa en el Dôme para celebrar que nuestras familias van a hacer negocios? De paso, te explicaré las condiciones del contrato que está redactando nuestro abogado. Mi padre de momento quiere empezar por un encargo modesto... y si la colaboración de nuestras bodegas es fructífera, en el futuro irá ampliando los pedidos. *D'accord?*

Rodolfo subió al coche, resignado a trasnochar un rato más. Sólo esperaba no estar demasiado dormido cuando sonara el despertador por la mañana. Si volvía a llegar a Bouillon et Fils con retraso y resacoso, monsieur Bouillon acabaría poniéndole de patitas en la calle y ante su padre no le serviría de nada el triunfo que acababa de cosechar.

8

The Jockey estaba en el mismo boulevard de Montparnasse, haciendo esquina con la rue Campagne-Première. El fresco que adornaba la fachada delantera representaba a un indio norteamericano montado a caballo y con un *tomahawk* en la mano; al verlo, Rodolfo pensó en las ilustraciones de las historias de indios y vaqueros que él y Dionisio leían de niños. También las otras paredes exteriores estaban decoradas con motivos del Salvaje Oeste: rudos vaqueros, mexicanos en poncho, más indios y la calavera de un toro. Antes de entrar, Marcel le contó que el autor de esas pinturas era un norteamericano que se hacía llamar Hilaire Hiler y que tocaba jazz al piano para los clientes. Cuando el club fue inaugurado en 1923, sólo lo frecuentaban los artistas de Montparnasse para divertirse, pero de pronto se puso de moda y pasó a ser un lugar donde recalaba todo el que era alguien en París.

Dentro ya se apiñaba un gentío de lo más variopinto. Como de costumbre, Rodolfo escrutó cada rostro con atención, deseoso de que uno de ellos fuera el de Solange. Pero esa noche tampoco vio a la muchacha del cabello dorado. Hombres vestidos con bohemia elegancia sostenían gabán y sombrero en la mano mientras se emborrachaban con otros cuyas perneras, blandas y deshilachadas, apenas cubrían unos zapatos ajados. Entre las mujeres había jóvenes vestidas con ropa estridente que no se atenía a ninguna moda y otras enfundadas en vestidos elegantes que sólo podían haber sido confeccionados por los modistos más famosos de París. Todas llevaban el pelo cortado a la moda *garçonne* y fumaban con deleite agitando sus largas boquillas. El humo de los cigarrillos y de algún puro envolvía a los presentes en una densa niebla.

Rodolfo sintió agobio. Se quitó el sombrero, se desabrochó el abrigo y se aflojó la corbata con disimulo. Pero Marcel era demasiado observador para que se le escapara el más insignificante detalle.

—Esto no es nada —le susurró al oído—. Espera a que la gente salga de los teatros y vengan todos a ver cantar a Kiki. No cabrá aquí ni un cacahuete más.

Rodolfo miró a su alrededor con escepticismo. El local no era demasiado grande y los asientos estaban casi todos ocupados. Conforme se adentraban buscando dónde sentarse, repararon en una mujer grandota, vestida con un tutú rosa, zapatillas de ballet y el cabello peinado en dos grandes trenzas recogidas en la parte de atrás de la cabeza. Se retorcía con torpeza en algo que pretendía ser danza clásica y que pronto acabó en una sonora culada. Los pocos que le habían hecho caso estallaron en carcajadas atronadoras.

—La pobre… —dijo Marcel con falsa conmiseración—. Sigue bailando tan mal como siempre. Su impericia es una de las atracciones de la casa… y te aseguro que no es fingida para hacernos reír.

—*Marcel, comme je me réjouis de te voir!* —exclamó una voz masculina detrás de ellos.

Una mano de uñas muy cuidadas palmeó la espalda de Marcel. Este se volvió. Rodolfo hizo lo mismo y vio a un hombre que aparentaba tener su edad, no demasiado alto y con pronunciadas entradas. Sujetaba en la mano derecha un cigarrillo encajado en una boquilla tan refinada como la que usaba Marcel y sonreía a su amigo con la desmesura de su ancha boca.

—¡Philippe!

Los dos se dieron un rápido abrazo y varias palmadas en la espalda.

—Creía que estabas en Château Mouton, convertido en un magnífico viticultor —exclamó Marcel en francés por encima de la música y las voces—. Todo París habla de lo que estás consiguiendo allí.

—De vez en cuando necesito respirar el aire bohemio de Montparnasse, el humo de The Jockey y el perfume de una mujer parisina... —respondió el otro, guiñando un ojo con picardía. Su modo de vocalizar recordó a Rodolfo el elegante francés de clase alta que hablaba el padre de Marcel.

Éste se volvió hacia él, que se había apartado con discreción, y le tomó de un brazo para que se acercara.

—Philippe, te presento a mi buen amigo Rodolfo. Como el pobre Rodolfo Valentino pero mucho más guapo. —Marcel intercaló una de sus risillas nacidas en la laringe—. Rodolphe es hijo de un conde español.

«Ya sale otra vez con ese estúpido cuento del conde», se indignó el aludido para sus adentros. En cuanto se quedara a solas con ese embustero, le iba a oír.

—Rodolphe, éste es mi buen amigo y vecino de *château*, Philippe de Rothschild.

Rodolfo y Philippe se estrecharon la mano, intercambiaron algunas palabras de cortesía y simpatizaron al instante. Eso no pasó desapercibido a Marcel, que decidió aprovechar la oportunidad.

—El padre de Rodolphe elabora un vino excelente. Tiene muchos clientes en Francia que lo compran para *coupage*.

—Um, interesante... —fue el comentario cortés de Philippe, seguido por una sonrisa afable.

—¿Estás solo?

Philippe asintió con la cabeza.

—He llegado esta misma tarde. —Inspiró por la nariz y espiró en medio de una sonrisa—. Ah, bendito humo. Ya empezaba a cansarme de tanto aire puro del campo.

—¡Quédate con nosotros! —propuso Marcel—. Estábamos buscando dónde sentarnos. Rodolphe todavía no ha visto cantar a Kiki.

De Rothschild se rió.

—Es temprano. A esta hora aún no estará lo bastante borracha.

Marcel premió la broma con varias carcajadas sonoras. También lo hizo Rodolfo, aunque en realidad no sabía dónde estaba el chiste.

—Kiki nunca sale a cantar hasta que no está completamente ebria —le explicó su amigo mientras los conducía a la conquista de una mesa, en un rincón, de la que se acababa de levantar un grupo—. Espero que le dé por andar sobre las manos, así podrás apreciar que no le gusta nada llevar ropa interior.

Marcel y Philippe volvieron a estallar en carcajadas maliciosas.

Se sentaron, dejaron los abrigos sobre el taburete que quedaba libre, y Marcel se ofreció a buscar las bebidas a través del maremágnum que llenaba el club. Philippe se declaró poco amigo de los cócteles y quiso un whisky. Rodolfo pidió otro; esa noche no le apetecía tomar las extrañas mezclas que servían en algunos sitios.

Su amigo regresó pronto, balanceando con asombrosa habilidad las tres consumiciones. Halló a los otros dos enfrascados en la charla de tanteo propia de quienes acaban de conocerse. Distribuyó las bebidas sobre la mesa, se acomodó al lado de Philippe e intervino con su habitual energía:

—¿Cómo van tus conquistas, Philippe?

El aludido esbozó una sonrisa de gato picarón.

—Ah, no es elegante alardear de conquistas.

Marcel miró a Rodolfo, le guiñó un ojo y dijo:

—Mi amigo es un consumado don Juan. No hay dama que se le resista.

Philippe sonrió de nuevo y guardó silencio.

—Pero también es un caballero —bromeó Marcel—. Aparte de a las mujeres, Philippe adora los automóviles y la velocidad. En eso nos parecemos, aunque él me lleva ventaja. Ha participado en carreras automovilísticas importantes. ¿Qué coche tienes ahora?

—Para las carreras, Bugatti, siempre Bugatti. —Philippe dio un sorbo a su whisky—. ¿Tú sigues con el Bentley?

Marcel probó el gin-fizz e hizo una mueca. Sabía que el alcohol de The Jockey no era demasiado bueno, pero siempre le desagradaba el primer trago. Asintió con la cabeza.

—Ahora tengo un Bentley 3-Litre. Una máquina estupenda, aunque estoy intentando convencer a mi viejo para que me costee un 6,5-Litre. Quiero correr en las 24 horas de Le Mans.

Philippe empezó a enumerar algunas de las carreras en las que había participado: el Grand Prix de Bourgogne, el Grand Prix de España, el Grand Prix de Alemania... Describió la sensación de vértigo y euforia que experimentaba al conducir a casi doscientos kilómetros por hora en un circuito preparado para la competición. Marcel y él se enredaron a hablar de motores, cilindradas y cambios de neumáticos. Rodolfo les escuchaba sin demasiado interés. El chófer de su padre le había enseñado a manejar el Hispano-Suiza años atrás, pero no le gustó demasiado la experiencia y no comprendía semejante pasión por los vehículos a motor.

Cuando Marcel y Philippe se cansaron de hablar de automóviles, la conversación derivó hacia el vino. Éste contó que las obras del nuevo *chai*, diseñado por el prestigioso arquitecto Charles Siclis, se estaban demorando, por lo que se veía obligado a guardar su cosecha de 1924 en bodegas de los pueblos cercanos a Chatêau Mouton. Les habló de su proyecto de madurar y embotellar el vino dentro del *château*, en lugar de dejar ese proceso en manos de los comerciantes de Burdeos, como se había hecho siempre. A Philippe le brillaron los ojos cuando afirmó que, si no ocurría ninguna desgracia, el primer vino embotellado en su propiedad con la etiqueta de Château Mouton Rothschild estaría listo para ser vendido en 1927.

Rodolfo escuchó con sumo interés esa parte de la conversación. La pasión con la que Philippe contaba sus planes le hacía admirar como nunca el laborioso proceso de vinificación. Aquella noche, en algún rincón de su cabeza, surgió la idea de que se podría hacer algo similar en los viñedos de su familia para obtener caldos de mayor calidad. Decidió hablarle de eso a su padre cuando regresara a casa. Tomó un trago de whisky y dejó vagar la vista por el local. Ante la imposibilidad de encontrar asiento, muchas mujeres se sentaban sobre las rodillas de los hombres, aunque fueran desconocidos, y éstos sonreían encantados con su buena suerte. Una mujer pequeñita y llena de redondeces, como si la hubieran diseñado trazando círculos, entonaba canciones obscenas que hacían las delicias de la concurrencia.

¡Y entonces la vio! De oro y nieve, como la primera vez. Envuelta en un vestido rojo muy escotado que acababa a la altura de las rodillas y se ondulaba alrededor de sus caderas emitiendo destellos de seda; sobre los hombros, una estola de visón también roja; el pelo, oculto por completo bajo un llamativo tocado en forma de casquete, del mismo color que el vestido, cubierto de lentejuelas y flecos de pedrería que oscilaban sobre su frente igual que pequeños péndulos. A su alrededor, como escoltando a una diosa de fuego, se apretujaba su grupo de amigos, entre los que Rodolfo distinguió al grandullón que bailaba charlestón con ella en la mansión de los Porter.

Bebió un trago de whisky con tal ansia que casi se atragantó.

Solange, la dorada Solange, estaba ahí, a pocos pasos de él... y, sin embargo, tan lejos.

La joven volvió la cabeza y lo vio. Su boca se frunció en un mohín desdeñoso y miró deprisa hacia otro lado. Él se sintió como si le hubiera arrancado el corazón. Entonces Marcel vio a su hermana.

—*Oh là là*, mi hermanita en The Jockey —exclamó, atusándose el bigote—. ¿Cuánto hace que no la ves, Philippe?

—Desde que era una mocosa.

—Ha cambiado mucho —dejó caer Marcel en tono jocoso—. Fuma, bebe, se rebela contra todo... Me atrevo a suponer que ha probado hasta la cocaína... Una *flapper* de pies a cabeza. —Se levantó de un brinco. Acababa de ocurrírsele que su amigo Philippe podría ser un buen partido para Solange. Había que ir pensando en el futuro de la pequeña—. Voy a traerla para que la saludes.

Incapaz de moverse o de hablar, Rodolfo le vio serpentear entre el gentío hasta donde Solange les daba la espalda de forma ostentosa. Le vio rodear los hombros de su hermana con los brazos y besarla efusivamente en las mejillas, reparó en la reticencia de la muchacha a acercarse, y creyó que el corazón le estallaría en mil diminutos fragmentos cuando Marcel la tomó del brazo y ella se dejó arrastrar con visible resignación. Philippe se levantó, se inclinó delante de Solange, rozó su mano enguantada con los labios y encadenó varias galanterías mirándola con ojos golosos de seductor impenitente. Ella le devolvió las cortesías con el aplomo propio de una joven educada para desenvolverse en la alta sociedad. Mientras hablaba con Philippe, evitó a toda costa mirar a Rodolfo.

—¿Ya no te acuerdas de Rodolphe? —preguntó Marcel, extrañado.

A Solange no le quedó más remedio que dedicar algo de atención a Rodolfo.

—Buenas noches, monsieur Monteró —dijo fríamente en español, acentuando sobremanera la última sílaba del apellido.

Rodolfo se puso en pie, tambaleándose como si estuviera a punto de desplomarse. Hizo amago de besarle la mano, pero ella la retiró deprisa.

—Me alegro de volver a verla, mademoiselle —farfulló, también en español.

—*Oh là là*, creo que Rodolphe está un poco achispado —se mofó Marcel en francés.

Philippe miró a Solange, después a Rodolfo, y sonrió con su picardía gatuna. Marcel se sentía molesto por el comportamiento de su hermana, que se le antojaba muy descortés, y no advirtió las miradas oblicuas que intercambiaban ella y Rodolfo. Estaba a punto de regañarla cuando la joven exclamó que debía regresar con sus amigos. Se despidió de Philippe, dio media vuelta y se marchó sin dedicar al español ni una mirada fugaz.

Los hombres volvieron a sentarse.

—Te ruego que disculpes a mi hermana, Rodolphe. Desde que dejó de ser una niña, está insoportable. ¿Tomamos otra ronda?

Rodolfo no le prestó atención. Seguía con la mirada a Solange, que en ese instante se disponía a abandonar el local. La vio franquear la puerta de la calle y, al desaparecer hasta el último destello de su vestido rojo, se sintió tan desamparado que creyó morir. Se puso en pie de un brinco.

—Disculpadme… —se excusó— necesito salir un momento a tomar el aire. El ambiente está muy cargado.

—¿No te habrá sentado mal el whisky de aquí? —bromeó Marcel, aunque en sus ojos brillaba una chispa de preocupación ante el repentino desmadejamiento de su amigo—. Dicen que es de garrafón. No irás a vomitar… ¿Quieres que te acompañe?

Rodolfo sacudió la cabeza.

—No, gracias, Marcel. No es necesario. Vuelvo enseguida.

Se apresuró hacia la salida, arrollando a dos hombres en frac y a Kiki, que avanzaba tambaleante hacia el centro del club para empezar a cantar.

Salió al exterior sumido en la desesperación y jadeando por lo nervioso que estaba. ¿Y si Solange se había metido ya en algún coche con sus amigos y la había vuelto a perder?

Pero ahí estaba. Parada en medio de la acera, hurgando con parsimonia en su pequeño bolso rojo mientras sus amigos, entre ellos el odioso elefante sudoroso que la acompañaba a todas partes, la llamaban desde un lujoso descapotable negro.

Rodolfo salvó deprisa los pocos pasos que le separaban de ella.

—¡Mademoiselle! —exclamó, y añadió en un susurro—: Solange…

Ella alzó la cabeza con estudiada lentitud, y clavó en sus ojos una mirada que no resultó tan gélida como Rodolfo había temido.

—Monsieur…

—Solange… Mademoiselle… —balbuceó Rodolfo; estaba tan nervioso que era incapaz de articular una frase inteligible—. Yo…

—¿Qué le ocurre, monsieur Monteró? —le interrumpió ella en español, con fingido desdén—. ¿Está borracho? —añadió, mordaz—: Dicen que no hay que abusar del alcohol de The Jockey.

—Yo… quiero pedirle disculpas por… —Rodolfo se pasó la lengua por los labios, repentinamente secos— aquella tarde, cuando me citó en el Ritz… Yo… yo quería acudir, mademoiselle… Solange…, estaba loco por volver verla, pero Marcel… —Tuvo que hacer un alto para respirar—. Marcel me llevó a ver un estudio de un amigo suyo…, un magnífico lugar adonde mudarme, y no pude escabullirme… ¡se lo juro! —Paró un instante para tomar aire—. Días después fui al Ritz, dejé allí una carta para usted. ¿No se la dio el camarero de la terraza?

—Hace tiempo que no voy a ese lugar —respondió ella, sin abandonar su tono altivo.

—¡Perdóneme, Solange, por favor! Quisiera… quisiera verla otro día… si tuviera a bien concederme esa… esa alegría…

—Ah, mi hermano puede ser tan insistente… —murmuró ella con su marcado acento francés. Una gran sonrisa se expandió por su cara de pronto. Desde el descapotable, sus amigos volvieron a llamarla, ahora con impaciencia. Ella se volvió hacia los del automóvil y les gritó en francés que ya iba—. *D'accord, monsieur Monteró.* Mañana iré a Maison Chanel a probarme los nuevos vestidos de invierno. Si tanto desea verme, no le importará esperarme en la puerta, *n'est-ce pas?* Creo que a eso de las seis habré terminado. —Dio media vuelta y taconeó muy digna hacia el descapotable. De repente, se detuvo, regresó a donde Rodolfo la devoraba con la mirada y añadió—: Por si no lo sabe, monsieur, Maison Chanel está en el número 31 de la rue Cambon… Ah, y no se le ocurra decir nada de esto a Marcel.

Trazando como única despedida una caída de ojos que a su admirador se le antojó desdeñosa, Solange se apresuró hacia el automóvil de sus amigos. Los que se apretujaban en el asiento de atrás le hicieron sitio y el conductor arrancó con un estruendoso chirriar de ruedas.

Rodolfo no podía creerse su buena suerte. Se arrastró de regreso a The Jockey, se apoyó contra la fachada, sacó con dedos inseguros el paquete de Gauloises, encajó uno en la boquilla negra, lo encendió, dio tres caladas seguidas y expulsó el humo de una sola vez. Tenía frío sin el abrigo, le flojeaban las piernas, sentía la frente perlada de sudor nervioso y la cabeza le daba vueltas, pero era escandalosamente feliz.

9

Rodolfo era consciente de que al no acudir al Dôme a la hora a la que Marcel había insistido en quedar con él la noche anterior le hacía un feo muy grande. Pero no le quedaba otra. Sabía que era imposible zafarse de él con excusas hueras. Tendría que confesarle que tenía una cita galante. Y estaba seguro de que eso no le gustaría. Recordó la insistencia de Solange en que no dijera nada a su hermano. Sí, era mejor esquivar a Marcel esa tarde. Ya arreglaría las cosas con él al día siguiente. Le contaría que monsieur Bouillon le había hecho quedarse hasta muy tarde para dejar listos unos contratos de gran importancia, lo que era una inmensa mentira. Seguro que Marcel le reprocharía no haberle telefoneado para avisarle. Disponía en su apartamento de un brillante teléfono negro de sobremesa y le había dado recientemente el número. Pero entonces él le diría que monsieur Bouillon no permitía a los empleados usar para asuntos personales su anticuado aparato de pared con traza de reloj de cuco desahuciado, lo que, por otra parte, sí era verdad.

Buscando excusas convincentes que le sirvieran para disculparse por el plantón, llegó al número 31 de la rue Cambon media hora antes de lo acordado. En el trabajo había pedido permiso a Saint-Michel para salir antes, aduciendo que se encontraba mal. El taciturno hombretón le había escrutado con atención, sin dejar traslucir si se creía la mentira o no, y acabó asintiendo con la cabeza. A Rodolfo jamás se le habría ocurrido que alguna vez pudiera sentir ganas de abrazar al oso de Saint-Michel, pero aquella tarde le habría dado hasta un beso. Recogió su escritorio deprisa, no fuera a arrepentirse el otro, y se apresuró a coger el tranvía que le llevaría al boulevard de Montparnasse. Caminó hasta su casa evitando pasar por delante de las terrazas donde podría estar Marcel, en especial la del Dôme. Se aseó en el cuarto de baño y subió a su apartamento. Se puso su mejor traje y se arregló el pelo cuidadosamente con fijador.

Ahora se encontraba delante del elegante escaparate de la modista que hacía suspirar a todas las mujeres parisinas, tanto si tenían posibles como si no. Escrutó el interior a través del cristal, con cuidado de que no le descubrieran desde dentro. Estaba tan nervioso que se sobresaltó al ver a varias mujeres muy elegantes retorciéndose en posturas extravagantes. Después se dio cuenta de que eran maniquís.

Sacó la cajetilla de Gauloises, encajó uno en la boquilla, lo prendió y se lo fumó a caladas ansiosas. Cuando lo acabó, encendió otro que corrió la misma suerte que el anterior. Mientras esperaba deambulando delante de la tienda y consumiendo un pitillo tras otro, salieron dos señoras vestidas con la estudiada y enjoyada sencillez de las muy ricas. En una de ellas creyó reconocer a la madre de Solange y Marcel. No supo si huir calle abajo o saludarla como si no estuviera esperando a su hija casadera, a la que tantas noches había imaginado desnuda. Afortunadamente, la dama no era la baronesa. Rodolfo se inundó los pulmones de humo para ahogar el susto. Comprobó cuántos cigarrillos le quedaban. Sólo seis, y había empezado el paquete esa misma tarde. Miró el suelo. Alrededor de sus pies la acera parecía un cenicero. Cuando saliera Solange, su boca apestaría como una chimenea sucia de hollín.

Tiró lo que quedaba del cigarrillo junto a los demás restos y lo pisó. Escarbó en los bolsillos del abrigo en busca de algún caramelo olvidado. Halló uno de menta que le dio Saint-Michel tiempo atrás. Le quitó la envoltura a toda prisa y se lo metió en la boca. Sacó el reloj de leontina y consultó la hora. Las seis y media. Llevaba sesenta largos minutos caminando cinco pasos arriba y cinco abajo delante de Maison Chanel, fumando como los arrieros a los que de niño veía cargar el vino de la bodega familiar para transportarlo a Francia en reatas de mulas. Le pasó por la cabeza una idea angustiante: ¿y si Solange no salía? ¿Y si finalmente no había acudido a probarse vestidos? ¿Podía entrar en la tienda y preguntar por ella sin hacer el ridículo?

Justo cuando estaba a punto de olvidar los buenos propósitos y sacar otro cigarrillo para matar el desasosiego, oyó abrirse la puerta. Miró hacia allí con resignación, pensando que sería otra de esas damas ricas que se parecían a la baronesa. Casi se atragantó con lo que quedaba del caramelo cuando vio a Solange. La joven se había detenido en la acera, delante mismo de la puerta, con el semblante iluminado por una sonrisa que se apresuró a trocar en desdén cuando se topó con la mirada embobada de Rodolfo. Llevaba un ancho abrigo rosa salmón con cuello de visón, zapatos de tacón sujetos al tobillo por una correa, de los que llamaban Mary Jane, y un sombrero *cloché* de fieltro algo más oscuro que el abrigo. Él, al tiempo que se acercaba a ella, comprobó de reojo su aspecto en la luna del escaparate. Tan acicalado y repeinado bajo el canotier, parecía un galancete de tres al cuarto. Ya delante de Solange, se inclinó en una torpe reverencia y quiso besarle la mano enguantada. Ella se la hurtó.

—¡Huele a menta, monsieur Monteró! Odio la menta.

Rodolfo echó garganta abajo el caramelo de la discordia. Solange no dio muestras de haber apreciado su arriesgada operación.

—Espéreme aquí —dijo la joven—. Debo hablar con Damien.

Sorprendido, Rodolfo la vio taconear hacia un majestuoso Renault negro que acababa de detenerse junto a la acera. Se abrió la puerta del conductor y salió un hombre uniformado de mediana edad, tan flaco que parecía a punto de doblarse bajo el peso de la gorra de plato. Dio la vuelta al automóvil y alargó una mano para abrir la puerta de atrás, pero entonces Solange le dijo algo que le hizo detenerse a mitad de movimiento. Inclinó la cabeza, trazó un apunte de sonrisa paternal y regresó con celeridad a su sitio.

La joven volvió junto a Rodolfo.

—Damien es el chófer de mi *tante* Matilde. Le he dicho que volveré tarde. Ahora estoy en casa de mi tía porque mis padres se han marchado esta mañana a Château Gironde. Podemos confiar en que ninguno de los dos hablará a mi madre de... este encuentro.

Rodolfo no entendía nada. Solange no quería que su hermano supiera que había quedado con él y ahora también iba a ocultárselo a su madre. ¿Tan deplorable era su compañía para una señorita de buena familia?

—Mademoiselle... —farfulló, indeciso.

—Puede llamarme Solange. —La sonrisa de la joven se había vuelto gatuna—. ¿No va a ofrecerme su brazo, Rodolphe?

—Oh, claro... perdone mi... mi —la voz de Rodolfo se desvaneció hasta acabar en un susurro— mi imperdonable fallo.

Solange se enganchó del brazo derecho de Rodolfo, él olfateó con disimulo su perfume, de aroma tan fresco que se sintió como si estuvieran en primavera, y echaron a andar.

—*Maman* es muy estricta para algunas cosas... —comentó Solange—. Se empeña en controlar con quién salgo y adónde voy. Siempre dice que una mujer debe casarse con un hombre muy rico si quiere ser libre.

Rodolfo vislumbró la oportunidad de aclarar sus dudas.

—Mademoiselle... —Carraspeó de puro nerviosismo—. Solange..., no quisiera que me tomase por un... por un hombre indiscreto y poco caballeroso, pero... ¿la deja su madre acudir a un lugar como The Jockey?

Solange emitió una risa cristalina.

—Naturalmente que no. Pero cuando me acompaña Didi, está muy tranquila. Si ella supiera...

Rodolfo supuso que el tal Didi era el joven con traza de elefante que siempre andaba pegado a ella como un perrito faldero.

Le aborrecía desde que lo había visto bailando con ella, pero esa tarde le odió con toda su alma.

—Su nombre es Didier, pero todos le llamamos Didi. Pertenece a una de las familias más ricas de Francia. Creo que *maman* y la madre de Didi conspiran para que nos casemos.

—¿Y usted desea convertirse en la esposa de ese hombre? —se le escapó a Rodolfo.

—*Peut-être…* —fue la críptica respuesta de Solange.

A eso no supo qué replicar Rodolfo.

—Vamos hacia *le Jardin des Tuileries* —propuso ella—. Están muy cerca. ¿Lo conoce?

Él cayó en la cuenta de que en los meses que llevaba en París apenas había callejeado por la ciudad a la luz del día, salvo cuando iba a trabajar o regresaba por la tarde, y entonces andaba demasiado cansado para abrir los ojos. Ni siquiera había subido aún a la Torre Eiffel.

—Yo… he tenido poco tiempo para explorar París. Cuando salgo del trabajo, Marcel…

—Ah, ya sé —le cortó ella con aire de suficiencia—. Seguro que mi hermano le arrastra cada noche por los clubes de Montparnasse y Montmartre. Le atrae la vida nocturna. Adora a los artistas. Cree que nuestro padre le obligará pronto a trabajar en el banco y quiere divertirse todo lo que pueda antes de que llegue ese momento… ¿Le ha contado que *notre père* es banquero?

Rodolfo asintió con la cabeza.

—Sí, me lo comentó.

—El pobre Marcel odia el banco, pero no podrá escapar. Padre necesita un sucesor y, desde que murió Laurent, sólo le queda un hijo varón. Yo no cuento para él, aunque en este caso créame que me alegro de que me excluya. A mí tampoco me gustaría encerrarme en un despacho del banco.

Las palabras de Solange hicieron ver a Rodolfo el paralelismo entre la vida de Marcel y la suya. Cuando estaba con él, su arrolladora personalidad le deslumbraba tanto que no lo había advertido.

—¿Y usted? ¿Continuará con el negocio del vino de su padre?

Él se encogió de hombros.

—Sí, ése es mi sino —murmuró entre dientes.

Solange clavó en él una mirada de extrañeza.

—¿Qué es un «sino»?

Rodolfo la miró y sonrió henchido de ternura. Era tan francesa, tan parisina…

—*C'est mon destin* —tradujo—. En realidad, le correspondía a mi hermano, pero él… digamos que no se encuentra muy bien.

—¿Está enfermo?

—Es una larga historia —se escabulló Rodolfo. No le apetecía hablar de los problemas de Dionisio con la bebida.

—Hábleme del *château* de su familia.

Rodolfo pensó en la casona que su padre había mandado construir en lo alto de una loma, expuesta a ser barrida por el inclemente cierzo o quemada por el sol, o las dos cosas a la vez; rodeada por la tierra áspera y rojiza que durante el invierno se convertía en un páramo hasta que la primavera empezaba a alfombrar de verde los viñedos que se extendían por todo el campo de Cariñena. ¿Cómo describirle ese entorno a Solange?

—Nuestra casa no es lo que ustedes, los franceses, entienden por *château* —empezó, vacilante—. Está en lo alto de una colina, es muy grande y está rodeada de viñas por todas partes.

—Debe de ser un lugar hermoso —observó ella.

—Me parece que no le gustaría, Solange.

Mientras conversaban habían llegado a donde la rue Cambon desemboca en la rue de Rivoli. Solange guió a Rodolfo con decisión para cruzar a la otra acera. Detrás de una verja de hierro, que estaba abierta, se extendía un frondoso parque. Entraron. A esas alturas él ya estaba tan nervioso que apenas reparó en una pareja que caminaba delante de ellos cogida tímidamente de la mano, ni en la niñera que tiraba de los pequeños que tenía a su cuidado porque se le hacía tarde para volver a casa. Solange seguía enlazada a su brazo. Él percibía su suave perfume mezclado con el aroma que emanaba de su cuerpo. Oía su respiración, acompasada y calmosa como la de un recién nacido. Ansiaba detenerse para besarle los labios, descender después por la tersa piel de su cuello y sumergir la nariz entre las solapas de su abrigo para hundirla en el canalillo, donde sabía que la fragancia de las mujeres era más intensa. Se contuvo con gran esfuerzo. Solange era una muchacha decente y muy joven. No debía asustarla.

No habían dado ni cinco pasos por el parque cuando ella se detuvo. Se desasió de Rodolfo, se aferró a su mano derecha y le arrastró hasta la verja de hierro. Junto a uno de los pilares cuadrados que jalonaban el vallado del parque, se aupó de puntillas y le besó con deleite. Rodolfo no podía creer lo que le estaba ocurriendo. Esa dulce joven destinada a casarse con un paquidermo millonario había hecho lo que no se había atrevido a hacer él. Dejó que su lengua buscara la rendija entre los labios de Solange y se abandonó al placer. Cuando se despegaron, sentía escalofríos y no necesitó alzarse las mangas para comprobar que se le había puesto la piel de gallina.

Solange abrió el bolso, sacó un espejito y una barra de carmín y se retocó los labios con calma. Rodolfo sospechó que no era la primera vez que besaba a un hombre. La intuición le incomodó un poco.

—¿Quieres saber lo que me gustaría hacer ahora? —susurró ella cuando hubo concluido su tarea restauradora.

Él tragó saliva. Definitivamente, Solange no se parecía a ninguna de las chicas que había conocido. En contraste con las muchachas españolas, era ella quien tomaba la iniciativa. No es que Rodolfo hubiera tenido muchas relaciones para comparar. Perdió la virginidad a los veinte años, en Madrid, con una cupletista de poca monta a la que de lejos tomó por pipiola y que, cuando la visitó con un ramo de rosas en la intimidad del camerino, resultó tener espolón y ser de maneras un tanto bruscas en materia amatoria. También tonteó durante un tiempo con dos chicas casaderas de buena familia sin llegar a comprometerse y persiguió a alguna que otra artista de variedades, siendo sus favoritas las alegres muchachas del Cabaret Aragonés. Pero ninguna mujer le había impresionado como Solange.

—Em... me gustaría mucho, sí...

—Marcel me habló el otro día de tu nuevo estudio. Llévame allí. Quiero conocer el lugar donde vives.

A Rodolfo se le volvió a secar el habla. En España, una chica decente no permitía siquiera que un hombre le tocara el codo para ayudarla a subir a la acera, jamás se quedaba a solas con un pretendiente y acudir con su prometido a su apartamento de soltero era algo impensable. Las parisinas eran realmente asombrosas.

10

Rodolfo y Solange regresaron a la rue de Rivoli, donde él paró un taxi que les dejó en el boulevard de Montparnasse, delante mismo del edificio en el que se hallaba su estudio. Cuando bajaron del automóvil, miró a su alrededor con cautela, por si andaba cerca Marcel. No quería ni pensar en la catastrófica posibilidad de que su amigo descubriera que se veía con su hermana pequeña y se lo estaba ocultando. Tomó a Solange suavemente de un brazo y la guió deprisa hacia el portal. Pasaron por delante del cuchitril donde solía dormitar madame Josette, la vieja portera, que esa tarde también debía de estar traspuesta porque ni siquiera asomó la nariz, roja y bulbosa por su afición a empinar el codo. Solange adelantó a Rodolfo y empezó a ascender por la escalera. Él dedicó los minutos que tardaron en llegar al quinto piso en contemplar sus magníficas pantorrillas, los tobillos finos y las corvas que asomaban cada vez que se alzaba la falda al subir un nuevo escalón. Llegó arriba sin resuello, más de tanto admirar las piernas de Solange que por el cansancio. Estaba tan nervioso que le costó encontrar la llave. Cuando por fin consiguió abrir, tras haberla buscado en cada bolsillo de la americana, recordó que había dejado el estudio hecho un desastre. Pero ya no tenía arreglo. Solange ya estaba dentro. Rodolfo irrumpió detrás de ella, cerró la puerta deprisa y se resignó a quedar como un guarro ante la chica más excitante que había conocido jamás.

Ella no dio muestras de ver los vasos y platos sucios que se amontonaban en el diminuto fregadero. Ni los libros en francés que Rodolfo compró una tarde con Marcel y que ahora ocupaban parte del sofá como invitados que se niegan a marcharse. Corrió a retirarlos para que Solange pudiera sentarse cómodamente, pero ella se deslizó hacia la puerta del dormitorio.

«¡Oh, no!», pensó Rodolfo. Tenía la cama sin hacer y las sábanas enmarañadas. De pronto se acordó de que cuando llegó a casa la noche anterior y se desnudó para acostarse, colgó el traje, la camisa y la corbata de una percha, pero arrojó al suelo la camiseta, los calcetines y los calzoncillos. Y salvo que hubiera sucedido un milagro, cosa harto improbable, ahí estarían para recibir a Solange. Corrió hacia la puerta, decidido a adelantarla, pero la joven fue más rápida. Cuando Rodolfo entró en la pequeña alcoba, Solange ya se había parado en el centro, casi pisando la ropa sucia con sus zapatos de tacón, y observaba todo sin perder detalle. Él se colocó a su lado. Estiró un pie y empujó disimuladamente la ropa interior bajo la cama.

Solange exhibió su sonrisa de gata siamesa. Con asombrosa parsimonia se quitó los guantes de cabritilla y los dejó encima de la mesita. Después se despojó del sombrerito, que acabó haciendo compañía a los guantes. Se quitó el abrigo, lo dejó caer al suelo y comenzó a abrir los botones laterales del vestido. El corazón de Rodolfo arrancó a latir con la contundencia de un tambor. En otra parte de su cuerpo, situada más abajo, se iniciaron los preparativos para la guerra. Notó cómo empezaba a sudar. Tomó una bocanada de aire y tragó varias veces antes de poder hablar.

—¿Qué… qué haces, Solange?

Ella ya había acabado con los botones. Sin perder la calma se desprendió del vestido deslizándolo piernas abajo hasta que hizo compañía al abrigo sobre el suelo de listones de madera deslucidos. Sólo conservó puesta la combinación, que era de seda bordada y del mismo color que el vestido. Miró a Rodolfo a los ojos con una mezcla de picardía e ingenuidad que acabó arrebatándole la razón y lo que le quedaba de compostura.

—Tengo diecinueve años, soy una mujer adulta y soy libre. Quiero que seas tú, y no Didi, el hombre que me inicie en el placer.

Rodolfo creyó estar soñando. En cualquier instante despertaría acostado en el suelo, abrazado como un tonto a una pata de la cama. Posó las manos sobre los hombros de Solange para cerciorarse de que lo que estaba ocurriendo era real.

—Pero, Solange… —balbuceó, incapaz de dominar la lengua enredada—, ¿qué será de tu reputación?

—*Mon Dieu, Rodolphe!* —exclamó ella—. ¡Qué anticuados sois los españoles! Estamos en el siglo veinte, esto es París. Ahora las mujeres tenemos muchas más aspiraciones que buscar un marido. ¿O es que no te resulto atractiva?

—¿Que si no me resultas atractiva? —se oyó vocear él—. ¡Eres la mujer más hermosa y más excitante que he conocido en toda mi vida! ¡Te deseo desde la primera vez que te vi bailando en casa de los Porter!

—Yo también te deseé aquella noche —susurró ella, muy bajito, como saboreando cada palabra. Sus mejillas se habían teñido de un tenue color rosado—. Enséñame todo lo que sabes del amor, Rodolphe. —Se quedó pensativa durante unos segundos y añadió—: Pero prométeme que no contarás nada de esto a Marcel.

Rodolfo le aseguró de buena gana que no diría nada a su hermano. Y se tragó el miedo a decepcionar las expectativas de esa criatura de ensueño que le ofrendaba su virginidad hurtándosela al odioso Didi. Condujo hasta la cama a esa Solange materializada en carne y hueso, ataviada sólo con una combinación de seda que se derramaba en una cascada albaricoque sobre su piel. Los pezones se marcaban erectos bajo la delicada tela. El hecho de que no llevara *brassière* aún encendió más la lujuria de Rodolfo. Temblando de expectación gozosa, la hizo tenderse sobre las sábanas revueltas. Se aflojó la corbata, se la arrancó del cuello y se sentó a su lado. Una bruma de irrealidad le envolvió cuando le quitó la combinación con delicadeza y acarició su piel blanca y pura. Le depositó un beso en la boca, y su carmín le supo a moras recién arrancadas del arbusto, otro sobre el cuello estilizado, diseminó un rosario de besos por su vientre plano y le mordisqueó los pezones rosados. Los suspiros de Solange le acariciaron el oído. Alzó la mirada. Ella flotaba en medio de una sonrisa que habría sido angelical si el pintalabios escarlata no hubiera manchado la barbilla y los pómulos, moteándole incluso el escote. Rodolfo le besó en la boca y sus lenguas se trenzaron durante un lapso de delirio. Cuando separó los labios, recordó que él aún estaba completamente vestido. Se levantó de un brinco. Mientras se quitaba cada prenda con decisión, le dio tiempo a pensar que algunas veces en la vida los sueños se cumplían y entonces la realidad resultaba ser aún más bella que las fantasías. Después, se lanzó a despojar a Solange de las medias de seda, el liguero y las bragas satinadas. En cuanto los dos estuvieron completamente desnudos, escrutando cada uno el cuerpo del otro con la lasciva, y a la vez tímida, curiosidad de los amantes nuevos, Rodolfo al fin pudo descender al pubis dorado —y virginal— con el que había fantaseado durante semanas.

11

Rodolfo vio extenderse la desilusión en la mirada de Marcel, imparable como una mancha viscosa, sin que se le ocurriera nada para detener su avance. Se sintió muy incómodo cuando se acercó a la terraza del Dôme y le vio en la mesa de siempre, ataviado con su elegante frac y fumando con sus ademanes de hombre de mundo al que nada perturba. En medio del desasosiego que le inspiraba la ingrata tarea de disculparse con él por haberle dado plantón la tarde anterior, había experimentado una incongruente alegría. Marcel se había convertido en el pilar alrededor del cual giraba su vida parisina. Su mejor amigo. Su mentor. Ojalá pudiera contarle quién era la chica a la que había desflorado la tarde anterior en el estudio que el propio Marcel le había buscado. Pero Solange había insistido mucho en que mantuviera su cita en secreto. Sólo pudo ofrecer a su amigo una excusa rancia y un manojo de medias verdades.

Para sorpresa de Rodolfo, una ancha sonrisa fue ganando terreno en el rostro de Marcel. No quedaba ni asomo de desilusión cuando exclamó:

—*Oh là là*, Rodolphe, algo me dice que estás cayendo en las redes del amor. ¿Es rica esa joven? Recuerda lo que te dije un día: si quieres triunfar en la vida, debes casarte con una mujer acaudalada.

Rodolfo tragó saliva. Sintió cómo se ruborizaba. Sólo fue capaz de encogerse de hombros. Marcel meneó la cabeza.

—Debes fijarte más en los detalles, *mon ami*, o volverás a tu tierra casado con una mecanógrafa o una *petite coutourière*. A los caballos se les examina la dentadura para averiguar la edad. Para saber si una mujer es de una familia rica, hay que observar sus modales, su forma de comportarse, sus manos y, naturalmente, la ropa que lleva y las joyas. Aunque algunas advenedizas son artistas del engaño. Lo mejor es indagar con discreción. ¿Sabes el apellido de tu amada? ¿Te ha hablado de sus padres?

El rubor de Rodolfo se intensificó. Fue incapaz de articular palabra. Alzó el gin-fizz que le había pedido Marcel nada más verle aproximarse a la mesa, y se bebió la mitad.

—Se te han puesto las orejas rojas... ¡Qué estampa tan lamentable! —se mofó Marcel—. Me temo que tu caso es gravísimo. —Dio un sorbo a su cóctel. Era el segundo de esa tarde—. ¿Volverás a verla pronto?

Rodolfo acababa de vaciar su copa. El alcohol que ya viajaba por sus venas le infundió por fin valor para responder.

—La semana que viene.

—*Bon...*, eso me da tiempo para volver a conducirte por el buen camino. —Marcel sacó con calma su pitillera, ofreció a su amigo, que rehusó con un tembloroso movimiento de la mano, y extrajo un cigarrillo para él. Lo encajó en la boquilla y se tomó su tiempo a la hora de encenderlo. Si Rodolfo hubiera estado menos ofuscado por sus mentiras, habría visto que en los ojos de Marcel había vuelto a aparecer una brizna de tristeza cuando dijo—: Lástima que te escaparas ayer. Me encontré con Philippe de Rothschild. Tenía que regresar hoy a Château Mouton y como despedida fuimos juntos a Montmartre y... ¡no te lo vas a creer!, me llevó a un club que yo no conocía. ¿Verdad que es increíble? Pensaba que había estado en todos los antros de París.

Rodolfo asintió con la cabeza, contento al ver que la conversación se desviaba de su cita amorosa.

—El Nuits Blanches de Saint Pétersbourg es un lugar muy especial —continuó Marcel—. Las camareras son aristócratas rusas huidas de los bolcheviques y enseñan las mejores piernas de todo París: largas y realmente hermosas. El club lo regenta un ruso blanco que dice ser príncipe y haber sido miembro de la Guardia Imperial de Nicolás II. Yo tengo mis dudas al respecto, pero no puedo negar que ese Andrej Oblinski es el hombre más divertido que he conocido en mucho tiempo. Anoche él, Philippe y yo nos emborrachamos con un vodka excelente. Otro día te llevaré… —Marcel intercaló una pausa y, con un asomo de esperanza en la voz, añadió—: A lo mejor te olvidas para siempre de tu chica cuando veas a esas princesas rusas que la Revolución bolchevique ha rebajado al alcance de los simples mortales. Pero para hoy tengo otros planes. ¿Está impecable tu frac?

—¡Claro! —replicó Rodolfo, molesto. No tenía demasiado aseado el estudio, pero con la limpieza de la ropa era muy escrupuloso—. Lo recogí de la tintorería hace unos días.

—*Magnifique!* —exclamó Marcel. Saltó de su silla y se puso el sombrero de copa que había dejado en el asiento de al lado. A Rodolfo se le antojó la viva imagen del glamour parisino—. Vamos a tu estudio para que te cambies de ropa. Por el camino te explicaré adónde pienso llevarte hoy.

Mientras caminaban por el bulevar, Marcel no cesó de parlotear observando de reojo a su amigo, que apenas le respondía con monosílabos y algún apático movimiento de cabeza. Se preguntó cómo sería la mujer que había abocado a Rodolfo a semejante estado de estupidez. Sólo esperaba que no le hubiera engatusado ninguna buscona avispada para la que un hombre como Rodolfo sería sin duda un buen partido. Se alegró de no ser propenso a dejarse encandilar por las mujeres. Eso le facilitaba la búsqueda de una esposa rica. Ya había echado el ojo a dos guapas jóvenes de muy buena familia: Iris de Montdidier, hija de un magistrado inmensamente rico, y Hélène Dupont, cuyo padre había hecho fortuna fabricando máquinas de escribir y ansiaba casar a su niña pequeña con un retoño de la élite financiera de Francia. Sin embargo, aún no se había decidido a cortejarlas en serio. Llevaba tiempo aplazando ese asunto, que requería buena mano y dedicación, porque temía que las mujeres le alejaran de

Rodolfo. ¿Cómo iba a imaginar que ese ingenuo se enamoraría de la noche a la mañana?

En su afán por sacar a Rodolfo de su ensimismamiento, Marcel le contó que Cole y Linda Porter habían regresado de Venecia, donde habían pasado unos días en su *palazzo*, y querían saludar a sus amigos parisinos dando una grandiosa fiesta en su mansión en el número 13 de la rue Monsieur.

—Ya sabes: champán de primera, mucho charlestón y la *crème de París* allí reunida... Y tal vez Cole nos cante alguna canción nueva. Ah, ¡qué ganas tengo de volver a disfrutar de una fiesta *chez les Coleporteurs*!

Rodolfo tenía la cabeza en otra parte para entusiasmarse con esa velada en casa de los Porter. Todavía conservaba en los labios el sabor de Solange, sentía en las yemas de los dedos la caricia sedosa de su piel, y su nariz aún la ocupaba el perfume floral de la muchacha. No habían quedado para esa tarde porque ella debía asistir a una fiesta en casa de *tante* Mathilde, y al día siguiente Damien la llevaría a Château Gironde, donde sus padres querían que pasara la semana con ellos. Rodolfo consultó su reloj. A esa hora Solange ya estaría enfundada en uno de sus excitantes vestidos y sonreiría a algún lechuguino rico que se la comería con los ojos. ¿Habría invitado su tía al odioso Didi? El estómago le dio un vuelco. ¿Cómo iba a soportar estar lejos de Solange siete largos días? Fue consciente de que se había enamorado hasta las trancas de esa hada de cabello dorado. Y ella le correspondía. De eso estaba seguro. ¿O tal vez no? ¡Qué complicada se había vuelto su vida de pronto! Y al mismo tiempo, ¡qué excitante!

No se puso a dar saltos de alegría en medio del bulevar porque le contuvo la mirada preocupada de Marcel.

12

El otoño había dado paso al invierno mientras Rodolfo se esforzaba cada día por rendir en Bouillon et Fils reuniendo la energía que no consumían sus escaramuzas amorosas con Solange ni las correrías nocturnas en compañía de Marcel cuando la joven acompañaba a sus padres a Château Gironde. Siempre que Solange se veía libre de los compromisos sociales que le buscaba su madre en París, afanada en emparejarla cuanto antes con un buen partido para cortar de raíz sus peligrosos delirios de *flapper*, Rodolfo y ella se recluían en la buhardilla y, arrebujados bajo una buena capa de mantas, porque la estufa de carbón no caldeaba lo suficiente para prolongados alardes de desnudez, ponían a prueba sus articulaciones retorciéndose en posturas inverosímiles, a veces incluso arriesgadas para su integridad física. Solange había desarrollado una capacidad ilimitada para el gozo y una inventiva sin parangón. Rodolfo, cuyas conquistas anteriores habían sido fugaces y poco cálidas, se desvivía por elevar al éxtasis a ese ángel rubio cuyo pubis era aún más dorado de lo que había osado imaginar en sus fantasías.

Esa tarde, Solange había partido con sus padres a Château Gironde y Rodolfo se preguntaba cómo lograría sobrellevar los seis largos días de su ausencia sin poder enviarle ni una mísera nota donde lamentarse y declararle su amor, porque ella temía que sus misivas cayeran en manos de *maman*, que desbarataría su idilio sin el menor atisbo de piedad. Había yacido con Solange el día anterior, pero la añoranza ya le atravesaba el corazón como un puñal y ni siquiera la perspectiva de salir esa noche con Marcel lograba resarcirle de su morriña.

Saltó del tranvía en el que regresaba de Bouillon et Fils. Se ajustó la bufanda y se subió las solapas del abrigo. Esa tarde sentía más frío de lo habitual. ¿Sería debido a la ausencia de Solange? Nada más salir del trabajo, había telefoneado a Marcel desde un pequeño café de Montmartre, como hacía siempre que Solange se marchaba con sus padres, y se había citado con él en el Dôme. Había notado a Marcel algo seco y en el tranvía no había parado de cavilar a qué podría deberse ese inesperado cambio de humor. Sólo le había visto serio una vez: cuando él reaccionó con tanta brusquedad a su impulsivo beso en la buhardilla, pero de eso ya hacía tres meses y el asunto parecía haber quedado zanjado. Marcel cumplía tan a rajatabla su promesa de no volver a tocarle, que su relación había perdido gran parte de la espontaneidad del inicio. Rodolfo se arrepentía muchas veces de haber sido tan desagradable con él. Debería haberse comportado como un hombre de mundo, aunque ahora ya no había remedio.

Cuando ya estaba muy cerca del Dôme, le asaltó un vozarrón a su espalda:

—¡Hombre, el bodeguero! ¿Cómo va el negocio del vino?

Una mano que pesaba como si fuera de granito le palmeó un hombro. Rodolfo se volvió. Ahí estaba, sonriéndole, su antiguo condiscípulo de los jesuitas; espaldas anchas, pelo negro retirado de la cara con fijador, espesas cejas sobre unos ojos ligeramente saltones y unos labios plegados en un ángulo socarrón. No supo si se alegraba o no de verle. Luis Buñuel le desconcertaba desde que le conoció en el internado. Ahora además envidiaba su seguridad en sí mismo y en el futuro que tan claro parecía tener.

—Vaya, Luis. ¿Cómo te va?

—De maravilla, como siempre que estoy en París. Aquí, hasta el invierno es bello.

Buñuel le contó apresuradamente que en unos días haría un

viaje rápido a Zaragoza. Había concluido el guión definitivo de una película que le había encargado la Junta del Centenario de Goya sobre el pintor e iba a presentarles una copia mecanografiada.

—Si quieres que le lleve un paquete o un recado a alguien de tu parte, ya sabes...

Rodolfo negó con la cabeza.

—Te lo agradezco, Luis.

Se esforzó por sonreír. Luis y sus amigos artistas siempre le habían hecho sentirse muy poca cosa.

—Pues nada, muchacho, tengo que dejarte, que me esperan en la tertulia de La Rotonde y no quiero llegar tarde. ¿Te apuntas?

—Otro día. He quedado con Marcel en el Dôme.

—Ah, Marcelino el francés —exclamó Buñuel—. Buen chico... y muy culto. Tiene alma de bohemio, aunque pertenezca a la odiosa burguesía, y encima de alto copete.

Soltó una carcajada ruidosa y cada uno se dirigió al café donde le esperaban.

Marcel no estaba en la terraza del Dôme, casi vacía esa tarde, salvo por dos grupitos de hombres que desafiaban la baja temperatura arrebujados en sus abrigos, los sombreros bien encajados en la frente. Rodolfo franqueó la puerta y buscó a su amigo en el interior, lleno de humo porque todos los parroquianos estaban concentrados allí. Descubrió a Marcel sentado a una mesa al fondo del local, y reparó en su semblante agrio. El corazón le dio un vuelco. ¿Qué habría ocurrido para que Marcel, habitualmente tan risueño, le acechara con semejante encono? Se apresuró hacia la mesa, apartó una silla y se quitó abrigo y sombrero antes de sentarse.

El otro ni siquiera le dio tiempo a abrir la boca para saludarle. Clavó en él una mirada cortante que hizo parecer gris el azul de su iris y le espetó:

—¿Cuánto tiempo hace que te ves con mi hermana a mis espaldas?

Rodolfo tragó saliva. Desde que inició su relación con Solange, le abrumaba ocultársela a Marcel. Había estado muchas veces a punto de confesarle que se había enamorado de su hermana, pero a última hora siempre le había faltado valor. Además, Solange insistía mucho en que Marcel no debía enterarse de lo suyo. Al final, había logrado dejar de atormentarse por ese asunto, y precisamente cuando menos lo esperaba, éste le asaltaba con reproches. Se ruborizó hasta las orejas.

—Yo… —No supo qué alegar en su defensa—. ¿Cómo te has enterado?

Marcel hizo un brusco movimiento con la mano, igual que si espantara un insecto molesto y repugnante.

—Eso ahora no importa. —Su amigo se contenía a duras penas para no levantar la voz—. El día que te besé, me empujaste y me llamaste maricón como si estuvieras por encima del bien y del mal. Hiciste que me sintiera como un depravado. ¿Quién es ahora el depravado? ¿Un hombre libre que ama a otro, o un caradura que se aprovecha de una jovencita rica e ingenua para prosperar? Si lo que buscas es una esposa acaudalada pensando en beneficiarte de su dinero, lamento decirte que te has equivocado de presa. *Maman* nunca permitiría que Solange se casara contigo… y ya sabes que mi padre hace lo que ella quiere. —Se echó atrás en su silla; cuanto más hablaba, más se indignaba—. *Merde alors, Rodolphe!* ¿Cómo has podido seducir a mi hermana? Sólo tiene diecinueve años. *Maman* ha hecho grandes planes para ella. Si se entera de esto, se morirá del disgusto…

—¡Amo a Solange! —le espetó Rodolfo. Ya no se sentía culpable ni estaba ofuscado, sólo afrentado por la actitud de Marcel—. ¡Y no necesito vuestro dinero! —Tomó aire y añadió, a voz en cuello—: ¡Por fin veo cómo eres en realidad! ¡Cómo sois todos vosotros! Para Marcel de Montaignac soy un perrito faldero con el que divertirse, un pobre diablo al que exhibir ante sus amigos ricos y manosear a traición, pero ojo con que me atreva a enamorarme de su hermana, porque enseguida me pone en mi sitio. Pues entérate: ¡Amo a Solange y no necesito ni un *sou* de los Montaignac! ¡No soy un muerto de hambre!

—¡Baja la voz! —pidió Marcel—. Podemos solucionar esto sin dar un espectáculo.

Su cutis blanco y suave se había teñido de color grana. Tomó un trago del whisky escocés que había pedido para aliviar el sofocón. Desde que la tarde anterior, caminando por el boulevard de Montparnasse vio entrar a Solange en el edificio donde vivía Rodolfo e interrogó a la portera, su humor oscilaba entre la decepción y la ira ciega.

Pierre, el camarero que les atendía siempre, merodeaba cerca sin decidirse a aproximarse. No entendía lo que hablaban pero intuía que los ánimos estaban muy caldeados y que le convenía ser prudente. Algunos clientes sentados a las mesas cercanas les dirigían miradas de curiosidad sin molestarse en disimular.

—¿A qué llamas tú «solucionar»? —se exasperó Rodolfo—. ¿Pretendes alejarme de ella porque no soy lo bastante bueno para una Montaignac?

Una ligera sonrisa se dibujó en el sombrío semblante de Marcel.

—*Ah, Rodolphe*, ¡qué español estás siendo ahora! Cómo disfrutáis con el melodrama… Confieso que tu impulsividad siempre me ha atraído, pero hoy está de más.

El francés dio otro sorbo a su whisky y levantó la mano derecha para llamar a Pierre. Éste se acercó con mucha precaución. Marcel alzó su vaso.

—Trae otro para mi amigo, Pierre —dijo en francés.

El camarero asintió con la cabeza y se esfumó todo lo rápido que pudo. Marcel sacó la pitillera, la abrió y se la puso delante a Rodolfo. Éste vislumbró que el gesto le ofrecía una tregua, tomó uno y lo encajó en su boquilla negra. El otro hizo lo mismo con el suyo. Prendió los dos pitillos usando el encendedor de oro que tanto impresionó a Rodolfo cuando se conocieron en ese mismo lugar. Dio una calada, expulsó el humo y se retrepó en su silla.

—*Bon*…, intentemos hablar con calma, que no somos…, cómo decís los españoles…, ah, sí, mozos de cuerda. —Se demoró unos segundos fumando antes de continuar—: Mi familia no sabe nada y no se lo pienso decir…, al menos por el momento. Ahora, respóndeme a una pregunta… ¡Y no te atrevas a mentirme! ¿Cuánto tiempo llevas acostándote con mi hermana en el estudio que te busqué?

—Marcel, por Dios…, dicho así…

—Es mejor que llamemos las cosas por su nombre. ¡Contesta!

—Desde… desde finales de septiembre.

—*Mon Dieu*, más de dos meses… —murmuró Marcel—. Y yo pensando todo este tiempo que te habías dejado engatusar por una mecanógrafa astuta. *Ah, mon ami*, veo que eres más listo aún de lo que pensaba. Has sabido engañarme muy bien.

—Nunca he pretendido traicionar tu confianza ni la de tu familia —se defendió Rodolfo, en tono algo más calmado—. Eres mi amigo. ¡El mejor amigo que he tenido en toda mi vida! Quise decírtelo muchas veces, pero Solange… —Se interrumpió y se mordisqueó el labio inferior. No era caballeroso por su parte escudarse detrás de Solange.

—Ya… ella te pidió que no me dijeras nada, *n'est-ce pas?*

—Fue cosa mía. Temía que te enfadaras conmigo —se apresuró a mentir Rodolfo—. Y no iba desencaminado, ¿no?

—No seas embustero. Conozco a mi hermana… y ella a mí. Es muy lista y sabe salirse siempre con la suya.

Marcel movió la cabeza para invitar a Pierre a acercarse; llevaba un rato esperando a cierta distancia con el whisky para Rodolfo. Dejó el vaso sobre la mesa y se retiró más deprisa de lo normal. El francés apuró su cigarrillo y lo aplastó en el cenicero de cristal que anunciaba una marca de vermú. Incómodo ante su prolongado silencio, Rodolfo alzó su vaso y se bebió la mitad de un trago. Marcel le observaba embelesado. De repente, suspiró y le ofreció una sonrisa que al otro le pareció cálida, aunque tal vez se debiera a que empezaba a hacerle efecto el alcohol.

—*Ah, Rodolphe, pourquoi ne puis-je être longtemps en colère contre toi?* —exclamó. Había recuperado su habitual tono entre afectado y risueño—. ¿Qué puedo hacer ahora con vosotros dos? Si os encubro, os ayudo a que sigáis siendo insensatos y acabes dejando embarazada a Solange. Pero si le cuento esto a *maman*, le daré un disgusto de muerte. Ojalá te hubieras enamorado de mí. Sería todo mucho más fácil.

Rodolfo enrojeció y se mordisqueó el labio inferior. Para disimular la ofuscación se concentró en la tarea de apagar lo que quedaba de su pitillo.

—Era una broma —se mofó Marcel—. Había olvidado lo viril y pudoroso que eres.

Rodolfo no respondió y siguió pendiente de la colilla. Marcel apuró el whisky. Se inclinó hacia delante y apretó el antebrazo de su amigo. Éste se sobresaltó, pero no se zafó de él. Sus miradas coincidieron y así permanecieron durante varios segundos, hasta que el francés retiró la mano y anunció:

—No os voy a descubrir.

Rodolfo soltó un suspiro de alivio. Se aferró a su vaso y bebió otro generoso trago. Entre el alcohol y el disgusto por la discusión con Marcel, sentía como si llevara la cabeza envuelta en una toalla mojada.

—Si destapo vuestro *affaire*, haré desdichada a Solange y a nuestra pobre *maman*. Y mi padre se enfadará mucho, lo que será malísimo para su corazón. No quiero ser el causante de que le dé un ataque. Además, serían capaces de hacer que te encarcelaran. No sé si eres consciente de que has seducido a una menor de edad.

Rodolfo tragó saliva. En eso no había reparado.

—Así que me callaré. Pero ya puedes tener mucho cuidado de no dejar encinta a mi hermana. Y te aconsejo que no la hagas sufrir, o seré yo mismo quien te mande a la cárcel.

—¡Yo amo a Solange! —repitió Rodolfo con la lengua escurridiza—. ¡Claro que la haré feliz!

—Bien, no hablemos más de este asunto por hoy. Sólo espero que te portes con ella como un caballero. Y ahora, ¿qué te parece si esta noche vamos a ver a Bricktop? —propuso Marcel en uno de sus habituales saltos de un tema a otro.

Rodolfo asintió y se acabó el whisky. La embriaguez le ayudaba a calmar la consternación que aún le invadía tras el inesperado rapapolvo de su amigo.

A partir de esa tarde, Marcel tomó las riendas de la relación que su hermana mantenía con Rodolfo. Empezaron a disminuir las tardes de experimentos lujuriosos en la buhardilla y se sucedieron las salidas nocturnas de los tres juntos. Aunque sabía disimular muy bien sus sentimientos, a Marcel le dolía ver los arrumacos que intercambiaban sin parar su hermana y Rodolfo. Sufría con cada beso que se daban delante de él, con cada caricia que se regalaban, y las miradas de complicidad de la pareja le agujereaban las entrañas, pero no se resignaba a perder del todo a su amigo entre las zarpas de gata de Solange. En el fondo de su corazón, seguía albergando una minúscula esperanza de recuperar algún día la relación que tuvo con Rodolfo hasta que se inmiscuyó Solange.

A lo largo del invierno, Marcel llevó a su hermana y a Rodolfo varias veces a Château Gironde en el Bentley —por supuesto, con la capota subida—, siempre que sus padres no se encontraran en la finca. En cuanto podía, acaparaba a Rodolfo para enseñarle cada rincón del bonito palacete familiar, guiarle por los viñedos de la propiedad y explicarle las características del *terroir* y de las uvas cabernet sauvignon. Durante su estancia allí, recibieron varias visitas de Philippe de Rothschild, y los tres hombres se abismaron en interminables conversaciones sobre vinificación, mientras Solange pasaba el tiempo haciendo solitarios y sofocando bostezos de aburrimiento.

Marcel no había intentado separar a Rodolfo de Solange —aunque solía rondarle a diario la tentación de hacerlo—, pero logró vigilar a su peculiar manera un romance que seguía pareciéndole una insensatez, siempre rumiando el temor a que el día menos pensado se viera obligado a solucionar el embarazo de su hermana pequeña. Sin embargo, como era un hombre tendente al optimismo, conservaba un atisbo de esperanza de que el enamoramiento de Solange se apagara por sí solo antes que Rodolfo tuviera que regresar a su tierra.

13

Era una gélida mañana de febrero. Rodolfo subía, sin aliento y helado hasta el tuétano, la calleja en cuyo punto más alto se hallaba Bouillon et Fils. Saint-Michel le había enviado a primera hora a hacer unos encargos en el centro de París, con la encomienda adicional de que adquiriera a la vuelta papel de carta y algunos artículos de escritura que no vendían en Montmartre. Empujó la puerta de madera acristalada y entró deprisa para escapar del frío del exterior. «Vaya día de perros», pensó mientras dejaba sobre su mesa lo que había comprado junto con la factura y las vueltas. Se quitó los guantes y fue hacia la estufa para calentarse las manos. Mientras se las frotaba para entrar en calor, reparó en que Saint-Michel le miraba con fijeza, el ceño fruncido en una uve oscura que, paradójicamente, no parecía de enojo. Rodolfo repasó en la memoria los contratos que había redactado en los últimos días. No creía haber cometido ningún error. Se dio cuenta de que tampoco le perdía de vista Barreau, el escribano que trabajaba a las órdenes de Saint-Michel y aún hablaba menos que su superior. Incluso Honoré, el muchacho, le observaba cariacontecido desde el barril sobre el que mataba el tiempo entre recado y recado. Cuando Saint-Michel se levantó de su silla y movió hacia él toda su corpulencia de oso, Rodolfo dejó de restregarse las manos y tragó saliva. Si había cometido alguna pifia gorda y monsieur Bouillon le despedía, su padre le arrancaría la cabeza nada más bajar del tren en la estación de Cariñena.

Saint-Michel le plantó una de sus manazas en el hombro y le miró con ojos de perro apenado. Mientras le guiaba hacia el despacho de monsieur Bouillon, empleó pocas palabras para decirle que el jefe tenía algo que comunicarle. Golpeó con los nudillos la puerta, abrió y empujó a Rodolfo dentro. Tampoco el semblante de Aristide Bouillon auguraba nada bueno cuando se levantó y se apresuró hacia él. Rodolfo volvió a preguntarse qué habría hecho mal.

Aristide hizo una seña a su segundo de a bordo, que abandonó raudo el despacho cerrando la puerta con cuidado. Agarró a Rodolfo por los hombros y le hizo sentarse en una de las dos sillas destinadas a las visitas. Alzó la otra con sus manazas peludas, la acercó a éste y se sentó.

—Ah, mi querido muchacho —arrancó con desconcertante indecisión—. ¡Cuánto odio ser portador de malas noticias! Mientras estaba haciendo recados en la ciudad, llamó mi hermano Rémy desde la central de teléfonos de Cariñena. Ha ocurrido una desgracia terrible...

La voz de monsieur Bouillon se había ido debilitando.

Rodolfo dejó de temer una reprimenda y pensó en Dionisio. ¿Y si le había arrollado un carro cuando regresaba de la taberna al anochecer, tambaleándose ciego y sordo por culpa del vino? Se le encogió el corazón ante la idea de que su hermano podría estar muerto. Entonces reparó en el detalle de que había sido Rémy y, no su padre, quien había telefoneado para darle la mala noticia.

—Rodolfo... —Aristide le apretó el antebrazo con la mano derecha— su padre ha muerto. Debe regresar a casa enseguida.

El corazón del aludido brincó, se le aferró a la garganta y le dejó sin habla.

—¿Cómo dice? —musitó con el hilo de voz que logró reunir.

Sin aflojar la cariñosa presión sobre el brazo de Rodolfo, Bouillon respondió:

—Ayer encontraron su... su cuerpo en una viña... con una gran herida en la cabeza.

Rodolfo se afanó en tomar aire, pero los pulmones se negaban a recibirlo. En medio de la sensación de ahogo que le atenazaba, recordó el rostro de su padre cuando le despidió en la estación de Cariñena. En su expresión se amalgamaban aquel día la tristeza de la despedida y una brizna de satisfacción que Rodolfo atribuyó a que se alegraba de verle tan ilusionado por el viaje a París.

Aristide se levantó, cogió un vaso limpio de una estantería y vertió en él un generoso lingotazo del vino que daba a probar a los clientes potenciales. Se plantó ante el joven y le tendió el vaso. Él se lo bebió todo, obediente como un niño enfermo. Era incapaz de reaccionar. ¿Cómo hacerse a la idea de que jamás volvería a ver al viejo cascarrabias? ¿Qué iba a ser ahora de Dionisio y de él sin el padre que les había cobijado desde que murió su madre? Aristide volvió a sentarse a su lado.

—Escúcheme, muchacho…

Rodolfo movió la cabeza en señal de asentimiento.

—Mi hermano ha insistido en que debe volver sin demora. Le necesitan allí. Si no se encuentra bien, puedo enviar a Honoré a la estación para que le compre el billete de tren. Saint-Michel ya le ha preparado el jornal que le corresponde por esta semana. Le diré que le acompañe a su casa.

—Gracias, monsieur Bouillon, no será necesario.

Rodolfo se tragó una avalancha de lágrimas y se limpió los ojos con disimulo. «No debo llorar aquí», se ordenó. Se puso en pie, tambaleándose por la impresión y a causa del vino que le había hecho beber el jefe. Aristide se levantó a su vez. En un destello de lucidez, aquél le estrechó la mano peluda.

—Gracias por todo, monsieur Bouillon —consiguió susurrar—. He aprendido mucho con ustedes.

Una ancha sonrisa surcó el rostro de Aristide bajo su siempre brillante calva.

—Para mí ha sido un placer volver a tener a un muchacho joven y diligente en mi modesto establecimiento. Y le haré una pequeña confesión, Rodolfo: mi querido Orèste también llegaba tarde muchas mañanas. Disfrutar del París nocturno es un privilegio de la juventud. Espero que no haya desperdiciado ninguna ocasión para divertirse.

Temeroso de enternecerse más de la cuenta, Aristide condujo a Rodolfo deprisa hacia la puerta.

Como envuelto en una nube de algodón, Rodolfo se despidió de los oficinistas y del pequeño Honoré. Saint-Michel le entregó un sobre con su jornal, le dio un sentido apretón de mano y le palmeó la espalda con tal fuerza que le dejó los omóplatos doloridos. Rodolfo salió a la calleja y empezó a bajar la cuesta, pero a los pocos pasos entró en un portal para llorar.

Cuando Solange acudió a su estudio esa tarde tras zafarse de su hermano, Rodolfo ya había vertido tantas lágrimas que pudo reunir la suficiente serenidad para contarle lo ocurrido. Entonces fue ella quien arrancó a sollozar entre sus brazos, echando a perder el maquillaje que con tanto esmero se había aplicado antes de salir de casa de su *tante* Mathilde, donde se alojaba porque sus padres habían ido a pasar unos días a Château Gironde.

—Llévame contigo, Rodolphe —susurró en cuanto pudo hablar después del berrinche—. Quiero estar a tu lado siempre.

Él encerró el rostro de Solange entre sus manos, le enjugó con los labios lágrimas que sabían a agua de mar, besó su boca hasta que se hubo saciado de su sabor y entonces le susurró al oído:

—*Je t'aime, Solange.*

Supo que para poder disponer su boda, aunque fuera una ceremonia civil y apresurada, tendría que posponer su regreso a Cariñena y se perdería el funeral de su padre. Pero cuando entrara en la Casa de la Loma, lo haría llevando del brazo a la esposa más bella y elegante que jamás se vio en ese lugar.

Dos días después, Marcel se levantó hacia las doce, como era su costumbre. Desayunó con calma el café bien cargado que le había preparado Henri y se dispuso a abrir la correspondencia que el criado acababa de subir del buzón. Rasgó un sobre sin sello que llevaba su nombre escrito con una letra sospechosamente parecida a la de Solange. Cuando hubo leído la cuartilla que había dentro, permaneció un buen rato incapaz de moverse ni de pensar. Sólo lograba preguntarse cómo había podido engañarle esa pequeña bruja haciéndole creer que se encontraba indispuesta y no le apetecía salir con él y Rodolfo. Y lo bien que le había esquivado Rodolfo durante los últimos días. ¿Cómo había osado casarse ese caradura con Solange y llevársela a España sin el permiso de la familia? ¿Qué clase de amigo preparaba una traición así con semejante sangre fría?

De repente, una ira desproporcionada le nació en la boca del estómago y se extendió por todo su cuerpo. Marcel era un hombre tranquilo, pero si hubiera tenido a Rodolfo delante en ese instante, habría sido capaz de molerlo a golpes. Se levantó de la mesa del desayuno, se vistió de forma apresurada, bajó al garaje y condujo su Bentley a toda prisa hasta la estación de la que partían los trenes para España. Pero el que le interesaba ya había salido a primera hora de la mañana.

Recuperada la calma al cabo de dos horas, Marcel se dio cuenta de que había perdonado a Rodolfo. Incluso intercedió por él cuando entregó a sus padres la carta que Solange había dejado para ellos y éstos, enfurecidos, amenazaron con remover cielo y tierra para que la policía española devolviera a Francia a ese cazafortunas capaz de secuestrar a una muchacha ingenua que encima era menor de edad. Por nada en el mundo habría permitido que Rodolfo fuera a la cárcel, porque nunca había llegado a amar a nadie tanto como a ese español apuesto y lleno de orgullo.

Cariñena, 1927

En Europa el vino era algo tan sano y normal como la comida, y además era un gran
dispensador de alegría y bienestar y felicidad.
Beber vino no era un esnobismo ni signo de
distinción ni un culto; era tan natural como
comer, e igualmente necesario para mí, y nunca se me hubiera ocurrido pasar una comida
sin beber vino, sidra o cerveza.

ERNEST HEMINGWAY,
París era una fiesta

1

Solange despertó aturdida. Se desperezó como tenía por costumbre, pero al sacar los brazos de debajo de las mantas, el frío traspasó la seda del pijama Chanel como un cuchillo. Se acordó de que estaba en la oscura casona de la familia de Rodolfo, perdida en medio de la niebla como un barco a la deriva. Volvió a taparse. Sin abrir los ojos, estiró una mano por debajo de las sábanas en busca de Rodolfo. Tenía el vago recuerdo de haberle visto cambiarse de ropa para acostarse, ya a medianoche o incluso más tarde. Aunque no estaba segura de no haberlo soñado.

Su mano palpó el vacío. Rodolfo no estaba.

Repentinamente despejada, se apartó el flequillo de los ojos. ¿Adónde habría ido? ¿Y qué hora sería? Miró hacia la ventana. Los pesados cortinajes de terciopelo no dejaban pasar la luz ni permitían adivinar si era la mañana o la tarde. Se incorporó a medias, expuso el brazo derecho al frío y buscó a tientas en la mesilla su pequeño reloj de pulsera de Cartier. Le costó ver la hora en esa densa penumbra. Las once de la mañana. Volvió a dejarlo y hundió de nuevo la cabeza en la almohada. Odiaba madrugar. En París solía dormir hasta muy tarde, sobre todo si había estado la noche anterior en alguna fiesta donde abundaban los cócteles, el champán y la cocaína, aunque desde que conoció a Rodolfo ya no se entonaba así. A él no le gustaba verla drogada. A veces era tan anticuado su *petit espagnol*, como le llamaba Marcel...

Solange esbozó una tenue sonrisa. Aún no sabía muy bien

qué la había enamorado de ese hombre hasta el extremo de seguirle a un país que, pese a que su *maman* era de San Sebastián, siempre le había parecido espantosamente primitivo. Tal vez fueran sus ojos, oscuros y rasgados, como los de Rodolfo Valentino, su ídolo de la adolescencia. O su cabello negro, que llevaba peinado hacia atrás con gomina. O esa seriedad desconcertada con la que le había visto deambular por las fiestas a las que le arrastraba Marcel. O, quizá, sólo la pasión que la inundaba cuando le besaba los pezones, deslizaba la lengua por su piel y se hundía en ella como si el mundo fuera a acabarse ese mismo día. Solange tenía clara una cosa: vivir sin Rodolfo sería como atravesar un desierto sin agua.

Sintió la necesidad de estar cerca de él. Apremiante y dolorosa, como siempre. Se destapó de un manotazo y saltó fuera de la cama. Sus pies descalzos pisaron una estrecha y rasposa alfombra que no mitigaba el frío del suelo. Empezó a tiritar. Caminó descalza hacia la ventana y descorrió las cortinas. La niebla de la tarde anterior no se había disipado. Parecía incluso más densa. Fue hacia el lavamanos que se erguía en un rincón. Tras comprobar si había agua en la jarra, vertió un poco dentro de la jofaina. Temblando de frío, se lavó deprisa, se peinó y corrió hacia el pesado armario ropero de madera oscura. Estaba tan aterida que ni siquiera se detuvo a examinar su aspecto en el espejo. Entre la ropa que había traído en el equipaje de mano, eligió un conjunto color burdeos de Coco Chanel, su modista favorita, compuesto por una falda plisada de punto y un amplio suéter con escote en pico. Se desnudó encadenando movimientos presurosos, se puso ropa interior de seda y una combinación del mismo tejido. En París llevaba a veces ese conjunto de Chanel cuando iba con sus amigas al campo de golf o de excursión, pero sabía que en esa casa la iba a proteger muy poco del frío.

¿Habría un cuarto de baño decente donde disfrutar de su remojo matinal sin morir congelada? El que usó por la noche le había parecido una cueva de hielo. Sacó del neceser un cepillo para el pelo y regresó al lavamanos. Ahora sí se miró en el espejo. Y se vio espantosa. Pálida, despeinada, con los párpados todavía hinchados por el inquieto sueño y cercos oscuros bajo los ojos. Se peinó la melenita *à la garçonne*. Por primera vez en su vida, se alegró de tener el cabello fuerte y liso. Así podría arreglárselo ella misma hasta que enseñara a esas criadas tan rústicas a rizárselo con las tenacillas, no fueran a quemárselo. Se aplicó maquillaje y se pintó los ojos con sombra casi negra. A Rodolfo le gustaba porque destacaba el profundo azul de su iris. Fue generosa con la barra de labios, de intenso color granate. Remató el atuendo anudándose un pañuelo de seda alrededor del cuello y echándose sobre los hombros un abrigo de paño grueso y corte recto, con grandes solapas, que cruzó todo lo que pudo para taparse. Aunque la servidumbre fuera burda, quería que el primer día la vieran vestida con su elegancia parisina de siempre.

Mientras descendía por la escalera, se dijo que en cuanto diera con esa ama de llaves gorda y pueblerina le expondría el asunto del baño. Al llegar a la planta baja, buscó alguna estancia que se pareciera a la sala donde servían el desayuno en la mansión de *tante* Mathilde o en el *château* de sus padres. Pero sólo encontró una salita de estar amueblada con una vitrina, un aparador con encimera de mármol, un sofá de cuero marrón muy poco acogedor, dos pesados sillones y una mesa camilla rodeada por cuatro sillas. En un rincón se erguía una estufa de hierro de la que salía un grueso tubo que se incrustaba en el techo. Estaba apagada. Solange pensó que redecorar esa casa le iba a dar mucho trabajo. Se dirigió al comedor donde habían cenado la noche anterior. Con la chimenea inerte le pareció aún más desangelado. En ninguna de las dos estancias había nada parecido a un bufé de desayuno. Y Solange empezaba a estar muy hambrienta. Eso hizo que acabara entrando en un lugar donde en otras circunstancias jamás se habría aventurado: la cocina.

Lo primero que divisó fue a la cocinera. Era igual de oronda que el ama de llaves, pero más joven y con el cabello muy negro. Trajinando ante la cocina de leña, cantaba con su potente voz de contralto:

Pisa morena,
pisa con garbo,
que un relicario,
que un relicario me voy a hacer
con el trocito de mi capote
que haya pisado,
que haya pisado tan lindo pie.

Había aprendido la letra escuchándola cuando don Fausto se relajaba por las noches poniendo en su gramófono el pasodoble que popularizó Raquel Meller vestida con ropa de luto. A Ramonica le habría gustado ser cantante de variedades como la Meller, aunque jamás había osado confesar a nadie su pecaminoso sueño de juventud. Al lado de Ramonica pelaba patatas una de las criadas a las que Solange había descubierto manoseando su enagua en la alcoba. Era la que le pareció menos resuelta de las dos. De repente, Solange dio un respingo.

Dionisio estaba sentado a la mesa de la cocina, con los codos apoyados sobre la madera llena de raspones. Sujetaba entre las dos manos un tazón del que en ese instante bebía a sorbos cautelosos. Tumbado a su lado estaba el enorme perro de color canela con el que había aparecido la noche anterior. Los cuatro repararon en Solange al mismo tiempo y se asustaron por igual. Ramonica dejó de remover en la cazuela. La criada se hizo un corte en el pulgar y se mareó al ver su propia sangre. El perro empezó a gruñir, y Dionisio alejó el tazón tan deprisa de la boca que derramó su contenido sobre la barbilla y la camisa. Dejó el tazón encima de la mesa, se limpió los labios con el dorso de la mano, y enseguida se arrepintió de haberlo hecho. Por primera vez en los últimos cinco años se sintió sucio, como un puerco. Y eso que esa mañana se había aseado después de muchos días.

—Bonjour! —balbuceó—. *Tu as bien dormi?*

Solange se ruborizó al oírle hablar en francés con buen acento. Advirtió que, pese a los ojos enrojecidos, sin duda legado de la borrachera de la noche anterior, Dionisio tenía aspecto de estar sobrio. Incluso iba peinado y, salvo por la mancha oscura que acababa de echarse sobre la pechera, la ropa parecía limpia.

Antes de que Solange recuperara los reflejos para responder, irrumpió Pepita. Ver a la cocinera enmudecida, a Trini sangrando y blanca como la harina, y a su nueva señora francesa maquillada como una cupletista y sin saber dónde meterse mientras Dionisio la miraba con ojos de cordero degollado, despertó en ella un mal pálpito.

—Ay, señora, don Rodolfo nos dijo que no hiciéramos ruido para que pudiera dormir tranquila. Espero que haya descansado bien. Ahora mismo prepara Ramonica unos picatostes. El café está recién hecho. ¿Quiere que se lo sirvan en el comedor?

Abrumada por la nerviosa retahíla de Pepita, Solange negó con la cabeza. Prefería quedarse en la cocina con el alcohólico de su cuñado a congelarse en el destartalado comedor.

—Desayunaré aquí.

Sin despojarse del abrigo, se sentó a la mesa, lo más lejos posible de Dionisio y ese perrazo que seguía gruñéndole, aunque muy bajito.

—¿No morderá? —preguntó, sin perder de vista al animal.

Dionisio se rió.

—Sandokán es manso como un cordero, pero extraña a los desconocidos.

Solange miró al perro, después a su dueño, y sacudió la cabeza. ¿Cómo se le habría ocurrido a ese hombre estrafalario llamar a su perro como el pirata de las novelas de Emilio Salgari?

—¿Dónde está mi esposo? —Le gustó el sonido de la palabra «esposo».

Pepita había mandado sentarse a Trini y le aplicaba un vendaje provisional con un pañuelo limpio que llevaba en el bolsillo.

—Está con don Evaristo en el despacho… estudiando los asuntos de don Fausto. Llevan desde el punto la mañana.

Tarareando muy bajito, Ramonica ya cortaba rebanadas de pan para hacer los picatostes. Pepita acabó de atender a Trini y le dio un suave cachete en la mejilla.

—Hala, maña, que no es nada. ¿Dónde está Lali?

—Arreglando la alcoba de don Dionisio —respondió Trini, quejosa.

—Sube y dile que, en cuanto acabe, se venga aquí para seguir con las patatas, no las vayas a poner perdidas de sangre. Tú te ocuparás de la alcoba de los señores. Y cuida de no manchar nada.

Trini se levantó muy despacio y abandonó alicaída la cocina. Pepita meneó la cabeza. ¡Qué poca rasmia tenía esa muchacha!

—Y tú, Ramonica, date prisa, que doña Sole tendrá hambre.

—Sole no… Solange —la corrigió la aludida.

—Perdone, doña *Soláns*…

Dionisio reprimió una carcajada. Era la primera mañana en mucho tiempo en que desayunaba con café. Ni siquiera sabía qué le había empujado a bajar a la cocina en lugar de entonarse el ánimo con aguardiente de la destilería familiar, como hacía casi todos los días. Se estaba divirtiendo con las reacciones de la remilgada esposa de su hermano. Era guapa la francesa. Condenadamente guapa. La mujer más bella que había visto jamás. Volvió a ser consciente de su humillante declive. Por primera vez desde que regresó de Marruecos, deseó volver a ser el joven del que tanto esperaba su padre. Se levantó y pidió a Ramonica que le rellenara el tazón. Se lo tomaría despacio. Así podría contemplar un rato más a la francesa, aunque fuera de reojo y a hurtadillas.

Un pesado mutismo se extendió por la cocina como una nube de vapor. Ramonica freía los picatostes sin atreverse ya ni a tararear. Pepita sirvió a su señora café y le añadió leche de la que había traído de madrugada Manolo, el de la vaquería. Recelosa, Solange alzó el pesado tazón; parecía una sopera entre sus delicadas manos. En contra de lo esperado, le gustó el brebaje. Se lo tomó en silencio y sin alzar la vista de la mesa. No estaba dispuesta a dar conversación a ese alcohólico repugnante. Ya tenía bastante con soportar que él la estuviera observando con el rabillo del ojo. Y pensar que ahora eran familia…

Ramonica sacó la primera tanda de picatostes de la sartén, los puso en un plato y los espolvoreó con azúcar. Pepita se apresuró a colocarlos delante de su ama.

Solange se quedó atónita. Pan frito con azúcar para desayunar. ¿Cómo enseñaría a esas mujeres a prepararle zumo de naranja, tostadas y *croissants*? Agarró un picatoste con dedos muy tiesos y lo mordisqueó, desconfiada, pero estaba tan hambrienta que le supo delicioso. Alargó la mano para coger otro cuando la sobresaltó la voz de Dionisio:

—Querida cuñada, como mi hermano estará ocupado toda la mañana, ¿quieres que te enseñe el establo? ¿Te gusta montar a caballo?

Lo que menos le apetecía a Solange era quedarse a solas con Dionisio, pero la idea de ir a ver los caballos resultaba tentadora. En los últimos años sólo había montado cuando acompañaba a sus padres a Château Gironde. En París, había llenado sus días con actividades mucho más interesantes que ésa. Pero sospechaba que en el desierto al que la había llevado Rodolfo los equinos podrían suponer una agradable fuente de diversión. Si pudiera ir a la cuadra sin tener que aguantar a ese hombre...

Él intuyó lo que estaba pensando y le dolió.

—No temas, estoy sobrio... todavía —se burló en tono hiriente—. Te enseñaré los caballos y los mulos... y si tu delicada nariz lo resiste, veremos también el gallinero, el corral de las ovejas y la porqueriza. No tenemos muchos animales. Sólo los que necesitamos para abastecernos y varios perros guardianes. Están detrás mismo de la casa. Aunque te recomiendo que te abrigues más. Esto no es el boulevard de Montparnasse.

—¿Conoces París?

—Fui antes de que me llamaran a filas. Mi padre me regaló el viaje cuando acabé los estudios de ingeniero agrónomo. En esta casa sabemos leer, incluso escribir... —Dionisio completó su sarcasmo añadiendo con mucha acritud—: Hasta somos capaces de redactar documentos complejos... y también lo hacemos en francés.

Solange enrojeció y bajó la vista. ¿Qué se había creído ese patán?

Pepita y Ramonica intercambiaron una mirada. ¿Por qué estaría Dionisio tan agrio esa mañana? La muerte de don Fausto debía de dolerle más de lo que dejaba traslucir bajo sus continuas borracheras. Pepita sofocó un suspiro de preocupación.

Solange dio el último mordisco al segundo picatoste.

—Está bien… —murmuró tras un rato de ofendido silencio, encogiéndose de hombros con fingido desdén—, será un paseo interesante.

Por más que lo intentó, Dionisio no logró reprimir del todo la sonrisa que empezó a extenderse por su cara. Pensó que ojalá pudiera beber unos tragos de vino para que dejaran de temblarle las manos. Sólo unos pocos. Pero ya que había embarcado a la bella esposa de Rodolfo en ese absurdo recorrido, debía mantenerse sobrio un ratito más. Era una cuestión de dignidad.

2

M e estás diciendo que mi padre invirtió más de la mitad de nuestro capital en acciones de una naviera cuya sede ni siquiera está en España?

Rodolfo miraba a Evaristo, sentado al otro lado del escritorio de don Fausto. El administrador se abrió el primer botón de la camisa por debajo de la corbata. Llevaba un buen rato removiéndose inquieto en su asiento.

—Así es, Rodolfo —respondió, incómodo—. Yo se lo desaconsejé encarecidamente. Invertir tanto dinero en acciones de una misma empresa es muy arriesgado. Pero él se empeñó…

—No puedo creer que mi padre cometiera esa insensatez… Siempre fue muy cauteloso con el dinero.

—En las últimas semanas no era el mismo, si me permite la observación.

Rodolfo se sintió molesto con Evaristo. Haber sido amigo de infancia de su padre no significaba que lo conociera mejor que nadie. Por otro lado, ¿qué sabía él mismo de las dudas, los miedos o los anhelos más íntimos de su progenitor?

—¿Dónde están los documentos que acreditan la compra?

—Creo recordar que su padre los guardó en la caja de caudales.

Rodolfo sacudió la cabeza.

—Ahí no están. Esta mañana, antes de que vinieras, he examinado todos los papeles de la caja… uno por uno.

—No lo tome a mal, Rodolfo, pero... ¿tal vez pasara alguno por alto? Los últimos días han sido muy difíciles para usted...

Rodolfo sacó un Gauloises, lo encajó en la elegante boquilla que le regaló Marcel en esa otra vida que se desvanecía conforme pasaban las horas, y lo encendió con dedos inseguros por los nervios. Se dio cuenta de que no le había ofrecido a Evaristo y le alargó la cajetilla. El administrador rehusó, rumiando para sus adentros que el benjamín de los Montero había vuelto de Francia hecho un petimetre. Rodolfo extrajo una llave del primer cajón, se puso en pie y fue hacia la gran caja de caudales donde su padre guardaba dinero y todos los papeles que consideraba importantes. La abrió, sacó los documentos en un puñado, regresó con ellos hacia el escritorio y los arrojó sobre el tablero, delante de Evaristo.

—Esto es lo que había en la caja fuerte. Míralo tú mismo.

Evaristo sofocó un suspiro y se puso manos a la obra. Examinó los escritos con tal minuciosidad que Rodolfo tuvo tiempo de fumar tres cigarrillos más. Al fin, el administrador se echó atrás en la silla y murmuró:

—Tiene razón. No están aquí.

Rodolfo apagó el cigarrillo. El tabaco le había dejado la lengua espesa y una pátina de amargura en el paladar.

—¿Hay algún otro sitio donde podría buscar?

El otro negó con la cabeza.

—En los archivadores, pero juraría que yo le vi guardarlos en la caja fuerte.

—¿Te dio llave?

—¡Por supuesto que no! —La mirada del administrador se oscureció con recelo—. ¿No estará insinuando...?

—Evaristo, no he querido ofenderte. Sólo ha sido una pregunta —se apresuró a aplacarle Rodolfo—. ¿Sabes a cuánto se cotizan esas acciones?

—Creo que ahora están a la baja, pero lo averiguaré...

Rodolfo respiró hondo para calmar el pánico que sentía crecer dentro de él.

—¡Averígualo ya! Intenta conseguir también una copia del

documento de propiedad. Si pueden venderse sin perder dinero, quiero deshacerme de ellas cuanto antes. —Tragó saliva y añadió—: Por lo que he podido ver, nuestros ingresos salen de las ventas de vino dentro de la comarca y en Francia, de la fábrica de alcohol y licores, de los alquileres de Zaragoza y de la harinera...

—La harinera no. Su padre la vendió hace cuatro meses.

—¿Que mi padre vendió...? —A Rodolfo no le quedaron fuerzas ni para concluir la frase—. Cuatro meses... —masculló—. Eso fue poco después de que me marchara a París. ¿Por qué no me dijo nada en sus cartas? ¿Dónde está la escritura?

—Ésa la guardé yo en el archivador. Ahora mismo se la busco.

Evaristo se levantó, fue hacia la pared contra la que se apoyaban dos viejos muebles de madera y abrió un cajón. Tras una breve búsqueda sacó una carpeta. Regresó con ella y se la puso delante a Rodolfo antes de volver a sentarse. Éste la dejó a un lado de la mesa. Ya la examinaría cuando se quedara solo.

—¿Dónde está el dinero de la venta? —preguntó.

Evaristo se aclaró la garganta y se aflojó la corbata.

—Su padre lo invirtió en las acciones de...

Rodolfo golpeó el tablero de la mesa con la mano.

—¡Las acciones fantasma de las que no tenemos ningún documento!

El administrador volvió a carraspear.

—Su padre me dijo que pensaba escribirle para ponerle al corriente de cómo estaban las cosas últimamente. Iba a pedirle que regresara. El tema del vino no va bien en España, y la fábrica de licores no es lo que era.

—De modo que si no consigo recuperar el dinero de esas malditas acciones, tendré serias dificultades.

—No está arruinado, si eso es lo que teme, pero es cierto que los negocios de la familia no marchan nada bien. Tenemos que hilar muy fino si no queremos llegar a...

Evaristo cortó la frase de forma abrupta. Rodolfo encendió otro cigarrillo. Miró con tristeza la cajetilla de Gauloises. Era la última que le quedaba. Estaba fumando como un carretero. Cuando la terminara, se apagarían del todo sus emocionantes recuerdos de París. La desazón le empujó a levantarse de un brinco. Evaristo entendió que el patrón daba por terminada la conversación y se puso en pie también.

—Consígueme los papeles de propiedad de las acciones y averigua a cuánto se cotizan —insistió Rodolfo antes de llenarse otra vez los pulmones de humo.

Evaristo asintió con desgana mientras el joven le conducía hacia la puerta. Le molestaba que ese mocoso le despachara como si fuera un criado de tres al cuarto. Siempre le había considerado un malcriado, y aunque acabara de perder a su padre, no tenía por qué comportarse de ese modo tan altanero.

Solange regresó del paseo con Dionisio helada dentro de su fino abrigo y con las orejas insensibilizadas por el frío. Se cruzó con el administrador en la entrada, que la saludó galante mientras posaba en ella su mirada de cuervo viejo. Se dijo que menuda hembra se había traído Rodolfo de Francia. Demasiado refinada para que pudiera retenerla en medio del campo. Y más ahora que no estaban las cosas para costearle las frivolidades a las que sin duda estaría acostumbrada. Si de lejos ya olía a dinero y buena crianza… Un bocado excesivamente grande para un mozo como Rodolfo.

La sonrisa de ese hombre alto y enjuto hizo que a Solange le recorriera un escalofrío por la espalda. Tiritaba cuando se asomó al despacho. Halló a Rodolfo sentado en el sillón orejero ante la chimenea. Fumaba con ansia, la mirada fija en la sinuosa danza de las llamas. Le pareció tan vulnerable como un niño. Mientras se aproximaba a él, paseó rápidamente la vista por la estancia. Un destartalado escritorio con una silla de despacho cuadradota que debía de tener mil años, dos archivadores y estanterías por doquier, dos sillas para las visitas delante de la mesa y una pareja de orejeros tapizados en marrón oscuro ante la chimenea que, al menos, daban algo de calidez a la estancia. Volvió a pensar que redecorar esa casa espantosa iba a darle mucho trabajo, pero entonces descubrió con alborozo el gramófono de don Fausto sobre un armario bajo. Era un chisme anticuado con una aparatosa bocina azul que parecía una flor gigante, pero al menos le permitiría escuchar música alguna vez. ¿Qué clase de discos tendrían en esa casona?

Con cuidado de no quemarse con el ascua del cigarrillo de Rodolfo, se deslizó sobre sus rodillas y le colgó los brazos alrededor del cuello.

Él se sobresaltó. No la había oído entrar. Sacó el pitillo casi consumido de la boquilla y lo lanzo a la chimenea con su habitual puntería.

—*Mon petit espagnol* —le susurró ella al oído—. ¿Tanto te entretiene el fuego que no has oído acercarse a tu Solange?

—Estaba distraído. —Rodolfo le apartó un poco el pelo y le besuqueó una oreja, tan fría que le pareció estar posando los labios sobre hielo—. Conversar con Evaristo es agotador. Hay que sacarle la información gota a gota.

—Es un hombre muy feo. Se parece a...

Rodolfo no la dejó acabar:

—Al vampiro de la novela de Stoker que te da tanto miedo... Y hablando de vampiros...

Apartó el pañuelo que Solange llevaba al cuello. Le dio un mordisquito justo bajo el lóbulo de la oreja y dejó resbalar los labios hasta la clavícula. Ella estalló en carcajadas. A Rodolfo se le antojaron celestiales tras la reunión con el administrador.

—*Tu as bien dormi, chérie?* —preguntó.

Solange afirmó con la cabeza. En realidad, había sentido frío a ratos y la cama no le había resultado nada cómoda, pero creyó más oportuno mentir un poquito. Ya conseguiría convertir esa horrenda alcoba en un lugar donde pudieran retozar a gusto.

Rodolfo sacó su reloj de leontina del bolsillo del chaleco, lo abrió y consultó la hora.

—¿Qué has estado haciendo esta mañana?

—Tu hermano me ha enseñado la finca. Hay una niebla espantosa ahí fuera y hace mucho frío. En algunas zonas aún queda nieve.

—¿Dionisio? ¿Estaba sobrio?

—Creo que sí.

—¡Qué maravilla! Yo no le he visto así desde... bah, hace demasiado tiempo, ni me acuerdo. ¿Adónde te ha llevado?

Solange le relató que primero habían ido a ver los caballos en compañía de ese perro que no se despegaba de su amo. Le había causado muy buena impresión la yegua de don Fausto. Era un animal precioso, y Toñín, el hijo de Onofre, le había dicho que tenía muy buen carácter. Se había reído mucho cuando Dionisio le contó que don Fausto llamaba a su yegua Raquel, en honor a la cantante Raquel Meller. ¿No era gracioso? También habían llegado a tiempo de ver los caballos de Rodolfo y Dionisio antes de que Toñín los sacara al campo para que hicieran algo de ejercicio. Y su cuñado le había prometido que otro día le enseñaría la bodega donde los Montero elaboraban su vino, en las afueras de Cariñena. ¿Por qué no la habían construido más cerca de la casa? ¿Y verdad que a su *petit espagnol* no le importaría que saliera de paseo alguna mañana montando a Raquel? Así podría conocer los alrededores y no se aburriría tanto en esa mansión tan fría y anticuada.

Rodolfo asintió embobado mientras le quitaba el pañuelo del cuello. Sólo deseaba cubrir de besos el escote inmaculado de Solange, cuya blancura siempre le hacía pensar en esponjoso merengue recién batido.

—También he visto a los niños de vuestro capataz alborotando delante del establo. No sé cómo tienen ganas de jugar ahí fuera con este frío.

A él se le escapó una sonrisa. Los retoños de Pedro, cuatro chicos y una chica de prietas trenzas que aún era más traviesa que sus hermanos, pasaban el día correteando y manchándose de tierra delante de la casita donde vivía su familia, al lado del establo, sin que pareciera afectarles el relente ni el calor abrasador.

—Lo que no me ha gustado nada han sido los mulos —continuó ella, ávida por compartir con Rodolfo sus descubrimientos—. ¿Cómo puede haber animales tan poco elegantes?

—Se emplean para trabajar. No necesitan ser elegantes —dijo él riendo; alejó el rostro del dulce escote y preguntó en tono jocoso—: ¿Es que tus padres no usan mulos en Château Gironde?

Solange le dio un cachete juguetón en la mejilla.

—Claro que sí, tonto, pero yo no los he visto —respondió, poniendo la boca en forma de corazón—. Y las gallinas huelen tan mal… Y esos cerdos son tan sucios…

Solange frunció la nariz como si de pronto brotara una nube fétida de la chimenea. Él, concentrado de nuevo en pasar los labios sobre la piel marfileña de su esposa, fue olvidando a Evaristo, la estúpida inversión de su padre, los problemas que se perfilaban en el horizonte… hasta que oyó:

—À propos, Rodolphe…

Interrumpió su besuqueo y se puso en guardia. Cuando Solange se deshacía en zalamerías y le llamaba Rodolphe, sabía que le convenía andarse con ojo; ella siempre conseguía lo que quería, por descabellado que fuera.

—¿Cuándo podré empezar a decorar esta casa? Es todo tan oscuro y anticuado…

Rodolfo tragó saliva. ¿Cómo decirle que el esposo al que creía rico ya no lo era? ¿Seguiría a su lado si no podía costearle la vida de lujos y fiestas a la que estaba habituada? Tras un rato de meditación que empezó a impacientar a Solange, se le ocurrió una solución que le pareció salomónica.

—¿Sabes qué? De momento vamos a cambiar sólo nuestra alcoba. En esta casa hay muchos recuerdos de mi padre que me gustaría conservar por un tiempo.

Solange frunció la boca en un mohín de decepción.

—Dentro de unos días diré a Onofre que nos lleve a Zaragoza. Ahí podrás encargar a tu gusto los muebles y compraremos las telas para que Pepita cosa las cortinas —le prometió Rodolfo—. Ella es quien se encarga aquí de coser y remendar. ¿Contenta?

Solange respondió dándole un beso en los labios:

—Oh, Rodolphe, esta casa es tan... —Se paró a reflexionar unos segundos— tan poco acogedora.

Rodolfo la abrazó con fuerza. El contacto con el calor que emanaba de su cuerpo adorado mitigó un poco el miedo que había despertado en él la conversación con Evaristo. Ella se abandonó entre sus brazos como una gata confiada. Cuando estaban así de cerca, no existían para ellos el miedo ni los problemas.

—No me sueltes nunca, *mon amour...* —susurró Solange.

3

Rodolfo acababa de vestirse después de la siesta y se dirigía por el pasillo hacia el cuarto de Dionisio. Desde que llegó con Solange la tarde anterior, aún no había conseguido hallarlo a solas para hablar con él. Si no supiera que el alcohol era lo que dirigía los actos de su hermano, habría sospechado que le esquivaba a propósito. Se detuvo, extrajo el reloj del bolsillo, lo abrió y meneó la cabeza. Sin duda, no era el mejor momento del día para encontrar a su hermano sobrio y lúcido, pero no quería demorar la conversación por más tiempo. Bastante mal se sentía desde que conoció las disposiciones testamentarias de su padre. Volvió a guardar el reloj y decidió probar suerte.

Ante la puerta de la alcoba, tomó aire y dio varios golpes titubeantes con los nudillos. Aguardó durante un tiempo que se le hizo eterno. Al no recibir respuesta, accionó el picaporte y abrió.

La habitación de su hermano estaba tal como la recordaba de cuando éste regresaba de Madrid durante las vacaciones de la universidad y pasaba el tiempo libre leyendo tumbado encima de la colcha. Ahora también le encontró acostado, pero sus manos no sostenían ningún libro, sino una botella llena hasta la mitad de un líquido transparente que parecía aguardiente. Rodolfo se preguntó cómo ese hombre de mirada vidriosa, borracho ya sin lugar a dudas, podía ser el mismo joven entusiasta que antaño le había introducido en los universos mágicos de Julio Verne y Emilio Salgari. Tragó saliva antes de decidirse a atravesar el aire viciado que espesaba la estancia. Dionisio contemplaba su avance con apatía fantasmal. Ni siquiera se movió cuando Rodolfo se sentó en el borde de la cama.

Durante unos segundos, ninguno de los dos habló. Dionisio alzó la botella y dio un trago interminable y ruidoso. Rodolfo no se decidía, pero sabía que si no hablaba de una vez por todas con su hermano, no dejaría de sentirse ruin. Señaló la botella.

—¿Qué bebes? —preguntó por romper el hielo.

La respuesta tardó en llegar.

—Orujo.

—¿Del nuestro?

Dionisio asintió con la cabeza y se lo tendió. Rodolfo sintió tal aprensión que habría salido corriendo de allí, pero tomó la ofrenda de las manos temblorosas de su hermano y dio un cauto sorbo. Enseguida le sacudió la tos. Nunca le había gustado el aguardiente; se le agarraba a la garganta. Carraspeando le devolvió la botella.

—Te agradezco que le enseñaras la casa a Solange esta mañana —murmuró, indeciso—. Ha vuelto muy contenta de vuestro paseo.

Una leve sonrisa se marcó en las comisuras del otro cuando farfulló:

—Es… muy guapa…

De nuevo les cercó el incómodo silencio. Rodolfo volvió a carraspear.

—Escucha… —arrancó—. Yo… quiero que sepas que no maquiné para que padre me nombrara heredero de la casa Montero.

Su hermano alzó la botella y bebió con parsimonia. Cuando la apartó de la boca, el nivel del líquido había descendido vertiginosamente.

—Antes de enviarme a París, padre me dijo que yo sería su sucesor, pero nunca se me ocurrió que…

—No te apures, hermano —le interrumpió la voz pastosa de Dionisio—. Padre sabía lo que hacía. Nunca daba puntada sin hilo…

Rodolfo le escrutó con atención. No vislumbró el menor atisbo de rencor en su actitud ni en sus palabras. Sólo una indiferencia que le desgarró las entrañas y le hizo sentirse muy culpable por no haberle prestado más atención en el pasado. ¿Qué podía hacer ahora con ese hombre acabado? ¿Reaccionaría si le ponía al corriente de la situación en la que se hallaban los negocios de los Montero?

—A mí ni siquiera me gusta esto —susurró, avergonzado por confesarle eso precisamente a Dionisio, que desde niño amaba todo lo relacionado con las viñas y la bodega—. Padre nos ha hecho una buena faena a los dos. —Alargó la mano y arrebató el orujo a su hermano. Bebió un generoso trago del recio alcohol que le abrasaba la garganta y se lo restituyó a su dueño. Después de toser para aclararse el gaznate maltratado, añadió, aún lagrimeando—: Evaristo me ha puesto al corriente de cómo están las cosas y… la verdad es que no marchan nada bien. En los últimos meses, padre realizó gestiones muy insensatas, de consecuencias… —Rodolfo buscó una palabra más suave que la que había pensado decir en un principio— preocupantes. No sé por dónde empezar a poner orden…, si es que la cosa tiene arreglo.

Con la espalda recostada contra la almohada y la mirada extraviada en algún punto de la habitación, Dionisio bebía como si hubiera olvidado la presencia de su hermano. Rodolfo se preguntó si habría asimilado lo que le acababa de confesar. ¿Debería ser más explícito?

—Necesito tu ayuda, Dionisio —se atrevió a suplicar—. Tú sabes más que nadie de viñas y de elaborar vino. Ayúdame a sacar la casa Montero del atolladero. Sé que el testamento de padre no ha sido justo contigo, pero… —No supo cómo continuar y se quedó callado.

Dionisio vació la botella hasta la última gota, la dejó caer al suelo junto a la cama, despegó la almohada del cabezal, se volvió hacia la pared y se hizo un ovillo.

—Yo ya no sirvo ni para tacos de escopeta, hermano… —masculló entre dientes—. Déjame dormir.

Rodolfo sintió un peso brutal en el estómago, como si lo llevara lleno de plomo. Se puso en pie y encaminó las rodillas laxas hacia la puerta. Ante la certeza de que tendría que hallar solo el modo de salvar la casa Montero, el plomo se transformó en pánico.

4

Apenas había amanecido cuando Rodolfo salió al frío invernal. Cada vez que espiraba, se formaba delante de su boca una niebla tan densa como el humo de un cigarrillo. Se subió el cuello de la pelliza, se caló bien la gorra y se puso los guantes de cuero grueso. La mañana estaba despejada de nubes, y Pepita, que sabía más del tiempo que un vendimiador curtido, le había asegurado que ese mediodía luciría el sol. Rodolfo había dejado a Solange dormida bajo una losa de mantas, tan tapada que le había costado encontrarle la boca para darle un beso, del que ella ni siquiera se había percatado. Después le había acariciado el pedacito de mejilla que asomaba de las capas de ropa y había abandonado la alcoba sintiendo un pellizco de envidia al verla tan relajada y ajena a los problemas que le acuciaban a él.

Llevaban casi dos semanas en la Casa de la Loma, como llamaban los lugareños a la casona de la familia. Cuanto más le ponía al corriente Evaristo de las últimas gestiones de su padre, peor cariz tomaba la situación. Los documentos de propiedad de las malditas acciones aún no habían aparecido; Evaristo no había conseguido los duplicados, o eso era lo que aseguraba cada vez que Rodolfo le apremiaba. Para empeorar las cosas, cuantas más preguntas hacía a Pedro, el capataz de la bodega y la fábrica de alcoholes, más cuenta se daba de lo poco que sabía en realidad sobre vinificación. Y le daba la impresión de que todos, desde Pedro hasta el último trabajador de la bodega, le tomaban por un pobre infeliz al que iban a poder engañar a placer. Por primera vez en su vida deseó que su padre le hubiera involucrado más en los asuntos del campo, en lugar de mantenerle alejado de ellos y del propio pueblo. Menos mal que con monsieur Bouillon y Saint-Michel había aprendido mucho sobre la comercialización del vino. Confiaba en que eso le sería de utilidad en el futuro.

Se dirigió a zancadas apresuradas hacia las cuadras. Había quedado con Pedro en la bodega, situada a casi dos kilómetros de la casa, muy cerca de la estación del ferrocarril de Cariñena. Conforme se aproximaba al establo, su mal humor fue incrementándose. Más le valía a Toñín tener ensillado su caballo tal como le había ordenado la tarde anterior. De lo contrario, ese zangolotino se iba a enterar de lo que valía un peine.

Toñín no dio pie a Rodolfo a que desahogara el mal genio con él. El muchacho le aguardaba en la cuadra junto al equino, cepillado a conciencia y con la silla de montar a punto. Al ver entrar al amo, se cuadró en una postura tan cómica que Rodolfo sonrió a su pesar.

—Perfecto, Toñín —le alabó mientras colocaba un pie en el estribo para encaramarse a Pinto, el caballo que le compró su padre cuando acabó con excelentes notas sus estudios de leyes.

El chico se estiró aún más.

—Saca a los otros para que se muevan un poco —ordenó Rodolfo desde arriba—. Puedes montarlos, si quieres. Así disfrutarán más… y tú también.

Una sonrisa gigante se abrió paso en el rostro de Toñín y dejó a la vista sus grandes dientes. Nada le gustaba más en la vida que cabalgar por los caminos que serpenteaban entre las viñas. Entregó las riendas a Rodolfo y no se relajó hasta que vio salir al amo por el portón.

Rodolfo aspiró hondo y pensó que el aire gélido de la mañana le limpiaría los pulmones del humo de los tantísimos cigarrillos que había fumado desde que Solange y él partieron de París. Antes de enfilar el camino hacia la bodega, se detuvo para contemplar desde la loma las hileras de cepas que su padre mandó plantar a comienzos de siglo para reemplazar a las que destruyó la filoxera. Brotaban como esqueletos de la tierra rojiza y pedregosa que caracterizaba la región, pero dentro de unas semanas empezarían a echar hojas y bajo ellas se irían formando los racimos de uvas, que habría que empezar a vendimiar a mediados de septiembre. Alrededor de la Casa de la Loma se extendería la selva de viñedos que encubrió sus juegos infantiles con Mariana y que al fin había logrado encerrarle en su tupida cárcel verde.

Al pensar en su amiga de la infancia sintió un asomo de melancolía. ¿Qué habría sido de la niña con la que en verano leía cuentos de hadas y mitología griega al cobijo de las viñas que rodeaban Aguarón? Hacía mucho que la había perdido de vista. Por lo menos desde que Severo Andrade envió a su única hija a Zaragoza, a casa de una tía, viuda de militar, porque el pueblo le parecía poco para ella. Los dos tenían entonces doce años. Rodolfo hizo memoria y se corrigió enseguida. Sí que había visto a Mariana después de su traslado a la ciudad; una tarde de mayo se topó con ella en plena calle Alfonso. Él había hecho novillos escapándose del internado por una ventana, en compañía de Pepín y Bartolomé, para callejear en libertad, aun a sabiendas de que los jesuitas los descubrirían y les harían pagar cara la travesura. Mariana acudía a misa vespertina con sus compañeras del colegio de monjas. Las muchachas iban a ofrendar flores a la virgen del Pilar bajo la estrecha vigilancia de tres profesoras. Llevaba el cabello oscuro recogido en gruesas trenzas que le caían sobre sus pechos de adolescente. Rodolfo le sonrió. Ella le devolvió la sonrisa y agitó un poco el ramo a modo de saludo antes de que la marea de condiscípulas la arrastrara en dirección a la plaza del Pilar. Calculó que los dos debían de tener entonces quince años. Sus labios se extendieron hacia las orejas al recordar aquel último encuentro.

Guió a Pinto hacia donde se perfilaba la silueta de Cariñena, los edificios de la estación del ferrocarril, el muelle donde se cargaban los vagones fudre y los raíles plateados por los que circulaba el tren de vía estrecha que unía el pueblo con Zaragoza. Muy cerca de ahí había mandado erigir Fausto Montero su bodega, una construcción rectangular, de techumbre rojiza a dos aguas y fachada encalada, con una fila de cinco ventanucos casi a la altura del tejado. Y allí estaría esperándole el capataz para explicarle, como todas las mañanas, hasta los procesos más sencillos de la vinificación, sin disimular del todo el aire de suficiencia de quien tiene a su interlocutor por un necio de tomo y lomo.

La perspectiva de pasar la mañana encerrado en la bodega con Pedro le resultó tan poco alentadora que cambió de rumbo. Necesitaba estar un rato a solas antes de iniciar las lecciones. Enfiló el camino que llevaba a la Viña de Baco, la preferida de su padre. Sus cepas de garnacha de noventa años, de las pocas que se salvaron de la filoxera que asoló los viñedos de Cariñena a principios de siglo, daban el mejor vino de los Montero: suave en la boca pero a la vez con cuerpo. Se hallaba en una loma desde la que se veían el montículo sobre el que se asentaba la casona familiar y la extensa llanura de Cariñena, una vista que había hechizado a don Fausto desde que era un mocoso. Cuando heredó las propiedades de la familia treinta y tantos años atrás, consiguió comprarle ese viñedo a su anterior dueño, un anciano sin familia ni salud que fue desprendiéndose poco a poco de sus posesiones para poder sobrellevar su indigna vejez. La oferta de don Fausto se le antojó al viejo Matías tan tentadora que ni siquiera quiso escuchar a Severo Andrade, que también codiciaba las uvas que daba ese pedazo de tierra lindante con las suyas. La venta acabó de deteriorar la relación entre Montero y Andrade, que llevaban años peleándose por cualquier tontería como si fueran gallos.

Al llegar a su destino, Rodolfo desmontó. Sin soltar las riendas de Pinto, dejó vagar la vista sobre las hileras de cepas. Ya no faltaba mucho para que las hojas brotaran y tiñeran de verde el reseco paisaje invernal. Entonces recordó que su padre había muerto entre esas vides y había permanecido toda la noche tirado allí, como un perro vagabundo atropellado por un carro. La idea le sobrecogió tanto que el pecho pareció encogérsele. Respiró hondo para calmar la angustia. Sin ser consciente de lo que hacía, se alejó del caballo y deambuló sobre la tierra pedregosa que alimentaba las vides, preguntándose a cada paso si sus botas estarían pisando el lugar donde expiró su padre. Tenía algo de siniestro, incluso insano, ese absurdo paseo y su afán por olfatear la muerte como si fuera un podenco. De pronto, tropezó con algo y cayó de bruces, arañándose la cara con una cepa. Se levantó y se palpó la sien derecha. Las yemas de los dedos se le habían manchado de sangre. Sacó un pañuelo y lo presionó un rato contra la herida. No parecía sangrar mucho. Guardó el pañuelo y se sacudió la tierra de la ropa. Habría tenido su ironía que se hubiera descalabrado en el mismo lugar donde se abrió la cabeza su padre. Buscó con la mirada lo que le había hecho caer. Ahí estaba: una piedra enorme, medio enterrada entre dos hileras de cepas. ¿Cómo habían dejado los labriegos semejante pedrusco cuando removieron la tierra por última vez? Se agachó y escarbó con las manos hasta que consiguió sacarlo. Era una roca llena de aristas aún más grande de lo que le había parecido; debía de proceder de la sierra cercana, o tal vez la habían sacado de un muro. Se enderezó y la contempló con atención. Una buena parte estaba manchada de un color marrón que le recordó al del hierro oxidado. O a la sangre seca...

El corazón le dio un brinco y pareció detenerse. ¿Y si fue allí mismo donde halló su padre la muerte? ¿Y si se cayó igual que él y se golpeó la cabeza contra ese pedrusco? ¿Se quedó inconsciente y se desangró, o tal vez murió a causa del frío que hizo esa noche? De repente, una idea se abrió camino en su cerebro: ¿y si alguien le golpeó intencionadamente? La suposición se le atravesó en la garganta y le cortó el paso del aire a los pulmones. Tuvo que decirse que era una idea absurda e inspirar varias veces para recuperar la capacidad de pensar.

Pero ¿y si no era tan absurda su sospecha? Su padre había hecho muchos enemigos a lo largo de su vida. Y algunos vivían muy cerca de él, en Cariñena o en Aguarón. Entonces se le ocurrió otra reflexión inquietante: si su muerte no había sido accidental, ¿a quien podría beneficiar?

Rodolfo inspiró profundamente de nuevo, dio media vuelta y regresó junto a Pinto. Guardó la roca en una de las alforjas que llevaba siempre cuando salía a caballo. Por estúpido que se sintiera, la sospecha seguía anclada en lo más hondo de su persona. ¿Con quien podría compartirla? Cuando llegara a casa, Dionisio ya estaría bebido y, por otra parte, no confiaba en que su hermano conservara la agudeza de antaño. Evaristo quedaba descartado. Le constaba que era un administrador excelente, pero no se sentía inclinado a hacerle confidencias. Pepita reaccionaría horrorizada y Solange se asustaría mucho. No había nadie en ese lugar a quien exponer lo que le preocupaba.

Cuando hubo montado en Pinto y se disponía a ir a la bodega, reparó en que un hombre a caballo se aproximaba por la senda que venía de Aguarón. Montaba con la espalda muy erguida, iba arrebujado en una pelliza forrada con piel de cordero y llevaba la gorra tan calada que apenas se le veía la cara. La silueta del jinete le resultó conocida y aguardó para saludarle. En cuanto lo tuvo delante, reconoció a Severo Andrade y se arrepintió de haberle esperado.

Hacía mucho tiempo que no veía al padre de Mariana. Las relaciones entre Fausto Montero y él habían sido malas, y tampoco Rodolfo simpatizaba con ese hombre. De niño llegó incluso a temerle; siempre que éste le sorprendía con su amiga, le amenazaba con darle una paliza si les volvía a ver juntos.

Andrade detuvo el caballo enfrente de Rodolfo, se llevó una mano a la gorra a modo de saludo y forzó una sonrisa torcida. El joven observó que los años no habían doblegado al rival de su padre: conservaba el porte de un hombre mucho más joven. Sólo delataban su edad las profundas arrugas que le surcaban la cara y las bolsas violáceas bajo los ojos.

—El niño bonito ha regresado de Francia… —masculló Andrade con mordacidad.

A Rodolfo le disgustó el tono. Devolvió el saludo con una fría inclinación de cabeza.

—Don Severo…

—Te acompaño en el sentimiento.

La sonrisa de Andrade desmentía lo que acababa de decir, pero Rodolfo creyó más oportuno responder con educación.

—Gracias, don Severo.

—Me alegro de encontrarte, hijo, aunque sea en un cruce de caminos y con este frío. Desde que me enteré de que habías vuelto, quería hablarte de un asunto importante.

Rodolfo pensó que, decididamente, tendría que haber pasado de largo.

—Pues usted dirá…

Andrade posó sus ojos negros en Rodolfo y le estudió en silencio durante un buen rato. El joven empezó a sentirse incómodo. Al fin, Andrade habló:

—Sé que tu padre os ha dejado en una situación difícil…

—¿Qué le hace pensar eso? —le cortó Rodolfo con brusquedad. Enseguida se arrepintió de haber sido tan impulsivo.

—Aquí las noticias vuelan. Puedes estar seguro de que yo me enteré de la venta de la harinera mucho antes que tú.

La sangre de Rodolfo entro en ebullición, pero se obligó a adoptar un aire de burlona indiferencia.

—¿Algo más que usted sepa y yo no?

Andrade estalló en carcajadas. Parecía haber estado esperando esa pregunta.

—Tu padre la vendió porque era el único negocio que aún le rentaba. Necesitaba mucho dinero para mantener vuestro tren de vida tan *alocao*.

Rodolfo comprendió que ese viejo zorro le había tendido una trampa. Y él había caído como una liebre. ¡Qué estúpido había sido!

—Usted no se ha encontrado conmigo por casualidad, ¿verdad?

Andrade se limitó a sonreír en silencio. Sus ojos negros se achinaron hasta reducirse a una línea amenazante.

—Y no ha salido a caballo con este frío para hablarme de los negocios de mi padre —continuó Rodolfo—. ¿Qué quiere en realidad?

La sonrisa de Andrade se encogió a una velocidad asombrosa.

—Véndeme la bodega y las viñas de tu familia, sobre todo la Viña de Baco. Puedes quedarte con esa ridícula casona en lo alto del cerro. Ni los hurones querrían vivir ahí.

—¿Se ha vuelto loco?—explotó Rodolfo. Las riendas del caballo se le clavaron en las palmas de tanto apretar los puños—. ¿Cree que necesito malvender nuestros viñedos a un ave carroñera como usted?

—Me ofendes, hijo —respondió Andrade en tono siseante, sin descomponerse lo más mínimo—. No soy un *aprovechao*. Puedes contar con una oferta justa. Ven a mi casa esta tarde y *charraremos* tomándonos una buena copa de coñac.

Si cualquier otro le hubiera propuesto comprarle las viñas que no sabía cómo iba a administrar, tal vez Rodolfo se habría sentido tentado de aceptar. O, al menos, habría prometido pensarlo. Tenía potestad de sobra para tomar esa clase de decisiones: Su padre había estipulado en su último testamento que todas sus posesiones fueran para él, exceptuando una modesta suma de dinero destinada a Amalia y otra a Dionisio, que éste sólo percibiría si dejaba la bebida. A cambio de ser el heredero, Rodolfo debía hacerse cargo de su hermano mientras permaneciera encadenado al alcohol.

Cuando cavilaba recluido en el despacho, Rodolfo había sopesado la posibilidad de vender ese legado envenenado y establecerse en Zaragoza como abogado, llevándose consigo a Dionisio. Y ahora que recibía una oferta, tenía que venir precisamente de Andrade. La desfachatez de ese viejo alejaba de él cualquier posible tentación de aceptar. Sofocando la ira que crecía en su interior por momentos, intentó responder sin perder los estribos.

—No le vendería a usted ni una mula vieja, Andrade. Márchese a casa, no vaya a coger una pulmonía. A los ancianos no les conviene pasar frío…

La alusión a su edad hirió a Andrade, pero los años le habían enseñado a controlarse. No pensaba dejarse provocar por un mocoso.

—Te estás equivocando, muchacho. ¿Crees que conoces lo que tienes entre manos? El único que sabe de vino es tu hermano, pero ahora prefiere bebérselo por alqueces. Un borracho y un *destalentao*. Vaya dos eminencias para salvar la casa Montero.

Rodolfo tiró de las riendas para alejarse cuanto antes de ese demente pero la voz de Andrade le alcanzó enseguida:

—¿Quieres saber por qué te apartaba de Mariana cuando erais críos?

Rodolfo detuvo a Pinto, le hizo dar la vuelta y regresó a donde Severo Andrade le aguardaba con expresión de triunfo.

—Siempre has sido igual que tu madre. No quería cerca de mi hija al fruto de una manzana podrida.

Rodolfo se acercó cuanto pudo a ese viejo cruel.

—¡No le tolero que hable así de mi madre! ¿Nadie le enseñó a respetar a los muertos?

—¿Muertos? —Andrade se abandonó a una risa estridente—. No sabes de la misa la mitad, muchacho. ¿Por qué crees que tu padre se gastó tantos duros en mandaros a estudiar lejos del pueblo? ¿Por lo lumbreras que sois?

¡Qué a gusto le habría empujado Rodolfo del caballo! Aunque de haberse dejado llevar por el impulso, le habría resultado difícil derribar a ese viejo déspota, afianzado sobre su silla de montar como una cepa centenaria.

—¡Váyase al diablo, Andrade!

—Si recuperas el juicio, ya sabes dónde encontrarme. ¡Pero no te duermas! Cuanto más tardes, menos valdrán vuestras viñas… porque entre tú y el beodo de tu hermano os encargaréis de hundirlas.

Rodolfo se alejó a galope furioso. Lo que le había dicho ese viejo sobre su madre empezó a horadarle el cerebro. ¿Cómo había podido ese indeseable calificar de «manzana podrida» a una mujer que llevaba veinticuatro años enterrada? ¿Y por qué se había carcajeado cuando Rodolfo le había reprendido por no respetar a los muertos? ¿Acaso insinuaba que el fallecimiento de su madre escondía algo turbio y por eso su padre se había afanado tanto en alejar a sus hijos del pueblo?

Sacudió la cabeza. «Tonterías», se dijo. Andrade sólo había querido divertirse a su costa sembrando dudas donde únicamente había certezas. Haría mejor en no darle más vueltas al asunto. Ya lidiaba con bastantes problemas para encima tener que enredarse en cavilaciones estériles.

5

Rodolfo miró a su hermana y tuvo que sofocar las ganas de tirarle a la cabeza la jarra del agua. Había llegado de la bodega a mediodía, cansado de las monótonas explicaciones de Pedro y aún con el mal sabor de boca que le había dejado la conversación con Severo Andrade, y al entrar por el portón había visto el Hispano-Suiza delante de la puerta y a Onofre ayudando a bajar a Amalia. El chófer se rascaba con disimulo el cuello, como siempre que le obligaban a llevar uniforme. Entonces Rodolfo había recordado el telegrama recibido el día anterior, en el que su hermana anunciaba su visita y le pedía que enviara a Onofre a recogerles a ella y a su marido a la estación de Cariñena. Tan pronto como vio a Amalia se le cayó el alma a los pies. Desde niño tenía muy poca paciencia con su hermana mayor, que se le antojaba más pesada que una losa de mármol. Siempre que la miraba, tenía la sensación de que ya había nacido vieja, resabiada y con el vientre seco para concebir hijos. Pero aún era más fuerte la animadversión que le inspiraba Silvestre Medina, su cuñado. Sobre todo desde que Dionisio y él supieron por su amigo Pepín, cuyo primo había luchado en Alhucemas al mando de Silvestre, que éste no había perdido el brazo en una gloriosa gesta, sino al alcanzarle la bala enemiga que atravesó al soldado tras el que se parapetaba en ese instante. La herida, en realidad poco importante, se infectó hasta terminar en una gangrena que obligó a amputarle la extremidad por encima del codo. Pero el Manco, que suplía su falta de arrojo con mucha perspicacia, se las ingenió para hacer creer a sus superiores que merecía un ascenso por méritos de guerra y se retiró con todos los honores y una buena pensión.

Ahora tenía a los dos sentados al otro lado de la mesa en la que las criadas habían servido el primer plato. Amalia parloteaba de esto y aquello como una cotorra desquiciada. No pararía de decir tonterías durante los próximos dos días. Y cuando callara, ahí estaría el Manco, dispuesto a aportar sus propias sandeces.

Rodolfo miró hacia la chimenea, desde donde el retrato de su madre presidía esa aburrida comida familiar, y recordó las palabras de Andrade. ¿Qué habría querido insinuarle ese malnacido? Tomó un generoso trago de vino para levantar el ánimo decaído.

Solange contemplaba con resignación su plato de sopa. En el tiempo que llevaba viviendo en esa casa, había observado que algunas mañanas Ramonica ponía a cocer en una gran olla trozos de gallina con verduras y luego empleaba el caldo para hacer sopas y para añadirlo a todos sus guisos, tanto si cocinaba carne estofada como croquetas con los restos del día anterior. Cuando se le acababa, volvía a preparar otro puchero de los suyos. A Solange no le disgustaban las comidas de Ramonica, pero añoraba los refinados menús que se servían en casa de sus padres y en la de *tante* Mathilde, cuyo cocinero era uno de los más reputados de París. En la última carta a su madre, a la que había escrito todos los días desde su llegada, aun sabiendo que la correspondencia no era llevada a diario a Cariñena, le había encargado que le enviara libros con recetas francesas. En realidad, Solange no sabía preparar ni un huevo pasado por agua. Y era consciente de que tendría que traducir las recetas al español para que Ramonica pudiera aplicarlas en su cocina. Eso suponiendo que esa mujer gorda y cantarina supiera leer. Pero Solange añoraba tanto la cocina francesa que se encargaría gustosamente de esa tarea. Además, así tendría algo en que entretenerse. En esa casona, que no lograba sentir como su hogar, los días parecían tener el doble de horas que en París. Y ya era momento de empezar a controlar a Ramonica. Esa bruta hacía lo que le venía en gana sin consultarle siquiera. Tampoco Pepita contaba con ella para nada, y las criadas aún menos. Para cualquier asunto recurrían al ama de llaves. Solange se había resistido desde niña al sino que su madre había previsto para ella: casarse con un hombre rico y reinar en una gran mansión parisina. Ahora que se había dejado arrastrar a ese lugar primitivo por amor, tenía la impresión de que esas rústicas mujeres cuchicheaban a sus espaldas y se reían de sus refinamientos. Estaba segura de que cuando *maman* le respondiera, le aconsejaría que impusiera sus reglas desde el principio. ¡Como si fuera tan sencillo!

Sofocó un suspiro de nostalgia. Le habría gustado despedirse de sus padres en persona. Pero al mismo tiempo había sido una suerte que estuvieran pasando unos días en Château Gironde cuando decidió casarse con Rodolfo; sin duda habrían desbaratado su apresurada boda. Al final, les escribió una carta que adjuntó a la que dejó en el buzón de Marcel, muerta de miedo por si su hermano salía de casa antes de lo acostumbrado y la sorprendía in fraganti. La invadió una ola de desazón. ¿Y si *maman* se había enfadado con ella y no respondía a sus escritos? Sin darse cuenta, empezó a juguetear con su largo collar de perlas. Se consoló pensando que Marcel habría aplacado ya cualquier enfado materno. Él siempre había sabido arreglar sus trastadas.

Dejó de manosear el collar y se arregló el fular que le cubría el escote. Se lo había colocado a modo de bufanda, sujetándolo con un broche de oro blanco de Cartier para evitar que se deslizara. Para la comida había elegido un vestido de punto granate, de talle bajo y falda plisada, con una chaqueta larga a juego. Se lo habían confeccionado en Maison Chanel para la temporada de invierno. Solange se preguntó dónde se compraría la ropa cuando llegara la primavera y Coco Chanel, Jean Patou y Madeleine Vionnet presentaran sus nuevas creaciones. A lo mejor lograba convencer a Rodolfo para que la llevara a París. El proyecto le resultó tan excitante que decidió no dejarlo de lado.

Comió unas cucharadas más de sopa y alzó la vista. ¡Qué aburridos eran sus cuñados de Zaragoza! Amalia no cesaba de estudiarla desde el otro lado de la mesa, y Solange percibía su desaprobación con la misma intensidad que el empalagoso perfume que usaba. Pero era mucho peor la mirada de Silvestre, cuyas pupilas sentía prendidas a sus pechos como dos alfileres emponzoñados. Prefería a Dionisio. Cuando bajaba a desayunar a la cocina y se lo encontraba allí, tomando un tazón de café y todavía sobrio, su conversación hasta le resultaba agradable.

—¿Qué te ha pasado en la cara, Rodolfo? —preguntó de pronto Amalia, intrigada desde que su hermano se había acercado a ella.

—Esta mañana me he arañado con una cepa —respondió él. No tenía ningunas ganas de hablarle a Amalia del hallazgo que había hecho en la Viña de Baco y que había guardado en la caja de caudales.

—Te habrás limpiado bien la herida, ¿no? Esas cosas cuando se infectan...

Amalia miró de reojo la manga vacía de su marido.

—Ya me ha socorrido Pepita, que tiene alma de samaritana —bromeó Rodolfo.

—Oh, *chéri*... —murmuró Solange, que se había llevado un buen susto al verle llegar con la cara manchada de sangre.

El interés de Amalia ya había saltado a otro tema.

—¡Si hubierais estado en Zaragoza la semana pasada, habríais podido venir con nosotros al baile goyesco! —parloteó sin apartar los ojos de Solange.

—No habríamos tenido qué ponernos —murmuró Rodolfo con sorna. Hacía rato que había terminado la sopa a cucharadas ansiosas de puro aburrimiento y acababa de llenarse la copa de vino por segunda vez. Notaba que la garnacha empezaba a espesarle la cabeza—. ¿Dónde se celebró?

—En el teatro Principal. Fue una noche tan maravillosa... Si hubierais visto a los obreros y a las criaditas agolpándose como borregos delante de la puerta para vernos entrar. Yo encargué a mi modista un vestido negro, con encajes y la mantilla a juego, igual que el de una estampa que me enseñó mi amiga Purita con el retrato que pintó Goya a la duquesa de Alba. Silvestre dijo que no había otra mujer más guapa que yo en todo el teatro… ¿Verdad que sí, querido?

—Cierto… —respondió con apatía el aludido.

—Fui a que me retratara un fotógrafo de ésos y todo. Cuando vayáis a casa, os enseñaré la fotografía…

—¿Qué es un baile goyesco? —intervino Solange, sofocando un bostezo.

—Una fiesta en la que los invitados lucen trajes de la época de Francisco de Goya —respondió Amalia—. Tú estarías guapísima de maja, querida Solange.

—¿De maja vestida o desnuda? —se burló Rodolfo.

Amalia le fulminó con la mirada y se preparó para contraatacar. Silvestre suspiró con resignación.

—Parecéis el perro y el gato…, como de costumbre.

Odiaba las reuniones con su cuñadito afrancesado por las continuas desavenencias que surgían entre éste y Amalia. ¿Es que no podían tener ni una sola conversación en paz? Menos mal que contemplar los senos de la francesa le resarcía del mal ambiente.

Solange no se explicaba por qué Amalia reaccionaba con esa cara ante una broma tan tonta. Ajustó el fular de modo que los extremos le cayeran sobre el pecho. Empezaba a incomodarla el escrutinio del Manco.

Las criadas entraron para retirar los platos, y Amalia, que no quería discutir con Rodolfo delante de la servidumbre, cerró la boca.

De segundo había paletilla de cordero al horno con patatas a lo pobre. Ramonica había adobado la carne generosamente el día anterior, y le había untado miel y romero cuando faltaba muy poco para que el asado estuviera en su punto. Seguía siendo uno de los platos favoritos de Rodolfo. En cuanto Lali les hubo servido, Amalia se apresuró a deshuesar y a cortar la ración de Silvestre para que pudiera comer con comodidad. Colocó el plato delante de su marido y miró a su hermano con el ceño fruncido.

—Rodolfo, llevo un rato queriendo preguntarte… ¿Dónde está Dionisio? ¿Es que no come con nosotros?

—No sé dónde está. Aparece y desaparece a su antojo —respondió Rodolfo, con la lengua algo escurridiza ya a causa del vino—. No sé qué hacer con él. Pasa más tiempo borracho que sobrio.

Solange le puso una mano en el antebrazo. Había percibido en el tono de Rodolfo un preocupante atisbo de impotencia.

—¿Sabéis que ya está firmado el real decreto para crear una Academia General Militar en Zaragoza? —terció Silvestre, al que empezaba a inquietar la tensión que percibía en el ambiente—. He oído rumores de que propondrán su dirección a un oficial que fue condecorado en Marruecos por sus méritos y su heroísmo. Un tal Francisco Franco. Es, sin duda, una buena noticia para la ciudad. Conocí a Franco en África y puedo asegurarte, cuñado, que necesitamos hombres como él para enderezar este país. Primo de Rivera nos está resultando demasiado blando y al rey sólo le interesan la buena vida… y las mujeres.

Rodolfo pensó en la bala perdida que alcanzó al Manco en tan poco heroicas circunstancias y tuvo que reprimirse para no echarse a reír. Cuando se alojaba en casa de Amalia, antes de que don Fausto le enviara a París, Silvestre había intentado introducirle en sus tertulias políticas del café Ambos Mundos, pero los amigos de su cuñado le resultaron tan siniestros que no había vuelto a aparecer por allí. Emitió un gruñido, tomó un generoso trago de vino y se concentró en dar cuenta de su ración de cordero.

Nadie sabía ya qué decir para animar la conversación. Los platos se vaciaron pronto y, mientras Lali y Trini retiraban los cubiertos para servir el postre, todos fijaron la vista en el mantel con cara de circunstancias. Ramonica había preparado natillas con galleta y peineta de merengue recién batido. El postre preferido de Rodolfo desde niño. Pero el exquisito sabor de las natillas no le distrajo de los problemas que le acuciaban ni de la incómoda presencia de su hermana y su cuñado. Se acordó del asunto de la fábrica de harinas. Miró fijamente a Amalia y le espetó:

—¿Sabías que padre vendió la harinera?

—¿Que vendió la...? —Amalia dejó caer la cuchara que se estaba llevando a la boca, manchando el mantel—. ¿Cómo es posible? Tengo entendido que daba sus buenos duros...

—¿Así que no lo sabías?

—¡Claro que no! ¡Padre jamás contaba conmigo! Tú eras la niña de sus ojos. Por eso te lo dejó todo a ti... —Miró de soslayo a su marido y murmuró—: La miseria que nos legó a nosotros no cuenta.

La voz de Amalia se había teñido de un rencor tan negro como la pez.

Rodolfo miró a su cuñado y preguntó:

—¿Tú estabas al corriente?

Silvestre resopló. Rodolfo acababa de reabrir una herida más dolorosa que la del brazo cercenado.

—Vuestro padre nunca me consultaba nada. Parece mentira que no lo sepas.

—¿Y el dinero? —inquirió Amalia, que para los asuntos pecuniarios siempre había sido muy pragmática.

—Según Evaristo, lo invirtió en acciones de una naviera extranjera. Pero los documentos no aparecen por ningún lado.

—¿Entonces...? —dijo Amalia.

Rodolfo se encogió de hombros.

—He pensado en venderlas... Eso si encuentro esos papeles y siempre que se coticen al alza, claro.

—Me parece una decisión muy acertada —sentenció su hermana—. Pero ¿qué harás si no aparecen los documentos?

Un ruidoso portazo interrumpió la conversación. Solange vio que Rodolfo y su hermana intercambiaban una mirada tensa. La causa de su inquietud no tardó en asomar por la puerta.

—¡Vaya! ¡La gran Amalia y... su heroico... esposo! Dame un beso..., querida hermana...

Dionisio estaba tan ebrio que costaba entender sus balbuceos. Arrastró los pies hacia su hermana e intentó besarla en la mejilla. Amalia frunció la nariz y echó la cabeza hacia atrás.

—Hueles a vino.

Silvestre se puso en pie e intentó apartar a su cuñado con disimulo, pero éste insistía en abrazar a Amalia. Rodolfo saltó de su silla. Convenía intervenir antes de que el asunto pasara a mayores; no confiaba en la paciencia del Manco. Rodeó la mesa, agarró a Dionisio de un brazo y tiró de él. Sandokán, que había permanecido vigilante detrás de su dueño, interpretó el gesto como una amenaza. Enseñó los dientes a Rodolfo y arrancó a ladrarle hasta que su amo lo tranquilizó llamándolo por su nombre y acariciándole la cabeza.

—Siéntate con nosotros y come algo —masculló Rodolfo. No le seducía tener al mayor de los Montero a la mesa en ese estado, pero le preocupaba que no llevara más que alcohol en el cuerpo—. Sólo de vino no se alimenta uno.

Su hermano le dedicó una mirada vidriosa y esbozó algo parecido a una sonrisa. Amalia vigilaba al can con el rabillo del ojo.

—¿Cómo se te ocurre entrar aquí a ese perro? —se exasperó—. Espero que no esté lleno de pulgas…

El comentario dirigido al animal que muchos días era su única compañía atravesó la coraza etílica de Dionisio.

—No tengo… hambre —farfulló—. Me voy a… mi cuarto.

Silvestre no necesitó oír más. No veía el momento de perder de vista a ese beodo. Siempre le habían parecido un tanto peculiares los hermanos de su esposa, aunque Rodolfo, al que desde el primer día tenía clasificado en su fuero interno como un jaranero irresponsable, al menos no bebía más de la cuenta. Puso a Dionisio la mano sobre el hombro y lo fue empujando hacia la puerta. El otro no se resistió. Prefería subir a su cuarto y dormir la borrachera en compañía de Sandokán a aguantar a esos dos pelmazos.

—Te conviene descansar, cuñado —dijo Silvestre; luego acercó la boca a la oreja de Dionisio y añadió en voz baja—: Sé por lo que pasaste en lo de Annual, créeme... A mí el infierno de Marruecos me persiguió durante meses. Sé que bebes para matar los malos recuerdos, pero el vino no es la solución. Debes ser valiente y hacer frente...

La alusión a Annual y la exhortación a ser valiente hicieron estallar a Dionisio. Se sacudió de encima a Silvestre y le gritó:

—¿Tú me hablas de valor, maldito farsante? ¿Crees que no sé cómo perdiste el brazo? ¡Idos todos al infierno!

Abandonó el comedor a zancadas iracundas, seguido de cerca por Sandokán, que ladraba enfurecido. El Manco regresó a la mesa cabizbajo y lívido. Amalia se mordía el labio inferior por no llorar de rabia. Rodolfo volvió a sentarse y se colocó la servilleta en el regazo. Solange miraba a unos y a otros sin lograr entender qué acababa de ocurrir entre Silvestre y Dionisio.

—Pobre Solange —dijo Amalia en tono melifluo—. Te hemos asustado con nuestras rencillas familiares.

Incapaz de articular palabra, la aludida hizo un amago de sonrisa.

—No te preocupes, querida niña. Nos peleamos mucho pero nunca llega la sangre al río.

Una mueca escéptica surcó la cara de Silvestre, ofendido por el exabrupto de Dionisio. Amalia, que se tomaba muy a pecho su papel apaciguador, añadió:

—¿Sabes qué he pensado, Rodolfo?

Su hermano se encogió de hombros. Las ideas de Amalia nunca traían nada bueno.

—¿Qué te parecería que diéramos una fiesta en nuestro piso de Zaragoza para presentar a Solange en sociedad?

—Querrás decir para presentársela a vuestros amigos —matizó él con sorna.

Su hermana pasó por alto la nueva pulla.

—Una joven tan bella y refinada necesita tener vida social, Rodolfo. No puedes mantenerla encerrada aquí. Yo me encargaré de todos los preparativos. Te prometo que será la mejor fiesta que se haya visto en Zaragoza en muchos años. Invitaré a lo mejorcito de la ciudad. Solange lo merece.

El incidente con Dionisio, sumado al encuentro con Severo Andrade por la mañana, había dejado a Rodolfo tan aplanado que no conservaba fuerzas para resistirse.

—Está bien, hermanita. Haz lo que te plazca.

Por primera vez desde que habían empezado a comer, Amalia sonrió con ganas. Miró a su cuñada y le guiñó un ojo.

—Te vas a divertir mucho, querida. Ya lo verás…

Solange asintió con una sonrisa forzada y empujó el plato de natillas hacia el centro de la mesa. Se le había quitado el poco apetito que le quedaba.

6

El mes de marzo acabó sin que Evaristo resolviera el asunto de los duplicados de las acciones perdidas. Por más que Rodolfo le apremiaba, el administrador siempre le devolvía la misma respuesta negativa. Rodolfo, sumido en la angustia, ya no sabía qué pensar ni qué decisiones tomar. Cuanto más escarbaba en las últimas gestiones de su padre, menos comprendía. ¿Por qué había vendido la fábrica de harinas, el único negocio que aún producía los beneficios de antaño, sin decirles nada a sus hijos? ¿Cómo había sido tan inconsciente de invertir el dinero de la venta en algo tan inseguro como esas acciones? Con lo bien que habría venido para modernizar la bodega e incluso la destilería de alcoholes y licores, cuyo equipamiento también estaba quedándose atrás.

Cuando Marcel le había llevado con Solange a Château Gironde, le enseñó las instalaciones recién reformadas por su padre. Un día incluso habían ido de visita a Château Mouton Rothschild, la finca vecina que su amigo Philippe se había empeñado en sacar del letargo en el que había estado sumida durante años. Su proyecto era madurar y embotellar el vino dentro de la propiedad, en lugar de vendérselo a los comerciantes de Burdeos en barricas para que éstos se encargaran de todo el proceso, como se había hecho siempre. Según sus planes, el vino saldría de Mouton Rothschild etiquetado y listo para ser consumido en las mesas más aristocráticas, siendo la finca la única responsable de la calidad final.

Durante aquellos días maravillosos en el Médoc, Rodolfo se grabó en la memoria todo lo que Marcel y Phillippe le contaron. Ansiaba explicárselo a don Fausto en cuanto pudiera. ¿Acaso no podrían hacer ellos algo similar con la garnacha? Incluso había concebido la idea de adquirir algunos sarmientos de merlot o cabernet sauvignon para enviarlos a casa a su regreso. La tierra del Médoc no parecía muy diferente a la del campo de Cariñena. ¿Por qué no habrían de sobrevivir en ella las cepas francesas y producir con el tiempo un vino más suave que el de la garnacha?

Las nociones sobre vinificación adquiridas de la mano de Marcel y Philippe y el proyecto de plantar en casa cepas de Burdeos para renovar el vino que elaboraba su padre le habían llegado a entusiasmar. Pero ahora que la realidad parecía haberse conjurado contra aquellos sueños, los viñedos se le antojaban meros soldados enemigos que le aprisionaban dentro de su cárcel glauca.

Solange veía languidecer a Rodolfo día tras día; su cara había perdido todo rastro de alegría; cuando llegaba la noche y él buscaba su cuerpo en el lecho, percibía en sus fugaces caricias, en sus besos apresurados, en su modo distraído de hundirse en ella, que el escarabajo de la tristeza roía por dentro al amante infatigable de París, al hombre apasionado que después de haberle hecho el amor le susurraba al oído que era su diosa tallada en oro y que la amaría toda la vida. Entonces se abrazaba a él bajo las mantas para devolverle con su cuerpo la dicha del pasado. Pero era en vano, porque esa casona fría y oscura le estaba robando a Rodolfo poco a poco.

Ella se aburría terriblemente en su nueva existencia. Ni siquiera había logrado aún que Rodolfo la llevara a la ciudad para comprar muebles y cortinas con los que redecorar esa fea e incómoda alcoba donde dormían. Sus únicas distracciones eran salir a caminar entre las viñas llevando su conjunto de golf de Chanel, un abrigo de lana gruesa y los zapatos más planos que había traído, dar paseos montando a Raquel, la yegua con nombre de cupletista, y conversar con Dionisio, quien, desde el primer día en que coincidieron en la cocina, bajaba a desayunar cada mañana a la misma hora que ella, vestido con ropa limpia, bien afeitado y hasta sobrio. Solange había descubierto que, cuando no estaba bebido, su cuñado era un hombre culto con el que podía charlar en francés; lo hablaba tan bien como Rodolfo. Muchas veces tenía que morderse la lengua para no preguntarle por qué no hacía nada para dejar el insano vicio de la bebida. Desde niña, estaba acostumbrada a conseguir cuanto se proponía, ya fuera algo razonable o un mero capricho. ¿Cómo no iba a ser un hombre hecho y derecho capaz de escapar del pozo de vino barato en el que se abismaba conforme avanzaba el día?

Cuando llegó el 15 de abril, la fecha en la que debían viajar a Zaragoza para asistir a la fiesta de Amalia, que se celebraría la tarde siguiente, según había anunciado la anfitriona con tiempo en un telegrama, Solange se sorprendió al sentir un asomo de ilusión. No es que confiara en la capacidad de su estirada cuñada para organizar reuniones sociales tan divertidas como las que había disfrutado en París, pero al menos esa ridícula celebración en su honor le permitiría salir por unos días de la monotonía de la Casa de la Loma, que empezaba a encogerle el corazón.

Estuvo muy pendiente de Lali cuando ésta preparó la maleta según sus indicaciones. Había convencido a Rodolfo de que necesitaba llevarse a la criadita a la ciudad. La chica le resultaba simpática porque era muy despierta y había aprendido a cuidar de sus lujosos vestidos y a arreglarle el cabello, que le había crecido mucho y ya requería una mano artística para darle un aspecto presentable. Solange confiaba en hallar en Zaragoza alguna peluquería donde supieran cortarle el pelo tan bien como en París. No pensaba recogérselo en un anticuado moño de vieja como su cuñada. Cuando se vio reflejada en el cristal del Hispano-Suiza antes de subir al coche para que Onofre les llevara a Zaragoza, pensó consternada que a su *maman* le daría un ataque de nervios si la viera tan poco glamurosa.

En Zaragoza, Amalia torció el gesto cuando vio entrar a Lali en el vestíbulo detrás de Rodolfo y la francesa, como llamaba a

Solange si estaba a solas con Silvestre. No dijo nada, pero apretó los labios con tal fuerza que se le quedaron casi blancos. La criada tendría que haber entrado por la puerta de servicio de la cocina, como había hecho el chófer con el equipaje. Además, sólo disponía de un cuarto acondicionado para sirvientes, y allí dormía Petra, la muchacha que trabajaba en la casa desde que se casó. Sin embargo, al instante se le ocurrió que la sobrina de Pepita iba a venirle de perlas para ayudar durante la fiesta. Cuatro manos adelantaban más que dos. Dispuso que Lali compartiría cama con Petra, lo que disgustó a la criada titular, que espiaba la llegada de los invitados desde el pasillo, y dejó de prestar atención a la joven.

A la mañana siguiente, Rodolfo hizo madrugar a Solange para ir a encargar los muebles y la tela destinada a los cortinajes de la alcoba, como le había prometido. La primera vez que Solange paseó por Zaragoza con Rodolfo, casi dos meses atrás, la ciudad le había parecido pequeña y triste comparada con el constante ajetreo de París, sus cafés siempre abarrotados, las salas de *varietés* que jamás cerraban y las brillantes fiestas en las mansiones de la alta sociedad. Durante aquella visita, Rodolfo le había enseñado la basílica del Pilar y la catedral de la Seo, donde Solange se sintió intimidada como un ratón bajo el velo que Rodolfo sacó de pronto de un bolsillo del abrigo instándole a que se cubriera la cabeza. Solange odiaba las iglesias y no había ido a misa desde que acabó sus estudios en el colegio de monjas en el que su madre, católica por tradición familiar, se empeñó en matricularla. Sí le gustó callejear bajo los soportales del paseo de la Independencia, donde se dejaba ver lo más florido de la sociedad zaragozana; se sintió cómoda en la calle Alfonso, una vía que desembocaba en la plaza donde estaba la basílica del Pilar y que se encontraba llena de tiendas elegantes cuyos toldos se extendían por encima de las aceras; y le relajó contemplar desde la Arboleda de Macanaz, a la que llegaron cruzando el Ebro a pie por el Puente de Piedra, el trasiego de barcazas que transportaban personas, carros y caballerías de una orilla del río a la otra.

Rodolfo la llevó a los Almacenes Moliner de la calle Espoz y Mina, muy cerca de la calle Alfonso, donde eligieron los muebles para el dormitorio. A Solange le habría gustado algo de estilo más moderno, como los que tenía Marcel en su apartamento, pero se conformó con lo que les ofrecieron en la tienda. La cama nueva con cabezal de madera artísticamente tallada no estaba mal del todo y a buen seguro sería más cómoda que el armatoste chirriante en el que dormían, coronado por un cabecero renegrido por el tiempo que a Solange le resultaba siniestro. Adquirieron las telas para los cortinajes y las sábanas en los Almacenes San Gil, situados en Don Jaime, una vía paralela a la calle Alfonso que conducía hasta la plaza de la catedral de la Seo, un bonito recinto ajardinado con una fuente en el centro a la que Rodolfo llamaba la fuente de la Samaritana y que representaba una figura femenina fundida en hierro que llevaba dos cántaros —uno sobre el hombro derecho y el otro apoyado en la cadera izquierda— de los que brotaba agua. En los Almacenes San Gil se compró la francesa varios pares de medias y un conjunto de punto que no alcanzaba la elegancia de los que su *maman* solía encargar para ella en el *atelier* de Coco Chanel pero que le serviría para no pasar frío durante sus caminatas matinales por los viñedos.

Entre compras y paseos, el día se consumió pronto. Llegó la hora de arreglarse para la fiesta. Amalia dispuso que Lali se embutiera en el uniforme de repuesto de Petra, algo más pequeña que ella, y se dedicara a colocar sobre una gran mesa los tentempiés a modo de bufé, una idea novedosa que había visto en una revista y le parecía el colmo de la elegancia. Solange, no obstante, se enfrentó a Amalia para recuperar a su criada, pues Lali tenía que ondularle el cabello con las tenacillas, peinarla y ayudarle a vestirse. La anfitriona se tomó a mal el desaire, pero disimuló la contrariedad por el bien de la fiesta.

Rodolfo se acicaló enseguida y abandonó la alcoba para no estorbar a Solange. Cuando regresó, harto del agobiante palique sobre temas de política que le había dado el Manco en la salita, casi se le escurrió el cigarrillo de entre los dedos. Solange caminaba hacia él ataviada con el vestido dorado que llevaba cuando la vio por primera vez en el salón de los Porter. Lali le había arreglado muy bien el cabello y una cinta de lentejuelas brillantes le ceñía la frente. Sus labios, pintados de llamativo carmesí, mostraban al sonreír sus dientes perfectos. Rodolfo dio una calada y se tragó el humo con ansia. Lo que en París le había hecho pensar en las hadas de los cuentos, dentro de ese piso, oscuro como las intenciones malignas y amueblado sin pizca de gracia, le recordó a las descaradas chicas de los bailes-taxi. O incluso a otras peores. No quería que los invitados de Amalia conocieran a su esposa arreglada de ese modo. Meneó la cabeza.

—*Chérie*, no te enfades, pero... —Carraspeó, muy turbado—. ¿Has traído otro vestido?

La sonrisa de Solange se arrugó como un gusanillo lánguido. Se había puesto nerviosa arreglándose para esa fiesta, que cada vez le apetecía menos, y en ese instante sólo tenía ganas de escapar. La pizpireta Lali intuyó que se avecinaba tormenta y se escurrió fuera de la alcoba, cerrando la puerta con cuidado de no hacer ruido.

—Éste siempre te ha gustado —susurró Solange; sus ojos empezaron a humedecerse—. Me decías que cuando me viste bailar en casa de los Porter pensaste que era un hada. ¿Ya no te acuerdas?

Rodolfo se acercó a ella y le sembró el escote de besos. No se le ocurría otra manera de suavizar lo que iba a decirle a continuación.

—Y me gusta. Resalta tu belleza de diosa, pero no es adecuado para esta gente. Te juzgarán mal. También deberías quitarte algo de pintura de la cara. Hazme caso, Solange. Esto no es The Jockey. Estamos en casa de la beata de mi hermana.

—¡De eso ya me he dado cuenta!

Apartó a Rodolfo de malos modos, se arrancó la cinta del pelo, la arrojó sobre la cama y fue hacia la maleta.

Él quiso arreglar su falta de tacto. Tomó a Solange de los hombros y la hizo volverse. Vio las lágrimas en sus ojos, pero lo que más le inquietó fue el despecho que brillaba detrás de ellas.

—Solange, mi amor, no pretendía ofenderte. Sólo quiero ahorrarte un disgusto.

—¿A mí? —exclamó ella, con una agresividad desconocida para Rodolfo—. A mí me da igual lo que piensen tu hermana y sus amigos. ¡Lo haces por ti! —Abrió el baúl y sacó una prenda de seda negra con adornos de *strass*. La *petite robe noire* de talle bajo, sin mangas y falda hasta la rodilla, pensada para asistir a fiestas y cócteles, era el último grito en París desde que Coco Chanel la presentó en octubre de 1926—. Has cambiado desde que estamos aquí, Rodolfo —murmuró, esforzándose por no echarse a llorar—. Te comportas como un *petit-bourgeois*.

Rodolfo tomó aire para no dar una respuesta que añadiera más leña al fuego. Odiaba cuando Solange y Marcel le tildaban de pequeño burgués con ese aire suyo de superioridad que resaltaba el gran parecido físico entre los dos hermanos. Ella se quitó el vestido dorado, la enagua a juego y la ropa interior clara para ponerse un sujetador, un liguero y un culotte de color negro, que cubrió con una combinación oscura y el vestido de repuesto. Rodolfo la contempló hundido en un silencio que se había espesado de rencor.

Con movimientos desafiantes, Solange se ciñó alrededor de la frente una cinta de pedrería negra. Sustituyó las joyas de oro amarillo por un largo collar de perlas y pendientes de oro blanco con pequeños brillantes. Como colofón, metió un pañuelo, el pintalabios, la pitillera y la boquilla de fumar en un bolsito negro, adornado también con cristalitos de *strass*.

—¿Satisfecho?

El enfado de Rodolfo se disipó como un banco de niebla. Tragó saliva. ¡Cómo le habría gustado arrancarle toda la ropa para retozar juntos en el lecho, como en los buenos tiempos de París! ¿Cuánto hacía que no disfrutaban de sus cuerpos con la alegría de entonces?

—Vas a ser la más hermosa y elegante de esta estúpida fiesta —logró murmurar.

Solange respondió con un desdeñoso encogimiento de hombros. Se plantó delante del espejo del ropero y, dándose toquecitos con la yema de los dedos, se difuminó la pintura de los labios. Lanzó a Rodolfo una mirada gélida que él sintió como un cuchillo en la boca del estómago, abrió la puerta de un tirón furioso y salió al pasillo. Cabizbajo, Rodolfo la siguió.

7

Cuando Rodolfo y Solange entraron en el salón, después de haber recorrido el interminable y oscuro pasillo, ya se habían congregado casi todos los invitados. Entre Petra y Lali habían apartado después de la comida los muebles que pudieran estorbar y habían colocado sobre los aparadores varios jarrones chinos con rosas amarillas y blancas. A la mente de Rodolfo acudió el recuerdo de cuando Marcel le llevó a casa de Cole y Linda Porter, la noche en la que vio a Solange por primera vez. Poco tenían que ver las flores de Amalia con la exuberante flora que adornaba cada estancia de aquel palacete parisino. Tampoco el ambiente encorsetado era comparable a la contagiosa alegría que inundaba la fiesta de los Porter, donde cada detalle le intimidaba por el buen gusto que dejaba entrever. Ante el piano de pared que Amalia compró nada más casarse porque, según afirmaba cargada de razón, daba categoría a un hogar, aunque ni ella ni Silvestre sabían de música, se sentaba esa tarde un hombrecillo calvo, de espalda tan tiesa como sus engominados bigotes pelirrojos y los cuatro pelos que conservaba en el cogote. Tocaba un pasodoble deslavazado con tal contención que igual podría haber sido un vals que un foxtrot. Rodolfo contó entre los invitados a tres clérigos con sotana. Uno de ellos llevaba fajín morado alrededor del voluminoso vientre de sandía. También había muchos militares embutidos en uniforme de gala. Aparentaban tener la misma edad que Silvestre, por lo que conjeturó que serían compañeros de promoción. Las señoras que cotorreaban en grupitos parecían hechas con el mismo molde que Amalia: rechonchas, severas y vestidas como si desearan afearse. Rodolfo caviló que algunas de ellas no necesitaban deslucirse; bastante feas eran de por sí. Estuvo a punto de escapársele una risotada. No debería haberse dejado arrastrar por su hermana a ese despropósito de fiesta. Se acercó a Solange y le susurró al oído:

—Menos mal que te has cambiado de vestido, *chérie*. Me temo que Amalia ha invitado a todas las momias de la ciudad. Veo aquí hasta a su confesor. Espero que, al menos, no haya escatimado en el champán. Con lo tacaña que es…

Una sonrisilla mitigó por un instante el enfado de Solange. Sentía las miradas de todas esas momias recorriendo su generoso escote y su rostro maquillado. Para calmar el malestar que sentía en el estómago, sacó su pequeña pitillera del bolsito negro. Extrajo un cigarrillo y lo encajó en la boquilla de marfil. Rodolfo escarbó con desgana en un bolsillo de su americana hasta que encontró el encendedor que compró en París. A regañadientes le dio fuego. Pensaba que Solange bien podría haberse privado de fumar esa noche por no escandalizar a los espectros biempensantes allí reunidos. En eso vio que su hermana se acercaba a ellos a toda prisa. Se preparó para lo peor. Solange también la vio. Dio una ávida calada por infundirse valor. Cuanto más tiempo pasaba con esa mujer, más la detestaba.

A la anfitriona le disgustó que la francesa tuviera la desfachatez de fumar como si fuera una cupletista de tres al cuarto. Y, para más descaro, ataviada con ese vestido que enseñaba carne por doquier. ¿Pues no se exhibía esa niña mimada con media espalda al aire? Pero se obligó a disimular el disgusto por el bien de su fiesta, tan cuidadosamente preparada.

—Hermanito —dijo con una mueca que pretendía ser una sonrisa—, me vas a permitir que me lleve a nuestra querida Solange. Quiero presentársela a unas personas muy importantes. Verás como te gustan, querida.

Sin esperar respuesta, atrapó a Solange de un brazo y la condujo con firmeza hacia el extremo contrario del salón. La otra se dejó secuestrar, resignada al sino que le deparaba la noche.

Rodolfo vio serpentear a Lali entre los invitados. La criadita, aprisionada en el uniforme de Petra, que le venía estrecho, y con una cofia blanca aleteando cual paloma moribunda sobre su cabeza, llevaba con mucho cuidado una bandeja de plata llena de copas. No parecía contenta con su cometido. Rodolfo se acercó a ella, cogió una copa y le sonrió para animarla. Lali se ruborizó, murmuró «señor» y siguió su camino. Él se retiró hacia la zona más escondida del salón. Sólo le faltaba que le abordara el Manco. No soportaría la plomiza conversación de su cuñado ni sus constantes matracas políticas. Con la espalda contra la pared y un codo sobre el pesado aparador con encimera de mármol, se dedicó a observar a la gente que charlaba en grupitos. Reconoció en algunos militares a amigos de Silvestre que acudían a la tertulia política del Ambos Mundos y se empequeñeció todo lo que pudo. Tomó un trago de champán. No estaba lo bastante frío y su sabor dulzón le hizo pensar con añoranza en el que degustaba en las fiestas a las que le llevaba Marcel. Procurando no exteriorizar su desagrado, se desembarazó del brebaje abandonándolo sobre el aparador.

Entonces reparó en tres señoras orondas, recargadas de joyas, aparatosos drapeados y papadas, que chismorreaban cerca de su madriguera.

—¡Menuda fresca! —exclamó la más cercana—. Fumando como una cualquiera... ¡Habrase visto!

Rodolfo temió que esas gallinas malévolas hablaran de Solange.

—Le faltó tiempo para quitarse el luto. Ya la han visto andando por ahí con ropa de color —terció otra—. Y aún no han pasado ni dos años desde lo de Ernesto. Si el pobre levantara la cabeza...

—Volvería a meterse en su tumba —remató la tercera y enfatizó sus palabras con tres carcajadas estridentes—. Ésa sólo se casó con Ernesto por su dinero.

—Y porque era buen mozo —puntualizó la primera, con un destello goloso en sus ojos saltones.

Aliviado porque la desdichada a quien estaban despellejando las chismosas no era Solange, Rodolfo miró hacia donde parecía hallarse la víctima de las comadres. En el otro extremo de la estancia, una joven muy delgada, de piel blanca y cabello oscuro, contemplaba el barullo de la fiesta apoyada contra el marco de la puerta, como si no se atreviera a pasar de allí. Rodolfo advirtió que, en contraste con Amalia y las gallinas de sus amigas, la moda del pelo corto sí había llegado hasta esa chica. Llevaba un vestido de terciopelo negro sin mangas, de talle bajo y escote discreto; dejaba a la vista las pantorrillas, enfundadas en medias de color marfil, pero tapaba cuidadosamente las rodillas. Un collar de perlas de tres vueltas le caía sobre el pecho en luminosa cascada. Ni la ropa ni el peinado eran tan sofisticados como los de las mujeres a las que Rodolfo había admirado en las elegantes fiestas parisinas, pero la muchacha destacaba en ese círculo por su refrescante sencillez y la inocente rebeldía con la que fumaba, haciendo oscilar el cigarrillo emboquillado entre decidida e insegura. Sostenía un cenicero de cristal en la mano izquierda, y cada vez que sacaba la boquilla negra de la boca, las comisuras de sus labios se alzaban en un movimiento apenas perceptible, como un asomo de sonrisa irónica que daba a su rostro un aire travieso.

De pronto Rodolfo la reconoció. Era Mariana, la amiga de su infancia con la que en verano se escondía entre las viñas para leer cuentos de hadas e inventar historias. La hija del indeseable Severo Andrade. Jamás habría esperado reencontrarse con ella en ese gallinero después de tantos años. Se despegó de su escondite y atravesó el salón a zancadas presurosas. En su atolondramiento chocó con un militar alto y huesudo que reconoció como uno de los contertulios de Silvestre. ¡Qué contrariedad! El militar le saludó efusivamente y quiso retenerle para platicar, pero Rodolfo le devolvió el saludo y se apresuró a reanudar su camino, seguido por la mirada de disgusto del uniformado. La joven había observado su maniobra de escape y le recibió con una dulce sonrisa.

—Rodolfo…, cuánto tiempo…

—¿Cómo saluda un hombre de bien a su mejor amiga de la infancia? ¿Debería besarle la mano o las mejillas? —exclamó él.

Ella soltó una risa cristalina bajo la cual Rodolfo creyó detectar un asomo de tristeza.

—Tu hermana nos mira mal…, mejor nos damos la mano.

Rodolfo vio que Amalia aferraba aún a Solange como un gavilán a su presa y asaeteaba a Mariana con miradas ceñudas. Ante ese panorama, no se atrevió ni a estrecharle la mano.

—Amalia debe de estar preguntándose qué hace alguien como yo en su fiesta —comentó ella en tono burlón.

—Bien te invitó, ¿no?

Mariana sacudió la cabeza.

—En realidad, no. Tu amigo Bartolomé me suplicó que le acompañara. Le daba vergüenza presentarse aquí solo. Tu hermana le impone mucho.

—Amalia y el Manco imponen a cualquiera —ironizó Rodolfo—. ¿Y donde está el Cuatro Ojos?

—Un conocido suyo se lo ha llevado nada más entrar.

Rodolfo se preguntó desde cuándo tendría amistad Bartolomé con Mariana. ¿Acaso la estaría cortejando? Le habría gustado indagar, pero no se le antojó de buen gusto.

—¡Qué estúpido! Yo no te habría dejado sola. La última vez que te vi eras casi una niña y ahora… —Enmudeció. Había estado a punto de decir «te has convertido en una mujer muy guapa», pero se refrenó. Podría malinterpretarle—. Aquella tarde llevabas trenzas y un ramo de flores para la Virgen. De eso hará… nueve años, por lo menos.

—Parece mentira que no nos hayamos vuelto a ver en todo este tiempo, ¿verdad? —Una cálida sonrisa iluminó el rostro de Mariana—. Zaragoza no es tan grande.

—Yo he parado poco en la ciudad. Nada más acabar el internado, mi padre me mandó a estudiar a Madrid y después pasé medio año en París. Regresé hace dos meses.

—Sé que has vuelto casado con una francesa —dijo ella—.

Lo he oído comentar a varias personas desde que he entrado en esta casa. También sé lo de tu padre. Te acompaño en el sentimiento.

A Rodolfo no le apetecía hablar de la extraña muerte de don Fausto. Sonrió y se encogió de hombros.

—¿Y tú? Cuéntame de ti.

El rostro de Mariana se ensombreció en un instante. Tardó en responder más de lo que requiere una pregunta tan simple. Cuando lo hizo, la amargura había impregnado también su voz.

—Me casaron a los diecinueve años con un hombre impuesto por mi padre y mi tía. Mi marido murió en Alhucemas hace año y medio. Era coronel…

El dichoso Ernesto que, según las gallinas chismosas, se revolvería en su tumba, dedujo Rodolfo. Mariana dio una ávida calada a su cigarrillo y expulsó el humo con la lentitud propia de quien está habituado a buscar calma en el tabaco.

—A las mujeres no nos dejan elegir —apostilló.

—Siento lo de tu marido —dijo Rodolfo, pero enseguida se dio cuenta de que no lamentaba en absoluto la muerte de ese hombre. Una animadversión instintiva le hacía aborrecerle aun sin haberle conocido.

—No lo sientas —susurró Mariana con voz apenas audible—. Es mejor así…

Las palabras de su compañera de juegos infantiles lo desconcertaron. ¿Qué podía decirle después de eso?

Miró a su alrededor en busca de Solange. Llevaba ya demasiado rato a merced de la pesada de su hermana. Descubrió a las dos junto al piano, hablando con las tres gallinas chismosas; el de los bigotes pelirrojos tocaba ahora un vals tan lánguido que no habría desentonado en un velatorio. La mirada de Rodolfo se cruzó con la de Solange, y leyó en ella una apremiante llamada de auxilio. Se volvió de nuevo hacia Mariana.

—Debo ir a rescatar a Solange. La he abandonado demasiado tiempo con Amalia. No me lo perdonará jamás.

Mariana se rió y la expresión de duende travieso regresó a su rostro. Apagó su cigarrillo y lo sacó de la boquilla. Se disponía a dejar el cenicero encima de una mesita cercana, pero Rodolfo se lo arrebató y lo llevó él mismo. A su regreso, se le ocurrió una idea prometedora.

—Te voy a presentar a mi mujer. Creo que le hará bien conocer a alguien que no huele a naftalina.

—Te has vuelto muy mordaz. Con lo dulce que eras de niño…

La risa luminosa que siguió a las palabras de Mariana hizo evocar a Rodolfo el pequeño beso que le había arrancado una tarde de verano, cuando los dos eran unos chiquillos. ¿Lo recordaría ella? Una ola de calor le inflamó la cara.

—La responsable de eso es mi hermana. Cada día está más insoportable. No te muevas de aquí, por favor.

Mariana volvió a reírse ante el tono suplicante de Rodolfo.

Él corrió a liberar a Solange. Amalia la había llevado de un grupo a otro como quien exhibe un animal exótico, sin soltarle el brazo ni concederle una pausa para encenderse un cigarrillo que aliviara la tensión nerviosa acumulada. Harta de mostrarse educada con esa gente rancia que le sonreía llena de falsedad cuando estaba segura de que la criticarían en cuanto les diera la espalda, reprimía a duras penas las ganas de llorar. Añoraba más que nunca la vida que había dejado atrás. ¿Para eso había seguido a Rodolfo tan lejos de su mundo? ¿Para aburrirse la mayor parte del día en la horrible casona del campo, más sola que la una, y ser despellejada por esa caterva de momias provincianas que había reunido Amalia? Cuando vio ante ella a Rodolfo, tuvo que contenerse para no abofetearle. ¡Todo era culpa suya!

Él la liberó de la garra de Amalia y dijo en tono jocoso pero firme:

—Ya es hora de que me devuelvas a mi esposa. Quiero que conozca a Mariana.

—¡A ésa! —Amalia resopló con expresión indignada—. No sé cómo se atreve Bartolomé a traer a la Viuda Alegre a mi fiesta. ¡Ésta es una casa decente!

Rodolfo prefirió no responder. Su hermana le enervaba esa noche más que nunca. Pasó el brazo sobre los hombros de Solange y la apretó contra él.

—Te voy a presentar a una buena amiga —le dijo al oído mientras la alejaba de Amalia—. Jugábamos juntos de niños, en el pueblo. Creo que te gustará.

Mariana le resultó simpática a Solange al primer vistazo. Por fin una persona que no parecía escapada de una catacumba. La amiga de Rodolfo la encerró en un abrazo caluroso y le dio un beso en cada mejilla. Solange se fijó en la *petite robe noire* que llevaba. Nada que ver con la caída y el estilo que había puesto de moda Coco Chanel. Era un vestido demasiado recatado y de líneas algo burdas, pero le sentaba muy bien y era modernísimo en comparación con el exceso de drapeados y floripondios de Amalia y sus amigas. Tras las efusivas palabras de bienvenida de Mariana, Solange tuvo la sensación de que por fin había hallado a una persona con la que podría congeniar. Quiso decirle algo agradable.

—Me gusta su vestido, Mariana. Es muy Chanel.

La otra dibujó una de sus sonrisas traviesas. No se creía el cumplido que le había hecho Solange con su gracioso acento francés. Sabía que comparado con el modelito de seda y *strass* que lucía la esposa de Rodolfo, una maravilla que sólo había visto antes en las películas del cinematógrafo, su vestido debía de resultar muy poca cosa, pero le agradecía el esfuerzo por mostrarse amistosa.

—Ojalá fuera tan elegante como el tuyo… —respondió—. Puedo tutearte, ¿verdad?

Solange asintió con la cabeza y sonrió. Estaba encantada con esa chica. En su ambiente de París, a lo mejor no le habría hecho mucho caso, pero en aquel salón brillaba como una luciérnaga en una noche sin luna.

—Llevas un vestido precioso. Una verdadera obra de arte —insistió Mariana—. Mi modista es mucho más sencilla, aunque cose como los ángeles y a buen precio. —Se volvió hacia Rodolfo—. ¿Podrás separarte de tu esposa mañana para que la lleve a ver el taller de Felisa? Y después podría enseñarle algunas tiendas que estoy segura de que le gustarían. ¿Qué te parece, Solange?

La aludida sintió ganas de dar saltitos de alegría como cuando era niña y Marcel le regalaba caramelos a escondidas de *maman*. Le costó mantener la compostura.

—Me encantaría. Y también me apetecería ir a la peluquería —murmuró con una timidez nada usual en ella.

—Mañana debemos regresar a casa, Solange —objetó Rodolfo—. Tengo muchos asuntos que resolver. —Se dirigió a Mariana y añadió—: Desde la muerte de mi padre, todo anda manga por hombro, y con Dionisio no puedo contar para nada. Él es… no sé si te ha contado Bartolomé los… los problemas que nos causa desde que volvió de Marruecos…

—No seas aguafiestas, Rodolfo —le reprendió Mariana en tono cariñoso—. Deja que Solange disfrute de la ciudad por un día. Para una parisina debe de ser muy difícil adaptarse a vivir en medio del campo.

—*Rodolphe, s'il te plaît…*

En cuanto oyó a Solange llamarle Rodolphe, él supo que había perdido la batalla.

—Está bien —murmuró, resignado—. Regresaremos pasado mañana. Creo que podré soportar un día más en casa de Amalia sin estrangularla, descuartizar su cadáver y echárselo a los peces del Ebro para que se den un festín. —Se le escapó una carcajada cáustica—. Pobres peces…, seguro que enfermarían.

Solange sintió tal alegría, que se colgó del cuello de Rodolfo y le besó en los labios. Él se derritió como un gato mimoso. Ni siquiera le importó notar las miradas de todos pendientes de ellos dos.

8

La tarde siguiente, tras una tensa comida en casa de Amalia, Rodolfo llevó a Solange a ver a Mariana, como habían acordado durante la fiesta. El plan disgustó sobremanera a la hermana de Rodolfo, que no veía en qué podía beneficiar a Solange relacionarse con una viuda que vivía a su aire, cultivaba amistades sufragistas poco recomendables y no parecía nada apenada por la muerte de su marido sirviendo a la patria. ¿Para eso se había esforzado ella en presentar a la francesa a los más notables de la ciudad? Amalia se quedó en casa refunfuñando y haciendo pucheros, mientras Silvestre huía al Ambos Mundos a tertuliar con sus compadres, como acostumbraba a hacer en cuanto Petra empezaba a recoger la mesa.

Mariana vivía en el paseo de Sagasta, una vía señorial urbanizada a principios de siglo con elegantes fincas y chalets modernistas donde se habían ido instalando los zaragozanos acomodados y algunas familias con aspiraciones. Como la distancia desde la casa de Amalia era escasa, Rodolfo y Solange fueron paseando. Sentir el sol de abril acariciándoles el rostro y el tenue aroma a primavera ayudó a disipar el mal sabor de boca que les había dejado la discusión por el vestido y el ambiente opresivo de la fiesta. El piso de Mariana se hallaba en el principal de una finca de tres pisos que hacía chaflán; tenía coquetos miradores de madera y balcones corridos con grandes ventanales protegidos por persianas. Los árboles que bordeaban la acera empezaban a vestirse de hojas y sus ramas se inclinaban sobre el techo del tranvía que en ese momento circulaba por el centro de la calzada.

Les abrió la puerta una criada entrada en años. Vestía un uniforme gris marengo con ribetes blancos, pero no llevaba cofia, sólo un delantal almidonado y tan impoluto como la nieve recién caída. Se hizo cargo de sus abrigos y del sombrero de Rodolfo. Enseguida salió a recibirles Mariana, que había oído el timbre. Se había puesto un conjunto de tarde compuesto por un suéter de punto y una falda recta de tela plisada, de los que Solange y sus amigas parisinas llamaban *jumpers* y que tenían mucho éxito entre las mujeres por su comodidad. Les hizo pasar a un saloncito donde ya esperaban, sobre una mesa baja, un plato con trozos de esponjoso bizcocho, otro con pastas de té y el servicio para el café.

Los muebles de madera clara y las paredes pintadas de color marfil prestaban un fondo luminoso para el discreto estampado geométrico de los cortinajes de gobelino. Después de pasar dos días en la sofocante atmósfera de la casa de Amalia, el afán de modernidad de esa vivienda complació a Solange, que se sintió a gusto nada más entrar. No le ocurrió lo mismo a Rodolfo. Al ver la fotografía que colgaba de la pared sobre el sofá, en la que reconoció a Mariana vestida de novia, sintió desazón. Un velo de encaje sujeto por una tiara que parecía de brillantes le enmarcaba el rostro y resaltaba la inocencia de sus diecinueve años. El novio, un gigante ceñudo de mirada fiera, al que Rodolfo situó al comienzo de la treintena, acabó de desasosegarle. ¿Cómo podía resultarle despreciable un hombre que llevaba más de un año criando malvas y al que ni siquiera había llegado a conocer? Rehusó tomar café y se marchó enseguida. Había quedado con Bartolomé para ponerse al corriente de sus respectivas andanzas desde que Rodolfo se marchó a París. Pasaría a recoger a Solange para llegar a tiempo a cenar a casa de Amalia.

Las dos jóvenes charlaron animadamente mientras sorbían café y mordisqueaban algunas pastas. Mariana elogió el vestido rojo oscuro de Solange, el sombrero de fieltro verde botella con flores granate en un lateral y el refinado reloj de oro que brillaba en su muñeca izquierda. Solange pensó que la calidez de Mariana era un rasgo que, sumado a su belleza serena y sin artificios ni apenas maquillaje, la diferenciaba de Amalia. Cuando dieron las cinco, se levantaron del sofá, se retocaron la pintura de los labios y se pusieron fulares y abrigos, pues esa tarde hacía bastante fresco pese al sol de primavera. Mariana se deshizo en elogios hacia el abrigo de Solange, un visón de Maison Chanel tan suave que le costó dejar de acariciarlo. Salieron caminando hacia la calle Alfonso, donde se había establecido recientemente un peluquero de manos portentosas que hacía los mejores cortes de pelo *à la garçonne* de toda la ciudad.

Esa noche Solange encajó con una sonrisa las tonterías de Amalia e incluso la perenne mirada de lujuria de Silvestre. Se había divertido por primera vez desde que había salido de París, dos meses atrás. ¿Qué podía importarle que esa momia embalsamada contemplara su nuevo peinado sin disimular su desagrado? Al salir de la peluquería, Mariana la había llevado al taller de su modista, una viuda que cosía en un humilde piso en una travesía de la calle Alfonso; a Solange sus prendas le parecieron algo bastas pero muy bien cosidas. Después habían paseado por la calle Alfonso contemplando los escaparates de las tiendas. Se detuvieron un buen rato bajo la bonita marquesina, hecha de piezas de fundición y cristal, de la joyería Aladrén, donde se divirtieron jugando, como si fueran dos niñas, a elegir cada una las piezas que más le gustaban. Luego Mariana la había invitado a tomar chocolate en un local donde no estaba mal visto que entraran mujeres sin acompañante masculino. Una experiencia un tanto agridulce para Solange, pues al ver cómo se desenvolvía Mariana, había reparado en su propia dependencia económica desde que estaba casada. En París, la generosa asignación que le daba su padre cada mes le permitía hacer lo que se le antojara. Ahora, Rodolfo disponía de su persona y de su tiempo, algo que ni siquiera se había planteado cuando decidió seguirle a España. En la chocolatería resolvió que si *maman* respondía al fin a sus cartas, le pediría que reanudara su asignación para sus gastos. Pero... ¿y si no contestaba?

Al día siguiente, ya eran más de las dos cuando Solange y Rodolfo llegaron a la Casa de la Loma en el Hispano-Suiza conducido por Onofre. Habían salido hacia las doce y sólo habían parado para comer en una fonda de Muel que a Solange le había parecido de lo más primitiva. Pepita salió a recibirles bajando los escalones de la entrada sin resuello, como de costumbre. Ordenó a su sobrina con la mirada que entrara por la puerta de la cocina, y Lali obedeció sin demora. Rodolfo y Solange corrieron hacia la casona para resguardarse del viento que soplaba esa tarde. Cuando Solange se vio en el vestíbulo, se sintió como si la hubiera engullido un ente maligno y toda la alegría que había dejado en ella la divertida tarde con Mariana se esfumó. Recordó la historia de Jonás y la ballena que contaban las monjas en el colegio para señoritas. Jonás, al menos, acabó siendo vomitado por el cetáceo carcelero, pero ella tenía la sensación de que esa casa no la liberaría jamás.

Rodolfo se despojó de sombrero, abrigo y guantes y entregó las prendas a Pepita.

—¿Hay lumbre en el despacho?

—Sí, Rodol... señor. Mandé encender la chimenea esta mañana —respondió el ama de llaves mientras aguardaba a que la señora le diera el visón.

Solange se quitó el sombrerito de fieltro, se aproximó al gran espejo del recibidor y se peinó con los dedos la melenita recién cortada. Le había gustado la peluquería a la que la había llevado Mariana. No era tan lujosa como el salón al que solía acudir en París, pero se respiraba una atmósfera distendida y moderna que, tras la horrible fiesta de Amalia, había conseguido mitigar parte de su desazón.

Oyó el chirrido de la puerta de la calle al abrirse y una ráfaga gélida la hizo estremecerse a pesar del abrigo de pieles. El frío cesó al tiempo que retumbó un portazo. Sólo Dionisio irrumpía así en la casa. A esa hora ya estaría como una cuba, Rodolfo se disgustaría y se pasaría el resto del día de un humor de perros. Solange se volvió con inquietud y sus ojos se toparon con los de Dionisio. Plantado junto a la puerta, con las manos hundidas en los bolsillos de su viejo chaquetón de codos raídos, su cuñado la miraba sin apenas pestañear. La joven respiró aliviada. Iba bien rasurado, parecía limpio y hasta sobrio. O casi sobrio. Al menos, lo suficiente para que Rodolfo no se exasperara. Vio a Sandokán junto a su dueño, como de costumbre. Ya no le daba miedo ese perro de color canela, y él había dejado de gruñirle e incluso le permitía acariciarle y rascarle detrás de las orejas cuando se encontraban por la casa.

Rodolfo apenas reparó en su hermano. Estaba absorto comprobando los remitentes de las cartas que Pepita había dejado sobre la mesa redonda en el centro del vestíbulo. Dedicó a Dionisio un escueto saludo con la cabeza, luego se acercó a Solange, le besó en los labios, le acarició las mejillas y se encaminó hacia la puerta del despacho.

—Tengo que dejarte un rato, *chérie* —se excusó antes de entrar—. Voy a leer la correspondencia y después debo ir a la fábrica de licores.

Decepcionada, la francesa se quitó el abrigo y se lo entregó a Pepita junto con el sombrero *cloché*. La sirvienta corrió hacia la escalera para guardar las prendas en la alcoba de los señores. Dionisio permanecía en el mismo sitio, inmóvil, sin desviar la mirada de su cuñada. Ella empezó a inquietarse, pero sonrió y le saludó en francés.

La cara de Dionisio se tiñó del color de la garnacha. Balbuceó:
—*Salut, Solange. Tu t'es amusée dans la ville?*

La joven se encogió de hombros. Su idea de diversión no era asistir a una fiesta como la de Amalia, aunque al menos esa horrible reunión de momias había dado pie a que conociera a Mariana y al día siguiente saliera con ella a la peluquería y a callejear por la ciudad.

Dionisio no aguardó respuesta. Sin sacar las manos de los bolsillos, se escabulló por delante de Solange y entró en la cocina en busca de algo que comer. Desconcertada por el comportamiento esquivo de su cuñado, con el que últimamente conversaba bastante, Solange subió a la alcoba sin ganas. Tenía por delante otra tarde de aburrimiento y soledad. Cuando llegó al primer piso, se cruzó con Pepita, que volvía a sus tareas después de haber guardado las prendas de abrigo. No le resultaba muy simpática esa mujer, siempre andaba con prisas y no cesaba de meterse en todo. Entró en el cuarto y descorrió las cortinas para que la luz alegrara el ambiente tenebroso. Menos mal que pronto traerían los muebles y las telas con las que la dichosa Pepita, a la que todos alababan como gran costurera, confeccionaría las cortinas nuevas. Se asomó a la ventana. Contempló las crestas de la sierra y el oleaje que formaban las hileras de cepas alrededor de la casa. En Château Gironde nunca se había parado a mirar las viñas, pero en su nuevo entorno las distracciones eran tan escasas que empezaba a conocerse de memoria el paisaje que se divisaba desde la habitación. Resolvió dar un paseo a caballo. Aún era temprano; se despejaría y así haría algo de ejercicio antes de que la oscuridad la obligara a encerrarse en el caserón.

Abrió la pesada puerta del armario ropero. ¡Cuánto odiaba ese lastimero chirrido! Sacó los pantalones de montar marrones, el chaleco de lana del mismo color, la camisa blanca de corte masculino, con su corbata, y el grueso chaquetón entallado a cuadros verde musgo y marrones. El conjunto era una creación confeccionada para ella en Maison Chanel. Sintió una punzada de dolor en la boca del estómago. Cada día añoraba más su vida en París. Tiritando de frío se cambió de ropa. La primavera que se vislumbraba por doquier no había llegado a esa triste alcoba.

Cabalgó durante un buen rato por los caminos entre las viñas, fijándose en los tímidos brotes que empezaban a dibujar puntos verdes en las cepas, en la tierra rojiza cubierta de piedras y en el verdor de la cercana sierra de Algairén, cuyos picos se recortaban contra el espléndido azul que vestía el cielo esa tarde. Se cruzó con un campesino montado sobre un burro. Le había visto varias veces durante sus paseos; ella siempre le saludaba, pero él se limitaba a mirarla con desconfianza, como si no concibiera ver a una mujer a caballo y, encima, ataviada con pantalones y botas de caña alta. Al rato, adelantó a un hombre de andares tan recios como él mismo, cargado con un azadón a la espalda. Llevaba un pantalón de pana muy gastado, una pelliza con remiendos en los codos y alpargatas polvorientas. El desconocido ni siquiera le devolvió el saludo, pero Solange sintió su mirada clavada en la espalda durante un buen rato.

Pasó por delante de la bodega de los Montero y cruzó las vías del tren. Cabalgaba tan absorta en su desánimo, que cuando quiso darse cuenta ya estaba en los arrabales de Cariñena. Nunca se había aventurado a entrar en el pueblo; en parte porque no le gustaban las poblaciones rurales y en parte porque le inspiraba algo de miedo. Pero se dijo que, ya que había llegado hasta allí, buscaría la calle principal, que Cariñena debía de tener como cualquier pueblo francés, y saldría por el otro extremo para regresar a casa. Consultó el reloj. Aún le quedaba un buen rato de luz.

Guió a Raquel por una calleja estrecha que olía a humo de chimenea enquistado, a cuadras y gallineros. Solange frunció la nariz. Se había criado en París y desde niña aborrecía los olores de los animales del campo. Cuando sus padres la obligaban a ir con ellos a Château Gironde, apenas salía de casa; sólo había estado dos veces en Pauillac, el pueblo más cercano a la finca, emplazado en el estuario de la Gironda, cuya belleza ponderaban todos los invitados de sus progenitores. Aceleró cuanto pudo para dejar atrás esa calle y sus ofensivos olores.

Entró en una plaza grande y cuadrada, donde le llamó la atención una imponente casa palaciega de ladrillo rojizo, con soportales en la planta baja y altos ventanales en el primer piso, rematados con un arco. Era la casa consistorial, según pudo leer en la fachada. En el centro de la plaza había una fuente redonda, adornada con cuatro esculturas que al primer vistazo le parecieron cisnes y al segundo, patos. Estaban dispuestos alrededor de una columna sobre la que se erguía una figura de mujer que portaba en la cabeza una cesta con frutos. Solange atravesó la plaza, pasó por delante del casino, que ocupaba todo un chaflán, y enfiló una calle más ancha y de trazado casi recto. Allí encontró un sorprendente trasiego de mujeres con faldas anchurosas de telas bastas, que balanceaban con asombroso equilibrio un cántaro sobre la cabeza; algunos hombres en pantalón de pana, blusa de labriego y alpargatas, que parecían regresar del campo; y niños con las caras llenas de churretes y las manos sucias. Todos se quedaban mirándola fijamente conforme se cruzaban con ella. Unos por simple curiosidad; otros sin disimular la reprobación que les inspiraban sus pantalones y sus botas.

Solange se sentía cada vez más incómoda. Sus ganas de explorar el pueblo, ya de por sí escasas, se enfriaron en un santiamén. Quería salir de allí cuanto antes. Incluso la inhóspita Casa de la Loma le parecía en ese momento un destino apetecible. Clavó las rodillas en el lomo de Raquel para que apretara el paso. La yegua, acostumbrada a los arranques de mal genio de su anterior dueño, obedeció enseguida. Al final de la calle, Solange torció a la izquierda. Rodeó un viejo torreón rectangular adosado a un resto de la antigua muralla. Allí respiró aliviada. Creía que había dejado atrás a ese gentío indiscreto, pero pronto vio que estaba equivocada.

Había llegado a una fuente empotrada en otro trozo de muro de la que manaban varios potentes chorros de agua. Tres mujeres regordetas, ataviadas como las anteriores, con amplias sayas y toquillas de lana sobre los hombros, charlaban en alegre algarabía mientras esperaban a que se llenaran los cántaros. A su alrededor, cuatro niños zarrapastrosos jugaban a patear un balón de trapo con sus gastados zapatones, que a algunos parecían venirles muy grandes. Al verla, las mujeres interrumpieron la cháchara y escrutaron sin el menor disimulo a esa fresca que osaba montar a caballo igual que un hombre. Solange se sintió como cuando de niña hacía algo malo y su madre la castigaba con una larga mirada reprobadora seguida de horas de mutismo, según la gravedad de la falta. Bajó la cabeza para escapar cuanto antes de ese inquietante escrutinio. Pero aún le quedaba pasar por delante del lavadero, al lado mismo de la fuente. A esa hora rebosaba de mujeronas que frotaban la ropa con toda la fuerza de sus manos enrojecidas por el agua helada. Algunas cantaban jotas con recias voces, mientras otras se confesaban sus cuitas a gritos. Pero tanto los cantos como las charlas cesaron en cuanto las lavanderas repararon en Solange.

—Es la francesa que se ha traído el pequeño de los Montero —dijo una vieja cenceña de timbre chillón—. Dicen que fuma como un arriero.

—Por eso va vestida de marimacho —completó una joven mofletuda con malevolencia.

Estalló un coro de risas estridentes.

—Como si esa familia no tuviera bastante con las curdas del mayor —prosiguió la vieja—. La otra tarde mi Lucio tuvo que subirlo a casa en el carro, de lo borracho que iba. Con lo buen mozo que era antes de que lo mandaran a Marruecos…

—La guerra es así —intervino una mujer de ojos diminutos como dos botones negros—. Otros no han vuelto siquiera.

De haber podido soltar las riendas, Solange se habría tapado los oídos para no seguir oyendo el chismorreo despectivo de esas mujeres. No alzó la cara hasta que hubo dejado atrás la última casa del pueblo. Buscó el lugar por donde antes había cruzado las vías del tren, cerca del muelle de carga de la estación y la bodega de los Montero. Recorrió al trote la senda que atravesaba las viñas en dirección al caserón. Cuando hubo hecho la mitad del camino, el sol ya empezaba a ocultarse detrás de la mole verde de la sierra de Algairén, tiñendo de rojo un cielo apenas manchado ahora por pequeñas nubes de contornos caprichosos.

De pronto, oyó ruido de cascos detrás de ella. ¿Y si después de ir a la destilería Rodolfo había acudido a la bodega y regresaba a casa? Detuvo a Raquel y se dio la vuelta. No era Rodolfo. La seguía de cerca un viejo alto y enjuto, montado muy tieso sobre un hermoso caballo negro. Llevaba una pelliza con forro de piel de cordero. Una gorra de fieltro ocultaba parte de su rostro afilado, surcado por profundas arrugas que se apreciaban incluso desde lejos. Cuando llegó a su altura, el desconocido se paró a su lado. Se llevó una mano a la visera y, con una sonrisa torcida, le pasó revista de arriba abajo. Solange sintió un gélido estremecimiento deslizándose por su espalda.

—Buenas tardes, *madama*.

Tampoco le gustó el tono de voz de ese hombre. Se limitó a inclinar la cabeza a modo de saludo. Se disponía a seguir su camino cuando de pronto le oyó exclamar:

—Veo que Rodolfo tiene mejor ojo para las mujeres que para las viñas. ¡Se ha traído de Francia una real moza!

Solange llevaba años rebelándose contra las ataduras del recato. Odiaba el comportamiento hipócrita de las mojigatas y nunca le habían molestado algunos piropos subidos de tono que le hacían sus amigos cuando bebían demasiado en las fiestas a las que la llevaba Didi. Pero la exclamación de ese hombre le resultó ofensiva y despertó en ella un asomo de miedo. Miró hacia la casa, cuya silueta se dibujaba contra el cielo crepuscular. Pensó que si galopaba a toda velocidad ese viejo no podría alcanzarla, por muy buen jinete que fuera.

Él adivinó sus intenciones. Se adelantó con asombrosa agilidad y sujetó a Raquel por las riendas. Solange se topó con su mirada negra y siniestra.

—Severo Andrade, para servirla.

El miedo de Solange se convirtió en pánico.

—¿Qué quiere de mí? —musitó con un asomo de voz.

El otro soltó una carcajada.

—No se asuste, *madama*. Nunca haría daño a una mujer tan guapa como usted. Sería un desperdicio *estropiciar* a una hembra de primera.

Ella tragó saliva e hizo acopio de todo su valor.

—¡Suelte a mi caballo!

—Primero escúcheme bien, después la dejaré volver con su marido. ¿O es su amante?

—¡Es usted muy grosero!

Andrade volvió a carcajearse. Agarró las riendas de Raquel con más fuerza.

—¡Dígale a su tortolito que acepte mi oferta y utilice ese dinero para llevársela de vuelta a Francia! Usted es *demasiao* fina para esta tierra. —Una sonrisa desvergonzada añadió más arrugas al rostro de Andrade mientras la miraba con ojos golosos—. Cuanto más se lo piense, menos valdrán los viñedos de los Montero, porque ninguno de los dos hermanos tiene lo que hace falta para salir adelante sin el padre. Dele mi recado así, tal cual; él sabe a qué me refiero. —Hizo una pausa y luego añadió—: Espero que me haya entendido, *madama*. No sé decirlo en francés.

Andrade soltó las riendas de Raquel y dio a la yegua una fuerte palmada en la grupa. Asustado, el animal arrancó a galopar. Por fortuna, Solange era una buena amazona. Enseguida recuperó el control sobre su montura y aminoró la marcha. Aunque no demasiado. Ansiaba escapar de ese horrible viejo y llegar cuanto antes a la cárcel que ella misma había elegido.

Sólo empezó a sentirse algo segura cuando hubo franqueado el portón de la Casa de la Loma y se vio dentro del descuidado recinto en el que se hallaban la casona, los corrales y el establo, el anexo donde dormían las criadas, y las dos modestas casitas en las que vivían Onofre y Pedro, el capataz, con sus respectivas familias. Solange se acordó del vistoso parque que rodeaba Chatêau Gironde, diseñado por un prestigioso jardinero siguiendo las indicaciones de su madre. Sintió un pinchazo de añoranza que la sorprendió. Antes, las visitas al *château* suponían para ella un aburrimiento feroz del que sus padres no le permitían zafarse. Ahora, en el recuerdo, se le antojaba el paraíso. Pensó que ya podría haberse molestado alguien en cultivar un poco de vegetación ornamental que alegrara ese erial. ¿Y si le pedía a Rodolfo un jardín con rosas como las que le gustaban a *maman*?

Delante del establo tuvo que sortear a la chiquillería que correteaba a todas horas por el patio. Los cuatro niños llevaban, como de costumbre, las rodillas sucias bajo las perneras de sus pantalones cortos, y el delantal de la pequeña de las trenzas ya estaba manchado de tierra. Los hijos de Pedro salían al punto de la mañana de la casa y no se recogían hasta el anochecer. A veces se sumaba a sus juegos Toñín, siempre que se lo permitieran sus tareas en el establo. A fin de cuentas, el pobre muchacho sólo tenía once años. Solange les observó con atención. Nunca le había dado por preguntarse qué edad tendrían, pero calculó que la suficiente para ir a la escuela en lugar de andar todo el día jugando y manchándose. Al principio había pensado que estaban de vacaciones, pero en ningún colegio daban a sus alumnos tanto tiempo de fiesta. Y si no iban al colegio, ¿cómo iban a aprender a leer, a escribir, a hacer cuentas? Solange se propuso interrogar a Rodolfo sobre esos niños zarrapastrosos. Tal vez acababa de encontrar algo en lo que ocupar sus muchas horas de aburrimiento.

9

Con el abrigo que usaba para andar por casa echado sobre los hombros, Solange salió de la alcoba para bajar a desayunar. Como cada día, Rodolfo se había levantado mucho antes que ella y a esa hora ya llevaba un buen rato reunido en el despacho con Evaristo. Aún no se había decidido a contarle lo que le dijo la mañana anterior ese tal Andrade, temía que se asustara y le pidiera que dejara de salir a cabalgar sola. Tenía tan pocas distracciones en ese lugar que no deseaba exponerse a quedarse sin sus paseos a caballo. Sabía que tarde o temprano tendría que contarle el encuentro con ese viejo repugnante. Cuando *maman* la aleccionaba en el arte de gobernar a un esposo, como lo definía ella, solía decirle que una esposa debía saber administrar muy bien los secretos que ocultaba a su marido. Toda mujer casada tenía derecho a guardarse para sí las pequeñas transgresiones que proporcionan instantes de placer, ya fuera la compra de un sombrero nuevo u otro deleite más sensual, pero jamás debía arriesgarse a perder la confianza de su cónyuge, pues eso pondría en peligro su posición. Solange estaba decidida a aplicar los consejos de su madre a rajatabla, pero no pensaba empezar esa mañana. Sabía que después de haber estado reunido con Evaristo, Rodolfo permanecía taciturno durante horas. No quería provocar entre ellos otra desavenencia como la que tuvieron en la casa de Amalia por culpa del vestido dorado.

Atravesó el recibidor en dirección a la cocina. Se había acostumbrado a desayunar allí, al calor de los fogones, entre los cuplés que canturreaba Ramonica, el aroma de los guisos que borboteaban en las ollas y el de las rebanadas de pan tostándose en una sartén con muy poco aceite, y a las que Solange untaba mantequilla que traían para ella de la vaquería. No eran como los desayunos que tomaba en Francia, pero empezaban a parecérseles más que los picatostes del primer día. Pese a que ahora se levantaba antes, al fin y al cabo en esa casa no había razones para trasnochar, cuando entraba en el santuario de las criadas siempre se encontraba a Dionisio sentado a la mesa de madera, con un enorme tazón de café en las manos y, a su lado, a Sandokán, que meneaba el rabo en cuanto la veía. A Solange le enternecía ver enrojecer a Dionisio en el momento en que entraba y se reía muy a gusto si se sobresaltaba tanto que se echaba el líquido sobre la camisa. Él nunca se molestaba. Se limitaba a limpiarse, le preguntaba en francés si había dormido bien y seguía vaciando el tazón y observándola con el rabillo del ojo mientras Pepita suspiraba y meneaba la cabeza con disimulo.

A Solange ya no le desagradaba el hermano de Rodolfo. Incluso se sentía a gusto en su compañía. Al menos, por la mañana. Al atardecer, cuando Dionisio volvía del pueblo como una cuba, era otro cantar. Entonces le entraban ganas de agarrarle por la pechera manchada de vino y zarandearle para hacerle reaccionar. Si no se había dejado llevar por el impulso era porque le resultaba demasiado desagradable acercarse a él en semejante estado.

Esa mañana, estaba tan hambrienta que tomó su desayuno con ansia y en silencio. Dionisio tampoco abrió la boca. Siempre era así. Si ella se dirigía a él, le seguía la conversación. Si no lo hacía, se conformaba con pasar un rato cerca de esa hermosa joven cuya mera proximidad le ayudaba a aguantar unas cuantas horas sin beber. Sólo Ramonica tarareaba «El Relicario» en voz baja, porque cuando no cantaba se sentía como un jilguero moribundo y estaba convencida de que se le agostaban hasta los guisos. De repente, la voz de Pepita irrumpió en la quietud de la cocina.

—Buenos días, doña *Soláns*.

—Buenos días, Pepita. —Solange miró ceñuda a la rolliza ama de llaves que acababa de entrar, acelerada como de costumbre. Se había resignado a que las criadas se dirigieran a ella por ese nombre absurdo, pero seguía disgustándole.

—Doña *Soláns* —insistió la otra—, Onofre ha traído un paquete para usted de la oficina de correos. Dice que viene de Francia...

Antes de que Pepita hubiera acabado la frase, Solange ya había arrojado la servilleta sobre la mesa y se había puesto en pie de un brinco.

—¿Dónde está?

—En la salita...

Más que correr, la joven voló por el recibidor y se precipitó dentro del cuartito. A esa hora las criadas aún no habían encendido el brasero ni la estufa y hacía frío. Pero no le importó. Se envolvió en su abrigo y se abalanzó sobre el paquete. Comprobó el remitente. Marcel. Su protector, su amigo..., el mejor hermano del mundo.

Solange se limpió el velo acuoso que de pronto le nublaba los ojos y levantó las tijeras que una mano previsora, tal vez la de Paquita, había dejado junto al paquete. Cortó las cuerdas y rasgó el papel. Quedó al descubierto una caja de listones de madera. Tuvo que hacer palanca para poder abrirla.

—*Oh, mon Dieu!* —exclamó nada más ver el contenido.

Sacó varios paquetes de cigarrillos. Después abrió un bulto plano envuelto en papel muy fino. Era un fular de suave seda malva con estampado de flores en un tono más oscuro. Solange dio un grito de alegría, al que siguió otro más fuerte cuando descubrió los discos de música. Había dos grabaciones recientes de Josephine Baker: «Blue Skies» y «Bye Bye Blackbird». Solange había visto actuar a esa asombrosa mujer cuando Marcel la llevó al Folies Bergère como regalo por su decimonoveno cumpleaños. De eso sólo hacía diez meses, pero era como si hubiera pasado un siglo. Sacó el primer disco de la funda y se acercó al viejo gramófono, que había mandado trasladar a ese cuartito porque en el despacho nadie lo usaba. Por fin iba a escuchar la música que le gustaba. Lo puso sobre el plato, colocó la aguja y giró la manivela.

I was blue, just as blue as I could be
Ev'ry day was a cloudy day for me
Then good luck came knocking at my door
Skies were grey but they're not grey anymore...
Blue skies smiling at me
Nothing but blue skies do I see...

La voz de la Baker trasladó a Solange al hall del Folies Bergère. Iba del brazo de Marcel, que aquella noche se le antojó el hombre más elegante del mundo, con su frac confeccionado a medida, el fino bigote rubio ondulando airoso sobre el labio superior, el pelo cuidadosamente peinado hacia atrás y, entre los dedos, la boquilla con la que fumaba como sólo él sabía hacerlo. Solange disfrutó igual que una niña al sentir sobre ella la mirada envidiosa de algunas damas sofisticadas, pero aún gozó más cuando descubrió la rendida admiración en los ojos de los caballeros.

Con las manos temblándole de emoción siguió sacando discos de la caja. Había varios de charlestón, entre ellos su favorito: «Yes Sir, That's My Baby». Había bailado tantas veces esa pieza en París... Casi se echó a llorar cuando dio con la versión de Sol S. Wagner de «I'm In Love Again» de Cole Porter. ¡Qué lejos quedaban ahora aquellas fiestas bulliciosas de las que había disfrutado con sus amigos en casa de los Porter!

Debajo de los discos halló un frasco de su perfume favorito, envuelto en varias capas de papel para protegerlo, y libros de Charlotte Brönte, Virginia Woolf, Colette y Marcel Proust. Sonrió; enviarle novelas era muy propio de Marcel. Las colocó sobre la mesa camilla. Entonces descubrió entre ellas un abultado sobre en el que su hermano había escrito su nombre. Lo rasgó sirviéndose de las tijeras como si fueran un abrecartas y se dejó caer en el sofá para leer las cinco cuartillas que había dentro. Sentía júbilo, pero también algo de decepción. Le alegraba enormemente saber de su hermano, pero había esperado recibir también alguna nota de *maman*.

Marcel arrancaba su misiva preguntándole sin rodeos si era feliz con el *petit espagnol*. Después le contaba anécdotas de algunos conocidos comunes y de la vida parisina, haciendo gala de su estilo ligero, rebosante de ironía que a veces lindaba con el sarcasmo. Concluido el cotilleo, dedicaba un párrafo entero a relatarle que había empezado a cortejar a Hélène Dupont, a la que Solange seguro que recordaría. Su padre reunió después de la guerra una inmensa fortuna fabricando máquinas de escribir y todo París sabía que estaba deseando emparentar a su hija pequeña con la familia Montaignac. Hélène también suponía un buen partido para los Montaignac, por lo que la «Operación Esposa» marchaba viento en popa. Marcel se lamentaba de que se aproximaba la amarga hora de sentar cabeza, pero antes de dejarse engullir por las obligaciones que pretendía imponerle su severo cabeza de familia, pensaba viajar a España ese verano para hacerle una visita a su hermanita. Estaba deseando conocer el lugar donde vivía ahora.

Casi al final de la carta, Marcel comentaba, como sin darle demasiada importancia, que sus padres habían estado muy enfadados con Solange por su insensata boda, sobre todo *maman*, que se había pasado varios días llorando, entre furiosa y melancólica. No es que Rodolphe les disgustara, matizaba Marcel, ya sabía ella que a sus padres les parecía encantador, pero habían elegido candidatos de más alcurnia para casar a su niña. También él se había enfurecido por semejante despropósito, aunque ya se le había pasado el enojo. Incluso había intercedido a favor de *l'amour* ante sus padres y había logrado que la perdonaran. A lo mejor, hasta conseguiría que en el futuro se animaran a visitarla en su nuevo hogar. Pero de momento Solange tendría que conformarse con recibir en su casa al vejestorio de su hermano mayor, que pronto iba a cumplir veintisiete años. Por supuesto, le anunciaría su llegada con antelación mandándole un telegrama. Y *maman* le había prometido que pronto respondería a las cartas de Solange. Eso se lo juraba él por la mismísima Josephine Baker.

Solange dejó caer las hojas sobre su regazo. Imaginó a Marcel poniendo semblante de solemnidad, como solía hacer siempre que ella conseguía arrancarle con gran esfuerzo una promesa. Se rió mientras se limpiaba las lágrimas de nostalgia que habían vuelto borrosa la letra de su hermano. Advirtió que el disco había terminado hacía rato. Sorbiendo por la nariz, se levantó y eligió otro al azar. Lo sacó de su funda, quitó el de Josephine Baker del gramófono y puso el nuevo. Sólo entonces se dio cuenta de cuál era: su charlestón favorito.

En cuanto sonaron los primeros acordes, olvidó lo mucho que se aburría en esa casona; la siniestra fiesta en casa de Amalia; sus tontas desavenencias con Rodolfo; incluso el incidente con el viejo que la había insultado entre las viñas. Se desembarazó del abrigo, agitó los brazos al son de la música, cruzó las piernas en forma de abanico y movió las caderas. Volvía a estar en París; danzaba para los amigos, que admiraban su cuerpo envuelto en el vestido de lentejuelas doradas, la cinta adornada con pedrería que le ceñía la frente y la tersura de su generoso escote; se embriagaba con gin-fizz y burbujas de champán; fumaba y reía en la calle, desafiando todas las convenciones sociales que su madre le había intentado inculcar desde niña.

Sólo que no estaba en París. Se hallaba en la gélida salita de la Casa de la Loma y desde la puerta entreabierta, Dionisio se embebía arrobado de cada uno de sus movimientos, sin atreverse ni a parpadear por si Solange le descubría y dejaba de bailar.

10

Rodolfo encendió un cigarrillo con el viejo chisquero de su padre, que había rescatado de un cajón porque en el exterior resultaba mucho más práctico que el mechero de París. Se reclinó en la silla, dio una calada y expulsó el humo muy despacio en un intento de tranquilizarse. La conversación con Evaristo le había dejado exhausto, como de costumbre. El viejo administrador de su padre siempre buscaba el modo de animarle, pero repasar las finanzas de la familia reavivaba en Rodolfo el pánico a no saber recuperar la bonanza económica perdida, a estar encaminándose a pasos de gigante a la pobreza. ¿Por qué no habían aparecido ya los documentos de esas malhadadas acciones para que pudiera venderlas y conseguir algo de dinero? Se revolvió el cabello con la mano que no sujetaba el cigarrillo. Desde su regreso de París, no hacía más que moverse a ciegas; se sentía estafado por la vida. Dio otra ávida calada. El sabor del humo le recordó que por mucho que siguiera usando la boquilla que le regaló Marcel, los cigarrillos franceses se habían acabado. Y los buenos tiempos. Y la libertad…

A través de la puerta que Evaristo había dejado abierta al marcharse, se filtró en el despacho el sonido del gramófono. Rodolfo reconoció al instante el charlestón que bailaba Solange en la mansión de los Porter cuando la vio por primera vez. Eso le llevó a acordarse de lo que Evaristo le había contado esa mañana, después de varios circunloquios indecisos. Se sintió aún más deprimido. ¿De dónde salía esa música? No podía ser uno de los discos de su padre. Él sólo había escuchado cuplés, casi todos de Raquel Meller. Apagó el cigarrillo en el cenicero, se puso en pie y abandonó el despacho.

Lo primero que vio al salir al vestíbulo fue a su hermano asomado a la salita en una postura que le hizo pensar en un perro amaestrado. Sólo le faltaba sacar la lengua y ponerse a dar saltitos. Hasta Sandokán, sentado sobre las patas traseras junto a él, como siempre, parecía más humano. Se aproximó con sigilo, aunque Dionisio estaba tan embobado que si se hubiera derrumbado la casa él no se habría dado cuenta. Cuando Rodolfo se acercó más y miró a través de la abertura de la puerta, descubrió la causa de semejante fascinación. Solange danzaba tan extasiada como cuando la vio por primera vez. Aislada en un mundo de ensueño del que Dionisio parecía formar parte en su ridículo estado de levitación mientras Rodolfo se sentía excluido. Le anegaron unos celos furiosos. ¡Dionisio no tenía derecho a formar parte del mundo de Solange!

Le dolía lo que la guerra le había hecho a su hermano. Recordaba cuando, cinco años atrás, fue a verle desde Madrid y se lo encontró hecho un ovillo en el sofá de la salita, arrebujado en una manta gruesa, con barba de muchos días, las mejillas tan hundidas que semejaban cuévanos, flaco como un espectro e incapaz de fijar la mirada en algo concreto. Sin embargo, con el tiempo se fue filtrando en su pena un nuevo sentimiento: el de la culpa. Una culpa rencorosa empeñada en recordarle que él sí había aceptado que los sobornos paternos le libraran de luchar en Marruecos. Desde su regreso de París, Rodolfo se esforzaba por cuidar de Dionisio tal como había dispuesto su padre en su última voluntad, pero la acumulación de obligaciones para las que no se veía preparado empezaba a desbordarle. No podía levantar la finca y, a la vez, consagrarse a arrancar a su hermano del yugo del alcohol. Y menos si éste miraba a su mujer con ese deseo vehemente.

—¿Qué haces espiando a Solange? —le espetó. Él mismo se asustó ante lo cortante que había salido su voz.

El perro se puso en guardia y habría saltado sobre Rodolfo de no haberle contenido Dionisio con una de sus ininteligibles órdenes. Colorado como un pimiento, bajó la mirada y balbuceó:

—Rodolfo... yo no...

Dionisio estaba avergonzado. Se pasó la lengua por los labios, repentinamente secos, y deseó tener la botella de aguardiente a mano. Rodolfo leyó en su semblante el ansia de alcohol, y eso le sacó de quicio.

—¡Maldita sea! —estalló—. ¡No puedes seguir así! Tú eras un hombre al que todo el mundo respetaba; hacías bien cuanto te proponías; ibas a heredar las viñas; te ibas a casar con una chica de buena familia... —Interrumpió su melancólica enumeración para tomar aire—. Me enseñaste a beber en botijo, a usar el tirachinas, a montar a caballo... Despertaste en mí el gusto por los libros... ¡Yo te admiraba! —Los ojos se le nublaron de lágrimas de rabia—. Pero ya no reconozco a mi hermano en ti. Sólo veo a...

—*Rodolphe, s'il te plaît...*

Bajo el dintel, Solange miraba a uno y a otro. El embeleso del baile se había fugado de su rostro.

—Deja de llamarme Rodolphe —le reprochó Rodolfo con voz lastimera—. ¡Ya no estamos en París! Aquí no puedes exhibirte a caballo, en pantalones y pintada como si fueras una... una cantante de variedades. Evaristo me ha dicho que en el pueblo no se habla de otra cosa desde ayer.

La prudencia advirtió a Dionisio de que debía marcharse. Pero no lograba mover los pies.

Solange alzó la barbilla en actitud de desafío.

—No me importa lo que digan de mí. ¡Yo siempre hago lo que quiero!

—¡A mí sí me importa! —replicó Rodolfo. Su voz había adquirido un tono suplicante—: Estamos condenados a vivir aquí... Tengo que administrar la bodega y estos malditos viñedos. ¿Cómo quieres que me respeten si me conviertes en el hazmerreír de toda la comarca?

Solange bajó los párpados; luchaba por contener las lágrimas que de pronto le escalaban desde el estómago hacia la garganta.

—Yo no quiero perjudicarte, *chéri* —musitó, abatida—. Soy la misma que cuando nos conocimos. Y entonces decías que me adorabas porque era una mujer libre. ¿Lo has olvidado?

—Aquí no somos libres ninguno de los dos.

Rodolfo dio media vuelta y cruzó el recibidor sin reparar en Pepita, que había observado la escena desde la puerta de la cocina sin atreverse ni a respirar. Descolgó un chaquetón del perchero y salió a la calle dando un violento portazo.

Incapaz de contener los sollozos por más tiempo, Solange se refugió en la salita.

El ruido de la puerta sobresaltó a Solange. Alzó la vista. Tenía las mejillas pegajosas de tanto llorar, los ojos le escocían y sentía la nariz y los labios hinchados. Vio que Dionisio se había sentado a su lado, muy cerca de ella. Le extrañó que estuviera allí sin la perpetua compañía de Sandokán, al que oyó arañar con suavidad la puerta cerrada. En un acto reflejo, se alejó unos centímetros, cruzó el abrigo delante del pecho y se limpió los párpados con su coquetería habitual. Pensó que debía de estar horrorosa. Con lo que se esmeraba en arreglarse cada mañana… Observó a su cuñado. Llevaba ropa limpia y se había peinado, una tarea que no debía de ser nada fácil, teniendo en cuenta que su espesa cabellera pedía a gritos una buena poda. Su barbilla, limpia de cualquier asomo de barba, y un pequeño corte en la mejilla derecha daban fe de que se había afeitado esa mañana. Solange se arrepintió de su reacción despectiva y no se apartó cuando Dionisio posó una mano sobre su antebrazo.

—No llores, Solange. Todo se arreglará.

Un nuevo aluvión de lágrimas acabó de echar a perder su maquillaje. Se restregó los ojos, lo que eliminó hasta el último residuo de pintura.

—En París éramos tan felices… —susurró con voz gangosa; el disgusto había acentuado su acento francés—. Pero desde que vinimos aquí, Rodolfo está tan raro…

Dionisio se creyó obligado a salir en defensa de su hermano, igual que había hecho desde los cinco años, cuando Pepita le mostró con mucho cuidado a ese ser minúsculo que berreaba arrebujado en una mantilla de ganchillo. Había protegido a Rodolfo hasta el día en que, vestido con un rasposo uniforme que le venía grande, se subió al ferrocarril de vía estrecha que le llevó a Zaragoza, donde se unió al batallón que iba a partir para Marruecos. Pero a su regreso tras la masacre que diezmó a las tropas españolas en el Rif, ya no fue capaz ni de cuidar de sí mismo.

—Está muy nervioso. Él no iba destinado a ser el heredero de los viñedos. Nunca le interesó la elaboración del vino ni esta tierra. Desde bien pequeño soñaba con salir a conocer mundo…

Dionisio calló y se miró las puntas de las botas. Necesitaba un trago y eso le hacía sentirse sucio en presencia de Solange.

La alusión a las viñas había reavivado en ella el encuentro con ese viejo desagradable que la había tratado como a una prostituta. Miró a su cuñado, que permanecía con la cabeza gacha. El pobre debía de sentirse muy culpable de haber contribuido a atar a Rodolfo a esa tierra. Sintió pena por él y por su futuro ahogado en vino. Se limpió los ojos, se sonó con el pañuelo empapado y preguntó:

—¿Quién es Severo Andrade?

—¿Andrade? —Dionisio alzó la mirada, sorprendido por el brusco cambio de tema—. Es el dueño de las tierras que lindan con la Viña de Baco, donde apareció muerto nuestro padre. —Retiró a desgana la mano que tenía apoyada en el brazo de Solange; le gustaba demasiado la sensación que despertaba en él el calor que irradiaba la muchacha—. Los dos fueron muy amigos en otros tiempos. Hasta hicieron juntos el servicio militar en Cuba cuando aún pertenecía a España. Andrade regresó de las Antillas casado con una cubana…, una mujer guapísima, según dicen. Murió muy joven, cuando su hija Mariana tenía pocos meses. Se cayó por las escaleras, o algo así. Para entonces, tengo entendido que mi padre y Andrade ya estaban enemistados. Nadie en esta casa sabe por qué.

—Mariana... —susurró Solange—. Rodolfo me presentó en casa de Amalia a una amiga de la infancia llamada Mariana. ¿Es la misma?

Dionisio asintió con la cabeza.

—Seguro que sí. De niños, Rodolfo y ella andaban juntos a todas horas. Siempre pensé que se llevaban tan bien porque ambos perdieron a su madre siendo muy pequeños.

A Solange le enterneció la capacidad de observación de su cuñado.

—¿Cómo murió la vuestra?

Él se encogió de hombros.

—Nunca nos explicaron nada. Sólo sé que enfermó después de nacer Rodolfo. —Dionisio hizo una pequeña pausa para ordenar lo que pensaba contarle a Solange. Pese a su alcoholismo, conservaba restos del hombre metódico que había sido siempre—. A Amalia y a mí no nos dejaban verla siquiera. Pepita cuidaba de Rodolfo, y a los demás nos vigilaba para que no molestáramos a nuestra madre. Un día me escapé y subí al primer piso para verla. La puerta de la alcoba a la que la trasladaron después del parto estaba abierta de par en par y la cama vacía. Yo era muy pequeño, pero aún recuerdo que habían quitado las sábanas y habían colocado el colchón en la ventana para airearlo. Años después, conseguí sacar a Pepita que la habían llevado a Zaragoza para que la examinara un buen médico y que murió por el camino.

La mirada de Solange se cruzó con la de Dionisio. Se dio cuenta de que él y Rodolfo guardaban un gran parecido físico, aunque el iris de su cuñado era bastante más claro. Casi verde. Él aprovechó el silencio de la joven para preguntar:

—¿Por qué te interesa tanto Andrade?

Solange sopesó si debía contárselo. Tras un rato de reflexión, decidió sincerarse con él. Le sentaría bien. Tomó aire y resumió el incidente procurando no dejar traslucir que aún seguía asustada.

—¡Ese viejo malnacido! —espetó Dionisio cuando Solange hubo terminado—. Debes decírselo a Rodolfo. —De repente la preocupación ensombreció su rostro—. No salgas por ahí sola, te lo ruego. Andrade está loco y siempre ha sido un pendenciero. No vaya a hacerte daño.

Su interés arrancó a Solange la primera sonrisa desde la discusión con Rodolfo.

—¿Qué hacías espiándome mientras bailaba?

—Yo... yo no soy un... mirón —tartamudeó él—. Oí esa música y fui a ver de dónde salía... Hacía mucho tiempo que no veía a nadie bailar así... Y qué bien bailas...

Su manifiesta vulnerabilidad animó a Solange a tomar una decisión audaz.

—¿Cuántos años tienes?

Perplejo por el nuevo giro en la conversación, Dionisio respondió en voz baja:

—Veintinueve...

—¿Cuánto hace que volviste de Marruecos?

Él tragó saliva. Empezaba a inquietarle lo que prometía ser un interrogatorio en toda regla.

—Me repatriaron en enero del veintidós.

—¿No crees que ya es hora de que dejes de emborracharte? —Solange fue consciente de que le hablaba como si fuera un niño pequeño. Y de que se estaba adentrando en el terreno de la indiscreción. Pero ya no podía retroceder—. Cuando te lavas y te afeitas, eres un hombre guapo, ¿sabes?

A Dionisio se le encendió la cara al rojo vivo. Ella advirtió que sus palabras habían hecho mella.

—Deberías ir al barbero para que te corte ese pelo. Pareces un hombre de Cromañón.

Las manos de Dionisio empezaron a temblar, aunque esa vez no era a causa de la necesidad de alcohol. Las cerró en un puño para que Solange no se diera cuenta.

—Cuando estás sobrio, me gusta hablar contigo —insistió ella, con una sonrisa traviesa que aún turbó más a Dionisio—. Pero a la que empiezas a beber te conviertes en un ser abominable... Como en la novela esa del doctor Jekyll y mister Hyde.

Era tanta la turbación de Dionisio, que le dio por reír. De adolescente había pasado ratos muy entretenidos, aunque también de canguelo, leyendo ese libro. A Solange le sorprendió lo alegre que podía sonar su risa y cómo se le había iluminado el rostro en un instante.

—*Elle est bien culottée cette française!* —se burló él.

Ahora quien se desternilló de risa fue Solange. Animada por la buena disposición de Dionisio, le ordenó en el tono que habría podido emplear una maestra de escuela con un párvulo:

—¡Tienes que dejar la bebida! Si te lo propones, lo lograrás. Yo te ayudaré…

El semblante de Dionisio se volvió a nublar.

—Tú siempre has conseguido todo lo que se te antoja, ¿verdad?

Ella asintió con la cabeza.

—Siempre. Cuando quiero algo, no dejo que nada ni nadie me detenga.

Dionisio sembró una fugaz caricia en la mejilla de Solange. ¡Qué joven era! Y qué cutis tan sedoso tenía… Cuando se dio cuenta de lo que estaba haciendo, bajó la mano y se apartó de su cuñada.

—Eres una niña. Ojalá puedas seguir siéndolo por mucho tiempo.

Solange vio tanta tristeza en la mirada de Dionisio, que no pudo contenerse:

—¿Qué te ocurrió en Marruecos? A mí me lo puedes contar.

Él se levantó de un salto y la miró desde arriba. Su ceño se había oscurecido hasta darle un aspecto casi amenazante.

—No quiero hablar de eso, Solange… No puedo.

Dio media vuelta y abandonó la salita precipitadamente.

12

Era casi la hora de comer cuando Rodolfo empujó la pesada puerta de la Casa de la Loma. Nada más pisar el vestíbulo, le asaltó el aroma del caldo y la carne estofada que Ramonica tenía al fuego y se dio cuenta de lo hambriento que estaba. No había comido nada desde el desayuno, y de eso hacía muchas horas. Después de la absurda discusión con Solange, había salido de la casa tan colérico que la tomó con Toñín porque el muchacho no ensilló a Pinto todo lo deprisa que él quería. Había galopado por las sendas entre las cepas hecho una furia, sin fijarse siquiera por dónde iba, haciendo sudar a Pinto y acalorándose él también. La galopada había barrido su ira y ahora se sentía muy miserable por todo lo que había dicho en su inoportuno estallido. Debía pedir perdón a Solange cuanto antes.

No tuvo que buscarla. La voz de Josephine Baker le guió hasta la salita. Solange estaba recostada en el sofá, casi escondida dentro del abrigo sport que llevaba por casa cuando tenía mucho frío, y con una manta sobre las rodillas. Aún tenía los ojos enrojecidos. No había vuelto a maquillarse y estaba muy pálida. Había pasado el resto de la mañana escuchando una y otra vez los discos que le había enviado Marcel, releyendo su carta hasta aprendérsela de memoria y añorando la palpitante vida que había dejado en París. Podría soportar aburrirse todo el día en esa casona, incluso que Rodolfo estuviera siempre ocupado con sus quehaceres, si se besaran como antes, si los dedos de él exploraran cada cordillera, cada selva y cada llanura de su persona con la misma devoción que en aquel estudio abuhardillado de París, donde las horas corrían veloces como los caballos del hipódromo a punto de alcanzar la meta. Eso le habría bastado para no echar en falta lo que había dejado atrás. Pero, aunque el cuerpo de Rodolfo buscaba el suyo a la hora de la siesta o cuando se retiraban a la alcoba por las noches, y ella respondía de buen grado a sus avances, ya no sentía el entusiasmo febril de antes. Empezaba a aborrecer el desierto al que había seguido a Rodolfo; allí cualquier insignificancia crecía hasta convertirse en una montaña que acababa interponiéndose entre ellos. Esa mañana había tenido la sensación de que el fascinante hombre de ojos rasgados, cuya belleza superaba incluso a la de Rodolfo Valentino, se había quedado en la buhardilla del boulevard de Montparnasse y ahora ella dormía con otro que poseía sus rasgos, hablaba y caminaba igual que él, le hacía el amor entre las sábanas, pero no era el mismo. Ella seguía amándole, deseaba complacerle, arrancarle sonrisas que alisaran su ceño siempre sombrío, hacerle reír de felicidad como antes, pero ya no sabía cuál era el camino para llegar a su interior.

Al oír entrar a Rodolfo, alzó la cabeza y le miró. Él vio tanta tristeza en sus ojos que se le hizo un nudo en la garganta. Cerró la puerta. Se acercó muy despacio a Solange y se puso en cuclillas delante de ella. Buscó su mirada y encerró sus manos dentro de las de él.

—Perdóname, *chérie*. Me he comportado como un indeseable. No volverá a ocurrir. Te lo prometo.

Se acercó las manos de Solange a los labios y las sembró de besos.

—No seas tonto y siéntate aquí —musitó su esposa con voz apagada—. Tienes la cara fría...

Él se levantó y se dejó caer junto a ella. La canción de la Baker había terminado, pero ninguno de los dos se molestó en volver a poner el disco o cambiarlo.

—Intento hacer las cosas bien... —murmuró Rodolfo con la cabeza gacha, como si hablara consigo mismo—. Quiero ser un buen cabeza de familia, quiero cuidar de mi hermano como estipuló mi padre en su testamento, pero nada me sale bien.

Solange le vio tan abatido que se olvidó de su propia tristeza.

—Y cuando miro a Dionisio y veo en lo que se ha convertido, se me pone una congoja aquí... —Rodolfo se golpeó el pecho con la mano derecha; confiarse a Solange le hacía sentirse mejor—. Él debía heredar los viñedos y la bodega por ser el mayor. A mí me había prometido mi padre dinero para establecerme en Zaragoza como abogado. ¿Y sabes lo mejor de todo? A mi hermano le gustaba esto. Ya de niño le bastaba mirar las uvas para saber si maduraban bien, si estaban para vendimiar o si algún parásito atacaba la vid. Los jornaleros le temían porque cuando no estaban podando bien las cepas se daba cuenta antes que mi padre. Y él consintió que le llevaran a Marruecos para acabar sirviendo de blanco a los moros en Annual...

Solange vio mucho dolor en la mirada de Rodolfo. Y también un atisbo de resentimiento. Aun así, se atrevió a objetar:

—Pero, Rodolphe... Si lo reclutaron, él no podía hacer nada.

—Se podría haber librado, igual que hice yo —replicó él—. Mi padre estaba bien relacionado... y dispuesto a pagar lo que hiciera falta para que sus hijos no fuéramos a Marruecos. —Se pasó la lengua por los labios. De pronto tenía la boca pastosa—. Pero Dionisio se negó. Dijo que no podría volver a andar con la cabeza bien alta si aceptaba ese chanchullo.

Al oír eso, Solange percibió un cálido aleteo en la boca del estómago y, desconcertada, se llevó las manos al vientre:

—Tu hermano fue muy noble —susurró.

En el rostro de Rodolfo se perfiló un mohín melancólico.

—En este país la nobleza sólo sirve para que te aniquilen. Por haber sido noble, mi hermano volvió a casa convertido en una piltrafa... y no sé si se recuperará alguna vez.

Ella le miró con repentino enojo.

—Piensas que soy una niña tonta, ¿verdad? Que porque me gusta divertirme, reír y ser feliz, no soy capaz de pensar.

Al ver el semblante enfurruñado de Solange, Rodolfo quiso

abrazarla, pero ella se apartó y tuvo que conformarse con posar las manos sobre sus mejillas y girar su cara hacia él.

—¡Claro que no, *chérie*! —exclamó y le dio un beso en los labios, resecos a causa del llanto—. ¿Cómo puedes decir algo así?

—Estás tan distinto desde que vinimos aquí… Nunca me hablas de lo que te preocupa.

Rodolfo suspiró y se encogió de hombros.

—Mi padre ha dejado muchos problemas…

—¿Crees que no me he dado cuenta de que algo no va bien? Confía en mí, *s'il te plaît*. Quiero ser una buena esposa para ti, pero no me dejas.

Solange le acarició la cara. Pensó que en ese instante se parecía mucho a Dionisio. Cuando alguien intentaba acceder a su interior, los dos se cerraban como las almejas que recogía de niña en la playa de Dinard, el pueblo de la Bretaña donde le gustaba veranear a su madre.

—Es mejor que no lo sepas. Créeme.

Solange no encajó bien esa respuesta.

—Nadie cuenta conmigo en esta casa. Tú estás siempre ocupado con tus asuntos. Pepita y las criadas hacen lo que quieren. Sólo me hace caso tu hermano. Los demás me tratáis como si fuera una muñeca.

—No digas eso, Solange —se defendió él con vehemencia—. ¡Te amo! ¡Sigues siendo mi ángel dorado! ¡Conocerte ha sido lo mejor que me ha pasado en la vida! Controlaré mi mal humor y hablaremos de lo que ocurre, te lo prometo, pero no ahora. Además, se ha hecho la hora de comer. Tengo el estómago vacío y desfallezco de hambre.

Rodolfo hizo un nuevo intento de abrazarla y esta vez ella se lo permitió. De pronto, se acordó de la negativa de Dionisio a hablarle de Marruecos, lo que había espoleado aún más su curiosidad. Rodolfo debía de saber qué le ocurrió en la guerra.

—*Rodolphe*…

Él había empezado a besuquearle el cuello. Un dulce hormigueo comenzaba a recorrer el cuerpo de la muchacha.

—¿Umm…? —preguntó sin apartar los labios de su piel.

—Cuéntame qué le pasó a Dionisio en Marruecos.

Contrariado, Rodolfo se retrepó en el sofá. No le gustaba hablar de ese tema.

—¿Por qué quieres saberlo?

—Es tu hermano y vive en esta casa. Aunque penséis que soy tonta, le he observado y… Rodolphe, él bebe así porque está muy atormentado, y la causa de su problema está en Marruecos… ¡Estoy convencida!

Una sonrisa se dibujó en la cara de Rodolfo.

—Ya veo que mi mujercita ha leído los libros de ese tipo que interpreta los sueños y ahora quiere someter a Dionisio a… ¿cómo se llama eso? ¿Psico…?

—Psicoanálisis —completó ella—. Y ese tipo se llama Sigmund Freud y es un gran científico. Si hubiera aquí alguien como él, seguro que Dionisio se recuperaría.

Rodolfo puso en duda esa afirmación, pero por nada en el mundo deseaba enojarla otra vez.

—En realidad, no sé mucho —arrancó con desgana—. En esa época yo estudiaba en Madrid, y Dionisio nunca habla de aquello. Sólo sé que luchó con las fuerzas que defendieron Igueriben… —Pensó que Solange seguramente jamás había oído hablar de ese lugar y aclaró—: Igueriben es una posición que está muy cerca de Annual… y las dos se encuentran a varias horas de marcha de Melilla, una ciudad española en el norte de África. Están comunicadas por un camino de cabras que atraviesa un desfiladero. El caso es que los moros diezmaron el convoy de abastecimiento que iba a Igueriben y sitiaron la posición durante días, hasta que a los nuestros se les acabaron las provisiones y el agua. Se dice que los sitiados llegaron a beberse sus propios orines.

—*Mon Dieu* —susurró Solange, poniendo cara de asco.

—Acudió a rescatarles otro convoy, pero fue atacado por los moros antes de que pudiera llegar hasta ellos. Los que estaban sitiados creyeron que todo estaba perdido, abandonaron Igueriben a la desesperada y nada más salir de los parapetos fueron masacrados. Sólo unos pocos consiguieron llegar a la posición de Annual..., entre ellos mi hermano.

—Y... ¿le hirieron?

Rodolfo asintió con la cabeza.

—Una tarde trajeron desde la central de teléfonos de Cariñena un telegrama para mi padre donde le comunicaban que Dionisio estaba muy grave en un hospital militar de Melilla. Mi padre hizo averiguaciones a través de Silvestre, para algo tenía que servirnos nuestro parentesco con el pesado del Manco, y se enteró de que Dionisio había sido malherido durante la evacuación de Annual... Aquello debió de ser una carnicería espantosa.

—¿Una carnicería?

Rodolfo rió sin ganas.

—Una matanza. La retirada de Annual fue un caos terrible y los hombres cayeron como moscas, ya fuera tiroteados por el enemigo, ya fuera aplastados por los vehículos de su propio regimiento y por los animales de carga cuando huían presas del pánico. Se dijo que hubo unas diez mil bajas.

—*Oh, mon Dieu* —musitó Solange de nuevo.

—Cuando repatriaron a Dionisio, mi padre fue en el automóvil a recogerle a Zaragoza. Aún no estaba repuesto del todo de sus heridas. Daba angustia verle. Se había quedado en los huesos..., apenas hablaba ni comía..., si salía de la cama, había que ayudarle a bajar la escalera porque estaba demasiado débil para hacerlo solo. Cuando vine a visitarle desde Madrid, ya no quedaba nada del hermano al que había admirado toda mi vida; era como un espectro surgido de una tumba.

—¿Cómo puedes decir eso? Sigue siendo tu hermano.

—Tú no le conociste antes de Marruecos. Ahora es una sombra patética de lo que fue —insistió Rodolfo con tristeza—. Por las noches, tenía pesadillas y nos despertaba a todos con sus gritos..., hasta que le dio por beber. Primero lo hacía a escondidas y cuando quisimos darnos cuenta, andaba a todas horas borracho como una cuba. Mi padre intentó razonar con él, pero no consiguió sacarle nada de lo que vivió en la guerra. Mi hermano sólo repetía una y otra vez que el vino ahuyenta a los muertos. Hace dos años, alguien del pueblo le regaló un cachorro de perro, un bastardo de ni se sabe qué raza, esmirriado y medio muerto de hambre porque la madre no tenía casi leche. Dionisio lo crió con leche de vaca y ahora ese bicho le sigue a todas partes como una sombra. Hasta duerme con él en su alcoba. Y así llevamos cinco largos años... y los que nos quedan hasta que acabe enfermando de tanto alcohol.

Solange no logró reprimir el reproche que llevaba un rato bailándole en la lengua.

—Estás siendo muy egoísta. Dionisio necesita que le ayudemos. —Hizo una pausa y añadió con vehemencia—: Ojalá mi hermano Laurent hubiera regresado de la guerra. Nosotros le habríamos apoyado aunque hubiera vuelto alcoholizado.

—Tú no sabes lo que es verle bebido día tras día sin poder hacer nada para evitarlo —se defendió Rodolfo. De repente, una mueca sarcástica le cruzó la cara—. Aunque me he dado cuenta de que últimamente sólo bebe por las tardes. Acabaré pensando que tu presencia en esta casa le sienta bien.

La última afirmación de Rodolfo volvió a extender un dulce calor por las vísceras de Solange. Respiró hondo para serenarse. De pronto, se acordó del paquete que había recibido esa mañana. Cogió la carta de Marcel y se la tendió a Rodolfo.

—Mira, es de mi hermano. Me ha mandado una caja llena de regalos. Cigarrillos, libros, un perfume y... discos. Dice que vendrá a vernos este verano.

A Rodolfo el corazón le dio un vuelco; las ganas de ver a su amigo se mezclaban con cierto incomodo al recordar sus embarazosas aproximaciones la tarde en la que se mudó a la buhardilla. No supo qué decir.

—¿Quieres escuchar a Josephine Baker mientras lees lo que ha escrito?

—Mejor lo leo después de comer y disfrutamos juntos de la Baker. —Rodolfo saltó del sofá—. Estoy muerto de hambre.

—*D'accord* —se resignó ella. Entonces le vino a la cabeza lo que le dijo ese horrible Severo Andrade. Debía contárselo ya. Intuía que se enfadaría mucho si se lo seguía ocultando y él se enteraba por otro cauce. Le agarró de una mano para detenerle—. Espera, tengo que contarte lo que me ocurrió ayer con… con vuestro vecino. —Calló durante unos segundos y, nerviosa tras ver la expresión que se había instalado en la cara de Rodolfo, añadió—: Ese Andrade.

Él respiro hondo. Si andaba por medio ese indeseable, lo que se disponía a confesarle Solange sería sin duda algo grave. Tiró de ella suavemente para que se levantara.

—Cuéntamelo mientras comemos. Con lo hambriento que estoy y tratándose de ese tipo, me cabrearé más de la cuenta. Vamos, *chérie*. Con el estómago lleno me controlaré mejor.

13

Habían transcurrido dos semanas desde que Rodolfo y Solange regresaron de Zaragoza después de la aburrida fiesta de Amalia. En la bodega de los Montero reinaba la calma. Pedro, el capataz, fumaba en la puerta uno de los retorcidos cigarrillos que liaba él mismo, y esperaba a su patrón. Acababa de dar instrucciones a dos trabajadores de su confianza para que limpiaran trujales, depósitos y botellas, además de poner orden en el recinto. Aún faltaban meses para la vendimia, pero él era un hombre metódico y prefería realizar esas labores con tiempo, mientras la bodega aún estaba tranquila tras haber enviado a Francia los últimos vagones fudre cargados de vino para *coupage*. Ahora le esperaba, como cada día, una larga sesión para instruir al benjamín de los Montero en los pormenores de la vinificación y la gestión de la bodega familiar. La tarea no le entusiasmaba lo más mínimo. No podía afirmar que el nuevo amo fuera mal alumno. Estaba dotado de buena memoria, era rápido de entendederas y capaz de aceptar consejos. Peor habría sido tener que vérselas con un zoquete de los que se empeñan en imponer su voluntad a toda costa por ser los dueños. Pero Pedro intuía que don Rodolfo no ponía el alma en lo que él le explicaba. Ni en nada que tuviera relación con los asuntos de su difunto padre. Se percibía a la legua que preferiría estar en otra parte. Seguramente en esa ciudad lejana de donde se había traído a la bella francesa de la que hablaba todo el pueblo, los hombres con lúbrica adoración y las mujeres llenas de maldad. Y cuando un amo andaba con el corazón en otra parte, sus negocios se marchitaban y pobres de los que se ganaran el pan sirviéndole.

Pedro llevaba toda la vida trabajando para don Fausto. Antes que él lo había hecho su padre, un manchego que apareció un buen día para vendimiar como temporero y llegó a capataz. Fue éste quien le llevó, siendo tan sólo un niño, a ayudar en las vendimias y le empleó el resto del año en la bodega, donde Pedro desempeñó cualquier tarea que pudiera soportar su cuerpo infantil y absorbió todo cuanto su progenitor sabía sobre el vino. Amaba la aridez rojiza tras la que se retraía esa tierra en invierno, el capote glauco de las viñas que la dulcificaba a partir de marzo, incluso el despiadado cierzo cuando soplaba y zumbaba en los oídos con la insistencia de un abejorro. Ahora tenía más de cuarenta años, mujer y cinco hijos a los que alimentar, y una gran inquietud por el futuro. Sabía muy bien que la abundancia de las cosechas y el exceso de oferta llevaban años hundiendo los precios del vino. Era consciente, desde hacía tiempo, de que los negocios de los Montero se hallaban en franco declive. La última estocada había sido la apresurada venta de la harinera. La destilería de licores también andaba floja, y la bodega se sostenía gracias a la venta de vino a Francia. Pero... ¿qué ocurriría si don Rodolfo no sabía mantener las buenas relaciones con los amigos franceses de su padre?

Pedro vio a lo lejos a un jinete que se aproximaba a buen trote. Ya no tenía la vista demasiado aguda, pero por la silueta del caballo y el porte de quien lo montaba supo que era el patrón. Dio la última calada al cigarrillo, lo tiró al suelo y lo aplastó con la bota. Dejó escapar un suspiro. Ojalá el hijo mayor de don Fausto no se hubiera torcido tanto. Ése sí que habría sido un digno heredero de su padre.

Rodolfo saludó al capataz con parquedad, desmontó y le entregó las riendas para que acomodara a Pinto. Esa mañana se había despertado con la sensación de que le aplastaba una pesada losa. Al verle la cara, Pedro se llevó enseguida al caballo dentro

Carlsbad City Library
Learning Center
CHECKOUT RECEIPT

Title: Un jardín entre
viñedos
Item ID: 31245011078577
Date due: 10/30/2018,23:
59

--PLEASE KEEP THIS
RECEIPT--
To renew, please call:
760-931-4500
or visit our website at:
www.carlsbadlibrary.org

del patio de la bodega y lo dejó donde solían atar a los mulos mientras cargaban o descargaban los carros.

—¿Cómo va la mañana? —preguntó desganado Rodolfo, que les había seguido.

—Muy tranquila —replicó el capataz. ¿Por qué el patrón le preguntaba cada día lo mismo? ¿Es que no veía que ahora apenas había actividad?

De repente, un vozarrón que parecía haber brotado de lo más hondo de una barrica gritó con acento francés:

—¡Buenos días nos dé Dios!

Rodolfo y Pedro se volvieron al mismo tiempo hacia el portón de entrada. Rémy Bouillon les miraba desde el umbral. Regordete, de piernas cortas y gruesas, los brazos colocados en jarras, con el denso mostacho partiendo en dos su rostro coloradote y la gorra de pana cubriéndole la espesa mata de pelo, a Rodolfo se le antojó el vivo retrato de su hermano Aristide.

Rémy se aproximó enlazando pasos de percherón. Exhibió una sonrisa de ogro bueno y palmeó la espalda de Rodolfo con tal fuerza que éste se sintió como una estera a la que están sacudiendo. La visita del francés acababa de despertar en él un atisbo de alegría que le sorprendió. Cuando ese hombre iba por casa a visitar a su padre, apenas le había hecho caso. Sólo veía en él a un carcamal gordo de acento ridículo con el que platicaba su viejo. Sabía que Rémy enviudó muy joven, antes de trasladarse a España, que no se había vuelto a casar... y poco más. Pero en su presente situación algo le decía que bajo esa fachada de caballo de labor tal vez se ocultaba alguien en quien poder confiar.

—Rodolfo, hijo, querría haberte hecho una visita antes, pero he estado viajando por Francia... —Rémy hablaba español casi a la perfección, salpicado con su acento francés y los giros aragoneses que había ido incorporando a lo largo de los años—. Ya sabes, los negocios... Tuve que irme poco después del entierro de tu padre, aunque al menos, pude acompañar al bueno de Dionisio en esos días tan malos. El pobre zagal ya tiene bastante con sus demonios. —Rémy se limpió los ojos con mucho disimulo. Se había emocionado al recordar aquel sepelio, que se celebró en uno de los días más fríos de los últimos años, con un viento glacial empeñado en arremolinar los copos de nieve y arrancarles las gorras a los hombres—. No sabes cuánto echo de menos a tu padre. Era un hombre íntegro…, mi mejor amigo por estas tierras.

Rodolfo notó que se le atravesaba una sustancia viscosa en la boca del estómago. Tuvo que contener las súbitas ganas de llorar. Miró de reojo a Pedro, que aguardaba a cierta distancia sin saber si retirarse o permanecer ahí. Para evitar que el capataz fuera testigo de su conmoción, dejó caer una mano sobre el hombro de Rémy.

—¿Qué le parece si vamos a charlar al casino, don Rémy? Aquí sólo puedo ofrecerle el coñac que guardaba mi padre en la oficina. Y no sé cómo estará…

—Llámame Rémy, muchacho. Ya no eres el mocoso de pantalón corto al que regañaba Severo Andrade cuando le pillaba con Marianita.

La alusión a sus juegos infantiles con Mariana y a Andrade, al que aún odiaba más desde que Solange le contó su desagradable encuentro entre los viñedos, hizo que Rodolfo se sintiera muy incómodo. No supo qué responder.

—Mejor nos quedamos en la oficina, Rodolfo —propuso el francés—. Seguro que el coñac todavía está bueno.

El aludido asintió con la cabeza. Se dirigió al capataz, que seguía esperando instrucciones.

—Luego seguimos con lo nuestro, Pedro.

—Como disponga, don Rodolfo.

Éste subió con Remy a la pequeña oficina donde su padre se encerraba para gestionar las cosas de la bodega. Todo permanecía igual que él lo dejó, aunque bastante más polvoriento porque nadie se había preocupado de enviar a alguna de las criadas para que limpiara. Rodolfo sólo había entrado de vez en cuando para estudiar algunos documentos en compañía de Pedro. Abrió el armario donde su padre guardaba la botella de coñac y unas cuantas copas para agasajar a posibles visitas. Extrajo dos, las sopló para quitarles el polvo y vertió en la de Rémy una generosa dosis del líquido de color miel que tanto apreciaba don Fausto. Se la tendió al francés. Éste ya se había dejado caer en una de las sillas que se erguían delante del escritorio. Se había quitado la gorra y se había desabotonado la gruesa chaqueta de pana, dejando al descubierto un chaleco negro que le quedaba demasiado ceñido. Con el abundante pelo entrecano a la vista, el gran parecido con Aristide se había desvanecido.

Rodolfo se sirvió algo de coñac, dejó la botella sobre la mesa y se sentó al lado de Rémy. Dio un sorbo. Todavía estaba bueno. Claro que, aunque a él le parecía que llevaba en casa una eternidad, no habían transcurrido ni cuatro meses desde su inesperada orfandad.

Su invitado tomó un buen trago y se pasó la lengua por los labios. Giró la botella para poder leer la etiqueta.

—Francés, como suponía —murmuró, encantado—. Tu padre tenía buen paladar. No lo habríamos tomado mejor en el casino. —Bebió un poco más con expresión golosa, intercaló un suspiro de satisfacción y propuso—: Mi hermano quedó muy contento de tus progresos. Me escribía que le parecías un muchacho con rasmia y mucho talento…, aunque también se quejaba de que llegabas tarde con frecuencia.

Rodolfo se sintió como un párvulo al que están regañando y enrojeció hasta el cuero cabelludo.

—¡Yo te comprendo muy bien, Rodolfo! —Rémy soltó una estentórea risotada bajo el bigotón—. Un hombre joven como tú y *Paris la nuit… Oh là là.* Yo también disfruté de la vida nocturna de París en mis años mozos. *Ah, le Moulin Rouge, Mistinguett, le can-can…* Ahora todos hablan de esa negra que baila casi desnuda… ¿Cómo se llama?

—Josephine Baker —apuntó Rodolfo en tono melancólico.

—¿Ves? Por estos detalles sé que me he hecho viejo. Hace veinticinco años me sabía los nombres de todas las vedettes de París, incluso viviendo tan lejos. —Rémy sostenía la copa entre las dos manos para dar calor a su contenido. Era un consumado bebedor de coñac—. He oído decir que has emparentado con una familia muy rica…

—No me casé con Solange por la fortuna de sus padres —replicó Rodolfo, molesto por lo que le había parecido una insinuación de mal gusto.

—Hijo, no te tomes a mal las tonterías de este anciano —se apresuró a disculparse Rémy—. No he venido a meterme en tu vida. Ah… ¡Qué demonios! Más vale que vaya al grano. El motivo de mi visita es comentarte algunas cosas que deberías saber… —dijo, y con diplomática cautela añadió enseguida—: y que a lo mejor ya sabes…

«Haber empezado por ahí», pensó Rodolfo, todavía con un asomo de rencor.

Rémy intercaló una risilla burlona antes de seguir hablando.

—Os echan en falta en las iglesias de Aguarón y Cariñena. La gente comenta que ninguno de los hijos de Fausto Montero va a misa. Me temo que pronto irán a visitaros los dos párrocos para reconduciros a ti y a Dionisio a sus respectivas parroquias.

Rodolfo resopló con menosprecio. Ni siquiera se le había pasado por la cabeza ir a misa. Se encogió de hombros.

—Ya me dejaré caer por ahí un día de éstos.

Rémy volvió a reírse. Él tampoco era creyente, pero los domingos acudía a la iglesia de Aguarón por quedar bien con el cura y las fuerzas vivas del lugar. Inspiró profundamente y de pronto su semblante adquirió un aire circunspecto.

—Supongo que estarás al corriente de que algunos viticultores y bodegueros de la zona se reúnen cada cierto tiempo. Su propósito es estar unidos para defender vuestro vino y evitar posibles prácticas fraudulentas que enturbien su buen nombre.

Rodolfo no sabía nada y se sintió como un estúpido. Giró la copa entre los dedos sin que se le ocurriera qué decir. Rémy advirtió su turbación. Dejó sobre el escritorio su copa, casi vacía, hurgó en los bolsillos de su chaqueta y sacó un paquete de cigarrillos. Se lo acercó a Rodolfo.

—Gauloises, el tabaco de los patriotas franceses y de los bohemios —bromeó. Al ver el semblante emocionado del joven, se apresuró a añadir—: Quédatelos todos si te gustan. Siempre me traigo mucho tabaco de Francia. No es que desdeñe el de aquí, pero me trae gratos recuerdos.

—Gracias, Rémy. —Una sonrisa barrió la ofuscación de Rodolfo—. Yo hice lo mismo, pero ya se me ha acabado.

Tomó el paquete, sacó un pitillo e hizo ademán de devolvérselo a Rémy para que se sirviera.

—Ahora no —rehusó—. Ya he fumado mucho esta mañana. Me darás una alegría si te quedas con ellos.

Rodolfo volvió a sonreír como un niño al que acaban de regalar golosinas. Dejó la cajetilla encima del escritorio. Encendió el cigarrillo y saboreó con deleite la primera calada.

Superado el instante embarazoso, Rémy prosiguió:

—Creo que te convendría integrarte en ese grupo, hijo. Tu padre asistía a sus reuniones y ahora tú deberías ocupar su lugar.

—¿Eso no será un somatén? —observó Rodolfo con suspicacia. Desde que, meses antes de que don Fausto le mandara a París, el marido de Amalia intentó engatusarle para que se uniera al grupo de patriotas fanáticos y envarados con los que departía cada tarde en el café Ambos Mundos, desconfiaba de esa clase de agrupaciones.

La mano derecha de Rémy aleteó como un plumero limpiando una mota de polvo.

—No, hijo, claro que no. Un viejo liberal como yo nunca te aconsejaría que te metieras en esas milicias de derechas. —Rémy intercaló una pausa. Al cabo de unos segundos, arrancó indeciso—: No sé si debería decirte esto, pero mi deber como amigo de tu padre es advertirte de que Severo Andrade está envenenando a todo el pueblo con comentarios acerca de la ruina de la casa Montero y la torpeza de su heredero. Pretende poner a todos en tu contra dando a entender que estás contrayendo deudas que no vas a poder devolver.

—¡Eso es mentira! —saltó Rodolfo—. Es cierto que mi padre no ha dejado las cosas tan bien como sería deseable, pero yo no he pedido dinero prestado y los Montero siempre hemos pagado nuestras deudas... —dijo de corrido al tiempo que se preguntaba con amargura cuánto tiempo aguantaría.

—Lo sé, Rodolfo —quiso tranquilizarle Rémy—, pero la gente siempre está dispuesta a creer lo malo que se dice de los demás. Y Andrade es un maestro de la maledicencia.

—De eso no tengo la menor duda.

—Ese hombre lleva años maniobrando contra tu padre para hacerse con vuestros viñedos. Ahora lo intentará contigo. Debes tener mucho cuidado con él. En la última reunión, Andrade y tu padre llegaron a las manos. Tuvieron que separarlos entre varios hombres. Ese loco incluso amenazó a tu padre con partirle la cabeza cualquier día. —Remy suspiró; aún estaba impresionado—. Parecían dos gañanes.

—Tengo entendido que en tiempos fueron amigos —comentó Rodolfo cuando empezó a reponerse de la sorpresa. No imaginaba a su padre y a Andrade pegándose a sus años—. Cuesta creerlo, ¿verdad?

—Pasar de la amistad al odio es muy fácil —filosofó Rémy—. ¿Qué os contó tu padre sobre esa relación?

El joven se encogió de hombros.

—Sólo que hicieron juntos el servicio militar en Cuba y que Andrade volvió casado con la madre de Mariana.

—Adelina..., una mujer realmente hermosa. Y su hija se ha convertido en su vivo retrato. Tan guapa era la cubana que enamoró perdidamente a tu padre y a Andrade... pero eligió a Andrade y los dos gallitos regresaron a España enemistados de por vida... —Rémy se calló de pronto, alargó la mano derecha hacia el escritorio para coger su copa y apuró lo poco que quedaba en ella—. Las mujeres pueden ejercer una influencia maligna sobre nosotros, muchacho —rubricó—. Pasemos a otro asunto. Aún me quedan cosas que contarte.

—¿Quiere un poco más de coñac?

Rémy rehusó con un movimiento de la mano.

—Gracias, Rodolfo. Aún queda mucho día por delante. ¿Conoces a Constantino? ¿Ese al que llaman Costa? Un zagal que tiene más o menos tu edad. Tal vez le recuerdes de cuando vivíais en Aguarón.

—Ahora mismo no caigo. De todos modos, mi padre intentaba que no nos mezcláramos con los niños del pueblo.

—Costa tampoco paró mucho por aquí. Se marchó siendo muy joven. Dicen que ha vendimiado por toda España y que ha trabajado muchos años en los viñedos del Penedés. Incluso fue obrero en los telares de Sabadell.

De la memoria de Rodolfo brotó de repente la imagen de un niño flacucho y moreno, con un remolino en la frente, que le acechaba en la calle para tirarle piedras cuando la familia aún vivía en Aguarón. Muchos días, ese diablo le perseguía hasta acabar arrinconándole a pedradas delante del lavadero, para jolgorio de las mujeres que hacían la colada. Sintió vergüenza al acordarse de aquellas humillaciones.

—Ahora ha regresado lleno de esas ideas anarquistas que proliferan en Cataluña y quiere difundirlas por aquí. Hay que admitir que es un zagal muy listo al que da gusto oír hablar...

—Me atrevería a decir que le admira —intervino Rodolfo con retintín.

—Hijo, él defiende los intereses de los jornaleros, los propietarios protegéis los vuestros, y los intermediarios como yo buscamos el beneficio del comisionista para el que trabajamos. Cada uno lucha en el bando que le ha correspondido por nacimiento o por méritos, pero eso no debe impedirnos admirar una buena cabeza, pertenezca al grupo que pertenezca. En cualquier caso, no lo pierdas de vista, no vaya a soliviantarte a los hombres antes de la vendimia.

El razonamiento de Rémy hizo sonreír a Rodolfo. Por fin entendía por qué su padre apreciaba tanto al francés. Al viejo *Pelorrucio* no se le escapaba nada.

Rémy sonrió, se dio una palmada en cada muslo y se puso en pie todo lo deprisa que se lo permitió su volumen corporal.

—Bueno, muchacho, este viejo debe marcharse. Aún me quedan muchas cosas por hacer hoy.

Rodolfo saltó de su silla con tal vehemencia que se golpeó las rodillas contra el escritorio. Reprimió una blasfemia.

—Le acompaño…

—No te molestes, hijo. Conozco bien el camino…

A Rodolfo se le ocurrió de pronto una idea.

—¿Por qué no viene algún día a comer a casa? Seguro que a Solange le gustará charlar con un compatriota.

—No sé si tu esposa disfrutará hablando con un carcamal tan poco elegante como yo. —Rémy se rió entre dientes—. Las parisinas de buena familia son muy especiales. Pero acepto encantado. Tengo muchas ganas de conocer a la belleza que te ha cazado.

—¡No sabe la alegría que me da! ¿Qué le parece mañana? Comemos a las dos.

—Perfecto. Ahí estaré.

Rémy siguió su camino hacia la puerta. Cuando estaba a punto de abandonar la oficina, se volvió y dijo en voz baja:

—Rodolfo… Si necesitas ayuda, de la clase que sea…, cuenta con quien fue un buen amigo de tu padre.

Dicho eso, se llevó su oronda humanidad escaleras abajo.

Rodolfo volvió a entrar en el despacho, se dejó caer en la silla que había ocupado antes, prendió un Gauloises y se sumió en una inquieta meditación.

14

Era una mañana fresca de finales de mayo, aunque la ausencia de viento auguraba un día cálido. Por el cielo azul apenas se deslizaban cachazudos jirones de nubes que cambiaban de forma constantemente. Las viñas se habían vestido de hojas y pintaban de verde el paisaje hasta la falda de la sierra de Algairén. Rodolfo pensó, entre admirado y pesaroso, que ya se había cerrado la cárcel esmeralda alrededor de la Casa de la Loma.

En los últimos días había tomado por costumbre salir a cabalgar bien temprano por los alrededores de la casona, y a veces alargaba el paseo a caballo hasta Aguarón, desde donde seguía hasta la vieja ermita de San Cristóbal, muy cerca ya de la montaña. Allí se sentaba en el poyete de la fachada y disfrutaba de los olores del monte, especialmente intensos a esa hora de la mañana. Eso le templaba los nervios y le hacía sentir un breve atisbo de libertad, que se esfumaba en cuanto se encerraba en la bodega o en la fábrica de licores, abatido por una realidad que dejaba espacio para pocas ilusiones. Pese a que aún era pronto para que empezaran a formarse las uvas, él observaba las cepas a diario con preocupación. Ojalá se diera bien la vendimia y los clientes de Francia siguieran comprándoles gran parte del vino. Los franceses, las ventas de los licores de la destilería y los alquileres de los pisos de Zaragoza eran los pilares que mantenían a los Montero. Sólo con que fallara uno de esos ingresos, su futuro se tornaría muy negro. En la última reunión con Evaristo, éste le había asegurado que estaba a punto de conseguir copia de los documentos de propiedad de esas malhadadas acciones de la naviera, pero en Rodolfo se había instalado el desánimo. Cada vez confiaba menos en recuperar ese dinero.

Antes siempre se había reído de los espiritistas y otros charlatanes que vendían la posibilidad de hablar con los muertos a quienes no lograban digerir la ausencia de un ser querido. Ahora, en cambio, habría participado gustosamente en una sesión si le hubieran asegurado que se comunicaría con su padre. Le atormentaban tantas preguntas inquietantes... A veces sacaba de la caja de caudales la roca con manchas de sangre que había hallado en la Viña de Baco, le daba vueltas entre las manos e intentaba ordenar todas las ideas inconexas que bullían en su cabeza. Nunca hallaba respuestas. Sólo se reafirmaba en su sospecha de que la muerte de su padre no había sido un simple accidente.

Rémy, que se llevaba muy bien con viticultores y bodegueros de la zona, le había introducido en las asambleas que se celebraban cada cierto tiempo. La mayoría de los asistentes eran hombres de campo, de la edad de su padre, curtidos tras años cultivando la vid, entre los que Severo Andrade se afanaba en imponer su criterio. El grupo se dividía en dos facciones: los que seguían a Andrade, que eran minoría, y los que se desmarcaban de sus bravuconadas. Sin embargo, todos se mostraron igual de desconfiados hacia el joven Montero. ¿Qué podía aportarles un lechuguino educado en un internado de la ciudad al que su padre había enviado después a estudiar a Madrid? Desde el primer día, Rodolfo se vio ante un muro de recelos y obligado a defenderse de las continuas provocaciones del enemigo de su padre. No obstante, para su propia sorpresa, la animadversión que le inspiraba Andrade despertó en él una desconocida capacidad de réplica que hizo callar varias veces al viejo insolente y acabó por granjearle el respeto de los demás.

Cuando Rémy acudió a comer por primera vez a la Casa de la Loma, hizo muy buenas migas con Solange. Desde entonces, el francés visitaba a Solange a menudo y la deleitaba relatándole sus correrías juveniles (convenientemente disfrazadas para no herir la sensibilidad de una joven de la alta sociedad) en el París de tres décadas atrás. Sus historias eran tan divertidas que a veces Dionisio retrasaba su hora de salir a la taberna y se sentaba con ellos en la salita, donde sorbía el café que le servía Solange, sonriente y todavía sobrio. Un día, Rodolfo oyó desde el vestíbulo que su hermano y Solange se reían a carcajadas de las peripecias de Rémy para conquistar a una bailarina de can-can del Moulin Rouge y unos celos irracionales le brotaron de la boca del estómago amargándole el paladar. No era justo que Dionisio pasara tanto tiempo con ella mientras él se veía obligado a lidiar solo con todos los problemas.

Desde que había abandonado la casona familiar esa mañana, Rodolfo cabalgaba tan ensimismado que tardó en darse cuenta de que ya estaba muy cerca de la ermita de San Cristóbal. Esa mañana no sintió la paz que solía invadirle al acercarse a la pequeña iglesia construida en el siglo XVI, pero sí se llevó una sorpresa. El banco de piedra donde solía sentarse lo ocupaba una mujer. Era una joven de pelo oscuro cortado *à la garçonne*. Llevaba una falda plisada, de tela gruesa, una chaqueta de lana gorda y zapatos planos. Fumaba un cigarrillo emboquillado con ademanes entre inseguros y rebeldes. A su lado tenía un morral de cuero y un sombrero de paja. Rodolfo se quedó tan sorprendido que detuvo a Pinto. ¿Qué se le había perdido a una muchacha en la solitaria ermita a esas horas de la mañana?

La joven advirtió su presencia y se volvió hacia él.

Mariana.

Rodolfo salvó los últimos metros que los separaban, desmontó y se quedó parado delante de ella con una sonrisa de oreja a oreja.

—Mariana, ¡qué sorpresa verte por aquí!

Ella se había puesto en pie nada más darse cuenta de quién era el jinete. Un leve rubor teñía sus pómulos.

—La sorpresa es mía —susurró, turbada—. No sabía que vinieras por la ermita.

Rodolfo soltó las riendas de Pinto, se adelantó un poco y besó a Mariana en las mejillas. Ahora que no estaba Amalia, con su mente rancia que veía suciedad donde no la había, se atrevía a hacerlo.

Todavía desconcertada por la inesperada aparición de Rodolfo, Mariana se pasó la mano por el pelo, volvió a sentarse en el poyete y dio una nerviosa calada a su cigarrillo. Rodolfo se dejó caer a su lado.

—Salgo a cabalgar todas las mañanas y casi siempre termino aquí —aclaró—. La paz que hay en este lugar me calma. Y vive Dios que lo necesito. —Hurgó en un bolsillo de su chaquetón de pana y sacó el paquete de Gauloises que le había dado Rémy días atrás. Pese a que se había propuesto guardarlo para las ocasiones, quedaban pocos cigarrillos ya. Se lo tendió a Mariana—. ¿Quieres?

Ella le mostró su pitillo.

—Gracias, aún tengo. Tal vez luego.

Rodolfo sacó uno para él, lo encajó en su boquilla negra y lo encendió.

—¿Estás en casa de tu padre?

Mariana asintió con la cabeza.

—Ahora le visito a menudo. Aunque él no quiera reconocerlo, se va haciendo mayor, y la criada también. Así que vengo con mi propia criada, en el tren, para poner orden en esa casa. Pero no soy tan buena hija como para soportar el mal genio de mi padre todo el día. Necesito escapar algún rato. Además, delante de él no puedo fumar.

Rodolfo miró a su alrededor.

—¿Has venido a caballo?

Mariana regaló a Rodolfo su sonrisa de duendecillo travieso.

—No tengo caballo, y mi padre jamás me dejaría el suyo. —Se encogió de hombros—. Hace bien. Mi marido era un gran jinete y se empeñó en que aprendiera a montar, pero no es lo mío. No me fío de esos bichos.

—Entonces… ¿has venido en automóvil? —Rodolfo se dio cuenta al instante de que había dicho una tontería. No había ninguno cerca. Además, el camino hasta la ermita era demasiado malo para que un vehículo pudiera transitar por ahí sin acabar con los neumáticos destrozados.

Ahora Mariana dejó escapar una risita.

—¡Qué va! Andando. Es un buen paseo. Yo también vengo aquí en busca de paz.

Rodolfo emitió entre dientes un siseo de asombro al pensar en los tres kilómetros y pico que habría caminado Mariana y los que le esperaban de regreso.

—¿No te asusta deambular sola por el campo? ¿Y si te toparas con un desaprensivo? ¿O con un perro rabioso?

Ella alzó el morral que tenía al lado, lo abrió y sacó con mucho cuidado un objeto. Al ver lo que era, Rodolfo dio un respingo y se apartó de Mariana en un acto reflejo.

—No temas —se burló ella—, tiene el seguro puesto. Siempre lo llevo encima cuando salgo a caminar por aquí. Así me siento más segura…

Volvió a guardar el arma.

—¿De dónde has sacado… eso?

—Es un Lebel, el revólver reglamentario del ejército francés durante la Gran Guerra. Mi marido coleccionaba armas. Cuando enviudé, me deshice de todas menos de ésta. —Mariana intercaló un suspiro y añadió en voz baja—: A Ernesto le gustaban tanto las armas que a veces me apuntaba con ellas.

Rodolfo tragó saliva.

—¿Cómo dices?

Mariana tomó aire antes de responder, como si se enfrentara a una tarea poco grata.

—Ernesto era un hombre guapo y encantador… el perfecto caballero… hasta que entraba en casa. Entonces se transformaba. Desahogaba conmigo toda su crueldad… y te aseguro que guardaba mucha en su interior.

Rodolfo recordó la aversión instintiva que le había inspirado ese hombre cuando vio el retrato de boda que Mariana exhibía en su saloncito.

—¿Te hacía… daño?

Los labios de Mariana se apretaron en una línea muy fina.

—Mi padre y mi tía me casaron con una bestia —musitó—. Y no podía contar a nadie lo que ocurría en casa. ¿Quién me habría creído?

Él no supo qué decir, por lo que le pareció más prudente guardar silencio mientras apagaba su cigarrillo con el pie.

—La tarde en la que se presentó un capitán del ejército para comunicarme que mi marido había muerto durante el desembarco de Alhucemas, estuve a punto de echarme a reír en su cara. No sabes lo que me costó contenerme. —Una minúscula sonrisa restauró la suavidad de las facciones de Mariana, aunque no la alegría—. La muerte de Ernesto me devolvió la vida. Durante su funeral no fui capaz de fingir tristeza… —Posó sobre Rodolfo una mirada llena de congoja—. Ahora ya sabes por qué las mujeres como tu hermana me llaman la Viuda Alegre y no me invitan a sus fiestas.

—Amalia es una gallina malévola —se indignó Rodolfo—. Ya nació siendo un bicho. Y sus amigas son iguales. Estás mejor sin esa clase de compañías.

Mariana sacó su cigarrillo consumido de la boquilla, lo tiró al suelo y lo pisó a conciencia para apagarlo. Empezaba a preguntarse si no había sido demasiado franca con Rodolfo. A fin de cuentas, no se habían visto en casi una década. Pero hablar con él la había hecho sentirse tan bien como cuando jugaban juntos de niños. Puso una mano sobre el brazo de su amigo.

—Me he acordado mucho de ti en los últimos años. De las historias que inventábamos cuando nos escondíamos en los viñedos, de cuando hablábamos de lo que queríamos ser de mayores, de cuando… —Mariana se interrumpió. Apretó los labios, como para guardar muy bien lo que había estado a punto de decir—. Éramos tan ingenuos…

Él se encogió de hombros; de pronto tenía la cara del color de la garnacha. Acababa de acordarse del beso que le robó a Mariana hacía ya casi media vida…

—Éramos niños… —sentenció, por decir algo.

Mariana retiró la mano de su brazo y se aclaró la garganta.

—Háblame de ti. ¿Cómo conociste a Solange?

El semblante de Rodolfo se iluminó. Se vio de nuevo en la mansión de los Porter. Marcel le había dejado solo para abordar a Boris Kochno y él se entretenía observando a toda esa gente sofisticada que deambulaba por el salón. La orquesta acababa de tocar las primeras notas de un charlestón. Los invitados, que se habían dispersado mientras Cole Porter cantaba una de sus canciones, volvían a reunirse en la improvisada pista de baile en el centro de la sala. Daban brincos exaltados, agitaban brazos y piernas y se reían con la euforia que regalan la danza y el alcohol corriendo por las venas. Solange era la más bella de las bailarinas, la que se movía con más gracia, la que brillaba como si, en lugar de ser humana, fuera una estatua fundida con oro de veinticuatro quilates, y le sonreía a él, a un completo desconocido vestido con un frac prestado, mostrándole sus dientes blancos de muñeca. ¿Cómo describir con palabras la deslumbrante magia de aquel instante?

—La vi por primera vez en una fiesta muy elegante a la que me llevó Marcel, un buen amigo que hice en París —resumió—. Solange bailaba charlestón y estaba preciosa. Era como un hada de esos cuentos que me leías cuando éramos niños…

Mariana bajó la mirada hacia sus pies, que había empezado a mover como si deseara apisonar la tierra.

—¿Es bonito París?

—¡Es impresionante! —exclamó él con vehemencia—. Allí todo es majestuoso. Los monumentos te salen al encuentro en cualquier esquina, en los bulevares siempre hay trasiego de automóviles… Nunca había visto tantos juntos, ni siquiera en Madrid. De las bocas del metro no para de salir gente. En los cafés puedes participar en tertulias de toda clase, las hay incluso de españoles. En una de ellas me encontré con un muchacho de Calanda al que conocí cuando estudiaba interno en los jesuitas. Sé que sigue en Francia y se dedica a la cinematografía. —Rodolfo hizo una pausa para tomar aire—. París tiene más teatros de variedades que Madrid, y sus espectáculos son los más atrevidos que he visto jamás. En esa ciudad puedes dedicarte a pintar, a escribir, a hacer lo que se te antoje… y nadie te criticará como hacemos aquí. Vi pinturas y leí poemas por los que en España habrían encarcelado a su autor. Créeme, Mariana, al lado de París, Zaragoza es un pueblo; aquí todos estamos pendientes de lo que hace el prójimo para despellejarle. París es el único lugar donde me he sentido libre de verdad.

Rodolfo se dio cuenta de que se había acalorado.

—Me emociono cuando hablo de París. Pasé allí los mejores meses de mi vida con Solange. —Encendió un cigarrillo, dio una calada y expulsó a la vez el humo y un suspiro—. Desde que vivimos aquí, discutimos por cualquier tontería.

—Debes darle tiempo para que se adapte. Seguro que la pobre se aburre mucho en esa casona vuestra.

Rodolfo volvió a abismarse en un silencio meditabundo. Hablar con Mariana no resolvía sus problemas, pero al menos le hacía sentirse mejor. De repente se oyó contándole lo que llevaba rumiando desde la noche anterior.

—¿Sabes lo que me dijo ayer? Quiere enseñar a leer y escribir a los hijos de Pedro y Onofre. Dice que, como nadie les lleva a la escuela, ella se encargará de que aprendan. Me pregunto qué pinta mi mujer dando clases a unos mocosos que el día de mañana trabajarán en el campo y no necesitarán leer.

—¡Yo aplaudo su decisión! —saltó Mariana con inesperada contundencia. Sorprendido, Rodolfo la miró de reojo—. ¡Esos niños tienen derecho al conocimiento! No sé cómo permites que se críen en tu casa sin hacer nada por evitar que de mayores sean unos ignorantes. ¡El analfabetismo es una de las muchas lacras que tenemos en España! Y luego te quejas de que esto no es como París. Si no hacemos nada para que cambien las cosas, ¿cómo va a salir este país del atraso de tantos siglos en el que vivimos?

Rodolfo tragó saliva, todavía desconcertado.

—Dios mío, Mariana… cuando te miro, sigo viendo a la niña

con la que me escondía entre las viñas, pero al mismo tiempo has cambiado tanto... —Quiso bromear para suavizar la tensión que había estallado entre los dos—. Sólo te falta decirme que eres una de esas sufragistas que andan por ahí pidiendo el voto para las mujeres.

Los ojos de Mariana centellearon.

—¿Y qué si lo fuera? —replicó—. Las mujeres tenemos cabeza y la sabemos usar. ¡Somos muy capaces de votar! —Miró a Rodolfo y añadió, muy mordaz—: ¿No me digas que eres de los que aplauden la dictadura en la que vivimos y consideran a Primo de Rivera el salvador de la patria?

Él encadenó varias carcajadas nerviosas.

—A mí no me interesa la política.

—¡Pues debería! Lo que se decide en las altas esferas nos afecta a todos.

—Veo que no sólo en París hay chicas revoltosas... —bromeó Rodolfo, incómodo. No le gustaba hacia dónde iba derivando la charla.

Mariana sonrió y le acarició brevemente la mano.

—Ay, Rodolfo, has vivido en esa ciudad tan moderna que tanto añoras, pero en lo concerniente a las mujeres y a los campesinos, piensas igual que nuestros padres. ¡Te comportas como un cacique!

Esas palabras lo disgustaron.

—Vaya... —murmuró entre dientes—, esperaba un poco · más de comprensión por parte de mi amiga de la infancia.

A Mariana le desasosegó la idea de que Rodolfo se enfadara con ella. Se apresuró a aplacarle de nuevo.

—Venga, no empañemos nuestro reencuentro discutiendo. Para demostrarte mi buena voluntad, me ofrezco a ayudar a Solange en lo de sus clases. Una de mis amigas de Zaragoza es maestra. Seguro que me puede conseguir cartillas para enseñar a leer a esos niños.

—Eso no es una oferta de paz... es una encerrona. —Rodolfo había hablado en tono jocoso, pero aún seguía un poco ofendido por la incomprensión que creía haber hallado en Mariana—. Aunque tal vez sea buena idea. Si Solange se entretiene con esas clases, se sentirá mejor…

—Y así te causará menos quebraderos de cabeza —le pinchó ella.

Rodolfo fingió no haber oído la pulla. Optó por cambiar de tema.

—¿Por qué no vienes a comer con nosotros a mediodía? Seguro que Solange se lleva una alegría. Se divirtió mucho cuando fuisteis juntas de compras en Zaragoza. Todavía me habla de vuestra escapada.

Mariana sacudió la cabeza con una gran sonrisa.

—En casa de mi padre ya habrán empezado a preparar la comida. Mejor voy un rato por la tarde.

—Bien, mandaré a Onofre con el coche para que te recoja. —Rodolfo se interrumpió de pronto con aire pensativo—. Se me ocurre que igual a tu padre le disgusta que subas a la Casa de la Loma. No sé si te habrá hablado de nuestras desavenencias. La verdad es que no nos llevamos nada bien.

—Mi padre ya no puede prohibirme nada —zanjó ella—. Vengo a verle porque es mi obligación ahora que se ha hecho viejo, pero si decido visitaros a ti y a Solange, no podrá impedírmelo.

—¿A las seis de la tarde, entonces?

Mariana asintió con la cabeza y le regaló otra sonrisa que acabó de restaurar la paz entre los dos.

15

Rodolfo no se había equivocado. Cuando dijo a Solange, nada más llegar a casa, que Mariana estaba pasando unos días con su padre e iría a visitarla esa tarde, la joven dejó escapar un grito de alegría, dio saltitos de niña alborozada y se le colgó del cuello. Él le sembró de besos la nuca, dichoso por ver tan contento a su ángel rubio.

Durante la comida, Solange parloteó feliz mientras Dionisio la contemplaba con arrobo. Desde hacía dos semanas, se sentaba casi a diario a comer con ellos; Sandokán se acurrucaba junto a su silla y él le daba trocitos de carne. Su presencia despertaba en Rodolfo sentimientos muy contradictorios. Por un lado le alegraba que su hermano volviera a alimentarse con un poco de orden, por el otro le parecía que le restaba intimidad con su mujer. De un tiempo a esa parte creía percibir entre Dionisio y ella un sutil vínculo hecho de silencios y miradas subrepticias que le hacía sentirse de más; unos celos incongruentes crecían en sus entrañas. Ni siquiera el hecho de que su hermano aguantara sobrio hasta la tarde calmaba ese malestar.

En cuanto las criadas hubieron recogido la mesa, Solange habló con Pepita para que encargara a Ramonica los dulces con los que quería agasajar a Mariana. Aún se sentía incómoda cuando intentaba organizar las tareas de Pepita o de la cocinera. Se preguntó qué diría *maman* si la viera desenvolverse en esa horrible casona. Su madre todavía no había contestado a sus cartas y eso empezaba a preocuparle. Echaba mucho de menos a sus padres y a Marcel, añoraba su divertida vida parisina, en la que ningún día había sido igual al anterior, y le entraban ganas de llorar cuando recordaba la incesante voluptuosidad de sus encuentros con Rodolfo en aquel estudio que parecía deslizarse sobre los tejados de París como la alfombra voladora de Aladino. Ahora se hallaba sumergida de lleno en la clase de vida contra la que se había rebelado desde que salió del colegio de monjas. Después de todos los disgustos que le había dado a la pobre *maman* con su actitud respondona y sus observaciones mordaces sobre los jóvenes con los que la había querido emparejar, se veía atrapada en la fangosa existencia de una señora de su casa. Y no reinaba en un sofisticado *hôtel particulier* de París recibiendo los jueves, acudiendo del brazo de su marido a los estrenos de la ópera y celebrando espléndidas fiestas, sino en ese cajón oscuro y mal decorado que le arrancaba la felicidad del corazón. Por no extraviarse en cavilaciones melancólicas y obsesivas, llenaba sus días escribiendo cartas para su madre, para Marcel y para alguna amiga íntima. Pese al susto que le dio Severo Andrade cuando la abordó entre los viñedos, seguía saliendo a cabalgar casi a diario. Había empezado a apreciar el paisaje que se desplegaba alrededor de la casona de los Montero. Las hojas que ya vestían las viñas habían barrido la rudeza de esa tierra pedregosa; cuando salía a lomos de Raquel, ya no tenía la sensación de estar deambulando por un desierto. Le gustaba contemplar los cercanos picos de la sierra de Algairén siempre que el sol se escondía detrás de ellos y pintaba en el cielo un caprichoso oleaje rojo y fucsia entreverado de remolinos grises. La belleza de esos instantes la inundaba de dulce melancolía, que se amalgamaba con la añoranza de las diversiones parisinas a las que había renunciado.

Ahora leía como nunca en su vida. Había terminado las novelas que le había mandado Marcel y distraía el aburrimiento con las que le iba prestando Dionisio. Una mañana en la que había pasado por delante de la alcoba de su cuñado y había hallado la puerta abierta de par en par, se había asomado sigilosa y se había topado con los ojos de Sandokán vigilando todos sus movimientos. Dionisio, de pie ante la ventana abierta, pasaba deprisa las hojas de un libro como si buscara un párrafo concreto. A Solange le sorprendió que ese cuarto, siempre cerrado a cal y canto, no fuera la maloliente guarida de un alcohólico, sembrada de botellas vacías y pegajosas manchas de vino, sino un lugar donde, aparte de los muebles propios de una alcoba, había un escritorio con su lámpara de mesa y su silla, un sillón orejero y muchos libros alineados en las estanterías con puerta acristalada que cubrían dos de las cuatro paredes. Dionisio, que para su sorpresa ya estaba vestido e incluso afeitado, sonrió al verla y le preguntó en francés si necesitaba algo. Por primera vez en su vida, Solange se quedó muda bajo el dintel. Sólo pensó, al verle al trasluz, que había adelgazado, quizá a consecuencia de que ya no bebía hasta el borde del desmayo. Dionisio atribuyó el silencio de Solange a la sorpresa por su pequeña biblioteca. Se acercó y le dijo, en voz muy suave, que había ido atesorando esos libros a lo largo de los años; incluso poseía muchos en francés y le haría muy feliz prestárselos. Ella le devolvió la sonrisa, giró sobre sus talones y se alejó presurosa por el pasillo. Mientras huía escaleras abajo, decidió que sacaría a Dionisio del pozo de la bebida aunque fuera agarrándole de las orejas.

A las seis y diez de la tarde, Onofre paró el Hispano-Suiza delante de la casa y abrió la puerta trasera para que pudiera bajar la señorita Mariana, como seguía llamando mentalmente a la hija de Severo Andrade, aunque todo el mundo sabía que era viuda de un militar de alto rango caído en Marruecos.

Trini y Lali ya habían puesto sobre la mesa camilla de la salita un mantel de hilo bordado que perteneció al ajuar de la esposa de don Fausto, las tazas de porcelana fina para el café, y un plato con bizcocho y rosquillas de moscatel que había preparado Ramonica después de comer. Solange habría preferido algo más refinado para agasajar a Mariana, pero ni la cocinera habría sabido hacerlo ni ella conocía recetas.

Pepita, avisada de la llegada del Hispano-Suiza por los ladridos de los perros, salió a recibir a la visita. Solía toparse con Mariana en Aguarón cuando ésta acudía a casa de su padre; le agradaba esa joven cuyas facciones agraciadas, lejos de apabullar, transmitían la serenidad de una mujer decente. Al verla esa tarde, aprobó la pulcra sencillez de su vestido verde oscuro, de buena hechura, como correspondía a la viuda de un hombre con posibles, pero sin esos frívolos escotes ni adornos de las prendas que doña *Soláns* había traído de su tierra. Pensó que ojalá se hubiera casado su Rodolfico con una mujer como ella.

Cuando Mariana entró en el vestíbulo, se encontró con Dionisio, que se disponía a bajar a Cariñena con su perro. Tenía el paladar reseco por el ansia de vino. Había aguantado sin beber desde que regresó la noche anterior, borracho hasta la médula, pero ya le temblaban las manos y acababa de echarse en su alcoba un buen trago de aguardiente para templarse. Desde que llegó a esa casa la francesa cuyo iris transparente le hacía evocar el mar que acariciaba los muros de Melilla, el único recuerdo hermoso que guardaba de su paso por el norte de África, luchaba por no beber para mantener algo de dignidad delante de ella. Pero conforme avanzaba el día, se le hacía más y más difícil resistirse a la tentación de vaciar la botella de aguardiente que escondía en un armario. Cuando comía con su hermano y su cuñada, acompañando los guisos de Ramonica con agua, el deseo de arrebatar el vaso de vino a Rodolfo le quitaba la poca hambre que sentía. Sólo le retenía la mirada vigilante de Solange. Ahora, bien entrada la tarde, su voluntad estaba tan mermada como grandes eran su necesidad de alcohol y el pavor a la noche. Porque sólo el vino le permitía dormir sin que los muertos del Rif invadieran sus pesadillas hasta despertar bañado en sudor y profiriendo alaridos.

Dionisio saludó a Mariana con fugaz cortesía y se escurrió deprisa. Aún le quedaba una buena caminata hasta el pueblo.

A Mariana le sorprendió gratamente el aspecto de Dionisio. Después de lo que le había contado Bartolomé y de oír los comentarios despectivos de su padre sobre los hermanos Montero, había esperado ver a un hombre envejecido, maloliente, con el rostro abotagado por el vino y la nariz de fresa. Sin embargo, pese a que vestía con descuido, Dionisio iba limpio y seguía siendo un mozo bien parecido. Bastante nervioso y huidizo, de manos temblonas, aunque él las hubiera hundido enseguida en los bolsillos del pantalón, pero Mariana había visto a veteranos de Marruecos con mucha peor estampa que él.

Lali se hizo cargo del abrigo, los guantes y el sombrero de la muchacha. Cuando Pepita se ofrecía para acompañarla a la salita, salió de allí Solange. Se había puesto un vestido de terciopelo azul, con ribetes en un tono más oscuro rematando la parte inferior de las mangas y la falda. A la altura del pecho llevaba bordadas varias flores en tono turquesa, y del mismo color era la banda que rodeaba sus caderas. Era una prenda de la temporada anterior, y mientras se vestía ante el espejo se le había pasado por la cabeza que en París jamás habría recibido a una amiga con un modelo que se había quedado antiguo.

Mariana observó que a Solange le había crecido el pelo. Se lo había retirado de la cara con pasadores que parecían de oro blanco y llevaban engarzados pequeños brillantes. La vio tan guapa como cuando la conoció en Zaragoza. Por un instante envidió su belleza etérea, su aire aristocrático y ese vestido de caída impecable que debía de haberle costado una fortuna. Pero entonces reparó en que algo había cambiado en ella. Cuando la conoció en la encorsetada fiesta de Amalia, le había parecido una joven llena de vitalidad, segura de sí misma, incluso desafiante, un rasgo que se le había antojado como un rayo de sol en aquel entorno tan siniestro. Ahora, un aura de resignación la envolvía; parecía delgada, casi marchita, como si vivir en esa casa le estuviera robando la vida poco a poco. Se esfumó hasta el último trazo de envidia. Mariana corrió hacia ella y le dio un abrazo. Bien sabía lo que era mustiarse a la sombra de la infelicidad.

—¡Qué feliz soy de que hayas venido, Mariana! —exclamó Solange.

Mariana había olvidado el acento francés de Solange y le resultó gracioso oírla hablar así.

—¡Y yo me alegro mucho de verte! —respondió.

Solange se aferró a su brazo y la arrastró hacia la salita. Allí se estaba bien. El sol de mayo había entrado por la ventana durante todo el día y se había impuesto al eterno frío de esa casa. Las dos jóvenes se sentaron en el pesado sofá. Mariana tomó las manos de Solange y las apretó. Ese gesto dibujó una sonrisa en el rostro circunspecto de la francesa.

—Esta mañana me he encontrado a Rodolfo en la ermita —dijo Mariana—. Qué casualidad que hayamos coincidido en un sitio tan solitario, ¿verdad?

—No conozco la ermita —murmuró Solange—. Y eso que salgo a caballo todos los días.

Mariana liberó las manos de su nueva amiga.

—Es una iglesia muy antigua y muy pequeña en medio del monte, casi donde empieza la sierra. Ahí se respira paz. Pídele a Rodolfo que te lleve.

Solange sonrió de medio lado. ¿Para qué contar a su invitada que Rodolfo estaba siempre muy ocupado con sus quehaceres? Lali entró entonces con una cafetera de porcelana y su presencia la eximió de responder. Moviéndose con el mayor refinamiento del que fue capaz, la criada se dispuso a servir el café. En esa casa no se presentaban todos los días señoras como doña Mariana, que vivía en la ciudad y se hallaba en buena posición económica, según se rumoreaba en el pueblo.

—Yo lo haré, Lali —dijo Solange.

Lali hizo una pequeña genuflexión, tal como le había enseñado recientemente su nueva ama, y las dejó solas.

La anfitriona se puso en pie, fue hacia la mesa camilla y vertió café en las tazas encadenando los delicados movimientos que tantas veces le habían hecho repetir las monjas en su prestigiosa escuela para señoritas de buena familia.

—¿Lo tomas con azúcar y leche?

—Sólo media cucharada… y nada de leche.

Solange añadió el azúcar y le tendió la taza. Le acercó el plato de los dulces, pero Mariana rehusó con una sonrisa. Tomó un sorbo de café.

—¡Cuéntame cómo estás! ¿Te adaptas a vivir aquí?

El semblante de Solange se nubló aún más. Tardó en responder.

—Esto es... tan diferente de París...

—Te aburres, ¿verdad?

Solange volvió a sentarse en el sofá, junto a Mariana. Alzó los hombros en un movimiento de resignación. Por un lado le habría gustado confiarle las dudas que empezaban a acosarla en relación con su monótona vida en esa casa, hablarle de lo ensimismado que veía a Rodolfo a todas horas, de lo insoportables que serían sus ratos de soledad de no ser por las charlas con Dionisio y el viejo Rémy. Pero si se quejaba a otra persona en voz alta, ya no podría ocultarse a sí misma que no era feliz.

Mariana intentó quitar hierro a su inocente pregunta.

—Te comprendo muy bien, créeme. Recuerda que me crié aquí. Seguro que tu vida en París era mucho más excitante...

Una risilla con regusto amargo escapó entre los labios de la francesa. Cuando quiso darse cuenta, estaba describiendo las espléndidas fiestas que se prolongaban hasta la madrugada en las mansiones parisinas; le contó cómo pasaba las noches yendo de una gran fiesta a otra sin que se acabara nunca la diversión; de la velada mágica en la que su hermano la había llevado al Folies Bergère para celebrar su decimonoveno cumpleaños; de Josephine Baker, la diosa de ébano a la que idolatraba sin excepción todo París; de los clubes nocturnos donde una joven podía sentarse sin remordimientos a beber y a fumar con sus amigos, mientras músicos negros llegados de Norteamérica tocaban melodías salvajes que aceleraban el corazón y despertaban el deseo de beberse la vida a grandes sorbos...

Mientras hablaba, Solange volvió a ser la chica audaz y rebelde que enamoró a Rodolfo. Y Mariana se vio, por segunda vez en el mismo día, admirando una ciudad que ni siquiera conocía.

—Aquí todos los días son iguales —rubricó Solange, abismada de nuevo en la melancolía. Tras un lapso de reflexión, añadió—: Sí, me aburro mucho...

Mariana acabó su café y dejó la taza sobre la mesita redonda que había delante del sofá. Vio que Solange no había tocado la suya. El plato con el bizcocho y las rosquillas también estaba intacto. Posó una mano sobre el antebrazo de su nueva amiga y dijo en tono confidencial:

—Rodolfo me ha contado esta mañana que quieres enseñar a escribir a los hijos de los trabajadores...

—A él no le gusta la idea —la interrumpió Solange con resignación, aunque sonó más decidida cuando continuó—: Esos niños no van a la escuela. Se pasan el día jugando en la parte de atrás de la casa. Toñín, el de más edad, ya trabaja en las cuadras. Cuando sean adultos, no serán capaces ni de escribir su propio nombre. Y si no saben leer, todo el mundo podrá engañarles. ¿Qué hay de malo en que les dé clases? ¿Por qué hasta Rodolfo piensa que sólo sirvo para divertirme?

—Él no piensa eso —quiso defenderle Mariana—. Y lo de tus clases no será un problema. Hemos hablado de eso en la ermita y se ha convencido de que es una idea magnífica. Y yo te ayudaré. Una de mis amigas es maestra. Seguro que podrá conseguir cartillas y otros materiales... y si no, sabrá dónde comprarlos. Si quieres, puedo reunir lo necesario y traerlo cuando venga a ver a mi padre. Le visito muy a menudo. —Tomó la mano de Solange y la apretó—. Cuenta conmigo.

Antes de que ésta pudiera responder, se abrió la puerta que Lali había dejado entornada e irrumpió Rodolfo. Regresaba de una reunión con otros bodegueros, había tenido un duro enfrentamiento con Severo Andrade, y no llegaba con muchas ganas de hablar. Sin embargo, al oír la voz de Mariana desde la salita, había decidido entrar para comprobar si la visita había logrado animar un poco a Solange. Se encontró con los ojos de las dos clavados en él.

—Lamento haberos interrumpido, chicas —se excusó.

—Siéntate con nosotras, Rodolphe —gorjeó su esposa—. Estamos hablando de las clases que daré a esos niños...

—Eso mejor lo dejo en vuestras manos —se escabulló él. El

asunto seguía sin convencerle. Fue hacia la mesa, se apropió de dos rosquillas y dio un mordisco a una—. ¡Qué bien le salen a Ramonica! —exclamó—. Os tengo que dejar, queridas. Me esperan muchos quehaceres. Solange, cuando Mariana quiera marcharse, di a Pepita que busque a Onofre para que la lleve a casa. —Se dirigió a su amiga—: Hace un rato, he vuelto a discutir con tu padre. No quiero ofenderte, pero es terco como una mula, por no calificarle de algo peor.

Ella esbozó una sonrisa indulgente.

—No me ofendes. Sé cómo es mi padre.

Rodolfo le sonrió.

—No sabes cuánto nos alegra tu visita, Mariana.

Añadió un rápido «adiós» y se retiró comiéndose la rosquilla. Las dos jóvenes siguieron con sus planes para poner en marcha la pequeña escuela de Solange. Agotado ese tema, ésta puso en el gramófono los discos de Josephine Baker que le había mandado Marcel y que dejaron boquiabierta a Mariana. Después, ésta contó a Solange pequeños cotilleos sobre Zaragoza, como el revuelo que se organizó cuando, el 24 de abril, el famoso tenor aragonés Miguel Fleta se paseó en automóvil por las calles de la ciudad en compañía de su esposa, con la que se había casado pocos días antes en Salamanca. La circulación se detuvo allá por donde pasaban y hasta los viandantes se paraban en las aceras para admirar al cantante. Ahora toda la ciudad andaba agitadísima con los preparativos para la inminente visita de Primo de Rivera, el dictador que gobernaba España desde que dio el golpe de Estado el 13 de septiembre de 1923, según aclaró Mariana en tono despectivo y bajando la voz. Añadió, casi en un susurro, que entre las medidas que había tomado Primo de Rivera nada más hacerse con el poder estuvieron la de declarar el estado de guerra, suspender la inviolabilidad del domicilio y la libertad de reunión y asociación, y pasar a juzgados militares gran parte de los delitos comunes. Entonces declaró que sólo permanecería en el poder durante tres meses, pero llevaban ya cuatro años de dictadura. Y para agasajar a ese personaje detestable estaba previsto que la ciudad completara la imponente estatua de Alfonso el Batallador añadiéndole al fin el león de bronce que faltaba y que llevaba año y pico olvidado en el jardín de la fundición Averly. El monumento fue erigido en 1925 sobre la montaña llamada Cabezo de Buenavista y dominaba el parque de Primo de Rivera, bautizado así en honor al dictador.

Cuando, dos horas después, Mariana se levantó para marcharse, las dos tenían la boca seca de tanto hablar. El sol ya empezaba a retirarse detrás de la sierra. Solange acompañó a su amiga hasta la puerta. Había refrescado y se había levantado un molesto cierzo. Odiaba la violencia de ese viento, que parecía vapulear sus oídos y le provocaba dolor de cabeza. Mientras Mariana subía al Hispano-Suiza y la despedía con la mano, Solange volvió a reparar en lo seco que estaba el recinto que rodeaba la casona. Aparte de dos parras tristonas junto al muro más próximo a la casa, que habían reverdecido al mismo tiempo que las cepas y ahora se expandían sin control, sólo había tierra polvorienta. ¿Por qué no se le había ocurrido a nadie plantar allí un jardín que alegrara esa desolación?

De repente tuvo una idea que, aparte de embellecer ese erial, podría ser la solución para el problema que le preocupaba...

16

Habían pasado quince días desde la visita de Mariana. En el comedor de los Montero, Dionisio, sentado enfrente de Rodolfo y Solange, luchaba por hacer pasar la comida por la garganta reseca. Tenía la cabeza espesa y el sencillo movimiento de llevar la cuchara a la boca le suponía tal esfuerzo que ya había derramado la sopa dos veces. La tarde anterior había vuelto a emborracharse hasta tal punto que, una vez más, Lucio le había llevado a casa ovillado en su carro, como si fuera un fardo y con el perro acurrucado junto a él en actitud protectora. Incluso anestesiado por el alcohol, había tenido de madrugada una pesadilla tan espantosa que se había despertado profiriendo gritos y Sandokán había arrancado enseguida a aullar, dando un susto de muerte a su hermano y a Solange, que dormían plácidamente en su alcoba. Ahora se sentía como si le hubiera arrollado el tren de vía estrecha que unía Cariñena con Zaragoza. Ansiaba tomar un trago de cualquier líquido que contuviera alcohol y aplacara el temblor de sus manos, que le había hecho volcar su vaso de agua nada más empezar la comida. Viéndole en ese estado, Rodolfo había ordenado a Trini que retirara la botella de vino de la mesa. Le había puesto de pésimo humor tener a su hermano una vez más convertido en un guiñapo. Sobre todo cuando durante las últimas semanas parecía haber empezado a recuperarse.

También a Solange le estaba afectando ese retroceso en la mejoría de Dionisio. Llevaba varios días rumiando un plan relacionado con él, y quería plantearlo cuando estuvieran los dos hermanos juntos. Ahora, temiendo que Dionisio volviera a ser el hombre borracho y sucio que le causó repugnancia cuando lo vio por primera vez, decidió que había llegado el momento. Tomó un trago de agua, inspiró hondo y dijo:

—Rodolphe…

Él se puso en guardia, como siempre que Solange le llamaba Rodolphe en ese tono tan mimoso.

—¿No te has fijado nunca en lo seco que está todo alrededor de esta casa?

Él se encogió de hombros. No disponía de tiempo para reparar en esas cosas. Dionisio alzó la vista de su plato y miró a su cuñada con curiosidad. El embeleso que le invadió al instante mitigó un poco su malestar.

—Deberíamos tener un jardín… como el de Château Gironde —prosiguió Solange—. ¿Recuerdas lo bonito que es?

Vaya ocurrencia tan descabellada, pensó Rodolfo. Como si no le bastara tener que lidiar con los problemas económicos, los constantes rifirrafes con Andrade y la pachorra de Evaristo a la hora de buscar los documentos de las dichosas acciones. ¿Y qué diablos había hecho su padre con el dinero de la venta de la harinera? Se le ocurrió que echaría un vistazo a la escritura de compraventa después de comer.

Solange leyó la reticencia en su semblante y se preparó para dar el siguiente paso, no fuera a zanjar él la cuestión con una respuesta negativa, cuando oyó balbucear a Dionisio:

—Yo… me… encargaré, Solange. Tendrás… tu jardín.

Rodolfo suspiró con resignación.

—En este erial no vas a conseguir que florezca nada. Y menos ahora, que se acerca el calor.

—Hay muchas plantas que resisten nuestro clima —replicó Dionisio; de pronto parecía haber recuperado algo de seguridad en sí mismo. Solange intuyó cómo debía de ser antes de que la guerra de Marruecos truncara su futuro—. Es verdad que junio no es la mejor temporada para plantar, pero algo conseguiré. —Se volvió hacia Solange—. Aunque no esperes tener un vergel. Esto no se va a parecer a los jardines de Versalles.

El ojeroso y mal afeitado rostro de Dionisio se iluminó cuando sonrió a Solange. Ella le devolvió el gesto y Rodolfo se sintió excluido una vez más.

—De acuerdo —dijo—. Planta lo que te plazca. Tú eres el que estudió para ingeniero agrónomo.

Durante el resto de la comida, Solange y Dionisio hablaron de su futuro jardín mientras Rodolfo vaciaba el plato con creciente desgana. De pronto, todo le sabía como si estuviera masticando puñados de paja. En cuanto acabaron el postre, dejó la servilleta sobre la mesa y se levantó.

—Voy un momento a comprobar unos papeles —le dijo a Solange—. Enseguida subiré a la alcoba, *chérie*.

Ella asintió con la cabeza, le sonrió y siguió haciendo planes con Dionisio.

Rodolfo entró en el despacho, todavía dolido por haber visto a Solange y a Dionisio tan entusiasmados con esa tontería de proyecto. Suspiró, sacó tabaco y chisquero y se encendió un pitillo. Sosteniéndolo entre el índice y el anular, fue hacia la pared contra la que se apoyaba el viejo archivador de madera. Pensó que ese mueble le había visto hacerse un hombre. Una vez al año su padre colocaba a sus hijos varones junto al archivador y marcaba en la madera de los laterales lo que habían crecido. ¡Cuánto echaba de menos al viejo cascarrabias! Dio una calada al pitillo y abrió el primer cajón en busca de la carpeta con la escritura de compraventa de la harinera que Evaristo había sacado de allí durante la primera reunión que mantuvieron. Aquella mañana estaba tan abrumado por los acontecimientos que ni siquiera examinó el documento. Creía recordar que Evaristo volvió a guardarlo antes de marcharse. ¿O fue él mismo quien lo dejó en su sitio? Escarbó entre los papeles durante un buen rato, pero no encontró nada que hiciera referencia a esa transacción. Extrañado, cerró el cajón y se dijo que se habría traspapelado. Debía de estar en un cartapacio que no le correspondía. Ya buscaría con más calma, o mejor le preguntaría a Evaristo la próxima vez que se reuniera con él. Fue hacia el escritorio. Apagó el cigarrillo en el cenicero, abandonó el despacho y se apresuró a subir a la alcoba.

Solange ya le esperaba en la cama. Aún no lograba entender por qué en esa casa imperaba la costumbre de echar un sueñecito después de comer; sólo las criadas quedaban en pie. Por otro lado, en ese rato Rodolfo y ella podían estar juntos y retozar tranquilos, sobre todo ahora que la temperatura ya no obligaba a recluirse bajo una losa de mantas. Solange solía responder de buen grado a las caricias de Rodolfo y jamás se negaba a yacer con él pretextando indisposiciones, pero ya no hallaba en su carne el misterio que la había espoleado en París a buscar nuevos placeres en cada rincón de la piel. A veces le daba por pensar que el amor era como un cofre lleno de tesoros que parecía inagotable hasta que un buen día descubrías que sólo quedaban unas cuantas gemas y un saquito de monedas. Sofocó un suspiro. Ese mediodía habría preferido seguir hablando con Dionisio del jardín que iba a plantar para ella, en lugar de subir a la alcoba.

Rodolfo abrió la puerta de la habitación y entró. Se aproximó a la cama como el devoto que se dirige a la hornacina donde guarda el santo al que venera con toda su alma. Alzó la sábana con la que se cubría Solange y se recreó contemplando a su ángel dorado, henchido de excitación y asombro por el milagro de que una mujer como ella le hubiera seguido hasta esa casa en medio del campo, que durmiera a su lado cada noche y le regalara el incomparable gozo de su cuerpo. Se quitó la ropa, se acostó junto a ella y empezó a acariciarle los pechos. Estaba tan concentrado en el propósito de regalarle el placer al que se había consagrado en París, que no advirtió lo ausente que estaba ella esa tarde.

17

Rodolfo bajó del automóvil y atravesó la cortina de lluvia hasta el casino de Aguarón, donde esa tarde se iba a celebrar una reunión. Rémy le había hecho llegar por la mañana una nota con la hora a la que daría comienzo y la advertencia de que el tema que iban a tratar caldearía los ánimos, por lo que le convenía acudir preparado. Rodolfo se quitó la gorra y se sacudió el agua de la ropa. Para estar ya a finales de junio, hacía un día de perros. Subió la empinada escalera y abrió la puerta de arriba, cuya finalidad era evitar que se colara el cierzo. Inaugurado en 1912 en una casa grande frente a la iglesia, el casino gozaba de mucha popularidad entre los hombres de los pueblos cercanos; les gustaba reunirse allí para departir sobre los precios del vino, intercambiar impresiones sobre el mejor momento para la poda, buscar consejo sobre cómo erradicar las plagas que amenazaban a sus vides o simplemente pasar un rato de asueto jugando a las cartas o al dominó. Ahí dentro en invierno se estaba calentito y en verano los gruesos muros dejaban fuera el bochorno.

Rodolfo barrió con la vista el interior del local al que su padre acudía a menudo para su partida de dominó o para charlar con Rémy ante una copa de coñac, la bebida con la que a los dos les gustaba agasajar el paladar. Varias hileras de mesas rectangulares, colocadas de modo que se tocaban en los extremos, cruzaban como galeones el suelo de baldosas blancas y negras, dispuestas como en un tablero de ajedrez. Contra los cristales de los altos ventanales rematados en capilla se estrellaban con fuerza las gotas de lluvia. Debido al mal tiempo no abundaban los parroquianos. Junto a una fila de mesas se hallaba reunido un grupo de cinco hombres alrededor de Severo Andrade. Faltaban por llegar muchos a los que Rodolfo tenía catalogados como de talante moderado, en contraste con Andrade y los que cerraban filas a su alrededor. Se dijo, esperanzado, que tal vez irían llegando más tarde.

Conforme se fue aproximando al grupo y reconocía a los hombres, creció la sensación de que esa reunión iba a ser movida. Distinguió la espesa mata de pelo entrecano de Rémy. El amigo de su padre, sentado enfrente de Andrade con las manos cruzadas sobre la prominente barriga, le hizo señas para que ocupara la silla que quedaba libre a su lado. Encima de los tableros de madera gastada ya se diseminaban copas de coñac y alguna de orujo de la tierra. Rodolfo saludó a los congregados, se quitó la chaqueta y la colgó sobre el respaldo antes de sentarse al lado de Rémy. Éste abrió una ancha sonrisa bajo el bigotón.

—Hijo, me alegro de que hayas podido venir.

La reacción de Andrade no se hizo esperar. Fulminó a Rodolfo con sus ojillos negros y masculló:

—El niño bonito. —Giró la cara hacia donde estaba Rémy—. ¿Le has dicho tú que venga hoy?

Sin recoger la sonrisa, que había adquirido un aire desafiante, Rémy asintió con la cabeza.

—Éste no es lugar para un mocoso —prosiguió Andrade—. ¿No sabes que el que se acuesta con niños, *meao* se levanta?

Los amigos de Andrade celebraron su ocurrencia con estruendosas risotadas.

—Este mocoso es dueño de más viñas que la mayoría de vosotros, sin hablar de la bodega y la fábrica de alcoholes —contraatacó Rémy con fría calma—. Además, alguien tiene que poner cordura, ya que vosotros os habéis vuelto locos.

—¡No me toques los huevos, francés!

Rémy se irguió en su silla y se disponía a replicar, pero se le adelantó Rodolfo.

—Tengo entendido que los que se mean en la cama son los ancianos como usted, Andrade.

La carcajada que estalló al instante sacó de sus casillas a Andrade. Se puso en pie de un brinco y habría rodeado la mesa para emprenderla a puñetazos con Rodolfo si no le hubiera sujetado Basilio Ramírez, un cincuentón patizambo, calvo y de cara colorada, cuyas viñas se expandían hasta cerca de Cosuenda, un pueblo cercano erigido también en la falda de la sierra, aunque más hacia el oeste. Rodolfo apenas tenía relación con Ramírez, pero siempre le había dado la impresión de que era más razonable que Andrade y sus secuaces.

—Cálmate, Severo. Hemos venido a hablar de un asunto importante. Si os queréis zurrar la badana, lo hacéis luego, en la calle.

Entre los asistentes se extendió un murmullo de aprobación. A regañadientes, Andrade volvió a acomodarse en su silla. Sacó la bolsa de picadura y la cajita de papel de fumar y se puso a liar un cigarrillo con sus dedos nudosos de yemas amarillentas.

Maximino, el muchacho que atendía el casino, se acercó a la mesa.

—¿Qué va a ser, don Rodolfo?

—Ponme un coñac.

Dos hombres que acababan de entrar y se habían sentado a la mesa pidieron lo mismo. A Rodolfo le extrañó que faltara tanta gente esa tarde. Por lo general a esas asambleas acudían todos los que poseían viñedos y bodegas alrededor de Cariñena.

Andrade encendió con el chisquero el pitillo recién liado. Dio una calada y tomó la palabra:

—Pues el asunto es que tenemos un alborotador dando murga en los pueblos de la comarca. Muchos lo conoceréis. Es un zagal de Aguarón, de la edad de éste. —Hizo un despectivo movimiento de cabeza en dirección a Rodolfo—. Lo llaman Costa. No era más que un crío cuando se largó del pueblo y casi mató a la madre del disgusto. Ahora lo tenemos otra vez aquí, más tarumba de lo que ya estaba. Le gusta sermonear a los jornaleros y meterles en la cabeza que los estamos explotando, que ellos son muchos y que juntos les sobra fuerza para pedirnos más jornal por vendimiar…

—El otro día lo vi hablar en Cosuenda —intervino Basilio—. Lo escuchaban todos *embobaos*. Ese muchacho se expresa mejor que los curas.

Rodolfo y Rémy intercambiaron una mirada.

—¡No podemos quedarnos de brazos *cruzaos* mientras el zaborrero ese nos alborota el gallinero! —machacó Andrade. Sus ojillos negros echaban chispas de cólera y las mejillas arrugadas se le habían teñido de rojo.

—¡Hay que darle un escarmiento! —exclamó uno de los recién llegados, que era muy amigo de Andrade y atendía por el nombre de Vicente Gómez.

—¡Que no le queden ganas de revolotear! —gritó el que se sentaba a su lado, un hombre de la edad de Andrade con el que Rodolfo apenas había intercambiado unas pocas palabras en toda su vida.

Maximino se acercó haciendo equilibrios con una bandeja en la que llevaba tres copas. Las distribuyó sobre la mesa. Antes de que se retirara, Rémy le indicó por gestos que se acercara.

—Apunta lo de don Rodolfo en mi cuenta —le ordenó en voz baja.

—¡Hay que moverse ya! —insistió Andrade—. No podemos esperar a que llegue la hora de vendimiar. Nosotros también somos muchos; nos sobra fuerza para sacarle a ese tipo las ganas de alborotar del cuerpo. Si le damos una buena zurra entre todos, se largará de aquí con el rabo entre las piernas. —Intercaló una risotada que rebotó en las paredes del casino—. Eso si no se las parto yo mismo…

Rodolfo se removió en su silla. Le inquietaba la idea de que Costa pudiera llegar a sabotear su vendimia, eso añadiría un problema grave a los que ya tenía, pero no estaba dispuesto a participar en un linchamiento. La indignación le hizo encararse con Andrade:

—¡No creerá que apalear a un hombre resuelve los problemas! Eso es una salvajada propia de cobardes.

—Ya habló el niño bonito —se mofó Andrade con su dejo siseante—. Espera a que veas pudrirse tus uvas porque los jornaleros se niegan a vendimiar para sacarte más dinero.

Rodolfo no estaba dispuesto a dejarse amedrentar por un viejo gallo de pelea.

—Si ese Costa me busca las cosquillas, me enfrentaré a él de hombre a hombre. No necesito que me ampare una camarilla de matones que se crecen porque van en manada. Mi padre no me enseñó a actuar así.

—Pues, para ser tan valiente, bien que salías arreando de crío cuando Costa te encorría a pedradas por el pueblo —saltó Andrade y se atizó su copa de orujo.

La concurrencia premió la pulla con ruidosas carcajadas. Rodolfo enrojeció de rabia. Tendría que haber imaginado que ese hombre sacaría a relucir las humillaciones de su infancia. Tomó un trago de coñac en busca de una respuesta contundente.

Rémy creyó oportuno intervenir.

—Lo que proponéis es propio de una pandilla de asesinos —observó sin perder la flema. El acento de su tierra destacaba esa tarde más que nunca.

—Rémy tiene razón —terció de pronto Casio Ridruejo, un anciano seco de carnes que aún no había abierto la boca—. Conmigo no contéis para moler a palos a nadie.

Andrade asaeteó a Rémy con una mirada iracunda.

—Al gabacho nadie le ha *dao* vela en este entierro —masculló.

—Deja en paz a Rémy —le reconvino Basilio Ramírez—. Ya es uno de los nuestros y, además, estoy con él y Rodolfo. Tiene que haber otra manera de meter en cintura a ese zagal.

De pronto se desencadenó un guirigay en el que todos querían hablar al mismo tiempo. Los argumentos en contra del escarmiento fueron imponiéndose paulatinamente a los que defendían la necesidad de una buena somanta. Rodolfo advirtió que Rémy le miraba y alzaba con disimulo la mano derecha señalando la puerta. Saltó de su silla sin titubear. Ya había tenido bastante. Antes de despedirse, le venció el impulso de desquitarse con Andrade por haberle ridiculizado. Al ver la expresión de su cara, todos enmudecieron.

—No sólo desapruebo lo que pretenden hacer —increpó al viejo—, es que si me entero de que le han tocado un pelo a ese Costa, iré al cuartelillo de la Guardia Civil y le denunciaré a usted por instigador.

La piel curtida de Andrade se tiñó de color púrpura.

—¿Crees que el sargento moverá el culo porque un facineroso ha recibido unas cuantas hostias? ¡No seas modorro!

—¡Usted póngame a prueba! —le desafió Rodolfo.

Rémy, que se había levantado también, le tomó de un brazo.

—Nosotros nos marchamos.

Basilio Ramírez y Casio Ridruejo echaron atrás sus sillas y alzaron sus orondos cuerpos.

—Yo no quiero saber nada —afirmó Ramírez—. No me gusta ese Costa, pero no soy un matón.

Ridruejo asintió en silencio.

Rémy empujó a Rodolfo hacia la salida. Los otros dos les siguieron. Cuando salieron a la calle, la lluvia había cesado. El aroma a tierra mojada se imponía al humo incrustado en las chimeneas y al de los animales que se criaban en los corrales. Ramírez y Ridruejo se despidieron y se alejaron deprisa por la calle Mayor. Rémy sacó del bolsillo un paquete de Gauloises.

—¿Un cigarrillo francés?

Rodolfo extrajo uno. Se sentía molesto con Rémy por haberle empujado a asistir a esa reunión, pero no podía resistirse a ese tabaco; le traía gratos recuerdos. El francés le acercó la llama de su mechero. Rodolfo dio una larga calada y expulsó el humo por la nariz. El breve atisbo de París en el paladar no borró el mal sabor de boca que le había dejado aquel encuentro.

—¿Por qué me ha hecho acudir a este despropósito?

—Porque sabía que les harías frente —respondió Rémy, impávido—. Para desbaratar monstruosidades como la que proponía Andrade se necesita a un hombre con cabeza que arrastre a los indecisos. Y ése eres tú.

Rodolfo se echó a reír. El francés no dejaba de sorprenderle.

—Se está destapando como un auténtico conspirador.

—Sólo soy un viejo que ya ha visto mucho —repuso Rémy, con una sonrisilla astuta—. La mayoría de esos hombres te respetan más de lo que piensas, hijo. Hoy les has demostrado que tienes tu propio criterio y lo sabes defender. Sólo te falta contener tu... —Se detuvo, pensativo, y añadió con aire triunfal—: Tu temperamento, ésa es la palabra. Si te lo propusieras, conseguirías que te siguieran como corderos. Tenemos que frenar a la camarilla de Andrade. Ese mal bicho está cada día más loco.

—Yo ya tengo bastantes problemas para meterme a intrigar.

Al francés le pareció más oportuno no insistir. Se encendió un cigarrillo en silencio. Rodolfo levantó la cabeza y estudió el cielo.

—Por fin escampa. Vaya día de lluvia.

—Es buena para las viñas. Ahora vienen meses de mucho calor —terció Rémy. Le dio al joven Montero una palmadita en la espalda—. Te invito a un coñac en mi casa. Te aseguro que el mío es mejor que el del casino.

Rodolfo sacó el reloj del bolsillo y lo abrió. Sacudió la cabeza.

—Se lo agradezco, pero de un momento a otro vendrá Onofre a recogerme. Quiero pasar el resto de la tarde con Solange. Me temo que estoy descuidándola un poco últimamente.

—Ah, la encantadora Solange —exclamó el francés—. Haces muy bien. Una parisina de la alta sociedad no está acostumbrada a la vida tranquila que lleváis en la Casa de la Loma. Necesita más distracciones. No lo olvides. —Sonrió—. A ver si voy a visitarla un día de éstos...

Rodolfo sintió un pinchazo de desazón en la boca del estómago. Se llevó el cigarrillo a los labios y aspiró el humo para calmar el malestar. Vio de pronto el Hispano-Suiza doblando la esquina de la iglesia. Tiró al suelo el pitillo, casi consumido, y lo pisó. Se despidió de Rémy y cuando Onofre detuvo el automóvil delante de ellos, abrió la puerta sin aguardar a que el chófer corriera a hacerlo y se dejó caer en el asiento forrado de cuero. Estaba deseando llegar a casa para estrechar a Solange entre sus brazos.

Onofre enfiló el camino que llevaba a Cariñena y pasaba por delante de la Casa de la Loma. Por el espejo retrovisor estudió al patrón para descifrar de qué talante estaba. Se dijo que parecía cansado pero no irritado. En cuanto hubieron recorrido unos cuantos metros, agarró un sobre que había sobre el asiento del copiloto y se lo tendió a Rodolfo por encima del hombro sin descuidar el volante.

—Don Rodolfo, le pido mil disculpas. Esta carta se quedó esta mañana dentro de la saca del correo. La he encontrado al doblarla.

Él se inclinó un poco hacia delante y cogió el sobre.

—No pasa nada, pero deberías poner más atención. Podría ser algo importante.

—No volverá a ocurrir, don Rodolfo.

Éste se retrepó de nuevo en el asiento. Dio la vuelta al sobre para ver el remitente. Nada menos que la sucursal oscense del Banco de Aragón. ¿Qué operaciones habría efectuado su padre con esa oficina? Siempre había trabajado con la de Cariñena. Lo rasgó con cuidado y sacó una cuartilla. Estaba tan intrigado que sus ojos recorrieron el texto a toda velocidad mientras el vehículo daba botes en el camino embarrado. Cuando llegó al final de la página, no pudo dar crédito a lo que acababa de leer. Inició una segunda lectura, ésta más despacio.

No se había equivocado al leer la misiva. Joaquín Morales Acín, el director de la sucursal, advertía a don Fausto Montero de que los fondos de la cuenta corriente abierta en su día para pagar la asignación mensual a Valeriana Algairén Sierra sólo alcanzaban para cubrir los próximos tres meses, por lo que solicitaba instrucciones.

Rodolfo dejó caer la carta sobre su regazo e intentó ordenar sus ideas. Según el escrito del tal Morales, su padre había pagado a esa desconocida una hermosa suma de dinero cada mes. Una cantidad que permitiría vivir con holgura a una persona que no fuera derrochadora, incluso a una familia entera. ¿Cuánto tiempo llevaría manteniendo a esa mujer? Suspiró. Debía averiguar sin falta quién era Valeriana Algairén Sierra. Alzó la vista. Ante el parabrisas del automóvil apareció el imponente contorno del caserón nacido de la testarudez de su progenitor. Meneó la cabeza y susurró con un hilo de voz:

—Padre, no irá a decirme que tuvo una entretenida…

18

A la tarde siguiente, Onofre abrió la puerta trasera del Hispano-Suiza y ayudó a bajar a Mariana. Con disimulo se rascó el cogote. Se sentía indignado desde que don Rodolfo le había anunciado que su esposa pretendía enseñar a leer y escribir a Toñín y a los hijos de Pedro. Ese despropósito robaría a Toñín mucho tiempo que no podría dedicar a su trabajo en las cuadras, ni a ayudarle a limpiar el automóvil de los señores, o a reparar el camión. Además, ¿dónde se había visto que los hijos supieran más que sus padres? Si a Pedro le parecía bien que sus mocosos aprendieran a leer y escribir, a él, en cambio, no le hacía ni pizca de gracia. Aunque, a ver quién tenía narices para andarle con protestas a don Rodolfo. Onofre resopló con disimulo. Clases de leer y escribir. ¿Dónde se había visto algo así?

—Acuérdate del bolso —le advirtió Mariana en cuanto salió del coche.

Había removido cielo y tierra en Zaragoza para reunir el material escolar que necesitaba Solange y se había ido entusiasmando con el proyecto. Estaba deseando ver su cara cuando le enseñara todo lo que llevaba para las clases. Se arregló el vestido de organdí verde musgo con cuello de encaje en color crudo. El tacto de la tela le hizo pensar en las sofisticadas prendas que solía llevar Solange. ¡Cuánto daría por poder lucir, aunque fuera una sola vez, ropa con esa hechura tan especial que resaltaba los encantos femeninos sin resultar ordinaria! Mariana nunca había sido de esas mujeres que se obsesionan con los vestidos bonitos, aunque se arreglaba incluso para andar por casa. Ernesto le había exigido una apariencia siempre impecable, había pulido sus vulgaridades pueblerinas, como solía decir cuando deseaba zaherirla, y debido a esas imposiciones, acompañadas a menudo de comentarios crueles, Mariana cultivaba ahora lo que sus amigas calificaban de elegancia juiciosa. Sin embargo, cuando se veía frente a Solange, con su delicada belleza de ninfa y esa ropa de alta costura que no había visto llevar a nadie en su entorno, se sentía tosca como una fregona. Se colocó bien el largo collar de perlas, atado en un nudo a la altura del pecho, y se ajustó el sombrero de campana.

—Descuide, señori… doña Mariana —replicó Onofre, herido en su amor propio. ¿Cuándo se había olvidado él de las pertenencias de los señores a los que transportaba?—. Enseguida lo subo.

Mariana se aproximó a la entrada principal de la casona. Le sorprendió ver a Dionisio, arremangado y con la camisa desabrochada, cavando bajo el sol de la tarde en el terreno entre la casa y uno de los muros que cercaban el recinto. Un perro grande, de pelaje canela con manchas blancas, le observaba tumbado a la sombra de una carretilla. Reparó en varios listones de madera que había en el suelo, junto a un grupito de parras que se dispersaban en desordenada melancolía. Supuso que Dionisio pretendía erigir una estructura de madera a la que enganchar esas ramas deslucidas para crear con el tiempo un espacio umbrío bajo el que sentarse a tomar la fresca. Vio que de la tierra sobresalían esquejes recién plantados. Los que estaban colocados en hilera parecían un proyecto de seto, otros más aislados tenían aspecto de futuros rosales. También había algún pequeño arbusto y matas de lo que debía de ser romero y hierbabuena. Mariana no entendía mucho de jardinería. Las plantas que adornaban su piso de Zaragoza se las cuidaba la criada. Aun así, se preguntó si ese junio tan avanzado sería una buena época para proyectar un jardín.

Ascendió los escalones hasta la puerta. Pepita, que había oído ladrar a los perros antes que el ruido del motor, ya la aguardaba en el umbral

—Buenas tardes, doña Mariana.

—Hola, Pepita —respondió la aludida con amabilidad—. ¿Cómo te encuentras?

—Muy bien, señora, gracias.

Solange surgió de la penumbra del vestíbulo, ataviada con un vaporoso vestido de estampado floral en tonos rosados. Desde que llegó el telegrama de Mariana anunciando el día en que llevaría el material para las clases, la impaciencia no la dejaba vivir. Olvidando su contención habitual, la abrazó y le dio un beso en cada mejilla. Cuando se apartaron, las dos se pasaron revista mutuamente.

—¡Qué guapa estás! —exclamó Mariana, deseosa de agradarla.

Solange se deslizó una mano por el cabello. Nada quedaba del corte que le hizo el peluquero de Zaragoza. Ahora Lali se lo ondulaba por las mañanas con las tenacillas y lo retiraba de la cara con dos pasadores de pedrería. A veces se lo recogía a la altura de la nuca en un bonito moño que criada y señora habían visto en un ejemplar atrasado del *Heraldo de Aragón*.

—Llevo un pelo espantoso, ¿verdad? Me siento hecha un desastre…

Mariana le alzó las manos y se las apretó con ternura.

—Solange, tú eres una belleza. No podrías estar fea aunque te lo propusieras. Y te sienta de maravilla ese peinado.

En el rostro de la francesa se dibujó una sonrisa. El cumplido le había levantado el ánimo, minado por las muchas horas de tedio y la nostalgia, cada vez más intensa y amarga, de su alegre vida anterior. No es que no percibiera los esfuerzos que hacía Rodolfo últimamente por arrancarle sonrisas y despertar su cuerpo a los placeres que descubrieron juntos en París, pero cada vez le resultaba más difícil entusiasmarse por algo en medio de tanta monotonía. Condujo a Mariana a la salita, donde Lali ya había dispuesto el juego de café de porcelana fina y un plato con rosquillas de moscatel y mantecados. La puerta acristalada que daba al porche estaba abierta. Solange se acomodó en el sofá y dio unas palmaditas en la tapicería para indicar a su invitada que se sentara a su lado. Mariana miró hacia la ventana y sonrió. Desde allí podían ver a Dionisio trajinando con la pala.

—Recuerdo que cuando el padre de Rodolfo encargó esta casa a un arquitecto de Zaragoza, la gente del pueblo se reía de él por su empeño en que tuviera unos ventanales tan grandes —comentó Mariana—. Decían que en invierno dejarían entrar el cierzo y en verano la solana. Pero no hay duda de que quedan bonitos y dan mucha alegría. Supongo que es cuestión de tener cerradas las contraventanas durante las horas de más sol.

Entró la criada con la cafetera. Solange le ordenó que la colocara sobre la mesa. En cuanto Lali hubo salido, llenó la taza de Mariana y añadió media cucharada de azúcar. Aún se acordaba de cómo tomó el café cuando la visitó semanas atrás. Se la entregó y preparó la suya.

—¿Cómo se le ha ocurrido a Dionisio meterse a jardinero? —quiso saber Mariana, todavía pendiente de los movimientos del hermano de Rodolfo.

El cutis blanco de Solange se tiñó de rosa. Se volvió a sentar.

—Fue idea mía. Comenté que me gustaría tener un jardín que alegrase este desierto y él se ofreció a plantarlo. Está trabajando mucho.

—Siempre fue un buenazo —bromeó Mariana. Tomó un sorbo de café y dejó la taza en la mesita auxiliar.

—Desde que está ocupado, sale más tarde a la taberna y creo que bebe menos —comentó Solange, aún ruborizada, y añadió con repentina determinación—: ¡Me he propuesto conseguir que deje la bebida del todo!

Mariana posó una mano sobre el antebrazo de Solange.

—Es magnífico lo que estás haciendo por Dionisio. Era muy buen mozo antes de que lo mandaran a Marruecos. Oí decir en tiempos que iba a casarse con la hija de un notario de Madrid, pero cuando regresó tan mal de Melilla, su prometida vino a verle y poco después rompió el compromiso.

—Todos le dejaron solo —murmuró Solange con amargura.

—El Desastre de Annual torció la vida de muchos hombres, Solange. Dionisio no es el único —enfatizó Mariana—. Suelo ayudar varios días a la semana en un comedor de beneficencia y no sabes la de mendigos que nos hablan de lo que vivieron en la matanza que fue Annual…, eso si conseguimos que digan algo coherente. Entre ellos hay hombres que cuando los repatriaron no eran capaces ni de atarse los cordones de los zapatos de lo que les temblaban las manos. Muchos ahora no tienen ni dónde caerse muertos, apenas duermen, pasan todo el día en estado de alerta y les asusta un simple portazo. Un día, uno se puso a dar gritos y a retorcerse en el suelo del comedor por el ruido de un petardo que un gamberro había tirado en la calle. Algunos médicos dicen que esos veteranos de Marruecos padecen el mismo trastorno que los soldados que combatieron en las trincheras durante la Gran Guerra, pero nadie sabe qué hacer con ellos. Dionisio, al menos, tiene un techo sobre la cabeza.

Solange se encogió de hombros.

—Aquí nadie le hace caso. Sólo ese perro al que llama Sandokán.

—¿Como el pirata de Emilio Salgari? —Mariana soltó una risita nerviosa. Empezaba a sentirse incómoda por el rumbo que había tomado la conversación.

Solange asintió con una sonrisa tensa. También a ella le desasosegaba hablar de Dionisio. Se había preguntado infinidad de veces qué pudo ocurrirle en Marruecos para que regresara en un estado tan lastimoso. Sus negativas a hablarle de Annual cuando ella le preguntaba habían espoleado su imaginación hasta el extremo de que algunos días le imaginaba desafiando peligros con porte heroico, mientras otros se lo figuraba bañado en la sangre que manaba de sus gravísimas heridas y arrastrándose sobre una tierra polvorienta. Eso la angustiaba tanto que acababa buscando la compañía de Dionisio para resarcirle por los padecimientos que le atribuía.

—Rodolfo sí que se preocupa por su hermano, Solange —protestó Mariana—. El problema es que no sabe cómo ayudarle.

Se oyeron unos golpecitos en el marco de la puerta. Las muchachas miraron hacia allí. Onofre, vestido aún de uniforme, llevaba un gran bolso de cuero.

—Si da su permiso, doña Sole...

La aludida asintió con semblante de resignación. Ya había desistido de corregir a los que la llamaban «doña Sole» o «doña *Soláns*».

—Me ha dicho Pepita que le traiga esto.

—Es el material para tu escuela, Solange —aclaró Mariana al ver su expresión de extrañeza.

—*Oh! Magnifique!* —La francesa saltó del sofá—. Déjalo aquí, Onofre. —Miró a su amiga—. ¡Qué alegría tan grande!

En cuanto Onofre se hubo retirado, su señora se agachó, abrió el bolso y empezó a sacar cartillas de lectura, cuadernos y lápices. Mariana le ayudó. Las dos andaban tan absortas que se asustaron al oír la voz de Rodolfo por encima de ellas.

—Parece que estáis todos muy ocupados esta tarde. Dionisio no levanta la cabeza de su jardín y vosotras... —Miró lo que Solange y Mariana habían esparcido sobre las baldosas policromas colocadas a modo de mosaico.

Las muchachas se levantaron. Solange colgó los brazos alrededor del cuello de Rodolfo y le besó en los labios. Él la estrechó con fuerza, dichoso de recuperar por un instante a la chispeante joven de la que se había enamorado en París. A veces, cuando le daba por cavilar, pensaba que había sido un egoísta por haberla hecho abandonar una vida de promesas para compartir con él esa sucesión de días monótonos en un país desconocido. Debería haber previsto que ella no encajaría en esa tierra. Pero si hubiera sido sensato y la hubiera disuadido de convertirse en su esposa para seguirle, la habría perdido para siempre. Y eso no lo habría podido soportar.

Solange se separó de Rodolfo.

—Mariana ha traído todo lo que necesito para las clases, Ro-dolphe. ¡Podré empezar mañana mismo! ¿No es maravilloso?

Él asintió con la cabeza y sonrió.

—Querida Mariana —dijo con pomposa gravedad—. No sabes cuánto te agradecemos tu ayuda.

—Si no ha sido nada —murmuró ella—. Sabes que podéis contar conmigo para lo que sea.

Solange ya se había arrodillado en el suelo y revolvía de nue-vo en el bolso. Rodolfo se aclaró la garganta.

—Chicas, os tengo que dejar. Ya hablaremos de lo que te ha costado todo esto, Mariana.

Abandonó el cuartito sin esperar respuesta. Atravesó el vestí-bulo a grandes zancadas y entró en el despacho. Allí se dejó caer en la silla del escritorio y sacó del bolsillo de su chaleco la carta del director del banco de Huesca. La había releído infinidad de veces desde que la recibió la tarde anterior. La desdobló e inició una nueva lectura. ¿A quién había estado pagando su padre una asignación tan generosa? ¿Tendría relación ese dinero con su estúpida visita a la Viña de Baco la tarde de invierno en la que perdió la vida? ¿Habría ido a encontrarse con alguien en esa viña que lindaba con la propiedad de Severo Andrade? ¿Y si ese viejo matón tuvo algo que ver con su muerte?

Rodolfo suspiró, se reclinó contra el respaldo y abrió el pri-mer cajón. Sacó la estilográfica y una cuartilla del papel de cartas de su padre. Llevaba el emblema de la bodega: el dibujo a todo color de un racimo de uvas. Como no sabía qué responderle a ese tal Joaquín Morales, pensó que lo mejor sería concertar con él una cita en la sucursal bancaria de Huesca para hablar del tema e indagar acerca de la beneficiaria de la asignación. Tal vez hasta le convendría conversar con esa mujer. Leyó el documento del banco y comprobó la fecha del último pago. Sólo siete días atrás. Por lo tanto, para el próximo aún faltaban tres semanas.

Desenroscó la caperuza de la estilográfica y empezó a escribir.

19

Rodolfo despertó al alba, como todos los días. Se volvió hacia Solange, le acarició el cabello, le sembró la nuca de besos y la abrazó con fuerza. Sin abrir los ojos, ella susurró algo entre sueños, se hizo un ovillo y siguió durmiendo. Él se volvió hacia la mesita de noche. Estiró la mano y abrió el reloj que solía dejar sobre la encimera de mármol. Eran las seis y media de la mañana. Apartó la ropa de cama y se levantó con mucho cuidado de no molestar a Solange, aunque su precaución sobraba. A esa hora, ni un terremoto la habría despertado. Se aseó ante el lavamanos y se vistió con la muda limpia que Pepita le dejaba preparada por las noches: las prendas de interior; una camisa de algodón para paliar el calor, que se incrementaba hacia mediodía; pantalón de pana y chaleco, en cuyo bolsillo alojó el reloj tras enganchar la cadena a las presillas del cinturón. Al mirarse en el espejo, recordó con una punzada de melancolía el frac que le regaló Marcel para que pudiera acompañarle a las fiestas elegantes. Lo había incluido en el equipaje que había traído de París y ahora estaba colgado en el armario, protegido por bolas de naftalina bajo una de esas fundas de tela que cosía Pepita para resguardar las prendas que se usaban poco. Dudaba mucho de que se presentara la ocasión de lucirlo en esa etapa de su vida.

Salió de la alcoba cerrando la puerta muy despacio y bajó la escalera. Entró en la cocina. Olía a café recién hecho y a picatostes. Ramonica ya trajinaba con su energía habitual. Había puesto a cocer el caldo y ahora maltrataba la masa de pan extendida sobre la mesa de madera enharinada mientras canturreaba por lo bajini, para que Pepita no le llamara la atención:

Y por mi eterna tristeza
y por mi sino fatal,
era una flor sin aroma,
¡flor del mal!

Rodolfo sofocó la risa. Ver a esa mujerona de orondas carnes amasando pan y cantando cuplés con una melosidad digna de Raquel Meller se le antojaba un formidable anacronismo. Cogió un tazón de la alacena, fue hacia el fogón y alzó la cafetera de estaño. Después de servirse con generosidad, añadió una cucharada de azúcar y se sentó a la mesa, lo más alejado posible de la cocinera y su nube de harina.

Ramonica levantó la vista. Había estado tan concentrada en su faena que no había oído entrar al patrón. Al verle, dejó de cantar, como si se hubiera tragado de golpe lo que quedaba de la canción. Pensó que ya podría hacer don Rodolfo algo más de ruido al pisar, en lugar de desplazarse por la casa como los gatos.

—Tenga buenos días, don Rodolfo. ¿No prefiere que le sirva el desayuno en el comedor? No vaya usted a mancharse…

Él sacudió la cabeza. No le apetecía comer nada.

—Estoy bien aquí, Ramonica. Sólo quiero café.

—Como *usté* mande, señor —murmuró ella observándole de reojo. Muy raro estaba el patrón esa mañana, se dijo mientras daba vueltas a la masa con sus manos enrojecidas. Tanto se concentró en su labor, que al rato olvidó la presencia del señor y reanudó su canturreo.

Rodolfo sorbió el café en silencio. Sólo se oía la voz potente, algo desafinada, de la cocinera, el sonido de sus manos amasando y el borboteo del caldo en el fogón. De pronto, le sobresaltaron las risas de Lali y Trini cuando entraron atropelladamente. Ramonica las miró con cara de pocos amigos.

—¡Dormilonas! ¿Qué horas son éstas de presentarse? He tenido que salir yo a coger la leche que ha traído Moisés de la vaquería.

Las chicas alegaron, vigilando de reojo la reacción del patrón, que Pepita les había ordenado barrer y fregar la planta baja antes de que despertaran los señores.

Rodolfo no tenía ganas de asistir a disputas entre criadas. Apuró su tazón, se levantó y salió de la cocina sin decir nada.

Afuera, la mañana era fresca, aunque todo apuntaba que durante el día haría calor. Por el cielo azul no se deslizaba ni una sola nube remolona. Percibió un fuerte aroma a tomillo y a romero. También a hierbabuena. Recordó que Dionisio había plantado hierbas aromáticas en ese jardín que estaba creando para Solange. ¿De dónde habría sacado las plantas? Se puso la chaqueta de paño que había pertenecido a su padre, se sentó en la escalera de la entrada, dejó el sombrero de paja sobre el escalón y encendió un cigarrillo. Hacía días que no se molestaba en sacar del cajón de su mesita de noche la boquilla negra que le regaló Marcel.

Mientras fumaba, pensó en las uvas en las que tenía depositadas sus esperanzas y cuyo desarrollo comprobaba cada mañana. Pedro le había explicado durante sus lecciones en la bodega las características de las plagas y las enfermedades que podían dañar la vid; también el modo de detectarlas. Cuanto más iba aproximándose la fecha de la vendimia, más minucioso se volvía Rodolfo en sus recorridos de inspección. Sabía que el capataz hacía la misma ronda diaria que él pero empezando por otro sitio. También era consciente de que podía confiar en la experiencia de Pedro, que descubriría cualquier problema mucho antes que él. Sin embargo, cuando repasaba las cuentas con Evaristo o cuando se sentaba a cavilar a solas en el despacho de su padre, llegaba siempre a la misma conclusión: si la vendimia se malograba y no conseguía satisfacer la demanda de vino de los clientes franceses, a los que se había incorporado el año anterior el padre de Solange, los alquileres de los pisos de Zaragoza y los ingresos de la fábrica de alcoholes no bastarían por sí solos para mantener a flote la casa Montero. Y si eso ocurría, tendría que reducir gastos por doquier, empezando por despedir a alguna criada y, tal vez, deshacerse del ostentoso automóvil que había comprado don Fausto y pasar a desplazarse en tartana. No quería ni imaginar cómo se sentiría Solange sentada en ese rústico vehículo.

Se puso en pie y fue hacia el establo. Toñín le aguardaba ya, con cara de sueño y Pinto ensillado. Rodolfo le sonrió. El hijo de Onofre había empezado a crecer sin orden ni concierto, convirtiéndose en una especie de araña con un torso pequeño del que brotaban brazos y piernas interminables.

—Gracias, Toñín.

El chico sonrió y dejó a la vista dos filas de dientes en disposición irregular.

Rodolfo recorrió esa mañana todos los viñedos que pertenecían a la familia. Desmontaba y caminaba despacio entre las cepas para observar, con la ansiedad obsesiva que había desarrollado desde su regreso, las diminutas uvas que se habían formado bajo las hojas e iban engordando a ojos vista, aunque no tan deprisa como le habría gustado. Cuando hubo visitado la última viña, empezó a sentirse acalorado. Se quitó la chaqueta y la enganchó a la silla de montar. Sacó el reloj del bolsillo, lo abrió y consultó la hora. Eran más de las nueve. Le quedaba tiempo de sobra para bordear Aguarón y dirigirse a la ermita de San Cristóbal antes de que hiciera calor de verdad.

Tras haber dejado atrás el pueblo, enfiló el camino de Codos embebiéndose de la belleza del paisaje. Hasta donde abarcaba la vista, el esplendor glauco de los viñedos se fundía a lo lejos con el verdor de la sierra. Recordó las excursiones a caballo que había hecho por la montaña con Dionisio. Entonces él era un chiquillo que aún llevaba pantalón corto mientras que su hermano ya se afeitaba todas las mañanas e incluso había empezado a fumar. Sonrió con añoranza.

Llevaba ya un rato cabalgando cuando divisó a lo lejos el tejado rojizo de la pequeña iglesia y los cipreses que custodiaban, uno a cada lado, la puerta de entrada. Estaba deseando sentarse en el poyete para fumar con calma y arrancarse el recuerdo de la desagradable reunión en el casino. ¿Qué más sería capaz de discurrir ese loco de Andrade?

Le alegró ver a Mariana sentada a la sombra de uno de los cipreses. Charlar con su vieja amiga de la infancia siempre le hacía sentirse bien. En ese lugar no contaba con nadie más a quien confiar sus preocupaciones. Su hermano andaba perdido en el laberinto del alcohol y a Solange no deseaba inquietarla con sus dudas y miedos. Volvió a preguntarse cómo una muchacha tan buena y dulce podía ser hija del pendenciero de Andrade.

Mariana alzó la vista en cuanto oyó el ruido de cascos y sonrió con ganas al ver a Rodolfo. Igual que la primera vez que se encontraron en ese lugar ella vestía una falda holgada y zapatos planos, aunque ahora llevaba una blusa blanca, de tela ligera y manga corta, con los brazos al descubierto. Una pamela de ala ancha protegía su rostro del sol de finales de junio. A su lado distinguió Rodolfo una chaqueta y el morral del que aquel día sacó el revólver del difunto Ernesto.

—¡Veo que eres madrugadora! —exclamó. Descabalgó, se quitó el sombrero, se peinó con los dedos y se subió las mangas de la camisa hasta más arriba del codo—. ¡Qué calor hace ya! Con lo temprano que es...

Mariana soltó una risilla nerviosa y dio una calada a su cigarrillo.

—Es lo que corresponde a esta época del año.

Rodolfo se sentó a su lado, sacó su propia cajetilla, extrajo un pitillo y lo encendió.

—¿Ya no usas esa boquilla negra tan elegante? —preguntó Mariana.

Él se encogió de hombros.

—Aquí da lo mismo. Además, últimamente fumo tanto que no me apetece perder el tiempo poniéndola y quitándola.

Los dos permanecieron un buen rato en silencio, como si envolverse cada uno en el humo de su propio cigarrillo les proporcionara la paz que habían ido a buscar.

—Ayer vi a Dionisio trabajando en el jardín de Solange —comentó Mariana al fin—. Tenía buen aspecto.

—Se lo ha tomado muy en serio —dijo Rodolfo.

—Hoy empieza Solange sus clases, ¿verdad?

—Esta tarde. Es cuando Toñín tiene menos quehaceres.

—Le hará bien —afirmó Mariana—. Creo que la pobre se aburre mucho en la Casa de la Loma. Se nota que está acostumbrada a otra clase de vida.

De repente las palabras de Rodolfo empezaron a fluir como el agua de un embalse cuando se abren las compuertas.

—Sé que la dejo demasiado tiempo sola, que muchos días vuelvo a casa malhumorado y le contesto de mal talante. Sé que ya no soy el Rodolfo alegre y divertido de París. Te aseguro que nada me gustaría más que mudarme con ella a la ciudad y darle la vida que llevaba cuando nos conocimos, pero me ha tocado ser el heredero y debo cumplir con mi deber y sacar adelante la casa Montero, porque si no lo consigo, nos hundiremos todos.

—No deberías tener esa visión tan negativa —le reconvino Mariana—. Hay quien mataría por poseer los viñedos y la bodega que te dejó tu padre. Son una buena herencia.

—Una herencia envenenada de problemas —se defendió Rodolfo—. Si al menos pudiera contar con Dionisio... —Se hundió en un lapso de pensativo silencio que Mariana no osó interrumpir. Al rato, añadió—: Ya han pasado cinco años de lo de Marruecos. Físicamente está recuperado. Si hiciera el esfuerzo de no beber, podría ayudarme. Y vive Dios que lo necesito.

—No es tan fácil dejar la bebida cuando se... —Mariana se interrumpió, temerosa de ofender a Rodolfo.

—Cuando se es un alcohólico —completó él, sin poder refrenar un atisbo de mordacidad—. Al menos parece que no se emborracha tanto desde que se ha hecho amigo de Solange. Igual mi mujercita consigue lo que no logró mi padre.

Mariana respiró hondo y luego empezó a hablar con calma.

—Yo sé el infierno que fue Annual. No olvides que soy viuda de un militar. Muchos amigos de Ernesto murieron allí o durante el sitio de Igueriben. A otros los repatriaron con horribles mutilaciones, o medio locos. Deberías dar gracias a Dios de que Dionisio no volviera lisiado.

—Ya lo sé —admitió él con un gesto de resignación—. Pero, créeme, tengo tantos problemas que a veces pierdo la paciencia con él. —Apagó su pitillo consumido y se apartó con la mano un mechón que había escapado a la disciplina del fijador y le caía sobre la frente—. No sé cómo voy a salir del hoyo en el que estoy metido.

Ella se extravió en un silencio indeciso; no se le ocurría qué decir para animarle. La voz de Rodolfo la sobresaltó:

—¡Qué desconsiderado soy abrumándote con mis problemas! Háblame de ti. ¿Volverás a casarte? Una mujer joven y bonita como tú seguro que tiene un montón de pretendientes revoloteando a su alrededor.

Mariana se echó a reír.

—Unos cuantos, entre ellos tu amigo Bartolomé, pero les doy calabazas a todos.

—No deberías desdeñar al Cuatro Ojos —bromeó Rodolfo—. Es un buen partido.

—¡No pienso volver a casarme jamás!

Sorprendido por su rotundidad, él la miró a la cara. Los rasgos de Mariana se habían endurecido, nada quedaba de su dulzura.

—No hablas en serio —murmuró.

—¡Hablo muy en serio! Ernesto me dejó algún dinero, cobro una pensión que me permite vivir con holgura, incluso tener una criada. Puedo dirigir mi propia vida y no renunciaré a esa libertad para exponerme a que otro hombre me dé palizas cada vez que esté de mal humor, como hacía mi marido.

—Todos no somos así —protestó Rodolfo—. Tuviste mala suerte porque te casaron muy joven. Si eliges tú, seguro que sabrás distinguir el grano de la paja.

—No es tan sencillo. Antes de casarnos, mientras Ernesto me cortejaba, era un hombre encantador que se desvivía por complacerme. Pero al poco de la boda empezó a insultarme, a pegarme con cualquier pretexto y a apuntarme con una de sus armas cuando me... —Mariana intercaló una pausa indecisa— cuando yacíamos en la alcoba. Le divertía verme llorar porque temía que me matara. Estaba embarazada de siete meses el día que me dio una de sus palizas. Aquella noche me golpeó con tanta saña que hasta perdí el conocimiento.

A Rodolfo le dio un vuelco el corazón. Nunca se había parado a pensar que ese hombre hubiera dejado encinta a Mariana. Siempre había dado por hecho que no había habido hijos en su matrimonio. Ella siguió hablando en tono pausado, con la vista fija en la punta de sus zapatos.

—Desperté en el hospital. Había una enfermera sentada junto a la cama. Me dijo que había sufrido un aborto y había perdido mucha sangre, pero lo peor fue ver fingir preocupación a Ernesto y oírle contar que me había caído por haberme subido a una escalera para quitar el polvo a la araña del salón porque no me fiaba de las criadas. Al cabo de un rato llegó un médico y nos dijo que ya no podría quedarme embarazada nunca más. —Alzó la cara y miró a Rodolfo con los ojos húmedos—. Ernesto me convirtió en una mujer con tara. No pienso meterme otra vez en la boca del lobo.

Él permaneció callado. ¿Qué podía decirle cuando sabía que ella tenía razón?

De repente, Mariana se levantó con ademanes apresurados. Se arregló la falda, cogió la chaqueta y se colgó el morral del hombro. Sorprendido, Rodolfo se puso en pie también.

—No tendría que haberte contado todo esto —murmuró la joven—. Pensarás que soy una desgraciada, y no lo soy. Me siento bien con la vida que llevo ahora.

—¿Cómo voy a pensar eso de ti? —protestó Rodolfo—. Te quiero como si fueras una hermana... —Se rió por lo bajini—. Porque Amalia no cuenta. A ésa se la encontró mi padre en una cesta de mimbre, como a Moisés.

Ella premió su ocurrencia con una leve sonrisa.

—Tengo que volver al pueblo. Mi padre ya debe de estar esperándome impaciente. Últimamente está insoportable.

—Te acompaño.

—Mejor no. Si nos ven llegar juntos, empezarán las murmuraciones. No quiero que aquí también me llamen la Viuda Alegre.

Mariana dio media vuelta y se alejó a paso ligero. Rodolfo volvió a sentarse. Consternado todavía por las confidencias que le había hecho su vieja amiga, se quedó contemplando cómo iba empequeñeciéndose su silueta hasta que desapareció de su vista. Necesitó un buen rato y tres cigarrillos antes de que se decidiera a regresar a casa.

20

Cuando Rodolfo se acercó a la Casa de la Loma, el sol ya estaba alto y el calor había arreciado. Sacó un pañuelo y se limpió el sudor que le corría por la frente bajo el sombrero de paja. Tiró de la leontina para extraer el reloj del bolsillo del pantalón y consultó la hora bajo la luz cegadora. Las doce. Con razón se sentía acalorado. Estaba deseando franquear el portón de la Casa de la Loma para desmontar y cobijarse a la sombra. Tenía mucha sed. En cuanto pisara el recibidor, le diría a Pepita que le preparara un vaso de limonada bien grande. Guardó el reloj y alzó la vista. Ya estaba llegando. Frente a él se extendía el muro de mampostería que cercaba la propiedad de los Montero. Detrás asomaba la casona, tentadora en su promesa de sombra y frescor.

Un hombre salió en ese instante por el portón con el ademán furtivo de quien es consciente de estar haciendo algo prohibido, y aceleró el paso en cuanto le vio. Era joven, bien parecido y, a juzgar por sus ropas, un hombre del campo. Llevaba un pantalón de pana sujeto con un cinturón raído, una camisa de rayas finas abotonada hasta el cuello, una gorra, también de pana, y alpargatas viejas. Las miradas de los dos se cruzaron, y Rodolfo vio destellar en sus ojos una chispa de rebeldía, o tal vez de odio. Entonces se acordó de aquel niño flacucho y moreno, con un remolino en la frente, que le tiraba piedras a la mínima oportunidad cuando los Montero aún vivían en Aguarón. El pequeño Costa: un azogue convertido con los años en el alborotador al que Andrade pretendía escarmentar. ¿Qué hacía en su propiedad?

Hizo girar a Pinto y fue hacia Costa. El otro se detuvo, se plantó delante de él y le lanzó una mirada de desafío. Rodolfo hizo amago de bajarse del caballo, pero se lo pensó mejor. Se dijo que desde arriba impondría más; en el fondo el joven Costa le inspiraba un temor impreciso, como cuando de niño le atosigaba con sus pedradas.

—¿Qué hacías en mi propiedad? —inquirió sin perderse en preámbulos.

Costa hundió las manos en los bolsillos de su pantalón. Pese a llevar ropa vieja y llena de arrugas, iba escrupulosamente limpio. Sus ojos oscuros brillaban bajo unas cejas negras trazadas en un arco suave, casi femenino. En su mirada se aunaban el rencor acumulado durante años y el apasionamiento que le inspiraba la lucha desde que era un mocoso descalzo y con la cara sucia. Ya entonces se preguntaba por qué los retoños de Fausto Montero llevaban buen calzado, vestían como príncipes y estudiaban internos en la ciudad, mientras a él le rugía el hambre en las tripas y en invierno se le llenaban los pies de sabañones dentro de las ajadas botas que heredaba de sus hermanos mayores. Escapó del pueblo en cuanto su cuerpo se enreció y le creció la barba. Vendimió en los viñedos de La Rioja, en los de Cataluña y por tierras gallegas. Trabajó una temporada en los telares de Sabadell, donde aprendió a leer y escribir en unas clases nocturnas impartidas por un viejo maestro de ideas anarquistas. Y en todas partes siguió preguntándose por qué algunos acaparaban todos los privilegios dejando sólo unas míseras migajas para los desgraciados como él. En cuanto supo leer con soltura, devoró los escritos de Marx, Engels y Bakunin. Y un día comprendió que había sido dotado de inteligencia para combatir a los señoritos con sus mismas armas: la palabra y la maquinación.

Soltó una breve risa sardónica y dijo, sin alzar la voz:

—Vaya, el enclenque de Rodolfico convertido en cacique.

—Meneó la cabeza y añadió en tono de burla—: Lástima que te vengan grandes las viñas que te dejó tu padre.

A Rodolfo le costó sofocar la súbita ira que lo embargó. ¿Por qué todos dudaban de su capacidad para sacar adelante los viñedos de los Montero?

—No has respondido a mi pregunta. ¿Qué se te ha perdido en mi casa?

—No tengo por qué rendirte cuentas de mis movimientos —respondió Costa.

Rodolfo se fijó en que vocalizaba modulando las palabras con claridad, sin atropellarse ni comerse las sílabas como cuando era niño. Resultaba evidente que se había instruido durante sus correrías por el mundo.

—Si merodeas por mi propiedad, sí —repuso procurando mantener la calma—. No seré yo quien se oponga a que vayas por los pueblos arengando a los jornaleros. Tú defiendes lo tuyo y yo lo mío. Es lo natural. Pero te advierto que como vuelva a verte en mi casa, te echaré los perros.

Los ojos de Costa se achicaron en una línea oscura formada por las largas pestañas.

—¿Esos animales viejos y desdentados que tenéis? —se mofó—. No serían capaces ni de darme un mordisco.

—Avisado quedas.

—De tal palo, tal astilla —masculló Costa entre dientes—. Eres igual que tu padre: un explotador que vive a lo grande a costa del sudor de los demás. El viejo merecía que le abrieran la cabeza con una piedra. Igual que tú...

Aquella afirmación dejó a Rodolfo sin aliento. Bajó del caballo y se plantó delante de Costa. Desde el lomo de Pinto le había parecido más bien bajo, pero los dos tenían la misma estatura. Irguió la espalda y estiró el cuello para infundirle más respeto.

—¿Qué sabes tú de la muerte de mi padre?

Costa se encogió de hombros y trazó una mueca sarcástica.

—Lo que dice todo el mundo: que igual se encontró en la

viña con Severo Andrade y éste le dio su merecido. Ya había amenazado muchas veces con partirle la cabeza.

Rodolfo se quedó paralizado. Vislumbraba desde hacía tiempo algo oscuro en la muerte de su padre, pero al oír lo que acababa de afirmar Costa con tanta indiferencia, el corazón le dio un vuelco.

—Más te vale que no tengas nada que ver con eso, o te juro que no pararé hasta verte sentado en el garrote vil —dijo muy despacio.

Al ver la cara de mofa de Costa, Rodolfo tuvo que hacer esfuerzos para no agarrarle de la pechera y sacudirle. Remy tenía razón: Costa era un hombre muy inteligente. Pretendía jugar con él como haría un gato con un roedor incauto. ¡Qué cerca había estado de caer en la trampa! Colocó el pie izquierdo en el estribo y se subió al caballo. Antes de alejarse hacia el portón, repitió:

—Quedas avisado. Si te veo salir de mi casa otra vez, no seré tan indulgente como hoy.

Costa alzó la mano derecha y se tocó el ala de la gorra.

—Como usted mande, don Rodolfo —dijo en un tono melifluo que hizo aún más hiriente su burla.

Rodolfo evitó mirarle a la cara. Se sentía estúpido y humillado. Recordó entonces que Mariana le había reprochado un día que se comportaba como un cacique y se le escapó un asomo de sonrisa amarga. Si hubiera visto cómo le toreaba Costa, seguro que no volvería a decirle algo así.

Franqueó el portón y fue hacia el establo, donde Toñín se encargó enseguida del caballo. Junto a la puerta, Onofre secaba el Hispano-Suiza después de haberlo lavado a conciencia. El chófer se jactaba de conducir el automóvil más limpio de toda la región, lo que en realidad no era difícil, pues muy pocas familias poseían coche fuera de Zaragoza. Se dirigió hacia él.

—Onofre, he visto salir de aquí a Costa, ese que dicen que es anarquista.

El chófer estrujó el trapo de secar como si estuviera mojado y pretendiera escurrirlo.

—Yo…, don Rodolfo. —Tragó saliva ruidosamente—. No sé…

Rodolfo tuvo la certeza de que Onofre estaba al corriente de qué había llevado a Costa hasta la Casa de la Loma. El chófer siempre había mentido muy mal.

—Onofre, eres muy libre de tomarme por imbécil —dijo en tono pausado—, pero no te conviene engañarme. ¿Qué hacía ese tipo aquí?

—Don Rodolfo…, yo… —Onofre no había querido meterse en camisa de once varas, pero vio que le convenía responder—: Viene por Lali.

—¿Lali festeja con ese indeseable?

El otro se encogió de hombros.

—Creo que es él quien va detrás de Lali, ella no… Ya me entiende, señor…

—No, no te entiendo —se exasperó Rodolfo—. Si vuelve por aquí cuando yo no esté, quiero que lo eches. Díselo también a Pedro.

—Como usted mande, don Rodolfo.

Mientras veía alejarse a su patrón, Onofre decidió que ya se escabulliría él si Costa asomaba de nuevo por ahí. No tenía ningunas ganas de echar a nadie. Y menos a un hombre con el genio de ese Costa. Se concentró de nuevo en su tarea de sacar brillo a los faros del automóvil.

Rodolfo rodeó la casa y caminó hacia la puerta principal. Vio a Dionisio trabajando en el jardín bajo la mirada siempre atenta de Sandokán. Con el torso desnudo desafiaba la solana inclinado sobre un esqueje seco para arrancarlo. Se dio cuenta de que, pese a que la temporada no era la más propicia, la mayoría de los vegetales que su hermano había plantado allí no se habían secado y pronto alegrarían el erial que siempre había rodeado la casa. Incluso las parras parecían más lustrosas enganchadas a la estructura de madera que había montado. Rodolfo de pronto se fijó en Dionisio y parpadeó sorprendido: por un instante le pareció estar viendo al hermano al que tanto había admirado en el pasado. Sacudió la cabeza y subió los escalones de la entrada.

En cuanto pisó el vestíbulo, le recibió desde la salita la voz de Josephine Baker cantando «Blue Skies». Desde hacía algunos días, Solange escuchaba a todas horas los discos que le mandó su hermano, en especial los de la Baker. Rodolfo empezaba a aborrecer las canciones que le recordaban su paso por ese París apasionante que cada día quedaba más lejano en el tiempo, pero se callaba por no aguar uno de los pocos entretenimientos que tenía su esposa en esa casa.

Estaba colgando el sombrero del perchero cuando Solange salió del cuartito como un vendaval. Llevaba una hoja de papel en la mano derecha. Atravesó el recibidor y se colgó de su cuello, mimosa como una gata. Rodolfo le besó la coronilla.

—Rodolphe —ronroneó ella, y su aliento le hizo cosquillas en el cuello—, ha escrito Marcel. ¡Vendrá a mediados de julio con su nuevo Bentley 6,5-Litre! —Pronunció el nombre del automóvil con un acento francés muy cerrado—. Nos confirmará la fecha exacta en un telegrama. —Solange se separó de Rodolfo y se puso a dar saltitos como una niña—. ¿No es magnífico?

Él no supo qué responder.

21

Era la primera tarde de julio. Rodolfo había ido a Aguarón para reunirse con Rémy en el casino. Desde la reunión en la que se enfrentó a Andrade, había mantenido varias charlas con el francés. Éste no había vuelto a insistirle en que intentara ejercer un papel dominante en las asambleas de viticultores; se daba por satisfecho con que entre los dos hubieran aguado las maquinaciones de Andrade para escarmentar a Costa con una paliza. Haciendo gala de mucho tacto, le hablaba de cuestiones relacionadas con el comercio del vino en Francia y le daba consejos sobre el cultivo de la vid que complementaban la instrucción de Pedro. Rodolfo agradecía la ayuda de un hombre que había sido amigo de su padre y en el que empezaba a confiar.

En la salita de la Casa de la Loma, Solange recogió las cartillas que había sobre la mesa y las apiló en un montoncito. Hizo lo mismo con los cuadernos en los que sus pequeños alumnos habían garabateado letras sueltas con sus dedos torpes que aún no sabían sujetar bien el lápiz. Sofocó un suspiro. Al fin había acabado la lección de esa tarde. Cuando se propuso enseñar a los hijos de los trabajadores, no imaginaba que dar clases pudiera resultar tan agotador. Por otro lado, se sentía satisfecha y útil cuando veía que después de unos cuantos días de trabajo hasta los más pequeños eran capaces ya de leer palabras sueltas y algunas frases muy cortas. Aunque quien más empeño ponía en aprender era Lali.

La criada se había acercado a Solange una tarde, cuando ésta leía en la salita los consejos que había redactado para ella la amiga maestra de Mariana. Lali, visiblemente nerviosa, se retorcía una punta del delantal almidonado.

—¿Da su permiso, doña Solange?

La francesa alzó la vista y sonrió complacida. Lali era la única en esa casa, aparte de Rodolfo y Dionisio, que pronunciaba su nombre correctamente. Le resultaba mucho más agradable que esa torpe de Trini o la rústica de Ramonica, y con Pepita no acababa de congeniar; le parecía demasiado entrometida. Lali, en cambio, era diligente en su trabajo y muy rápida de entendederas.

—¿Qué ocurre, Lali?

Las mejillas de la sirvienta se tiñeron de un rojo violáceo, como si se estuviera asfixiando.

—Yo…, señora…, me han dicho que va a enseñar a leer y escribir a los niños de… —Lali tuvo que hacer una pausa para tomar aire. Los nervios la estaban estrangulando—. Doña Solange, le ruego que perdone mi atrevimiento… Vengo a suplicarle… que me permita aprender a mí también.

—¿No sabes leer? —preguntó ella.

La muchacha negó con la cabeza.

—No, doña Solange, la gente como yo no va a la escuela, y las chicas menos aún. Tenemos que aprender a gobernar la casa… y a criar a nuestros hijos. —Lali volvió a inspirar con ansia y soltó de corrido—: Por favor, señora, no piense que soy una descarada, pero deseo tanto aprender…

—¿Has hablado con Pepita?

—No, señora. —La cara de Lali, que casi había recuperado su color natural, volvió a encenderse en un vívido granate—. Mi tía me diría que sólo tengo pájaros en la cabeza, pero… si usted me permitiera incorporarme y hablara con ella, seguro que cedería, doña Solange… Yo… ¡le prometo que no descuidaré mis quehaceres en la casa!

—Está bien, Lali —zanjó, conmovida por el interés de la

chica—. Puedes empezar mañana junto con los niños. Yo hablaré con Pepita.

Las lágrimas velaron los ojos de Lali. La joven se limpió con la punta del delantal, que a esas alturas estaba hecha una piltrafa porque no había parado de retorcerla entre los dedos.

—Gracias, doña Solange. Que Dios la bendiga. Le juro que no desatenderé mi trabajo ni una pizca.

—*Mon Dieu* —murmuró Solange, temerosa de que Lali se echara a llorar a lágrima viva. Los sollozos ajenos la hacían sentirse violenta—. Dile a tu tía que venga. Hablaré con ella ahora mismo. Y cámbiate de delantal antes de que vea lo arrugado que está y te regañe.

El recuerdo de lo mucho que se emocionó Lali arrancó una sonrisa a Solange mientras guardaba en una caja de hojalata los lapiceros, a los que los niños habían sacado punta antes de marcharse. La asistencia de la criada a las clases le estaba resultando muy útil, pues ponía orden repartiendo pescozones si veía que los más pequeños se distraían pensando en las musarañas. Solange metió los utensilios escolares en un cajón del aparador, regresó a la mesa y se encendió un cigarrillo de los que Rodolfo se hacía enviar desde Zaragoza. Dio la primera calada e hizo una mueca. No le convencía el sabor de ese tabaco, tan distinto del francés. Aunque en realidad nunca le había entusiasmado fumar. Balancear entre los dedos un cigarrillo encajado en una sofisticada boquilla había sido para ella una forma de rebeldía, un modo de reafirmarse como mujer libre que tomaba sus propias decisiones y no se dejaría atrapar en una jaula de oro como su *maman*. Expulsó una bocanada de humo amargo y se preguntó dónde se había extraviado aquella mujer libre.

Se sirvió un vaso de limonada. Había ordenado a Ramonica que todas las tardes preparara una jarra y la llevara a la salita. Le venía bien para refrescar las gargantas resecas de sus pequeños alumnos tras los ejercicios de lectura. A la cocinera le desagradaba cumplir ese encargo y no disimulaba su disgusto. En la cocina, se desahogaba farfullando que a ver qué necesidad había de dar limonada a unos pilluelos de cara sucia que sólo llevarían una buena remesa de piojos a la casa de los señores. Tampoco comprendía qué hacía Lali aprendiendo a leer. ¿Acaso se creía mejor que las demás criadas? Sin embargo, Ramonica se guardaba mucho de despellejar a Lali delante de Pepita, no fuera a molestarse con ella por criticar a su sobrina.

Solange apuró su vaso y fue a abrir el ventanal; durante las horas de más sol lo dejaba cerrado para evitar que entrara el calor. Aún no se había habituado del todo al bochorno estival, que la obligaba a madrugar si deseaba dar un paseo a caballo sin sufrir una insolación. Cada día comprendía menos las costúmbres de esa tierra, a la que llegó con la ilusión de prorrogar la felicidad que descubrió junto a Rodolfo en el estudio de París. A veces fantaseaba con la idea de regresar a Francia para reanudar la vida social a la que renunció, pero lo sorprendente era que entonces pensaba en Dionisio y perdía las ganas de marcharse. Si volvía a París, ¿qué sería de él? Ahora bebía mucho menos… No podía abandonarlo a su suerte cuando el pobre comenzaba a recuperar algo de dignidad. Ya le había dado la espalda demasiada gente.

Descorrió las cortinas, que habían empezado a mecerse con el suave viento vespertino, y ahí estaba Dionisio. Ataviado sólo con un pantalón viejo que hacía bolsas por doquier, acarreaba un cubo de estaño en cada mano. Solange sabía que por las tardes sacaba agua del pozo para regar el embrionario jardín. Observó a su cuñado con atención. El trabajo al aire libre le había hecho adelgazar y había desarrollado sus músculos. El hombre desastrado que la asustó el primer día estaba bronceado y tenía un aspecto saludable, incluso le pareció guapo conforme le veía trajinar iluminado por el sol vespertino. Tragó saliva y dio una calada ansiosa. Regresó a la mesa, se sirvió más limonada, bebió y miró de nuevo hacia el ventanal. Dionisio debía de tener mucha sed con ese calor. Siguiendo un impulso, vació la jarra en un vaso limpio y salió con él a la terraza, que se elevaba un metro por encima del suelo. Bajó los cuatro escalones. El hombre estaba inclinado sobre un diminuto rosal y se disponía a regarlo. Cuando Solange llegó a su altura, de pronto no supo qué decirle. Se quedó allí parada, con el vaso en la mano, que había empezado a sudarle. Sandokán, ahora que ya no se temían mutuamente, se aproximó y se sentó a sus pies.

Dionisio se incorporó. Al ver que la sombra que se proyectaba sobre el rosal terminaba en Solange, el cubo se le escurrió de la mano y el agua se derramó en sus alpargatas polvorientas. Él ni se movió.

—Solange… —murmuró, colorado como la grana.

Aunque luchó por desviar la mirada, ésta acabó deslizándose sobre el cuerpo de su cuñada. Le pareció bella como una diosa; vestía un conjunto compuesto por un ligero jersey de anchas rayas horizontales en tres tonos de azul y una falda cuyo discreto estampado, en los mismos colores, simulaba un nido de abejas.

Ella estiró el brazo y le puso delante el vaso.

—Te traigo un poco de limonada. Hace mucho calor…

Dionisio sonrió de oreja a oreja. Cogió el vaso y se bebió la mitad de una sentada.

—¿Por qué no entras en casa y descansas un poco? —susurró ella, presa de una inexplicable turbación—. Llevas mucho rato trabajando en el jardín, y con este calor…

Dionisio se encogió de hombros. Al estar tan cerca de él, Solange vio por primera vez las cicatrices diseminadas por su torso, apenas cubierto por un discreto vello. Algunas eran pequeños redondeles; otras surcaban la carne en multitud de líneas como si hubieran sido hechas a cuchillo. También en el brazo izquierdo descubrió dos marcas circulares.

—Tengo que acabar de regar. Si no con este bochorno se secará todo.

Ella le tomó de un brazo y notó un estremecimiento que derivó en una oleada de calor.

—Siéntate un rato conmigo, aunque sea en la escalera de la terraza.

Él no puso más objeciones. Fueron hacia la casa y se dejaron caer en el primer escalón. Dionisio terminó lo que le quedaba en el vaso y empezó a juguetear con él entre los dedos. Solange apuró su cigarrillo.

—¿Quieres que te traiga uno? —preguntó, señalando el pitillo. Pero enseguida se corrigió—: Es curioso, acabo de darme cuenta de que nunca te he visto fumar.

—Ya no me gusta. Aborrecí el tabaco en Marruecos.

La conversación se estancó antes de haber arrancado. Permanecieron un buen rato en silencio, hasta que él tomó aire y se animó a hablar.

—Me sienta bien trabajar en tu jardín. Así no pienso tanto en… —Se calló durante varios segundos—. En… beber y en… otras cosas. Ayer no probé el vino en todo el día… Pero… —Tragó saliva—. Es muy difícil…

—Yo sé que lo dejarás del todo si te lo propones.

Él la miró de reojo y sonrió. Con el cabello ondulado y recogido en un moño, ofrecía una imagen menos sofisticada que cuando la vio por primera vez, pero a él se le antojaba más adorable que nunca. De pronto se sintió sucio e indigno, como le ocurría con frecuencia en su presencia. Estuvo a punto de levantarse y correr a cubrirse con la camisa, que había colgado en una de las varas de la carretilla, pero fue incapaz de alejarse de ella, aunque sólo fuera unos metros.

—Este jardín… es la primera vez que hago algo de provecho desde que me repatriaron de Marruecos.

—Harás muchas más cosas buenas. Sólo tienes que confiar en ti mismo. ¿Sabes qué nombre he pensado para nuestro jardín?

Él negó con la cabeza. Solange anunció con aire de misterio:

—El Jardín de Dionisio.

La reacción a su propuesta fue una carcajada.

—No me gusta. Dionisio es un nombre odioso. Ojalá no me hubieran bautizado así por mi abuelo.

—¿Prefieres Denys?

—Tampoco.

Solange se sumergió en una nueva cavilación que se prolongó varios minutos, durante los que Dionisio se limitó a juguetear con el vaso vacío.

—¡Ya lo tengo! —exclamó Solange—. Lo llamaremos El Jardín Entre Viñedos. *D'accord?*

—Mucho mejor —admitió él. Miró a Solange de reojo y se le escapó una sonrisa.

Los dos cayeron en un nuevo silencio impregnado de turbación. Se oía el rechinar de alguna chicharra tardana, el silbido del cierzo que empezaba a levantarse y las voces que daba Onofre regañando a su hijo detrás de la casa. De pronto, Dionisio susurró:

—Estuve… estuve… mucho tiempo aplastado debajo de los muertos… los que… los que se cuelan en mis sueños cuando duermo…

El corazón de Solange dio un brinco. Miró a su cuñado con los ojos muy abiertos. ¿Por qué farfullaba cosas tan inconexas? ¿Sería por efecto de las horas que llevaba sin beber? ¿O es que había pasado demasiado tiempo trabajando al sol?

Dionisio se dio cuenta de que la había asustado y se apresuró a darle una explicación.

—En el Rif… cuando luché en Marruecos.

Ella suspiró de alivio. Eso, al menos, tenía sentido.

—Una tarde me preguntaste qué me ocurrió en Marruecos, ¿lo recuerdas? ¿Todavía quieres que te lo cuente?

Ahora que Dionisio se mostraba dispuesto a confiar en ella, Solange ya no estaba segura de querer oír lo que prometía ser una confesión aterradora. Pero no podía echarse atrás. Le dijo que sí con la cabeza.

Él inspiró muy hondo para infundirse valor. Ansiaba abrirse a Solange, pero temía ahuyentarla. En los últimos meses se había acostumbrado a las pequeñas atenciones que ella le prodigaba, a sus furtivas miradas de complicidad cuando comían en compañía de Rodolfo y a la ternura que le inspiraba su mera cercanía. No quería echar todo eso a perder abrumándola con sus demonios. Sin embargo, ya no podía retroceder.

—Yo… estuve destinado con los efectivos que defendieron la posición de Igueriben en julio de 1921. Igueriben era una guarnición en las montañas del Rif. Formaba parte de los puntos de apoyo estratégicos que rodeaban el campamento de Annual. La habíamos erigido en lo alto de una loma pelada cuando la ocupamos en junio. Éramos más de trescientos cincuenta hombres, entre oficiales y soldados, apiñados como piojos detrás de los parapetos defensivos que levantamos para protegernos de los moros. Los muy miserables se escondían en los barrancos que rodeaban la posición y cada día nos hostigaban más con sus obuses. Igueriben era un secarral sin árboles ni vegetación, sólo había piedras, polvo y calor. Para complicarlo más, la aguada más cercana estaba a cuatro kilómetros…

—¿Qué es una aguada? —osó interrumpirle Solange.

—El pozo adonde había que ir a recoger el agua que bebíamos —le aclaró Dionisio—. Cuando tocaba reponerla, un grupo de soldados con mulas salía hacia la aguada. Muchos no regresaban… o los llevaban los compañeros malheridos y morían poco después. —Hizo una pausa. Hablar de aquello le estaba resultando más difícil de lo que había creído—. Igueriben era una trampa en la que los moros nos tuvieron sitiados durante cuatro días, hasta que los víveres y las municiones empezaron a acabarse. El cerco impedía que las columnas de abastecimiento avanzaran hasta nosotros desde Annual, y tampoco podíamos atravesarlo para llegar hasta la aguada, porque sólo con asomar la cabeza por encima del parapeto eras hombre muerto. Te aseguro que el hambre es dura de soportar, pero la sed… no hay palabras para describir lo que es estar con la lengua hinchada y pegada al paladar, los labios tan llenos de llagas que no puedes ni hablar. Estábamos tan desesperados que llegamos a bebernos la colonia que conservaban algunos como un tesoro, vaciábamos los tinteros si encontrábamos algún resto de tinta, e incluso hubo quien llegó a meterse arenilla en la boca para hacer algo de saliva. Al final acabamos bebiendo nuestros propios… —Se detuvo, indeciso, pero terminó por expulsar las palabras fatídicas como quien se libra de un peso que le oprime el corazón—, nuestros propios orines mezclados con azúcar.

—*C'est dégoûtant!* —musitó Solange.

—¿Quieres que me calle?

Ella sacudió la cabeza.

—Claro que no. Tienes que sacar lo que llevas guardándote tantos años.

Dionisio esbozó una sonrisa. Resistió la tentación de abrazarla contra su pecho troquelado de cicatrices.

—El 21 de julio llevábamos cinco días de asedio. Los moros estaban tan cerca de los parapetos que oíamos con nitidez sus insultos y sus ofertas de rendición. Hacía un calor sofocante que aún agravaba más la sed. A mi alrededor los compañeros caían como moscas. Nunca olvidaré el hedor de los cadáveres de hombres y animales que se descomponían por doquier porque no podíamos enterrarlos. Ese día vimos llegar una columna de rescate de muchos hombres, pero los moros cayeron sobre ellos y los supervivientes tuvieron que retroceder hacia Annual. A nosotros no nos quedaban más que unas pocas cargas de cañón y muertos... muchos muertos sin sepultar. Entonces, el comandante Benítez organizó la retirada. Ordenó que quemáramos las tiendas y destruyéramos todo el material que pudiera servirle al enemigo. Cuando ya no quedaba nada en pie y la columna principal que transportaba a los heridos estaba preparada para salir, el comandante sacó su pistola y asomó fuera del parapeto para iniciar la retirada. Fue de los primeros en morir. —Dionisio se limpió las lágrimas que habían enturbiado sus ojos y amenazaban con deslizarse mejillas abajo—. Yo estaba seguro de que no sobreviviría. Todos llevábamos muchos días viendo caer a los compañeros a nuestro alrededor y esperando la propia muerte, pero cuando se desató la matanza clavé la bayoneta a todo el que se me acercaba; me había venido a la cabeza el recuerdo de esta tierra y de las viñas... y no quería morirme sin haberlas visto por lo menos una vez más. Creo que eso fue lo que me dio fuerzas para escapar de esa turba que acuchillaba, degollaba y decapitaba a todo el que llevaba uniforme español.

Solange se dio cuenta de que se le había puesto la carne de gallina y se frotó los brazos con disimulo. Dionisio no advirtió lo impresionada que estaba. Volvió a limpiarse los ojos y siguió hablando:

—Me precipité pendiente abajo. Me habían hundido varias veces las gumías en el pecho y perdía mucha sangre, apenas me tenía en pie, pero conseguí llegar hasta donde se había replegado parte de la columna de socorro que habían asaltado los moros. Ahí me desmayé y no recuerdo más, sólo que desperté en el campamento de Annual. Me dieron un sorbo de agua…, es peligroso tomar mucha de golpe cuando estás deshidratado. Un sanitario me inyectó algo y no conservo más que una imagen muy borrosa de estar tendido en el suelo, rodeado de heridos que gemían de dolor o deliraban.

—¿Los muertos de tus pesadillas?

Él negó con la cabeza. Solange le oyó tragar saliva ruidosamente.

—Debí de desmayarme otra vez, o a lo mejor me dormí. Cuando desperté, era de día. El pecho me dolía; apenas podía respirar. Levanté un poco la cabeza y vi que me habían puesto un vendaje… y que dos sanitarios me llevaban en una camilla. Me subieron a un carro tirado por mulos, de nuevo entre agonizantes y heridos que se quejaban. A mi lado, un capitán con la cabeza y parte de la cara vendadas, aunque podía hablar, me dijo que la posición de Annual iba a ser evacuada. «Retirada inmediata», lo llamó. Recuerdo el calor, otra vez la maldita sed, el polvo que se metía por la nariz y se agarraba a la garganta, los zarandeos del carro, las sacudidas de unos contra otros y el dolor que me provocaba cada golpe. Durante el camino, el oficial de la venda se levantaba cuando reunía fuerzas y se asomaba por encima del costado del carro. Después me contaba por dónde íbamos. Yo sólo oía el silbido de los proyectiles que nos disparaba el enemigo desde lo alto de la montaña, el ruido de cascos de las acémilas de carga, las ruedas de los carros de municiones rodando por el camino pedregoso, las voces de los que marchaban o se arrastraban a pie… De vez en cuando, el quejido de alguien al que habían alcanzado los disparos. A cada instante aumentaban el alboroto, los gritos, las voces airadas de los mandos intentando poner orden. En una de ésas, el oficial a mi lado se volvió a asomar y le oí murmurar: «Ha cundido el pánico. Estamos en el desfiladero y todos, hombres y bestias, se atropellan por pasar primero para escapar del fuego enemigo. Si se desencadena una avalancha, que Dios nos ampare, muchacho».

Dionisio se calló y se puso a girar el vaso entre las manos manchadas de tierra, extraviado en sus ingratos recuerdos. Solange estaba tan compungida que no se le ocurrió nada que decir. Decidió esperar a que él reanudara su relato.

—Entonces —prosiguió Dionisio con voz temblorosa— oí muy cerca el silbido de un disparo. Miré al oficial. Tenía muy abierto el ojo que no tapaba la venda. Ni siquiera pestañeaba. Lo habían matado. Los siguientes disparos me alcanzaron de lleno. El soldado a mi izquierda gimió de repente. En cuanto pude volverme, vi que también lo habían matado. Y entonces el carro volcó y todo se volvió negro.

Solange notó cómo su mano se abría camino hacia el antebrazo de Dionisio.

—Cuando desperté, el sol estaba muy alto. Quise moverme, pero no podía. Me lo impedían los hombres que habían caído encima de mí. Todos me miraban con ojos desorbitados, vidriosos y muy quietos… No eran más que cadáveres que pronto empezarían a pudrirse. Uno de ellos era el oficial de la venda en la cabeza. Intenté quitármelos de encima, pero no me quedaban fuerzas; pesaban demasiado. Noté la piel mojada. Al incorporarme un poco, vi que era sangre. No sé si mía o de los otros. Empecé a gritar, pero nadie me hacía caso. Soldados, oficiales y acémilas seguían huyendo por el desfiladero, a pie o montados en carros o camiones, pisando a todo el que se interponía en su camino. Conforme pasaban las horas, el calor aumentaba y con él, las moscas y la sed. ¡La maldita sed! El hedor de la sangre y de los cuerpos que me cubrían no me dejaba ni respirar. Pero lo peor eran esos ojos de vidrio que no había modo de cerrar. —Dionisio inspiró profundamente—. No sé cuánto tiempo pasé así. A veces perdía la conciencia y cuando volvía en mí me topaba con las miradas vacías de toda esa carne muerta. Mi corazón seguía latiendo, pero el recuerdo de las viñas ya no me daba fuerza para agarrarme a la vida. Sólo sentía envidia de los muertos porque ellos se habían librado de ese infierno.

Mientras Dionisio hablaba, Sandokán había estado atento a cada uno de sus movimientos. Se acercó a él, estiró la cabeza y le lamió la cara con delicadeza. Dioniso dejó el vaso en el suelo y le acarició detrás de las orejas.

—De pronto, oí una voz que gritaba: «¡Aquí hay uno vivo! ¡Sacadlo, deprisa!». Abrí los ojos. Un hombre con uniforme de teniente coronel me miraba desde lo alto de su caballo. Creo que volví a desmayarme, porque lo siguiente que recuerdo es estar en una enfermería de campaña de Monte Arruit, a unos treinta kilómetros de Melilla, y la voz de un oficial médico diciéndole a otro que tenía heridas de cuchillo y de bala en el pecho y en el brazo, todas graves aunque no mortales de necesidad, pero que no tardaría en morir por culpa de la deshidratación y la debilidad. —Dioniso volvió a encogerse de hombros—. Los moros acabaron cercando también Monte Arruit. Tuve la suerte de que me metieran en un pequeño convoy de heridos que consiguió escapar de allí por los pelos y llegar a Melilla. A pesar de lo que dijo aquel médico, sobreviví a las heridas, al agotamiento y a un brote de disentería, me repatriaron y se vinieron conmigo todos esos malditos muertos, que desde entonces no han dejado de acosarme en mis pesadillas.

—Por eso bebes tanto, *n'est-ce pas?*

Él asintió en silencio. Siguió rascando a Sandokán, que se había enroscado a sus pies como si fuera un gato.

—Si no fuera por este animal… Desde que pasa la noche conmigo en la alcoba, tengo menos miedo a dormirme.

Solange, incapaz de hablar, le apretó una vez más el antebrazo.

A Dionisio su espontánea confesión empezaba a inundarle de paz, aunque le inquietaba la reacción de Solange. Había suavizado cuanto había podido aquella espantosa vivencia en el Rif combatiendo con un ejército colonial desorganizado cuyos soldados eran en su mayoría campesinos y obreros analfabetos, sin más pecado que pertenecer a familias demasiado pobres para pagar por librar a sus hijos del infierno. No le había hablado de su dolor cuando veía expirar, tras haber sido alcanzados por proyectiles enemigos, a camaradas con los que segundos antes había estado compartiendo un último resto de colonia o la orina recogida en un recipiente. Ni de cómo tuvo que asistir impotente a la dolorosa e interminable agonía de su amigo Paco, un mozo de Zaragoza que trabajaba en el Mercado Central descargando mercancías y al que los compañeros cambiaron el nombre por Franchón porque «paco» era como llamaba la tropa a los francotiradores del enemigo. Ni de cómo había que aguantar día y noche junto a los cuerpos en descomposición de los que habían sido buenos compañeros de fatigas, porque el espacio en el campamento era escaso y los ataques del enemigo impedían enterrarlos fuera. No le había mencionado los pajarracos carroñeros que se posaban sobre los cadáveres y desgajaban su carne a picotazos sin que los vivos, demasiado débiles para moverse, pudieran espantarlos. Se había callado que de los trescientos cincuenta y cuatro hombres destacados en Igueriben no sobrevivieron ni diez, y que a él le abrumaba la culpa por haberse salvado mientras los huesos de los caídos seguían alfombrando los riscos del Rif. Había evitado ahondar en el hedor de los cadáveres en descomposición que se incrustaba en los pulmones, mezclado con el de los cuerpos sucios de los vivos, infestados de piojos que les brotaban hasta de la nariz y las orejas, y el enloquecedor olor del miedo; en el brote de disentería que casi le mató en el hospital de Melilla cuando ya había empezado a recuperarse de sus heridas; en las lágrimas que se le escapaban cuando, consumido por la fiebre en la cama del hospital y asomado ya al precipicio de la muerte, recordaba el verdor que en verano expandían sus amadas viñas por la guijarrosa tierra en la que se crió. Las mismas viñas y la misma tierra que se le antojaron extrañas, incluso hostiles, cuando volvió a verlas desde el automóvil de su padre, en el que regresó a casa convertido en un saco de huesos que apenas tenía fuerza para caminar tres pasos seguidos. ¿Cómo iba a relatar todo eso a una joven rica y hermosa que no parecía haber sufrido nunca?

—Te he asustado, ¿verdad?

—Claro que no —respondió Solange, aunque la afirmación le salió menos categórica de lo que había pretendido.

—Eres la primera persona con la que hablo de… de aquello —añadió Dionisio, de nuevo con la cara convertida en amapola. Miró de reojo a la mujer que había acompañado a su hermano desde París—. ¿Sabes una cosa, Solange? Una vez te dije que eres una niña, pero… no es cierto… ¡Eres un ángel!

Un guijarro se atravesó en la garganta de Solange y la dejó muda. Sintió que se le empañaban los ojos. Tenía su ironía que un hombre esclavizado por el alcohol y unos recuerdos lacerantes le hiciera sentir en la boca del estómago ese temblor cuya dulzura le parecía casi impúdica. ¿Por qué Rodolfo ya no despertaba en ella esa sensación de estar caminando sobre un colchón de nubes?

Dionisio dejó de rascar a Sandokán y cubrió con su mano la de Solange, que aún reposaba sobre su brazo.

Así permanecieron durante un buen rato, acariciados por la luz crepuscular, sin moverse ni percatarse de que Pepita, que había entrado en la salita para llevarse los vasos y la jarra de limonada, los observaba desde la terraza y meneaba la cabeza, estupefacta. ¿Es que los hombres Montero no iban a aprender nunca a ser sensatos cuando se trataba de mujeres?

22

Marcel irrumpió en la Casa de la Loma como una ráfaga de cierzo. Seis días antes, un recadero de la central de teléfonos de Cariñena había llevado a Solange un telegrama enviado desde Barcelona en el que anunciaba que llegaría el 14 o 15 de julio. A las seis y media de la tarde del día 14, Pepita estaba en la cocina dando instrucciones a Ramonica cuando oyó los ladridos frenéticos de los perros y, enseguida, el motor de un coche. No podía ser el automóvil de los Montero porque Onofre lo estaba lustrando a la sombra del cobertizo donde lo guardaba junto al camión Ford. El ama de llaves dejó a la cocinera con la palabra en la boca y salió a la puerta principal. Alcanzó a ver una nube de polvo ondulándose por el camino que subía desde Cariñena. Al instante, el nubarrón entró por el portón y se detuvo ante la casa. Cuando se desvaneció la polvareda, vio un impresionante vehículo cuyo color se adivinaba azul oscuro bajo la tierra que cubría la carrocería. Pepita parpadeó como si acabara de disfrutar de un truco de magia en un teatro de variedades. El coche era descapotable, largo pero bastante más estrecho que el Hispano-Suiza de los señores. Su línea hacía pensar en la agilidad de un galgo en plena carrera. Las pestañas de Pepita aletearon frenéticas cuando un hombre se apeó, se retorció en estiramientos felinos, se frotó la espalda, miró hacia la casa y se dirigió presuroso a la escalera de la puerta principal.

El desconocido vestía un guardapolvo grisáceo que ondeaba

a su alrededor a cada paso. Sus ojos quedaban ocultos bajo unas gafas enormes que le daban aspecto de grillo, y su cabeza la cubría un extraño bonete que no era ni gorro ni sombrero. Antes de alcanzar el primer escalón, se detuvo y se palmeó el sayo con sus manos enguantadas para sacudirse el polvo rojizo que lo manchaba. Después subió la escalera con decisión y vivacidad. Al llegar arriba se topó con una señora regordeta, de mofletes colorados, en cuya mirada se amalgamaban por igual estupor y alarma.

—Oh, perdone que la haya asustado, madame. —Marcel se quitó las gafas de grillo—. He recorrido tantos kilómetros con este atuendo que ya forma parte de mí. —Se despojó de los guantes y el bonete. Cuando Pepita hubo digerido la sorpresa por el aspecto del visitante y su acento, pudo admirar una mata de cabello despeinado, tan rubio que parecía de oro bajo el sol vespertino—. Soy Marcel de Montaignac. Vengo a visitar a Rodolfo Montero y a su esposa Solange..., es mi hermana.

Pepita pestañeó una vez más. Se dijo que cuando ese hombre se quitara ese horrible guardapolvo y se lavara la cara, tiznada salvo donde la habían cubierto las gafas, sería un caballero de muy buen ver, con ese pelo tan claro y los ojos de color aguamarina. Advirtió que se parecía mucho a doña Solange. Al pensar en el ama, reaccionó.

—Ah, don Marcel, le esperábamos. Pase, pase, enseguida aviso a doña *Soláns*.

Marcel alzó una ceja al oír cómo había pronunciado esa mujer el nombre de su hermana. Miró a su alrededor. Aunque Solange le había descrito la casa en sus cartas, había albergado la esperanza de que hubiera exagerado y que hallaría algo parecido a los *châteaux* más modestos del Médoc. Pero ese caserón de ladrillo rojo erigido en medio del campo le resultó inhóspito y su estética se le antojó una burda imitación de algunas casas modernistas que había visto en Barcelona. Antes de traspasar el umbral, reparó en un hombre joven que regaba con cubos de agua una serie de plantas en estado embrionario que rodeaban la casona.

A su lado, un perro grande, de color canela con alguna mancha blanca, arrancó a ladrar mirando hacia la escalera y enseñando los dientes. El que estaba regando se parecía mucho a Rodolfo, aunque era algo más alto. Marcel pensó que debía de ser el hermano descarriado; Solange le había hablado mucho de él en sus cartas. Para ser un alcohólico tenía buen aspecto: torso bronceado, brazos musculosos… El hombre se irguió, hizo callar al perro, miró al recién llegado y le dedicó un rápido saludo con la cabeza. Cuando Marcel quiso devolverle la cortesía, el otro ya estaba concentrado de nuevo en su labor de jardinería. Marcel entró en la casa.

Solange le aguardaba en el recibidor. Había oído el alboroto de los perros, después el ruido del coche y finalmente la voz de su hermano con su inconfundible acento francés. En cuanto le vio entrar, corrió hacia él, le echó los brazos alrededor del cuello y lo llenó de besos. Cuando se despegó, tenía los ojos velados por una fina lámina acuosa que se apresuró a limpiarse.

Marcel le pasó revista con atención. La vio más delgada, y apagada, como si se cerniera sobre ella una sombra. Le disgustó su peinado. Solange era demasiado joven para llevar el pelo recogido en un moño como esas rústicas que había visto en los pueblos que había recorrido, con sus faldas anchurosas y los hombros cubiertos por pañuelos de tela basta. Apenas iba maquillada. Sólo un poco de sombra oscura alrededor de los ojos y los labios pintados con visible apresuramiento. La joven que tenía delante era su hermana, pero de la *flapper* que quería beberse la vida como si fuera un cóctel de champán sólo quedaba el vaporoso vestido de flores con el característico estilo de Maison Chanel. El resto se había esfumado. Ahora fue él quien la abrazó con fuerza.

Solange se dejó mimar. Desde que su querido Laurent murió en la Gran Guerra siendo ella una niña, Marcel había sido su confidente y su refugio ante cualquier adversidad. Al cabo de un rato, se desasió de los brazos de su hermano. Seguro que tenía sed, y ese guardapolvo debía de darle mucho calor. Al sentir de nuevo la mirada de Marcel escrutándola, se retocó el pelo con la mano, dibujó una sonrisilla llena de turbación y le preguntó en francés:

—¿Me ves muy fea?

—¡Claro que no! Sólo un poco rústica —intentó bromear él. Se quitó el guardapolvo. Llevaba un suéter de manga corta, de punto blanco, como los que habían puesto de moda los jugadores de polo, y un pantalón de pinzas, elegante pero muy arrugado.

Solange buscó con la mirada al ama de llaves, que había observado el reencuentro sin mover una pestaña.

—Pepita, que traigan un vaso de limonada para mi hermano.

—Enseguida, doña *Soláns*. Mandaré a Onofre a por el equipaje de don Marcel.

Pepita estiró los brazos hacia Marcel.

—Si me da su... —La mujer miró el guardapolvo con aire dubitativo— su abrigo, señor.

Él se lo tendió sin abrir la boca. Le desconcertaba esa mujer que parecía una manzana colorada con patas. Pepita desapareció en la oscuridad del pasillo llevando la polvorienta prenda como si fuera a morderle las manos. Marcel se limpió unas gotas de sudor de la frente justo antes de que alcanzaran las cejas. Quiso saber si en su habitación había un cuarto de baño donde refrescarse. Había pasado un calor espantoso.

Solange respondió, con la mirada gacha, que sólo disponían de uno en el primer piso, pero tenía una bañera muy grande. Ordenaría que las criadas subieran agua caliente y le prepararan el baño.

—*Il est bien primitif cet endroit!* —se le escapó a él entre dientes. Enseguida añadió, en tono de broma forzado—: No sé si podré perdonar a Rodolphe que te haya arrastrado a un lugar tan... —Se interrumpió. Había estado a punto de decir «indigno», pero le parecía demasiado contundente—. A un lugar tan impropio de ti. ¿Dónde está tu príncipe?

—Ha ido a la bodega... o a la fábrica de alcoholes. No estoy segura. —Solange guardó unos segundos de incómodo silencio, tras los que miró a su hermano a los ojos—. Marcel, fui yo la que quise venirme con él. No soportaba la idea de perderlo para siempre…

—¿Te hace feliz, al menos?

El regreso de Pepita en compañía de Lali, que llevaba un gran vaso de limonada sobre una bandeja de plata, eximió a Solange de responder, aunque antes de que bajara de nuevo la vista, Marcel tuvo tiempo de ver la nube que había ensombrecido su mirada.

23

El sol se retiraba parsimonioso detrás de la sierra de Algairén, y por el cielo teñido de rojo reptaban remolinos de pequeñas nubes caracoladas. Un suave viento luchaba en vano por refrescar el calor. Solange y Marcel ocupaban sendas sillas en la terraza a la que se abría el ventanal de la salita. Dos semanas atrás, Solange se había enterado por casualidad de que en un cobertizo detrás del caserón se amontonaban los viejos muebles de jardín que la madre de Rodolfo encargó en Zaragoza, al poco tiempo de casarse, para colocarlos en el patio de la casa de Aguarón: una mesa con tablero de mármol ovalado cuyo armazón de forja describía espirales barrocas, de las que atraen hasta la más ínfima mota de polvo, y seis sillas a juego. Los muebles se hallaban en buen estado a excepción de los cojines, cuya tela sí había acusado el paso del tiempo. Ella había ordenado que los sacaran a la terraza y las criadas habían pasado una semana desempolvándolos y quitándoles minuciosamente las telarañas para devolverles el lustre perdido. A Pepita le había correspondido coser fundas para los cojines usando un pedazo de lona de cubrir los carros. Desde que quedaron presentables, Solange salía a leer a la fresca en cuanto acababa de dar clases a sus alumnos, que iban haciendo muy buenos progresos. Le gustaba ver trabajar a Dionisio en su jardín y se le aceleraba el corazón cada vez que él se erguía, la buscaba con la mirada y le sonreía.

Recién bañado y ataviado con un pantalón de color marfil y

una camisa blanca de algodón, cuyas mangas había doblado con esmero hasta los codos, Marcel sorbía la tercera limonada de la tarde esforzándose por ocultar su resignación. No es que hubiera esperado que en esa casa le sirvieran un cóctel de champán, un gin-fizz o esa vulgaridad de Bloody Mary, pero cuando había sacado la petaca de ginebra en presencia del hermano de Rodolfo, Solange le había indicado con una discreta seña que la guardara. En cuanto se quedaron a solas, ella le había susurrado, con las mejillas encendidas, que Dionisio llevaba casi tres semanas sin probar el alcohol. Le había hablado de sus padecimientos en la guerra de Marruecos, que le abocaron a ahogar los malos recuerdos en continuas borracheras, y había recalcado que dejar la bebida le exigía una gran fuerza de voluntad y no debían ponérselo aún más difícil.

La primera impresión de Marcel cuando Dionisio soltó el cubo de agua con el que había estado regando las plantas, se cubrió el torso y subió los escalones de la terraza para unirse a ellos, con las alpargatas llenas de tierra, las perneras arremangadas mostrando parte de las pantorrillas, la camisa remetida a toda prisa por dentro del pantalón y un mechón de pelo cayéndole sobre la frente sudorosa, fue que resultaba muy tosco para ser hermano de Rodolfo. Sin embargo, esa impresión se disipó en cuanto Dionisio le miró a los ojos y le habló en fluido francés. Marcel intuyó enseguida que ese hombre era culto… y que estaba muy atormentado. Y en su forma de mirar a Solange vislumbró algo más que le inquietó sobremanera, aunque en ese momento no supo explicarse racionalmente qué le causaba esa sensación.

Cuando se quedó a solas con Solange, dejó el vaso encima de la mesa, sacó la pitillera y se la alargó. Ella rehusó. No le apetecía fumar. Ni siquiera sabía dónde había dejado la boquilla que solía usar en París.

—¿Cómo se encuentra Hélène? —preguntó. Las comisuras de sus labios se plegaron en un ángulo pícaro—. Por lo que me contaste en tu última carta, lo vuestro va viento en popa, ¿no?

Marcel no respondió de inmediato. Primero se encendió un cigarrillo, dio una calada y expulsó el humo con calmosa elegancia.

—Antes de salir de viaje, le pedí que se casase conmigo. Estás mirando a un hombre comprometido.

Solange se quedó muda. Desde adolescente intuía hacia dónde apuntaban las preferencias carnales de Marcel, aunque siempre había sabido que acabaría casándose con una joven hermosa, distinguida y, ante todo, muy rica. Sin embargo, ahora que el matrimonio era inminente, le dolía que su hermano tuviera que claudicar así.

En los ojos de él apareció un destello de resignación cuando añadió:

—Anunciaremos nuestro compromiso en otoño. Ahora todas las familias importantes están veraneando en Biarritz o Deauville. *Maman* quiere celebrar una fiesta por todo lo alto. Ya sabes cómo es para estas cosas.

—En el fondo me entristece que tengas que casarte por conveniencia —susurró Solange, temerosa de molestar a su hermano—. ¿Hélène sabe que nunca la amarás?

Una ráfaga amarga surcó el semblante de Marcel cuando se encogió de hombros.

—¿Qué es el amor? Sólo un deslumbramiento que te empuja a tomar decisiones de las que te arrepientes en cuanto recuperas la cordura.

Solange bajó la mirada. Las palabras de Marcel le parecieron un velado reproche por su propia boda apresurada.

—Hélène es bella, ha recibido una educación exquisita y su familia es incluso más rica que la nuestra —continuó él—. Una mujer joven y sana que sin duda me dará muchos hijos. La esposa ideal para un hombre de mi posición, según nuestro querido padre.

Solange abrió la boca para decir algo y la cerró enseguida, pero las palabras retenidas le abrasaban la lengua. Al cabo de unos segundos se animó de nuevo. Su voz salió titubeante cuando murmuró:

—Marcel, llevo tiempo deseando hacerte esta pregunta: ¿Me… me guardas rencor por… por haberte arrebatado a Rodolphe?

Su hermano dio un respingo como si un duende le hubiera clavado un alfiler en las posaderas, aunque recuperó pronto la sangre fría. No pensaba hablar con ella de lo que sentía por Rodolfo, cuya imagen aún le visitaba muchas noches durante el rato de duermevela que precede al sueño. Sonrió de medio lado y dijo con pretendida frivolidad:

—Deberías tomar más el sol, hermanita. En París, nadie quiere estar pálido. Jean Patou ha sacado al mercado un aceite que acelera el bronceado y todo el mundo anda como loco por comprarlo. Es el último grito.

Solange se arrepintió de su franqueza. Tendría que haber hecho lo que llevaba haciendo desde que descubrió lo que diferenciaba a su hermano de otros hombres: observar y callar. No era el momento de arrancarle confidencias relacionadas con Rodolfo. Desvió la vista y se concentró en el trabajo de Dionisio en el jardín.

—Aquí el sol quema mucho —respondió, distraída—, y nosotros somos muy rubios.

Marcel había seguido la trayectoria de su mirada. Dio otra calada y preguntó de improviso:

—¿Cuántos años tiene ese hombretón?

Solange le miró desconcertada.

—¿Quién?

—El hermano de nuestro Rodolphe. *Ton protégé.*

—Veintinueve —susurró ella. Su rostro se fue tiñendo de color púrpura.

—Casi la misma edad que tendría Laurent…

—No me había dado cuenta —mintió Solange.

Marcel fumó en silencio hasta que su cigarrillo se quedó en nada. Lo sacó de la boquilla y lo aplastó en el cenicero.

—Él no es Laurent. No lo olvides.

—¿Por qué dices eso?

—Hagas lo que hagas, y por mucho que te vuelques en ayudar a Dionisio, Laurent no volverá. Sé que era tu hermano favorito. He intentado suplirle todos estos años, pero también sé que nunca conseguiré llenar el vacío que dejó. Y nuestro padre se encarga de recordármelo a todas horas.

—¡Tú no eres el suplente de nadie! —fue la exclamación espontánea de Solange—. ¡Eres Marcel, el hombre más elegante, más divertido y más bueno del mundo!

Una sonrisa complacida disipó el repentino abatimiento de Marcel.

—Sé cuánto sufriste con la muerte de Laurent —prosiguió ella—. Era muy niña entonces, pero ¿crees que no te veía llorar por él cuando pensabas que nadie se daba cuenta?

—Laurent era mi ídolo. Le admiraba como no he vuelto a admirar a nadie… —susurró Marcel—. Cuando nos despedimos al terminar su último permiso en casa, me prometió que me enseñaría a pilotar un aeroplano en cuanto acabara la guerra… pero ni siquiera llegó vivo al armisticio. —Tomó un sorbo de esa limonada ácida que le dejaba la lengua en carne viva, formó una sonrisa y añadió—: Olvida todo lo que he dicho. No sé por qué me he puesto tan pesado. Será el calor de esta tierra. O que este brebaje me ha agriado el estómago.

—No te inquietes por mí. Lo que hago por Dionisio no tiene nada que ver con Laurent. Él me necesita. Nadie ha sabido ayudarle desde que regresó de Marruecos, pero yo le sacaré del pozo.

Marcel miró a Solange a los ojos y descubrió en ellos un brillo que le preocupó aún más que la posibilidad de que Dionisio le recordara a su hermano muerto. Sofocó el desasosiego encendiendo otro cigarrillo. Había emprendido ese viaje con la esperanza de poder llevarle a *maman* noticias tranquilizadoras que contribuyeran a disipar su enfado por la irreflexiva boda de Solange, pero nada de lo que estaba observando en esa casa le gustaba. Si pudiera arrastrar a Solange de vuelta a París, aunque fuera amordazada y atada de pies y manos, lo haría sin tener en cuenta a Rodolfo. Sus sentimientos por él no habían variado desde aquella tarde, ya lejana, en la que le vio sentarse por primera vez en la terraza del Dôme y su corazón se desbocó como un potro sin domar, pero era responsable de su hermana pequeña. Sólo tenía veinte años y había cometido un grandísimo error.

Oyeron el ruido de cascos de caballo y los dos miraron hacia el portón. Al poco vieron entrar a Rodolfo montando a Pinto. Rodolfo reparó enseguida en el majestuoso Bentley aparcado junto a la casa, cubierto aún de polvo y tierra. Vio a Solange sentada a la fresca en compañía de un hombre alto y rubio, vestido con ropa clara de indolente elegancia.

Marcel.

Su corazón dio un brinco que le desconcertó. No sabía si ir al establo a dejar a Pinto o desmontar delante de la terraza. Al final se decantó por la primera opción. Prefería retrasar el momento de los reproches que seguramente le haría Marcel por haberse casado con Solange a espaldas de su familia, y también calmar el temor a su propia reacción cuando se viera frente a su amigo.

Al cabo de un rato subió con inusitada lentitud los escalones de la terraza. Ni siquiera reparó en Dionisio, que estaba a punto de acabar su tarea pero remoloneaba, con el cubo en la mano, para no correr a su alcoba y sofocar con aguardiente el deseo de alcohol que había despertado ese hombre procedente del sofisticado mundo al que también pertenecía Solange. ¿Y si se la arrebataba? Dionisio era muy consciente de que ella no se había adaptado a la vida en esa casa. Algunas noches le daba por pensar que cualquier mañana bajaría a desayunar y Pepita le comunicaría que Solange había regresado a París. ¿Y qué haría él sin la única persona por la que merecía la pena vivir? Si combatía el ansia de beber y se enfrentaba a sus pesadillas sin la ayuda del alcohol, era para poder leer en los ojos azules de Solange que le creía capaz de volver a ser el hombre que fue.

Rodolfo vio que Marcel se había puesto en pie y le esperaba fumando con movimientos apresurados. Sus mejillas habían adquirido un color sonrosado. Cuando Rodolfo se vio frente a él, no supo qué decir ni adónde mirar. Una ola de calor le anegó la cara. Fue Marcel quien rompió el hielo.

—Te veo muy moreno —bromeó en español, el idioma que utilizaba con Rodolfo—. Causarías sensación en París. Allí, estar bronceado se ha convertido en señal de distinción. —Le atrapó en un caluroso abrazo y susurró—: *Ah, Rodolphe, mon ami…*

Rodolfo se vio invadido por una emoción cálida que barrió todo su aturdimiento. Dio a Marcel unas palmaditas en la espalda. Se alegraba de verle más de lo que jamás habría imaginado.

24

Cuando Rodolfo bajó a desayunar a las seis y media de la mañana, no pudo creer lo que veían sus ojos: Marcel estaba sentado a la mesa de la cocina y sorbía café de un tazón inmenso con la misma naturalidad con la que sostenía una copa de champán en las fiestas elegantes de París. Delante de él había una bandeja llena de magdalenas de gran tamaño que parecían recién horneadas. Rodolfo advirtió que faltaban tres. En el aire flotaba un raro pero agradable aroma, mezcla del olor del caldo que ya borboteaba en el fogón, del café recién hecho y de la canela de la bollería. Ramonica trajinaba canturreando casi sin voz para no molestar a ese caballero francés tan educado. Dio los buenos días al patrón y siguió trabajando.

—¡Marcel! ¿Cómo has madrugado tanto?

El aludido alzó un rostro adormilado, parpadeó como si quisiera espantar así el sueño y ladeó una breve sonrisa.

—Me gustaría acompañarte cuando salgas a recorrer los viñedos. Tengo muchas ganas de que me enseñes de dónde sale vuestro vino.

Rodolfo se sentó a su lado. Recordó haber mencionado durante la cena sus rondas matinales y se arrepintió de su locuacidad. Le turbaba la idea de pasar toda la mañana a solas con Marcel.

—Por supuesto —murmuró, sin conseguir disimular su escaso entusiasmo—. ¿Has desayunado bien? Tardaremos en volver.

—Se detuvo un instante, escrutó a su amigo de arriba abajo y añadió—: ¿Qué tal montas a caballo?

—Mejor que Tom Mix —respondió Marcel, impertérrito.

La alusión al famoso actor norteamericano de películas ambientadas en el Salvaje Oeste arrancó a Rodolfo la primera sonrisa de la mañana.

—Ah, Rodolphe —exclamó Marcel con un asomo de histrionismo en la voz—, he comido varios de esos pastelitos que acaba de sacar *Ramonicá* del horno… Una verdadera delicia… Tenéis una gran cocinera.

Rodolfo se rió para sus adentros por el modo en que había pronunciado el nombre de la sirvienta: con la «erre» ronroneando en la garganta y acentuando la última «a». La oronda Ramonica se esponjó de orgullo como una de sus magdalenas.

Media hora más tarde, los dos salían a caballo por el portón. Toñín había ensillado para Marcel la montura de Dionisio, un animal tranquilo al que el chiquillo mantenía ágil sacándolo a trotar cada día. Rodolfo se convenció de que su amigo era un buen jinete, además de un dandi consumado. Vestía un pantalón claro y otro suéter inspirado en los que usaban los jugadores de polo. Él le había prestado unas botas para caminar entre las cepas y un sombrero de paja que protegiera del sol su piel clara.

Primero fueron a la bodega, donde Pedro no salió de su asombro al ver a ese francés de ademanes elegantes y cabello rubio tan repeinado que ni el sombrero había podido aplastar. A Marcel la bodega le pareció anticuada y falta de una profunda renovación, aunque se guardó sus impresiones por no herir a su amigo. Cuando salieron, ambos recorrieron con calma la parte de las viñas de los Montero que se extendían desde Aguarón hasta Cariñena. De vez en cuando, el francés desmontaba y alzaba las hojas de vid para examinar, con un aire de entendido que acabó exasperando a Rodolfo, las uvas ya formadas en racimos, cuyo color verde aún no había evolucionado hacia el característico granate casi morado. A veces se arrodillaba, cogía un puñado de tierra y lo sopesaba extendido sobre la palma. Conforme iba arreciando el calor, también él empezó a sudar. Acabó con la frente jaspeada de pequeñas gotas y el jersey pegado a la espalda.

—Veo que aquí no atáis la vid en alambres como hacemos en el Médoc... —comentó mientras cabalgaban plácidamente por las sendas entre las viñas—. Ah, no sé cómo se llama ese sistema en español...

—Te refieres a emparrarlas en espalderas. —A Rodolfo empezaba a provocarle inseguridad lo mucho que Marcel parecía saber de viticultura. No recordaba que hubiera mostrado tanto interés por el vino cuando se divertían juntos en París.

—Sí, eso es. Tiene muchas ventajas: facilita la poda y la vendimia, y dicen que la uva madura mejor porque recibe más luz del sol. Incluso es más fácil controlar las plagas.

—Veo que ahora sabes mucho sobre el cultivo de la vid —comentó Rodolfo con retintín.

—Últimamente voy con frecuencia a Château Gironde para aprender. Tengo la esperanza de que si demuestro a mi padre que sé cómo elaborar un buen vino, se convencerá de que mi lugar no es el banco. Por no enterrarme vivo entre números, hasta sería capaz de alejarme de mi querido Montparnasse. De todos modos, más vale que siente la cabeza pronto o mi padre me cerrará para siempre el grifo del dinero... y eso sería una catástrofe. —Marcel cayó en un silencio indeciso. No sabía si contarle su reciente compromiso matrimonial con Hélène. Al final decidió no sacarlo a colación. No tenía ganas de hablar de su prometida, y supuso que Solange ya la habría puesto al corriente.

Rodolfo no respondió. Resultaba paradójico que Marcel estuviera dispuesto a inhumarse entre viñedos y sacrificar su alegre vida en París, mientras que él vendería su alma al diablo por poder regresar a esa ciudad. Detuvo a Pinto y desmontó.

—Ésta es la Viña de Baco —dijo moviendo el brazo derecho en abanico, como abarcando con él las cepas que se extendían ante ellos en escuadrones que apuntaban hacia la sierra—. Sus uvas son las que dan nuestro mejor vino. Siempre acabo el recorrido aquí porque está cerca de la casa.

Rodolfo iba a añadir que allí fue hallado el cadáver de su padre pero se contuvo a tiempo. No le pareció apropiado contarle eso a un amigo que además era cliente.

Marcel se apeó del caballo. Se limpió la frente bajo el sombrero. Soltó las riendas y se aproximó a la vid más cercana. Inclinó el torso, alzó las hojas y observó los racimos con atención, tal como llevaba haciendo durante toda la mañana.

—Tienen muy buen aspecto. —Se agachó y cogió un puñado de tierra, que contempló durante un buen rato—. Este suelo tiene cierto parecido con el del Médoc, con todos estos guijarros que protegen la vid y conservan la humedad. Aquí podríais cultivar nuestra variedad cabernet sauvignon. —Hizo una pausa y al poco alzó la vista y añadió—: Si me lo permites, me gustaría decirte una cosa.

Intranquilo, Rodolfo asintió con la cabeza. A saber por dónde le saldría Marcel ahora.

—Anoche, durante la cena…, no quiero molestarte pero… vuestro vino… es de *grenache*, ¿verdad?

—Aquí la llamamos garnacha.

Marcel recibió la corrección con un asomo de sonrisa.

—Tiene buen sabor. El problema es que resulta muy fuerte en la lengua y el paladar. Es demasiado denso y enseguida se sube a la cabeza. Sin embargo, sé que la garnacha puede dar buen resultado si se la trabaja bien. Un conocido de mi padre tiene viñedos de esta variedad a orillas del Ródano. Hace unos años empezó a mezclar la garnacha con syrah y a usar barricas de roble para madurar el vino. He probado sus últimas añadas y son excelentes. ¿Por qué no plantas aquí cepas de cabernet sauvignon? Con el tiempo podrías sacar un buen vino, incluso probar a hacer *coupage* de cabernet y garnacha. Estoy convencido de que, en cualquier caso, el resultado será bueno.

Abrió la mano, esparció la tierra y se frotó una palma contra la otra para limpiarlas.

—Sé que el vino de mi familia no se puede comparar con el del Médoc —respondió Rodolfo, sin molestarse en ocultar un brote de acritud—. Soy consciente de que lo podríamos mejorar, de que nuestra bodega está anticuada… y también de que ahora no tenemos dinero para comprar barricas ni maquinaria moderna… y mucho menos para hacer experimentos. Además, si dejara madurar el vino en barricas de roble durante varios años y después en botellas como hace tu amigo Philippe de Rothschild, tendría que venderlo a precio de oro. ¿Quién me lo iba a comprar? Nuestros clientes franceses sólo quieren vino para *coupage*, y los que lo adquieren en España para las tabernas o para tomarlo en casa buscan un caldo a buen precio que les remoje el gaznate y ahogue sus penas. Y eso de las plantas de cabernet sauvignon…, ¿de dónde las voy a sacar?

—Muy sencillo, *mon ami*. ¡Yo te las mandaré!

Rodolfo resopló, impaciente.

—No podría pagártelas. Mi padre no dejó las cosas demasiado bien. Llevo desde la primavera observando a diario las uvas y rezando por que llegue pronto la hora de vendimiar, no vaya a ocurrir algo que malogre la cosecha de este año. Estoy cansado de encerrarme cada noche en el despacho para hacer cuentas que nunca salen como deberían…

—¡Esas cepas serán mi regalo de bodas! —le interrumpió Marcel con rotundidad—. Solange y tú os casasteis tan en secreto que no tuve tiempo de pensar qué regalaros. Pues bien: ya está decidido. No lo rechaces, *s'il te plaît*.

Rodolfo había creído detectar en las palabras de Marcel un reproche muy sutil, como cabía esperar de alguien tan diplomático como él. Por otro lado, entendía que los Montaignac estuvieran resentidos por la boda. Hasta él mismo empezaba a pensar que se habían casado demasiado a la ligera. Amaba a Solange y no quería ni imaginar lo vacía que estaría su vida si hubiera tenido que regresar a casa sin ella, pero tal vez debería haber hecho las cosas de otra manera. Uno no podía fugarse con una chica tan joven sin tener en cuenta los sentimientos de su familia. Claro que en aquel momento la repentina muerte de su padre le impedía pensar con claridad.

—Sólo me gustaría pedirte una cosa a cambio —añadió su amigo.

—Adelante —dijo Rodolfo. No las tenía todas consigo.

—Permíteme que te arrebate a Solange por unos días para llevármela a Zaragoza. Una parisina necesita respirar el aire de la ciudad, ir de compras, a la peluquería, al *atelier* de su modista... No puedes mantener a una mujer como ella encerrada en esa casona como si fuera una vieja. Eso la hace infeliz.

—¿Te ha dicho Solange que no es feliz conmigo? —La desconfianza de Rodolfo se había trocado en alarma.

—¡Claro que no! Pero tengo ojos en la cara y conozco bien a mi hermanita.

Las palabras de Marcel hicieron sentirse a Rodolfo muy culpable.

—Necesito tiempo para enderezar la finca, Marcel. Con mi hermano, que sabe más de vinificación que yo, no puedo contar. Supongo que Solange ya te habrá dicho que es un alcohólico. Ahora soy yo el que carga con todos los problemas. ¡No puedo alejarme de aquí para llevar a Solange a Zaragoza!

—¡Yo lo haré por ti! —exclamó Marcel con una energía que no admitía réplica—. Pasaremos un día o dos en la ciudad, ella se divertirá y volverá mucho más alegre. Créeme, Rodolphe, Solange tiene que distraerse o acabará enfermando.

25

Cuando Marcel propuso a Solange durante la cena que fueran a pasar juntos unos días en la ciudad, el semblante de la muchacha se iluminó al mismo tiempo que se ensombrecía el de Dionisio. Ninguno de los dos fue capaz de tragar ni un bocado más, aunque por razones bien diferentes. Solange enseguida hizo planes para ir a la peluquería y de compras. Entonces el ceño que se nubló fue el de Rodolfo, que empezó a calcular mentalmente cuánto acabaría costándole esa aventura.

La voz de Solange le arrancó de su pesimista cavilación:

—Tengo que avisar a Mariana. ¿Sabes si tiene teléfono, Rodolphe?

—¿Cómo lo voy a saber, *chérie*? Tú estuviste más rato en su casa que yo.

—*Ce n'est pas grave.* —Sonriente, Solange se dirigió a su hermano—: Me llevarás a verla, *n'est-ce pas, Marcel?* Te gustará Mariana. Es encantadora. Rodolphe y ella fueron amigos de niños. —Se acordó de la velada en la que había conocido a Mariana en casa de Amalia y su sonrisa se esfumó al instante—. Rodolphe, no me pedirás que visite a tu hermana, ¿verdad?

Él soltó una carcajada.

—¡Claro que no! Amalia y el Manco os agriarían la excursión. Pero no andéis mucho por el paseo de la Independencia. Si por una de ésas te topas con ella, nos echará en cara durante años que no te hayas dignado ir a verla.

El rostro de Solange recuperó la alegría.

—*Oh, Marcel, comme nous allons nous amuser!*

Su hermano sonrió. También lo hizo Rodolfo. A ambos les alegraba ver a Solange tan ilusionada.

Al punto de la mañana siguiente, Marcel guiaba fuera de la propiedad de los Montero su Bentley, lavado y abrillantado a conciencia por las cuidadosas manos de Onofre. A su lado se sentaban su hermana y Lali. Solange había insistido en llevar a su criada preferida para que la ayudara con la ropa y el peinado.

Apretujada entre los dos, Lali aún no podía creerse su buena suerte. No sólo viajaba en un elegante y reluciente automóvil a la ciudad en la que únicamente había estado una vez en su vida, además vestía un veraniego conjunto de punto granate que le había regalado el ama porque ya no lo usaba y, por si eso fuera poco, iba sentada al lado del hombre más guapo y elegante que había visto en sus dieciocho años de laboriosa existencia. Cuánto disfrutaría cuando relatara su aventura a Trini y a Ramonica. Seguro que hasta su tía, a la que no le había gustado nada que la señora quisiera llevarse a su sobrina de excursión, se moriría de envidia.

Marcel conducía deprisa y con visible maestría hasta por los caminos más pedregosos, y la suspensión del automóvil resistía muy bien los baches. A causa del calor, había desistido de ponerse el guardapolvo y no se había cubierto la cabeza. Sólo llevaba las gafas de grillo, y había entregado un par a cada chica para que se protegieran los ojos por si saltaba alguna piedra. Ya se darían un baño en el hotel para quitarse el polvo del camino.

Tardaron menos de dos horas en llegar a Zaragoza, aunque a Lali el viaje se le antojó muy corto. Se alojaron en el Gran Hotel de Europa, situado en la plaza de la Constitución* haciendo chaflán con Independencia y el Coso. Era el establecimiento más prestigioso de la ciudad; en él se alojaban los miembros del gobierno cuando iban de visita oficial. Las habitaciones de Mar-

---

* Actual plaza de España.

cel y Solange disponían de balcón al paseo de la Independencia. A Lali le asignaron un cuartito en la zona reservada a los criados de los clientes.

Después de cinco meses viviendo en la casona de los Montero, donde las sirvientas tenían que subir de la cocina cubos de agua caliente cuando alguien deseaba darse un baño, Solange disfrutó como una niña jugando con el chorro tibio que salía del grifo de la bañera y pasó un buen rato a remojo, hasta que Marcel aporreó la puerta que comunicaba los dos cuartos para pedirle que se diera prisa si no quería que su hermano muriera de inanición. Comieron en el restaurante del hotel, cuya cocina afrancesada disfrutaba de enorme prestigio en Zaragoza. Solange quiso que Lali les acompañara en esa primera comida. La criada pasó la hora más excitante de su vida, aunque también la más angustiosa. Le intimidaba la profusión de copas y cubiertos de plata repartidos sobre el mantel de hilo blanco bordado, los modales estirados del camarero, que parecía censurar con la mirada sus manos estropeadas por el trabajo, y el mero hecho de que le sirviera otra persona. Cuando acabaron los postres y Solange le concedió el resto del día libre, sintió alivio y, enseguida, un miedo atroz a las horas de ocio que la esperaban. Desde niña su tía le había inculcado que estar mano sobre mano no traía más que vicios. Marcel le deslizó entre los dedos dos billetes doblados y le dijo que fuera al cinematógrafo y a merendar algo dulce acompañado de un buen chocolate. Y eso la trastornó del todo. ¿Pretendía don Marcel que entrara sola en un cinematógrafo o en un café como si fuera una perdida? ¡Qué extraños eran los extranjeros!

Pasó la hora de la siesta abriendo y cerrando el grifo del lavabo en el pequeño cuarto de baño que había al final del pasillo de los sirvientes, extasiada ante el milagro de ver brotar el agua sin tener que accionar la bomba para sacarla del pozo ni llenar el cántaro en la fuente, como se hacía en el pueblo. Hacia las siete se aventuró a salir a la calle. Se le fue la tarde recorriendo el paseo de la Independencia, desde la plaza de la Constitución hasta la de Aragón y viceversa. A veces caminaba bajo los soportales y otras a la sombra de los árboles que adornaban el paseo central habilitado para los peatones, donde admiraba embobada los sombreritos y los vestidos que lucían algunas señoras elegantes y que no se parecían en nada a las ropas en las que se envolvían las mujeres en el pueblo.

Solange, que aún recordaba por dónde se iba a casa de Mariana, convenció a Marcel para que la acompañara a pie pese al calor aplastante que hacía. Tenía muchas ganas de ver a la que ya consideraba una amiga y presentársela a su hermano. Estaba convencida de que simpatizarían enseguida. Cuando pasaron por delante del número 14 del paseo de la Independencia, donde se hallaba el lujoso cinematógrafo Salón Doré, Solange se detuvo en seco. Protegido por un cristal, un cartel pintado con profusión de colores llamativos mostraba a Rodolfo Valentino resplandeciente en toda la magnificencia de un rajá indio de fantasía, con el cabello negro oculto bajo un turbante, rematado a la altura de la frente por un tocado de plumas blancas que habría hecho las delicias de una vedette de music-hall. Sobre la imagen, un rótulo con letras rojas recordaba al transeúnte la extraordinaria fugacidad de la vida: «*El rajá de Dharmagar* —gran estreno del malogrado actor Rodolfo Valentino».

Marcel arrugó la nariz en una mueca desdeñosa.

—Esta película es muy vieja. Te llevé a verla hace años en París. ¿Lo recuerdas?

Solange asintió con la cabeza sin apartar la vista del actor al que había idolatrado de adolescente y cuyos rasgos creyó hallar encarnados en aquel desconocido que la observaba extasiado cuando bailaba charlestón en el salón de los Porter. De pronto se sintió muy ingenua.

—No se parecía tanto a Rodolphe, ¿verdad?

—Nuestro Rodolphe es mucho más guapo —murmuró Marcel. Su voz se había empapado de melancolía—. ¿Seguimos?

Solange se colgó del brazo de su hermano y no respiró tranquila hasta que hubieron dejado atrás la parte del paseo de la

Independencia donde vivían esa horrible Amalia y su no menos espantoso marido. Eran las seis cuando llegaron ante la puerta de Mariana, de madera maciza llena de volutas y con una gran mirilla redonda de bronce en el centro. Presa de una repentina timidez, Solange llamó al timbre. Abrió la añosa sirvienta, que la reconoció enseguida y saludó con una torpe genuflexión que hizo crujir sus vetustas articulaciones. Instó a los visitantes a pasar a la salita. A Marcel le causó buena impresión la decoración del piso, elegante y a la vez luminoso, no como esa oscura y primitiva casona en la que vivía ahora su pobre Solange. Ambos se sentaron en el sofá.

Mariana no tardó en presentarse. Marcel le pasó revista a su manera diplomática y sutil. Le pareció una mujer de aspecto agradable y bonitos ojos gatunos, incluso bastante moderna para lo que había visto en España. Sin embargo, carecía de un buen barniz de estilo para que resultara seductora. En su opinión, al vestido de organdí verde le faltaba una caída más suave y le sobraba tela en el escote y en los brazos. Tampoco los zapatos, con una tira alrededor del empeine que se abrochaba con una hebilla, al estilo de los Mary Jane que hacían furor entre las mujeres parisinas, aunque mucho menos refinados, le parecieron los de una mujer de mundo. Sólo salvó de la quema el sombrerito *cloché* de paja que cubría su pelo negro cortado a la moda y el largo collar de perlas que se balanceaba sobre sus senos.

Solange se levantó de un salto. Se acercó a Mariana y las dos intercambiaron besos tan volátiles que apenas se rozaron las mejillas. Marcel se puso en pie con calma y distinción.

—¡Qué alegría que hayas venido, Solange! —exclamó Mariana.

—Tenía muchas ganas de verte. Te presento a mi hermano Marcel. Ha venido de París a pasar unos días con nosotros.

El aludido se adelantó, inclinó el torso, alzó la mano derecha de Mariana y depositó en ella un beso delicado, añadiendo algunas palabras de cortesía. La anfitriona quedó impresionada por tanta elegancia y saber estar.

—Disculpa que nos hayamos presentado así, no sabía cómo avisarte —terció Solange, pero entonces reparó en que Mariana iba vestida de calle y añadió—: Oh, a lo mejor pensabas salir...

—Sólo iba a hacer algunas compras y a dar un paseo. —A Mariana empezaba a cohibirla la mirada observadora de ese hombre que tanto se parecía a Solange. Sus modales aristocráticos, su traje claro de hechura perfecta, el cabello bien peinado con gomina y el canotier que sostenía en la mano izquierda la hacían sentirse insignificante como una ratita. Bajó la vista hasta posarla en la punta de sus zapatos—. Nada que no pueda esperar a mañana. ¿Queréis tomar limonada fresca? Seguro que tenéis calor. Hoy hace un bochorno espantoso.

Marcel pensó en el agrio brebaje que hacía Ramonica y se le encogieron las tripas, aunque aceptó con su sonrisa más seductora. Si el bebedizo de esa mujerona no le había perforado ya el estómago abocándole a morir como el desdichado Rodolfo Valentino, resistiría cualquier cosa que le sirvieran.

Mariana salió del saloncito para buscar a la criada. A su regreso se fijó con mayor atención en Solange. La vio más delgada y pálida, como una fotografía desvaída, aunque eso tal vez fuera culpa del peinado. Era demasiado severo para ella.

—¿Te gustaría que fuéramos de compras o a la peluquería? —preguntó—. Toni cierra muy tarde.

—¡Oh, sí! —La cara de Solange se iluminó al oír la palabra «peluquería»—. Necesito que me arreglen este pelo. Me siento como una pueblerina.

—¡Pero si estás guapísima! —le contradijo Mariana, más por ser agradable que por convicción—. Bien, primero merendaremos y luego iremos a ver a Toni. ¿Cómo está Rodolfo?

En el semblante de Solange apareció un mohín de contrariedad.

—Está muy ocupado todo el día. Menos mal que puedo hablar con Dionisio...

Irrumpió la añosa criada llevando sobre una bandeja una jarra de limonada, tres vasos y una fuente con pastas de té. Mariana, todavía intimidada por el aire distinguido de Marcel, a todas luces un hombre de mundo y muy atractivo, se sentía tan incómoda que empezó a parlotear sobre las liquidaciones de verano que había en las tiendas de las calles don Jaime, Alfonso y el Coso. La conversación derivó hacia Felisa, la modista, y sus manos prodigiosas. Marcel escuchaba y de vez en cuando asentía. De pronto se le ocurrió una idea que daría una alegría a Solange. Viendo la ropa de Mariana, saltaba a la vista que la labor de esa tal Felisa distaba mucho de la de los diseñadores famosos de París, pero ir al taller de una modista distraería a su hermana del tedio que la abrumaba.

—Solange, ¿por qué no encargas a esa *coutourière* vestidos nuevos para el verano? Será el regalo de boda que no tuve tiempo de hacerte.

Su hermana saltó del sofá, se inclinó sobre él, le abrazó y le besuqueó las mejillas.

—¡Eres el mejor hermano del mundo!

Cuando Solange le soltó, Marcel se dirigió a Mariana.

—¿Sería tan amable de acompañarla usted?

—Claro. Iremos después de la peluquería.

—Perfecto. Mañana Solange me llevará al taller y dejaré pagado lo que haya elegido —dispuso Marcel.

Al cabo de media hora, los tres salieron a la calle. Las mujeres se habían retocado el carmín en el espejo del vestíbulo, se habían ajustado los sombreros y se habían puesto los guantes. Marcel se cubrió la cabeza con el canotier nada más pisar la acera.

—Queridas, será mejor que os deje solas. Las mujeres os divertís más en las tiendas sin el lastre de un hombre gruñón. —Obsequió a Mariana con su sonrisa más seductora y preguntó—: ¿Nos hará el honor de cenar con nosotros esta noche, Mariana?

Ella se quedó muda. Seguro que no lograría probar bocado bajo la mirada escrutadora de aquel hombre, pero, por más que hizo trabajar a su cerebro, no se le ocurrió ninguna excusa convincente para zafarse de esa invitación.

—¡Sí, ven, por favor! —rogó Solange—. ¡Será muy divertido!

—La recogeré en mi automóvil y la devolveré a su casa sana y salva —ronroneó Marcel.

—Sí, claro… —susurró ella; bajó la mirada—. Será un placer.

Esa noche, los tres cenaron en el restaurante del hotel. Mariana se había puesto el vestido negro de terciopelo que había llevado, meses atrás, a la fiesta de Amalia. Lo reservaba para las ocasiones especiales; siempre se había sentido segura con él, pero en compañía de Marcel y Solange se vio a sí misma como un gorrión al lado de dos aves de hermoso y colorido plumaje. Mientras duró la cena, hizo lo posible por evitar que su mirada se cruzara con la de Marcel. Sólo respiró tranquila cuando los hermanos la llevaron a casa en el Bentley y se encontró de nuevo en la seguridad de su piso.

De regreso en el hotel, Solange estaba agotada pero feliz como no lo había sido en muchos meses. Por la tarde, en el taller de Felisa, había elegido tres modelos inspirados en patrones recién llegados de París. Con el nuevo peinado, cuando se miraba en el espejo volvía a sonreírle la alegre Solange de París, con el rostro bien maquillado y los labios pintados de color carmesí. De pronto se preguntó qué diría Dionisio cuando la viera tan bien arreglada. Notó que se le aflojaban las rodillas. ¿Por qué había pensado en la reacción de su cuñado antes que en la de Rodolfo?

Marcel la acompañó hasta la puerta de su habitación, introdujo la pesada llave en la cerradura y abrió. Antes de que su hermana entrara, le puso una mano en el hombro y le dijo en francés, procurando emplear mucho tacto:

—Los dos sabemos que quiero a Rodolphe de un modo muy especial. —Intercaló una sonrisilla que quiso ser pícara pero que no disimuló la súbita seriedad de su semblante—. Le quise mucho antes que tú… y eso nunca cambiará. Sin embargo, eres mi hermana pequeña y no deseo saberte desdichada… —Inspiró hondo antes de continuar—. Si te cansas de esta vida y decides volver a París, escríbeme o… mejor aún: mándame un telegrama. Yo vendré enseguida para llevarte de vuelta a casa. ¿Me prometes que lo harás?

Ella movió la cabeza afirmativamente, sorprendida de que no le hubieran desconcertado las palabras de su hermano. Lo que sentía era alivio, incluso un atisbo de esperanza. Le dio un beso en la mejilla y entró en su habitación.

Seis días más tarde, Marcel partió hacía San Sebastián. Allí descansaría una semana en el hotel María Cristina, para mimar su cuerpo con el lujo del que se había visto privado en casa de Rodolfo, y visitaría a algunos parientes antes de continuar viaje hacia Château Gironde, donde quería seguir instruyéndose en los misterios de la elaboración del vino. Durante su estancia en la Casa de la Loma había mantenido interesantes conversaciones con Dionisio y había tomado afecto a ese hombre angustiado por fantasmas que se asomaban a sus gestos y su mirada. También había conocido a su compatriota Rémy, con el que había pasado ratos divertidos pese a la diferencia de edad y clase social. De la visita se llevaba consigo el recuerdo de una placentera mañana recorriendo las viñas a solas con Rodolfo, recuerdo no obstante ensombrecido por la inquietud que le inspiraba el melancólico estado de ánimo de su hermana pequeña, a la que había visto profesar un perturbador apego a Dionisio.

26

Rodolfo se desabotonó el chaleco. Se lo quitó y lo dejó a su lado en el asiento del automóvil, junto a la americana y el canotier que compró en París y no había tenido oportunidad de ponerse en meses. Se limpió el sudor de la frente con un pañuelo. Onofre y él habían salido a las siete de la mañana con destino a Huesca y estaban a punto de llegar. El calor había arreciado, pero lo que en realidad angustiaba a Rodolfo era lo que pudiera descubrir en la sucursal oscense del Banco de Aragón. Habían transcurrido casi dos meses desde que concertó una cita con Joaquín Morales Acín, el director de esa oficina, cita que tuvo que posponer debido a la visita de Marcel. Más tarde acordó por carta otra fecha para hablar con el director y conocer en persona a la destinataria de la generosa asignación dispuesta por su padre. Había llegado a sopesar la posibilidad de pedir a Solange que le acompañara, pues pensaba que ese viaje podría brindarle una pequeña distracción. Desde que se marchó Marcel, hacía tres semanas, la notaba distante, como si se hubiera recluido en un mundo propio del que sólo parecía emerger si andaba cerca Dionisio. Incluso cuando se amaban en la alcoba, respondía a sus apasionadas caricias con una pasividad impropia de su sensualidad natural. Al regresar a casa por las tardes montando a Pinto, Rodolfo la encontraba muchas veces sentada con Dionisio en la escalera que subía a la terraza; tomaban limonada y charlaban tan absortos que ni siquiera se percataban de su llegada, unidos en un vínculo inexplicable que dejaba en el paladar de Rodolfo el agrio e imborrable sabor de los celos. Sin embargo, después de pensarlo mucho, había decidido ir solo a Huesca. Era un viaje demasiado pesado para Solange. Ya se las arreglaría más adelante para llevarla a pasar unos días de asueto en Zaragoza.

Cuando vio perfilarse en el horizonte las primeras casas de Huesca y que se acercaba el momento de desvelar el misterio de Valeriana Algairén Sierra, le entraron ganas de olvidar ese asunto y volver con Solange, pero le urgía decidir si mantendría esos pagos o no. Se aflojó un poco la corbata e introdujo los dedos bajo el cuello de la camisa para apartarlo de la piel sudorosa. Recordó que la previsora Pepita había insistido la noche anterior en prepararle una pequeña maleta con una muda por si se le hacía tarde para regresar a Cariñena de un tirón y se quedaba a dormir en casa de Amalia. Sus labios dibujaron una mueca. Ya se las arreglaría para no verse obligado a recurrir a la hospitalidad de su hermana.

Pese a que Onofre nunca había estado en Huesca, le costó poco encontrar el Coso Bajo, donde se hallaba el edificio del Banco de Aragón. Esa calle era la arteria principal de la pequeña ciudad, con las tiendas elegantes, las pastelerías de postín y las oficinas de algunos bancos. Mientras se abotonaba el chaleco y se ajustaba la corbata, Rodolfo observó con escaso entusiasmo los edificios, casi todos de tres pisos, algunos de ellos con bonitas balconadas suspendidas sobre la vía como alegres nidos de aves. Indicó a Onofre que parara delante del número doce. Con un suspiro se puso la americana. Bien poco le seducía ir tan acicalado con ese calor. Antes de bajar, pidió al chófer que regresara a recogerle al cabo de una hora y media. Sacó un billete del bolsillo y se lo dio por encima del respaldo del asiento trasero.

—Toma, para que descanses en un café. No hace falta que bajes a abrirme la puerta.

Onofre se deshizo en expresiones de gratitud. Rodolfo saltó del vehículo, tiró de la chaqueta para colocar los pliegues en su sitio, como había visto hacer a Marcel infinidad de veces en París, se abrochó los botones y se dirigió con paso enérgico a la entrada de la sucursal bancaria. Cuanto antes solucionara ese asunto, antes podría regresar con Solange.

Una secretaria joven, cuyos movimientos fluidos y corte de pelo a la moda contrastaban con el recatado vestido azul marino, de talle bajo y cuello de encaje, que le cubría con creces las rodillas, lo condujo a una antesala. Joaquín Morales Acín no le hizo esperar mucho. Salió por una puerta, recio y dinámico, le estrechó la mano y le hizo pasar a un amplio despacho.

—Siéntese, don Rodolfo. —Se acarició ceremonioso el bigotón, cuya espesura parecía pretender compensar los cabellos ralos que llevaba adheridos a la cabeza con más fijador que gracia. Esperó a que su invitado hubiera ocupado una de las sillas y se sentó detrás del escritorio—. Permítame expresarle mis condolencias por el fallecimiento de su padre. No teníamos noticias aquí.

—Y yo no tenía conocimiento de… —Rodolfo estaba tan nervioso que empezó a irritarle tanto circunloquio— de la asignación que mi padre hacía llegar a esa señora… o señorita… No recuerdo ahora el nombre.

—Señora —se apresuró a informar Morales—. Doña Valeriana Algairén Sierra… —Parpadeó antes de añadir—: La tiene usted esperando en la sala de reuniones. Suele venir temprano a retirar su estipendio. Hoy le he dicho que antes debemos solucionar un asunto importante. —El director sacó su reloj del bolsillo, lo consultó y suspiró—. Lleva ya una hora aguardándole.

—No he podido llegar antes —se excusó Rodolfo, sintiéndose igual que un niño que le diera disculpas al maestro—. ¿Sabe esa señora que mi padre murió?

Morales se encogió de hombros.

—Por nuestra parte, no. Nos gusta manejar estos asuntos con discreción. Si lo ha sabido por otro cauce… eso ya es algo que no le puedo decir.

Rodolfo, ya incapaz de mantener la impaciencia ni el malestar que se iba extendiendo por su estómago, se lanzó:

—No alarguemos esto de forma innecesaria. Lléveme a verla y después decidiré si continúo con esos pagos o no.

—Por supuesto. —Morales se levantó. Rodeó la mesa y se dirigió a la salida—. Si tiene la bondad de seguirme...

Rodolfo se puso en pie y avanzó hacia donde el de los bigotes le sujetaba la puerta que acababa de abrir. Pese a su determinación, un mal presentimiento le picoteaba la boca del estómago con el encono de un pajarraco de mal agüero. Morales le guió por una sucesión de pasillos que le parecieron laberínticos e interminables. El director se detuvo ante una puerta doble de madera tallada, dio unos golpecitos de cortesía con los nudillos, abrió de un enérgico tirón y balanceó la mano derecha para invitar a Rodolfo a entrar.

—Caballero...

Ante una enorme mesa de madera oscura, muy bien abrillantada y rodeada por infinidad de sillas, se sentaba una señora. Parecía un ratón extraviado en esa sala tan grande, y estaba visiblemente nerviosa cuando se puso en pie nada más ver entrar al director de la sucursal, precedido por un hombre joven y bien vestido que manoseaba su canotier con manifiesto incomodo.

Rodolfo escrutó a la supuesta entretenida de su padre. Había esperado hallar a una muchacha exuberante y vulgar, tal vez una cupletista de tercera fila, dada la afición de su padre a las cantantes de variedades, pero esa mujer tendría cerca de cincuenta años... Su belleza se hallaba ya en vías de ajarse, aunque resultaba evidente que de joven debía de haber sido muy guapa. Y todavía lo era. El rostro apenas surcado por levísimas arrugas, el cabello entreverado de canas, peinado en un pulcro moño y con ondas cuidadosamente troqueladas a la altura de las sienes. Su sombrero, algo acampanado pero con el ala más ancha de lo que dictaba la moda, resultaba arcaico, al igual que el conjunto gris de dos piezas que vestía, con la chaqueta entallada y una falda que se aproximaba más a los tobillos de lo que se estilaba en los últimos años. La ropa se veía muy limpia y bien planchada. Pero lo que le llamó la atención fue que los rasgos de esa mujer le resultaban vagamente familiares, aunque no lograba precisar dónde la había visto ni a quién se parecía.

La desconocida también le pasó revista con creciente desasosiego. De pronto, palideció hasta parecerse su cara a una sábana blanqueada con lejía. Llevándose la mano al pecho, se derrumbó en la silla que había ocupado poco antes.

—Dios mío… —murmuró con un hilo de voz.

Morales temió que se desvaneciera y corrió en su auxilio. Desde el instante en que recibió la primera carta de ese joven indicándole que Fausto Montero había muerto y que él era ahora el dueño de los negocios familiares, su intuición de banquero le había dicho que el tema traería cola. Y ahora esa señora amenazaba con desmayarse y complicarle aún más esa infausta mañana.

—Doña Valeriana, ¿quiere que mande llamar a un médico?

La señora negó sacudiendo su bien peinada cabeza.

—No es necesario, gracias —respondió, con algo más de aplomo—. Pero le agradecería un vaso de agua, si es tan amable.

—Por supuesto. —Obsequioso, Morales corrió hacia la puerta. Antes de salir, miró con disimulo a los dos que dejaba en la sala de reuniones. Algo en todo ese asunto le olía a chamusquina.

Presa de un pálpito muy negro, Rodolfo se aproximó a la mujer. Seguía convencido de que la conocía, pero aún no sabía de qué.

Sin apartar la mano del pecho, todavía blanca como una aparecida, ella inspiró hondo, clavó la mirada en la de Rodolfo y susurró:

—¿Eres Dionisio… o Rodolfo?

Él sintió cómo la fuerza se fugaba de su cuerpo. Primero se le ablandaron las piernas, después los brazos, y una mano invisible acabó estrujándole el pecho. Temió que sería él quien se desmayaría en esa sala, quedaría tendido en el suelo como un fardo, el de los bigotes tropezaría con su cuerpo cuando regresara y le derramaría el agua encima. Se aflojó el nudo de la corbata y abrió todos los botones del chaleco. Apartó una de las sillas. Se dejó caer en ella, presa de una laxitud que no había experimentado en toda su vida. De pronto sabía dónde había visto antes el rostro de esa mujer.

—¿Madre?

27

Sentado junto a Sandokán en el escalón más alto de la escalera que subía a la casona, Dionisio alzó el botijo que acababa de llenar con agua del pozo. Abrió la boca, la colocó hábilmente bajo el fino chorrito y bebió durante un buen rato sin derramar una sola gota. Saciada la sed, bajó el recipiente de barro y lo dejó a su lado. Recordó cómo competían Rodolfo y él cuando eran niños para ver quién conseguía beber durante más tiempo sin mojarse. Su hermano siempre acababa con la pechera empapada, los ojos llenos de lágrimas de frustración y a punto de estallar en una rabieta. Dionisio se apresuraba entonces a enseñarle pequeños trucos para dirigir el agua justo entre los labios y tragar con la cabeza inclinada hacia atrás sin atragantarse. En aquel tiempo Rodolfo le perseguía por doquier, ávido de su compañía y pavoneándose ante los demás chiquillos de las asombrosas habilidades de su hermano mayor. Ahora, en cambio, sólo veía en él al borracho con el que le habían obligado a cargar las disposiciones testamentarias de su padre.

Dionisio bajó la cabeza. Se miró las alpargatas, sucias de polvo, y las pantorrillas velludas que asomaban bajo las perneras arremangadas. Por primera vez en muchos años sintió ganas de ponerse un buen traje con chaleco, zapatos relucientes y sombrero, como en su época de estudiante en Madrid. Por entonces, las hermanas de sus amigos se ruborizaban cuando éstos le invitaban a comer a sus casas, y las mujeres que actuaban en los cabarés donde concluían muchas juergas estudiantiles siempre acababan revoloteando a su alrededor como polillas atraídas por la luz de una farola. Todo eso había sido barrido por la sangre que contribuyó a derramar en Marruecos, las heridas gangrenadas de los amigos muertos cuyos rostros poblaban ahora muchas de sus pesadillas, el pánico que aún le sacudía a la menor ocasión y la torpeza continua provocada por el vino.

Aunque era consciente de que algo había empezado a cambiar. Llevaba más de mes y medio sin probar ni una gota de alcohol. El ansia de tomar un buen trago de vino o de aguardiente le apremiaba con frecuencia, pero la reprimía reuniendo toda su fuerza de voluntad. Desde que no se emborrachaba, observaba a su alrededor matices en los que estando ebrio no había reparado. Apreciaba de nuevo el sabor de los guisos de Ramonica, la alegría de sentir el rostro acariciado por el sol de la mañana, el verdor de sus adoradas viñas y multitud de aromas que antes ni siquiera entraban en su nariz embotada, en especial el perfume floral de Solange y la adorable fragancia natural de su cuerpo. La lucidez recobrada no le dejaba lugar a dudas: se había enamorado hasta el tuétano de la hermosa francesa que se marchitaba en esa casa como una flor trasplantada en tierra estéril. No había llegado a querer así a la prometida que deshizo el compromiso cuando vio en qué estado había regresado de Marruecos. Sabía que su cuñada no estaba a su alcance, pero su mera cercanía le estaba sacando del lodazal de vino y pesadillas en el que llevaba atrapado un lustro infernal. Cada día se mantenía sobrio a la espera de que llegara el rato de charlar con Solange al atardecer, cuando ella, ataviada con sus vaporosos vestidos de verano confeccionados en París y los labios pintados del color de las cerezas, salía a ofrecerle limonada y se sentaban en la escalera de la terraza, tan cerca el uno de la otra que muchas veces debía reprimir la tentación de besar su boca. Con ella se sentía a salvo de los dolorosos recuerdos, incluso había llegado a confesarle algunos de sus sueños truncados, como el de elaborar un vino que enalteciera las viñas de su padre y la tierra en la que nació. Y Solange parecía embeberse de sus palabras sin perder nunca su sonrisa carmesí, hundiendo en sus ojos esa mirada azul que le animaba a volver a confiar en el futuro. ¿Cómo no iba a amar a la mujer que le había devuelto las ganas de vivir? Hacía tiempo que había dejado de creer en Dios, pero ahora le rezaba cada noche rogándole que le permitiera adorar a Solange aunque nunca pudiera acariciar sus senos, ni borrarle el carmín a besos, ni deslizar los dedos sobre su piel lozana, porque ya no sabía imaginar una vida sin ella.

En las últimas dos semanas, había adquirido la costumbre de salir por las mañanas a observar el envero. Desde niño le fascinaba ver cómo las uvas cambiaban del verde al granate azulado definitivo, un proceso que no ocurría de modo uniforme en todo el racimo, sino uva a uva, convirtiéndolo así durante unos días en un mosaico compuesto por frutos de diferente coloración. Hacía el recorrido a pie, con Sandokán siguiendo sus pasos de cerca. Caminar entre las viñas le ayudaba a no pensar en el alcohol, a domeñar a los fantasmas que le acosaban y a ir recuperando el cuerpo saludable que tenía antes del infierno del Rif y de las malsanas borracheras en las que cayó a su regreso. Durante sus largas caminatas se encontraba algunas veces con Pedro, el capataz, que le confirmaba lo que ya había observado él: la cosecha de ese año auguraba ser excelente. En alguna que otra viña habían detectado pequeños focos de mildiu, pero habían logrado combatir el hongo con caldo bordelés. Ese vaticinio había sido para Dionisio una inesperada fuente de alegría, porque corroboraba la recuperación de sus sentidos y le hacía verse de nuevo como un hombre útil. Alguna vez sopesaba la posibilidad de pedir a Rodolfo que le permitiera participar en los trabajos de las viñas, pero le frenaba el miedo a ver en la mirada de su hermano que no confiaba en él.

Esa mañana había bajado a la cocina a tomar su tazón de café y se había encontrado a Solange masticando con aire taciturno las tostadas que Ramonica le preparaba. Pensó que a lo mejor se había enfadado con Rodolfo por no haberla llevado con él de viaje a Huesca. Como siempre que la veía ensimismada, no se había atrevido a entablar conversación con ella. Los dos habían desayunado en silencio y, al terminar, Solange había salido de la cocina sin decir ni una palabra. Dionisio se preguntó si se le habría pasado ya el abatimiento.

La música que de pronto salió de la casa le hizo dar un respingo. Era la canción que había visto bailar a Solange en la salita meses atrás, cuando Rodolfo le sorprendió observándola a través de la puerta entreabierta y se enfadó con él. Una sonrisa surcó la cara de Dionisio. La música era otra de las alegrías que le había traído la presencia de la francesa. Antes de morir su padre, en esa casa sólo se oían los cuplés de Raquel Meller, que le entristecían porque le recordaban las jaranas de su época de estudiante, cuando la vida aún parecía dispuesta a sonreírle eternamente. Se levantó, se sacudió el polvo de los pantalones y fue sigiloso hacia la terraza a la que daba el ventanal del cuarto en el que Solange pasaba tantas horas. Vigiló de soslayo a Sandokán. El perro le seguía, como de costumbre. Ojalá no le diera por ladrar justo en ese momento. Si su cuñada le sorprendía por segunda vez observándola a hurtadillas, pensaría que era un depravado. Se asomó cauteloso a través de la ventana, que estaba abierta.

Siguiendo el ritmo de la música Solange daba saltos, se retorcía, lanzaba lejos los brazos y daba pataditas con las piernas en ese baile frenético que él nunca había bailado. Incluso sonreía y parecía estar divirtiéndose. A Dionisio se le escapó otra mueca de satisfacción al verla tan animada. Así debió de ser la Solange que Rodolfo conoció en París: alegre y libre como una alondra. Muy diferente de la joven desvaída en la que se estaba convirtiendo poco a poco. Volvió a atenazarle el miedo a que algún día desapareciera de su vida.

De repente, ella se volvió y le descubrió, apostado en la terraza como un perrito faldero que admira a su dueña. Los ojos de la muchacha se iluminaron y su sonrisa se amplió hacia las orejas. Dionisio habría salido corriendo pero no pudo; era como si le hubieran clavado los pies a las baldosas de la terraza.

—¿Llevas mucho tiempo ahí? —preguntó Solange.

—Yo… no… —Rojo como un ababol, Dionisio sólo fue capaz de balbucear—. No pretendía espiarte. Es que… —Se interrumpió; no sabía si sería correcto decir eso. Tras unos segundos de indecisión, se lanzó—: Es que me gusta mucho verte bailar…

La risa de Solange le recordó el tintineo de las copas de cristal fino al entrechocar en un alegre brindis. La chica se aproximó al ventanal, alargó las manos, apresó a su cuñado de los brazos y tiró de él hacia el interior. Al contacto con sus dedos, algo fríos, Dionisio sintió un estremecimiento que le dejó indefenso como un ratón entre las zarpas de una gata juguetona.

—¿Sabes bailar charlestón?

Él negó con la cabeza. No le salían las palabras.

—Pues ya es hora de que aprendas —sentenció ella.

Dionisio se estremeció de pánico. ¿Cómo iba a bailar con Solange en el espacio reducido de esa salita? Desde que no bebía, había recuperado la costumbre de bañarse, se afeitaba con pulcritud e iba a menudo a que el barbero del pueblo le cortara el pelo, pero estando tan cerca de ella se sentía sucio. Llevaba unos pantalones viejos y llenos de bolsas, una camisola que había pertenecido a su padre y las alpargatas manchadas de tierra rojiza. Así no podía ponerse a dar brincos pegado a ella. Meneó la cabeza, incapaz de articular algún sonido inteligible. Solange se rió de su indecisión.

—*Sois pas bête! C'est très facile, tu le verras!*

El disco se había acabado y la aguja llevaba un rato atrapada en el último surco. Solange la colocó de nuevo al comienzo. «*Yes Sir, That's My Baby…*», empezó a cantar una voz masculina engolada de puro optimismo. Empujó a Dionisio al centro de la salita, le hizo colocarse a su lado y dijo:

—Fíjate en lo que hago y después me imitas, *d'accord?*

Su proximidad hacía sentirse a Dionisio dichoso, acalorado y terriblemente asustado. Ya no le quedaban fuerzas ni para comunicarse por gestos. Ella volvió a emitir su risa de cascabel. Siguiendo el ritmo de la música dio un paso atrás con el pie derecho y enlazó una patada, también hacia atrás, con el izquierdo. Después avanzó un paso hacia delante, ahora utilizando el pie izquierdo, y movió el derecho dando una patada al frente.

—¿Lo ves? —exclamó—. Éste es el secreto del charlestón. Hay que dominarlo bien antes de añadir el movimiento de los brazos. Lo hago otra vez y luego tú.

Solange repitió la secuencia. Dionisio tragó saliva al ver cómo su vestido de batista azul celeste ondeaba alrededor de las pantorrillas y dejaba a la vista las rodillas cada vez que daba un salto. Había oído comentar a Solange que era uno de los que le había regalado su hermano cuando fueron juntos a Zaragoza y que, días atrás, Onofre había ido a recogerlo junto al resto del lote al taller de la modista. Él se había quedado sin respiración en el momento en que la había visto esa mañana arreglada como si fuera a salir de paseo por el Bois de Boulogne. Ni siquiera su extraño retraimiento había enturbiado la belleza dorada que le volvía loco desde la primera vez que la vio.

Cuando le tocó a él moverse, lo hizo. Por estar cerca de ella habría sido capaz hasta de ponerse a bailar en la calle Mayor de Cariñena como si fuera el perro amaestrado de un titiritero. En cuanto acabó, Solange aplaudió con entusiasmo.

—*Magnifique!* Me gusta cómo te mueves. Creo que serás un buen bailarín de charlestón.

Dionisio no enrojeció más porque era imposible que se concentrara mayor cantidad de sangre en su cara. Los dos ensayaron el paso repitiéndolo sin desfallecer. Solange puso el disco varias veces seguidas, hasta que quedó satisfecha. Entonces empezó a explicarle cómo coordinar el balanceo de los brazos para que los movimientos resultaran airosos. Dedicaba a Dionisio la misma paciencia que empleaba con los pequeños alumnos a los que enseñaba a leer y escribir en ese cuarto. Y él aprendía rápido, concentrado como estaba en complacerla. Poseía sentido del ritmo, se movía con gracia, incluso se estaba divirtiendo y le inundaban oleadas de felicidad. Solange lo comparó por un instante con Rodolfo, que se perdía sin remedio en cuanto el baile empezaba a complicarse. El que su cuñado saliera ganando en esa absurda comparación la dejó sin aliento.

Quitó el disco, que ya la aburría de tanto oírlo, y colocó en el gramófono otro de los que le había enviado Marcel en aquel paquete que tantas alegrías le proporcionó. Dionisio y ella acabaron brincando uno enfrente de la otra, agitando brazos y piernas, sacudiendo las cabezas y riéndose a carcajadas, sin poder apartar la vista del otro, mientras el perro los observaba inquieto desde la ventana que daba a la terraza. El perfume de Solange, mezclado con la fragancia que el ejercicio físico arrebataba a su cuerpo, embriagó a Dionisio enredándole en una borrachera dulce como una promesa que le volvió imprudente. Fue acercándose a Solange más y más, hasta que sus labios se posaron en los de ella igual que abejas atraídas por el polen de una flor. Le supieron a azúcar y a miel, a la uva en sazón que de niño arrancaba a la vid poco antes de la vendimia, a esperanza mezclada con el regusto amargo de lo que uno sabe vedado para él.

Cuando se dio cuenta de lo que había hecho, se echó hacia atrás, abrumado por la vergüenza. ¡Era un monstruo! Un miserable. ¿Cómo había podido besar a la mujer de su hermano? Él, un desgraciado al que todos consideraban un estorbo. Después de esa imprudencia, Solange le despreciaría, dejaría de hacerle caso y su desdén le arrojaría de nuevo a la fría soledad de su purgatorio.

—Lo siento mucho, Solange —farfulló, con la lengua abrumada por el peso de la culpa—. No sé cómo he podido perder así la compostura. Perdóname, te lo suplico. Te prometo que nunca volveré a hacer nada parecido.

Ella le miraba fijamente, los ojos velados por una desconcertante pátina de humedad. Una sonrisa despuntó en sus comisuras, se extendió por los labios recién besados y descubrió sus dientes superiores. Dionisio la contemplaba inmóvil sin saber si marcharse o aguardar una respuesta que sólo podía ser airada.

De repente, Solange avanzó, colocó las manos en las mejillas de Dionisio, se aupó de puntillas y le besó. Su lengua juguetona se coló entre los labios todavía culpables de Dionisio, mientras él la estrechaba cada vez con más fuerza, temeroso de que todo fuera un sueño, una alucinación causada por la borrachera de la que despertaría en su cama, hecho un guiñapo y con los ojos solícitos de Sandokán clavados en él como tantas veces en los últimos dos años. Pero no estaba delirando. El sabor de la boca de Solange, su aroma perturbador, sus esbeltos brazos colgados alrededor de su cuello, el tacto del cuerpo juvenil y firme que se apretaba contra él... todo era real. La belleza parisina no sólo no le había abofeteado para castigar su osadía, sino que le besaba con deleite. A él, el beodo del pueblo del que llevaban años mofándose los parroquianos de la taberna. Dionisio tuvo que reprimirse para no arrancar a aullar como un perro de pura felicidad.

Cuando se despegaron tras un lapso de dulce extravío, no se atrevieron ni a hablar. El disco se había acabado y la aguja se quejaba atrapada en el último surco, sin que ninguno de los dos se tomara la molestia de levantarla. Con las mejillas sonrosadas, los brazos caídos junto a los costados, el cuerpo exánime en su estado de ofuscación y sorpresa, Solange bajó la mirada hacia la punta de sus zapatos de tacón. ¿Cómo era posible que ese hombre le provocara un cosquilleo tan dulce en la boca del estómago? ¿Por qué, a pesar de lo que acababan de hacer, estar junto a Dionisio la hacía sentirse mejor persona?

Él se pasó la lengua por los labios, ávido de grabarse en la memoria hasta la última huella de Solange. Sabía que a partir de ese instante sólo le estaría permitido recrearse en el recuerdo de ese beso.

—Solange... —susurró con voz temblorosa—, esto... ha sido lo mejor que me ha pasado en toda mi vida, pero está mal. Me he comportado como un canalla. ¡Eres la mujer de mi hermano! —Tuvo que hacer una pausa porque se ahogaba en las revueltas aguas de sus sentimientos—. No va a repetirse... ¡No debe repetirse! —Se le agostaron una vez más las palabras en la garganta. ¿Por qué rellenaba el incómodo silencio diciendo tonterías, cuando amaba a esa mujer con la desesperación de quien vislumbra un atisbo de esperanza después de haber atravesado el infierno?

Solange vertió sobre él su iris de aguamarina y murmuró en voz muy queda:

—Esto debe ser nuestro secreto, *d'accord?* —Sus labios esbozaron una sonrisa insegura—. *Je dois penser...*

Alargó las manos y acarició las mejillas de Dionisio. Dio media vuelta y abandonó la salita sin hablar ni mirarle. Él permaneció inmóvil en el centro de la estancia. En sus oídos retumbaban los latidos de su corazón mezclados con los chasquidos que emitía la aguja del gramófono, atrapada al final del disco igual que él dentro de su insensato amor.

28

Rodolfo hurgó en un bolsillo de la americana hasta que dio con el paquete de cigarrillos. Encendió uno muy despacio. Sus dedos semejaban bolsas llenas de gelatina. La extraña que había resultado ser su madre le miraba sin parpadear apenas, blanca como una hoja de papel del bueno y temblando de puro nerviosismo. Aun así, se parecía a la mujer joven y guapa de la que su padre le hablaba, con la melancolía que suele reservarse a los muertos, cuando le sorprendía contemplando su retrato encima de la chimenea. Consumió el cigarrillo sin decir nada hasta que el humo le envolvió, la enorme sala de reuniones se llenó de rencor y ella empezó a removerse inquieta.

—Soy Rodolfo… —murmuró al fin—. El que sólo conoció a su madre por una vieja fotografía que aún está colgada sobre la chimenea del comedor.

Un violento rubor borró la palidez de la mujer y la empujó a bajar la mirada. El rencor volvió a estancarse en la sala hasta que tres tímidos golpes en la puerta sobresaltaron a los dos. Entró la secretaria del pelo corto con un vaso lleno de agua. Detrás de ella irrumpió Joaquín Morales. A Rodolfo le pareció que el mostacho le temblaba sobre el labio superior. La empleada le alargó el vaso a Valeriana. Ésta lo encerró entre los dedos trémulos, le dio las gracias y bebió dos cautelosos sorbos.

—¿Cómo se encuentra, señora? —intervino el director—. Si lo desea, puedo mandar que llamen a un médico.

Ella se apresuró a negar con la cabeza.

—Ya estoy mejor, gracias. Creo que ha sido el calor. Hoy está siendo un día muy pesado... ¿Les importaría dejarnos a solas?

—Por supuesto que no —respondió Morales, molesto por verse despedido como si fuera un botones. Hizo una seña a la secretaria y los dos salieron en cohibido silencio.

En cuanto volvieron a quedarse solos, Valeriana inspiró hondo y miró a Rodolfo a los ojos.

—Le ha ocurrido algo a tu padre, ¿verdad? De lo contrario no estarías aquí.

De pronto, Rodolfo oyó en su cabeza la voz de Severo Andrade. «Eres igual que tu madre», le dijo meses atrás ese viejo déspota. Clavó la vista en la mujer a la que había creído muerta. ¿Qué podía haber heredado él de una buscona capaz de abandonar a sus hijos y ocultarse bajo un nombre falso? Ella percibió su desdén y desvió la mirada.

—Murió en febrero —respondió Rodolfo. Las palabras le habían salido entre dientes, como si las hubiera masticado a conciencia antes de escupirlas.

Entre las pestañas aún espesas de la mujer se formó una lámina acuosa. Apretó los labios. Tragó saliva y lágrimas.

—No padezca por su asignación, señora —dijo Rodolfo en un arranque de agresividad—. Puesto que mi padre lo quiso así, seguirá recibiéndola..., al menos mientras pueda hacer frente a esos pagos. La situación no es buena... —Se interrumpió bruscamente. ¿Qué demonios hacía hablándole de sus problemas económicos a una mujer que, por mucho que resultara ser su madre, era una perfecta desconocida?

Ella recuperó el dominio de sí misma. Se limpió los últimos restos de lágrimas. Alzó los párpados y le miró con súbita ira.

—¿Crees que sólo me preocupa perder el dinero que él me enviaba?

—¿Qué otra cosa puede sentir? No irá a decirme ahora que amaba a mi padre...

—¡No te atrevas a juzgarme! —se revolvió ella—. No sabes nada.

—En eso le doy la razón, señora. No sé nada. Crecí creyendo que mi madre había fallecido al poco de nacer yo. Ahora que la tengo delante vivita y coleando, le agradecería que me explicara por qué hay una lápida con su verdadero nombre en el panteón familiar y por qué todos se afanaron durante años en hacernos creer que estaba muerta.

Conforme hablaba y se enfurecía, Rodolfo recordó otra vez su primer encontronazo con Severo Andrade. «No sabes de la misa la mitad, muchacho», le había espetado el viejo cuando él aludió a su madre muerta. ¿Estaba ese déspota al tanto del secreto, o se trataba sólo de una de sus artimañas?

La mujer se miró las manos, moteadas de pequeñas manchas marrones. Al cabo de un rato de indeciso silencio, alzó la cabeza e hizo frente a la mirada rencorosa de Rodolfo.

—No me resulta fácil hablarte de eso…

—Me debe una explicación… Y a sus otros hijos también. —Rodolfo pensó en Amalia. ¿Qué diría esa mojigata cuando conociera la verdad acerca de su madre? Sintió un regocijo malévolo al imaginar su cara de espanto.

—¿Cómo están… Amalia y Dionisio? —Por el rostro de ella se extendió un nuevo asomo de ansiedad—. Antes… antes tu padre me visitaba alguna vez y me hablaba de vosotros; un día me trajo incluso fotografías, pero hace años que dejó de venir. Lo último que supe fue que Amalia estaba prometida con un capitán… y que a tu padre no le gustaba ese hombre.

—Ahora es coronel, está retirado desde que regresó manco de Marruecos… Y a mí tampoco me gusta —se le escapó a Rodolfo con sorna—. No hay quien lo aguante durante mucho rato. ¡Es un pelmazo!

—¿Y tu hermano?

—Dionisio luchó en Marruecos, sufrió graves heridas durante la evacuación de Annual y estuvo a punto de morir. Desde que le repatriaron, hace cinco años, no ha hecho otra cosa que emborracharse. —Rodolfo se encogió de hombros—. Ahora parece que está mejor... pero aún dista mucho de ser el que fue.

—Tú tienes buen aspecto —murmuró ella, y amagó una sonrisa—. ¿Te encargas de administrar los viñedos y los otros negocios?

Rodolfo notó que su ira empezaba a aplacarse. Estuvo a punto de hablarle del tiempo que vivió en París, de la tarde en que conoció a Marcel, de la primera vez que vio a Solange en la fiesta de Cole y Linda Porter y de cómo había cambiado la vida de ambos desde que vivían en la Casa de la Loma, pero recordó que era ella quien debía contarle muchas cosas. Irguió la espalda y la miró con dureza.

—Aunque intente distraerme, sigue debiéndome una explicación.

La mujer alzó de nuevo el vaso y engarzó varios tragos. Rodolfo pensó que bebía como un gorrioncillo sumergiendo el pico dentro de un charco. Ella dejó el vaso en la mesa de caoba, respiró profundamente y empezó a hablar con voz tan tenue que a Rodolfo le costó entender las primeras palabras.

—Cuando me casé, tenía diecisiete años recién cumplidos. Mi padre era comerciante, sobre todo de paños, aunque llevaba varios negocios más, y llegó a amasar una fortuna. Después de nacer yo, mi madre ya no pudo tener más hijos. Sé que él había deseado un varón que con el tiempo pudiera sucederle, pero se resignó y llegó a quererme con locura. —Una sonrisa de nostalgia se insinuó en sus comisuras. Su voz empezaba a afianzarse—. Mi infancia fue la de una muchacha rica y mimada. Clases de piano y canto, un colegio de monjas al que iban las niñas bien de Zaragoza... Nada le parecía lo bastante bueno para mí. Mis mejores amigas eran hijas de los hombres más ricos y poderosos de la ciudad. Sus hermanos coqueteaban conmigo cuando ellas me invitaban a merendar a sus casas, me decían que era tan bella como un ángel y alguno llegó a afirmar que llegaría el día en que se casaría conmigo. Y yo... yo estaba convencida de que mi vida sería siempre así...

Se detuvo, se humedeció los labios con la lengua y tomó otro sorbo de agua. Ahora que la había oído hablar durante más tiempo, Rodolfo pensó que su melodiosa manera de vocalizar y el modo en que construía las frases daban fe de su educación refinada.

—Pero poco después de mi decimosexto cumpleaños, aquella vida se derrumbó de la noche a la mañana —continuó ella—. Aún no sé por qué se arruinó mi padre. Sólo sé que ya no hubo más meriendas en las casas de mis amigas ricas, ninguna señora de la alta sociedad volvió a visitar a mi madre para hablar de las obras de caridad que se traían entre manos mientras tomaban chocolate y yo tocaba para ellas nocturnos de Chopin al piano; nunca más fuimos a veranear a San Sebastián; se acabaron las lujosas cenas en el comedor de casa, donde algunas noches llegaban a reunirse hasta treinta personas, ellos vestidos de rigurosa etiqueta y ellas cargadas de joyas que yo veía destellar desde donde me escondía para espiar. De pronto, todos nos evitaban como si en casa hubiera entrado la peste.

Rodolfo pensó en su propio cataclismo tras la muerte de su padre, en cómo cambió su despreocupada existencia de la noche a la mañana, y sintió una punzada de piedad. Ella prosiguió en tono quedo, algo monocorde.

—Mi padre murió semanas después de un ataque al corazón y mi madre se quedó sola, enterrada hasta el cuello de deudas que no pudo saldar. Tuvo que malvender los muebles, varios cuadros de valor, todas las joyas, el local donde estaban la tienda y las oficinas de la empresa, y nuestro hermoso piso en el paseo de la Independencia. Aun así quedaron deudas pendientes. Nosotras acabamos viviendo en un cuchitril que sólo tenía una cocina diminuta y un cuarto donde comíamos, dormíamos y en el que mi madre hacía labores de costura para poder alimentarnos. Hasta pidió dinero prestado a una cuñada con la que nunca se había llevado bien para poder matricularme en una academia donde enseñaban a manejar esas máquinas de escribir que empezaban a usarse ya en las oficinas. —Con un suspiro, Valeriana extendió las manos ante ella y movió los dedos, largos y todavía ágiles—. De tocar piezas de Chopin al piano para las visitas elegantes pasé a ser aspirante a mecanógrafa.

—Y entonces apareció Fausto Montero... —terció Rodolfo con sarcasmo.

Por el rostro de la mujer se extendió una calurosa sonrisa que le iluminó los ojos.

—Él se me acercó una tarde de primavera en la calle. Aunque decir que se me acercó no es del todo exacto. Yo acababa de salir de la academia de mecanografía, que estaba en el Coso. Llovía a mares y no llevaba paraguas. Al llegar a Independencia quise cruzar al otro lado, resbalé por culpa de las suelas, que estaban muy gastadas, y me caí. Me habrían pisado las caballerías del tranvía de no haber sido por un hombre que me levantó deprisa y me subió a la acera. Me había desollado un codo y ese desconocido me condujo bajo los soportales del paseo tapándome con su paraguas, me levantó la manga y limpió la herida con su pañuelo; después me quitó el barro de la chaqueta y me llevó a un café para que se me pasara el susto, como dijo él. Acabamos sentados a una mesa del Ambos Mundos; él tomó coñac y yo chocolate. —Una inspiración pesarosa interrumpió su relato por unos segundos—. A mí me habían enseñado que ser vista en un café con un desconocido era una falta muy grave para una señorita, algo terriblemente incorrecto que podía traer consecuencias funestas para su reputación, pero yo aún estaba aturdida del susto. Además, ya no era una señorita, sólo una chica pobre que pronto tendría que salir a buscar trabajo como mecanógrafa o coser en casa con su madre. Y él era joven, bastante guapo y se deshacía en atenciones conmigo como nadie había hecho en muchos meses. —Se encogió de hombros bajo su sombrero anticuado—. Supongo que en mi vida anterior ni me habría dignado hablar con él. Le habría dado las gracias por su ayuda y habría corrido a casa, a nuestro elegante piso que malvendió mi madre, en lugar de permitir que me arrastrara al Ambos Mundos un hombre agradable, pero poco refinado, más bien rústico y de hablar atropellado. Pero en mi vida anterior no aprendía mecanografía ni llevaba las suelas gastadas porque no teníamos dinero para pagar al zapatero remendón. Y cuando él insistió en acompañarme a casa, volví a sentirme como si fuera una señorita rica, aunque me daba tanta vergüenza que viera siquiera el patio del cuchitril donde vivíamos, que intenté deshacerme de él, pero…

Valeriana hizo una pausa para tomar aire de nuevo. Rodolfo sonrió a su pesar. A su padre nunca le había ganado nadie a tozudo, y debió de quedar muy impresionado por esa joven bella, de finas maneras, casi una niña todavía. No dejaba de tener su ironía que la llevara al café donde el insufrible Manco peroraba sobre política con sus siniestros amigotes.

—La acompañó… —apuntó, sin molestarse en disimular la guasa que se había deslizado entre sus palabras.

Ella asintió con la cabeza, insinuando un mohín que a Rodolfo le pareció lleno de ternura.

—Esa tarde y las dos siguientes. Me esperaba en la esquina donde me caí y me llevaba al Ambos Mundos. En nuestra última cita acabó contándome que era el único de cuatro hermanos que vivía y al morir su padre había heredado los viñedos de la familia en los alrededores de Cariñena: unos estaban ya cerca de Longares y otros se extendían pasando Aguarón en dirección a la sierra. Había ido a Zaragoza para cerrar un negocio con un cliente francés y tenía que regresar al punto de la mañana a Aguarón, donde vivía con su madre anciana y la criada en la casa de la familia. Me pidió que le permitiera volver a verme y yo… le dije que sí.

Rodolfo volvió a la carga:

—Vislumbró un posible marido que la sacara de la pobreza…

La mujer trazó un nuevo un encogimiento de hombros, como si le fuera indiferente el sarcasmo de Rodolfo.

—Era el primero que me trataba como a una dama desde que era pobre —susurró—. Y… sí… intuí que ese hombre acabaría pidiéndome matrimonio y estaba decidida a aceptar si llegaba a hacerlo. No tardó mucho. A los cuatro meses de vernos cada vez que él iba a la ciudad por negocios, me dijo de sopetón, a su manera impulsiva, que estaba enamorado de mí desde que me miró a la cara cuando me levantó del suelo... y me pidió que fuera su esposa. Le puse al corriente de mi situación, pero él dijo que no le importaba mi pobreza y que podía prescindir de la dote. Cuando nos casamos en la iglesia de Aguarón, el tenía veintisiete años y yo acababa de cumplir diecisiete.

—¿Llegó a quererle alguna vez?

—Entonces, no. Me enamoré de él mucho más tarde... Demasiado tarde...

La mujer se sumió en un silencio meditabundo que Rodolfo no osó interrumpir, alzó el vaso de agua y lo vació a tragos nerviosos. Con expresión de pesar lo dejó sobre la mesa.

—¿Quiere que le traiga más? —se ofreció Rodolfo.

Ella sacudió la cabeza. Ahora sí que sonrió. Su semblante se iluminó y por un instante fue el de la joven de la fotografía que Rodolfo solía contemplar de niño.

—Veo que tu padre hizo de ti un caballero.

Rodolfo buscó en sus ojos algún rastro de burla o ironía, pero no encontró nada de eso. El silencio volvió a inundar la sala. Aunque el rencor iba desapareciendo, Rodolfo tuvo la sensación de que el tiempo se había embalsado para ahogarle como a un desdichado náufrago. Al cabo de unos minutos, ella dijo:

—La vida en Aguarón fue... —Se interrumpió en busca de las palabras adecuadas—. Fue como si me hubieran encerrado en una jaula. Había esperado vivir como mi madre cuando éramos ricos, pero aunque tu padre no reparaba en gastos para hacerme feliz..., llegó a comprar incluso un piano de pared para que pudiera distraerme con la música... —Rodolfo, extrañado, hizo memoria. No recordaba haber visto jamás un piano en casa. Su padre debió de deshacerse de él cuando fingió quedarse viudo— yo no me adaptaba al pueblo. No congeniaba con la gente, mi suegra era una mujer mandona que me daba miedo. Me tiranizó hasta su muerte, tres días después de nacer Dionisio. Mi madre falleció de una apoplejía al poco tiempo y caí en la tristeza. Como Pepita se encargaba de gobernar la casa, yo me aburría y aún le daba más vueltas a la cabeza. En aquel tiempo vivíamos en la calle Mayor, sé que después tu padre mandó construir una casa grande entre Aguarón y Cariñena… —Tomó aire antes de continuar—. Mi única amiga era Adelina, la criolla que Severo Andrade se trajo de Cuba. Una mujer guapísima que siempre andaba riendo y cantando música de su tierra, aunque sé que por dentro se estaba secando igual que yo. Supongo que por eso nos hicimos tan amigas. Cuando me acuerdo de Adelina, ruego a Dios que se la llevara sin que la pobre llegara a enterarse de lo que… de lo que hice con su marido.

Una oleada de pánico abrumó a Rodolfo. Empezó a sudar copiosamente. Se quitó la americana y la arrojó de cualquier manera sobre la mesa.

—No irá a decirme que se lió con ese viejo ruin —farfulló sin aliento.

—Entonces no era viejo —matizó ella con un destello en la mirada que a Rodolfo le pareció goloso y le repelió—. Era un hombre bien parecido, apasionado, muy seguro de sí mismo, que me hacía sentir mucho más viva que tu padre. A los diecinueve años había tenido dos hijos, intentaba complacer a un marido al que apreciaba pero no amaba ni lograba entender, y seguía anhelando en secreto la vida que me habría correspondido si mi padre no se hubiera arruinado. Severo Andrade no cesó de galantearme hasta que… hasta que sucumbí. Durante un tiempo, él acudía a escondidas al establo de casa cuando sabíamos que tu padre estaba fuera y allí, entre las caballerías…

En los oídos de Rodolfo retumbó de nuevo la voz de Andrade. «Siempre has sido igual que tu madre. No quería cerca de mi hija al fruto de una manzana podrida», le espetó aquella mañana entre las viñas. Pero ese viejo cruel estaba muy equivocado. Él no era tan frívolo. Alzó una mano. No deseaba oír lo que resultaba evidente.

—Ahórreme esa parte, se lo ruego. Dígame tan sólo si su lío con ese monstruo duró mucho tiempo.

El rostro de la mujer se tiñó otra vez de profundo escarlata. Negó moviendo la cabeza.

—Me alejé de él en cuanto descubrí la clase de hombre que era en realidad. Cuando le dije que no quería verle más, me dio un bofetón, me llamó zorra estúpida y juró que se vengaría de mí, pero no cumplió su amenaza y acabó dejándome en paz. A pesar de aquel desliz, me hice muy amiga de Adelina. Era tan divertida, con ese acento tan dulce como el azúcar que cultivan en su tierra. Ella iba a verme a casa y yo le devolvía la visita cuando sabía que su marido estaba en la viña. Pero un día pasó lo de la pobre Adelina...

—Oí decir en el pueblo que se desnucó al caerse por la escalera... —murmuró Rodolfo.

Ella meneó la cabeza con desproporcionada vehemencia.

—Fue él... ¡Él la mató!

A Rodolfo no le sorprendió lo que acababa de oír.

—¿Quién? ¿Andrade?

La mujer asintió.

—Era un hombre irascible al que enseguida se le iba la mano. Se peleaba con todo el mundo y sé que pegaba a Adelina por cualquier tontería. La pobre siempre llevaba la cara señalada... —Una mueca melancólica se arrugó en su rostro—. Muchos hombres golpean a sus mujeres, no es nada raro, pero tu padre jamás me puso una mano encima...

Por primera vez Rodolfo tuvo la sensación de que esa mujer había llegado a amar a su padre. Pero entonces, ¿por qué desapareció y él fingió que había muerto?

—Una tarde fui a visitar a Adelina pensando que su marido no estaría en casa, Quería ver a la pequeña Mariana, que tenía dos meses. Era la primera hija de Adelina después de varios abortos y andaba loca de felicidad. Yo estaba encinta de ti. Me faltaban unas dos semanas para dar a luz, según había dicho el médico. Abrí la puerta... ya sabes que allí nunca se cierra con llave. Nada más entrar en el recibidor, antes de que me diera tiempo de llamar a Adelina, oí vocear a Severo Andrade... Ella le respondía a gritos, sin arredrarse. También tenía su genio. Mi primer impulso fue salir corriendo y refugiarme en casa, no fuera a descubrirme ese hombre. Pero miré hacia la escalera y ahí estaban los dos, arriba del todo, peleándose y gritándose en la penumbra del primer piso con tanta violencia que me quedé parada. No sé cuánto tiempo estuve observando la riña desde la entrada, sin atreverme ni a parpadear. De pronto, ella le gritó que era peor que el mismísimo diablo y que ojalá hubiera sido más lista y hubiera elegido a su amigo Fausto. Severo le respondió con insultos horribles, la zarandeó y le dio un puñetazo en la cara. Y entonces pasó algo que aún me persigue en mis pesadillas: Adelina perdió el equilibrio y cayó hacia atrás. Rodó por las escaleras con la cabeza doblada como una muñeca de trapo hasta que se quedó tendida en el vestíbulo, casi a mis pies, con los ojos muy abiertos y un chorro de sangre saliéndole por la boca.

Rodolfo se pasó la mano por la frente. La sala se había llenado del miedo que aún sentía esa mujer después de tantos años.

—Severo bajó gritando su nombre —continuó ella—. Se arrodilló a su lado, le vi sujetarle una muñeca y presionarle el cuello con los dedos. Después, la levantó un poco y se abrazó a ella. Le oí susurrar: «¡No te marches así, maldita zorra!». Tenía que escapar de allí como fuera. Sin hacer ruido me fui deslizando hacia la puerta, pero cuando intenté abrir, él me descubrió. Se levantó y enseguida le tuve delante, grande como un gigante. Creí que me pegaría a mí también, pero sólo me dijo al oído: «Como cuentes a alguien lo que acabas de ver aquí, me encargaré de que todo el pueblo sepa que tu marido es un cornudo. Haré que nadie vuelva a dirigirte la palabra por puta y que el infeliz de Fausto acabe echándote a la calle, que es lo que mereces…». Se apartó de mí y llamó a la criada a voces. Remedios tardó mucho en acudir. Creo que la pobre se escabullía en cuanto les oía pelearse. Yo me marché a casa aterrorizada y tan mareada que todo me daba vueltas. Al día siguiente me puse de parto.

—¿Se fue del pueblo huyendo de Andrade? —aventuró Rodolfo.

Ella sacudió la cabeza con pesar.

—Me gustaría hacerte creer que sí. Ahora que te conozco, querría ganarme tu respeto. Pero no vale la pena mentir. No me marché por miedo a Andrade. Lo que vi en su casa sólo fue la gota que colmó el vaso. Me escapé creyendo que en otra parte encontraría mi lugar. Ahora sé que estaba muy equivocada.

—¿Cómo se las arregló para huir?

—Llevaba años sisando parte del dinero que me daba tu padre para administrar la casa y había reunido una buena suma. Después de darte a luz en un parto que fue muy largo y duro, sufrí fiebres que me mantuvieron postrada en cama durante muchos días. Cuando el médico me permitió levantarme, fingí que seguía encontrándome mal hasta que tu padre, creyendo que podría padecer anemia o algo peor, quiso que me viera un médico de Zaragoza que tenía muy buena fama. Como él no podía marcharse porque era época de vendimia y tenía que estar pendiente de la faena, dispuso que me acompañara Pepita. Él mismo nos llevó en la tartana hasta la estación. En la ciudad tomamos dos cuartos en una pensión del Coso con la idea de ir al médico al día siguiente. Y esa misma noche me escapé y fui caminando por la calle don Jaime y el Puente de Piedra hasta la estación del Norte, con mi pequeña maleta con ropa para un día y el dinero que había ido ahorrando. Estaba decidida a subirme al primer tren que saliera, fuera a donde fuese. Al final acabé en Madrid.

Rodolfo se quitó el chaleco y lo dejó junto a la americana. Ya no sabía si el calor que tenía se debía a la temperatura veraniega o a las revelaciones de esa madre que parecía surgida de un mal sueño.

—Yo tenía una voz bonita. —La mujer hablaba con fluidez, como si, ahora que había arrancado, se sintiera liberada al narrar su historia—. Había estudiado canto y sabía tocar el piano. Era joven y, a pesar de los embarazos, seguía estando de buen ver. En Madrid conseguí entrar como corista en una compañía de variedades. Muchas estrellas del cuplé empiezan así y creí que yo también despuntaría. Pero para destacar en el escenario hace falta

375

algo más que una buena voz y una cara agraciada. Yo no tenía el don que hace que el público te descubra entre tantas chicas ligeras de ropa y se prende de ti. Tampoco me acompañó la suerte. Durante años recorrí una ciudad tras otra, pueblo tras pueblo, haciendo los coros a la estrella del espectáculo y enseñando las piernas, siempre con miedo a que alguien, incluso tu padre, me reconociera cuando actuábamos en los teatros de Zaragoza. Sin embargo, fue en Barcelona donde me encontró, doce años después de haberle abandonado.

Sorprendido por ese nuevo giro, Rodolfo alzó la vista. Ella estaba tan absorta en sus recuerdos que ni siquiera advirtió cómo la miraba.

—Entonces tenía mi propio número. El dueño de la compañía pensaba que empezaba a ser mayor para actuar de corista. Como sabía que tocaba el piano, se le ocurrió que haría gracia cantando canciones procaces mientras me acompañaba yo misma al teclado y enseñaba piernas y mucho escote. «La Bella Valérie y su asombroso piano.» Debuté con ese número en el teatro Eldorado de Barcelona, donde Raquel Meller había cosechado un éxito portentoso con «El Relicario», aunque yo no desperté gran entusiasmo. —La tristeza mezclada con un encono difuso oscureció su voz—. Al salir esa noche por la puerta de los artistas, vi a tu padre. Se mezclaba entre los admiradores que esperaban a que salieran las solistas. Me miraba fijamente. No con resentimiento ni odio, sino más bien apesadumbrado. No supe si echar a correr o decirle algo. Al final, me acerqué muy despacio; estaba muy asustada. «¿Por esto me abandonaste?», fue lo primero que salió de su boca. A eso no supe responder. ¿Qué podía decirle cuando tenía razón? Entonces propuso ir a un café de los que había en los alrededores del teatro y cerraban de madrugada. Nos vimos sentados frente a frente, como la primera vez en el Ambos Mundos, aunque aquella noche en Barcelona los dos teníamos más edad, los dos cargábamos con más decepciones y los dos tomamos coñac. Creí que me haría reproches, que me insultaría, pero sólo dijo que había ido a disfrutar del espectáculo de variedades después de cerrar un negocio y se había llevado la impresión de su vida cuando me reconoció tras el disfraz de la Bella Valérie. Hasta se rió, aunque sin pizca de alegría. Después me preguntó si me había ido bien en el mundo del espectáculo, como si no saltara a la vista que sólo había llegado a artista de tercera fila. Pero sé que su pregunta no tenía maldad. Él era así. Se nos fue el tiempo charlando en aquel café... y esa noche fue cuando me enamoré de él.

Dos lágrimas empezaron a deslizarse por sus pálidas mejillas. Rodolfo imaginó lo que pudo sentir su padre al descubrir en ese teatro barcelonés a la mujer a la que tanto amó, ofreciendo una actuación que debió de ser más bien patética. El nudo que le cerró la garganta le impidió hablar. Ella se limpió los ojos con un pulcro pañuelo que sacó del bolso y siguió hablando:

—Ya bien entrada la madrugada, me propuso que dejara las variedades. Estaba dispuesto a pagarme una asignación al mes para que pudiera vivir con holgura a condición de que me estableciera con un nombre falso donde nadie me conociera y que no me acercara bajo ningún concepto a Zaragoza ni, por supuesto, a Cariñena o Aguarón, donde Pepita y él habían hecho creer a todos que había fallecido durante el viaje a Zaragoza para que me examinara el médico. También dijo que para proteger a sus hijos me haría firmar un documento de renuncia a cualquier herencia que pudiera corresponderme si él faltara.

—Y usted se apresuró a aceptar —apuntó Rodolfo, de nuevo mordaz.

—¿Qué opción me quedaba? Había salido al mundo en busca de una libertad que se había vuelto odiosa. Porque la libertad tiene su precio y yo llevaba muchos años pagándolo cada noche..., no con billetes ni monedas, sino aguantando impertinencias, abucheos, toqueteos de borrachos y, lo peor de todo, el acoso de los lechuguinos ricos que se creían con derecho a meterme en su cama porque era artista de variedades. ¡Claro que acepté! Y habría vuelto con tu padre si hubiera sido posible, pero para eso ya era demasiado tarde.

El silencio volvió a invadir la sala, que a Rodolfo ya no le parecía tan inmensa, como si las revelaciones de esa mujer se hubieran comido el espacio, incluso el aire que respiraban. Sacó el reloj y lo abrió. Llevaba más de una hora ahí dentro. Sentía ahogo. Ansiaba salir al exterior y aprovisionarse de aire fresco.

—De modo que Andrade mató a su esposa… —murmuró entre dientes—. Nunca oí rumores al respecto en el pueblo. Debió de tapar muy bien ese asunto.

—¡Ese hombre era el mismísimo diablo! —exclamó ella, henchida de odio—. Sabía ser educado con quien quería y era muy hábil galanteando a una mujer, pero por dentro era pura maldad. Sólo era capaz de hacer daño.

Rodolfo pensó en Mariana, que llevaba la misma sangre que esa alimaña y, sin embargo, era el ser más dulce que había conocido jamás. Los dos volvieron a caer en un incómodo silencio hasta que ella se aclaró la garganta y preguntó, con voz insegura:

—¿Cómo… murió?

Rodolfo no necesitó preguntar a quién se refería.

—Salió una tarde de mucho frío, nadie sabe por qué, y ya no regresó. A la mañana siguiente lo encontraron en la Viña de Baco. Tenía una herida enorme en la cabeza y estaba cubierto de sangre. Me dijeron que para entonces ya debía de llevar horas muerto.

La mujer le miró sin parpadear. Rodolfo leyó en sus ojos y en su compungido silencio lo que ella no osaba expresar con palabras.

—Está pensando que alguien le mató, ¿verdad? —apuntó, para animarla a hablar.

—Tú también lo crees —susurró ella, y esbozó media sonrisa cómplice.

Rodolfo asintió con la cabeza.

—Al principio pensé que había sido una mala caída y no le di más vueltas. Pero un día, poco después de su muerte, estuve en la viña y tropecé con una piedra muy grande, de las que usa la gente para construir los muros. Estaba medio enterrada entre las cepas, como si alguien la hubiera querido esconder. Lo que me llamó la atención, aparte de que los jornaleros habían movido la tierra poco antes y no deben de dejar piedras de ese tamaño, era que estaba cubierta por una capa rojiza del color de la sangre cuando se seca. Me pasó por la cabeza que con ella habían golpeado a mi padre, que su muerte no había sido un accidente. Desde entonces no paro de preguntarme quién pudo haberle matado y por qué…

—Tu padre era un buen hombre —dijo ella—. Sincero y sin dobleces. Demasiado ingenuo para ver venir las envidias y las jugarretas. Y también era muy cabezota. Se ganó muchos enemigos por no querer dar su brazo a torcer.

—Como Severo Andrade…

Ella sonrió con un asomo de suficiencia.

—La causa de que se enemistaran fue Adelina. Los dos la pretendieron en Cuba, pero Adelina prefirió a Severo.

Rodolfo pensó que Andrade había vencido a su padre dos veces. Primero se hizo con la joven por la que rivalizaban los dos y, años después, sedujo a su esposa. El odio que le inspiraba ese hombre creció aún más.

—¿Cree que Andrade pudo tener algo que ver con la muerte de mi padre?

Ella asintió despacio con la cabeza.

—Mucho tendría que haber cambiado ese diablo para no ser capaz de matar, ya sea a sangre fría o en un arrebato. —Frunció la nariz en una mueca de desagrado, como si estuviera mordiendo un limón muy ácido, y añadió—: ¿Evaristo sigue con vosotros?

—Sí —respondió Rodolfo, extrañado al oírla mencionar al viejo administrador—. Es un hombre raro, siempre lo ha sido, pero me ha supuesto una gran ayuda. Tiene una habilidad impresionante con los números y sabe dónde está guardado cada documento. —«Menos los que más necesito ahora», añadió mentalmente—. Sin Evaristo me habría vuelto loco el primer día. Pero, aun con su ayuda, ando muy desorientado. No me ha resultado fácil ponerme al corriente.

—No te fíes de Evaristo. ¡No es leal! —afirmó ella con rotundidad.

—Mi padre confiaba en él. ¿Por qué voy a recelar yo?

Rodolfo aún no había acabado de pronunciar la última sílaba cuando le vinieron a la mente las acciones cuya documentación intentaba conseguir el administrador desde febrero y la desaparecida escritura de compra-venta de la harinera. ¿Y si esa mujer estaba en lo cierto? Evaristo conocía su oficio y se sabía al dedillo todos los procedimientos administrativos. No tenía lógica que necesitara tantos meses para hacerse con unos simples duplicados. ¿Cómo no se le había ocurrido pensarlo antes?

—A tu padre le parecía bien todo lo que ese hombre decidía —replicó ella—. Le consideraba su mejor amigo, cuando en realidad era envidioso y mezquino. Yo le odié desde el primer día. Me miraba como a una mujerzuela y me hacía sentir como una intrusa. Desde el principio tuve la sensación de que maquinaba a espaldas de tu padre y le robaba… Y el pobre no se daba cuenta de nada. —Sacudió la cabeza—. Nunca supo elegir a sus amistades… —Se detuvo y añadió con amarga ironía—: Ni a su esposa.

—¿Llegó a advertírselo?

—Un día intenté contarle mis sospechas, pero me respondió que no debía inmiscuirme en asuntos de hombres y no volví a sacar el tema. —La mujer se dio un toquecito en cada ojo con el pañuelo y lo guardó en el bolso—. Hazme caso: ten mucho cuidado con lo que te presente para firmar y no dejes de vigilarle. —De repente, alzó la cara y clavó la mirada en la de Rodolfo con tal rapidez que a él no le dio tiempo de desviar la suya—. Antes has dicho que tienes problemas de dinero. Yo… he reunido ahorros durante los últimos años y me defiendo dando clases de piano a las niñas ricas de Huesca. Puedo pasar sin la asignación…

—¡Señora! —la interrumpió Rodolfo, conmovido a su pesar por el inesperado gesto—. Mi padre quiso que recibiera ese dinero y lo tendrá…, al menos mientras pueda pagárselo. No se hable más.

Se levantó de un brinco. Necesitaba salir de allí si no quería que le ahogara la mezcla de desencanto y melancolía que flotaba en esa sala. Se puso el chaleco, se colgó la americana de cualquier manera en el brazo izquierdo y cogió el canotier de la mesa.

—No volveré a verte, ¿verdad? —musitó ella. En sus ojos se había extendido una tristeza que no se molestó en disimular.

—No es probable, señora.

Invadido por un súbito aplanamiento que le paralizaba la lengua, Rodolfo sonrió de medio lado, dio la vuelta y salió sin volverse a mirar a esa madre inesperada por la que aún no sabía si empezaba a sentir algo de respeto o sólo desprecio.

29

El ánimo de Rodolfo, muy menguado desde que él y Onofre salieron de Huesca, se fue encogiendo más y más conforme el Hispano-Suiza se aproximaba a Zaragoza y el calor arreciaba por momentos. Rodolfo había salido del Banco de Aragón sin haberse puesto la americana. Nada más sentarse en el automóvil, se había despojado del chaleco, y a mitad de viaje se había arrancado la corbata y había abierto varios botones de la camisa. Aun así, sudaba y compadecía a Onofre, embutido en ese uniforme que le irritaba el cogote. Le sugirió que se quitara la chaqueta, pero desde que don Fausto le ascendió a chófer años atrás, Onofre se había vuelto muy quisquilloso con las formas y declinó su oferta, casi ofendido.

Impactado por lo que había descubierto en Huesca, Rodolfo había pasado la mayor parte del viaje cavilando. Sabía que la reacción de Amalia a la nueva realidad sería de absoluto horror, al igual que la del Manco, pero pensaba que la rancia de su hermana se merecía con creces el disgusto de saberse hija de una mujer que había abandonado a su marido y a sus retoños para acabar fracasando como artista de variedades. Pero... ¿y Dionisio? A Rodolfo no le había pasado desapercibido lo mucho que estaba luchando por dejar de beber. ¿Sería capaz de encajar un secreto tan vergonzante o volvería a hundirse en la charca de vino barato de la que empezaba a salir?

Desde la conversación en el banco, Rodolfo veía a Evaristo

bajo una luz nada favorecedora. No es que antes albergara una gran simpatía por ese hombre retraído con traza de cuervo viejo, pero admiraba su buen hacer y no había dudado ni por un instante de su lealtad. Sin embargo, las palabras de esa mujer, a la que se resistía a considerar su madre, ofrecían una explicación convincente al hecho de que un administrador tan experimentado como Evaristo aún no hubiera conseguido un duplicado de los documentos extraviados. Rodolfo alzó la americana, sacó el pañuelo del bolsillo y se limpió la frente sudorosa. Había sido un estúpido. Tanto si Evaristo maniobraba a sus espaldas como si no, debería haberse ocupado él mismo de investigar, en lugar de dejar pasar seis meses sin mover un dedo. De repente se acordó de Bartolomé. El Cuatro Ojos llevaba más de un año trabajando para un abogado de gran prestigio en Zaragoza y cultivaba relaciones que harían palidecer de envidia a cualquier colega con mucho más tiempo en el oficio. Incluso se había hecho socio del Casino Mercantil. Seguro que él sabría por dónde empezar a indagar. Decidió aprovechar el viaje para hacerle una visita en el bufete. Sacó el reloj del bolsillo del pantalón y lo abrió. Eran las tres de la tarde. A esa hora no habría nadie en la oficina. Pensó que tendría más suerte a partir de las cinco. Y si el bufete estaba cerrado —en agosto la gente con posibles escapaba del calor hacia sus villas de veraneo o a tomar las aguas en algún balneario—, iría a buscarle a su casa.

Cuando el automóvil ya circulaba por el Arrabal de Zaragoza hacia el Puente de Piedra para cruzar el Ebro y atravesar la ciudad, Rodolfo decidió tomar habitación en un hotel. La opción de pernoctar en casa de Amalia, como mandaba la tradición familiar, le resultaba impensable en su estado de ofuscación. Y así tendría más tiempo para hablar con su amigo; incluso podría invitarle a cenar. Hacía mucho que no charlaban con calma.

—Onofre...

—Dígame, don Rodolfo...

—Déjame en el Coso, delante del hotel Florida. Quiero hacer algunos recados en Zaragoza y me alojaré ahí. Tú continúa hasta casa y dile a doña Solange que volveré en el tren de la mañana. —Una oleada de pesadumbre invadió a Rodolfo cuando pensó que esa noche no dormiría abrazado a Solange, pero no debía retrasar más el asunto de Evaristo—. Cuento con que estarás esperándome en la estación. Ya conoces el horario.

—Como *usté* mande, don Rodolfo. —Desde que había recogido a su patrón delante del banco, Onofre se preguntaba qué habría ocurrido ahí dentro para que saliera tan alicaído, pero tenía a gala ser un hombre prudente y no dejó traslucir lo intrigado que estaba.

Cuando Rodolfo entró en el hall del Florida con su pequeña maleta en la mano derecha, cayó en la paradoja de que había elegido un hotel en la misma calle donde se alojó su madre cuando se escapó veinticuatro años atrás. Se acordó de Pepita. ¿Cómo debió de reaccionar la pobre, que entonces era muy joven y seguro que no había salido nunca del pueblo, al ver que su señora se había fugado en plena noche dejándola sola en la ciudad? ¿Habría discurrido ella la treta de su muerte o habría sido idea de su padre?

El recepcionista, un hombre maduro y seco como una lámina de mojama, no torció el gesto al ver entrar a ese joven sin americana ni chaleco, colgados los dos del brazo izquierdo, y con una maleta pequeña y una corbata más arrugada que el pellejo de una culebra en la mano derecha. Hacía mucho calor ese día. Asignó a Rodolfo una habitación con vistas al Coso, recalcando que disponía de agua corriente y baño propio, le hizo firmar en el libro de registro y le tendió la llave por encima del mostrador.

Nada más tomar posesión de su cuarto en el primer piso, Rodolfo colgó el sombrero de una percha junto a la puerta. Dejó la maleta en el suelo, colocó la chaqueta en el respaldo de una silla, extendió sobre ella la corbata, se quitó camisa, zapatos y pantalones y se tumbó en la cama en ropa interior. Boca arriba, con los brazos cruzados bajo la nuca, pasó el tiempo recorriendo con la vista la moldura del techo. No tenía ganas de comer ni de fumar, y menos aún de decidir qué hacer con esa verdad incómoda que se le clavaba en la boca del estómago como una indigestión. El ruido de la calle, que entraba por la ventana abierta junto con oleadas de calor, le hizo recordar el ajetreo del boulevard de Montparnasse. ¡Qué lejos quedaba ya aquella etapa de su vida!

Saltó de la cama y se acercó a la ventana. Echó la persiana de láminas de madera para evitar que entrara más calor. En la repentina semioscuridad buscó el reloj en el bolsillo del pantalón. Lo abrió. Eran las cinco menos cuarto. Había permanecido una hora vegetando en la cama. Entró en el cuarto de baño y llenó la bañera con agua tibia. Invirtió más de treinta minutos en remojarse y enjabonarse a conciencia, disfrutando del lujo de tener agua corriente, algo impensable en la aislada Casa de la Loma. Se secó bien y se puso la muda que llevaba en la maleta. Bajó al vestíbulo, se caló el canotier y salió al Coso. El calor todavía era asfixiante. Al llegar a la plaza de la Constitución, entró en el Café Royalty, desde cuyos ventanales se podía ver el monumento a los Mártires erigido en el centro de la plaza y el chaflán donde estaba el Gran Hotel de Europa. Tomó un tentempié observando el tráfico de tranvías, carros, algunos automóviles y unos cuantos peatones; la plaza había sido pavimentada el año anterior y se le antojó muy vistosa. Pidió una taza de café y por último una copa de coñac. Permaneció allí fumando un cigarrillo tras otro y sorbiendo el líquido ambarino que siempre le recordaba a su padre, gran aficionado a esa bebida. A las seis, pagó y salió.

El bufete donde trabajaba Bartolomé se hallaba en una finca del paseo de la Independencia, en la acera contraria a donde vivía Amalia y en el tramo más próximo a la plaza de la Constitución. Rodeó el monumento a los Mártires y enfiló Independencia. Quería creer que a esa hora su hermana estaría abanicándose entre suspiros en la mecedora de su salita y Silvestre andaría compartiendo sus radicales ideas políticas con los amigotes del Ambos Mundos, pero por si acaso avanzaba fijándose bien en los viandantes. Por nada en el mundo quería toparse con su cuñado.

Logró llegar sin percances; entró en el patio y cruzó el lujoso vestíbulo con reluciente suelo de mármol. Mientras esperaba el ascensor para subir al segundo piso, el portero brotó de su garita como un títere de guiñol. Era un hombre atildado de unos cuarenta años que lucía el uniforme con marcialidad de general. Rodolfo, al verlo, estuvo tentado de cuadrarse.

—¿Puedo ayudarle, caballero?

—Voy al bufete de don Alberto Nogales.

El portero le miró como si no le creyera en sus cabales.

—No hay nadie, señor. En agosto, don Alberto siempre cierra tres semanas. El bufete no abrirá hasta la semana que viene.

Aunque había previsto esa posibilidad, Rodolfo se llevó un chasco. Se animó pensando que le quedaba la opción de ir a casa de Bartolomé. Su amigo vivía muy cerca de allí, en un espacioso piso en la calle Alfonso al que su familia se mudó después de que la empresa constructora del padre ganara mucho dinero ejecutando trabajos de obras públicas. Regresó a la plaza de la Constitución y volvió a entrar en el Coso Alto para ir a la calle Alfonso. Pensó que podría habérsele ocurrido empezar por ir a casa de Bartolomé, que estaba bien cerca de su hotel.

En el vestíbulo de ese edificio, un portero diligente, aunque menos acicalado y redicho que el anterior, le informó de que la familia Contreras estaba de veraneo en Salou y que don Bartolomé había ido a Santander para presentar sus respetos a los padres de su prometida.

Rodolfo salió de nuevo a la calle, sorprendido por el compromiso matrimonial de su amigo y furioso consigo mismo. Tendría que haberse imaginado que Bartolomé no se quedaría en la ciudad con el calor que hacía en pleno agosto. No debería haber enviado a Onofre a casa. Ahora no disponía de automóvil y tampoco era hora ya de regresar en tren. Nada en ese día aciago le salía bien, y encima tendría que pasar solo lo que quedaba de tarde y la noche, cuando el descubrimiento de esa mañana empezaba a pesarle cada vez más en el pecho. Decidió que lo mejor sería escribir una carta a Bartolomé consultándole sus dudas sobre las gestiones de Evaristo y hacer otro viaje más adelante para investigar en el registro mercantil. Supuso que a Solange le gustaría acompañarle.

Se paró en medio de la acera, indeciso. Estaba confuso y ansiaba desesperadamente hablar con alguien, pero ni se le pasaba por la cabeza ir a ver a Amalia. Primero necesitaba digerir lo de su madre, después pensaría cómo contárselo a sus hermanos. Entonces se acordó de Mariana.

Recorrió el paseo de la Independencia en la dirección contraria a la plaza de la Constitución, de nuevo temeroso de que le viera Silvestre. Llegó a la plaza de Aragón sin percances. La atravesó y entró en el paseo de Sagasta. Le gustaba la calma reinante en esa vía, flanqueada por árboles, bonitos chalés y fincas de a lo sumo tres o cuatro pisos con coquetos miradores o balcones. Delante del portal donde vivía Mariana, un grupo de niños daban patadas a un vetusto balón bajo la sombra de un árbol. Los esquivó como pudo y entró en la finca. Dedicó un saludo apresurado a la portera, que le pasó revista pero no le preguntó adónde iba. Subió al principal, se detuvo ante la puerta y pulsó el timbre.

Oyó pasos al otro lado y al poco alguien abrió de un tirón. Rodolfo se vio contemplando el rostro acartonado de la criada. Se quitó el canotier, se presentó y dijo que venía a visitar a la señora de la casa. La sirvienta le hizo pasar y le condujo hacia la salita en la que había estado meses atrás con Solange. Rodolfo permaneció de pie, procurando no mirar el retrato de boda de Mariana. La estampa de su difunto marido siempre le había inspirado poca confianza y ahora que sabía cómo la había maltratado ese animal aún le daba más grima.

Mariana entró enseguida. Llevaba un ligero vestido blanco, de caída sencilla, abotonado por delante; un fular de seda, también blanco, que se había colocado a modo de diadema, le apartaba el cabello de la cara. Sus ojos se iluminaron al ver a Rodolfo.

—¡Rodolfo, qué sorpresa! —Al reparar en que había ido solo, preguntó, extrañada—: ¿Cómo es que no viene Solange?

—He tenido que ir a Huesca por un asunto… —Rodolfo se interrumpió a mitad de frase. Acababa de recordar otra verdad incómoda que había conocido esa mañana. Debía tener mucho cuidado de no hablar con Mariana sobre la muerte de su madre. A él no le incumbía remover ese tema.

Ella le escrutó con atención. Estaba pálido, tenía los ojos tristones y en las comisuras de los labios llevaba instalado un rictus de amargura.

—Te veo preocupado… —murmuró—. ¿No habrá ocurrido nada… malo?

Rodolfo se limitó a sonreír y se encogió de hombros. Mariana señaló el sofá bajo el retrato de boda.

—Siéntate y cuéntame qué pasa. Como cuando éramos pequeños.

Él obedeció; le reconfortaba de saber que podía contar con su amiga como en aquellos lejanos días en que la vida se componía de certezas y los problemas eran asuntos imprecisos que nunca salían del despacho de su padre.

—¿Quieres tomar café o prefieres un coñac para templarte? —preguntó ella.

—Mejor café. Ya he tomado una copa esta tarde.

Mariana salió al pasillo y llamó a la criada, que debía de andar cerca porque enseguida se oyeron sus pasos cansinos. Le ordenó que sirviera café y pastas. Regresó y se sentó en uno de los sillones, enfrente de Rodolfo, con las piernas cruzadas en actitud modosa. Le miró a los ojos y aguardó. Él, arrugado en el sofá, sacó la cajetilla de cigarrillos.

—¿Me permites?

Ella sonrió y le acercó un cenicero. Rodolfo recordó que la había visto fumar y le ofreció, pero Mariana rehusó con un movimiento de la mano. Él encendió un pitillo, dio la primera calada y susurró:

—Crecí creyendo que mi madre murió al poco de nacer yo; me pasé la infancia contemplando una vieja fotografía suya que aún está colgada sobre la chimenea del comedor; a veces, hasta me sentía culpable de haberle hecho dar su vida a cambio de la mía. —Rodolfo tragó saliva amarga y añadió, en voz más alta—: Hoy he descubierto que está viva.

Mariana abrió mucho los ojos por la sorpresa. Había esperado que Rodolfo le confesara alguna desavenencia con su hermano o que se mostrara preocupado por Solange, pero nunca eso.

Él dio varias caladas ávidas al cigarrillo antes de continuar.

—Esa mujer abandonó a su marido y a sus hijos. Y por evitar que se supiera en el pueblo, mi padre propagó la mentira de su muerte con la ayuda de Pepita. —Rodolfo meneó la cabeza—. Si alguien me contara una historia así, le tildaría de fantasioso.

Entró la criada. Mientras servía el café, Rodolfo y Mariana se mantuvieron en silencio. En cuanto hubo salido, Rodolfo tomó un sorbo del líquido negro y humeante, inspiró y relató a Mariana cómo se había enterado de que su padre había pagado durante años una generosa asignación mensual a una mujer que vivía en Huesca, lo que le hizo sospechar que había mantenido a una amante. Narró su viaje a Huesca y la conversación con esa mujer madura y desengañada, que se ocultaba tras un nombre falso y que resultó ser la madre a la que siempre había imaginado luminosa como las hadas de los cuentos. Cuando acabó el entrecortado relato, apagó el pitillo en el cenicero, apuró su taza y se retrepó en el sofá.

Mariana estaba tan impactada que no sabía qué decir. Sólo se le ocurrió sentarse a su lado y posar una mano sobre su antebrazo, un gesto que a Rodolfo le reconfortó más que un millón de palabras.

—¿Cómo les cuento esto a mis hermanos? —siguió desahogándose—. Amalia en realidad no me preocupa. Es un bicho y se las arreglará para encajarlo. Incluso la creo muy capaz de ir a Huesca para sacarle los ojos a esa mujer. —Rodolfo emitió una risita sarcástica—. Pero ¿y Dionisio? Lleva varias semanas sin beber…, y esto podría hacerle recaer. No sé qué voy a hacer.

—Deberías decírselo primero a Solange —propuso al fin Mariana, tras un rato de reflexión—. Supongo que tu hermana me criticaría si me oyera, pero yo creo que un hombre debe involucrar a su esposa en las decisiones importantes... —Torció la boca en una mueca mordaz—. Aunque confieso que Ernesto nunca contaba conmigo para nada. —Dio una palmadita en el brazo de Rodolfo—. Sí, habla primero con Solange. Ella es muy joven, pero no estúpida. Además, se está esforzando mucho por ayudar a Dionisio. Seguro que entre los dos sabréis cómo decírselo.

El tenso semblante de Rodolfo se distendió. Atrapó la mano de Mariana y la encerró entre las suyas, agradecido.

—¡No sabes cuánto me ha ayudado poder contarte esta horrible historia! —exclamó—. Resulta tan reconfortante que nuestra amistad no se haya resentido por los años que pasamos sin vernos... ¡Te considero mucho más hermana mía que a Amalia!

30

Solange se acostó sola en la cama que Rodolfo y ella eligieron en Zaragoza meses atrás. Al tocar las sábanas, perfumadas y frescas porque, pese al calor que hacía durante el día, por la noche irrumpía en la alcoba el aire de la sierra, volvió a formarse ante sus ojos la imagen de Dionisio. Jamás habría imaginado que pudiera gustarle tanto el sabor de sus labios, su olor, el tacto de su cuerpo... Desde que se besaron en la salita había rehuido encontrarse con él. Antes de enfrentarse al cosquilleo que le acariciaba la boca del estómago cuando estaba cerca de él, necesitaba reflexionar sobre su vida en esa casa. Llevaba semanas procurando distraerse con mil quehaceres para sofocar las dudas que se habían instalado dentro de su mente. Deseaba amar a Rodolfo con la misma entrega que cuando retozaban en la estrecha cama de la buhardilla de Montparnasse; quería convertirse en la esposa que, según intuía, todos esperaban que fuera: una mujer capaz de gobernar esa casa y apoyar a su marido sin pensar en ella misma; quería cumplir con unas costumbres que no comprendía por complacer al hombre del que se enamoró en París, pero no podía luchar contra el agujero que se agrandaba en sus entrañas y en el que crecía la sensación de haberse equivocado al seguir a Rodolfo hasta allí. Cada día añoraba más la risueña simpatía de Marcel, a sus padres, que seguían sin responder a sus cartas, la complicidad de *tante* Matilde y las diversiones que, al recordarlas en sus ratos de tedio, le parecían mucho más espléndidas de lo que fueron en realidad. El amor que le demostraba Rodolfo cuando buscaba su cuerpo en la alcoba ya no la saciaba como antes. En vano escudriñaba su mirada esperando hallar la admiración infinita que en París la había hecho sentirse como una diosa. Esa mañana, en cambio, el beso de Dionisio había vuelto a despertar en ella la dicha de saberse adorada sin límites.

Se levantó. Abrió el cajón de la mesita de noche. A la tenue luz de la luna llena que coronaba la sierra de Algairén, hurgó en él hasta que encontró la última cajetilla de tabaco que había traído de París y su pequeño encendedor de oro. Fue hacia el sillón retapizado con cretona de estampado floral que ella misma eligió en Zaragoza y que una vez arreglado mandó colocar delante de la ventana. Desde allí se podían contemplar las viñas que se ondulaban hasta alcanzar la falda de la sierra, y por la noche se veía el cielo estrellado. Se dejó caer en el sillón y prendió un cigarrillo, sin boquilla. Daba caladas ansiosas hasta que notó que se mareaba y arrojó el pitillo por la ventana. Permaneció un buen rato con la mirada perdida en las estrellas que se perfilaban luminosas en la noche, con la cajetilla y el encendedor en el regazo. Entonces se dio cuenta de que estaba sedienta. Se puso en pie de un brinco y los cigarrillos y el mechero cayeron al suelo; no se molestó en recogerlos. Fue hacia la cómoda, sobre la que Lali dejaba cada noche una jarra con agua recién sacada del pozo y dos vasos. Se disponía a llenar uno cuando se le antojó que un tazón de leche le ayudaría a calmar el desasosiego. Decidió bajar a la cocina. A esa hora ya no quedaría ninguna criada para servirle, todas se habrían retirado a la casita anexa en la que estaban sus dormitorios, pero se dijo que ya se las arreglaría. Se estaba asfixiando en la alcoba; salir le haría bien.

Arreglándose con las manos el camisón de seda color marfil, se acercó a la cama y accionó el interruptor en forma de pera. Una luz moribunda iluminó la habitación. En el tiempo que llevaba viviendo en esa casa, aún no se había acostumbrado a esa iluminación tan pobre. Se puso las zapatillas y encendió con un fósforo la vela que solían usar Rodolfo y ella cuando salían de la alcoba por la noche. Sosteniendo en alto la palmatoria para alumbrarse, deslizó los pies sobre las baldosas del corredor como si fuera sonámbula. El silencio de la casa se le antojó fantasmal.

Tras haber recorrido un tramo del pasillo, alzó la vista. Se llevó tal susto que la vela estuvo a punto de caerle a los pies.

Desde el hueco de la puerta de su cuarto, Dionisio la contemplaba como un aparecido. Las perneras de sus pantalones viejos se ondulaban sobre los pies remetidos a toda prisa en las alpargatas. La camisa desabrochada dejaba al descubierto parte de su torso. Junto a él distinguió la inconfundible silueta de Sandokán.

—¿Qué haces ahí?

Él se encogió de hombros y sonrió como un niño al que han pillado robando caramelos.

—Estaba despierto y he oído la puerta de tu alcoba. Sólo quería comprobar si estás bien.

El corazón de Solange se aceleró.

—¡Claro que estoy bien! —exclamó para disimular su turbación—. Bajo a a la cocina a tomar un vaso de leche.

—Te acompaño.

Dionisio agarró a Sandokán del cuello, lo metió en la habitación, cerró la puerta y regresó junto a Solange.

—Es mejor así, no vaya a ser que nos haga tropezar y nos caigamos por la escalera.

De pronto Solange fue consciente de que Dionisio y ella estaban solos en la casa y de que había salido de su cuarto sin haberse puesto nada encima del camisón. Sintió un escalofrío.

—No hace falta. Puedo ir sola.

Dionisio le arrebató la palmatoria con suavidad. La tomó de un brazo para guiarla hacia la escalera, pero el contacto con su piel le causó tal conmoción que la soltó enseguida. La razón le decía que debía mantenerse alejado de Solange, como llevaba haciendo todo el día, pero el deseo de permanecer junto a ella fue más fuerte.

—De niño descubrí dónde guardaba nuestra cocinera de entonces las rosquillas y la leche que sobraba del día —susurró, por domeñar de algún modo el demonio de la tentación—. Rodolfo y yo bajábamos muchas noches a darnos un festín. Y lo mejor es que Ramonica guarda la comida en el mismo sitio. Te lo enseñaré. —Se dispuso a bajar la escalera—. ¿Vamos?

Solange se dejó llevar. Una parte de ella quería regresar a su habitación y cerrar la puerta con llave para no poder salir, la otra ansiaba la compañía de Dionisio. El corazón le latía igual que si sonaran mil tambores dentro de su pecho y en el vientre cosquilleaba un deseo tan intenso como la tarde en la que subió por primera vez a la buhardilla de Rodolfo. Se sintió furiosa con él. ¿Por qué había viajado a Huesca sin ella? La voz de Dionisio la sacó de sus cavilaciones.

—Agárrate a la barandilla, no vayas a dar un mal paso con esta penumbra.

Ella obedeció. Bajaron sin hablar, lidiando cada uno con sus propios impulsos inadmisibles. En la planta baja, Dionisio se adelantó un paso para alumbrar el camino hacia la cocina. Empezaba a arrepentirse de su ofrecimiento. La mera cercanía de Solange le había puesto tan nervioso que empezó a parlotear para aligerar de algún modo la excitación.

—Cuando mi padre contrató la electricidad, no mandó instalar luz en todas las habitaciones ni en los pasillos porque salía demasiado caro. A veces podía ser muy tacaño.

Empujó la puerta. Los rayos de luna que entraban por la ventana, mezclados con la débil llama de la vela, daban un aire espectral a la cocina. Dionisio accionó el interruptor de la luz junto a la entrada.

—Mejor, ¿verdad?

Cohibida, Solange asintió con la cabeza. A cada segundo transcurrido se intensificaban sus ganas de huir a su cuarto y crecía el deseo de volver a besar a Dionisio. ¿Qué le estaba ocurriendo? Siempre había sido dueña de sí misma. Cuando se entregó a Rodolfo, antes había decidido que debía ser él quien la iniciara en el placer de la carne. ¿Por qué desde que probó los labios de

Dionisio tenía la sensación de que era su cuerpo el que mandaba? Resignada a su suerte, siguió a su cuñado hasta la puerta de la despensa.

Los goznes chirriaron cuando Dionisio la abrió. Alumbrándose con la vela se adentró en el cuartito largo y estrecho, sin luz eléctrica. Las paredes estaban repletas de estantes con tarros, orzas y fuentes con comida cubiertas con trapos de cocina limpios. Había dos ventanucos. En uno de ellos estaba la fresquera. El hombre fue hacia allí y la abrió. Solange distinguió en la penumbra tripas de embutido colgadas, recipientes cuyo contenido no pudo identificar y algunas verduras. Dionisio sacó una jarra de cristal con leche. Volvió a cerrar la fresquera, se dio la vuelta y alzó el trapo de cocina que cubría una de las bandejas que había en un estante.

—¿Tienes hambre? Aquí hay rosquillas que parecen hechas de hoy.

Solange negó con la cabeza. Los nervios le habían cerrado el estómago y no se veía capaz de comer nada. Él intentó deslizarse entre ella y los anaqueles para salir de la despensa en busca de un tazón, pero el espacio era tan reducido que su brazo acabó rozando los pechos de Solange. Percibió su estremecimiento, incluso creyó sentir sus pezones a través de la seda del camisón. Y ya no pudo dar marcha atrás.

A duras penas fue capaz de depositar la jarra y la palmatoria encima de la tabla que tenía detrás de él. Liberadas las manos, las posó con suavidad en las mejillas de Solange. Ella empezó a temblar.

—Debería haberme quedado arriba —susurró Dionisio. Acercó los labios y besó a Solange en la frente, después en los párpados y finalmente en la nariz—. Creía que sería capaz de controlarme, pero no puedo luchar contra lo que siento por ti. Te quiero como nunca quise a nadie en toda mi vida. Y te deseo. ¡No sabes cuánto te deseo! Sé que está mal, pero no lo puedo evitar…

Sus labios, suaves y cálidos, cubrieron los de Solange. Ella no se resistió. Sabía que la suerte estaba echada, que ya no podía escapar del hombre al que ella misma había sacado del pozo. Quedó apretujada entre el cuerpo de Dionisio y los anaqueles cargados con comida mientras se besaban saboreando cada gota de saliva, el tacto rugoso de las lenguas al entrechocar o al deslizarse por el tobogán de los dientes, el cosquilleo despertado en la nuca por el roce de los labios, hasta que se les acabó el aire y tuvieron que separarse para poder respirar. Al instante, él la estrechó con fuerza entre sus brazos y volvió a buscar su boca para aprisionarla en un beso aún más largo que el anterior. Solange sintió el torso de Dionisio contra sus senos, sus manos grandes forcejeando con los tirantes del camisón para bajárselos, y creyó que moriría allí mismo de puro placer. Sin despegar los labios, le ayudó a deslizar la resbaladiza prenda hacia abajo. Sintió cómo caía a sus pies y lo apartó de una patada. Fue consciente de que Dionisio se había desabrochado los pantalones y éstos se ondulaban de pronto sobre sus alpargatas. Entonces Solange colgó los brazos alrededor de su cuello, se aupó de puntillas y cuando sintió el avance de su miembro pletórico, dio un saltito y enroscó las piernas alrededor de sus muslos para facilitarle la entrada. Él la agarró de los glúteos y la colmó a embestidas apasionadas que hicieron tambalearse los tarros que se alineaban sobre las repisas. Tres volcaron en cadena y se estrellaron contra el suelo con un estrépito ensordecedor. Ellos no prestaron atención al ruido, ni a los pedacitos de cristales diseminados por todo el cuartito, ni a los granos de arroz, las lentejas y los garbanzos que quedaron esparcidos por el suelo en un santiamén. Sólo existían sus cuerpos fundidos en una red tejida con sudor, suspiros, gozo y un asomo de miedo a un sentimiento que intuían más fuerte que la razón.

Cuando se separaron, los dos supieron lo que vendría después sin necesidad de hablar. Dionisio se subió los pantalones. Se agachó, recogió el camisón de Solange del lecho de cristales, lo sacudió cuidadosamente y se lo entregó. Ella cubrió su desnudez, recogió la palmatoria de la repisa, y permitió que Dionisio la alzara en brazos como si fuera una niña, y la sacara de la despensa cuidando de no resbalar con las legumbres y de no clavarse ningún cristal. Antes de que abandonaran la cocina, Solange alargó una mano hacia el interruptor y apagó la luz. A ninguno de los dos le preocupó el estropicio que habían dejado atrás. Solange no dedicó un minuto a pensar en esos detalles propios de sirvientas, y Dionisio estaba seguro de que la supersticiosa de Ramonica daría alguna explicación esotérica a los cristales rotos o haría revisar a Onofre los ventanucos por si se había colado algún gato.

Dionisio subió a Solange por la escalera hasta la puerta de su alcoba. Ella, aún en sus brazos, accionó el picaporte. Sin hacer caso de Sandokán, que les recibió con alborozo e intentó lamer los pies de su amo, Dionisio transportó su preciosa carga hasta la cama y la depositó sobre las sábanas con el cuidado de quien maneja una pieza de porcelana delicada. Cogió a Sandokán del collar y lo condujo hacia la puerta. Al perro no le gustó lo que estaba a punto de ocurrir, pero era demasiado obediente para rebelarse. Dionisio abrió y lo sacó al pasillo. El animal protestó con un tenue aullido; no estaba habituado a separarse de su dueño. Éste le acarició con ternura el cuello y detrás de las orejas.

—Lo siento, amigo. Sé que esto no es justo, pero tienes que comprenderme... —susurró antes de cerrar.

Se volvió hacia la cama y su corazón brincó con violencia. Solange se había despojado otra vez del camisón y le aguardaba tendida de espaldas, con los brazos bajo la nuca. La contempló con incrédula admiración conforme se iba aproximando a ella. Llevaba años sin ver a una mujer desnuda, y menos a una belleza de nieve como Solange, pero sabía que, calmada ya la primera urgencia, debía satisfacerla con delicadeza y ternura, igual que si hiciera una ofrenda a una diosa del placer. Encerró el rostro de Solange entre las manos, aproximó sus labios a los de ella y la besó. Enfervorecido por los dulces escalofríos que recorrían su columna vertebral y nutrían su miembro de sangre, Dionisio deslizó los labios hasta el terso cuello de la joven, los hizo resbalar por el valle que se adentraba entre sus pechos, y por fin se embebió sin trabas de su suave perfume. Enfiló los senos y mordisqueó los pezones con bocaditos de cachorro juguetón. De allí descendió hasta el pubis dorado, lo sembró de besos volátiles y su lengua cumplió el sueño de atrapar la esencia de la mujer que le había rescatado del tártaro. De la garganta de Solange brotaron gemidos guturales. Su cuerpo se estremeció en sacudidas más y más intensas. Sus dedos se aferraron a los cabellos de Dionisio y tiraron de él.

—*Prends-moi, mon amour!*

Él no se hizo de rogar. Se colocó encima de Solange y se hundió entre sus blancos muslos como quien se entrega a una muerte dulce y ansiada. Ella enroscó las piernas con fuerza alrededor de sus glúteos. Se entremezclaron sus jadeos, sus pieles se incendiaron de caricias y les envolvió un aura de transpiración que les excitó aún más. Así siguieron saboreándose sin desfallecer hasta que el alba los sorprendió enredados como plantas trepadoras y oyeron a Sandokán lloriquear y rascar la puerta con las patas. Solange sintió una súbita punzada de culpabilidad. Las criadas debían de estar a punto de llegar. Bajo ningún concepto podían verla salir de la alcoba de Dionisio. Se separó de él, saltó de la cama y se puso el camisón. Le dio un rápido beso en los labios y se apresuró hacia la puerta sin darle tiempo a reaccionar. Sandokán se coló en la habitación en cuanto ella abrió. Atenta por si oía a las sirvientas en la planta baja, Solange se deslizó hasta la alcoba que compartía con Rodolfo. Toda la felicidad que había experimentado durante la noche se había transformado en un mar de vergüenza.

31

Rodolfo bajó del automóvil sin esperar a que Onofre le abriera la portezuela y corrió hacia la escalera de la entrada. Salvó los escalones de dos en dos, empujó la puerta y atravesó el vestíbulo hacia la salita. Estaba muerto de sueño, le picaban los ojos y sentía la cabeza brumosa. Había pasado casi toda la noche en vela, cavilando sobre lo que había descubierto en Huesca y el mejor modo de decírselo a Dionisio, pero lo peor había sido la añoranza de Solange. Desde que llegaron de París, se había habituado a dormir abrazado a ella y a contemplarla cuando despertaba al alba: hermosa y dorada incluso con el cabello revuelto y enredada entre las sábanas como un gusano de seda. Sin ella, la habitación del hotel Florida se le había antojado tan inhóspita que se había levantado antes de que clareara. Olvidándose hasta de desayunar, había tomado un taxi que le llevó a la estación de Cariñena, en la calle de Santander. Allí había tenido que esperar un buen rato la llegada del tren y durante el viaje había dormitado en tan mala postura que los listones de madera del asiento le habían dejado baldado. Masajeándose la espalda dolorida irrumpió en la salita.

Le extrañó hallar la estancia en silencio, sin la música que tanto le gustaba escuchar a Solange. La vio encogida en el sofá con aire lánguido, la cara pálida apenas maquillada y ojeras violáceas, lo que daba un aspecto fúnebre al carmín oscuro de sus labios. Sostenía un libro abierto entre las manos, pero su mirada parecía extraviada en algún punto de la pared de enfrente. Al percibir su presencia, se volvió y le miró tan sobresaltada que parecía estar viendo a un fantasma. Alarmado por el extraño recibimiento, Rodolfo corrió a sentarse a su lado. Aprisionó su cara entre las manos y le dio un beso. Su boca se le antojó fría, como si hubiera besado a una muñeca.

—¡Te he echado tanto de menos, *chérie*!

Solange forzó una sonrisa; no se atrevió a mirarle a los ojos.

Rodolfo le tocó la frente con la mano derecha. Tenía la piel helada.

—Te noto rara. ¿No estarás enfermando?

Ella negó con la cabeza e intentó sonreírle otra vez.

—Sólo tengo sueño. Esta noche he dormido muy mal.

—¡Yo sí que he dormido mal! —exclamó él—. Ya no sé estar sin ti.

Le acarició una mejilla. Solange cerró el libro por emplear en algo las manos que esa noche habían recorrido la piel de Dionisio.

—¿Dónde anda mi hermano?

Ella dio un respingo. Su corazón se aceleró.

—Creo que ha salido a ver cómo van las uvas. Ya sabes que ahora le gusta caminar por la mañana.

—¿Sobrio? —preguntó él.

Solange asintió con la cabeza sin alzar la vista del libro. No osaba mirarle a los ojos; temía que Rodolfo leyera en ellos su traición, de la que se avergonzaba más y más conforme avanzaba el día. Desde bien joven sabía que en el mundo del que procedía, donde la mayoría de los matrimonios obedecían a razones de conveniencia, la infidelidad no era considerada un drama, siempre que los encuentros amorosos se realizaran con discreción y no hicieran peligrar las alianzas entre familias. Pero ella se había unido a Rodolfo por amor, se había propuesto serle fiel, y acababa de engañarle con su hermano. ¿Cómo había podido dejarse llevar así? Estaba segura de que si Rodolfo se enteraba, jamás se lo perdonaría. Y lo peor de todo era que no podía dejar de pensar en Dionisio. ¿Qué iba a hacer ahora?

—Ayer tuve un día horrible —exclamó Rodolfo—. Tengo

que contarte lo que descubrí en Huesca, pero... —Un destello pícaro deflagró en su mirada—. ¿Y si subimos antes a la alcoba? Estoy loco por acariciar a mi ángel dorado... y comérmelo a besos... empezando por aquí...

Rodolfo deslizó los labios sobre el cuello de Solange buscando la clavícula. Ella recordó el fuego que encendieron en su piel las caricias de Dionisio, su lengua lamiendo juguetona la desnudez que ella le ofrecía, el calor de su torso lleno de cicatrices cuando se apretaba contra sus senos y el delirio que le arrebataba la razón mientras él la colmaba una y otra vez con el ímpetu de quien acaba de regresar a la vida. No podía entregarse a Rodolfo esa mañana. Se había bañado nada más levantarse y se había perfumado como si fuera a salir de fiesta, pero estaba segura de que en cuanto él hundiera el rostro entre sus muslos, descubriría la huella de su hermano. Se echó hacia atrás.

—Ahora no... No me siento bien, *chéri*.

Él alejó la cara y la escrutó con atención. Era la primera vez que Solange rechazaba sus aproximaciones. Debía de encontrarse realmente mal.

—Empiezas a preocuparme. —Reparó en el aire tristón que la envolvía. ¿Y si su malestar no era sólo físico?—. ¿No te habrá dado otro disgusto ese miserable de Andrade?

Manteniendo los párpados bajos, ella negó con la cabeza.

—¿Estás enfadada porque me fui a Huesca solo? —Rodolfo puso la mano bajo su barbilla y le alzó el rostro suavemente para poder verle los ojos—. ¿Es eso lo que te pasa?

—¡Claro que no! —musitó Solange.

Se obligó a enfrentarse a su mirada y no pudo resistir el amor que leyó en ella. La culpabilidad la desbordó con una avalancha de lágrimas. Incapaz de detener los sollozos, ocultó la cara detrás de las manos.

Rodolfo se las retiró y la envolvió en un abrazo.

—*Mon amour*—susurró—. Tenía que marcharme. Era un asunto importante... Cuando te cuente lo que he descubierto, lo entenderás.

Solange se desasió de él. Se sentía tan despreciable, tan sucia por lo que había hecho…

—No estoy enfadada, sólo cansada —matizó en voz queda.

—Voy a la cocina a pedir a Ramonica que te prepare tila.

La mención del lugar donde Dionisio y ella consumaron lo que comenzó por la mañana con un beso impulsivo hizo palidecer aún más a Solange, pero Rodolfo ya había saltado del sofá y no se dio cuenta de su conmoción.

Por la tarde, Rodolfo abordó a su hermano mientras éste regaba el jardín y le dijo que quería hablar con él en la salita, lo que dio a Dionisio un buen susto. Vertió el agua sobre las plantas de cualquier manera, dejó los cubos con desgana en el suelo y le siguió.

Solange los esperaba sentada en el sofá, aún más arrugada que por la mañana. Rodolfo le había contado la sorprendente historia de su madre, callándose todo lo relacionado con Andrade y la muerte de Adelina, y, para complicarle las cosas aún más, le había pedido que le ayudara a explicarle los hechos a su hermano. «Tu presencia contribuirá a que digiera esto, *chérie*», había dicho. Pese a que ella había intentado escabullirse por todos los medios, se había acabado resignando, hasta había logrado reunir algo de compostura, pero cuando Dionisio entró detrás de Rodolfo y sus miradas se cruzaron, no pudo evitar que un violento temblor recorriera su cuerpo. Los dos miraron enseguida hacia otro lado, aunque Rodolfo pudo atisbar un destello de ese vínculo furtivo que observaba a veces entre su hermano y Solange y despertaba en él unos celos difusos porque se sentía de más. Sin embargo, se esforzó por apartar de su mente todo lo que pudiera entorpecer la tarea que se había impuesto.

Dionisio recibió la noticia de que su madre estaba viva con una indiferencia que sorprendió a los otros dos. Llevaba todo el día evocando en la memoria cada minuto que pasó con Solange, añorando el calor de su suave piel blanca, el sabor de sus labios y la dulce humedad de su sexo. Conforme se deslizaban las horas iba sintiéndose más miserable por lo que había hecho, y más desamparado ante la certeza de que Solange nunca sería para él. Cuando siguió a Rodolfo a la salita y la vio allí, pensó que su hermano había descubierto su traición, tal vez la propia Solange se la había confesado, y se preparó para encajar reproches, gritos desaforados, incluso algún puñetazo que otro, teniendo en cuenta la naturaleza impulsiva de Rodolfo. Golpes que, por otra parte, creía merecer con creces. Al conocer al fin la verdad sobre su madre, estuvo a punto de echarse a reír a carcajadas. ¿Qué podía importarle una mujer de la que apenas conservaba unos pocos recuerdos cálidos, ya desvaídos por el paso del tiempo, cuando se abrasaba de amor por la esposa de su hermano?

32

Dos días después, Amalia y Silvestre bajaron del tren en la estación de Cariñena. Onofre se hizo cargo de su maleta y les precedió de camino al Hispano-Suiza, que había aparcado delante de la entrada. Abrió la puerta trasera y se cuadró con marcialidad para que subieran los señores, después guardó el equipaje. Silvestre, nada más sentarse al lado de Amalia, se pasó la mano por la frente. La latosa de su mujer llevaba poniéndole la cabeza como un bombo desde que la mañana anterior recibieron un telegrama de Rodolfo pidiéndoles que fueran a la Casa de la Loma porque tenía que darles una noticia importante. A partir de entonces las conjeturas de Amalia habían ido sucediéndose a un ritmo vertiginoso, a cuál más descabellada. Había aventurado desde una revisión a su favor del testamento paterno hasta un embarazo de la francesa. Silvestre aún se hacía cruces ante semejante torrente de imaginación. La última teoría, lanzada por su esposa cuando faltaba poco para que llegaran a Cariñena, era que Dionisio había sufrido un accidente por culpa de una de sus borracheras y yacía malherido en su alcoba, o quizá ya les aguardaba cadáver, preparado con esmero para el velatorio. Amalia había vertido unas lagrimitas en su pañuelo almidonado y se había metido en la boca un caramelo de violetas para endulzar la tragedia que a buen seguro se iban a encontrar. Silvestre se preguntó cómo iba a soportar a su mujer y a sus cuñados durante un día entero sin poder refugiarse en el Ambos Mundos. Menos mal que tenía el aliciente de admirar los senos bien puestos de la francesa.

Cuando el automóvil entró en el recinto de la casa a las doce y media, hacía ya un calor recio. Pese a que no había dejado de abanicarse durante todo el viaje, Amalia sudaba dentro de su recatado vestido marrón que parecía un saco con mangas. También Silvestre estaba acalorado, embutido dentro del chaleco y la americana. No había querido quitársela porque para eso necesitaba la ayuda de su mujer y le resultaba humillante en presencia del chófer. En cuanto Onofre les abrió la puerta trasera, Amalia saltó al exterior con toda la rapidez que le permitían sus generosas carnes. Se aprovisionó de otro caramelo y subió la escalera engarzando suspiros de congoja. Sin esperar a Silvestre, que se había quedado rezagado, empujó la puerta e irrumpió en el vestíbulo. Allí se topó con Pepita, que salía, como de costumbre, a recibir a la visita.

—Doña Amalia… —A Pepita nunca le había gustado la hija mayor de don Fausto, ni siquiera de bebé, y sabía que la animadversión era mutua—. Su hermano ha venido hace un rato de la viña. Ha subido a la alcoba a asearse, pero bajará enseguida. Voy a avisar a doña *Soláns*.

Muy tranquila le pareció a Amalia esa mujer teniendo en cuenta la tragedia que acababa de golpear a la familia. La castigó con una mirada severa. No comprendía que su padre hubiera dejado el gobierno de la casa en manos de una pueblerina entrometida, ni que Solange no se hubiera deshecho enseguida de ella. Claro que esa niña frívola sólo debía de pensar en exhibirse medio desnuda, como hizo en la fiesta que le preparó con tanta ilusión y que ella y Rodolfo mancillaron pasando la velada de charla con la Viuda Alegre. Todavía les guardaba rencor por aquella afrenta.

No hizo falta llamar a Solange, que se demoraba en la salita para no tener que recibir sola a sus odiosos cuñados de Zaragoza; Rodolfo había oído la voz de su hermana y ya bajaba corriendo la escalera. Encontró a Amalia más gorda que la última vez que se vieron. En cambio el Manco se le antojó más enjuto, como si sus carnes le hubieran abandonado para asentarse en el cuerpo de su mujer. Se abalanzó sobre Amalia.

—¡Deja que te dé un beso, hermana!

Amalia se zafó enseguida de él. Aborrecía esas efusividades.

—El pobre Dionisio de cuerpo presente y tú como si nada —le espetó—. ¿Dónde lo tenéis?

Rodolfo y Silvestre ya se estaban estrechando la mano y se detuvieron a mitad del movimiento.

—Pero mujer... —la amonestó Silvestre.

Rodolfo no entendía nada, aunque no dio importancia al comentario de Amalia. Siempre había estado un poco mochales.

—No sé dónde para ahora, pero comerá con nosotros. Solange ha conseguido que deje de emborracharse. ¿No os habéis fijado en el jardín que ha plantado ahí fuera?

Amalia sacudió la cabeza. Con lo nerviosa que había llegado, ¿cómo iba a fijarse en jardines?

—No hagas caso a tu hermana —terció Silvestre—. Le sobra imaginación.

En ese instante se abrió la puerta exterior y Dionisio irrumpió en el recibidor. Amalia se quedó mirándolo con los ojos muy abiertos. El supuesto difunto no solo estaba bien vivo, además iba bien afeitado, llevaba el pelo sometido con fijador, ropa limpia y, lo que más la asombró, no olía a vino rancio cuando se acercó a darle un beso, que ella recibió con su habitual adustez. Entonces reparó en una paradoja: si Dionisio se encontraba bien, ¿cuál sería la noticia que quería darles Rodolfo? Se volvió hacia él.

—¿Qué es lo que tienes que contarnos?

—Mejor pasamos al comedor —respondió él—. Onofre subirá vuestra maleta a la alcoba de invitados. ¿O preferís refrescaros antes?

Amalia estaba demasiado impaciente para perder el tiempo. Negó otra vez con la cabeza.

—Vamos, entonces —zanjó Rodolfo—. Ramonica ha hecho unas croquetas riquísimas para abrir boca.

La idea de preparar un pequeño aperitivo con el que suavizar el impacto de la noticia había sido de Solange. Cuando su *maman* organizaba las espléndidas cenas por las que era famosa en París, siempre agasajaba a sus invitados con alguna delicia antes del primer plato. Rodolfo suspiró. Le preocupaba Solange, abatida aún por esa extraña melancolía con la que le recibió cuando volvió de su viaje a Huesca. Comía como un pajarillo y a veces se la encontraba con los hermosos ojos enrojecidos como si hubiera llorado a escondidas.

Vio de soslayo que Solange se acercaba indecisa. Se volvió para ir hacia ella, pero Amalia fue más rápida. Se lanzó sobre su cuñada para darle uno de sus desganados abrazos. Acto seguido le puso las manos sobre los hombros y la apartó para pasarle revista. Le disgustó su ligero vestido de estampado floral, sin mangas y con un escote que permitía atisbar el nacimiento de los senos. ¿Cómo consentía Rodolfo que su mujer se vistiera con semejante frivolidad?

—¡Querida niña! —Volvió a mirar a Solange de arriba abajo—. ¡Qué delgada estás! ¿Es que el desastre de mi hermano no te da de comer?

La aludida se esforzó por sonreír a la detestable mujer que parecía coser sus ropas con retales de lona vieja. Los ojos del Manco ya se habían adherido como moluscos a los pechos de su cuñada, que incluso más delgadita seguía pareciéndole una real hembra.

Dionisio habría echado a correr de buena gana. Acababa de dejar a Sandokán al cuidado de Toñín para que su presencia no provocara fricciones con Amalia y el Manco durante la comida, y se sentía a disgusto sin el perro que le había hecho compañía durante sus crisis más angustiosas. Había accedido a participar en esa comida por ayudar a Rodolfo en la incómoda tarea de contar a Amalia lo que había descubierto sobre su madre, pero ahora se preguntaba si sería capaz de disimular sus sentimientos hacia Solange, cuando a la bruja de su hermana no se le escapaba nada en cuestión de debilidades ajenas. Tragó saliva. Ansiaba poder remojarse la boca reseca con aguardiente, pero resistía esas tentaciones por no defraudar a Solange, la única persona en el mundo que había creído en él sin reparos.

Rodolfo guió al grupo hacia el comedor. Cuanto antes resolviera el asunto en cuestión, mejor para todos. Miró a sus hermanos y a Solange. Ninguno parecía sentirse cómodo. Nada más pisar la estancia, Amalia reparó en que sobre la chimenea ya no pendía la vieja fotografía de su madre. ¿Por qué la habrían retirado? Quiso preguntarle a Rodolfo, pero él se adelantó.

—Sentaos. Seguro que estáis cansados del viaje.

Les condujo hasta la mesa, vestida con el mantel que Pepita reservaba para las ocasiones especiales. Las criadas habían dispuesto la vajilla buena y copas de la cristalería fina. En el centro había una gran fuente llena de croquetas y varios platos con aceitunas y lonchas de salchichón. Silvestre no se hizo de rogar. Entre lo que habían madrugado, la imparable retahíla de Amalia en el tren y el hambre que le gruñía en el estómago, se veía a punto de desfallecer. Amalia se dejó caer a su lado y se abanicó con ímpetu. ¡Qué calor hacía! Rodolfo se sentó enfrente de ellos y Solange se apresuró a ocupar la silla a su derecha. Estaba más cómoda sabiendo que el ancho tablero de la mesa la separaba de sus cuñados. Dionisio se colocó a la izquierda de su hermano. Si no veía a Solange, le resultaría más fácil fingir indiferencia hacia ella.

Lali entró a servir el vino a los invitados.

—Yo lo haré. —Rodolfo saltó de la silla—. Al salir, cierra la puerta, Lali.

La criada obedeció, tan sorprendida como Amalia, que se preguntaba por qué se encargaba Rodolfo de servir mientras su francesa estaba sumida en una languidez fantasmal. Concluyó que en esa casa hacía falta la mano de una mujer sensata para poner orden.

Rodolfo alzó la botella de vino, rodeó la mesa y se detuvo detrás de Silvestre.

—¿Hace un poco, cuñado? Éste es de la Viña de Baco.

Silvestre alzó su copa y permitió que Rodolfo la llenara. Le gustaba ese vino y le vendría bien para aguantar la comida, que prometía ser tediosa. Algo le decía que había gato encerrado en la actitud solícita de Rodolfo hacia Amalia y él. Además, ¿por qué había cerrado la puerta?

—¿Quieres una copita de moscatel, hermana? Sé que te encanta.

Amalia asintió. El moscatel de la familia, dulce y suave en la lengua, era casi como un licor y, sin duda, una bebida apropiada para señoras como ella. Rodolfo le sirvió y regresó a su lado de la mesa. Miró a Solange.

—¿Qué prefieres, *chérie*?

Ella alzó una mano y negó con la cabeza. Sólo deseaba escapar del constante escrutinio de Amalia y de la mirada lujuriosa de ese manco. Rodolfo se echó vino y dejó las botellas lejos del alcance de Dionisio. No era cuestión de tentar la suerte. Volvió a sentarse. Silvestre atrapó una croqueta y se la zampó en un santiamén. Le supo a gloria. Repitió la operación y tomó un trago de vino. Aplacada el hambre más imperiosa, se encaró con su cuñado.

—Rodolfo, ahora que estamos servidos, déjate de rodeos y dinos de una vez lo que nos tienes preparado.

El otro se alegró de que le allanara el camino. Alzó su copa, bebió un poco y arrancó.

—Tengo que contaros algo sobre nuestra madre. —Miró a Amalia, que sorbía su moscatel y le escudriñaba con inquietud—. He meditado mucho si debía compartirlo con vosotros o callármelo, pero he llegado a la conclusión de que debéis saberlo. A Solange y a Dionisio se lo conté el otro día. —Tomó aire antes de seguir hablando—. La cuestión es que hace poco me enteré de que padre llevaba años pagando una generosa asignación mensual a través del Banco de Aragón a una mujer que vive en Huesca. Pensé que había tenido una entretenida…

—Oh, Dios mío —murmuró Amalia, con la lengua ya insegura.

Silvestre le quitó la copa, casi vacía, y la dejó encima de la mesa. Posó la mano sobre su brazo de carnes fofas. Se dijo que tanto si el viejo se había echado una amante como si se trataba de otra cosa, aquello no tomaba buen cariz.

—Concerté a través del director de la sucursal una entrevista con esa mujer. Hace tres días viajé a Huesca para hablar con ella —continuó Rodolfo, sin apartar la vista de Amalia. Empezaba a preguntarse si su decisión de contárselo era la acertada—. Y no me encontré con una cupletista de tres al cuarto. Ni siquiera era una mujer joven. Era… —intercaló dos segundos para respirar y luego soltó de corrido—: era nuestra madre. Nos mintieron al hacernos creer que murió después de nacer yo.

A Amalia le subió a la cara una oleada de calor que la convirtió al instante en un pimiento morrón. Alzó el abanico y lo agitó con frenesí delante del pecho. Silvestre apretaba las mandíbulas con tal fuerza que se le marcaron los huesos. Rodolfo aprovechó el silencio y empezó a resumirles pausadamente lo que le había confesado esa mujer en la sala de reuniones del banco, callándose, por supuesto, la infidelidad con Andrade y la muerte de Adelina, como había hecho cuando habló con su hermano y Solange. Mientras se oía contar esa historia en presencia de Amalia le pareció aún más sórdida que antes y decidió eliminar también algún que otro detalle innecesario. Conforme hablaba, el rubor de su hermana fue adquiriendo un tinte púrpura; el Manco, en cambio, palidecía por momentos. Dionisio se llenó un vaso con agua de una jarra que tenía cerca y lo vació de un tirón. Solange no sabía dónde mirar. Aborrecía a Amalia, pero en ese instante le daba pena.

Rodolfo estaba hablando del reencuentro de sus padres en Barcelona (omitió mencionar el patético número musical de *La Bella Valérie y su asombroso piano*), cuando Amalia de pronto empezó a jadear y se aferró al brazo de Silvestre.

—No puedo respirar —gimoteó—. Me estoy mareando. Mi bolso…, las sales…

Puso los ojos en blanco y cayó hacia delante, golpeándose la frente contra el plato, por suerte vacío. Solange se llevó tal susto que se levantó de un brinco y volcó su silla. Silvestre intentó en vano, con su único brazo, alzar la cabeza de Amalia. Dionisio reaccionó con más rapidez que Rodolfo. Se puso en pie, rodeó la mesa, echó hacia atrás la silla de su hermana y la tomó en brazos. Pensó que pesaba más que los sacos terreros con los que construían los parapetos en el ejército.

—Busca las sales —le dijo a su cuñado—. Voy a acostarla en el sofá de la salita.

Rodolfo corrió a abrir la puerta.

Al ver a Amalia tan amorfa entre los brazos de Dionisio, Solange recordó que dos noches atrás ella había ocupado ese lugar en condiciones muy diferentes. Sintió añoranza y, al instante, una gran culpabilidad.

Pocos minutos después estaban todos en la salita, con la puerta cerrada a cal y canto, rodeando a Amalia, que aún yacía inconsciente y blanca como el requesón. Tras haber rebuscado entre los cachivaches que llenaban el bolso de su mujer, Silvestre había encontrado el frasquito de las sales. En cuclillas, delante del sofá, se lo acercaba inquieto a la nariz. Amalia era propensa a desmayarse cuando se conmocionaba por algo; él estaba acostumbrado, pero empezaba a inquietarle que tardara tanto en recuperarse. Se preguntó si realmente era necesario que el atolondrado de Rodolfo les contara esa historia sobre la madre. ¿Tanto le habría costado mantenerla en secreto? Los demás se miraban unos a otros sin saber qué hacer. Rodolfo empezó a considerar la posibilidad de meter a Amalia en el automóvil y llevarla a Cariñena para que la examinara el médico del pueblo.

En eso, Amalia alzó los párpados y los miró como si no los reconociera. Se frotó la frente, en la que empezaba a formarse un buen chichón, y levantó un poco la cabeza.

—No te incorpores, querida —dijo Silvestre con voz de mando al tiempo que la empujaba hacia abajo.

Ella reparó en el frasco de las sales y recordó de golpe lo ocurrido. Empezó a hacer pucheros y rompió a llorar. Durante unos minutos, sus sollozos llenaron el cuartito mientras los demás seguían observándola presas de la impotencia. Silvestre se irguió con los riñones doloridos. Solange sacó un pañuelo del bolsillo de su vestido, dio un paso adelante y se lo tendió a Amalia, que lo olfateó como un podenco antes de aceptarlo. ¿Dónde habría comprado esa niña semejante perfume de mujerzuela? Seguro que sería de París, esa ciudad llena de vicios y depravación.

—¡Qué disgusto, Dios mío! —se lamentó cuando se le fueron secando las lágrimas—. Si mis amigas se enteran de semejante ignominia, no querrán saber nada de mí. ¡Me moriré de vergüenza! Prometedme que esto no saldrá de aquí.

—A ninguno nos interesa que se sepa —puntualizó Rodolfo en tono sombrío.

Silvestre le miró con expresión de disgusto. Cuando se había decidido a cortejar a Amalia, pensaba que iba a entrar en una familia un tanto rústica, aunque de bien y con posibles, no en un manicomio donde nadie le hacía caso, empezando por el viejo avaro que legó a su hija una miseria.

—¿No tienes miedo a que esa… —había estado a punto de decir «zorra», pero se refrenó a tiempo— esa mujer te reclame parte de tu herencia? Deberías protegerte.

—No hay peligro —respondió Rodolfo.

—Mi madre, una cupletista de poca monta —gimió Amalia desde el sofá—. Una pelandusca sin corazón. ¿Cómo pudo mantenerla padre después de lo que nos hizo? ¿Es que no estaba en sus cabales? ¡Qué disgusto tan grande, Dios mío! —Arrebató a Silvestre el frasquito de las sales, lo colocó delante de la nariz y aspiró con fuerza—. Tráeme una copita de moscatel, Rodolfo.

—Beber no es buen remedio para mitigar un disgusto, querida —la regañó Silvestre—. ¿Quieres acabar igual que…?

Se calló, pero no pudo evitar mirar a Dionisio. Éste palideció, se apresuró hacia la puerta y salió dando un portazo.

Solange no fue capaz de contener la indignación por el desafortunado comentario.

—¡No has debido decir eso delante de Dionisio! —increpó al Manco. Como siempre que se ponía nerviosa o se enfadaba, se había acentuado sobremanera su acento francés—. ¡Lleva más de un mes sin beber! ¡Amalia y tú sois abominables!

Abandonó la estancia tan airada como segundos antes Dionisio.

Silvestre se volvió hacia Rodolfo, que aún no daba crédito al estallido de Solange.

—Deberías controlar mejor a tu mujer —farfulló el Manco entre dientes—. Ésas no son formas.

Rodolfo se disponía a dar una respuesta contundente a lo que le parecía una ofensa, pero Amalia se le adelantó, deseosa de asumir el papel de apaciguadora que tanto le gustaba.

—Calmaos, por favor —dijo—. Rodolfo, corre a tranquilizar a Solange. Quién iba a pensar que tiene en tanta estima a Dionisio... —Aspiró del frasquito de las sales—. Me va a estallar la cabeza...

Rodolfo salió al vestíbulo. Buscó a su esposa en el comedor, subió al primer piso por si se había refugiado en la alcoba y finalmente se asomó al exterior. Hacía un calor infernal. Solange estaba sentada en la escalera de la entrada y lloraba sin consuelo bajo un sol de justicia.

Rodolfo se dejó caer a su lado, le pasó el brazo sobre los hombros y la atrajo hacia sí; estaba tan desconcertado por su actitud que no sabía qué decirle. Al cabo de un rato, ella se limpió las lágrimas con las manos y murmuró:

—No soporto a tu hermana ni a ese horrible Silvestre.

—Son un par de hipócritas —masculló él—. Aunque ahora no sé si he hecho bien contando a mis hermanos lo de mi madre. Quizá tendría que habérmelo callado.

Solange sonrió apenas.

—Hiciste lo correcto, Rodolphe. Esa mujer también es su madre.

A él le reconfortó la rotundidad de Solange.

—¿Dónde está Dionisio?

—No sé. Lo he buscado, pero... —Se encogió de hombros—. Espero que no haga ninguna tontería.

Rodolfo se puso en pie y le tendió la mano.

—Volvamos adentro. Aquí nos va a dar una insolación.

Ella se agarró a él y dejó que la ayudara a levantarse.

Al entrar cogidos de la mano en el recibidor, vieron que Dionisio bajaba por la escalera con el ceño fruncido. Los tres se detuvieron de golpe, indecisos. Solange y Rodolfo lo escrutaron con la mirada. Luego Dionisio reanudó su descenso, aunque algo más pausado. Cuando llegó a la planta baja, dudó entre hablarles o pasar de largo. Al final se quedó plantado delante de ellos sin saber qué decir. Solange alzó un poco la nariz y olfateó con disimulo.

—¿No habrás bebido? —le preguntó en voz queda.

El semblante de Dionisio se suavizó. Negó con la cabeza.

—No voy a echar a perder un mes y medio de sacrificio por ese mamarracho.

A Rodolfo no le pasó desapercibida la leve sonrisa de Solange, ni la dulzura que destellaba en sus ojos, ni la alegría que de pronto envolvió a su hermano en un aura luminosa. Tragó saliva para aligerar el pánico que acababa de estallarle en el estómago. ¿Qué clase de sentimientos encerraban a Solange y a Dionisio en esa membrana de la que él siempre quedaba excluido? ¿Acaso la noche en la que durmió en Zaragoza…?

No se atrevió a acabar de formular la sospecha que había brotado de lo más hondo de su cerebro. Apretó la mano de Solange y tiró de ella para alejarla de Dionisio.

Ese mediodía, la comida especial que había preparado Ramonica para los invitados quedó intacta. Silvestre y Amalia no quisieron probar bocado y menos aún quedarse a dormir en esa casa.

33

Lo que quedaba de agosto se le fue a Rodolfo entre sus salidas matinales para verificar el grado de maduración de las uvas y la preocupación por el estado de ánimo de Solange. Después de unos días en los que ella había rechazado sus caricias aduciendo que no se encontraba bien, volvía a yacer con él, aunque Rodolfo percibía que no disfrutaba de sus retozos con la entrega de antes. Ya no la sorprendía con los ojos enrojecidos, pero verla sumida en esa melancolía brumosa, y tan inapetente que apenas probaba bocado, removía en Rodolfo la espina de la sospecha que se le clavó el día del desmayo de Amalia. Por más que se decía que estaba cayendo en una obsesión sin fundamento y, además, dañina, una oscura inquietud le empujaba a regresar temprano de la viña por las mañanas, y cuando por la tarde volvía de la bodega o de departir con Rémy en el casino de Aguarón, su mirada se desviaba temerosa hacia la escalera de la terraza por si sorprendía a Solange y a Dionisio absortos en su habitual charla ante un vaso de limonada. Hasta que se dio cuenta de que hacía días que sólo veía juntos a su hermano y a Solange cuando se sentaban a la mesa para comer o cenar, y entonces apenas se miraban ni se dirigían la palabra. Lejos de aplacar su desconfianza, ese extraño comportamiento aún le hundía más el puñal de los celos.

Cuando la calma regresó a la casa después de la escena con Amalia, Rodolfo escribió una larga carta a Bartolomé acerca de los pormenores de la venta de la harinera, las acciones en las que su padre invirtió el dinero y los documentos extraviados que Evaristo afirmaba no haber encontrado aún, pidiéndole consejo sobre cómo proceder en su búsqueda. Según la respuesta que le diera Bartolomé, sería cuestión de hacer otro viaje a Zaragoza para investigar en el registro mercantil. Tal vez Solange podría acompañarle a la ciudad. La llevaría al cinematógrafo y cenarían en ese restaurante del Gran Hotel de Europa donde ella estuvo con Marcel en julio y del que aún hablaba maravillas. La aventura le supondría un gasto que en ese momento no resultaba nada oportuno, pero todo era poco para sacarla de su abatimiento.

Cuando se reunía con Evaristo en el despacho para que le pusiera al corriente de la recaudación de los alquileres de Zaragoza y de cómo andaban los beneficios de las inversiones que realizó su padre en bolsa, procuraba no dejar traslucir la desconfianza que le inspiraba ahora ese hombre. Antes de tomar cualquier decisión, debía averiguar si las sospechas inculcadas por su madre tenían fundamento.

Dionisio había adquirido la costumbre de levantarse muy temprano, cuando la mañana aún era fresca, y dar largas caminatas entre las vides. Sabía que la paz que reinaba en los campos y el cansancio físico eran los mejores aliados para calmar su indoblegable amor y el ansia de beber que le atenazaba en cuanto bajaba la guardia. Por las tardes trabajaba en el jardín hasta la extenuación para evitar que los fantasmas de Annual se valieran de su tormento para volver a asomarse a sus pesadillas. Pero por mucho que se afanara cada día en esquivar a Solange, igual que ella le rehuía a él, no podía sacársela de la cabeza ni acallar la culpabilidad que le roía la conciencia por haberse acostado con la mujer de su hermano.

Después de haber andado todos los viticultores de la zona pendientes de las uvas, asunto del que se hablaba durante las partidas de dominó o de naipes en los casinos de los pueblos, el 4 de septiembre por la mañana Pedro comunicó a su patrón que muy pronto habrían alcanzado el punto óptimo para la vendimia y le pidió permiso para empezar a recogerlas en dos días. Hasta se atrevió a pronosticar que la cosecha de ese año iba a ser excelente. Por la tarde, a última hora, Rodolfo acompañó a Pedro a Cariñena en el carro de mulas para ir a la oficina de correos. Onofre había estado ocupado reparando el motor del camión y Rodolfo le había eximido de recoger la correspondencia. Al llegar a la calle Mayor, se apeó y el capataz siguió hasta la plaza, donde en época de vendimia se reunían los hombres que buscaban trabajo, para correr la voz de que los Montero podrían tener faena en los próximos días.

Veinte minutos después Rodolfo salía de correos con la correspondencia para la Casa de la Loma. Nada más pisar la calle, oyó a su espalda una voz bien conocida y harto odiada.

—¡Vaya, el niño bonito!

Se volvió con desgana. Andrade se había plantado junto a él y lo miraba con actitud desafiante. Hacía tiempo que no le veía. Después de su enfrentamiento en el casino de Aguarón, había procurado esquivarle. Ya le bastaba con sus propios problemas; no tenía ganas de andar a la greña con el viejo enemigo de su padre. De pronto cayó en la cuenta de que Andrade tampoco debía de haberse prodigado mucho en los lugares donde se reunían los viticultores. Decidió rehuirle. No le apetecía en absoluto discutir con él esa tarde. Pero el otro le cerró el paso y acercó la cara a la suya. Rodolfo se dio cuenta de que estaba bebido. Le vio mucho más arrugado y con la piel de un color grisáceo como el de un trapo viejo. Imaginó de pronto a ese hombre con treinta años menos, golpeando en lo alto de la escalera a la cubana de la que estuvo enamorado su padre, y sintió tal repulsión que dio un paso atrás.

—El abogado de los alborotadores —le espetó Andrade con su inconfundible habla sibilante—. Si no os hubierais metido por medio el francés y tú en el casino, ya habríamos *zurrao* la badana a Costa y no tendría revueltos a todos los hombres que pueden vendimiar. Verás lo que es bueno cuando te dejen *empantanao* con las uvas porque Costa les ha calentado la cabeza... —Escupió en el suelo delante de Rodolfo—. Tú no tendrás rasmia para hacerles trabajar y perderás la cosecha. Te estará bien *empleao* por zaborrero.

—Déjeme pasar, Andrade. No estoy para tonterías.

El otro se rió. Le miró con los ojillos entrecerrados, reducidos a un punto oscuro.

—Sé que te has vuelto a arrimar a Mariana. ¿Te has empeñado en llenarle otra vez la cabeza de pájaros? ¿No te basta con la mujerzuela que te has traído de Francia?

—¡Haga el favor de no insultar a mi esposa! —saltó Rodolfo, encolerizado.

Andrade le agarró del brazo.

—Aléjate de Mariana o…

Rodolfo se liberó de un tirón.

—¿O qué? ¡Déjeme en paz, viejo loco!

—Ya te lo dije un día: no quiero cerca de mi hija al fruto de una manzana podrida.

La furia de Rodolfo se desbordó.

—¡Aquí el único podrido es usted! —voceó—. ¿Acaso cree que no sé cómo murió Adelina y quién la mató?

Andrade palideció bajo su enrevesada red de arrugas. Le miró fijamente desde sus ojillos negros. Al cabo de unos segundos, arrancó a reír. Dos labradores en pantalón de pana y alpargatas que pasaban por la calle se quedaron mirándolos. Uno se detuvo a cierta distancia para cotillear. La enemistad entre Andrade y los Montero era un tema del que se chismorreaba mucho en las tabernas.

—Ya entiendo —murmuró Andrade, mostrando sus dientes amarilleados por los años y el tabaco—. Has *localizao* a la zorra de tu madre que, además de una grandísima puta, es una mentirosa. Nunca me creí la patraña de su muerte que propagó tu padre. Apostaría el cuello a que la has *encontrao* en un burdel haciendo lo único que sabe hacer. ¿No te ha *contao* esa perra salida cómo se retorcía de gusto cuando la…?

Rodolfo soltó la saca del correo, le agarró de la camisa y le zarandeó con fuerza. El viejo prorrumpió en una sarta de carcajadas estridentes, satisfecho de haber sacado de sus casillas a ese mequetrefe por el que tanto afecto sentía la tonta de su hija desde que era una chiquilla. De repente, dos manos robustas sujetaron los brazos de Rodolfo y los apartaron de Andrade.

—Don Rodolfo, con su permiso: debemos volver antes de que oscurezca.

Éste se sobresaltó como si despertara de una pesadilla. Miró a su contrincante: un viejo demacrado con el que no debería haber perdido la compostura. Agradeció a Pedro su intervención con un movimiento de cabeza y bajó los brazos, aunque seguía tan tenso que no abrió los puños.

—¡Váyase al diablo, Andrade!

Riéndose todavía a carcajadas, el otro hundió las manos en los bolsillos del pantalón y se echó a un lado. Rodolfo recogió la saca del suelo y caminó junto a Pedro hacia donde habían dejado el carro. Conforme se alejaban de Andrade, fue avergonzándose de su estallido de furia. Cabizbajo, subió al pescante del carro. Sacó el paquete de cigarrillos y se lo acercó a su capataz. Éste aceptó encantado. El tabaco del patrón era mucho mejor que el suyo. Rodolfo prendió los pitillos con el chisquero. Rodaron la mitad del trayecto fumando en silencio, hasta que Pedro dijo de repente:

—Don Rodolfo, me he encontrado en la plaza con Abel, el de la taberna. Me ha contado algo que le va a interesar.

El otro no tenía muchas ganas de hablar. Dio una calada al cigarrillo y le miró de soslayo. El capataz estaba convencido de que su jefe saldría de la apatía en cuanto le hiciera partícipe del rumor que circulaba por el pueblo.

—Dicen por ahí que los que compraron la harinera a su padre son de Zaragoza. ¿Y a que no sabe quién es el administrador de la fábrica?

—¿Cómo lo voy a saber? —murmuró Rodolfo, interesado.

—Don Evaristo.

34

El 5 de septiembre amaneció con gruesos nubarrones grises descolgándose sobre la sierra de Algairén como el telón de un teatro. La atmósfera se tornó húmeda y sofocante. No hubo viticultor en la zona que no observara a lo largo de la mañana el devenir de las nubes con la febril esperanza de que pasaran de largo, llevándose a otro lado el agua que a esas alturas sólo podía causar daños irreparables. Mirando de reojo al cielo, Pedro advirtió a Rodolfo que semejante nublado no podía traer más que piedra y le desaconsejó que saliera a caballo no fuera a ser que le sorprendiera la tormenta. Entre el calor bochornoso y la inquietud, Rodolfo fue incapaz de probar bocado ese mediodía. Tampoco comió mucho Dionisio, preocupado desde que se había asomado a la ventana de su cuarto nada más levantarse. Solange también se había fijado en el color plomizo del cielo, y ver el ceño sombrío de Rodolfo no contribuyó a mejorar la inapetencia que arrastraba desde que yació con Dionisio.

Nadie descansó en la casa a la hora de la siesta. Solange se retiró a su salita. No deseaba más que estar a solas, lejos de Rodofo y también de Dionisio y la agitación interna que despertaba en ella su mera cercanía. Dionisio salió afuera con su perro y se sentó en la escalera de la entrada. Sandokán se apretó contra él en busca de mimos. Él le acarició detrás de las orejas, donde sabía que le gustaba. Al rato, Rodolfo se dejó caer a su lado y le ofreció un cigarrillo. A aquél no le apetecía fumar. El sabor del tabaco le recordaba las duras horas de espera que precedían a los ataques enemigos en el Rif, pero tomó uno por no despreciar el gesto de su hermano. Los dos encadenaron en tenso silencio un pitillo tras otro. Ambos sabían lo que estaba en juego.

A las cuatro y media el calor se volvió insoportable. Las nubes se habían hinchado tanto y estaban tan oscuras que el día parecía haber avanzado a toda prisa hacia el crepúsculo. Relámpagos apresurados surcaban el cielo, cada vez más cerca de ellos. Rodolfo se dio cuenta de que ya no le quedaban cigarrillos. Se levantó del escalón para entrar en la casa a por más. Cuando se disponía a abrir la puerta, una luz cegadora iluminó la cerrazón. Dionisio y Sandokán brincaron al mismo tiempo. Rodolfo alzó la vista hacia el cielo.

—Ése andaba cerca —murmuró.

El trueno, ensordecedor y violento, no se hizo esperar. Dionisio se enroscó en un ovillo y se tapó la cabeza con las manos. Sandokán empezó a aullar. Cayeron las primeras gotas, grandes como uvas maduras. Dionisio se levantó de un salto y entró corriendo con Rodolfo en la casa. Les siguió el perro con el rabo entre las patas y las orejas gachas. Atravesaron el vestíbulo y entraron en el comedor. De un tirón vehemente, Rodolfo abrió las cortinas. Al volverse reparó en que Dionisio había palidecido y temblaba sin control. También Sandokán parecía aterrorizado y se encogía como si se hubiera convertido en un ratón. Rodolfo se apiadó de su hermano. Debía de haber padecido mucho en Marruecos para que un trueno le sobrecogiera así, por muy impresionante que hubiera sido.

—¿Quieres que le pida una tila a Pepita?

Dionisio sacudió la cabeza. Apretó los dientes y los puños, apartó una de las sillas que rodeaban la mesa y se dejó caer sobre ella.

—Enseguida se me pasa —murmuró.

Era la primera vez desde su regreso de Marruecos que vivía una tormenta sin estar bajo los efectos del vino.

—¿Era así el ruido de la guerra? —quiso saber Rodolfo.

Su hermano asintió, y lo miró de reojo. Rodolfo nunca le había preguntado directamente por sus vivencias en el Rif.

En el exterior, la lluvia arreciaba a cada segundo. Se había levantado un viento furioso que estrellaba gruesos goterones contra los cristales. Un nuevo trueno retumbó aún más fuerte que el anterior. Con el corazón estrujado en un puño de congoja, Rodolfo se acercó al ventanal. Sólo se veía una cortina de agua sobre un fondo de impenetrable oscuridad. La luz de un nuevo relámpago surcó la negrura del exterior e iluminó la estancia. Rodolfo dio un brinco y regresó junto a la mesa. ¿Resistirían las uvas una lluvia tan rabiosa?

De pronto, el golpeteo de las gotas en los cristales se hizo más intenso, como si alguien estuviera lanzando guijarros contra las ventanas.

—¡Granizo! —gritó Dionisio. Dominando a duras penas el pánico que le inspiraba el estruendo de los truenos, saltó de la silla y se acercó a la ventana—. ¡Las piedras son enormes!

Antes de morir su padre, Rodolfo nunca se había interesado por las uvas que suponían el sustento de la familia y habían pagado los estudios de Dionisio y los suyos. Cuando una tormenta le sorprendía en la ciudad, sólo le preocupaba que la lluvia le estropeara los zapatos o el sombrero. Si estaba en la Casa de la Loma, se recluía en su alcoba y aguardaba a que escampara. Ahora se veía contemplando, sin poder hacer nada para evitarlo, cómo se hundían en un instante las esperanzas de muchos meses. La desesperación se adueñó de él. Se llevó las manos a la cabeza y empezó a revolverse el cabello con los dedos.

—¡Maldita sea! ¡Maldita sea!

Emitió un grito agónico y corrió hacia la puerta. Casi arrolló a Solange, que entraba a buscarlos en ese momento, tan blanca y aterrada como Dionisio. Temblando y cegado por la ira contra la naturaleza destructora, Rodolfo apartó a Solange y atravesó a la carrera el recibidor. Antes de que Dionisio fuera capaz de reaccionar, se oyó el golpetazo de la puerta principal al cerrarse.

—¿Qué le pasa? —musitó Solange—. ¿Cómo se le ocurre salir con esta tormenta?

Dionisio habría querido decirle algo tranquilizador, pero la congoja le paralizaba la lengua. De sobra sabía las consecuencias que traía un pedrisco como ése.

—Granizo —susurró—. Destruirá la cosecha, si no lo ha hecho ya.

—*Mon Dieu...* Va a coger una pulmonía ahí fuera.

Dionisio se aproximó a ella y le acarició una mejilla. Solange trazó una débil sonrisa. Estaban tan cerca el uno de la otra que él no pudo resistir el impulso de encerrar el rostro de la muchacha entre sus manos y cubrirle la boca con la suya. Ella entreabrió los labios y durante unos segundos se saborearon mutuamente, indiferentes a la tormenta y al peligro de que les sorprendieran Paquita o el propio Rodolfo. De repente, él fue consciente de su insensatez. Se separó de Solange.

Ella se pasó la lengua por los labios para retener su sabor. Los dos sabían que el beso había avivado los inadmisibles sentimientos que intentaban sofocar desde hacía días.

—Voy a traer de vuelta a ese insensato.

A zancadas resueltas atravesó Dionisio el vestíbulo. Vio de reojo la oronda silueta de Pepita que salía de la cocina santiguándose. Se tranquilizó diciéndose que no podía haberle dado tiempo de verlos. Tiró del pomo y abrió la puerta de la calle con brusquedad. Un relámpago iluminó las piedras de hielo que caían del cielo. Eran tan gordas como huevos de gallina. El trueno no se hizo esperar. Dionisio inclinó el torso, agachó la cabeza y se la cubrió con las manos. Se quedó inmóvil en el umbral, reprimiendo a duras penas el impulso de volver a cerrar, subir a su alcoba, meterse en la cama y taparse la cara con la almohada. Sandokán, que le había seguido, aulló y se escondió bajo la mesa redonda donde el ama de llaves solía dejar la correspondencia. Dionisio tuvo que respirar hondo varias veces para gobernar su pavor. Le costó un esfuerzo enorme bajar los brazos y volverse hacia donde suponía que Solange estaría viendo su vergonzante ataque de pánico. Pensó que le despreciaría por no saber controlar el miedo. Ella le observaba muy quieta, sin moverse ni parpadear apenas, pero su cara no reflejaba desaprobación. Dionisio tragó saliva. Se dijo que había vivido situaciones muchísimo peores en Marruecos. Aquello sólo era una tormenta, no los proyectiles de un enemigo tan encarnizado como traidor. Ya era hora de domeñar los recuerdos que llevaban tantos años torturándole. Dedicó otra mirada fugaz a Solange, inspiró para llenarse los pulmones de aire y se aventuró al exterior.

La escalera estaba cubierta por el granizo recién caído. Tuvo que descender pisando muy despacio para no resbalar. Cuando llegó abajo, se detuvo e intentó divisar a su hermano a través del pedrisco que le impactaba con dureza en la cabeza y los hombros. Seguro que ese demente se había dirigido hacia la viña más cercana a la casa para comprobar los estragos. Intentó correr hacia el portón, pero avanzar no era fácil, sus alpargatas tan pronto pisaban hielo como se quedaban atascadas en el suelo embarrado. Cuando salió por fin del recinto de la casa, apenas veía a través de las bolas blancas que seguían golpeándole sin piedad. De pronto descubrió a Rodolfo. Se había parado justo donde arrancaban las viñas. Alzaba la cara hacia el cielo. Con una mano se protegía del pedrisco; la otra la blandía cerrada en un puño. Dionisio echó a correr hacia él. Resbaló en el barro que a veces engullía sus pies hasta los tobillos y no se cayó de milagro cuando perdió una alpargata al quedarse enganchada en el fango. No desperdició el tiempo en volver a ponérsela. Siguió adelante pese a que chinas, granizo, hierbajos y pámpanas descuajadas se le clavaban en la planta del pie descalzo. Cuando llegó a la altura de Rodolfo, le oyó vocear:

—¡Yo te maldigo! ¿Para esto me has enterrado vivo entre viñas? ¿Para destruir nuestra última esperanza? ¿Qué clase de dios eres?

Dionisio intentó asirle por los hombros y arrastrarle de regreso al cobijo de la casa, pero Rodolfo se sacudió de encima sus manos. Giró la cara lentamente y le miró con ojos enrojecidos. Tenía el cabello empapado y pegado al cráneo, de una herida sobre la ceja derecha le manaba sangre que se mezclaba con los lagrimones que le resbalaban furiosos por las mejillas.

—Vamos a casa, Rodolfo. Sólo conseguirás acabar descalabrado… o que nos parta un rayo a los dos.

Rodolfo alzó una mano lentamente y señaló las vides. El pedrisco había arrancado las hojas, que alfombraban desflecadas el barrizal rojo, pero la peor parte se la habían llevado los racimos. Los que no habían sido cortados de cuajo estaban muy mermados de uvas, muchas de las cuales se mezclaban en la tierra con las hojas muertas; las que no habían caído colgaban hechas jirones por la vehemencia del granizo. Dionisio tuvo que hacer acopio de toda su fuerza de voluntad para no echarse a llorar también.

—No queda nada —gimió Rodolfo—. Es el final.

Dionisio agarró a su hermano de un brazo. En medio de su desolación, advirtió que el granizo empezaba a caer con menos intensidad; también el tamaño de las piedras había disminuido y daba paso a gruesos goterones.

—Vamos a casa…

Su hermano se desasió de él.

—¡Déjame en paz! —gritó, entre ruidosos sollozos entreverados de hipidos—. Yo no tendría que estar aquí. Tú eras el que iba a heredar estos malditos viñedos. ¿Quién te mandaba negarte a que padre te librara de ir a Marruecos? Si no hubieras vuelto convertido en un borracho, ahora…

Una cólera ciega invadió a Dionisio. Asió a su hermano por la pechera de la camisa y le zarandeó sin saber ni lo que hacía.

—¡Cállate! ¡Yo cumplí con mi deber! No permitiré que me insulte un mocoso que se quedó cómodamente en casa mientras otros nos pudríamos en el infierno. ¿Acaso me tomas por un vegetal? ¿Crees que no me duele haber perdido mi herencia? ¡Desde niño amo estas viñas que tú desprecias! —Respiró hondo y rugió—: ¡No te atrevas a volver a hablarme así! ¡Nunca más! ¿Me oyes?

Cuando se dio cuenta de que estaba sacudiendo a su hermano con una violencia desproporcionada, le soltó tan de golpe que el otro se balanceó como un títere. Rodolfo lo miraba con ojos desorbitados mientras lluvia y sangre seguían resbalándole por la cara y teñían de rosa su camisa blanca, empapada. Dionisio le agarró del brazo y tiró de él, ahora con delicadeza. Esta vez su hermano se dejó arrastrar sin ofrecer resistencia, vencido por su llanto, que se había vuelto quedo y cada vez más triste.

—¡Límpiate esas lágrimas antes de que te vea Solange! —le ordenó Dionisio mientras le guiaba hacia la Casa de la Loma bajo el aguacero que había sustituido al granizo—. En cuanto estemos a cubierto te miraré esa herida y mandaré que te preparen un baño bien caliente, no nos vayas a pillar una pulmonía.

Asombrado por la inusitada energía desplegada por su hermano, Rodolfo se pasó la mano por los ojos para arrancarse hasta el último vestigio de flaqueza. Sorbió ruidosamente por la nariz antes de hablar.

—Tú también tienes sangre…, ahí…

Dionisio se palpó donde le señalaba su hermano y vio que tenía los dedos manchados de rojo. El pedrisco le había abierto una herida junto a la sien.

—Así estamos igualados —comentó con sorna—. En cuanto escampe, saldré con Pedro a ver si se ha salvado algo. Si ha quedado una sola cepa en pie, seguiremos luchando para salvar la vendimia, ¿entendido?

Se inclinó para sacar del barro la alpargata que había perdido. Rodolfo asintió con la cabeza. De repente, se quedó plantado en medio del chaparrón.

—Dionisio —susurró.

Costaba hacerse oír entre el fragor del agua y los bramidos del viento, pero su hermano entendió a la perfección lo que Rodolfo añadió a continuación:

—Te pido perdón por lo que te acabo de decir. He sido muy mezquino.

Una sonrisa ancha y conciliadora se abrió paso en el rostro mojado de Dionisio. Apretó el brazo de Rodolfo y volvió a remolcarle hacia la casa. Fue entonces cuando Rodolfo supo que su hermano mayor había regresado de entre los muertos.

35

La tormenta atronó durante dos horas. Arrasó viñas, rompió cristales y hundió las tapias de algunos almacenes. Se produjeron inundaciones que ahogaron a muchos animales en parideras y corrales. Los aperos de labranza guardados en los cobertizos fueron arrastrados muy lejos por las aguas. El tráfico quedó paralizado y el autocorreo de Ricla se vio obligado a volver a Cariñena poco después de haber salido. Hubo piedras que pesaron hasta cuatrocientos gramos, y algunos ancianos afirmaron que jamás habían vivido una tempestad como ésa.

De las viñas Montero quedaron completamente devastadas las que se extendían entre la Casa de la Loma y Aguarón. Sin embargo, la ronda que hicieron Dionisio, Rodolfo y Pedro en la mañana después de la tormenta arrojó un atisbo de esperanza. Los viñedos situados entre Cariñena y Longares habían sufrido daños, pero el granizo no había destruido todos los racimos. Dionisio y el capataz coincidieron en que se podía salvar parte de las uvas si empezaban a recogerlas ya.

Rodolfo, que apenas había dormido de tanto cavilar sobre el desastre, instó a Pedro a que fuera esa misma mañana a la casa consistorial de Cariñena, ante la cual solían congregarse para esas fechas los temporeros en busca de trabajo, y llevara a todos los hombres disponibles a la bodega de los Montero. Había que adelantarse a los demás viticultores, en especial a Severo Andrade. Al pasar cerca de sus tierras habían comprobado que sus vides estaban seriamente dañadas, pero Rodolfo le creía muy capaz de urdir alguna estratagema para perjudicarles. Comenzarían a vendimiar enseguida, desafiando la solana del mediodía e incluso la lluvia que Pedro vaticinaba para la tarde. Dionisio se marchó con el capataz, dejando a Rodolfo asombrado ante su temple.

Rodolfo acomodó los caballos en el patio de la bodega y aguardó en la oficina a que los dos regresaran con los jornaleros. Estaba tan nervioso que se fumó en poco rato todos los cigarrillos que llevaba encima. Cuando se le acabaron, la emprendió con el coñac que su padre guardaba en uno de los armarios. Pero en cuanto apuró una copa se dio cuenta de que empezaba a espesársele la cabeza y guardó la botella. Nunca había sido buen bebedor de coñac.

Al cabo de un rato, oyó voces masculinas y pasos recios que se acercaban. Se asomó a la ventana. Dionisio y Pedro regresaban por el camino que venía del pueblo. Les seguía un grupo de hombres de todas las edades. Algo en sus gestos y en la expresión de sus rostros le puso en guardia. La desazón aumentó cuando descubrió entre ellos a Costa. Fue hacia la puerta, pero antes de haber llegado a la escalera, se topó con su hermano y el capataz, que subían a toda prisa y sin resuello. Dionisio entró en el despacho y se sentó encima del escritorio.

—Tenemos problemas.

Rodolfo sintió un nudo en el estómago. ¿Qué habría ocurrido ahora? Regresó a la mesa y se dejó caer en la silla que había ocupado su padre durante tantos años. El capataz sacó un pañuelo del bolsillo de su pantalón de pana, se quitó la gorra y se limpió el sudor.

—Los hombres quieren que les pague más de lo que les daba su padre, don Rodolfo —dijo en tono iracundo—. Es todo culpa de ese Costa. Desde que volvió al pueblo, no ha hecho más que caldear los ánimos.

Rodolfo descargó su furia dando un puñetazo en la mesa. Se levantó de un salto y en dos zancadas se plantó en la puerta.

—Ese tipo me va a oír. ¡Si se cree que nos puede reventar la vendimia, va listo!

Dionisio y el capataz intercambiaron una mirada de preocupación. Lo que menos les interesaba en su situación era provocar un conflicto con los vendimiadores. Dionisio se despegó de la mesa y salió detrás de su hermano. Le alcanzó cuando éste ya había bajado casi la mitad de la escalera. Le retuvo agarrándole de un brazo y le dijo en voz queda:

—Págales lo que piden. Si se niegan a trabajar, perderemos mucho más.

Rodolfo se volvió muy despacio. Le miró a los ojos y tragó saliva.

—Escúchame bien —dijo en un susurro para evitar que Pedro le oyera—. Estamos con el agua al cuello. Intenté explicártelo nada más volver de París, pero entonces no estabas en condiciones de asimilarlo: la casa Montero está al borde de la ruina.

—Razón de más para ceder —objetó Dionisio.

—No hay dinero para ceder —replicó el otro—. ¡Y no voy a dar el brazo a torcer o ese Costa me sacará hasta las entrañas!

—Creo que te equivocas —murmuró su hermano.

Rodolfo no contestó. Se desasió de él y bajó los escalones que quedaban. Dionisio le siguió con el corazón en un puño. Pedro, que se había mantenido apartado, descendió detrás de ellos.

Cuando llegaron a la puerta de la bodega, vieron a Rodolfo delante de los jornaleros con las piernas abiertas, los pies plantados con decisión en el suelo, los pulgares enganchados en el cinturón. A Dionisio le impresionó la autoridad que irradiaba su hermano pequeño. Era como si hubiera madurado años desde la tormenta de la tarde anterior.

Rodolfo miró a los hombres uno a uno. Eran una treintena. Algunos tenían su edad, pero a la mayoría los había visto año tras año vendimiando en las tierras de su padre. Tipos robustos, de manos grandes sembradas de callos y rostros curtidos por el trabajo a la intemperie. Pese al calor, llevaban las gorras bien caladas; las alpargatas embarradas asomaban bajo las perneras de los gastados pantalones de pana, arremangados hasta los tobillos para evitar mancharlos con el fango que había dejado el temporal por doquier. Cuando su mirada se detuvo en el semblante de Costa, que le sonreía a su manera fría y calculadora, una furia amarga le abrasó la boca del estómago. Pero sabía que para enfrentarse a un hombre de la inteligencia de Costa debía mantener la calma. Reprimió la ira a duras penas. Tomó aire y se lanzó al precipicio:

—Veo esta mañana muchas caras conocidas por aquí…

Dionisio, que se había parado a su derecha, advirtió que le temblaban la voz y la barbilla. Escrutó a los congregados y se fijó sobre todo en Costa. Si ese hombre advertía la menor debilidad en Rodolfo, estarían perdidos. Pedro se colocó al otro lado del patrón, al que esa mañana había empezado a respetar.

—Muchos de vosotros vendimiasteis para mi padre durante años. —La voz de Rodolfo empezaba a afianzarse. Dionisio respiró aliviado—. Braulio, Cosme, Manuel…

Los aludidos se removieron con inquietud.

—Santiago, Francisco, Daniel, Remigio, Frutos, Apolonio… —Rodolfo abrió más las piernas y consolidó los pies en el suelo para infundirse valor. Por dentro estaba aterrado. De buena gana habría salido a la carrera de ahí—. Ya veis que os recuerdo a todos y cada uno de vosotros. Pero quiero que sepáis que hoy me habéis decepcionado.

Algunos hombres emitieron tosecillas de desasosiego. Costa alzó la barbilla y sonrió, sarcástico.

—No esperaba que nos dierais esta puñalada por la espalda —continuó Rodolfo—. ¡No de vosotros! ¿Acaso no fue mi padre siempre un patrón justo? ¿Acaso no os pagaba más que otros? ¿Ya no recordáis que os ayudaba cuando alguno caía enfermo y no podía trabajar?

Un murmullo de aprobación surgió entre la masa. Algunos de los hombres más maduros movieron la cabeza en señal de asentimiento. De repente, una voz profunda exclamó con guasa:

—Los cómicos de los teatros de variedades de tercera actúan mejor que tú.

Costa se había adelantado un paso y medía a Rodolfo con expresión de desafío. Éste sintió dentro el borboteo de la ira, pero se contuvo y prosiguió como si no hubiera oído la pulla:

—Si no os convence el jornal que pagamos, naturalmente podéis marcharos a otros viñedos y dejarnos empantanados con la vendimia, pero… ¿os habéis parado a pensar que la tormenta de ayer arrasó la mayoría de las viñas y no queda nada que vendimiar? ¿Habéis pensado qué daréis de comer a vuestras familias si os marcháis de aquí ahora?

Dionisio contuvo la respiración. No le gustaba por dónde derivaba la alocución de Rodolfo. Él la habría enfocado de otro modo, pero reconocía que su hermano tenía agallas.

—¡No creas que nos vas a amedrentar con amenazas hueras! —gritó Costa—. ¡Sólo eres un explotador! ¡Un ladrón de poca monta!

La cólera de Rodolfo estalló como una bomba. ¡No iba a permitir que ese tipo le pusiera en evidencia delante de los temporeros! Ya no era el niño enclenque al que Costa encorría a pedradas por las calles de Aguarón. Se encaró con su adversario.

—¡Dímelo otra vez, y bien alto, si eres hombre!

—¡Lo diré las veces que sea menester! —voceó el otro—. ¡Eres un ladronzuelo que ni siquiera llena la bragueta del pantalón!

Hizo un gesto obsceno que provocó las risas de algunos jóvenes. Los más mayores intuyeron que el enfrentamiento entre Costa y el patrón se desviaba de sus reivindicaciones y se debía más a rencillas personales que venían de antiguo. El asunto no pintaba nada bien y decidieron mantenerse al margen. Costa miró a los demás con expresión triunfal, después se volvió de nuevo hacia Rodolfo.

—Como buen señorito, ¿ahora llamarás a la Guardia Civil para que me encierren en el calabozo?

Dionisio vio que su hermano estaba a punto de perder los estribos.

—No te dejes provocar —le susurró al oído—. Sólo quiere que saltes para humillarte delante de todos.

Quiso frenarle asiéndole con disimulo de un brazo, pero no llegó a tiempo. Rodolfo se abalanzó sobre Costa y le dio un puñetazo que casi le lanzó contra uno de los vendimiadores más viejos. Éste le sujetó antes de que llegara a caerse y le enderezó. En los ojos de Costa parpadeó la sed de venganza. Se revolvió contra Rodolfo y le golpeó con fuerza en la cara y el abdomen. Rodolfo perdió el equilibrio. Cayó de espaldas en el lodazal que había dejado la tormenta ante la entrada a la bodega. Costa saltó sobre él y empezó a golpearle con furia. Por la boca de Rodolfo se extendió el sabor a sangre. Vio que Dionisio y Pedro tiraban de Costa para separarles. Debía devolverle los golpes antes de que lo apartaran de él y quedara como un flojo. Flexionó las rodillas y, haciendo acopio de todas sus fuerzas, empujó lejos a Costa. Cuando se vio libre de su peso, se incorporó de un salto. Se pasó la mano por la boca. La retiró manchada de sangre.

—¡No os metáis! —les gritó a su hermano y al capataz, que se disponían a inmovilizar a Costa—. Esto es entre él y yo.

Sorprendidos por su voz autoritaria, los otros se quedaron quietos. Costa aprovechó la confusión para volver a lanzarse sobre su adversario y descargar en su barbilla un furioso puñetazo. El rencor acumulado durante años contra los que vivían a costa del sudor de sus padres y de otros como ellos se personificó en Rodolfo, el objeto de sus iras infantiles. Lo único que deseaba era dejarle en ridículo delante de los jornaleros que se habían puesto en sus manos esa mañana.

Rodolfo se tambaleó. Vio que Costa se preparaba para arremeter de nuevo contra él. Entonces le vinieron a la cabeza sus tiempos de estudiante en Madrid, cuando se apuntó a clases de boxeo arrastrado por un amigo. No duró más de seis meses. Aquel deporte, si es que podía llamársele así, le parecía demasiado violento. Pero ante el inminente golpe de su eterno enemigo, recordó un consejo del boxeador retirado que regentaba el destartalado gimnasio al que acudía. «Si ves que tu adversario es más fuerte que tú, usa la mollera para confundirle.» Se agachó por sorpresa y la mano de Costa golpeó en el aire. Aprovechando el desconcierto de éste, se irguió de un salto y le hundió en el estómago el puño derecho y después el izquierdo. Lo vio boquear. Oyó sus arcadas y el murmullo de sorpresa de los hombres que contemplaban atónitos el inusitado espectáculo.

Costa se recompuso pronto. En sus ojos deflagró una ira asesina. Alzó ambos puños y se lanzó sobre Rodolfo. Éste había empezado a dar pequeños saltos, casi como si danzara, en espera del siguiente ataque, aplicando otro de los consejos del viejo que intentó enseñarle a boxear: «Nunca te quedes quieto esperando la hostia como un pánfilo. Muévete como si bailaras, no tanto como para cansarte, pero sí lo bastante para marear al otro». Se adelantó a su adversario y volvió a golpearle con saña en el estómago. Costa tosió, jadeó, aulló y saltó sobre Rodolfo para derribarle.

Los dos cayeron al suelo. Rodaron por el fango entrelazados como amantes en pleno arrebato de pasión. Costa ya no peleaba contra un patrón reacio a aumentar la paga de sus jornaleros; ahora sólo veía al niño relamido que llevaba ropa fina y zapatos de buen cuero cuando él andaba descalzo. Rodolfo luchaba para desquitarse del bravucón que le arrinconaba ante el lavadero convirtiéndole en el hazmerreír de las mujeres que hacían la colada. No iba a permitir que Costa le venciera delante de los hombres que habían trabajado para su padre. Antes se dejaría matar a golpes.

Durante un rato que a Dionisio se le hizo eterno, Rodolfo y Costa se revolcaron en el lodo dándose puñetazos en igualdad de condiciones, con las ropas embarradas y los rostros cada vez más contusionados y ensangrentados. Dionisio estuvo varias veces a punto de intervenir para separarlos, pero siempre se contuvo a última hora. Sabía que Rodolfo no le perdonaría si se inmiscuía en la pelea y él tampoco deseaba dejarle en ridículo delante de los vendimiadores, que le considerarían el perdedor si le rescataba. Se resignó a contemplar el penoso espectáculo sin hacer nada, aunque muy atento por si la cosa se descontrolaba.

Continuaron pegándose seguidos por la mirada, cada vez más estupefacta, de los congregados. De repente, Rodolfo consiguió colocarse encima de Costa e inmovilizarle. Éste, que ya empezaba a dar muestras de agotamiento, intentó zafarse, pero el otro comenzó a golpearle con tanta furia que Costa sólo pudo aprovechar sus últimas fuerzas para esquivar sus puños imparables.

—¡Ya basta, Rodolfo!

Dionisio agarró a su hermano por los hombros para alejarle del acorralado Costa. Él se resistió y siguió golpeando. A una señal de Dionisio, acudió el capataz. Entre los dos arrancaron a Rodolfo de su presa, le ayudaron a incorporarse y le arrastraron hasta la pared de la bodega. Dionisio vio que a la herida que el granizo le había abierto sobre la ceja se sumaban varias más en las mejillas. También tenía el labio partido y la nariz amoratada.

—¡Quédate con él! —le ordenó a Pedro.

El capataz asintió. Aún no podía creerse que su patrón, al que había tenido siempre por un lechuguino de ciudad, supiera pelear con semejante rasmia. Dionisio fue a ver cómo se encontraba Costa, al que dos de los hombres más jóvenes estaban ayudando a levantarse. Le vio tan maltrecho como a Rodolfo, pero no le pareció que sus heridas fueran de gravedad. Antes de que se lo llevaran de allí sus amigos, Costa le taladró con una mirada de odio glacial.

Dionisio regresó a donde su hermano se recuperaba apoyado contra la pared. Uno de los hombres mayores, el que atendía por Frutos, se acercó a ellos. Se quitó la gorra y empezó a darle vueltas entre sus dedos callosos, de uñas agrietadas y ribeteadas por un cerco negro. Al fin, dijo:

—Don Rodolfo, vamos a vendimiar.

Rodolfo intentó sonreírle con su labio hinchado que aún sangraba. Ordenó a Pedro que se llevara a los jornaleros a las viñas y que empezaran sin demora. Al instante se quedaron solos él y Dionisio, que le ayudó a subir a la oficina. Una vez arriba, éste obligó a su hermano a sentarse en una de las sillas que había ante el escritorio. Sacó un pañuelo limpio del bolsillo del pantalón y fue hacia uno de los armarios.

—Supongo que aún queda coñac del que guardaba aquí padre…

Rodolfo asintió con un escueto movimiento de cabeza. Hasta eso le provocaba dolor. Dionisio abrió la botella y empapó bien el pañuelo. Después se la llevó a Rodolfo para que se enjuagara la boca. Aún estaba tan nervioso que ni siquiera el aroma del coñac despertaba en él ansias de beber.

—No me ha gustado cómo les has hablado a esos hombres —comentó mientras le limpiaba las heridas—. Has empezado muy bien, pero al final parecías un explotador. En eso tenía razón Costa.

El otro se encogió de hombros, alzó la botella y tomó un trago que le ardió dentro de la boca. Cada movimiento le arrancaba un gemido. No quedaba ninguna parte de su cuerpo que no le doliera.

—Pero he salvado la vendimia.

—Desde luego. Tienes agallas, hermano.

Rodolfo intentó sonreír, pero sólo le salió un rictus de dolor.

—Te acompañaré a casa y después iré a vendimiar con los hombres —dispuso Dionisio—. Supongo que deberíamos llamar al médico. Pareces un eccehomo. Espero que ese animal no te haya roto la nariz… y que tú no le hayas partido a él ningún hueso. Peleas como un jabato…

—No pienso ir a casa y no necesito que me vea don Damián. Estoy dolorido, pero me siento muy bien. ¡Desde niño le tenía ganas a ese tipo! Por fin he podido desquitarme de todo lo que me humilló de pequeño.

—Deberías verte —replicó Dionisio—. Llevas barro hasta en el pelo. Cuando se seque, parecerás una croqueta de las que hace Ramonica. Es mejor que vayamos a casa, te quites la ropa embarrada y te laves bien.

—De acuerdo —cedió Rodolfo—. Iré a asearme. —De repente, miró a su hermano a los ojos—. Y tú… tú sabes demasiado de viticultura para deslomarte vendimiando. Prefiero que estés a mi lado.

Dionisio no pudo contener una sonrisa de oreja a oreja.

—Si eso es lo que quieres…

36

Rodolfo no recordaba haber trabajado en toda su vida tan duro como en la vendimia de ese año. Durante muchos días, hombres con rostro oculto bajo gorras o sombreros de paja se inclinaban sobre las cepas que había respetado la tormenta, cortaban los racimos y los echaban dentro de cestas de mimbre. Cuando éstas se llenaban, otros se las echaban al hombro y las llevaban a donde aguardaban los carros de mulos cargados con cuévanos, unos cestos grandes y hondos en cuyo interior los vendimiadores vaciaban los frutos recogidos. Dionisio supervisaba la recolecta de los racimos y a ratos él y Rodolfo vendimiaban mano a mano con los jornaleros para acelerar el trabajo. Cuando entraba en la bodega un carro cargado, había que volcar el contenido de los cuévanos sobre una mesa grande y extenderlo para que un grupo de mujeres separara las uvas aptas de las que no podían salvarse. También en esa tarea ayudaban los hermanos hasta el agotamiento. Todas las manos eran pocas.

Rodolfo sólo coincidía con Solange a la hora de las comidas, que tomaba apresuradamente para regresar pronto a la bodega o a la viña. Por las noches caía agotado en la cama, a su lado, y se quedaba dormido al instante. Le obsesionaba tanto llevar a buen puerto la vendimia destinada a salvar las maltrechas finanzas de la casa Montero, que su inquietud por el ánimo decaído de Solange había pasado a un segundo plano. No así los celos que sentía cuando comían o cenaban en compañía de Dionisio y le parecía percibir las miradas furtivas entre él y Solange, pero hizo lo posible por arrinconar cualquier duda o sospecha. Esos días su atención la acaparaba por completo la colecta de las uvas.

Dionisio estaba tan ocupado ayudando a su hermano, que no le quedaba tiempo para sentir ganas de beber ni para rumiar los problemas que podría traer a todos su ingobernable amor por Solange. Nada más cenar tras una jornada agotadora, apenas empleaba unos minutos en regar las plantas del jardín que no había apedreado el granizo y acto seguido se arrastraba escaleras arriba hasta su alcoba, donde conciliaba enseguida un sueño tan profundo que ni siquiera las pesadillas osaban perturbarlo.

Solange seguía sumida en su estado de confusión. Por un lado le aliviaba que Rodolfo y su hermano estuvieran la mayor parte del día fuera de casa. Así no tenía que disimular constantemente lo que sentía por Dionisio ni enfrentarse a la culpabilidad que le causaban los gestos tiernos de Rodolfo con ella. Por el otro, los muchos ratos que pasaba en soledad, interrumpidos sólo por las clases que daba a los niños cada tarde, la hacían caer en cavilaciones obsesivas durante las que se preguntaba, cada vez con mayor insistencia, qué sentido tenía su vida en esa casa.

A mediados de septiembre, Rodolfo recibió una carta de Bartolomé. Su amigo afirmaba que el asunto que le había expuesto le daba muy mala espina y prometía investigar a conciencia en el registro mercantil de Zaragoza. «Déjalo de mi cuenta; te escribiré en cuanto averigüe algo», concluía su epístola trufada de tecnicismos legales, prueba de lo inmerso que estaba ya en su profesión de abogado. Cuando el mes estaba a punto de expirar, llegó una segunda misiva suya en la que sugería a Rodolfo que se vieran en Zaragoza. Lo que había pesquisado sobre el tema de la harinera era mejor comentarlo en persona, y el encuentro les serviría también para charlar ante una buena cena después de los muchos meses que llevaban sin verse. En cuanto Rodolfo vio que el trabajo en la bodega estaba encauzado y que podía dejar el control en manos de Dionisio y Pedro, escribió a Bartolomé y le propuso una fecha.

El 4 de octubre, Rodolfo partió por la mañana rumbo a Zaragoza en el Hispano-Suiza. Finalmente, iba a la ciudad sin Solange. Ella había rehusado acompañarle aduciendo que se iba a aburrir mucho cuando él y su amigo hablaran de sus asuntos y prefería permanecer en casa. Su inesperada negativa había encajado en el estómago de Rodolfo un malestar difuso. De buena gana se habría quedado con ella, pero el tema de la harinera era importante y no podía aplazar su conversación con Bartolomé. Ya había descuidado ese problema durante demasiado tiempo.

Nada más llegar a Zaragoza, en lugar de mandar a Onofre de vuelta a casa, decidió tomar dos habitaciones en el hotel Florida, una para el chófer y otra para él. Así podría regresar al punto de la mañana siguiente sin tener que depender de los horarios del tren. No es que la situación económica fuera la más propicia para gastarse las nueve pesetas que costaba cada cuarto, pero se le antojaba mezquino enviar a Onofre a una pensión barata, y tampoco podían alojarse los dos por las buenas en casa de su hermana, de la que no había vuelto a saber nada desde el insulso intercambio de cartas que mantuvieron después de la última y accidentada reunión familiar en la Casa de la Loma. Antes de subir a su habitación en el primer piso para dejar la maleta, dio el día libre al chófer, que decidió ir a ver a su hermano pequeño, emigrado años atrás a Zaragoza para trabajar en una fundición.

Rodolfo dio una generosa propina al botones que le había llevado el parco equipaje a la habitación. El zagal granujiento, de unos catorce años, voceó «¡Gracias, señor!», salió al pasillo y cerró la puerta con brío. Rodolfo se quitó la americana y la extendió sobre la cama junto con el sombrero. Se acomodó en el sillón al lado de la ventana y se palpó la comisura derecha del labio, donde aún le quedaba un cardenal desvaído de su pelea con Costa. También el resto de la cara conservaba huellas de los puños de su adversario, aunque muy difuminadas ya. Sabía que una semana después de la refriega, Costa se había marchado del pueblo para reanudar su vida errabunda, lo que le hacía sentirse

439

el vencedor en la enconada rivalidad que habían sostenido desde niños.

Prendió un cigarrillo, recostó la cabeza contra el respaldo y cerró los ojos. Después del ajetreo de la vendimia y las horas en la bodega controlando junto a Pedro y Dionisio cada paso desde que los racimos recolectados entraban —se hacía la selección para descartar las uvas destrozadas y se procedía al despalillado y estrujado antes de echarlas al lagar para la fermentación—, su cuerpo agradecía un rato de soledad y descanso. Entre el duro trabajo físico al que no estaba habituado y la constante tensión nerviosa, se sentía exhausto como nunca en su vida.

Cuando el pitillo quedó reducido a un diminuto resto, lo apagó en el cenicero y se puso en pie. Consultó el reloj. Aún era temprano para pensar en comer. Había previsto hacer esa tarde una rápida visita a su hermana por el bien de la paz familiar, pero decidió adelantarla, aunque antes tomaría un tentempié en algún café. Tenía hambre después del madrugón. Pensó que tal vez había salido demasiado temprano de casa. Abrió la maleta, sacó el neceser que le había preparado Pepita, buscó el peine y la gomina y se arregló el cabello tal como le enseñó Marcel en París: peinado hacia atrás con raya al lado, pero cuidando de no excederse con el fijador para no aplastarlo. Se puso la americana, se caló el canotier y abandonó la habitación.

Deambuló durante un rato por el Coso embebiéndose del trasiego de peatones, de los carros tirados por percherones, del tranvía abarrotado y del paso de modernos automóviles. Brillaba el sol y los comerciantes habían extendido los toldos para proteger sus mercancías de ser decoloradas por los devastadores rayos; sin embargo, la temperatura ya era de otoño. En la esquina con la calle Alfonso, sentado en una banqueta de madera ante el frontal del Café Moderno, un ciego vestido con blusón negro de labrador, la cara casi oculta bajo una gorra descomunal y los ojos parapetados tras unas diminutas gafas oscuras, tocaba «El Relicario» estirando y encogiendo con abrumadora parsimonia el fuelle de su acordeón. Rodolfo echó unas monedas en la jarra de estaño que el músico había colocado en el suelo, delante de sus pies. Después de tantos meses viviendo entre el imperturbable silencio de los viñedos, la amalgama de sonidos del Coso se le antojaba una música apasionante y le inundaba de vitalidad.

Al llegar a la plaza de la Constitución, la atravesó bordeando el monumento a los Mártires y se dirigió hacia el Gran Hotel de Europa. No le apetecía quedarse en la terraza y entró directamente en el café. Se sentó a una mesa junto a la ventana. Enseguida acudió un camarero elegantemente ataviado. Rodolfo pidió un café con leche y un bollo suizo, un pastelito al que se había aficionado cuando estudió en Madrid. La consumición le fue servida con diligencia. Mientras aplacaba el hambre, no pudo resistir la tentación de escuchar la conversación de los dos caballeros que ocupaban la mesa de al lado. Eran de mediana edad, orondos y bien trajeados, con aspecto de prósperos hombres de negocios. Tomaban sendas copas de coñac y hablaban de lo cerca que estaban ya las fiestas del Pilar. Uno de ellos afirmó que el día 11 tendría lugar la inauguración de la nueva casa de teléfonos de la ciudad. Se había elegido esa fecha por no interferir con los actos previstos para el día del Pilar, durante el que se celebraría una gran fiesta patriótica para homenajear al ejército de África y dar las gracias por el final de la guerra en Marruecos. Con ese propósito iban a viajar a Zaragoza, entre otras personalidades de la política, el ministro de Justicia, el de Hacienda y el de Fomento, además de las hijas de Primo de Rivera, Carmen y Pilar. Todos ellos se hospedarían en el Gran Hotel de Europa. «Como no podía ser de otro modo», terció satisfecho el contertulio del sabihondo, que debía de ser un incondicional del establecimiento. El listillo, no contento con haber demostrado a su amigo lo mucho que sabía, añadió que la infanta Isabel acudiría en representación del rey y se alojaría en el palacio arzobispal. Y el mismísimo Primo de Rivera arribaría el día del Pilar por la mañana para participar en varios de los actos. Habría también una comida de notables en el Salón Pompeyano del Casino Mercantil, y por la tarde tendría lugar el desfile de la guarnición bajo el Arco de Triunfo que iba a ser erigido en Independencia expresamente para el evento, en el que también marcharían veteranos que sirvieron en el ejército de Marruecos.

Rodolfo caviló si Dionisio habría recibido una invitación para participar en ese desfile. Seguro que no, se dijo. La correspondencia que entraba en la casa pasaba primero por sus manos y no había llegado ningún sobre con membrete oficial para su hermano. Tampoco le imaginaba marchando vestido de gala para recordar la contienda que hizo descarrilar su vida. Se acordó de cuánto disfrutaba Amalia con esa clase de fantochadas. Por supuesto, el Manco ya se las habría ingeniado para que lo invitaran a alguna de esas pomposas celebraciones donde podría codearse con los poderosos a los que tanto admiraba. ¿Cómo le dijo Silvestre, meses atrás, que se llamaba el oficial al que iban a nombrar director de la nueva Academia General Militar de Zaragoza? Ah, sí, Francisco Franco. Rodolfo no albergaba ninguna duda de que el Manco se arrimaría a ese tal Franco en cuanto se le presentara la oportunidad.

Tragó el último bocado del bollo y tomó un sorbo de café con leche. Sus vecinos de mesa pagaron y se marcharon, privándole de seguir cotilleando. Dejó vagar la vista por el establecimiento, bastante tranquilo a esa hora. Sacó el reloj del bolsillo y lo consultó. Eran más de las once y media, buen momento para ir a casa de Amalia. Poco entusiasmado con la inminente visita, suspiró, fue a la barra a pagar su cuenta y salió a la calle.

Diez minutos después, Amalia dio un respingo al oír el estruendoso timbre y los pasos de Petra que acudía a abrir la puerta, pero enseguida se olvidó del sobresalto sonoro. Sería Silvestre de regreso de su tertulia matinal. Nunca usaba su llave. Se encogió de hombros y siguió a lo suyo. Se hallaba recluida en su gabinete, preparando las invitaciones a la fiesta que pensaba celebrar en casa para agasajar a varios oficiales con los que Silvestre había combatido en África y que iban a participar en el desfile de Zaragoza. Le gustaba redactar esas misivas personalmente y esmerándose lo suyo con la caligrafía. Aún le quedaban muchas por escribir. Pretendía reunir a los hombres que Silvestre consideraba la flor y nata del ejército de África. Estaba nerviosa de tanto imaginar ese magnífico evento, agitación a la que contribuía el baile goyesco que se celebraría el día del Pilar en la Lonja y para el que ya había mandado hacer algunos arreglitos en el vestido de maja que llevó para el de la primavera en el teatro Principal y que se le había quedado estrecho. Suspiró gozosa y se dijo que las fiestas del Pilar ese año iban a ser sublimes.

Al irrumpir Petra para anunciarle que había llegado su hermano Rodolfo, sintió sorpresa y consternación a partes iguales. ¿Se habría presentado solo o con esa fresca que se paseaba medio desnuda y fumaba más que un arriero? Tapó la estilográfica y guardó las invitaciones en un cajón de su pequeño escritorio del siglo XVIII que Silvestre le compró en una tienda de antigüedades poco después de la boda. Ella lo consideraba una antigualla que desentonaba entre el resto del mobiliario, nuevo y reluciente como debía ser, pero disfrutaba contándoles a sus amigas que Silvestre revolvió toda la ciudad hasta dar con él y lo adquirió sin reparar en gastos. Cerró el cajón de forma apresurada y echó hasta la llave. Prefería que Rodolfo no viera los tarjetones. Bajo ningún concepto pensaba contar con él y su francesa para que le estropearan también esa fiesta. «Hasta ahí podríamos llegar», rumió para sus adentros.

—Hazle pasar aquí. —Consultó el reloj de porcelana que adornaba su escritorio—. Y prepáranos café.

Petra obedeció con celeridad. De sobra conocía las malas pulgas de su ama.

Enseguida entró Rodolfo. A Amalia se le antojó muy tostado por el sol. Sobre la ceja derecha llevaba una herida casi curada. También tenía pequeñas costras en las mejillas y en la comisura del labio, además de cardenales por toda la cara que ya iban adquiriendo un tono entre verde y amarillo. Amalia saltó de la silla, corrió hacia él y le acercó fríamente las mejillas para que se las besara, lo que él hizo sin el menor entusiasmo. Acababa de llegar y ya tenía ganas de marcharse. Escrutó a su hermana con disimulo. ¿Era posible que hubiera engordado aún más desde que se vieron en agosto?

—¿Qué te ha pasado en la cara? —quiso saber ella.

—Un pequeño accidente durante la vendimia. Nada importante.

—Ten cuidado o te convertirás en un rústico.

Rodolfo contuvo el impulso de arrancarle la cabeza a esa grulla. Ella le indicó que se sentara y dejó caer sus contundentes posaderas en el sofá. Rodolfo ocupó el sillón más alejado de su hermana. Amalia alargó una mano en busca de la campanita con la que llamaba a la sufrida criada.

—Le diré a Petra que te prepare la alcoba de invitados. ¿Vienes para muchos días?

—No te preocupes, hermana. He tomado habitación en el Florida. Tengo varios asuntos que resolver y no quiero molestaros con mis idas y venidas.

Amalia le regañó por su desfachatez de alojarse en un hotel pudiendo quedarse con ella y Silvestre, aunque lo hizo con la boca muy pequeña y sin lograr disimular del todo su alivio.

—Al menos comerás con nosotros…

Rodolfo aceptó por no deteriorar más su ya forzada relación.

—¿Cómo es que no traes a Solange?

La respuesta tardó en llegar.

—Ha preferido quedarse en casa.

El fino olfato de Amalia, adiestrado para detectar las debilidades ajenas, regodearse en ellas y después diseccionarlas con sus amigas chismosas, le dijo que había algo raro en esa negativa a acompañar a Rodolfo a la ciudad. ¿Desde cuándo desdeñaban las niñas frívolas como Solange un día de diversión?

—Ya…

La entrada de Petra con el café interrumpió la desganada conversación. Cuando la criada se retiró, Rodolfo se dedicó a sorber el brebaje aguado, que le supo a rayos, mientras Amalia parloteaba de mil trivialidades para rellenar la hostilidad latente. Pronto el aburrimiento hizo que Rodolfo añorara incluso al pelmazo del Manco. Éste, como si hubiera captado su pensamiento por telepatía, no tardó en hacer acto de presencia. Había estado tomando coñac con sus compinches en el Ambos Mundos y llegaba algo alegre, pero la dicha etílica se vio enturbiada por la sorpresiva presencia de su cuñado. Su mujer y él habían criticado hasta la saciedad que Rodolfo no se hubiera guardado el secreto de la pelandusca de su madre, dándoles el morrocotudo disgusto del que Amalia aún no se había recuperado del todo.

El saludo de Silvestre transmitió muy poco entusiasmo. Rodolfo se arrepintió de haber aceptado la invitación a comer, aunque ya no tenía escapatoria. Por suerte, Amalia mandó servir el almuerzo pronto. Se moría de ganas de perder de vista a su hermano. Entre las repugnantes borracheras de Dionisio —porque no acababa de creerse que hubiera dejado de beber— y el comportamiento insolente que tenía Rodolfo con ella desde que regresó de Francia, no ganaba para disgustos.

—De haber sabido que venías, habría dicho a Petra que preparase algo especial —comentó cuando la criada les servía las borrajas rehogadas con aceite y cuadraditos de tocino—. Silvestre y yo somos muy frugales comiendo.

Rodolfo miró de reojo los mofletes y la abultada papada de su hermana y puso en duda su jactanciosa afirmación. Bebió vino para animarse y se dispuso a comerse las borrajas sin abrir la boca salvo para introducir el tenedor cargado. El segundo plato consistió en medallones de merluza rebozada cuyo sabor no hacía inferir mucha frescura y que Rodolfo engulló con aversión, ayudándose de más tragos de vino. A esas alturas, ni él ni el Manco habían tenido la menor oportunidad de meter baza entre los cotilleos que Amalia iba encadenando sin apenas detenerse a respirar ni a masticar. En cuanto se comieron la fruta que sirvió Petra en una bandeja de porcelana, ya pelada y cortada, Silvestre arrojó la servilleta sobre la mesa, intercambió con su mujer una mirada en la que Rodolfo, que se sentía más incómodo que de costumbre en esa casa, creyó descubrir ganas de desembarazarse de él, y se puso en pie.

—Cuñado, nos tomaremos el café en el Ambos Mundos.

—No te molestes, Silvestre —murmuró Rodolfo. Se levantó despacio porque sentía las piernas laxas. Soportar la verborrea de Amalia mientras comía sin ganas, empujando cada bocado con el vino peleón que esa tacaña mandaba comprar a la criada sabía Dios dónde, le había dejado agotado y un poco ebrio—. Tengo que ir…

—No irás a despreciarle un café al marido de tu hermana…

Silvestre le agarró de un brazo y tiró de él hasta la puerta. A duras penas pudo despedirse Rodolfo de su hermana. Cuando quiso darse cuenta, el Manco ya le había empujado dentro del ascensor.

—¿Qué te ha ocurrido en la cara?

—Un pequeño accidente durante la vendimia. —Rodolfo se dio cuenta de lo poco convincente que había sido su explicación y añadió—: Me caí.

—Pues yo juraría que te has zurrado con alguien. Tienes costras en los nudillos. A mí no me engañas, cuñado.

El Manco pulsó el botón de la planta baja y emitió una risa que en ese reducido cubículo sonó a relincho. Rodolfo se obligó a seguirle la corriente con dos carcajadas desganadas.

—¿Cómo está Solange? —Pese a que Silvestre aún guardaba rencor a la francesa por su salida de tono aquel infausto mediodía en la Casa de la Loma, evocó sus apetitosas hechuras y se pasó la lengua por el labio inferior con rijoso deleite.

—Bien, muy bien…

—Las mujeres son una bendición, pero ¡qué dolor de cabeza nos causan a veces! —exclamó el Manco, con aire histriónico—. Menos mal que existen los cafés.

Rodolfo forzó otra mueca voluntariosa. ¡Qué error había cometido al quedarse a comer en casa de su hermana! El ascensor llegó abajo y se detuvo dando una sacudida. Silvestre abrió la puerta. Posó la única mano sobre la espalda de Rodolfo y le guió hacia el exterior.

—A esta hora siempre me reúno con mis amigos para tertuliar. A algunos los conociste antes de marcharte a París. ¿Los recuerdas?

Rodolfo asintió. ¿Cómo no se iba a acordar de esos tipos que parecían inquisidores? Le apetecía bien poco conversar con ellos, pero estaba tan embotado que no se le ocurrió el modo de escapar, así que se dejó arrastrar al Ambos Mundos, que parecía ser el cuartel general del Manco y su recua.

—Son hombres de bien —añadió Silvestre—. Hombres preocupados por paliar la decadencia de este país. Huelgas de obreros, manifestaciones, desórdenes públicos instigados por anarquistas y comunistas…, ¡tenemos que frenar esas lacras antes de que nos conduzcan a la ruina! —Silvestre clavó una mirada torva en los ojos de Rodolfo—. ¿Por qué no te unes a nosotros, cuñado? Necesitamos a jóvenes como tú que puedan controlar a los agitadores del campo… Lo harías bien, aunque seas tan francófilo y te hayas casado con una francesa.

La carcajada del Manco le revolvió las tripas. ¿Dónde diablos se estaba metiendo? Rodolfo murmuró que a él no le interesaba la política, pero el otro ya no le prestaba atención.

El Ambos Mundos era el establecimiento de más renombre de Zaragoza. Sus grandes dimensiones —ocupaba toda la planta baja de una manzana de viviendas— le habían granjeado el apelativo de «el café más grande de Europa» y permitían alojar hasta trescientas ocho mesas, según afirmaban sus incondicionales, todas con patas de forja y tablero de mármol. Esbeltas columnas de capiteles ornamentados con motivos vegetales sustentaban el techo artesonado y dividían el local en varios espacios donde se alineaban las mesas en hileras. Amplios ventanales se abrían al jardín trasero, que alcanzaba hasta la calle Ponzano, una estrecha vía paralela al paseo de la Independencia. El lugar lo frecuentaban desde jóvenes hasta ancianos, ricos y menos ricos, conservadores y revolucionarios. Actuaciones musicales de toda índole solían amenizar las veladas. A Rodolfo le gustaba mucho ese sitio, pero lo había evitado en los últimos años por no coincidir con su cuñado, que pasaba ahí la mayor parte de su improductiva jornada.

Cuando entraron ese mediodía no había actuación, pero sí un buen hervidero de parroquianos que aligeraban la digestión con coñac, licores y buenos habanos, cuyo humo ya espesaba el aire como una neblina. Un batallón de camareros atendía los caprichos de la clientela. Los contertulios habituales de Silvestre ocupaban dos mesas rectangulares unidas junto a una de las columnas en el centro del café. A Rodolfo le cayó el alma a los pies cuando se vio ante ellos. Siempre le habían hecho sentirse como un preso frente al tribunal que debe sentenciarle a muerte, y no se habían vuelto más amables con el tiempo. El Manco le presentó como su cuñado, un joven de gran valía que había heredado los viñedos familiares y podría ayudar a contener a los subversivos del campo. Para disimular la bilis que le subía a la boca cada vez que se acordaba del reparto de la herencia, cuya arbitrariedad se le antojaba un fraude contra su pobre esposa, Silvestre remató sus palabras añadiendo su risa relinchante.

Rodolfo se quedó atónito ante lo que acababa de oír. Su modorra se despejó en un santiamén. Si no tenía cuidado, ese pelmazo acabaría metiéndole en un somatén. El Manco le señaló una silla libre y él ocupó la de al lado. Rodolfo se sentó en el borde de la suya, preparado para huir por piernas si hacía falta. Se quitó el sombrero y lo apoyó sobre las rodillas. Escrutó las caras de los nueve hombres dispuestos alrededor de las dos mesas colocadas en fila. Conocía a casi todos de cuando Silvestre intentó integrarle en la tertulia años atrás. Muchos de ellos eran militares que habían luchado en Marruecos, algunos ya retirados, como el propio Silvestre. Ellos también le recordaban, aunque sólo dio muestras de haberle reconocido un hombre de unos cincuenta años, de cuerpo huesudo, rostro de mejillas cóncavas y una perilla canosa alrededor de los labios, casi inexistentes de tan finos. Rodolfo advirtió que se trataba del militar al que esquivó en aquella aburrida fiesta de Amalia para acercarse a Mariana. «Pues sí que empezamos bien la reunión», se dijo.

—Encantado de volver a tenerte con nosotros…, Rodolfo, ¿verdad?

El aludido asintió con la cabeza. Introdujo los dedos entre el cuello de la camisa y la piel para separar un poco la tela. Tenía calor y sentía ahogo en semejante compañía. No habían perdido ni un ápice de su aire siniestro. Más bien al contrario.

—Te veo más hombre que cuando viniste hace tiempo —dejó caer el huesudo con sorna. Miró a Silvestre y añadió—: A lo mejor tu cuñadito podría resultarnos útil, Medina.

Los otros celebraron la ocurrencia con risas. El Manco, que acababa de pedir a un camarero café y una copa de coñac para él y otro tanto para Rodolfo, se sumó al jolgorio. Rodolfo hervía ya de indignación. De buena gana los habría dejado plantados. Sólo se contuvo por dignidad. ¿Le había llevado Silvestre a esa reunión para que sus amigotes se rieran de él?

—También ustedes se han hecho mayores, caballeros —repuso—. Tanto velar por la patria sin duda debe de consumir mucho.

El huesudo torció la boca en una mueca de disgusto. Los otros sonrieron sin ganas. Sólo Silvestre amagó algo parecido a una carcajada y le palmeó la espalda. La broma desvió la atención de Rodolfo y los hombres reanudaron la conversación que había interrumpido la llegada de Silvestre y Rodolfo. Durante más de media hora comentaron los actos patrios del día 12, la visita de Primo de Rivera con varios de sus ministros y el grandioso desfile en el que iban a participar los militares de la tertulia, que eran mayoría entre los presentes, para afirmar ante la ciudad entera su orgullo por haber formado parte del ejército de África.

El huesudo de la perilla, que aún estaba en activo, dijo:

—Hace unos días hablé con Francisco Franco, ya sabéis: el que dirigirá la nueva Academia General Militar.

Un murmullo de excitación se propagó entre los presentes.

—Le vi proceder en Marruecos y puedo decir que es un hombre valiente, altamente dotado para la organización y un gran patriota —continuó el de la perilla—. Alguien como él es lo que necesitamos para enderezar este país. Ni el blando de Primo de Rivera ni el crápula de Alfonso XIII. Sólo un hombre curtido en África puede contener a tanto rojo alborotador. Les digo, caballeros, que con alguien como Franco, otro gallo le cantaría a nuestra España. Si tuviéramos a un hombre así para dirigir nuestra causa, las cosas cambiarían mucho en este país de locos y tunantes.

Los demás jalearon sus palabras con entusiasmo. Rodolfo miró de reojo a Silvestre. Parecía más complacido que ninguno con las palabras del cadavérico. De pronto, sintió náuseas. Se acabó su café y tomó un sorbo de coñac. Eso sólo incrementó su malestar. Los amigos de Silvestre se le antojaban aún más tenebrosos que años atrás. Además, el instinto le decía ahora que no sólo eran ridículos, también podrían llegar a ser peligrosos. Dio otro sorbo al coñac y se puso en pie. Acabaría vomitando sobre el mármol de la mesa si permanecía allí un minuto más. Las miradas de los tertulianos convergieron en su persona para taladrarle con su desaprobación. Rodolfo estiró el cuello cuanto pudo y procuró que su voz sonara firme.

—Caballeros, debo dejarles para atender un compromiso ineludible. Ha sido un placer tertuliar con ustedes. —Se volvió hacia Silvestre y le dio varios golpecitos en la espalda—. Hasta otra, cuñado.

El Manco torció el gesto. Había esperado que la presencia de su cuñadito afrancesado proporcionara a la tertulia un rato de diversión, pero no había contado con que se hubiera vuelto tan peleón y, para colmo, les abandonara enseguida con semejante aire de dignidad. Rodolfo introdujo la mano en el bolsillo de su americana, sacó varios billetes y los dejó caer con arrogancia sobre la mesa.

—Esta ronda corre de mi cuenta. —Se puso el canotier, miró a los reunidos uno a uno y dijo—: Caballeros...

Serpenteó entre las mesas hacia la salida conteniendo las arcadas, cada vez más violentas. Logró llegar al exterior sin contratiempos, pero no había dado ni cuatro pasos por la acera cuando tuvo que apoyarse contra la fachada más próxima para vomitar la comida que había ingerido a desgana en casa de su hermana. Se juró a sí mismo que no volvería a visitar a Amalia en una buena temporada.

37

Después de la vomitera, Rodolfo permaneció casi una hora sentado en una taberna de una bocacalle de Independencia, en la que entró para templarse el estómago con una copa de coñac. En cuanto se sintió recuperado, regresó a pie al hotel. Tras darse un baño, se echó en la cama y se quedó dormido enseguida.

Estaba tan desmadejado y era tanto el cansancio acumulado que despertó bien pasadas las seis. Se arregló y tomó un café en un velador de la terraza del Royalty, que siempre le había gustado porque desde allí se veía la plaza de la Constitución y el comienzo del paseo de Independencia, con su incesante trasiego de peatones y vehículos. Cuando se cansó de estar sentado, pagó la consumición y deambuló sin rumbo por la cercana calle Alfonso y adyacentes. En una tienda compró un pañuelo de seda para Solange. Le habría gustado poder regalarle una de las hermosas piezas que llenaban el escaparate de la joyería Aladrén, pero el presupuesto no le permitía esa clase de alegrías. Al pensar en Solange, regresó la inquietud de las últimas semanas. El descanso de la siesta después de muchos días de trabajo duro le había despejado la mente. Vio con apabullante lucidez lo que se había empeñado en negar durante meses: él nunca podría ofrecerle una existencia de lujos y diversiones como la que había disfrutado en París, ni siquiera aunque vendiera los viñedos y se estableciera en la ciudad como abogado. Y Solange no parecía capaz de adaptarse a la vida tranquila en la Casa de la Loma. ¿Cómo se las ingeniaría él para retenerla y que no le ocurriera lo mismo que a su padre? De repente, se acordó de Mariana. ¿Y si se acercara a hacerle una visita? Sacó el reloj del bolsillo del chaleco. Eran casi las ocho. Bartolomé, al que le gustaba cenar temprano, le había citado a las ocho y media en el restaurante del Gran Hotel de Europa, al parecer su preferido. La charla con Mariana tendría que ser otro día. Con un suspiro guardó el reloj y se dirigió al Florida para dejar en la habitación el regalo de Solange antes de ir a encontrarse con su amigo.

Al cabo de tres cuartos de h~~~~~~~~~~~~~~~~

~~~~~ cuando estudiaba en Madrid. Pero de pronto le ocurrió algo muy extraño: una vocecita dentro de su cabeza le preguntó si en realidad preferiría pasarse el día revolviendo papeles en una agobiante oficina, a embeberse del verdor de las viñas bajo el cielo profundamente azul que las arropaba en verano y de las puestas de sol que se derramaban en rojo y fucsia sobre la sierra de Algairén.

Demostrando una asombrosa habilidad para conversar y comer al mismo tiempo sin perder los buenos modales, Bartolomé charló de esto y de aquello. Encadenó anécdotas de su trabajo en el bufete y habló de su reciente compromiso matrimonial con la hija del jefe. Rodolfo pensó que su amigo había perpetrado una jugada maestra. La envidia le volvió a agujerear el estómago y ahora ni siquiera la mitigó el recuerdo de los viñedos. Procurando no dejar traslucir su impaciencia, fingió interés por el acelerado parloteo de su amigo. Había olvidado lo mucho que hablaba Bartolomé. Cuando, tras haber acabado la cena, esperaban los cafés y ya había empezado a preguntarse si el Cuatro Ojos iría al grano alguna vez, el otro se colocó sobre las rodillas la cartera de cuero que había dejado junto a sus pies nada más sentarse, la abrió con movimientos pausados y sacó un fajo de papeles. Miró a Rodolfo a través del grueso cristal de sus gafas.

—Como detecto en ti cierta impaciencia, voy a contarte lo que he averiguado.

«¡Por fin!», se dijo Rodolfo, aliviado.

Bartolomé separó varias hojas y se las tendió por encima de la mesa.

—Echa un vistazo primero a estos documentos. Son originales que ha sacado del Registro Mercantil un amigo que me debe algunos favores. Manéjalos con mucho cuidado, porque si se nos manchan o se deterioran, a mi amigo se le cae el pelo… y, de paso, a mí. ¿Conoces bien la firma de tu padre?

—¡Claro!

Rodolfo se concentró en examinar los papeles. Vio que se trataba del documento de compraventa de la harinera, fechado sólo dos días antes de la muerte de don Fausto. Casi le dio un mareo cuando vio el importe por el que se había vendido. Era una suma ínfima, ridícula. ¿Y por qué le dijo Evaristo que la venta tuvo lugar cuatro meses antes del fallecimiento? Se frotó los ojos. Se fijó en el comprador: era una sociedad cuyo nombre nunca había oído. En su representación firmaba Evaristo. Rodolfo recordó lo que le contó Pedro acerca de que los nuevos dueños de la harinera habían nombrado a Evaristo su administrador. Que el viejo cuervo hubiera rubricado esa escritura no tenía por qué ser raro. Sin embargo, había algo en todo eso que le chirriaba. El problema era que no veía dónde estaba la nota discordante.

El camarero les sirvió los cafés. Rodolfo apartó los papeles para que no se mancharan y posó sobre Bartolomé una mirada inquisitiva.

—Vuelve a leerlos con calma —sugirió Bartolomé mientras se echaba azúcar y removía parsimonioso el café—. Los que nos dedicamos a las leyes sabemos que los documentos hablan. Sólo hay que hacerles las preguntas oportunas.

—No me tengas en ascuas —murmuró Rodolfo—. Llevo semanas trabajando sin descanso en la vendimia y estoy muy cansado para ponerme a interrogar papeles.

Bartolomé tomó un sorbo de café y le tendió otro taco de hojas.

—Quizá esto te abra los ojos.

Rodolfo se concentró en el nuevo documento. Era la escritura de la constitución de la sociedad que había comprado la fábrica de harina. De pronto, dejó las hojas a un lado y exclamó:

—¡Maldito canalla! ¡Hijo de mala madre!

Los comensales de las mesas cercanas se volvieron hacia ellos y miraron a Rodolfo con reprobación. Éste se ruborizó. Bartolomé apuró el café sin perder ni un ápice de su calma.

—¿Ves ahora la jugada?

—¡Ese malnacido! —se desahogó de nuevo Rodolfo.

Bartolomé depositó la taza vacía en el platillo.

—Ahora te explicaré mi teoría, pero antes quiero que vuelvas a mirar la firma de tu padre.

Rodolfo examinó la escritura durante un buen rato. Se encogió de hombros y alzó la cara.

—Tendría que compararla con los papeles que guardamos en casa, pero… diría que mi padre solía trazar las mayúsculas algo más grandes y la «o» un poco más redonda.

Pese al cansancio, la ira empezó a crecer dentro de Rodolfo conforme comprendía hacia dónde quería conducirle Bartolomé. Éste se limpió las gafas usando un pañuelo inmaculado que había sacado de un bolsillo de la chaqueta y se las volvió a colocar sobre la nariz.

—Yo lo veo así —arrancó—: ese granuja de Evaristo crea una sociedad de la que es a la vez propietario y administrador. Si te fijas en la fecha de constitución de esa empresa, verás que fue en noviembre del año pasado.

Rodolfo asintió y se bebió el café de un trago sin haberle echado azúcar siquiera. Bartolomé siguió exponiendo su razonamiento con sus aires de abogado:

—En febrero, prepara los papeles para la venta de la harinera a su empresa por cuatro perras, falsifica la firma de tu padre y registra la transacción con la ayuda de un notario cómplice. Y sólo dos días después don Fausto Montero fallece muy oportunamente...

—Y en circunstancias más que extrañas, como te conté en mi carta —le interrumpió Rodolfo.

—Sí, desde luego que lo son, pero te aconsejo que ahora te centres en recuperar la harinera. Si juegas bien tus bazas, me atrevo a pronosticar que tienes muchas posibilidades de conseguirlo. Por supuesto, puedes contar conmigo para lo que sea.

—Ese malnacido... —repitió Rodolfo entre dientes—. Cuando pienso que mi padre le consideraba un buen amigo se me revuelven las tripas... —Se echó agua de la jarra que había sobre la mesa y vació medio vaso de un tirón—. Aunque a mí también me engañó. Ya podía volverme loco buscando las acciones que, según ese cuervo, compró mi padre para invertir el dinero de la harinera. Como que no hubo tal dinero y menos aún, acciones. Y lo que es la escritura de compraventa... —Resopló de indignación—. Llegó un momento en que pensé que la había perdido yo. ¿Te das cuenta de que me ha tomado por un imbécil desde el principio? Nos creía a todos demasiado tontos para descubrirle. A saber el tiempo que llevaba robándole a mi padre.

Bartolomé se encogió de hombros.

—Cuando urdió esta trama, tú estabas muy lejos y tu hermano no se hallaba en condiciones de descubrir nada. Y enseguida falleció tu padre. Ese hombre contaba con que andarías desorientado tras la desgracia y demasiado ocupado poniéndote al corriente para dedicarte a indagar en sus chanchullos.

Rodolfo miró a Bartolomé y esbozó una sonrisita cohibida.

—He sido siempre un irresponsable, ¿verdad?

Bartolomé se echó a reír.

—No más que yo, Pepín o cualquiera de nuestra edad. —Sacó una pitillera de cuero del bolsillo de su americana, la abrió y se la acercó a Rodolfo—. Hicimos bien en divertirnos. Míranos ahora. Nos brotan los problemas como si fueran setas.

Rodolfo extrajo un cigarrillo.

—¿Qué problemas tienes tú?

Bartolomé se sirvió otro y encendió los dos con su elegante mechero de plata.

—Otro día te contaré… —Dio una calada y expulsó el humo con una pose muy estudiada—. Resumiendo: no seas impulsivo y prepárate muy bien antes de ir a por ese canalla. Me da en la nariz que debe de ser muy listo y escurridizo como una trucha. Es más: diría que ese tipo odia a los Montero. Ten muchísimo cuidado y no te precipites, que te conozco bien, amigo Rodolfo.

38

Solange apartó la ropa de la cama, bajó los pies al suelo y los deslizó dentro de las zapatillas. Un leve escalofrío recorrió su cuerpo. Empezaba a hacer fresco por las noches y ya había tenido que pedir a Lali que le pusiera una manta más en la cama. Alargó la mano hacia el interruptor de pera que colgaba sobre el cabezal y encendió la luz. En los meses que llevaba viviendo en esa casa, aún no había logrado acostumbrarse a la mortecina iluminación que daba la débil bombilla a la alcoba. Permaneció un rato sentada, tiritando dentro de su camisón de seda rosa, adornado a la altura del pecho con encajes y una tira de tul bordado. Se había acostado temprano y llevaba desde entonces atenta a cualquier ruidito que se oyera en la casa. Pepita y las criadas habían trajinado en la cocina y en la planta baja hasta bien entrada la noche. Luego, el ajetreo dio paso a un silencio denso y acolchado, lo que indicaba que las chicas y la entrometida Pepita se habían retirado a sus dormitorios en la casita anexa. Tampoco se oía nada en el primer piso. ¿Se habría dormido ya Dionisio?

Tras haberse marchado Rodolfo a Zaragoza por la mañana, Solange había pedido a las criadas que le llenaran la bañera con agua bien caliente y se había dado un largo remojo, aunque eso no había calmado el desasosiego que la agitaba desde que yació con Dionisio casi dos meses atrás. Con cada nuevo día se complicaba más la confusión en la que estaba sumida. Sabía que era imposible seguir con Rodolfo como si nada hubiera ocurrido, que tarde o temprano su infidelidad saldría a la luz, pero ¿qué podía hacer para recuperar lo que los unió en París si Dionisio se había apoderado de su corazón y de su cuerpo? Cuanto más se afanaba en rehuirle, cuanto más consciente era de que él también evitaba su cercanía, más engordaba el ansia de arrojarse en sus brazos para saborear sus besos, vibrar bajo sus apasionadas caricias y permitirle colmarla con esa energía pletórica de quien acaba de regresar a la vida tras una muerte prolongada. Aún no lograba explicarse cómo sentía algo así por un hombre desorientado que pocos meses atrás todavía ahogaba los malos recuerdos en alcohol. Sólo se había acercado a Dionisio para ayudarle a enderezar su vida arruinada por la guerra... pero ahora no sabía estar lejos de él.

Se puso en pie y fue hacia la cómoda. Con un fósforo encendió la vela que Lali había dejado sobre el mármol. Se deslizó hacia la puerta. Apagó la luz eléctrica accionando la llave de la pared. Empujó hacia abajo el picaporte y salió al pasillo alzando la palmatoria para iluminar sus pasos. Tras haber avanzado unos metros, se detuvo e inspiró hondo por calmar el martilleo del corazón. Sabía que lo que iba a hacer la alejaría aún más de Rodolfo y arrojaría nueva leña a la hoguera de su insensatez. La conciencia le dijo que aún estaba a tiempo de dar media vuelta y encerrarse en su alcoba. Debía recuperar el amor por el que siguió a Rodolfo a esa tierra, pero el deseo se impuso a la razón y los pies se encaminaron hacia el cuarto de Dionisio. Se detuvo ante su puerta y aguzó el oído. No percibió ningún movimiento al otro lado, aunque observó una rayita de luz en la rendija entre la madera y las baldosas. Volvió a tomar aire, posó la mano sobre el picaporte y abrió con repentina energía. Oyó gruñir quedamente a Sandokán, pero no se asustó. Hacía tiempo que el perro y ella incluso se buscaban el uno a la otra para intercambiar arrumacos.

Dos débiles bombillas en la lámpara que pendía de la pared, justo encima de la cama, iluminaban la alcoba. Dionisio estaba sentado, tapado hasta la cintura y con la espalda recostada en la almohada que había apoyado contra el cabezal. Aunque la luz era poco potente, resaltaba la red de cicatrices que surcaban su torso desnudo. Sujetaba entre las manos un libro abierto, pero no había conseguido centrarse en la lectura. Al irrumpir Solange, dio un respingo y lo cerró de un golpe seco. Desde que supo que Rodolfo iba a hacer un viaje breve a la ciudad, había discurrido mil estratagemas para no coincidir con ella y eludir cualquier tentación. Incluso se había llevado a la bodega el almuerzo que le había preparado Ramonica y se lo había comido junto a los jornaleros al cobijo de un carro. A la hora de la cena, había pretextado falta de apetito y había subido a acostarse, confiando en que el cansancio le ayudaría a dormirse pese a tener el estómago vacío. Pero la certeza de que Solange y él estaban solos en esa casa, de que le bastaría con salvar los pocos pasos que separaban sus habitaciones para volver a extraviarse en el perfumado edén que se abría entre sus muslos, le había impedido conciliar el sueño. Incluso había estado varias veces a punto de saltar de la cama y correr en su busca. Al verla ahora deslizarse hacia él, una etérea silueta a la que la parpadeante luz de la vela arrancaba destellos en rosa y dorado, supo que hiciera lo que hiciese, huyera a donde huyese, jamás lograría escapar del amor que le dominaba. El libro se le cayó de las manos y resbaló hasta el suelo junto a Sandokán, que brincó del susto.

Solange se detuvo frente al lecho. Depositó la palmatoria en la mesita de noche y contempló a Dionisio desde arriba durante unos segundos. Por su rostro se expandió una sonrisa de dientes marfileños cuando se sentó en el borde de la cama, encerró la cara de él entre las manos y le besó con apasionada dulzura. El corazón de Dionisio se apresuró a bombear sangre a cada rincón de su cuerpo, mil escalofríos convergieron entre sus piernas y el sonido de sus propios suspiros casi le volvió loco de excitación. Se sorbieron el uno al otro, con las lenguas entrelazadas, hasta que ella separó los labios y susurró, con el fuerte acento francés que envolvía sus palabras cuando se emocionaba:

—Sé que hago mal, sé que traiciono a Rodolfo, pero necesi-

to estar contigo. Por eso no me he ido con él a Zaragoza. Creo…
—En sus ojos destelló un brillo acuoso—. Creo que me he enamorado de ti. —Se interrumpió un instante y concentró todas
sus fuerzas en sofocar un sollozo—. Quiero amar a Rodolfo igual
que antes, pero no puedo evitar quererte…

Solange sintió de pronto la lengua de Sandokán lamiéndole
un pie y se echó a reír a carcajadas que derivaron en llanto. Dionisio no podía apartar de ella su mirada de embeleso mientras una
gran sonrisa se expandía lentamente hacia sus orejas. ¿Cómo era
posible que esa criatura de ensueño hubiera puesto sus bellos ojos
azules en él, un espectro recién rescatado del inframundo? Era tan
hermosa… Tan joven… Su cutis inmaculado aún no había tenido
tiempo de acumular las huellas de la vida. ¡Y le amaba a él!

Alargó las manos y sujetó la cabeza de Solange para acercar
su boca y libar las lágrimas saladas que le corrían mejillas abajo.

—Tú creíste en mí y me devolviste las ganas de vivir —susurró—. Te amo con locura, Solange. Haré lo que sea por no
verte desdichada. Si me pides que me marche para no interpo-
nerme entre Rodolfo y tú, mañana mismo reuniré mis cosas y…

—¡No! —exclamó ella—. ¡No me dejes!

Dionisio se vio invadido por un revoltijo de euforia y pánico.
Bajó las manos

—¿Qué haremos cuando regrese mi hermano?

Ella se limpió con las yemas de los dedos los últimos vestigios
de lágrimas que no había sorbido él y recostó la cabeza contra su
pecho.

—Pensaremos en eso cuando amanezca. Ahora tenemos toda
la noche para estar juntos.

Despegó la cara lo justo para posar los labios sobre el pecho
de Dionisio y seguir con ellos los contornos de sus cicatrices. Él
gimió, henchido de ternura y placer. De repente, Sandokán se
incorporó, apoyó las patas delanteras sobre las sábanas e intentó
lamer por turnos a su amo y a Solange. Ella se enderezó dando
grititos y trató de alejar al perro, que no estaba dispuesto a dejarse arrinconar así como así.

—¡Vete, Sandokán ! Tú no puedes estar aquí.

Riéndose a carcajadas, Dionisio apartó a los dos con suavidad y se puso en pie. Sólo llevaba un viejo pantalón de pijama demasiado ancho.

—Déjame a mí.

Introdujo los dedos bajo el gastado collar del can y lo sacó al pasillo. Sandokán lloriqueó lastimeramente.

—Hoy debes ser indulgente conmigo —le susurró Dionisio al oído acariciándole la cabeza—. Eres un buen perro, pero la prefiero a ella. Lo comprendes, ¿verdad?

Cerró la puerta y regresó deprisa junto a Solange, dispuesto a apurar hasta el último segundo de la noche mágica que ella le ofrecía. Ya tendrían tiempo de pagar por su osadía cuando clareara el día.

39

Eran más de las once de la noche cuando Rodolfo y Bartolomé se despidieron en la esquina del Coso con la calle Alfonso, donde éste vivía con su familia. Por la mañana tenía que asistir a su jefe en un juicio y no veía el momento de retirarse a descansar. Rodolfo habría tomado gustosamente un último coñac con él por no verse recluido tan temprano en la soledad de su alcoba de hotel, pero su amigo fue inflexible. Era la primera vez que su futuro suegro le encomendaba una labor importante y debía causarle buena impresión. Resignado, Rodolfo siguió por el Coso rumbo a su hotel. A esa hora había desaparecido el bullicio callejero que tanto le gustaba, sólo se cruzó con el sereno cuando estaba a punto de llegar a la puerta del Florida. No podía dejar de rumiar lo que le había contado el Cuatro Ojos; la obsesiva cavilación enardecía su deseo de vengarse de Evaristo y de recuperar la harinera rapiñada, pero ¿cómo lo haría?

Entró en el hotel y atravesó el vestíbulo. El portero de noche dormitaba ya detrás del mostrador de recepción y apenas le dedicó un amodorrado saludo cuando le entregó la llave. Rodolfo empezó a subir la escalera con desgana. Cuanto más pensaba en la soledad que le esperaba lejos de Solange, más despacio se movían sus pies. Se acordó de cuando la llevó por primera vez a su buhardilla de Montparnasse, aunque, en realidad, fue ella quien le condujo hasta allí sabiendo desde el principio lo que quería de él. Sonrió nostálgico. Hacía escasamente un año desde aquella tarde, pero se sentía como si hubieran pasado lustros; como si el hombre al que Solange descubrió sus senos pequeños y firmes, sus esbeltas caderas y sus interminables piernas ya no tuviera nada que ver con él.

Recorrió el pasillo del primer piso arrastrando los pies. Se detuvo ante la puerta de su habitación, con la llave en la mano. Dentro le esperaba una cama solitaria donde miles de desconocidos habían dormido antes que él, o tal vez habían pasado la noche en vela añorando a alguien muy querido, o quizá habían sido amados con delirio sobre ese mismo colchón. Alzó la llave para introducirla en la cerradura, pero una sensación amarga le oprimió la boca del estómago, como si una araña negra y peluda le reptara por el esófago. Entonces supo lo que debía hacer.

Enfiló el corredor en dirección contraria, hacia donde estaba el cuarto de Onofre. Esperaba que al chófer no le hubiera dado por alargar la velada en casa de su hermano. Dio tres enérgicos golpes en la puerta con los nudillos. Durante un rato que se le antojó interminable, no percibió ningún movimiento al otro lado de la madera. Cuando ya estaba a punto de llamar de nuevo, oyó pasos cachazudos que se acercaban y, enseguida, el girar de la llave. Ante él apareció Onofre en mangas de camisa y con todos los botones desabrochados, dejando a la vista un torso peludo como el de un oso. Rodolfo advirtió que no llevaba zapatos. Onofre reaccionó primero con sorpresa y luego con apuro; se apresuró a cerrarse la camisa.

—¿Ocurre algo, don Rodolfo?

—¿Estás en condiciones de conducir de vuelta a casa? ¿Ahora mismo?

Perplejo, Onofre acabó de abrocharse y se cuadró en la postura marcial que le enseñaron cuando hizo el servicio militar.

—Claro, señor. El automóvil tiene buenos faros y conozco bien el camino. Tardaremos más que de día, pero cuando lleguemos aún le quedará un buen ratico para dormir.

—¡Muy bien! Recoge tus cosas, que volvemos a casa.

—Como disponga, don Rodolfo.

Onofre esperó a que su patrón se hubiera alejado para cerrar la puerta. Con resignación dejó vagar la vista sobre los muebles, de buena madera y sencilla elegancia. Le había ilusionado la oportunidad de pasar la noche en la alcoba de un hotel como si fuera un señor. Esa clase de experiencias no le ocurrían a uno todos los días. ¿Qué mosca le habría picado a don Rodolfo para querer regresar en mitad de la noche, en lugar de esperar a que amaneciera? Claro que en la Casa de la Loma le aguardaba esa guapa mozuela que se había traído de Francia, y ya se sabía que dos tetas tiraban más que dos carretas, sobre todo si estaban tan bien puestas como las de doña Sole. ¿O tal vez habían llegado a oídos del amo los comentarios que hacían Trini y Ramonica a espaldas de Pepita sobre cómo se miraban a veces la francesa y don Dionisio? Onofre se encogió de hombros y se dispuso a reunir sus escasas pertenencias.

Tres horas después, el Hispano-Suiza se detuvo ante el portón de la Casa de la Loma, que Onofre o Pedro solían cerrar a cal y canto nada más caer la noche. Desde el otro lado llegó el ladrido de los perros guardianes que pasaban su patética existencia atados junto al establo. El chófer salió a abrir y después condujo el automóvil dentro del recinto. Volvió a parar y se bajó para echar de nuevo el cerrojo, no fuera a entrar un maleante al amparo de la oscuridad. Rodolfo contempló su ajetreo fumando con impaciencia y respiró aliviado cuando al fin los faros del automóvil iluminaron la escalera que subía a la casa. No esperó a que Onofre le abriera la portezuela. Saltó del coche, tiró el cigarrillo al suelo, cogió su maleta y subió los escalones de la entrada de dos en dos, empujado por una ansiedad que había ido creciendo conforme se aproximaban a Cariñena a través de la intimidante negrura nocturna, cortada sólo por las potentes luces del vehículo. Los perros ya no ladraban. Ante la puerta, Rodolfo sacó la pesada llave que había cogido por la mañana del colgador junto al perchero, sin plantearse siquiera por qué lo hacía. La giró dentro de la cerradura y entró en el vestíbulo. Al verle desaparecer dentro de la casona, Onofre se sentó de nuevo en el Hispano-Suiza y lo llevó hasta el cobertizo. Estaba deseando echarse a dormir.

Rodolfo cerró la puerta procurando no hacer ruido. Accionó el interruptor que había nada más entrar. Una luz desganada luchó desde el techo por imponerse a la oscuridad. Devolvió la llave a su sitio y fue a la cocina en busca de una vela con la que alumbrarse para subir a la alcoba. Encontró en la alacena una palmatoria con un cabo casi consumido y, al lado, una cajita de fósforos. Encendió la mecha renegrida y regresó al vestíbulo para apagar la luz. Cuando se encaminaba hacia la escalera, el corazón arrancó a latirle con violencia. Cercado por el denso silencio de la casa y envuelto en el halo luminoso de la vela, fue salvando un escalón tras otro. Conforme se aproximaba al primer piso, empezó a apoderarse de sus rodillas una inexplicable debilidad. Se detuvo e intentó calmarse. ¿Por qué sentía esa absurda sensación de amenaza cuando dentro de unos segundos podría dormirse abrazado a Solange bajo las sábanas?

Pensar en lo cerca que estaba de ella le hizo sentirse un poco mejor. Respiró hondo para deshacer la congoja que le estrujaba los pulmones y luego siguió avanzando por el pasillo. La casa seguía sumida en ese silencio esponjoso que le perturbaba. Cuando llegó a la altura de la alcoba de Dionisio, una sombra grande se despegó de la oscuridad y se abalanzó sobre él. Los pies de Rodolfo se quedaron clavados al suelo del susto, el corazón brincó con furia y la palmatoria estuvo a punto de deslizársele entre los dedos. Le costó mantener el equilibrio para no caerse de espaldas empujado por el peso de esa mole. Sintió que algo húmedo y tibio se deslizaba sobre la mano que no sujetaba la vela. En la penumbra reconoció a Sandokán.

—¿Qué haces aquí, bicho? —susurró, con las cuerdas vocales atenazadas aún por el sobresalto.

Dejó la maleta en el suelo, apoyada contra la pared.

El can volvió a ponerse a cuatro patas y siguió dándole lametazos desesperados. Rodolfo apartó la mano. No le gustaba que ese animal le llenara de babas. ¿Cómo se le ocurría a Dionisio dejarle suelto en el pasillo por la noche? Podría haberle hecho caer.

De pronto estallaron en su cabeza todos los recelos que había sofocado durante el angustiante viaje nocturno, todas las sospechas confusas que llevaba semanas relegando a los rincones más oscuros de su mente. Esquivando a Sandokán corrió hacia su alcoba. Deseaba con toda su alma que Solange estuviera durmiendo en el lecho que compartían, tapada hasta las orejas y hecha un ovillo a su manera de gata indolente.

La puerta estaba abierta de par en par. El corazón de Rodolfo latía con tanta fuerza que parecía a punto de estallarle dentro del pecho como una bomba. Entró en la habitación y en tres zancadas se plantó delante de la cama. No dio crédito a lo que vio. Alargó la mano hacia el interruptor de pera sobre el cabezal y encendió la luz para asegurarse de que la débil llama de la vela no le había jugado una mala pasada. El conjunto de sábana y mantas estaba echado a un lado. En el colchón aún se marcaba con suavidad el contorno de Solange. Pero ella no yacía allí.

Rodolfo se sintió tan exánime como si estuviera a punto de desmayarse. Tomó aire con ansia para mitigar el malestar que le brotaba del estómago. Solange habría ido al cuarto de baño, se dijo para tranquilizarse. Ella aborrecía usar el orinal, lo consideraba una costumbre antihigiénica y primitiva. Volvió a inspirar. Oyó los pasos de Sandokán. Se volvió. El animal había entrado en la habitación detrás de él y se disponía a tumbarse a sus pies. ¿Por qué había echado su hermano al perro de su cuarto cuando llevaba más de dos años sin separarse de él?

Sorteando al felpudo desamparado que le miraba con ojos lánguidos, Rodolfo regresó al pasillo. Sus piernas se movían cada vez más laxas. La mano que sostenía la palmatoria parecía perder fuerza por segundos. Cuando se vio ante la alcoba de Dionisio, un pánico repentino le mantuvo inmóvil durante una angustiosa eternidad. Se arrepintió de no haberse quedado a dormir en Zaragoza. Incluso estuvo tentado de dar media vuelta, acostarse en su cuarto y esperar allí a Solange, como si nunca hubiera albergado recelos. Pero sabía que si hacía eso la comezón no le dejaría vivir. Alargó la mano y bajó el picaporte muy despacio. Empujó la puerta y se adentró con cautela en la habitación de su hermano, sosteniendo por delante la vela, cuya luz parpadeante iluminó primero las estanterías acristaladas donde Dionisio guardaba sus libros, después el sillón orejero y, finalmente, la cama.

Su hermano y Solange yacían entrelazados como ramas de hiedra, abismados en el sueño sosegado de los amantes saciados, sus cuerpos desnudos apenas tapados por la ropa de cama revuelta. En el semblante de Solange ondeaba una sonrisa que Rodolfo no creía haber visto jamás cuando la observaba mientras dormía. Se quedó inmóvil en el centro del cuarto, incapaz de apartar la mirada de la imagen que acababa de demoler el pilar que sustentaba su vida. En vano ordenaba su cabeza a los músculos que se movieran para librarle de ser el espantajo grotesco que contemplaba su propia humillación. Nunca supo si permaneció de esa guisa minutos o sólo unos pocos segundos hasta que Sandokán irrumpió como un vendaval, saltó sobre la cama y lamió, entre gemidos de alegría, el rostro de Dionisio y después el de Solange.

Ella fue la primera que vio a Rodolfo. Sus ojos, con los párpados espesados aún por el sueño, se abrieron con desmesura y vertieron sobre él primero sorpresa, luego espanto y al final una profunda vergüenza. Cuando Dionisio descubrió a su hermano delante de la cama, encerrado en un aura de luz oscilante, tan quieto que semejaba un aparecido, al principio no supo si se había despertado o se hallaba en medio de una pesadilla. Quiso decir algo, pero no le salió la voz.

Sin apartar de ellos la mirada, Rodolfo tragó saliva e inspiró, en un esfuerzo desesperado por recuperar la compostura. Debía hacer algo que le ayudara a recomponer su maltrecha dignidad delante de los que le habían traicionado con tanta vileza. Conforme el aire fue regresando a sus pulmones, empezó a despertar la ira. Fue ésta la que le dictó las palabras que pronunció con voz cortante:

—Mañana iré a la bodega a la hora de siempre. Cuando regrese a mediodía, no quiero veros en mi casa a ninguno de los dos. En la salita os dejaré dinero para el tren… —Se dirigió a Dionisio y procuró revestir su voz con desprecio para disimular el dolor y la decepción que lo embargaban—: Si te estableces en algún sitio, mándame tus señas y te enviaré la herencia que te legó padre. Ahora que ya no bebes, puedes disponer de ella. Yo no quiero seguir administrando nada tuyo.

Dio media vuelta y huyó de la habitación; sabía que si permanecía allí un solo segundo más se echaría a llorar como un niño desamparado.

Sin ser consciente de lo que hacía, bajó por la escalera y se recluyó en el despacho; le temblaban tanto las manos que no lograba mantener quieta la palmatoria. Encendió la luz y apagó la vela de un violento soplido. La dejó en el escritorio y se dirigió al archivador sobre el que había una bandeja de plata con una botella de coñac y varias copas. Quitó el tapón a la botella, cogió una copa y la llenó hasta la mitad. Se arrastró con su botín hacia los sillones. Las criadas ya los habían trasladado desde el ventanal hasta su sitio delante de la chimenea, que Rodolfo mandaba encender alguna noche cuando se encerraba a hacer cuentas. Echó de menos un fuego que neutralizara el frío que iba adueñándose poco a poco de su cuerpo. Estuvo tentado de colocar algunos leños y prenderlos él mismo, pero no se sintió con fuerzas y acabó dejándose caer en uno de los orejeros. Depositó la copa encima de la mesita a su lado y sacó el paquete de cigarrillos del bolsillo de la americana. Le llevó un buen rato extraer uno con sus manos atolondradas y manejar el chisquero para encenderlo. Las muelas empezaban a dolerle por la fuerza con la que apretaba las mandíbulas. Sentía los ojos hinchados a causa de las lágrimas que contenía haciendo acopio de toda su voluntad. Nadie debía verle llorar por lo ocurrido. Cuando hubo dado tres largas caladas que no le calmaron, oyó a su lado una voz indecisa:

—Hermano...

Se volvió. Dionisio le miraba con timidez desde una prudente distancia. Se había vestido a toda prisa, de lo que daban fe la camisa mal abrochada y sus pies descalzos. Llevaba el cabello revuelto y ojeras oscuras subrayaban su mirada. A pesar de su desaliño y la consternación marcada en su semblante, Rodolfo creyó percibir en él un sosiego que nunca le había visto, ni siquiera antes de que le reclutaran para luchar en Marruecos. Dionisio había encontrado la felicidad a costa de arrebatarle la suya.

—Por favor, déjame explicarte... —susurró Dionisio, que empezaba a arrepentirse de haber bajado. Debería haber esperado a que Rodolfo se calmara un poco para suplicar perdón.

La rabia hizo que éste estrujase el cigarrillo entre los dedos hasta que lo desintegró y parte del ascua cayó sobre su zapato derecho. Movió el pie para sacudir la ceniza, arrojó la piltrafa a la chimenea y rugió:

—¡Aléjate de mi vista si no quieres que te mate!

Dionisio bajó la cabeza y se apresuró hacia la puerta. Rodolfo sintió en los ojos el escozor de las lágrimas que pugnaban por asomar. ¡De ningún modo pensaba dar muestras de debilidad ante los que le habían traicionado! Alzó la copa y bebió sin parar hasta que creyó vencida la tentación de llorar. Volvió a dejarla sobre la mesita y se retrepó en el asiento. Permaneció un buen rato con los ojos cerrados, esperando a que el alcohol le proporcionara un ápice de calma. De pronto, advirtió que dos manos pequeñas, cálidas y algo húmedas rodeaban las suyas. Alzó los párpados. Solange se había arrodillado delante de él y le miraba con ojos llorosos.

—Rodolphe, perdóname, por favor. Yo no... no... —Estaba tan nerviosa que las palabras le salían enmarañadas por su fuerte acento francés—. He intentado luchar contra lo que siento por él, pero no puedo...

—Dime que me quieres más que a él —la interrumpió Rodolfo en tono de súplica—. Sólo dime eso y olvidaré lo que he visto. Empezaremos de nuevo como si nada hubiera ocurrido. Dime sólo eso, Solange.

Ella abrió la boca para hablar, pero la cerró inmediatamente. Su cabeza trazó un movimiento horizontal casi imperceptible mientras gruesos lagrimones empezaban a deslizarse por sus mejillas anegándolas en un llanto silencioso. Rodolfo sintió el impulso de abrazarla muy fuerte, de besar esos labios que ahora se le antojaban lejanos y rogarle que no le abandonara. Pero se reprimió. Sabía que la había perdido y que cualquier intento de recuperarla sólo serviría para agravar su humillación. Retiró con brusquedad las manos que aún sujetaba ella.

—¡Vete de aquí! —le espetó—. No quiero volver a verte nunca más. A partir de ahora, ¡para mí será como si hubieras muerto!

Solange se puso en pie, se limpió los ojos, alzó el camisón por delante para no enredarse con él y abandonó corriendo el despacho. Rodolfo levantó la copa y la arrojó contra la chimenea, donde estalló en diminutos pedazos y roció el suelo con una lluvia de coñac.

40

Rodolfo desmontó y entregó a Toñín las riendas de Pinto. El chico exhibió su sonrisa dentuda a la espera de que el patrón le dedicara unas palabras de aliento y le diera las gracias, como solía hacer. Pero la mirada ausente de Rodolfo ni siquiera se detuvo en él. A Toñín el amo ya le había parecido muy raro al punto de la mañana, cuando acudió a la cuadra más temprano de lo habitual, vestido con un desaliño desacostumbrado en él, el pelo greñudo y la cara descompuesta como si estuviera enfermo o no hubiera pegado ojo en toda la noche. Por un instante, sospechó que el amo había llorado, pero se dijo que eso era imposible; sabido era que un hombre como Dios manda no lloraba. Al cabo de unas horas, había observado que su padre sacaba del cobertizo el automóvil de los señores, lo cargaba de maletas y sombrereras, y lo paraba delante de la casa. Enseguida habían salido doña *Soláns* y don Dionisio. Bien escondido en su observatorio, Toñín se había recreado contemplando a la señora francesa. Ataviada con un conjunto de viaje gris oscuro, el cabello dorado cubierto por un gracioso sombrerito de fieltro y sus asombrosas piernas refulgiendo con destellos de seda, se le antojó tan bella como sólo podía ser una reina, y a la vez tan triste como un gorrión enfermo. Don Dionisio la había ayudado con gesto solícito a entrar en el automóvil. Él iba muy elegante, con traje oscuro con chaleco, corbata y un sombrero que se quitó antes de sentarse al lado de doña *Soláns*. Bajo el aire compungido que envolvía a los dos, el muchacho había captado entre ellos un vínculo que no logró explicarse y había sentido el pálpito de que ya no habría más clases premiadas con un vaso de limonada en la salita de esa señora joven y hermosa a la que adoraba.

Rodolfo se alejó deprisa de la cuadra para escapar del escrutinio de Toñín. No quería que el zagal viera su abatimiento. Tras haber pasado la noche despierto en el sillón del despacho, enlazando un cigarrillo tras otro y sollozando a ratos después de haberse encerrado con llave para que nadie pudiera ser testigo de su debilidad, ahora se sentía desfallecer de cansancio e inanición; ni siquiera había desayunado. Le escocían los ojos, tenía las mandíbulas desencajadas de tanto apretarlas y la congoja le impedía respirar con normalidad. En la bodega había vagado como un fantasma por las instalaciones, sin reparar en lo que hacían los trabajadores y respondiendo con incongruencias cuando Pedro le pedía su parecer antes de dar alguna orden a los hombres.

Pasó por delante del jardín que Dionisio había plantado para Solange ante la casa. La mayoría de las plantas se habían recuperado de la violenta granizada; sólo amarilleaban las parras enredadas en la estructura de madera erigida por Dionisio. Pronto se desprenderían de sus hojas y se sumirían en el letargo del invierno. «El Jardín Entre Viñedos», pensó, y sintió como si una zarpa se hubiera introducido dentro de su pecho para desgarrarle el corazón. Subió los escalones de la entrada atenazado por el miedo. ¿Qué haría si abría la puerta y veía que Solange y Dionisio aún no se habían marchado? No quería mirar a Solange y volver a leer en sus ojos que ya no le amaba. Por otro lado, si no estaban, ¿cómo iba a enfrentarse a la ausencia de la mujer que iluminaba su vida? Al llegar arriba, estuvo a punto de tropezar con una mole peluda que se enroscaba en el suelo. Sandokán. Si el perro seguía ahí, su hermano aún andaría por la casa. El estómago se le revolvió al pensar que tendría que enfrentarse a su presencia. Desmadejado, se derrumbó en el primer escalón, junto al can.

—¿Cómo es que no estás con tu dueño, bicho peludo?

El animal le miró con tanta tristeza que Rodolfo se conmovió y le acarició cauteloso la cabeza. Nunca le habían gustado los perros. La respuesta de Sandokán fue un intento desesperado de lamerle. Rodolfo retiró la mano al instante.

—No me llenes de babas. A estas alturas deberías saber que es algo que aborrezco.

La puerta se abrió de pronto con un ruido ronco. Rodolfo dio un respingo. No se atrevió a alzar los ojos por si se topaba con los de Solange o, peor todavía, con la mirada de Dionisio. Sabía que si le viera en ese momento, la emprendería a golpes con él y, aunque la ira y el dolor le devoraban por dentro a dentelladas, no quería pelearse con su hermano.

—Rodol..., señor, don Rodolfo... ¡por fin ha vuelto!

Reconoció la voz temblorosa de Pepita. Se volvió y miró hacia arriba. La mujer estaba pálida y se retorcía sin parar las manos gordezuelas. Él recordó que había salido muy temprano sin hablar con nadie ni dar instrucciones al ama de llaves. La pobre se habría encontrado por sorpresa con todo el fregado.

—Yo... no sé qué decir, señor...

—Pues no digas nada —la interrumpió, él y añadió, casi sin aliento—: ¿Se han marchado ya?

—Hace un buen rato que Onofre los llevó a la estación. Su hermano ha dicho que vendrá a por el perro en cuanto tenga dónde vivir. —Pepita tomó aire entre otro frenético estrujamiento de dedos—. Como sé que a usted no le gusta este animal, lo he echado fuera de la casa, pero no se mueve de aquí ni dándole con la escoba.

Rodolfo rascó a Sandokán fugazmente entre las orejas y se puso en pie. Le pasó por la cabeza que el can y él se habían quedado igual de solos.

—Déjalo tranquilo. El pobre no tiene la culpa. —Sintió una avanzadilla de lágrimas reptándole hacia los ojos. Se las tragó como pudo. Con la mirada baja, murmuró—: Prepárame mi antigua alcoba. No creo que consiga pegar ojo en la otra.

Pepita no sabía lo que había ocurrido en la casa por la noche. Esa mañana, Dionisio le había anunciado que doña *Soláns* y él se marchaban para siempre, y ella había intuido el resto basándose en las corazonadas que llevaban tiempo asaltándola cuando veía juntos a esos dos. Ahora detectó en la mirada de su pobre niño la misma expresión desolada que había aparecido en los ojos de don Fausto cuando, tras haber regresado ella al pueblo como Dios le dio a entender después de la fuga de su señora, le contó lo que había pasado. Sintió pena por el muchacho. ¿Por qué los hombres Montero elegían tan mal a sus esposas? Abrió la puerta y se apartó del hueco para dejar paso a don Rodolfo. Éste entró con la cabeza gacha y arrastrando los pies, seguido por Sandokán, que había vislumbrado enseguida la oportunidad de recuperar su lugar privilegiado entre los humanos.

Pese a que Pepita amenazó a las criadas con despedirlas si contaban por ahí lo que había ocurrido en la Casa de la Loma, pronto se propagó por la zona el rumor de que el mayor de los Montero se había fugado con la esposa francesa de su hermano. Hubo quien afirmó haberlos visto subir, cogidos de la mano, al tren que iba a Zaragoza. Otros hablaban de las miradas indecentemente amorosas que habían intercambiado los prófugos mientras aguardaban la llegada del convoy de vía estrecha, sentados en un banco en medio de un sinfín de maletas. Los más osados afirmaron incluso haber sido testigos de cómo se besaban con pasión en el andén. Pepita intentó por todos los medios que esas habladurías morbosas no llegaran a oídos de Rodolfo. Lo mismo hicieron Pedro y Onofre, que apreciaban a su patrón. También el viejo Rémy se impuso la tarea de proteger de los chismorreos al hijo de su difunto amigo Fausto. Sin embargo, ninguno pudo evitar que se enterara de lo que murmuraban las malas lenguas y se hundiera aún más en su dolorosa añoranza de Solange y en el despecho que le comía el aire de los pulmones.

Una semana después de haberse quedado solo, Rodolfo mandó sacar de la alcoba matrimonial la cama que había compartido con Solange y él mismo la hizo añicos con un hacha delante de la casa. Después quemó las maderas en una gigantesca hoguera que asustó a las criadas y mantuvo en vilo a Onofre, a Pedro y a

Toñín por si el fuego se descontrolaba. Cada mañana, el orgullo herido era el único acicate que empujaba a Rodolfo a salir de la cama y hacer acto de presencia en la bodega, aunque ya no le importaban la vendimia, ni los problemas económicos, ni la venganza que había pensado tomarse de Evaristo, al que ahora evitaba por todos los medios. Cuando le atenazaba la angustia, dejaba a Pedro con la palabra en la boca y se escapaba a caballo hacia las estribaciones de la sierra, seguido casi siempre por Sandokán, que parecía haberle erigido en su nuevo amo y le escoltaba como una sombra fiel. En la montaña, Rodolfo se acurrucaba bajo una carrasca y sollozaba amargamente por la mujer adorada que había preferido a su hermano, mientras el perro le lamía las lágrimas de las manos en mudo apoyo. Sólo el buen hacer del capataz y su inquebrantable lealtad a la familia evitaron que zozobrara la casa Montero.

Una tarde, transcurridas más de dos semanas desde el cataclismo que puso su vida del revés, Rodolfo regresó más temprano de la bodega. Le dolía la cabeza y estaba exhausto por culpa del nerviosismo acumulado. Dejó a Pinto en manos de Toñín y fue hacia la casa, con Sandokán correteando cabizbajo a su lado. Cuando se disponía a subir la escalera, oyó el ruido de un carruaje al otro lado del muro y se detuvo. Enseguida vio entrar por el portón una tartana con cubierta oscura, la caja pintada de rojo y sus dos grandes ruedas tan relucientes como si estuvieran recién lustradas. La conducía un hombre gordote de mediana edad, cara redonda y el pelo canoso cortado al cepillo. Rodolfo reconoció a Ciriaco, que llevaba casi toda su vida al servicio de Severo Andrade ejerciendo de capataz y de lo que se terciara; por lo visto, también de cochero. ¿Cómo se atrevía ese pendenciero a enviar a un esbirro a su propiedad? ¿Sería capaz de ir él mismo sentado bajo la cubierta para buscarle las cosquillas? Ciriaco hizo detenerse a la mula delante de la casa tirando de las riendas mientras voceaba un penetrante «¡Soooo!». Rodolfo se aproximó al carruaje, dispuesto a encararse con ese gordo y con su jefe, caso de que éste viajara en la parte destinada a los pasajeros. En eso, la portezuela de atrás se abrió y una figura ágil se apeó deprisa.

La cólera de Rodolfo se esfumó en cuanto vio a Mariana, arrebujada en un abrigo oscuro, el cabello cubierto por un sombrero *cloché* de fieltro y calzada con zapatos de medio tacón con correa alrededor del tobillo. Ella salvó presurosa los pocos pasos que los separaban. No consiguió disimular su preocupación ante el desaliño de Rodolfo, al que había visto siempre pulcro, incluso cuando iba vestido con pantalón de pana y camisa de algodón arremangada. También se le antojó muy delgado y ojeroso, pero lo que más la inquietó era la tristeza que transmitía cada uno de sus movimientos. Aun así, ella dibujó una calurosa sonrisa que levantó un poco el ánimo de su amigo.

—¡Qué alegría verte, Mariana! —exclamó él. En presencia del capataz de Andrade no se atrevió a saludarla con dos besos—. Vamos adentro. Diré a Pepita que nos sirva café. —Miró de soslayo a Ciriaco y después a su amiga—. ¿Por qué no le mandas a casa? Onofre te llevará luego.

Tras un lapso de indecisión, Mariana asintió con la cabeza. Se dirigió al capataz e intercambió con él unas palabras que Rodolfo no pudo oír. Enseguida, el hombre azuzó a la mula y se dirigió hacia el portón.

Cuando ella regresó junto a Rodolfo, él le dijo en voz baja:

—Ya lo sabes, ¿verdad?

Mariana asintió con un escueto movimiento de cabeza.

Rodolfo le cedió el paso ante la escalera. Al verla subir delante de él, la mirada se detuvo en sus pantorrillas y no pudo evitar el recuerdo de aquella tarde lejana en París, cuando Solange se las arregló para que la llevara a su estudio y él se extasió contemplando la línea etérea de sus largas piernas mientras ascendían los cinco pisos. Pensó que las extremidades que permitía ver la falda de su vieja amiga, algo más larga que las que usaba Solange, también eran bonitas, aunque de otra manera. Le hacían pensar en la solidez de la tierra en la que ambos se habían criado, el vigor de la garnacha que llevaban cultivando sus familias desde hacía generaciones y la contundencia de sus vinos de color granate entreverado de tonos morados.

Nada más entrar en el recibidor, se toparon con Pepita, cuyo fino oído había percibido el ruido de un carruaje desconocido. Saludó a Mariana haciendo alarde de un respeto no exento de efusividad. Cuando la joven se quitó el abrigo y se lo tendió, pensó, una vez más, que ojalá su Rodolfico se hubiera casado con una muchacha como ella.

—Pepita, que nos sirvan café y también algo dulce —dispuso Rodolfo.

—¿Dónde, señor? —preguntó ella, cautelosa. Desde que se marcharon don Dionisio y la francesa, como llamaba ahora a la vil adúltera que tanto daño había hecho a su zagal y a la familia entera, el patrón no había pisado la salita, el lugar más apropiado de la casa para recibir a las visitas.

Rodolfo dudó antes de responder en tono inseguro:

—En la… salita.

Sin aguardar a que Pepita acusara recibo de las instrucciones, indicó a Mariana con un caballeroso gesto que pasara delante de él y entraron en el santuario de Solange. A Rodolfo se le hizo un nudo en la garganta. Los materiales que había usado Solange para dar las clases a los niños seguían allí, también los libros que le envió Marcel, y junto al gramófono se apilaban los discos que ella había escuchado hasta la saciedad. Se dijo que cualquier día sacaría todas esas cosas al patio y las quemaría en una hoguera como la que devoró el lecho conyugal.

—Siéntate, por favor.

Mariana se acomodó en un extremo del sofá. También a ella le cohibía el recuerdo de Solange que aún impregnaba cada objeto de la estancia. Rodolfo se sentó a su lado. Miró a su amiga y le ofreció una sonrisa desvalida.

—Es la primera vez que entro aquí desde que… —Dejó la frase inconclusa y se miró las manos; luego añadió—: Si tienes frío, mandaré que enciendan la estufa.

Ella negó con la cabeza y sonrió.

—No hace falta. Aún se está bien. Además, tengo que marcharme pronto.

—Hacía mucho tiempo que no nos veíamos. ¿Ya no caminas hasta la ermita?

Por el rostro de Mariana se extendió una pátina de tristeza.

—Ahora me resulta muy difícil escaparme de casa de mi padre. Vine hace tres semanas con mi criada para cuidarle y apenas salgo a la calle. Cuando me contaron lo de… lo de Solange, quise venir a verte enseguida, pero no me atrevo a dejarle mucho tiempo solo.

Rodolfo recordó el aspecto macilento que presentaba Andrade el día que se encontró con él en Cariñena a principios de septiembre.

—¿Qué le ocurre? ¿Está enfermo?

—Se está muriendo —respondió Mariana con escalofriante calma—. Hace un mes don Damián me mandó una carta a Zaragoza en la que decía que mi padre estaba muy mal y le quedaban como mucho dos meses de vida. —Se encogió de hombros—. Yo le veía decaído últimamente, tosía a todas horas, pero pensé que era por culpa de los años y de un catarro muy fuerte que le tuvo postrado al acabar el verano. Sin embargo… —Mariana hizo una pausa y Rodolfo tuvo la impresión de que reprimía el llanto—. Él no sabe que estoy al corriente. Dice que no me necesita, que retomará sus quehaceres en cuanto descanse un poco, pero ya no se levanta de la cama y le veo apagarse día a día. Genio y figura. Siempre le pudo el orgullo.

—¿Da su permiso el señor?

Lali, parada en el umbral, sujetaba una gran bandeja sobre la que transportaba las tazas de café, la cafetera y un plato de rosquillas de moscatel.

—Entra, Lali —respondió Rodolfo.

En silencio, la criada distribuyó todo sobre la mesa camilla y vertió café en las tazas. Haciendo gala de los refinados modales que le enseñó doña Solange, entregó una a la visita del señor. Mariana le dio las gracias y le sonrió. Lali amagó una genuflexión y sirvió a Rodolfo. Añoraba a su señora y echaba de menos las clases que les daba por las tardes en esa misma estancia. Había hecho muy buenos progresos y sabía que ahora nadie se preocuparía de que ella y los niños perfeccionaran lo que habían aprendido con doña Solange.

—Cierra la puerta cuando salgas —le ordenó Rodolfo.

—Enseguida, señor.

Lali cerró con cuidado de no dar portazo. Mariana tomó un sorbo de café y dejo la taza junto al plato de las rosquillas. Se volvió hacia Rodolfo y lo miró a los ojos.

—¿Cómo te encuentras?

Él se contrajo en un resignado movimiento de hombros. Se desembarazó de su taza sin haber bebido.

—Regresé de Zaragoza de madrugada para volver cuanto antes con ella... —susurró, sintiendo de nuevo cada segundo de humillación de aquella noche— y... y los encontré juntos... en... en la cama de... —Fue incapaz de continuar.

Sobrecogida, Mariana se acercó un poco más y le apretó el antebrazo. La realidad, escuchada de sus labios resecos, se le antojaba mucho peor que los detalles fantasiosos que propagaban los chismosos.

—Les eché de aquí —prosiguió Rodolfo. Entre sus pestañas empezó a extenderse un barniz acuoso—. Les dije que no quería ver en mi casa a ninguno de los dos. A la mañana siguiente, se marcharon. —Pasó con disimulo las puntas de los dedos por los ojos, inspiró como si estuviera a punto de ahogarse y musitó—: Solange le ama a él, Mariana. ¿Cómo voy a vivir con eso mordiéndome aquí dentro?

Se palpó el pecho a la altura del corazón. De repente, su boca se plegó en una mueca grotesca, con las comisuras apuntando hacia abajo, como un bebé haciendo pucheros, y se echó a llorar. Acongojada por el inesperado estallido de dolor, Mariana le encerró entre sus brazos y le estrechó con fuerza. El rostro de Rodolfo acabó apretujado contra los generosos pechos de su amiga y sus lágrimas le empaparon el vestido de punto verde musgo.

Ella le acarició el cabello y así permanecieron durante un rato lleno de angustiosos sollozos, hasta que Rodolfo se separó de ella dando un respingo, sacó un pañuelo del bolsillo, se limpió los ojos y se sonó.

—Perdona que te haya llorado en el hombro como un mequetrefe —dijo, avergonzado por su demostración de flaqueza—. Si esto llega a saberse en el pueblo, aún se mofarán más del pobre cornudo al que ha abandonado su mujer porque prefiere a su hermano.

—Rodolfo, ¡nadie se ríe de ti! —saltó ella, rotunda—. Lo que te ha ocurrido le puede pasar a cualquiera, y si alguien se burla de eso es porque es un necio. —Le tomó por los hombros y le zarandeó con ternura para hacerle reaccionar—. Escúchame: Solange es una niña encantadora y de buen corazón, pero no encajaba en esta tierra… ni en tu vida. —Clavó en él una mirada de fingida severidad—. No quiero que te compadezcas de ti mismo. Quiero que cuando salgas de esta casa, lo hagas con la cabeza bien alta. Quiero que la gente vea al Rodolfo que yo conozco: ¡un hombre con los atributos en su sitio por el que mataría cualquier mujer sensata! —Su rostro se tiñó de un profundo escarlata. ¿Cómo había podido emplear esa expresión de tan mal gusto delante de Rodolfo?

A él se le escapó una carcajada. Deslizó el pañuelo sobre los párpados para limpiar los últimos vestigios de su debilidad, lo metió en el bolsillo y se enderezó.

Mariana le miró con ternura y exclamó:

—Debes saber que siempre estaré a tu lado cuando me necesites. ¡Siempre! No lo olvides.

Rodolfo amagó una sonrisa y se dijo que había llegado la hora de luchar por recobrar el respeto a sí mismo, de retomar el control de su vida. Y su primera tarea iba a ser recuperar la harinera que Evaristo le rapiñó a su padre. Debía empezar a preparar su venganza enseguida. Había perdido demasiado tiempo.

41

Era una fría tarde de noviembre. Un pequeño Ford entró en el recinto de la Casa de la Loma y se detuvo ante la escalera de la entrada. La portezuela se abrió. Bajó Evaristo moviendo con indecisión sus flacas piernas de araña. Después de varias semanas en las que Rodolfo apenas le había requerido e incluso parecía haberle evitado, Onofre le había llevado esa mañana una nota del patrón en la que le pedía que fuera a verle a las cinco de la tarde, lo que le había causado una oscura inquietud. Además, no le gustaba nada conducir por esos caminos después de haber anochecido. Y si la reunión se alargaba, no le quedaría más remedio que regresar a Cariñena de noche. Empujó la pesada puerta de madera y pasó al recibidor. Enseguida apareció Pepita retorciéndose las manos como si quisiera arrancarse los dedos. Ver al ama de llaves siempre incomodaba a Evaristo porque le recordaba las calabazas que le dio esa mujer años atrás.

Esa tarde, Pepita le pareció muy nerviosa cuando le dijo que don Rodolfo le aguardaba en el despacho. Evaristo lo atribuyó a la huida de la francesa con el borracho de Dionisio, asunto sobre el que aún se cotilleaba en el pueblo después de casi un mes. Conociendo la devoción de Pepita por el benjamín de los Montero, no le extrañó que estuviera tan agitada. Al entrar en el despacho, lo primero que vio fue un pesado biombo de madera tallada que ocultaba todo un rincón de la estancia. Evaristo se rió para sus adentros. A ver si ahora iba a resultar que ese Rodolfo era un afeminado y su mujer le había dejado porque no cumplía con ella. ¿A qué hombre como Dios manda se le ocurriría colocar en su despacho ese trasto recargado que se comía un montón de espacio y parecía sacado de la alcoba de un lupanar?

La chimenea estaba encendida y en la estancia reinaba una temperatura agradable. Rodolfo le aguardaba sentado detrás del escritorio y le miraba con abierta hostilidad, lo que empezó a preocupar a Evaristo. Su relación con los hijos de Fausto jamás había pasado de una distante cordialidad —no tenía buena mano con los niños ni los jóvenes—, y desde que Rodolfo había heredado los viñedos, se reducía a lo meramente profesional, aunque se llevaban bien y éste nunca le había demostrado animadversión. Sin esperar a que le instara a tomar asiento, apartó una silla y se sentó.

—¿Cómo van las cosas, Rodolfo?

El aludido encendió un cigarrillo y dio tres caladas sin ofrecerle al administrador. Después clavó los ojos en los de Evaristo. Éste sintió otra punzada de inquietud ante esa mirada tan sombría.

—Te he mandado llamar para hablarte de un asunto muy importante —empezó Rodolfo—, así que no me voy a perder en preámbulos. —Hizo una pausa con la intención de desasosegar a Evaristo y controlar su propia tendencia a sulfurarse antes de tiempo. Al cabo de unos segundos, arrancó de nuevo—: Sé cómo te apropiaste de nuestra harinera.

A Evaristo le brincó el corazón dentro del pecho como una pelota cayendo desde un tejado. Las palabras de Rodolfo le habían pillado desprevenido. Jamás habría esperado que la conversación fuera a transcurrir por esos derroteros. Sin embargo, era un maestro en el arte de dominar las emociones y logró ocultar su desazón. Sólo un agitado parpadeo delataba que no estaba tan calmado como quería aparentar.

—No sé de qué me habla, Rodolfo.

—Te hablo de esa sociedad de la que tú eres propietario y administrador y que compró la harinera de mi familia por un precio irrisorio. Te hablo de que la firma de mi padre en la escritura de compraventa es una falsificación. Te hablo de las acciones en las que, según tú, mi padre invirtió el dinero de la harinera, y que no he podido encontrar por la sencilla razón de que no existen. —Rodolfo se detuvo para aplacar la cólera que iba creciendo en su interior—. ¿Tan tonto me crees para pensar que nunca me daría cuenta?

—Sigo sin saber de qué me habla —fue lo único que dijo Evaristo.

—¿Cuánto tiempo llevabas robándole a mi padre?

—¡No tengo por qué aguantar sus insultos, Rodolfo! —se indignó Evaristo, ceñudo y cada vez más nervioso, aunque aún era dueño de sí mismo—. Soy un hombre honrado que se gana la vida con su trabajo.

Hizo amago de levantarse, pero antes de que hubiera despegado las posaderas de la silla, Rodolfo le ordenó:

—¡Siéntate!

Su voz fue tan tajante que el administrador obedeció. Un miedo difuso se le expandió por el estómago.

—No podrás probar nada de lo que dices —se le escapó en voz baja. Enseguida se dio cuenta de su desliz. Apretó los labios y empezó a morderse el inferior.

—Ahí te equivocas. —Rodolfo sonrió con petulancia. Durante los días anteriores, él y Bartolomé habían preparado a conciencia cómo iban a proceder y habían dejado todo muy bien atado—. Puedo probar cada paso que has dado en tu estafa. Y por si lo habías olvidado, te recuerdo que sé de leyes. Pagarás por todo lo que nos has robado a lo largo de los años.

Meditabundo, Evaristo se aflojó la corbata y alivió la desazón royéndose la uña del pulgar derecho.

—¿Por qué traicionaste a mi padre? Él te consideraba su amigo.

El rostro de Evaristo se afiló en una mueca de desprecio cuando estalló en carcajadas.

—¿Su amigo? Me río de la amistad de un Montero. Trabajé durante años para que tu padre amasara dinero y... ¿qué conseguí a cambio? Palmaditas en la espalda, buenas palabras y alguna migaja cuando se sentía generoso. Desde que éramos niños me hizo servirle con sus aires de buena persona. Después de que tu madre se escapara de casa... —Una pavesa de crueldad destelló en los ojos de Evaristo cuando puntualizó—: Por si aún no lo sabes, chico, te lo cuento yo ahora: vuestra venerada madre no murió después de echarte a ti al mundo. Se largó porque era demasiada mujer para el santurrón de su marido.

De buena gana habría saltado Rodolfo de la silla y habría rodeado la mesa para darle una hermosa somanta a ese cuervo carroñero. Pero lo que le interesaba era incitarle a hablar. Haciendo un gran esfuerzo por controlarse, permaneció callado y no apartó los ojos de él.

—A mí me tocó pagar los platos rotos —continuó escupiendo su veneno Evaristo—. Si no hubiera sido porque esa zorra se fugó, Pepita se habría casado conmigo en lugar de desperdiciar su vida cuidando de vosotros y acabar convertida en una solterona gorda y beata. —Se pasó la lengua por los labios. A Rodolfo le recordó a un lagarto—. Cuando estabas en París, tu padre me dijo que en cuanto volvieras te encargarías tú de administrar vuestros bienes y ya no me necesitaría. «Mi Rodolfo sabe de leyes. Es más listo que tú y que yo juntos», me soltó aquella tarde. Pensaba despedirme como a un criado después de haberme exprimido durante más de cuarenta años. No podía permitir que me pisoteara de esa manera.

A Rodolfo se le encendió de pronto una luz en el cerebro. La calma que mantenía con tanto esfuerzo se desintegró. ¿Cómo había podido estar tan ciego?

—¡Fuiste tú quien le abrió el cráneo en la viña! —exclamó—. ¡Tú mataste a mi padre para apropiarte de nuestra harinera! Aparte de ladrón, ¡eres un asesino!

—Fue tan fácil engañar al tonto de Fausto... Le dije una mañana que Severo Andrade quería verle a las cinco de la tarde en la Viña de Baco. Luego insinué que tenía algo que decirle sobre tu madre. Tu padre se puso blanco. Creí que le daría un ataque de apoplejía y me ahorraría el trabajo. —La sonrisa de Evaristo acentuó su parecido con un cuervo—. Y a la hora prevista el infeliz acudió como un borreguito al matadero.

—¡Maldito canalla! —se desahogó Rodolfo entre dientes—. ¿Cómo fuiste capaz de matar a un hombre a sangre fría?

—Tendrías que haber visto su cara de sorpresa cuando me vio a mí en lugar de al loco de Andrade —exclamó meciéndose en un regodeo insano—. El pobre diablo era tan confiado que me dio la espalda para marcharse. Fue pan comido aplastarle la cabeza con el pedrusco que había dejado allí por la mañana.

—¡Asesino de mierda! Te juro por lo más sagrado que pagarás por esto.

—Sabrás mucho de leyes, muchacho, pero aún tienes que comer muchas migas para poder medirte conmigo. No podrás probar nada de lo que te he dicho. Estamos solos en este cuarto. Será tu palabra contra la mía. Además, los Montero ya no sois tan poderosos como antaño. —Evaristo se levantó y añadió en tono de burla para disimular su creciente nerviosismo—: Ahora, si me perdona usted, don Rodolfo, no puedo dedicarle más tiempo. Soy un hombre que está muy ocupado ganándose el pan honradamente.

Rodolfo se puso en pie también. Una sonrisa astuta iluminó su semblante, lo que inquietó al administrador.

—Aguarda un instante antes de marcharte, Evaristo. Quiero que saludes a alguien. —Rodolfo giró la cara hacia el biombo de madera y exclamó—: ¡Sargento, ya pueden salir!

Los ojos de Evaristo se abrieron como ruedas de carro cuando asomaron de detrás del biombo José Luis Contreras, el sargento de la Guardia Civil de Cariñena, su subordinado José Ramírez y por último Bartolomé, que aprendió taquigrafía de estudiante para tomar apuntes con mayor celeridad y había anotado toda la conversación. Los guardias imponían respeto con los tricornios negros charolados y las capas verde oliva.

Evaristo rompió a sudar. Se dejó caer en la silla, sacó un pañuelo del bolsillo y se limpió la frente. El sargento se aproximó a él. Le agarró de un brazo y le obligó a levantarse.

—Esta noche serás nuestro invitado en el cuartelillo, Evaristo.

Rodolfo se plantó delante del administrador, de cuya soberbia ya no quedaba el menor rastro.

—Deberías haberme creído cuando te he dicho que pagarías por todo lo que nos has hecho —dijo; había disfrutado lo suyo humillando a ese traidor.

El otro tragó saliva y se dejó arrastrar por los dos guardias hacia la puerta. De repente se había vuelto manso como un cordero.

—Don Rodolfo, vamos a encerrarle en el calabozo y le haremos unas cuantas preguntas. Mañana vengo y le pongo al corriente. Don Bartolomé...

El sargento se cuadró en un saludo militar llevándose la mano al tricornio. Él y Ramírez salieron del despacho escoltando a Evaristo. Bartolomé encajó su cuerpo rechoncho en uno de los sillones junto a la chimenea. Cerró y abrió la mano derecha varias veces. Le dolía de tanto tomar notas.

—Has estado muy bien sonsacándole a ese tipo. Hasta has conseguido controlar tus arrebatos. ¿Por qué no te trasladas a la ciudad y te estableces como abogado? Es lo que siempre quisiste, ¿no?

Rodolfo se colocó delante de la chimenea y apoyó un codo sobre la repisa. Recordó la tarde en la que don Fausto le anunció, dentro de esa misma estancia, que pensaba mandarle a París para que se familiarizara con el comercio del vino en Francia. Sintió una punzada de melancolía. Habían ocurrido tantas cosas desde entonces...

—No puedo. Quiero demostrar a todos los que me creen un inepto que soy capaz de sacar esto adelante. Y ¿sabes qué? Ahora que he profundizado en los entresijos de la elaboración del vino, cada día me gusta más vivir aquí. —Esclarecida la muerte de don Fausto y con Evaristo en manos de la Guardia Civil, se sentía ligero por primera vez desde que se marchó Solange—. Quién sabe... Si recupero la harinera y resuelvo mis problemas económicos, a lo mejor algún día consigo elaborar un vino que seduzca a un paladar tan excelso como el tuyo.

Bartolomé se rió.

—Me ofrezco a catar todos tus productos. Y mientras sacas o no ese caldo maravilloso, ¿qué tal si me invitas a un coñac antes de la cena? Creo que me lo merezco. Casi me quedo sin mano de tanto apuntar.

—Eso está hecho, hombre…

Rodolfo se acercó sonriente al mueble sobre el que seguía guardando los licores para agasajar a las visitas, como ya hacía su padre. La hazaña de desenmascarar los manejos de un cuervo tan taimado como Evaristo sin perder los nervios bien merecía una pequeña celebración.

42

Evaristo se derrumbó definitivamente en el cuartelillo de la Guardia Civil y confesó su crimen con todo lujo de detalles. La noticia de su detención y posterior traslado a Zaragoza, donde fue sometido a juicio y condenado a morir en el garrote vil por el asesinato de Fausto Montero, causó gran revuelo en la comarca, y el asunto se impuso en los corrillos de chismosos al de los cuernos del benjamín de los Montero. Ayudado por Bartolomé, Rodolfo pudo demostrar que la venta de la fábrica de harina había sido un fraude y el juez ante el que presentaron el asunto falló a favor de anular la transacción y restituirle la propiedad.

Pese a que vengarse de Evaristo y recuperar un bien tan valioso como la harinera había supuesto un estímulo para Rodolfo, su ánimo distaba mucho de hallarse recuperado. La visita de Mariana cuando más hundido estaba le había insuflado la fuerza necesaria para mostrarse ante los demás fuerte y decidido, a veces incluso orgulloso, pero cuando se acostaba en la cama de su alcoba de soltero, cercado por el silencio de la noche, más solo que la una en la desangelada casona, pues había rechazado la propuesta de Pepita de ocupar el cuarto de invitados por si la necesitaba, le visitaba la imagen luminosa de Solange bailando charlestón para solaparse enseguida con la de su cuerpo desnudo entrelazado con el de Dionisio. Aunque Sandokán ahora dormía en el suelo junto a la cama y su respiración acompasada le transmitía algo de calma, el insomnio hacía que le torturaran sonidos en los que antes nunca había reparado: el crujir espectral de las vigas de madera, el tap-tap de los roedores que correteaban por el desván, el ulular del cierzo que azotaba las contraventanas, y los latidos ensordecedores de su propio corazón. Entonces sentía reptar desde sus vísceras un ente oscuro y viscoso que se le enroscaba alrededor de los pulmones y le cortaba la respiración, hasta que todo su cuerpo empezaba a temblar. Fue durante una de esas noches cuando comprendió que Dionisio había recurrido al alcohol para calmar el peor miedo de todos: el pánico irracional que surge de los rincones más oscuros de uno mismo.

No sólo añoraba a Solange, también la presencia de su hermano mayor. Durante sus largas noches de vigilia, en las que cabían toda clase de pensamientos, repasaba en la memoria las muchas horas pasadas en la bodega trabajando codo a codo con Dionisio y los jornaleros. Ahora el mosto ya reposaba en los depósitos y Rodolfo sabía que, aunque la vendimia había sido mucho peor de lo esperado por culpa de la tormenta, al menos podrían abastecer a los clientes franceses y elaborar el vino que vendían en los pueblos de la comarca y en algunas bodegas de Zaragoza. Pero el alivio que eso le habría podido proporcionar en otras circunstancias ahora suponía un consuelo muy pobre.

A primeros de diciembre, Onofre regresó de la oficina de correos acarreando en el automóvil una gran caja de madera que llevó enseguida al despacho. Rodolfo, concentrado como siempre en cuadrar las cuentas, tardó en alzar la cabeza. Sorprendido al ver el paquete, se puso en pie y lo examinó desde todos los ángulos hasta que descubrió quién lo enviaba. Nada menos que Marcel. El corazón le dio un vuelco. Cortó las correas que protegían la tapa e hizo palanca con un abrecartas para levantarla. Dentro halló un sobre y una buena cantidad de objetos alargados envueltos en tela de arpillera. Dejó aparte la carta y sacó uno de esos bultos. El paño estaba húmedo y le mojó la mano. Lleno de curiosidad, lo desenvolvió con mucho cuidado. Protegido dentro de un manojo de paja, que también desprendía humedad, había un sarmiento de vid. Volvió a coger el sobre. «*Pour Rodolphe*», había escrito Marcel con su elegante caligrafía. Sonrió al recordar la mañana en la que le prometió mandarle vástagos de cabernet sauvignon para que los plantara. Lo rasgó con los dedos y sacó una cuartilla. Con el papel en la mano, se sentó en uno de los sillones delante de la chimenea, en la que chisporroteaba un fuego reconfortante. Leyó con el corazón acelerado:

Querido amigo:

En primer lugar, perdóname por escribirte en mi idioma. Habría preferido dirigirme a ti en español, como cuando nos divertíamos juntos en París, pero temo que cometería demasiadas faltas. Ya sabes, la culpa es de mi querida *maman* por no haberme enseñado mejor su lengua.

Te aseguro que estoy desolado por cómo han acabado las cosas entre Solange y tú. Tal vez te interese saber que ella y Dionisio vinieron a verme en cuanto llegaron a París. Les instalé en Château Gironde, donde tu hermano nos será de gran ayuda en la bodega. Ya he podido comprobar que sabe más de vinos que cualquiera de nosotros. Mientras tanto, hago lo posible por aplacar el enfado de mis padres por la nueva trastada de Solange. Mi loca hermanita está deseando casarse con Dionisio, aunque en eso cuenta con el apoyo de *maman*. Ya que no ha conseguido que Solange se comprometiera con un rico heredero parisino, prefiere que ella y tu hermano sean marido y mujer cuanto antes, en lugar de dar pie a habladurías conviviendo en el *château* sin ocultar su escandalosa relación. Los Montaignac somos muy liberales, pero siempre respetando las reglas de nuestro círculo. Por eso, *maman* me ha encargado a mí que acelere el asunto de vuestro divorcio. Hoy he hablado con el abogado de la familia y me ha dicho que no tardará en tener listos los papeles. Te los enviaré en cuanto me los entregue. Confío en que tú y yo podremos arreglar esto como caballeros que somos.

Habrás visto nada más abrir la caja que te mando los sarmientos de cabernet sauvignon que te prometí. Ya no sirven como regalo de bodas, pero puedes considerarlos el obsequio de un amigo. Elige para ellos un buen terroir y recuerda que la mejor época para plantarlos es el invierno, pero cuando ya no quede nieve. Podrás conservarlos bien durante varios meses si los envuelves bajo tierra y, sobre todo, los mantienes húmedos. Espero que me envíes una botella del excelente vino que elaborarás en el futuro con tus vides de cabernet.

De verdad que me duele lo ocurrido entre Solange y tú. No te mereces algo así.

Tu amigo que todavía te quiere,

MARCEL

La idea de que Solange, su dorada Solange, deseara casarse con Dionisio despertó en Rodolfo una ira tan amarga que hizo una bola con el papel y lo arrojó a la chimenea. Pero al ver cómo las llamas devoraban la carta de Marcel, de repente sintió pena. Se levantó de un salto e intentó sacarla con las pinzas de mover los leños, pero ya era demasiado tarde.

Tres semanas después, Rodolfo recibió un sobre que contenía los documentos para tramitar su divorcio de Solange, acompañados de una breve nota en la que Marcel le expresaba su confianza en que se los devolviera pronto firmados para poder arreglar ese asunto como caballeros. Rodolfo tardó varios días en reunir fuerzas para firmar esos fríos papeles que echaban por tierra cualquier esperanza de que Solange decidiera regresar alguna vez. Cuando al fin trazó su rúbrica, se quedó tan abatido que necesitó otro día hasta que se sintió con ánimo de ir a la oficina de correos de Cariñena para enviar el sobre certificado. Al ver cómo los dedos nudosos del encargado echaban su carta en una saca, le invadió tal vacío que, para no derrumbarse, tuvo que evocar las palabras que le dijo Mariana cuando le visitó en la Casa de la Loma. No había vuelto a verla desde entonces, aunque sabía por Onofre que Severo Andrade se hallaba moribundo.

A mediados de enero, el chófer le dio la noticia de que en casa de Andrade llevaban velando el cuerpo del patriarca desde la tarde anterior. Rodolfo asistió a su funeral en la iglesia de Aguarón. No por el viejo déspota que tanto daño había hecho a quienes le rodeaban, sino por expresar su apoyo a Mariana en ese momento difícil. La vio sentada en la primera fila, vestida de negro y con un velo de encaje cubriéndole la cabeza y parte del rostro. La acompañaba una mujer entrada en años y carnes que sólo podía ser la tía de Zaragoza, a la que Rodolfo había visto una vez años atrás. Después de la misa, se integró en el cortejo fúnebre que escoltó el féretro hasta el cementerio y, cuando, éste se disolvió, acudió a la casa de Andrade, en la calle Mayor, para hablar con Mariana. Nunca había entrado ahí. De niño le tenía tanto miedo a Andrade, que hasta evitaba pasar por delante de la fachada, siempre temeroso de que el padre de Mariana le agarrara del pescuezo y le diera la paliza con la que le amenazaba cuando le veía cerca de ella. Abrió con decisión y entró en el vestíbulo. Su mirada se desvió enseguida hacia lo alto de la escalera, donde Andrade había golpeado a la infortunada Adelina durante su violenta discusión hasta que ella perdió el equilibrio, cayó rodando por los escalones y murió desnucada. Sintió un escalofrío deslizándose por su espinazo.

—¡Rodolfo!

Él dio un respingo y se volvió. Mariana había salido por una de las puertas que daban al recibidor y le miraba con una sonrisa apagada. Su cara destacaba muy pálida entre la ropa de luto que se fundía con la lóbrega penumbra del vestíbulo.

Rodolfo corrió hacia ella y le cogió las manos. Estaban frías.

—Mariana, permíteme expresarte mis condolencias. No te he visitado en todo este tiempo porque... —Se detuvo por un instante en busca de las palabras adecuadas— me impone venir aquí. Ya sabes que tu padre y yo... —No supo cómo acabar la frase.

La sonrisa de Mariana se iluminó.

—Aún recuerdo cómo te amenazaba con baldarte a palos si

te veía cerca de mí —comentó, arrebujándose dentro de la toquilla de lana gruesa que cubría sus hombros—. Anda, vamos a la salita, que hay brasero. Aquí hace mucho frío.

Rodolfo se sentía en esa casa como si volviera a ser niño y Andrade fuera a salir de un momento a otro de la oscuridad para increparle.

—No quisiera molestarte. Tendrás que atender a las visitas...

—Ya se ha marchado todo el mundo —le interrumpió ella—, y mi tía ha subido a descansar. Además, tú nunca molestas.

Tiró de él hacia la puerta por la que ella había salido poco antes y entraron en una salita de dimensiones modestas. Lo primero en lo que reparó Rodolfo fue el sofá cuadradote junto a la chimenea, con su reposabrazos de madera oscura y la tapicería de terciopelo granate que parecía pensada para alojar las posaderas de un cardenal. Alrededor de la mesa camilla, cubierta por unas faldas de color tan cardenalicio como los cojines del sofá y encima de éstas un tapete blanco de ganchillo, había cuatro sillas de respaldo alto. Otras dos se alineaban delante de la pared. En el hogar chisporroteaba un fuego falto de fuerza para caldear la estancia. Mariana señaló la mesa.

—Siéntate ahí. Remedios acaba de echar brasas. nuevas. Es tan fría esta casa...

Rodolfo obedeció. Se sentía cohibido, como Pulgarcito extraviado en la guarida del ogro. Sin quitarse el abrigo, ocupó una de las sillas y se cubrió las rodillas con las faldas de la mesa. Sus piernas agradecieron el calor del brasero.

—Voy a decir a Remedios que nos prepare café. —También a Mariana empezaba a ponerla nerviosa la presencia de Rodolfo en casa de su padre—. ¿O prefieres coñac?

—No te preocupes, Mariana. No puedo quedarme mucho tiempo. Además... —Una mueca se arrugó en el semblante de Rodolfo. Desvió la mirada—. No voy a ocultarte cuánto me impone estar aquí.

Mariana asintió con la cabeza y se sentó a su lado, echándose las faldas de la mesa sobre las piernas, enfundadas en gruesas medias de lana. Dejó caer las manos sobre el regazo e inspiró antes de hablar.

—Mi padre nunca fue un hombre cariñoso... Sé muy bien el daño que era capaz de hacer... También sé desde hace años que no fue bueno con mi madre... —La voz de Mariana se redujo a un susurro—. Pero ver cómo se iba apagando en esa horrible agonía... —Volvió a tomar aire—. Ha sido muy duro. Calló unos segundos y luego añadió—: Cuando enviudé, no me sentí tan mal como ahora... Claro que a Ernesto no le vi agonizar. Simplemente desapareció de mi vida y quedé libre.

Rodolfo alzó la vista de sus manos y escrutó a Mariana. Su palidez, el cabello peinado con visible apresuramiento y los labios desnudos de carmín resaltaban el intenso verde de sus ojos. Por el pómulo derecho de Mariana empezó a deslizarse una lágrima solitaria. En un impulso, Rodolfo alargó el brazo y se la quitó con las puntas de los dedos. Percibió el estremecimiento de Mariana. Por primera vez desde que sorprendió a Solange en la cama de Dionisio sintió un atisbo de calor en el corazón.

—Hace poco me dijiste que siempre estarías a mi lado —susurró con cautela—. ¿Lo recuerdas?

Ella asintió con la cabeza. Su cutis pálido se tiñó de intenso carmesí. Rodolfo se preguntó cómo no había reparado antes en lo guapa que era, con su cabello negro y esos rasgos que evocaban la firmeza de las viñas entre las que ambos se habían criado, mezclada con la dulzura aportada por su sangre cubana.

—Pues yo te prometo que también estaré a tu lado —dijo Rodolfo con énfasis—. ¡Siempre!

Vio que nuevas lágrimas se desprendían de los ojos glaucos de Mariana y resbalaban en busca de la barbilla. Se atrevió de nuevo a limpiárselas con sus dedos encallecidos por el trabajo en la vendimia y le acarició las mejillas. Ella le dejó hacer. No retrocedió cuando vio los labios de Rodolfo aproximándose a su rostro, ni tampoco cuando los sintió encima de los suyos en un roce tímido, fugaz, y percibió el sabor del hombre junto al que se crió.

Rodolfo se retiró enseguida, ruborizándose como si volviera a ser el mocoso de trece años que le robó un beso a su mejor amiga en aquella calurosa tarde de verano.

Los dos se miraron a los ojos en silencio y comprendieron al mismo tiempo que el corazón herido de Rodolfo podría llegar a amar de nuevo.

Cariñena–París, 1930

París no volvería nunca a ser igual, aunque seguía siendo París.

ERNEST HEMINGWAY,
París era una fiesta

1

R odolfo desmontó delante del establo y dejó a Pinto a cargo de Toñín. El zagal tenía ya casi catorce años y había
dado un buen estirón. Además de seguir encargándose de cuidar
a los caballos, ahora participaba en las vendimias trabajando
como un hombre, y Onofre le había enseñado a manejar el automóvil de los señores, aprendizaje al que Toñín se consagró poniendo el mismo tesón que a las lecciones de lectura con la bella
francesa, cuyo rostro se desvanecía en su memoria pese a que aún
intentaba evocarlo muchas noches. La nueva señora de la casa
había contratado a un hombre mayor, enjuto y severo, que acudía varios días a la semana a dar clases a Toñín, a los hijos de Pedro y a los retoños de los trabajadores de las bodegas familiares,
para lo que había sido habilitada una parte del cobertizo como
escuela. Al chico le gustaba leer los libros que le prestaba el profesor —incluso fantaseaba con la idea de ser maestro algún día—
y disfrutaba ayudándole a controlar a los más pequeños cuando
se distraían, pero las clases del cobertizo nunca tendrían la magia
de aquellas tardes en la salita impregnada con el suave perfume de
la francesa.

—Vamos, Sandokán.

El perro miró con cariño a quien hacía tiempo había elegido
como su nuevo amo. Le seguía cuando salía a cabalgar entre los
viñedos, y Rodolfo ya no concebía hacer su ronda matinal sin él.
Juntos atravesaron el patio y se dirigieron a la casa. Antes de su-

bir la escalera, Rodolfo alzó la vista hacia la cúpula azul del cielo. Le gustaban esas mañanas de mayo limpias de nubes, en las que la luz aún era suave y bañaba con una lluvia dorada las hojas jóvenes recién brotadas de las cepas. Los rosales, los arbustos y las plantas aromáticas que antaño plantó Dionisio estaban pletóricos de primavera. Cuando pasaba por delante de El Jardín Entre Viñedos, Rodolfo se preguntaba a veces qué habría sido de su hermano. ¿Seguirían viviendo él y Solange en Château Gironde? Dos años atrás, Marcel le mandó la sentencia del divorcio junto con una breve misiva en la que le comentaba, sin ahondar en detalles, que su hermana y Dionisio se habían casado en una ceremonia íntima celebrada en el *château*. Rodolfo inició enseguida las gestiones para hacer llegar a Dionisio el dinero que le legó su padre. Desde entonces no había vuelto a saber nada de los Montaignac. Seguía suministrándoles vino para *coupage*, pero cuando intercambiaba correspondencia con la empresa no se dirigía a nadie de la familia sino a un empleado. Pese a que el rencor le había ahogado durante largos meses, ya no surgía reptando desde su pecho como un insecto viscoso, y el recuerdo de Solange empezaba a volverse lejano, volátil como un bello sueño que se saborea al despertar por la mañana sin olvidar nunca que fue una ilusión.

En el tiempo transcurrido desde que desenmascaró el crimen de Evaristo y pudo recuperar la harinera que éste había rapiñado a su padre con malas artes, Rodolfo había trabajado mucho para levantar los alicaídos negocios que le dejó don Fausto. Cuando hubo conseguido estabilizar su situación económica con la ayuda de los beneficios de la harinera recuperada, el mundo se estremeció ante la noticia del estrepitoso hundimiento de la bolsa de Nueva York el 24 de octubre de 1929 —denominado por todos ya como el «jueves negro»—, que llevó a la ruina a infinidad de inversores y desencadenó una grave crisis económica que acabó extendiendo sus tentáculos por toda Europa, cortando de raíz la modesta prosperidad experimentada en España durante los años veinte. Rodolfo ya había vendido para entonces la mayor parte de las acciones que su padre había ido comprando a lo largo de su vida y había invertido el dinero en inmuebles de Zaragoza, lo que le salvó de sufrir pérdidas importantes.

El 27 de enero de 1930, tras una temporada gobernando en un mar de problemas, perdido el apoyo del rey y del ejército, cansado y enfermo de diabetes, Primo de Rivera había dimitido y se había marchado del país; poco después moría en París. Le correspondió sucederle a Dámaso Berenguer, un general que había combatido en África y había destacado durante los últimos años veinte por ejercer una oposición tirando a moderada al régimen de Primo de Rivera. Era el más liberal de los tres nombres que se barajaron para sustituir al dictador. Su gobierno, que al principio parecía una buena solución para regresar a la constitucionalidad, pronto demostró ser lento e ineficaz y acabó por no satisfacer a ninguna fuerza política, recibiendo el calificativo unánime de «dictablanda».

Pese a que la recesión económica había afectado también a muchos de sus clientes franceses, Rodolfo había logrado mantener a la mayoría de ellos, como ya hizo su padre durante los tiempos inestables de la Gran Guerra. Entre la bodega Montero y la que le había aportado su boda, los inmuebles de Zaragoza y las fábricas de harina y de licores, lograba mantener las finanzas a flote. Aún se hallaba lejos de recuperar la bonanza de los viejos tiempos de su padre, pero podía dar a su esposa una vida holgada y seguir pagando la asignación mensual a su madre, a la que no había querido volver a ver desde su patético encuentro en Huesca. Había aprendido los entresijos de la vinificación y, sin darse cuenta, había llegado a amar su vida entre viñedos. Para llevar el trabajo de oficina había contratado a un muchacho de Cariñena que sabía redactar cartas con soltura, manejaba bien la nueva máquina de escribir Remington y era un portento con las cuentas. Aun así, controlar todos sus negocios le mantenía muy ocupado, pues no quería recurrir a ningún administrador. Después de la experiencia con Evaristo, ya no se fiaba de dejar las cuestiones del dinero en manos de otro.

Empujó la puerta de la entrada. Nada más pisar las baldosas del recibidor, él y Sandokán olfatearon al mismo tiempo el apetitoso aroma del estofado de ternera que Ramonica guisaba como nadie. Rodolfo consultó su reloj de pulsera, que había sustituido al leontina. Era casi la hora de comer. Se acercó a la mesita redonda sobre la que Pepita dejaba la correspondencia que Onofre seguía trayendo del pueblo casi todos los días. Examinó fugazmente los sobres. Uno llevaba sello de Francia. La letra con la que había sido escrita la dirección le resultó familiar. Iba a darle la vuelta para ver quién lo enviaba cuando lo rodearon por detrás dos suaves brazos femeninos. Soltó los sobres y se volvió.

Mariana le regalaba la sonrisa de duende travieso que iluminaba su vida desde que, por fin, ella depuso la obstinada renuencia a volver a contraer matrimonio y aceptó casarse con él. La boda se ofició un año atrás en la iglesia de Aguarón, celebrándose después un fastuoso banquete al aire libre, ante la Casa de la Loma, durante el cual los más notables de Cariñena y Aguarón pudieron degustar las especialidades culinarias preparadas por Ramonica y una cohorte de ayudantes, además del mejor vino de la bodega de los Montero. Mariana aportó a la vida de Rodolfo la mesura de su juicioso carácter, un amor incondicional y las posesiones heredadas de su padre, que convirtieron a la pareja en los propietarios de la mayor extensión de viñedos de la zona.

Rodolfo la abrazó y le besó los labios. No se saciaba de su sabor, ni de sentir cómo ella se abandonaba entre sus brazos estremeciéndose con cada una de sus caricias. Mariana se había convertido en el faro cuya luz le guiaba en la oscuridad, era la sombra que le cobijaba y el árbol cuyo tronco le servía de apoyo. Tras la muerte de Severo Andrade, se habían empezado a ver con creciente frecuencia. A Rodolfo, estar con Mariana le había curado poco a poco el corazón destrozado por la traición de Solange, había restaurado su confianza en sí mismo y le había devuelto la sonrisa, hasta que un buen día se dio cuenta de que la quería. Su amor por Mariana era más calmado, más maduro que la pasión despertada por Solange en París. En Mariana había hallado mucho más que una esposa capaz de arrebatar a Pepita el mando de la casa sin que ésta se percatara siquiera. Desde niña Mariana había absorbido los conocimientos sobre vinificación de su padre y sabía de eso más que Rodolfo. Le ayudaba a revisar las cuentas en el despacho, repasaba con él la correspondencia y apoyaba sus proyectos innovadores que nadie más comprendía, como el de cuidar la viña de cabernet sauvignon con la idea de mezclar sus uvas con las de garnacha en cuanto las cepas estuvieran maduras. Mariana, además de su compañera, era su única familia tras la marcha de Dionisio y el distanciamiento que la boda había causado entre Amalia y él. Su hermana se resistía a aceptar a la Viuda Alegre como cuñada, y Rodolfo apenas había visto a Amalia ni al Manco en los últimos años. Sólo intercambiaban insulsas felicitaciones por Navidad y alguna carta que otra no menos falta de sustancia. Cuando Mariana y él iban a Zaragoza para pasar unos días de esparcimiento aprovechando alguna gestión de Rodolfo, se quedaban en el piso del paseo de Sagasta donde Mariana vivió de viuda y salían a menudo al teatro o al cinematógrafo con Bartolomé y su mujer. A Rodolfo ni siquiera le pasaba por la cabeza visitar a su hermana. Vivía muy tranquilo sin aguantar los cotorreos rancios de Amalia ni las soflamas políticas del Manco y sus antipáticos amigotes del Ambos Mundos.

—Ha llegado una carta de Francia para ti —murmuró Mariana con aire indeciso.

Rodolfo posó en sus labios un último beso.

—Lo sé. —Cogió el sobre que había dejado caer en la mesita y fingió regañarla en tono de broma—: Pero no me has dejado leer el remitente.

Le extrañó ver lo seria que Mariana se había puesto de pronto. Ella tomó aire como si se viera ante una tarea penosa y dijo:

—Es de Dionisio.

2

Rodolfo quiso que Mariana le acompañara a la salita; necesitaba saber que podría contar con su templanza cuando leyera la carta de su hermano. Su cabeza se había convertido en un caldero en el que hervían miles de sentimientos contrapuestos. En un santiamén había brotado la amargura que sintió cuando descubrió a Solange y a Dionisio durmiendo abrazados y todo el rencor que le envenenó durante meses después de aquel trago. Pero, al mismo tiempo, ansiaba saber cómo era ahora la vida del hermano mayor que le había llevado a cabalgar por la sierra de Algairén, el que le había enseñado tantas cosas aparentemente nimias pero vitales para el niño que era entonces.

Se acomodó en el sofá de cuero. Mariana se sentó a su lado. Poco después de la boda, había mandado pintar las paredes de un suave verde manzana y había pedido a Pepita que confeccionara visillos nuevos con una bonita tela de encaje blanco, a los que ponían la guinda unas sobrecortinas de terciopelo verde oscuro. También había colocado bonitas plantas de interior, de cuyo cuidado se encargaba en exclusiva la diligente Lali. El resultado era que incluso el pesado sofá marrón y los sillones resultaban ahora acogedores. El gramófono seguía sobre el aparador, aunque Mariana había guardado los discos de Solange dentro de un baúl en el desván y los había sustituido por los de ópera y música clásica que compraban cuando iban a Zaragoza.

Rodolfo rasgó el sobre por un lateral y sacó una cuartilla. La letra de Dionisio era picuda y elegante, como cuando estudiaba en Madrid y escribía a su hermano pequeño contándole anécdotas sobre su vida en la capital. Rodolfo estaba tan nervioso que cerró los ojos un momento e intentó tranquilizarse antes de empezar a leer.

Querido hermano:

Seguramente te preguntarás por qué te envío una carta después de tanto tiempo y de lo que ocurrió entre nosotros. A lo mejor ahora mismo ya estás arrugando este papel entre los dedos y te dispones a arrojarlo al fogón de Ramonica. Pero voy a seguir escribiendo con la esperanza de que lo leerás hasta el final.

Solange y yo seguimos viviendo en Château Gironde, como creo que ya te contó en su día Marcel. Entre él y yo nos encargamos ahora de la bodega y estamos a punto de sacar al mercado un vino nuevo. Es un caldo excelente. Tiene carácter y, a la vez, acaricia el paladar con dulzura sedosa, dejando un ligero recuerdo de las moras que comíamos de niños recién arrancadas de las zarzas. Pese a que ahora los vientos de la economía se han vuelto adversos al lanzamiento de vinos grandiosos, nuestro sueño es que éste sea apreciado en las buenas mesas y, con el tiempo, merezca la clasificación de Premier Cru.

Entre las viñas de Château Gironde he encontrado por fin sosiego y felicidad, que sólo enturbia el recuerdo del daño que te causó mi amor por Solange. Sé que actué con vileza, pero ella llevó la luz a mi vida y me sacó del infierno; simplemente no pude luchar contra lo que sentía por ella... lo que sentiré siempre. Los dos nos acordamos mucho de ti y nos duele pensar que tal vez aún nos guardes rencor. Nos gustaría que nos dieras la oportunidad de pedirte perdón en persona por lo que te hicimos. Y a mí me gustaría recuperar a mi querido hermano pequeño.

Solange y yo hablamos con frecuencia de hacerte una visita de reconciliación, pero siempre nos retiene el temor a no ser bien recibidos. Sin embargo, si me respondes que nos permites ir a verte, haremos el viaje antes de que empecemos a preparar nuestras respectivas vendimias. Por el contrario, si no quieres saber nada de nosotros, créeme si te digo que lo comprenderé.

Espero que mi fiel Sandokán esté bien. Pensé muchas veces en ir a por él, pero me sentía tan culpable que no me atreví.

En cualquier caso, sea cual sea tu decisión, escríbeme, por favor. Me darás una gran alegría.

DIONISIO

PD: No he vuelto a beber ni una sola gota de alcohol.

Rodolfo tendió la misiva a Mariana, que le había observado expectante mientras la leía.

Lo primero en lo que Rodolfo se paró a pensar fue en que Marcel había conseguido al fin el permiso paterno para dirigir Château Gironde. Después empezó a asimilar el resto de la carta. Se preguntó si sería capaz de recibirles en la calma dichosa de su nueva vida y concederles el perdón que su hermano le pedía. ¿Qué sentiría cuando volviera a ver a Solange? ¿Resurgiría su amor por ella? Respiró hondo. No quería revivir su pasión por la mujer que había preferido a su hermano. ¿Y Mariana? No deseaba humillarla imponiéndole la presencia en esa casa de quien fue su gran amor. Alzó la vista y la miró.

Mariana había acabado de leer; el papel reposaba ahora sobre su regazo. También ella temía el reencuentro con Solange. Le inquietaba que su presencia sofisticada y elegante la hiciera parecer un ratoncito gris a los ojos de Rodolfo, pero aún le preocupaba mucho más la estabilidad de su marido. Ella le había curado las heridas tras la infidelidad de Solange, había remendado los jirones de su dignidad lastimada ofrendándole el amor en el que se había transformado su inocente amistad infantil, se había desvivido por hacerle olvidar a la bella francesa. Junto a él era feliz por primera vez en su vida. La ternura de éste había borrado de su memoria el recuerdo de las continuas brutalidades de Ernesto. Rodolfo le había demostrado que un hombre es capaz de casarse con una mujer aun sabiendo que ella no podría darle hijos. Con él había descubierto que el cuerpo masculino podía llegar a ser una fuente inagotable de placer, no de dolor. ¿Y si al volver a ver a Solange se reavivaban en él los rescoldos de su viejo amor? Por otro lado, si rehuían ese encuentro, siempre quedaría entre ellos la duda sobre los sentimientos de Rodolfo. Notó que una mano se posaba sobre la suya.

—¿Qué opina mi sabia mujercita?

Mariana sonrió cohibida. En ese instante, se sentía cualquier cosa menos sabia.

—¿Qué es lo que tú deseas?

Él se encogió de hombros. ¿Acaso lo sabía? Se sentía tentado de ignorar la carta de Dionisio, pero, pese a sus reservas y al miedo despertado por la propuesta de su hermano, intuía que no debía huir de él ni de Solange. Para ellos parecía muy importante obtener su perdón, y también él debía pedirles disculpas por el modo en que les echó de casa. Y necesitaba dejar atrás para siempre la imagen de los dos durmiendo abrazados en la cama de Dionisio.

—¿Te sientes con fuerzas para recibirles? —preguntó.

—Haré lo que me pidas.

Rodolfo acercó el rostro al de Mariana y la besó en los labios.

—Es hora de hacer las paces.

Esa misma tarde redactó una carta para su hermano hablándole de su reciente matrimonio con Mariana y contándole cómo había logrado levantar la casa Montero. También dedicó unas líneas a decirle que él y Sandokán se habían hecho amigos y salían cada mañana juntos a recorrer los viñedos. Al final de la misiva, le invitó a que fuera a visitarles con Solange, proponiendo las primeras semanas de junio porque entonces aún no haría tanto calor como en agosto. «Yo también creo que ha llegado la hora de la reconciliación», concluía antes de poner su firma.

Pronto recibió una respuesta entusiasta de Dionisio anunciándole que Solange y él tenían previsto viajar en coche hasta la Casa de la Loma, adonde esperaban llegar el primero de junio, aunque confirmarían la fecha enviando antes un telegrama desde Biarritz. «No sabes la alegría que nos has dado al aceptar vernos, hermano.»

Conforme el mes de mayo se encaminaba a su fin y se aproximaba la fecha de la visita, Rodolfo se fue volviendo más y más caviloso. Sus sentimientos oscilaban entre las ganas de reconciliarse con su hermano y el miedo a volver a ver a Solange. Cuando se echaba a dormir junto a Mariana, las dudas le impedían conciliar el sueño. ¿Había hecho bien en aceptar ese encuentro, o habría sido preferible esperar un tiempo? ¿Sería capaz de comportarse como si nada hubiera ocurrido cuando se viera frente a Solange?

También Mariana veía acercarse la fecha con el temor de que la presencia de Solange amenazara su felicidad, pero estaba dispuesta a luchar con uñas y dientes para defender su lugar en el corazón de Rodolfo.

Pepita, a la que su señora ya había empezado a dar instrucciones para arreglar el cuarto de invitados, se hacía cruces ante el despropósito de recibir a esos dos traidores que tanto daño hicieron a su pobre Rodolfo y no lograba entender cómo doña Mariana, tan lista y eficaz a la hora de llevar los asuntos de la casa, se prestaba con buena cara a tamaña insensatez. Intentó hacer valer los privilegios que le confería el haber criado a Rodolfo para hacerle entrar en razón, pero él la despachó con buenas palabras.

Expiró el mes de mayo y llegó el día en que debían presentarse Solange y Dionisio sin que en la Casa de la Loma se hubiera recibido el telegrama con el que pretendían confirmar la fecha. Acelerados por los nervios del temido reencuentro, Rodolfo y Mariana esperaron durante todo el día a que en cualquier momento entrara por el portón un sofisticado automóvil con Dionisio y Solange sentados dentro. Pero se echó encima la noche sin que eso ocurriera. Extrañados, cenaron algo ligero y subieron a la alcoba, donde se amaron mecidos por una mezcla de inquietud y alivio.

Al día siguiente, Rodolfo decidió ir a Cariñena para mandar

un telegrama a Château Gironde. Se decía que alguna complicación habría impedido salir a tiempo a Solange y a Dionisio. Sin embargo, una extraña desazón en la boca del estómago se empeñaba en refutar su voluntariosa explicación. Cuando ya se disponía a ir a buscar a Pinto al establo, entró por el portón un muchacho pelirrojo montado en una mula. Rodolfo reconoció enseguida a Helio, el hijo del encargado de la oficina de correos, al que su padre enviaba a entregar los telegramas. El chico fue hasta la escalera de la entrada, detuvo su singular cabalgadura y desmontó. Trepó con su desmañado cuerpo de adolescente hasta la altura de Rodolfo y le alargó un papel con un torpe movimiento de la mano.

—Don Rodolfo, acaba de llegar este telegrama para usted. Dice mi padre que es de Francia.

Por fin daban señales de vida, pensó Rodolfo. Cogió el telegrama mientras con la otra mano rebuscaba en los bolsillos del pantalón. Sacó una moneda y se la dio al chico, cuyos ojos se iluminaron como faroles.

—Gracias, don Rodolfo —dijo llevándose la mano a la gorra—. Vaya con Dios.

Rodolfo le dedicó un distraído movimiento de cabeza y se dispuso a leer. Cuando su cerebro asimiló lo que decía el telegrama, el corazón le dio un vuelco tan violento que tuvo que sentarse en el primer escalón.

SOLANGE Y DIONISIO MUERTOS EN ACCIDENTE CERCA DE BIARRITZ. STOP. RECIBIDO AVISO ESTA MAÑANA DE LA GENDARMERIE. STOP. VIAJO A BIARRITZ POR TRASLADO DE SUS CUERPOS. STOP. ARREGLADO FUNERAL PARA 7 DE JUNIO A LAS 11 EN NOTRE-DAME PARÍS. STOP. LUEGO ENTIERRO EN PANTEÓN FAMILIAR EN CEMENTERIO PÈRE-LACHAISE. STOP. DESOLADO. STOP. ME GUSTARÍA QUE VINIERAS. STOP. MARCEL.

3

R odolfo bajó del tren cansado y con la cabeza embotada del
largo viaje. Desde que recibió el telegrama de Marcel, no
había dejado de pensar en Dionisio y Solange. Evocaba una y
otra vez la fascinación que sintió cuando la vio por primera vez;
su actitud resuelta, tan distinta de la de las chicas españolas; la
tarde en la que quedaron delante de Maison Chanel; su primera
escaramuza amorosa en el estudio; incluso la absurda desavenencia entre ellos en casa de Amalia por culpa del vestido dorado.
Entremedias surgían pequeños recuerdos del Dionisio al que
había admirado durante toda su niñez; el hermano que parecía
saber de todo y le enseñó tantas cosas. Aún no lograba hacerse a
la idea de que jamás se reconciliaría con ellos, de que nunca volvería a verlos.

Tomó un taxi en la puerta de la estación y dijo al conductor
que le llevara al hotel Aiglon, en el boulevard Raspail esquina
con Edgard Quinet. Se lo había recomendado un caballero con
el que había entablado conversación en el tren; por lo visto se
hallaba muy cerca del boulevard de Montparnasse y ofrecía habitaciones a un precio asequible. Aunque ahora podía permitirse
una vida más desahogada, no le apetecía derrochar en un viaje
tan triste. Y menos viajando solo. A última hora Mariana había
decidido no acompañarle aduciendo que se sentiría fuera de lugar en el funeral, mezclada entre los familiares y conocidos de
Solange. En vano había argumentado Rodolfo que también iban

a despedirse de Dionisio, incluso había intentado convencerla prometiéndole que le enseñaría París, pero no había servido de nada. Con un misterioso brillo en la mirada, Mariana se había mantenido en sus trece. Él había atribuido su actitud a un brote de celos póstumos y había dejado de insistir.

En el Aiglon tomó una habitación de las más modestas. Él mismo subió su pequeña maleta por la escalera. Dejó sobre la cama el sombrero de ala media y corona pinchada, de los que llamaban Fedora y se habían puesto muy de moda. Los hombres de mundo ya no usaban canotier y, aunque ahora viviera la mayor parte del tiempo en la Casa de la Loma, Rodolfo conservaba el afán de elegancia que le inculcó Marcel cuatro años atrás.

Se desnudó y se dio un baño para arrancarse el cansancio del viaje. Después, se cambió de traje. Eran sólo las cuatro cuando dejó la llave sobre el mostrador de recepción y salió a la calle. Le quedaba por delante el resto de la tarde y una noche triste y solitaria en el hotel. Sopesó la idea de llamar por teléfono a Marcel, pero enseguida la desechó. Estaría acompañando a sus padres y no confiaba en ser bien recibido por el barón y la baronesa. Aún verían en él al vil seductor que alejó a Solange de la vida glamurosa a la que la habían destinado. Tampoco le apetecía sentarse a tomar un tentempié en algún café del boulevard de Montparnasse. Había comido en el tren la abundante merienda que le había hecho llevar Mariana y no tenía hambre. Además, eso le traería recuerdos que le entristecerían todavía más en las presentes circunstancias. De repente se le ocurrió visitar a monsieur Bouillon. Sí, la excursión a Montmartre sin duda le animaría.

Fue caminando hacia donde solía parar el tranvía en el boulevard de Montparnasse. Olfateó como un perro el aroma que impregnaba el aire: a verano incipiente, a flores, al combustible que quemaban los automóviles que se apresuraban por la calzada y a los perfumes de las mujeres con las que se cruzaba por la acera. Igual que cuando Solange le besó en el Jardin des Tuileries, cuatro años atrás. Aunque ahora el talle de los vestidos era más alto y ajustado para destacar las curvas femeninas, los sombreros habían perdido su forma de campana y mostraban las artísticas ondas que las féminas se hacían troquelar en el cabello, más largo que en los años anteriores. Las faldas buscaban los tobillos y ya no permitían a los hombres recrearse contemplando las pantorrillas que tanto admiró Rodolfo en las parisinas. Se dio cuenta de que no flotaba en el ambiente la desbordante alegría de vivir de antaño. La gente se movía más silenciosa, algo cabizbaja, como si cargara con una preocupación que le roía las entrañas. Tampoco distinguió entre los viandantes el habla inconfundible de los norteamericanos ni la actitud bulliciosa de la que solían hacer gala. Era como si aquellos bohemios que habían cruzado el océano cargados con sus sueños de gloria artística hubieran sido borrados de la faz de la ciudad.

En Montmartre todo seguía como antaño. Rodolfo subió casi corriendo la empinada calleja y pronto se vio ante la puerta de Bouillon et Fils. Sin resuello, igual que la primera vez, fumó medio cigarrillo mientras se recuperaba, lo apagó pisándolo a conciencia y empujó la puerta. Aspirar el inconfundible aroma a vino y madera vieja le hizo sentirse reconfortado. Sentado tras su escritorio de siempre, ataviado con visera y manguitos negros para proteger los puños de su inmaculada camisa, la cara contraída con la expresión avinagrada que tanto asustó a Rodolfo el primer día, Saint-Michel examinaba unos papeles lapicero en mano. Alzó los ojos de su cometido y pasó revista al recién llegado con su habitual semblante de fastidio. Al reconocer a Rodolfo, en sus ojos se reflejó primero sorpresa, después alegría. Echó atrás la silla, se puso en pie, rodeó el escritorio y saltó sobre él. Antes de que éste pudiera reaccionar, se vio sacudido por los enérgicos palmetazos que ese plantígrado le dio en la espalda. Mientras le asediaba a preguntas sobre su vida en España, que apenas le dio tiempo a responder, Rodolfo vio de reojo que del despacho de monsieur Bouillon salía un espigado muchacho aferrando un fajo de papeles. Reconoció a Honoré. El galopín se había convertido en un guapo joven que se movía con la energía que parecía ahorrar cuando mataba los ratos libres arrugado sobre su barril. Observando a Rodolfo con timidez, se sentó tras el escritorio libre. Saint-Michel le palmeó de nuevo la espalda y murmuró entre los bigotes algo sobre pasar a saludar al jefe. Condujo a Rodolfo hacia la puerta, dio tres golpes enérgicos con los nudillos, abrió y le empujó dentro del santuario de monsieur Bouillon.

La reacción de Aristide fue similar a la de su lugarteniente. Cuando se repuso de la sorpresa, se levantó, atravesó la estancia en tres zancadas y saludó a Rodolfo con un efusivo apretón de mano. Luego le empujó hacia las vetustas sillas que tenía para las visitas y, al igual que hizo el día de la despedida de Rodolfo, sacó un vaso limpio y vertió en él un generoso lingotazo de vino color rubí. Se lo tendió.

—Pruebe, pruebe. Recién llegado de una bodega nueva de Borgoña, modesta todavía, pero con mucho futuro. Se va a vender como los *croissants* recién hechos, se lo digo yo.

Rodolfo sonrió y tomó un cauteloso trago. Se trataba de un vino sencillo, pero apreció una buena base que con una elaboración más esmerada habría dado un caldo excelente. Lo alabó efusivamente y dejó el vaso sobre el escritorio. No era cuestión de salir ebrio del local de Bouillon. Observó que Aristide había cambiado muy poco. Su calva brillaba igual que antaño y seguía tan recio y paticorto como entonces. Sólo su mostachón había empezado a volverse blanco. El francés, sentado de nuevo en su sillón, arrancó a hablar a su manera apresurada. Al enterarse de la razón por la que Rodolfo estaba en París, se deshizo en sentidas expresiones de pésame. De ahí pasó a quejarse de la crisis que se dejaba sentir con creciente fuerza tras la caída de la bolsa de Nueva York, poniendo las cosas aún más difíciles a los honrados comerciantes de a pie. Le habló de Barraud, el silencioso compañero de Saint-Michel, que un buen día murió sentado tras su escritorio con la misma discreción que le había caracterizado en vida; hasta tal punto que Saint-Michel tardó en darse cuenta del trágico deceso acaecido justo a su lado. Ahora entre los dos enseñaban los pormenores del negocio a Honoré, que al crecer había demostrado tener una mente despierta y supondría una buena ayuda para su segundo de a bordo.

De repente, Aristide saltó sin transición a mencionar a Rémy. Su hermano le relataba en sus cartas lo bien que administraba Rodolfo los viñedos heredados y se maravillaba de cómo había salvado la delicada situación económica que encontró tras la muerte de su padre. También le había hablado de la viña de cabernet sauvignon con la que Rodolfo pretendía renovar los vinos de la familia, un proyecto encomiable sin lugar a dudas.

—Siempre supe que en usted dormía un magnífico bodeguero, querido muchacho —rubricó Aristide su retahíla.

Rodolfo bebió más vino. Había olvidado lo deprisa que hablaba monsieur Bouillon cuando se embalaba y se sentía abrumado por tanta cháchara.

—¿Por qué no me envía algunas botellas del vino de su bodega para probarlo? —propuso de repente Bouillon.

Sorprendido, Rodolfo volvió a dejar el vaso en la mesa. El otro no le dio tiempo a replicar.

—Rémy me ha dicho que es de buena garnacha, una variedad con la que muchos viticultores franceses todavía hacen *coupage*, aunque también podríamos comercializarlo como vino de mesa. Si me gusta y me hace un buen precio, tal vez pueda distribuirlo entre mis clientes. Cierto que las cosas se están poniendo cada vez más difíciles para vender. Mucha gente ha perdido su trabajo y no tiene dinero, y los que aún trabajan, están tan asustados que no gastan ni una moneda de más. Igualmente le digo que los franceses somos muy patriotas y preferimos nuestros vinos a los extranjeros, pero me siento inclinado a hacer negocios con un joven que ha conseguido hacerse respetar entre sus rivales, según me cuenta mi hermano, que le admira mucho.

Rodolfo dedicó una sonrisa a su antiguo jefe y se dispuso a responder, pero una vez más Aristide tomó la palabra:

—Bien, mi querido Rodolfo, el tiempo es oro… también en los asuntos del vino.

Rodolfo se rió para sus adentros. Eso mismo le dijo Bouillon la mañana en la que entró a trabajar en su establecimiento. El dueño se levantó de un enérgico brinco y rodeó el escritorio. Rodolfo le imitó y en un santiamén se vio abandonando el despacho.

—Mándeme pronto las botellas de prueba y una propuesta con los precios. Estudiaré el asunto y le responderé.

Dos enérgicas palmadas entre los omóplatos lo propulsaron a la sala común y la puerta de Aristide Bouillon se cerró. Rodolfo dedicó unos minutos más de cháchara a Saint-Michel y se despidió de él y de Honoré. Salió a la calle animado ante la posibilidad de abrir una nueva vía de negocio con Francia. Deambuló por Montmartre sin rumbo. Al pasar por delante del *bistro* donde comía años atrás, decidió entrar para tomar algo de cena. Cuando regresó al Aiglon, estaba tan cansado que concilió el sueño nada más echarse en la cama.

4

La mañana del entierro amaneció con un entramado de nubes plomizas sobre París. Un viento fresco convertía en recuerdo la promesa de verano del día anterior. Rodolfo se levantó temprano, desayunó café con leche y un *croissant* en la cafetería del Aiglon, y salió en busca de la oficina de correos más cercana que le había indicado el camarero. Mandó un telegrama a Mariana diciéndole que el viaje había sido tranquilo y que se dirigía al funeral. Como disponía de tiempo y estaba nervioso, fue andando hacia el boulevard Saint-Michel, donde tomó otro café en una terraza para darse ánimo y cruzó el Sena. Caminó por la orilla del río hasta que llegó a la catedral de Notre-Dame. No se entretuvo en contemplar la imponente fachada, con sus dos torres cuadradas y la gran vidriera en forma de rosetón sobre la puerta central. Le pasó por la cabeza que ahora el cuerpo de Solange aguardaría junto al de Dionisio, cada uno encerrado en su propio ataúd, y sintió que una bola viscosa le atravesaba la garganta. Tuvo que reprimir las lágrimas. Consultó su reloj. Las once menos cuarto.

Entró en el templo. Lo primero que hizo fue quitarse el sombrero, después se santiguó, más por respeto que por devoción, de la que carecía por completo. Recorrió el pasillo de la nave central. Al estar el día tan nublado, la luz entraba con timidez por las vidrieras y el lugar tenía un aire lúgubre. Conforme se fue acercando al altar, vio que las primeras filas ya estaban ocupadas por gente ataviada con elegancia. Las damas, tanto las jóvenes como las más maduras, le parecieron espléndidas en sus vestidos y conjuntos negros de telas ligeras y caída impecable. En sus rostros, empolvados con primor, la mirada difuminada por los velos que partían desde sus refinados sombreros, la única nota de color era el carmín escarlata de los labios. Los hombres llevaban trajes oscuros cuya hechura delataba que habían sido confeccionados a medida en alguna sastrería de postín. Rodolfo se sintió zafio en su terno sencillo que ya había llevado muchas veces. Se sentó en un banco de la sexta fila, junto al pasillo central, decidido a pasar lo más desapercibido posible.

Entonces vio los dos féretros. Los habían colocado entre el altar y los primeros bancos, uno al lado del otro, muy juntos. Rodolfo tragó saliva al pensar que en una de esas cajas ya habría empezado a descomponerse el cuerpo de oro y marfil de la joven a la que tanto amó. ¿Y Dionisio? Después de todas las penurias que pasó en Marruecos, tras los años en los que vivió a la deriva, envilecido por el alcohol y los malos recuerdos, había tenido que morir cuando al fin había hallado la felicidad, y precisamente mientras viajaba a España buscando reconciliarse con su hermano. De repente, se acordó de la noche en la que sorprendió a los dos en la cama de Dionisio. «No quiero volver a verte nunca más. A partir de ahora, ¡para mí será como si hubieras muerto!», había dicho a Solange movido por la ira. ¿Cómo iba a saber entonces que no tardaría mucho en asistir a su entierro?

Advirtió de reojo que alguien empujaba una silla de ruedas por el pasillo. Se volvió con disimulo. El ocupante del tétrico asiento era un anciano gordo cuya cabeza, apenas cubierta por una rala pelusa entre rubia y gris, caía hacia un lado destacando su enorme papada de batracio. Reconoció consternado a Gérard de Montaignac. El hombre que le guiaba hacia las primeras filas era nada menos que Marcel. Detrás de ellos caminaba una señora rubia que guardaba cierto parecido con el barón, por lo que Rodolfo supuso que sería *tante* Matilde. Una joven alta y muy guapa, que se movía con gélida distinción, sostenía a la baronesa, colgada de su brazo como una fruta pasada. La dama cuya belleza madura admiró Rodolfo en Ciro's conservaba la elegancia de entonces, aunque su rostro se había arrugado mucho, los labios se contraían en un rictus de dolor y el cabello se había vuelto completamente blanco, lo que ofrecía un llamativo contraste con la ropa de luto. Rodolfo se encogió en un acto reflejo. No quería que los Montaignac repararan en él. Pero su mirada se cruzó con la de Marcel. Le alivió constatar que la apariencia de su amigo no había cambiado. Seguía tan apuesto como años atrás y hacía gala de la misma distinción en el vestir. Sólo echó en falta el bigotito que orlaba su labio superior. Aparte de eso, si no hubiera sido por las profundas ojeras y la conmovedora tristeza de su mirada, habría sido el mismo Marcel que le abordó cuatro años atrás en la terraza del Dôme. Éste le regaló una sonrisa mustia y movió la mano en un gesto impreciso que Rodolfo no supo interpretar.

El grupo siguió hasta la primera fila, donde Marcel dispuso el orden en que debían sentarse y acomodó la silla del barón en el pasillo. De repente, dio media vuelta y se dirigió con pasos apresurados hacia donde se sentaba Rodolfo, todavía arrugado como si le hubiera caído encima el techo abovedado. Cuando Marcel se plantó delante de él y se quitó el sombrero, advirtió que en su frente ya había empezado a retirarse el cabello. Se levantó muy despacio y dejó que le diera un afectuoso abrazo y le palmeara la espalda.

—Querido Rodolphe... —En la mirada de Marcel, un destello cálido se impuso por un instante a la tristeza—. ¿Qué haces sentado aquí? Tu sitio está con nosotros.

Rodolfo hizo una mueca y le dio dos golpecitos desganados en el hombro. Advirtió que sus vecinos de banco les observaban sin molestarse en disimular su curiosidad.

—No te preocupes. Estoy bien. —Añadió en voz baja—: Además, no creo que tus padres se alegraran mucho de verme.

—Mi padre no te reconocerá —replicó Marcel, también en

un susurro—, y mi madre no te guarda rencor por haber seducido a Solange. Te lo aseguro.

Rodolfo se dijo que, en realidad, fue Solange quien le sedujo
a él, pero guardó silencio. A esas alturas, bien poco importaba ya.
Marcel le tomó de un brazo y tiró de él.

—Te voy a presentar a Hélène…, mi esposa. Es la belleza que
está con mi madre. —Emitió una risilla al ver la expresión de
asombro de su amigo—. Estás hablando con un hombre feliz-
mente casado… O eso cree ella.

Rodolfo se resignó y se dejó arrastrar hacia el banco de los
Montaignac. De cerca, el barón ofrecía un aspecto aún más patético, con su mirada bovina y la boca torcida hacia un lado. La
baronesa recibió el besamanos de Rodolfo con educada frialdad
y sólo movió la cabeza a modo de saludo. La señora que la acompañaba resultó ser efectivamente la *tante* Mathilde que encubría
las travesuras de Solange. La esposa de Marcel irradiaba de cerca
la gelidez de un témpano de hielo y su belleza de muñeca de
porcelana no contribuía a hacerla parecer más humana. Marcel
le presentó a Rodolfo como su querido amigo español y hermano de Dionisio. Rodolfo se inclinó, dejó caer un fugaz beso sobre los dedos enguantados en negro de la dama y le dedicó todas
las cortesías que recordaba de sus meses parisinos. Ella las recibió
sin pestañear y desvió enseguida la mirada. Rodolfo sospechó
que detestaba a los amigos de su marido. A él, desde luego, no le
había mirado con buenos ojos. ¿Le habría hablado Marcel de sus
correrías por los clubes nocturnos de París? ¿Y de cuando le
intentó besar en el estudio después de haberle ayudado con la
mudanza?

Rodolfo acabó sentado entre *tante* Mathilde y Hélène, estu-
diándose la punta de los zapatos para no mirar los féretros, cuya
visión hacía que se le retorciera el estómago en bucles gigantes.
En cuanto los tres curas, que habían salido a la vez de alguna
parte y se habían colocado detrás del altar, vieron que la familia
estaba acomodada, empezaron a oficiar la misa.

5

Después de la misa, tan larga y pesada que Rodolfo creyó que no acabaría nunca, dos hombretones robustos cargaron los ataúdes en un carruaje fúnebre de madera oscura con adornos dorados, tirado por una pareja de caballos negros engalanados con penachos del mismo color, que enseguida partió hacia el cementerio. Pocos de los que habían asistido a las exequias acompañaron a la familia. Un hombre trajeado con aspecto de sirviente sacó al barón de su silla y lo acomodó en el asiento trasero del viejo Renault de la familia, en el que entraron también la baronesa, *tante* Mathilde y la gélida Hélène, que a Rodolfo le pareció muy poco apegada a su marido. Él subió en el automóvil de Marcel, que resultó ser el Bentley 6,5-Litre con el que su amigo viajó a España tres años atrás. Le extrañó que no hubiera cambiado ese vehículo por otro más moderno y veloz, dada su afición a los automóviles. Enseguida concluyó que el estado de su padre debía de haberle obligado a sentar cabeza. Apenas hablaron durante el recorrido. Marcel condujo con una lentitud desconocida en él, sumido en un melancólico mutismo. En el camposanto, sólo la familia entró en el panteón, exceptuando al barón, al que dejaron fuera al cuidado del sirviente. Cuando los enterradores acabaron de colocar los dos féretros y cerraron el hueco provisionalmente con cemento, la baronesa prorrumpió en un llanto desgarrador que ni su hijo ni Mathilde lograron calmar. Rodolfo sintió un alivio desmesurado cuando por fin todo concluyó y los pocos asistentes se reunieron a la salida del cementerio. Su cabeza la ocupaba un solo pensamiento: su hermano y Solange habían muerto y jamás volvería a verlos. La idea le provocaba un dolor en el estómago que se extendía por todo su cuerpo llenando sus extremidades de plomo. La voz de Marcel le sacó de la triste cavilación.

—Damien va a llevar a mis padres y a Hélène a casa de *tante* Mathilde. Te invito a comer algo... por los viejos tiempos.

Como se había hecho tarde para que les admitieran en un restaurante, Marcel sugirió tomar un tentempié en el Dôme.

—¿Qué te parecen unas salchichas de Toulouse con puré de patatas? —propuso en cuanto se hubieron sentado dentro del café, porque la terraza estaba abarrotada—. Es lo que comías la primera vez que te vi...

Rodolfo se revolvió, incómodo.

—Aún lo recuerdas... —murmuró.

Marcel se rió, aunque sin la alegría socarrona que conoció Rodolfo.

—*Naturellement!* Llamabas la atención. Tan guapo y tan hambriento.

Rodolfo se ruborizó intensamente.

—*Ah, mon ami,* no has cambiado nada. Sigues siendo igual de pudoroso que entonces —se burló Marcel.

Antes de que al otro se le ocurriera una respuesta, se acercó a su mesa un camarero con chaleco negro, camisa blanca y mandil igual de níveo. Se parecía un poco a Pierre, el joven que les atendía antaño, lo que le hizo sentirse por un instante como si no hubieran pasado cuatro años desde la primera vez que pisó el Dôme. Marcel pidió dos platos de salchichas y *demi-blondes* para beber.

—*Mais je suis bête!* —exclamó cuando se hubo marchado el camarero—. A lo mejor habrías preferido vino. No tengo la cabeza en su sitio.

—No importa —se apresuró a tranquilizarle Rodolfo—. La cerveza refresca más.

Durante unos minutos ninguno de los dos supo qué decir, hasta que Rodolfo se atrevió a formular la pregunta que le quemaba la lengua desde que había visto al barón postrado en una silla de ruedas.

—¿Qué le ha ocurrido a tu padre?

Los labios de Marcel perdieron su trazo sensual al contraerse en una línea muy fina.

—Un ataque de apoplejía. No pudo soportar la quiebra.

Rodolfo tragó saliva.

—¿La quiebra? ¿No te referirás al banco?

—A todos nuestros negocios, de hecho. Incluso mi suegro ha perdido gran parte de su fortuna… —Marcel sonrió sarcástico—. No me ha servido de mucho buscarme una esposa rica.

Tras un lapso de dolorosa consternación, Rodolfo logró susurrar:

—Creía que a Francia no le estaba afectando la crisis económica tanto como a otros países.

Marcel se encogió de hombros.

—El banco de mi padre operaba sobre todo con empresas estadounidenses que tenían sucursal en Francia —aclaró, estirando mucho las palabras—. Cuando la bolsa de Nueva York se hundió, la mayoría de ellas retiraron sus fondos para obtener liquidez. Al mismo tiempo, los norteamericanos que vivían en París sacaron el dinero de sus cuentas y regresaron a Estados Unidos porque el crac los había arruinado. Teníamos clientes muy ricos y también artistas que habían depositado en nuestro banco los ahorros con los que se costeaban la estancia en París, o la asignación que les mandaban sus familias. Los perdimos a todos en cuestión de días, y con ellos, los fondos del banco. Como todos reclamaron su dinero a la vez, llegó un momento en que mi padre no pudo hacer frente a semejante avalancha de peticiones. Para más desgracia, había especulado en bolsa con el dinero de los ahorradores y también había sufrido grandes pérdidas. Al final, tuvimos que vender las propiedades de la familia para poder reintegrar a la gente su dinero.

Marcel se detuvo para tomar aire. Sacó un paquete de cigarrillos de un bolsillo. Se quitó la americana, la colgó sobre el respaldo de una silla libre y ofreció tabaco a Rodolfo, que rehusó, demasiado sobrecogido para pensar en fumar. Marcel encendió un pitillo con un fósforo. Eso alarmó a Rodolfo. Recordaba muy bien la pitillera y el mechero de oro que le deslumbraron cuando conoció al francés. Sin embargo, lo que más le afectó fue verle fumar sin su elegante boquilla negra. Mientras su amigo daba la primera calada, llegó el camarero con dos mantelitos individuales y los cubiertos. Distribuyó todo sobre la mesa y se retiró.

—Cuando quisimos darnos cuenta —continuó Marcel—, la fortuna de los Montaignac se había esfumado. Fue un milagro que lográramos conservar Château Gironde. Hace cuatro meses, nos mudamos todos allí. —Hizo una pausa con expresión totalmente abatida—. Ahora, sin la alegría de Solange y la amistad de Dionisio, va a ser como vivir en un cementerio. Mi padre pasa todo el día en sus habitaciones y *maman* se encierra con él hasta el extremo de que hay que insistirle para que baje a comer con Hélène y conmigo. Dice que debe cuidar a su marido, pero la realidad es que ha perdido las ganas de vivir. Así que, con todo lo que ha ocurrido, me he convertido en el cabeza de familia. —Dio una calada ansiosa—. Lástima que no puedas conocer a mi pequeño Gérard. Creímos más oportuno dejarle en Château Gironde al cuidado de la niñera. Menos mal que regresamos mañana. Tengo muchas ganas de verle. En este momento mi hijo es mi única alegría.

—Tienes… un hijo… —balbuceó Rodolfo, perplejo—. Eso no me lo esperaba…

Marcel dibujó una sonrisa mordaz.

—Cuando el deber lo requiere, soy capaz de cumplir con una mujer.

Rodolfo se sonrojó. El regreso del camarero con una bandeja enorme sobre la que llevaba los platos y las cervezas le eximió de hablar, lo que recibió con gran alivio.

—La vida es muy caprichosa —murmuró Marcel en cuanto

volvieron a quedarse solos—. Le gusta jugar con nosotros. Después de todo lo que conspiré para librarme de suceder a mi padre en el banco… y resulta que ahora el *château* es nuestra única fuente de ingresos y sólo quedo yo para dirigirlo. —Aplastó con saña lo que restaba de su cigarrillo en el cenicero—. Espero ser capaz de mantener las grandes mejoras que introdujo tu hermano. Él se había convertido en el cerebro de Château Gironde. *Merde alors!* ¡Cuánto voy a echar de menos a los dos!

Rodolfo no supo qué decir. Bajó la mirada a su plato, cogió los cubiertos y cortó un trozo de salchicha. Durante unos minutos, los dos comieron sin apetito, envueltos en un pesado silencio, hasta que Rodolfo se animó a hablar de nuevo:

—Dime una cosa: ¿toda esa gente elegante que había hoy en la catedral sabe que estáis…? —No se atrevió a acabar la frase.

—Claro. Cuando alguien se arruina en París, el mismo día lo saben hasta los limpiabotas de los peores tugurios. —Marcel trazó un desdeñoso encogimiento de hombros—. Supongo que habrán acudido para cotillear y celebrar que no son ellos los que se han hundido. Ese funeral pomposo fue idea de *maman*, igual que el empeño de llevar a Solange y a Dionisio al panteón. Yo les habría enterrado en el parque del *château*, que es donde fueron felices, y para contentar a *maman* habría encargado una misa en la iglesia de Pauillac. Allí, por lo menos, aún nos consideran gente importante.

Sobre Rodolfo había caído en un instante la pesada losa de dolor y humillación que sintió cuando sorprendió a Solange en brazos de Dionisio.

—Así que fueron felices —musitó entre dientes.

Marcel posó una mano sobre su antebrazo y lo apretó.

—Perdóname, Rodolphe. No debería haberte dicho eso precisamente a ti. No tengo la cabeza centrada. Todo esto me ha dejado…

—Puedes hablar claro conmigo, Marcel —le recriminó Rodolfo—. No soy un niño.

Tras unos segundos de penosa reflexión, Marcel se ánimo a continuar:

—Nunca había visto a mi hermana tan dichosa. Ni siquiera la ruina hizo mella en su alegría. Y Dionisio la adoraba. Nunca había conocido a un hombre tan enamorado como él...

Rodolfo se sintió como si acabaran de desgarrarle el vientre con un cuchillo de caza. No fue capaz de analizar si ese dolor se debía a que aún quedaban rescoldos de su amor por Solange, o si simplemente lo causaba el despecho del abandonado. Sólo sabía que la felicidad de la que hablaba Marcel le dolía a rabiar. Se concentró en vaciar su plato, aunque cada bocado le caía en el estómago igual que si fuera una libra de plomo.

—Háblame de ti, Rodolphe. Aunque no nos hayamos comunicado estos últimos tiempos, sé que el vino que suministras al *château* mejora cada año.

Rodolfo alineó los cubiertos sobre el plato vacío. Apuró las últimas gotas de su *demi-blonde*, inspiró y habló a Marcel de su boda con Mariana, de lo extensos que eran ahora los viñedos de los Montero al unirse los que había heredado ella de su padre, de lo mucho que trabajaba para gestionar los negocios familiares y de la ayuda que le prestaba Mariana, en la que no sólo había hallado una esposa que velaba por su felicidad, sino también la compañera que le apoyaba en todo lo que decidía emprender. Le describió cómo era la viña que plantó con los sarmientos de cabernet sauvignon y que la cuidaba con desvelo para probar a hacer *coupage* en el futuro con la garnacha de la Viña de Baco.

—Deduzco que tú también eres dichoso junto a la encantadora Mariana —observó Marcel.

Ante Rodolfo surgió la imagen de Mariana. Vio sus ojos gatunos y la sonrisa de duendecillo travieso, recordó las apasionadas caricias que ella había aprendido a regalarle sobre el lecho, sus besos que sabían a uva en sazón; evocó la cálida humedad que le envolvía cuando se hundía en su dulce cueva... y comprendió que su reacción al conocer la felicidad de Solange había sido mero rencor. Su corazón pertenecía a Mariana. En su rostro se abrió paso la primera sonrisa de ese aciago día.

—Lo soy. Me gusta la vida que llevo ahora y amo a Mariana

con toda mi alma. —Titubeó un instante y luego añadió—: Pero nunca olvidaré a Solange... ni los meses que pasé en París.

—Cómo nos divertíamos, ¿eh? —exclamó Marcel, forzando una carcajada que quiso ser alegre.

—Fueron buenos tiempos...

—... que nunca regresarán —completó su amigo con tristeza—. No volveremos a vivir como entonces. Tal vez mi pequeño Gérard conozca tiempos mejores, si tenemos suerte y esos fascistas de Alemania e Italia no provocan una nueva guerra... —Emitió un bufido lleno de desprecio—. Ah, ¡qué horrible es ese pequeño Hitler con su bigotito de mosca! ¡Y los aires de hombretón de Mussolini resultan tan falsos! Pensándolo bien, quizá sean nuestros nietos quienes vuelvan a disfrutar de bienestar y prosperidad.

Rodolfo no supo qué decir y la conversación se estancó como el agua de una charca.

—¿Te apetece tomar café? —preguntó Marcel por fin.

Rodolfo estiró la muñeca izquierda y consultó el reloj. Comprobó aliviado que eran más de las cinco. La comida había sido tan triste que sólo deseaba regresar al hotel y preparar su parco equipaje para emprender el viaje a casa en el primer tren de la mañana.

—Se ha hecho muy tarde. No quiero acapararte durante más tiempo. Tu familia te necesita ahora. Y yo... creo que iré a descansar al hotel. Tengo intención de marcharme mañana en el primer tren. Echo de menos a Mariana y... ¿sabes una cosa? París ya no me llama. Prefiero conservar el recuerdo de la ciudad que conocí hace cuatro años.

Marcel no insistió. Alzó su americana de la silla donde la había colgado e introdujo la mano en el bolsillo interior. Sacó la billetera y algo parecido a una cartulina, que le tendió a Rodolfo.

—Casi se me olvida. Pensé que te gustaría tener un recuerdo de ellos. Es del verano pasado.

Era una fotografía. Solange y Dionisio posaban delante de un descapotable blanco de línea esbelta que ostentaba en el frontal el emblema de la famosa marca Mercedes Benz. Él se apoyaba indolente contra la puerta del automóvil, vestido con un pantalón de pinzas claro, camisa blanca de mangas subidas hasta los codos y un pañuelo estampado al cuello. No sonreía al fotógrafo, sino a la belleza rubia que se estrechaba contra él como una enredadera y le miraba con arrobo: Solange. Llevaba el pelo más largo que cuando la conoció, peinado con las ondas al agua que de un tiempo a esa parte hacían furor entre las mujeres. También el vestido de lunares blancos sobre un fondo que Rodolfo supuso rojo o marrón, seguía los dictados de la moda más reciente marcando su cintura y las caderas, igual de arrebatadoras que antes. Sintió un nudo en la garganta y se apresuró a guardar en el bolsillo interior de la americana ese pedacito de la vida en común de Solange y Dionisio.

Marcel hizo una seña al camarero.

—Permíteme que te invite.

El mozo del mandil se plantó enseguida delante de la mesa con la cuenta. Ahora que conocía la situación de los Montaignac, Rodolfo se sintió mal por dejar pagar a Marcel, pero no dijo nada. No quería que se sintiera humillado. Mientras su amigo entregaba al camarero varios billetes, Rodolfo reparó en que alguien había puesto un disco en el gramófono que había en un extremo de la barra. El corazón le dio un vuelco cuando reconoció la voz de Josephine Baker.

I was blue, just as blue as I could be
Ev'ry day was a cloudy day for me
Then good luck came knocking at my door
Skies were grey but they're not grey anymore...
Blue skies smiling at me
Nothing but blue skies do I see...

La canción que Solange escuchaba a todas horas en la salita. Las lágrimas que llevaba reprimiendo todo el día velaron la mirada de Rodolfo. Se limpió con disimulo la inoportuna bruma, entre la que se fue perfilando la imagen de Solange tal como la vio por primera vez en la mansión de los Porter, bailando charlestón en aquel inmenso salón, con su piel de nieve y el resplandor de su cabello dorado que recordaría mientras viviera.

Marcel se puso en pie apresuradamente y la visión de Solange se diluyó. Rodolfo le imitó con torpeza, limpiándose de nuevo los ojos, con mucho cuidado de que su amigo no reparara en su conmoción.

—¿Dónde te alojas? —quiso saber Marcel.

—En el Aiglon.

—Está muy cerca. Te llevaré, como en los viejos tiempos.

Diez minutos después, Marcel detuvo su Bentley delante del hotel. La despedida fue rápida. Un mero apretón de manos para evitar entristecerse más de lo que ya estaban.

—Deberías venir a vernos más adelante, Rodolphe… cuando todos estemos de mejor ánimo.

—Lo haré.

Ambos sabían que nunca iría a Château Gironde.

Rodolfo dio a Marcel una última y desvalida palmada en la espalda. Bajó del Bentley y cerró la portezuela. Se puso el Fedora, que había sujetado sobre las rodillas durante el trayecto. Dio la vuelta al vehículo y subió a la acera. Cuando ya había dado unos pasos hacia la entrada del Aiglon, oyó de pronto a su espalda:

—¡Rodolphe!

Se volvió, regresó al Bentley y apoyó las manos sobre la puerta del lado del conductor. Marcel le sonrió con dulzura teñida de tristeza.

—Te quise mucho… y aún te quiero.

Rodolfo sintió que el corazón se le retorcía dentro del pecho.

—Yo a ti también, Marcel…, pero no de esa manera.

—¿Estás seguro?

Antes de que Rodolfo pudiera responder, Marcel deslizó una caricia furtiva sobre sus dedos, sonrió, agitó la mano derecha a modo de saludo y arrancó.

6

R odolfo bajó del tren en la estación de Cariñena con la ropa tan arrugada como la moral. En los últimos días había pasado más horas sentado en ferrocarriles que caminando. Durante el largo viaje desde París no se le había ido de la cabeza la absurda muerte de su hermano y de la mujer a la que amó con locura, precisamente cuando viajaban a la Casa de la Loma para reconciliarse con él. También le apenaba la ruina de los Montaignac y habría preferido conservar en la memoria la imagen del Marcel alegre que le mostró la vida bohemia de París y le paseó por los salones de la alta sociedad, en lugar de la del hombre abatido que había perdido todo lo que había considerado inamovible desde su nacimiento. ¿Qué sentiría Marcel cada noche durante el lapso de duermevela que precede al sueño, cuando la mente se relaja y afloran los pensamientos que la razón ha conseguido reprimir durante todo el día? ¿Evocaría a su hermana muerta en la flor de la vida? ¿Le atormentarían el miedo y la inseguridad derivados de la desaparición de la fortuna familiar? ¿Qué pasaba por la cabeza de alguien que había perdido tanto en tan poco tiempo? Rodolfo se dijo que su vida tampoco tenía nada que ver con la que soñó cuando estudiaba en Madrid y creía que se establecería como abogado en la ciudad y viajaría por Europa, pero él nunca había formado parte del círculo cerrado de los muy ricos que dominan el mundo y, de no haber sido por Marcel, ni siquiera habría sabido que se podía derrochar el dinero a manos llenas en fiestas lujosas, clubes nocturnos y restaurantes donde una copa de champán costaba lo que un oficinista como Saint-Michel ganaba en todo un mes. ¿Cómo sobrellevaría Marcel el verse excluido de la élite parisina a la que había pertenecido hasta que se hundieron los negocios de su padre?

De repente, le golpeó la certeza de que no sólo habían muerto su hermano y Solange, sino su propia juventud y la alegría despreocupada, incluso alocada, propia de esa etapa de la vida. Se acabó el tiempo en el que los grandes sueños aún parecen dispuestos a cumplirse, aunque no le importaba encaminarse hacia la madurez siempre que en ese viaje le acompañara Mariana.

Cuando se vio en el andén con la maleta en una mano y en la otra la americana, que se había quitado asfixiado por el calor del mediodía, recordó que en París no le había dado tiempo de enviar un telegrama a Mariana para avisarle de su llegada, así que tendría que buscar a algún vecino del pueblo dispuesto a subirle en su carreta hasta la Casa de la Loma. Sin embargo, quiso la casualidad que justo cuando salía de la estación pasara por delante Pedro en el carro de mulas de los Montero. Había estado en el muelle de carga supervisando el envío de una remesa de orujo con destino a Zaragoza y regresaba a casa para comer. Vio a su patrón e hizo parar a la caballería con un «Soooo» que a Rodolfo le sonó a música celestial. Arrojó la maleta en la parte de atrás y se subió al pescante junto al capataz.

Pedro encontró al amo tristón, ojeroso y tan arrugado como si hubiera dormido varios días con el traje puesto. Claro que teniendo en cuenta la razón de su apresurado viaje al extranjero, que ya conocían todos en el pueblo, no era de extrañar que ofreciera ese aspecto tan lamentable. Intentó darle palique, pero Rodolfo apenas respondió con monosílabos y Pedro comprendió que era mejor dejarle en paz.

El ánimo maltrecho de Rodolfo revivió cuando circularon por el camino que transcurría entre hileras de pletóricas viñas hasta la Casa de la Loma. Nunca volvería a ver a Solange ni a su hermano, pero la vida resplandecía en el verdor de las hojas que brotaban de las cepas y bajo cuyo cobijo irían engordando las uvas a lo largo del verano, hasta que adquirieran el color entre granate y morado que ostentaban antes de la vendimia. Ni siquiera la muerte detenía el ciclo del vino.

Y entre esas vides le aguardaba Mariana.

Cuando Pedro paró el carro ante la escalera que subía a la casa, dispuesto a saltar del pescante para darle el equipaje al patrón, Rodolfo le detuvo con un gesto. Bajó de un ágil brinco, recogió su maleta de la parte de atrás, se despidió del capataz y subió los escalones de dos en dos, como hacía siempre que tenía prisa. Empujó la puerta de madera y entró en la fresca penumbra del recibidor. Antes de que sus ojos hubieran podido habituarse al cambio de luz, se vio asaltado por Sandokán. El perro llevaba un rato presintiendo su llegada y se había acurrucado bajo la mesita redonda del vestíbulo para esperarle. Se puso a dos patas y lamió a Rodolfo emitiendo gemidos de alegría y meneando el rabo como si fuera un plumero. Éste soltó la maleta y lo acarició con ternura. Pese a su reticencia inicial, había tomado cariño al perro que su hermano nunca fue a recoger. Oyó exclamar a Mariana:

—¡Conque aquí es donde te habías metido, Sandokán!

Rodolfo vio a Mariana parada ante la puerta del despacho, contemplando arrobada a los dos. También ella se había encariñado con el can y le cuidaba amorosamente. Atravesó el recibidor, agarró a Sandokán por el collar y lo apartó de su marido.

—Ahora me toca a mí —dijo.

Rodolfo detectó en su mirada y en su ancha sonrisa un resplandor desconocido. No es que no hubiera visto feliz a Mariana desde que se casaron, pero el brillo que destellaba en sus ojos ese mediodía era diferente, más luminoso que nunca. El corazón contraído se le ensanchó. Ella le colgó los brazos alrededor del cuello y le besó con ansia. Desde que Rodolfo partió para París, los días se le habían hecho largos y angustiosos. Había deseado con toda su alma que regresara pronto de ese horrible viaje. En algún instante incluso había llegado a arrepentirse de no haberle acompañado, pero entonces el recuerdo de su secreto le había devuelto la calma. Ahora que estaba segura de que no se había equivocado, no veía el momento de compartir su alegría con el hombre que le había devuelto la fe en el amor y la ternura. Rodolfo abrazó a Mariana muy fuerte, sintiéndose como Ulises cuando al fin pisó la playa de Ítaca. Al quedarse sin aliento, separaron los labios para respirar. Mariana le acarició una mejilla y le tomó de la mano.

—Ven, tengo que contarte algo… —susurró. Al ver la súbita alarma en la mirada de Rodolfo, se apresuró a añadir—: Algo bueno.

Él se dejó arrastrar hacia la salita. Sandokán les siguió como una sombra sigilosa y se enroscó en el suelo, junto a la puerta. Una vez dentro, Mariana soltó a Rodolfo y le hizo sentarse en el sofá. Él empezó a inquietarse. Ella se acomodó a su lado, le cogió las manos y dijo, en voz baja, aunque firme y alegre:

—No fui sincera contigo cuando rehusé acompañarte a París. Yo… te oculté la verdadera razón porque… no quería exponerme a un viaje tan duro. No podía creerme que… pudiera pasarme algo así, por eso, para salir de dudas, hice venir a don Damián y…

—¿Estás… enferma? —farfulló Rodolfo sin aliento.

Ella negó con la cabeza. En su rostro se dibujó la sonrisa de duende travieso.

—¡Vamos a tener un hijo, Rodolfo!

Él se quedó mirándola, incapaz de moverse ni de hablar, aunque lo que le paralizaba era una felicidad pura que había barrido en un instante el dolor por la muerte de Solange y Dionisio.

—Aquel médico que me dijo hace años que nunca más podría quedarme embarazada se equivocó. ¡Esto es un milagro! Nuestro milagro…

—¿Para cuándo…? —la interrumpió Rodolfo con un hilo de voz.

—Estoy de tres faltas. Don Damián dice que seguramente nacerá a primeros de enero.

Rodolfo parpadeó entre las lágrimas de felicidad que le nublaban la vista.

—Será el mejor regalo de Reyes de mi vida.

—Si quieres... —musitó ella, algo temerosa de su reacción. Si quieres, podemos llamarle Dionisio en recuerdo de tu hermano, y si es niña...

—Si es niña ¡se llamará Mariana y será tan guapa y sensata como su madre!

Rodolfo encerró entre las manos el rostro de la mujer que acababa de hacerle el regalo más maravilloso del mundo, cuando los dos habían asumido desde el principio que nunca tendrían hijos. La besó en la boca con fruición, después acarició con los labios sus párpados, sus mejillas y la línea de su cuello. La envolvió en sus brazos y murmuró:

—Te amo, Mariana. Te amo tanto...

Agradecimientos

A Avelino, por su amor y por creer en mí.

A mi familia, por soportar mis manías mientras escribo.

A Ana Liarás, un lujo de editora, por sus siempre sabios consejos.

A María Cardona, a Anna Soler-Pont y a todo el equipo de Pontas Literary & Film Agency, por su confianza, su dedicación y su buen hacer.

A Patricia Sánchez, por sus pálpitos.

A mi amiga Juana Carpio, que habla francés como los ángeles y me tradujo las frases que intercalan Marcel y Solange en su idioma.

A Alberto Báguena, del bar El Arco en Paniza, que dedicó toda una mañana a guiarme por los viñedos de la zona y me puso en contacto con profesionales del ramo.

A José Manuel Cebrián Sánchez, de Bodegas Paniza, que me permitió visitarlas y respondió con gran paciencia a mis preguntas.

A Silvia Tomé y a Robert Ruesca, de la bodega Quinta Mazuela de Cariñena, que me explicaron en detalle el proceso de vinificación y me hablaron de la Cariñena del pasado.

A Carlos Burgues, de Bodegas Care, por sus útiles indicaciones.

A los fieles lectores que me siguen desde hace años.

Nota de la autora

Para ambientar esta novela, hablé con profesionales dedicados a elaborar los magníficos caldos que salen ahora de las bodegas del campo de Cariñena y con personas relacionadas de otro modo con el vino de la zona. Para documentarme sobre temas históricos, o incluso otros más frívolos pero no menos útiles, como la historia de la ropa interior masculina, consulté los libros que enumero en la bibliografía.

Sin embargo, aunque la novela tenga una base histórica, no hay que olvidar que se trata de ficción y que a veces los escritores nos permitimos tomarnos alguna licencia, como la de introducir en Cariñena cepas de cabernet sauvignon muchos años antes de que se hiciera en la realidad. O la de hacer coincidir a Rodolfo en París con su paisano y coetáneo Luis Buñuel, con Philippe de Rothschild, que revolucionó la elaboración y comercialización del vino en Burdeos, o con los míticos Cole Porter, Ernest Hemingway, Josephine Baker y algunos otros. Ésa es la magia de la literatura.

Aparte de estos personajes reales, todos los demás son producto de la imaginación y cualquier parecido con personas, vivas o muertas, es pura casualidad.

Bibliografía

Baudot François, *La moda del siglo* XX, París, Editions Assouline, 2006.

Barreiro, Javier, *Raquel Meller y su tiempo*, Zaragoza, Diputación General de Aragón, Departamento de Cultura y Educación, 1992.

Casanova, Julián; Gil Andrés, Carlos, *Breve historia de España*, Barcelona, Ariel, 2012.

Cole, Shaun, *The Story of Men's Underwear*, Nueva York, Parkstone Press Ltd, 2009.

De Montparnasse, Kiki, *Recuerdos recobrados*, Madrid, Nocturna Ediciones, 2009.

Faus Pujol, María del Carmen, *El ferrocarril y la evolución urbana de Zaragoza*, Ayuntamiento de Zaragoza, Área de Cultura y Acción Social, 1987.

Flanner, Janet, *Paris Was Yesterday*, Nueva York, HBJ Book, 1988.

Franck, Dan, *Montparnasse und Montmartre, Künstler und Literaten in Paris zu Beginn des 20. Jahrhunderts*, Berlín, Parthas Verlag, 2011.

García-Nieto París, M.ª Carmen; Yllán Calderón, Esperanza, *Historia de España 1808-1978, 4. Crisis social y dictadura, 1914-1930*, Barcelona, Crítica, 1989.

Gibson, Ian, *Luis Buñuel, la forja de un cineasta universal 1900-1938*, Madrid, Aguilar, 2013.

Glassco, John, *Memorias de Montparnasse*, Madrid, Alfaguara, 2008.

Hemeroteca del *Heraldo de Aragón* y hemeroteca on line de *abc.es*.

Hemingway, Ernest, *París era una fiesta*, Barcelona, Debolsillo, 2014.

Hernández Latas, José Antonio; Lahuerta, Víctor; Forcadell, Carlos; Capalvo, Álvaro, *Zaragoza, años veinte. 81 fotografías de Roisin (1925-1931)*, Zaragoza, Institución Fernando el Católico, 2014.

Iconos de la moda, El siglo XX, ed. a cargo de Gerda Buxbaum, Barcelona, Electa, 2007.

Joseph, Robert, *Bordeaux und seine Weine*, Munich, Hallwag, 2003.

La España de Alfonso XIII-Selección de fotografías y textos, coordinación: Xavier del Hoyo Bernat, Institut d'Estudis Baleàrics, 2004.

Leguineche, Manuel, *Annual 1921*, Madrid, Alfaguara, 1996.

McBrien, William, *Cole Porter, A Biography*, Nueva York, Vintage Books (Random House, Inc), 1998.

Moda - Desde el siglo XVIII *al siglo* XX, Instituto de la Indumentaria de Kioto, Colonia, Taschen, 2004.

Núñez, Diego, *Los grandes vinos de Burdeos, Claves y secretos*, Madrid, Vision Libros, 2007.

Pérez Ortiz, Eduardo, *Dieciocho meses de cautiverio: de Annual a Monte Arruit*, Manzanares el Real, Madrid, Interfolio, 2010.

Rose, Phyllis, *Jazz Cleopatra, Josephine Baker y su tiempo*, Barcelona, Tusquets Editores, Colección Andanzas, 1991.

Ruiz Marín, *Crónica de Zaragoza, año por año*, tomo II (1921-1939), Zaragoza, Leyere Ediciones, 2003.

Sabio Alcutén, Alberto, *Vino y viñedo en el Campo de Cariñena: los protagonistas de las transformaciones, 1860-1930*, Daroca, Centro de Estudios Darocenses, 1995.

Seco Serrano, Carlos, *La España de Alfonso XIII-El estado. La política. Los movimientos sociales*, Madrid, Espasa Calpe, 2002.

Tusell, Javier, *Historia de España en el siglo* XX-*Del 98 a la proclamación de la República*, Madrid, Taurus, Colección Taurus minor, 2007.

VV. AA., *El crack de 1929*, Historia16, Madrid, Temas de Hoy, 1998.

Weiss, Andrea, *Paris war eine Frau*, Reinbeck bei Hamburg, Rowohlt Taschenbuch Verlag, 2014.

Fuentes consultadas a través de internet

Campos, M. A., «Cariñena a principios del siglo xx», <http://www.elperiodicodearagon.com/noticias/la-cronica-del-campo-de-carinena/carinena-principios-siglo-xx_472676.html>

Campos Martínez, José María, «Regreso al lugar de la tragedia (II), Igueriben», <http://elfarodigital.es/ceuta/cultura/11489-regre-so-al-lugar-de-la-tragedia-ii-igueriben.html>

Davis, Anna, «The queen of Bohemia», <http://www.theguar-dian.com/books/2007/feb/07/art.gender>

El País, «¡Oh, Valentino, Valentino!», <http://elpais.com/dia-rio/1976/08/22/sociedad/209512823_850215.html>

Estella Álvarez, Concepción, «Evolución del comercio exterior del vino del Campo de Cariñena», <http://revistas.uned.es/in-dex.php/ETFVI/article/view/2557/2430>

«F. C. Vía Estrecha 1887-1933», http://www.trencarinena.es/

Horchner, A. E., «A Legend as Big as the Ritz», <http://bar-fightsandbowties.tumblr.com/post/27263396980/a-legend-as-big-as-the-ritz-vanity-fair-july>

Ibarzo Aldea, Ángel Luis, «El Ambos Mundos, uno de los luga-res más populares de Zaragoza durante más de siete décadas», <http://diario.ociourbanozaragoza.es/2013/05/28/el-ambos-

mundos-uno-de-los-lugares-mas-populares-de-zaragoza-duran-
te-mas-de-siete-decadas/>

«La historia del gran Café Ambos Mundos de Zaragoza»,
<http://eszaragoza.blogspot.com.es/2012/12/la-historia-del-
gran-cafe-ambos-mundos.html>

Martínez Simancas, Rafael, «Regreso al lugar del Desastre»,
<http://www.abc.es/20110717/espana/abcp-regreso-lugar-
desastre-20110717.html>

Marva, Román, «Rodolfo Valentino, su Vida y su Muerte»,
<http://hemeroteca.abc.es/nav/Navigate.exe/hemeroteca/ma-
drid/blanco.y.negro/1926/09/26/089.html>

Olmo, Guillermo D., «Héroes de Igueriben, resistid unas horas
más. Lo exige el buen nombre de España», <http://www.abc.
es/20110716/archivo/abci-heroes-igueriben-201107160845.html>

Rober, Marcos, «Igueriben: Viaje a la gloria y el infierno del
ejército español en el Rif», <http://elfarodigital.es/melilla/
sociedad/49437-igueriben-viaje-a-la-gloria-y-el-infierno-
del-ejercito-espanol-en-el-rif.html>

Sabio Alcutén, Alberto, «La cultura del vino en Campo de Cariñena», <http://www.aragon.es/estaticos/GobiernoAragon/
Departamentos/PoliticaTerritorialJusticiaInterior/Documen-
tos/docs/Areas/Informaci%C3%B3n%20territorial/Publicacio-
nes/Coleccion_Territorio/Comarca%20Cari%C3%B1ena/
Cari%C3%B1enaIV_CulturaVino.pdf>

Sanz Lafuente, Gloria, «Organización, protesta y movilización
agraria entre 1880 y 1923», <http://www.aragon.es/estaticos/
GobiernoAragon/Departamentos/PoliticaTerritorialJusticiaInte-
rior/Documentos/docs/Areas/Informaci%C3%B3n%20territo-

rial/Publicaciones/Coleccion_Territorio/Comarca%20
Cari%C3%B1ena/Cari%C3%B1enaII_Organizaci%C3% B3n-
Protesta.pdf>

Ungidos, Gonzalo, «Kiki, la reina de Montparnasse», <http://
www.elmundo.es/suplementos/magazine/2007/418/1190
973359.html>